GUILLAUME MUSSO

Traduit en 36 langues, plusieurs fois adapté au cinéma, Guillaume Musso est l'auteur français le plus lu.
Passionné de littérature depuis l'enfance, il commence à écrire alors qu'il est étudiant. Paru en 2004, son roman *Et après…* est vendu à plus de deux millions d'exemplaires. Cette incroyable rencontre avec les lecteurs, confirmée par l'immense succès de tous ses romans ultérieurs, *Sauve-moi*, *Seras-tu là ?*, *Parce que je t'aime*, *Je reviens te chercher*, *Que serais-je sans toi ?*, *La Fille de papier*, *L'Appel de l'ange*, *7 ans après…* et *Demain* fait de lui un des auteurs français favoris du grand public.
Le dernier roman de Guillaume Musso, *Central Park*, paraît chez XO Éditions en 2014.

Retrouvez toute l'actualité de l'auteur sur :
www.guillaumemusso.com

ET APRÈS…

DU MÊME AUTEUR
CHEZ POCKET

ET APRÈS...
SAUVE-MOI
SERAS-TU LÀ ?
PARCE QUE JE T'AIME
JE REVIENS TE CHERCHER
QUE SERAIS-JE SANS TOI ?
LA FILLE DE PAPIER
L'APPEL DE L'ANGE
7 ANS APRÈS…
DEMAIN

GUILLAUME MUSSO

ET APRÈS...

XO ÉDITIONS

Pocket, une marque d'Univers Poche,
est un éditeur qui s'engage pour la préservation
de son environnement et qui utilise du papier fabriqué
à partir de bois provenant de forêts gérées
de manière responsable.

Le Code de la propriété intellectuelle n'autorisant, aux termes de l'article L. 122-5 (2° et 3° a), d'une part, que les « copies ou reproductions strictement réservées à l'usage privé du copiste et non destinées à une utilisation collective » et, d'autre part, que les analyses et les courtes citations dans un but d'exemple et d'illustration, « toute représentation ou reproduction intégrale ou partielle faite sans le consentement de l'auteur ou de ses ayants droit ou ayants cause, est illicite » (art. L. 122-4).
Cette représentation ou reproduction, par quelque procédé que ce soit, constituerait donc une contrefaçon sanctionnée par les articles L. 335-2 et suivants du Code de la propriété intellectuelle.

© XO Éditions, Paris, 2004
ISBN 978-2-266-24575-3

Pour Suzy

Prologue

Île de Nantucket
Massachusetts
Automne 1972

Le lac s'étendait à l'est de l'île, derrière les marais qui baignaient les plantations de canneberges. Il faisait bon.

Après quelques jours de froid, la douceur était maintenant de retour et la surface de l'eau renvoyait les couleurs flamboyantes de l'été indien.

— Hé, viens voir !

Le petit garçon s'approcha de la rive et regarda dans la direction indiquée par sa camarade. Un grand oiseau nageait au milieu des feuilles. Son plumage immaculé, son bec noir comme le jais et son cou très allongé lui donnaient une grâce majestueuse.

Un cygne.

Alors qu'il n'était plus qu'à quelques mètres des enfants, l'oiseau plongea la tête et le cou dans l'eau. Puis il refit surface et lança un long cri, doux et mélodieux, contrastant avec les bêlements des cygnes au bec jaunâtre qui servent de décoration dans les jardins publics.

— Je vais le caresser !

La petite fille s'approcha tout près du bord et tendit la main. Effrayé, l'oiseau déploya ses ailes d'un mouvement si brusque qu'il la déséquilibra. Elle tomba lourdement dans l'eau tandis que le cygne prenait son envol dans un battement d'ailes au souffle grave.

Immédiatement, elle eut la respiration coupée par le froid, comme si un étau compressait son thorax. Pour son âge, c'était une bonne nageuse. À la plage, il lui arrivait parfois de nager la brasse sur plusieurs centaines de mètres. Mais les eaux du lac étaient glacées, et la rive difficile à atteindre. Elle se débattit violemment puis s'affola quand elle comprit qu'elle n'arriverait pas à remonter sur le rivage. Elle se sentait minuscule, tout entière engloutie par cette immensité liquide.

Lorsqu'il vit son amie en difficulté, le garçon n'hésita pas : il ôta ses chaussures et plongea tout habillé.

— Tiens-toi à moi, n'aie pas peur.

Elle s'accrocha à lui et, tant bien que mal, ils parvinrent à se rapprocher du bord. La tête sous l'eau, il la souleva de toutes ses forces et, grâce à son aide, elle réussit de justesse à se hisser sur la rive.

Au moment où il allait grimper à son tour, il se sentit faiblir, comme si deux bras puissants l'entraînaient avec force au fond du lac. Il suffoqua ; son cœur se mit à battre à toute vitesse pendant qu'une pression effroyable comprimait son cerveau.

Il se débattit jusqu'à ce qu'il sente ses poumons se remplir d'eau. Puis, n'en pouvant plus, il lâcha prise et coula. Ses tympans explosèrent et tout devint noir autour de lui. Enveloppé par les ténèbres, il comprit confusément que c'était sans doute la fin.

Car il n'y avait plus rien. Rien que ce noir froid et effrayant.

Du noir.

Du noir.

Puis, soudain…

Une lueur.

1

Il en est qui naissent grands…
et d'autres qui conquièrent les grandeurs…

SHAKESPEARE

Manhattan
De nos jours
9 décembre

Comme tous les matins, Nathan Del Amico fut réveillé par deux sonneries simultanées. Il programmait toujours deux réveils : l'un branché sur le secteur, l'autre fonctionnant à piles. Mallory trouvait ça ridicule.

Après avoir avalé la moitié d'un bol de corn-flakes, mis la main sur un survêtement et une paire de Reebok usagées, il sortit pour son footing quotidien.

Le miroir de l'ascenseur lui renvoya le reflet d'un homme encore jeune, au physique agréable mais au visage fatigué.

Tu aurais bien besoin de vacances, mon petit Nathan, pensa-t-il en observant de plus près les fines ombres bleutées qui s'étaient logées sous son regard pendant la nuit.

Il remonta la fermeture Éclair de sa veste jusqu'au col puis enfila des gants fourrés et un bonnet de laine à l'effigie des *Yankees*.

Nathan habitait au 23e étage du San Remo Building, l'un des luxueux immeubles de l'Upper West Side, qui donnait directement sur Central Park West. Dès qu'il mit le nez dehors, une buée blanche et froide s'échappa de ses lèvres. Il faisait encore presque nuit et les immeubles résidentiels qui bordaient la rue commençaient à peine à émerger de la brume. La veille, la météo avait annoncé de la neige mais il n'était encore rien tombé.

Il remonta la rue à petites foulées. Partout, les illuminations de Noël et les couronnes de houx accrochées aux entrées donnaient un air de fête au quartier. Nathan passa devant le musée d'Histoire naturelle et, au terme d'une course d'une centaine de mètres, pénétra dans Central Park.

À cette heure de la journée et vu le froid, le lieu n'était guère fréquenté. Un vent glacial en provenance de l'Hudson balayait la piste de jogging autour du *Reservoir*, le lac artificiel qui s'étendait au milieu du parc.

Même s'il n'était pas vraiment conseillé de s'aventurer sur cette piste lorsque le jour n'était pas entièrement levé, Nathan s'y engagea sans appréhension. Il courait ici depuis plusieurs années et jamais rien de fâcheux ne lui était arrivé. Nathan s'imposa un rythme de course soutenu. L'air était piquant mais pour rien au monde il n'aurait renoncé à son heure de sport quotidienne.

Au bout de trois quarts d'heure d'efforts, il fit une halte au niveau de Traverse Road et se désaltéra abondamment avant de s'asseoir un moment sur la pelouse.

Là, il pensa aux hivers cléments de Californie et au littoral de San Diego qui proposait des dizaines de kilomètres de plages idéales pour la course à pied. L'espace d'un instant, il se laissa envahir par les éclats de rire de sa fille Bonnie.

Elle lui manquait terriblement.

Le visage de sa femme Mallory et ses grands yeux d'océan traversèrent également son esprit mais il se força à ne pas s'y attarder.

Arrête de remuer le couteau dans la plaie.

Pourtant, il demeura assis sur le gazon, toujours habité par ce vide immense qu'il avait ressenti lorsqu'elle était partie. Un vide qui le dévorait intérieurement depuis plusieurs mois.

Jamais il ne s'était douté que la douleur pourrait prendre cette forme.

Il se sentait seul et misérable. Un bref instant, des larmes lui réchauffèrent les yeux avant d'être balayées par le vent glacé.

Il avala une gorgée d'eau supplémentaire. Depuis qu'il s'était réveillé, il ressentait un élancement bizarre dans la poitrine, un peu comme un point de côté, qui entravait sa respiration.

Les premiers flocons commencèrent à tomber. Alors il se leva et regagna le San Remo en allongeant les foulées pour aller prendre une douche avant de partir travailler.

Nathan claqua la porte du taxi. En costume sombre et rasé de frais, il s'engouffra dans la tour de verre qui abritait les bureaux du cabinet Marble&March à l'angle de Park Avenue et de la 52e Rue.

De tous les cabinets d'avocats d'affaires de la ville, Marble était celui qui avait le vent en poupe. Il employait plus de neuf cents salariés à travers les États-Unis dont près de la moitié à New York.

Nathan avait commencé sa carrière au siège de San Diego, où il était très vite devenu la coqueluche de la maison, au point qu'Ashley Jordan, l'associé principal, avait proposé sa candidature comme associé. Le cabinet de New York était alors en plein développement, si bien qu'à trente et un ans Nathan avait fait ses bagages pour retourner dans la ville qui l'avait vu grandir et où l'attendait son nouveau poste de responsable adjoint du département des fusions-acquisitions.

Un parcours exceptionnel à son âge.

Nathan avait réalisé son ambition : devenir un *rainmaker*, un des avocats les plus renommés et les plus précoces de la profession. Il avait réussi dans la vie. Non pas en faisant fructifier de l'argent à la Bourse ou en profitant de relations familiales. Non, il avait gagné de l'argent par son travail. En défendant des individus et des sociétés et en faisant respecter des lois.

Brillant, riche et fier de lui.
Tel était Nathan Del Amico
Vu de l'extérieur.

Nathan passa l'intégralité de la matinée à rencontrer les collaborateurs dont il supervisait le travail, pour faire le point sur les dossiers en cours. Vers midi, Abby lui apporta un café, des bretzels au sésame et du *cream cheese*.

Abby était son assistante depuis plusieurs années. Originaire de Californie, elle avait accepté de le suivre à New York en raison de leur bonne entente. Célibataire entre deux âges, elle s'investissait beaucoup dans son travail et avait toute la confiance de Nathan qui n'hésitait jamais à lui confier des responsabilités. Il faut dire qu'Abby possédait une capacité de travail peu commune qui lui permettait de suivre – voire d'accélérer – le rythme imposé par son patron, dût-elle pour cela se gaver en cachette de jus de fruits additionné de vitamines et de caféine.

Comme Nathan n'avait pas de rendez-vous dans l'heure qui suivait, il en profita pour dénouer sa cravate. Décidément, cette douleur à la poitrine persistait. Il se massa les tempes et s'aspergea le visage d'un peu d'eau froide.

Arrête de penser à Mallory.

— Nathan ?

Abby venait de rentrer sans frapper comme elle en avait l'habitude lorsqu'ils étaient seuls. La jeune femme fit le point sur son programme de l'après-midi, puis ajouta :

— Un ami d'Ashley Jordan a appelé dans la matinée, il voulait un rendez-vous d'urgence. Un certain Garrett Goodrich…

— Goodrich ? Jamais entendu parler.

— J'ai cru comprendre que c'était l'un de ses amis d'enfance, un médecin renommé.

— Et que puis-je pour ce monsieur ? demanda-t-il en fronçant les sourcils.

— Je ne sais pas, il n'a rien précisé. Il a seulement dit que, d'après Jordan, c'était vous le meilleur.

Et c'est vrai : pas un seul procès perdu de toute ma carrière. Pas un.

— Essayez de m'appeler Ashley, s'il vous plaît.

— Il est parti pour Baltimore il y a une heure. Vous savez, le dossier Kyle…

— Ah ! oui, exact… À quelle heure doit venir ce Goodrich ?

— Je lui ai proposé dix-sept heures.

Elle avait déjà quitté la pièce lorsqu'elle passa la tête dans l'entrebâillement de la porte.

— Ce doit être pour un truc de poursuites médicales, hasarda-t-elle.

— Sans doute, approuva-t-il en se replongeant dans ses dossiers. Si c'est le cas, nous l'expédierons au département du quatrième étage.

Goodrich arriva un peu avant dix-sept heures. Abby l'introduisit dans le bureau sans le faire attendre.

C'était un homme dans la force de l'âge, grand

et puissamment bâti. Son long manteau impeccable et son costume anthracite accentuaient encore sa grande stature. Il s'avança dans le bureau d'un pas assuré. Solidement planté au milieu de la pièce, sa carrure de lutteur lui conférait une forte présence.

D'un geste large de la main, il secoua son manteau avant de le tendre à Abby. Il passa les doigts dans ses cheveux poivre et sel savamment ébouriffés – il avait sans doute atteint la soixantaine mais était loin d'être dégarni – puis caressa lentement sa courte barbe, tout en plantant ses yeux vifs et pénétrants dans ceux de l'avocat.

Dès que le regard de Goodrich croisa le sien, Nathan se sentit mal à l'aise. Sa respiration s'accéléra bizarrement et, l'espace d'un instant, ses pensées se brouillèrent.

2

Je vois un messager debout dans le soleil.

Apocalypse, XIX, 17

— Vous vous sentez bien, monsieur Del Amico ?

Bon sang, qu'est-ce qui me prend ?

— Oui, oui… juste un étourdissement, répondit Nathan en retrouvant ses esprits. Un peu de surmenage sans doute…

Goodrich n'avait pas l'air convaincu.

— Je suis médecin, si vous désirez que je vous examine, je le ferai volontiers, proposa-t-il d'une voix sonore.

Nathan se força à sourire.

— Merci, ça va.

— Vraiment ?

— Je vous assure.

Sans attendre qu'on l'y invite, Goodrich se cala dans un des fauteuils en cuir et détailla attentivement la décoration du bureau. La pièce était tapissée de rayonnages de livres anciens avec, au centre, un imposant bureau encadré par une table de réunion en noyer massif et par un élégant petit canapé qui dégageaient une atmosphère cossue.

— Alors, qu'attendez-vous de moi, docteur Goodrich ? demanda Nathan après un petit silence.

Le médecin croisa les jambes et se balança légèrement dans son fauteuil avant de répondre :

— Je n'attends rien de vous, Nathan... Vous permettez que je vous appelle Nathan, n'est-ce pas ?

Son ton ressemblait plus à une affirmation qu'à une véritable question.

L'avocat ne se laissa pas décontenancer :

— Vous venez me voir à titre professionnel, n'est-ce pas ? Notre cabinet défend certains médecins poursuivis par leurs clients...

— Ce n'est pas mon cas, fort heureusement, l'interrompit Goodrich. J'évite d'opérer lorsque j'ai bu un coup de trop. C'est bête d'amputer la jambe droite lorsque c'est la gauche qui est souffrante, n'est-ce pas ?

Nathan se força à sourire.

— Quel est votre problème, alors, docteur Goodrich ?

— Eh bien, j'ai quelques kilos de trop mais…

— … cela ne nécessite pas vraiment les services d'un avocat d'affaires, vous en conviendrez.

— D'accord.

Ce type me prend pour un imbécile.

Un lourd silence s'installa dans la pièce bien qu'il n'y régnât pas une grande tension. Nathan n'était pas facilement impressionnable. Son expérience professionnelle avait fait de lui un redoutable négociateur et il était difficile de le déstabiliser dans une conversation.

Il regarda son interlocuteur fixement. Où avait-il déjà vu ce front large et haut, cette mâchoire puissante, ces sourcils touffus et rapprochés ? Il n'y avait aucune trace d'hostilité dans les yeux de Goodrich mais cela n'empêcha pas l'avocat de se sentir menacé.

— Vous voulez boire quelque chose ? proposa-t-il d'un ton qui se voulait tranquille.

— Volontiers, un verre de San Pellegrino, si c'est possible.

— On doit pouvoir trouver ça, assura-t-il en décrochant son téléphone pour joindre Abby.

En attendant son rafraîchissement, Goodrich s'était levé de son siège et parcourait d'un œil intéressé les rayonnages de la bibliothèque.

C'est ça, fais comme chez toi, pensa Nathan, agacé.

En regagnant son siège, le médecin considéra attentivement le presse-papiers – un cygne en argent – posé sur le bureau devant lui.

— On pourrait presque tuer un homme avec un tel objet, dit-il en le soupesant.

— Ça ne fait aucun doute, admit Nathan avec un sourire crispé.

— On trouve beaucoup de cygnes dans les vieux textes celtiques, fit remarquer Goodrich comme pour lui-même.

— Vous vous intéressez à la culture celtique ?

— La famille de ma mère est originaire d'Irlande.

— La famille de ma femme également.

— Vous voulez dire votre ex-femme.

Nathan fusilla son interlocuteur du regard.

— Ashley m'a dit que vous étiez divorcé, expliqua tranquillement Goodrich tout en faisant pivoter son confortable fauteuil rembourré.

Ça t'apprendra à raconter ta vie à ce connard.

— Dans les textes celtiques, reprit Goodrich, les êtres de l'autre monde qui pénètrent sur terre empruntent souvent la forme d'un cygne.

— Très poétique, mais est-ce que vous pouvez m'expliquer ce que…

À ce moment, Abby entra dans la pièce avec un plateau supportant une bouteille et deux grands verres d'eau pétillante.

Le médecin reposa le presse-papiers et but lentement tout le contenu de son verre – un peu comme s'il en appréciait chaque bulle avec gourmandise.

— Vous vous êtes blessé ? demanda-t-il en désignant une égratignure sur la main gauche de l'avocat.

Celui-ci haussa les épaules.

— C'est trois fois rien : une écorchure à un grillage en faisant mon footing.

Goodrich reposa son verre et prit un ton professoral.

— Au moment précis où vous parlez, des centaines de cellules de votre peau sont en train de se reconstituer. Lorsqu'une cellule meurt, une autre se divise pour la remplacer : c'est le phénomène d'homéostasie tissulaire.

— Ravi de l'apprendre.

— Parallèlement, de nombreux neurones de votre cerveau sont détruits chaque jour et ce depuis que vous avez vingt ans…

— C'est, je crois, le lot de tous les êtres humains.

— Exactement, c'est le balancier permanent entre la création et la destruction.

Ce type est dingue.

— Pourquoi me dites-vous cela ?

— Parce que la mort est partout. En tout être humain, à tous les stades de sa vie, existe une tension entre deux forces contraires : les forces de la vie et celles de la mort.

Nathan se leva et désigna la porte du bureau.

— Vous permettez ?

— Je vous en prie.

Il sortit de la pièce et se dirigea vers un des postes de travail inoccupés de la salle des secrétaires. Il se connecta rapidement à Internet et se rendit sur les sites des hôpitaux de New York.

L'homme qui était assis dans son bureau n'était pas un imposteur. Il ne s'agissait ni d'un prédicateur ni d'un malade mental évadé d'une institution de soins. Il se nommait bien Garrett Goodrich, docteur en chirurgie oncologique, ancien interne au Medical General Hospital de Boston, médecin attaché au Staten Island Hospital et chef de l'unité de soins palliatifs de cet hôpital.

Cet homme était un ponte, une véritable sommité du monde de la médecine. Aucun doute possible : il y avait même sa photo et elle correspondait au visage soigné du sexagénaire qui attendait dans la pièce voisine.

Nathan examina plus attentivement le CV de son hôte : à sa connaissance, il n'était jamais allé dans aucun des hôpitaux qui jalonnaient la carrière du docteur Garrett Goodrich. Pourquoi donc son physique ne lui était-il pas inconnu ?

C'est avec cette question en tête qu'il regagna son bureau.

— Alors, Garrett, vous me parliez de la mort, non ? Vous permettez que je vous appelle Garrett, n'est-ce pas ?

— Je vous parlais de la vie, Del Amico, de la vie et du temps qui passe.

Nathan profita de ces mots pour jeter ostensiblement un coup d'œil à sa montre, manière de faire comprendre qu'effectivement « le temps passait » et que le sien était précieux.

— Vous travaillez trop, se contenta de dire Goodrich.

— Je suis très touché que quelqu'un s'occupe de ma santé, vraiment.

À nouveau, il y eut ce silence entre eux. Un silence à la fois intime et pesant. Puis la tension monta :

— Pour la dernière fois, en quoi puis-je vous être utile, monsieur Goodrich ?

— Je pense que c'est moi qui pourrais vous être utile, Nathan.

— Pour le moment, je ne vois pas très bien en quoi.

— Ça viendra, Nathan, ça viendra. Certaines épreuves peuvent être pénibles, vous verrez.

— À quoi faites-vous allusion, au juste ?

— À la nécessité d'être bien préparé.

— Je ne vous suis pas.

— Qui sait de quoi demain sera fait ? On a tout intérêt à ne pas se tromper de priorités dans la vie.

— C'est très profond comme pensée, se moqua l'avocat. Est-ce une sorte de menace ?

— Pas une menace, Nathan, un message.

Un message ?

Il n'y avait toujours pas d'hostilité dans le regard de Goodrich mais cela ne le rendait pas moins inquiétant.

Fous-le dehors, Nat. Ce type débloque. Ne rentre pas dans son jeu.

— Je ne devrais peut-être pas vous le dire mais si vous n'aviez pas été recommandé par Ashley Jordan, j'aurais appelé la sécurité et ordonné qu'on vous jette dehors.

— Je m'en doute bien, sourit Goodrich. Pour votre information, je ne connais pas Ashley Jordan.

— Je croyais que c'était l'un de vos amis !

— Ce n'était qu'un moyen d'arriver jusqu'à vous.

— Attendez, si vous ne connaissez pas Jordan, qui vous a dit que j'étais divorcé ?

— C'est écrit sur votre visage.

Ce fut la goutte d'eau… L'avocat se leva d'un bond et ouvrit la porte avec une violence mal contenue.

— J'ai du travail !

— Vous ne croyez pas si bien dire et c'est pourquoi je vais vous laisser… pour l'instant.

Goodrich quitta son siège. Sa silhouette massive se dessinait à contre-jour, donnant l'impression d'un colosse trapu indestructible. Il se dirigea vers la porte et franchit le seuil du bureau sans se retourner.

— Mais que me voulez-vous vraiment ? demanda Nathan d'un ton désemparé.

— Je crois que vous le savez, Nathan, je crois que vous le savez, lança Goodrich, déjà dans le couloir.

— Je ne sais rien ! dit l'avocat avec force.

Il claqua la porte de son bureau, puis la rouvrit aussitôt pour crier dans le couloir :

— Je ne sais pas qui vous êtes !

Mais Garrett Goodrich était déjà loin.

3

Une carrière réussie est une chose merveilleuse
mais on ne peut pas se blottir contre elle
la nuit quand on a froid.

Marilyn MONROE

Après avoir poussé la porte derrière lui, Nathan ferma les yeux et, pendant plusieurs secondes, pressa un verre d'eau fraîche contre son front. Il sentait confusément que cet incident ne resterait pas sans suite et qu'il n'avait pas fini d'entendre parler de Garrett Goodrich.

Il eut du mal à se remettre au travail. La bouffée de chaleur qui le submergeait et la douleur de plus en plus insistante dans sa poitrine l'empêchaient de fixer sa concentration.

Son verre d'eau à la main, il se leva de sa chaise,

fit quelques pas en direction de la fenêtre pour apercevoir les reflets bleutés du Helmsey Building. À côté de l'immense façade sans charme du Met Life, ce gratte-ciel à taille humaine passait pour un véritable joyau avec son élégante tour surmontée d'un toit en forme de pyramide.

Pendant quelques minutes, il regarda la circulation s'écouler vers le sud à travers les rampes des deux portails géants qui enjambaient l'avenue.

La neige continuait à tomber sans relâche, colorant la ville de nuances de blanc et de gris.

Il ressentait toujours un malaise en se mettant à cette fenêtre. Au moment des attentats du 11 septembre, il travaillait sur son ordinateur lorsque avait éclaté la première explosion. Jamais il n'oublierait cette épouvantable journée d'horreur, ces colonnes de fumée noire qui avaient pollué le ciel jusque-là limpide, puis ce monstrueux nuage de débris et de poussière lorsque les tours s'étaient effondrées. Pour la première fois, Manhattan et ses gratte-ciel lui avaient paru petits, vulnérables et éphémères.

Comme la plupart de ses collègues, il avait essayé de ne pas trop ressasser le cauchemar qu'ils avaient alors vécu. La vie avait repris son cours. *Business as usual*. Pourtant, ainsi que le disaient les gens d'ici, New York n'était jamais réellement redevenu New York.

Décidément, je n'y arriverai pas.

Il tria néanmoins quelques dossiers qu'il rangea dans sa mallette puis, au grand étonnement d'Abby, décida d'aller finir de les étudier chez lui.

Cela faisait une éternité qu'il n'avait pas quitté son bureau si tôt. D'ordinaire, il abattait près de quatorze heures de travail par jour, six jours par semaine et, depuis son divorce, venait même fréquemment au cabinet le dimanche. De tous les associés, c'est lui qui facturait le plus grand nombre d'heures. Il fallait ajouter à ça le prestige de son dernier coup d'éclat : alors que tout le monde jugeait la tâche délicate, il avait réussi à faire aboutir la fusion très médiatisée des entreprises Downey et NewWax, ce qui lui avait valu un article élogieux dans le *National Lawyer*, l'un des journaux les plus renommés de la profession. Nathan exaspérait la plupart de ses collègues. Il était trop exemplaire, trop parfait. Non content de bénéficier d'un physique avantageux, il n'oubliait jamais de dire bonjour aux secrétaires, remerciait le portier qui lui appelait une voiture et consacrait gratuitement quelques heures par mois à des clients nécessiteux.

L'air vif de la rue lui fit du bien. Il ne neigeait presque plus et les précipitations n'avaient pas été assez soutenues pour gêner la circulation. Tout en guettant un taxi, il écouta un chœur d'enfants, en aubes immaculées, qui chantaient l'*Ave verum corpus* devant l'église St. Bartholomew. Il ne put s'empêcher de trouver quelque chose d'à la fois doux et inquiétant dans cette musique.

Il arriva au San Remo juste après dix-huit heures, se fit un thé bien chaud et empoigna son téléphone.

Même s'il n'était que quinze heures à San Diego, Bonnie et Mallory seraient peut-être à la maison. Il devait mettre au point les détails de l'arrivée de sa fille qui le rejoindrait dans quelques jours à l'occasion des prochaines vacances.

Il composa le numéro avec appréhension. Le répondeur se déclencha au bout de trois sonneries.

« Vous êtes bien chez Mallory Wexler. Je ne peux vous répondre actuellement mais… »

Entendre le son de sa voix lui faisait du bien. C'était comme recevoir une ration d'oxygène dont il aurait trop longtemps été privé. Voilà à quoi il en était réduit, lui qui n'avait pourtant pas l'habitude de se contenter de peu.

Soudain, le message d'accueil s'interrompit.

— Allô ?

Nathan fit un effort surhumain pour prendre un air enjoué, adoptant ainsi son stupide et vieux réflexe : surtout ne jamais montrer ses faiblesses, fût-ce à une femme qui le connaissait depuis l'enfance.

— Salut, Mallory.

Depuis combien de temps ne l'avait-il plus appelée *mon amour* ?

— Bonjour, répondit-elle sans chaleur.

— Tout va bien ?

Elle prit un ton cassant :

— Qu'est-ce que tu veux, Nathan ?

Ça va, j'ai compris : ce n'est toujours pas aujourd'hui que tu consentiras à reprendre une conversation normale avec moi.

— J'appelais juste pour qu'on se mette d'accord sur le voyage de Bonnie. Elle est avec toi ?

— Elle est à son cours de violon. Elle sera rentrée dans une heure.

— Tu pourrais peut-être déjà me donner l'horaire de son vol, proposa-t-il. Je crois que son avion arrive en début de soirée…

— Elle sera rentrée dans une heure, répéta Mallory, pressée de mettre un terme à cette conversation.

— Très bien, bon, à tout à l'h…

Mais elle avait déjà raccroché.

Jamais il n'aurait pensé que leurs échanges pourraient atteindre un tel degré de froideur. Comment deux personnes qui avaient été si proches pouvaient-elles en arriver à se comporter en véritables étrangers ? Comment cela était-il possible ? Il s'installa dans le canapé du salon et laissa errer son regard au plafond. Quel naïf il était ! Bien sûr que c'était possible ! Il n'avait qu'à regarder autour de lui : divorces, tromperies, lassitude… Dans son métier, la concurrence était impitoyable. Seuls pouvaient espérer réussir ceux qui sacrifiaient une partie de leur vie familiale et de leurs loisirs. Chacun des clients du cabinet pesait plusieurs dizaines de millions de dollars, ce qui demandait une disponibilité totale de la part des avocats. C'était la règle du jeu, le prix à payer pour évoluer dans la cour des grands. Et Nathan l'avait accepté. En contrepartie, son salaire atteignait maintenant 45 000 dollars par mois, sans compter les avantages en nature. Cela signifiait aussi qu'à titre d'associé il touchait une prime annuelle de près d'un demi-million de dollars. Son compte en banque venait, pour la première fois, de passer la barre du million. Et ce n'était qu'un début.

Mais sa vie privée avait suivi la trajectoire inverse de celle de sa réussite professionnelle. Ces dernières années, son couple s'était défait. Progressivement, le cabinet était devenu toute sa vie. Au point de ne plus trouver de temps pour les petits déjeuners en famille ou pour faire réviser les devoirs de sa fille. Lorsqu'il avait réalisé l'ampleur des dégâts, il était trop tard pour revenir en arrière et le divorce avait été prononcé depuis quelques mois. Certes, il n'était pas le seul dans ce cas – au cabinet, plus de la moitié de ses collègues étaient également séparés de leurs épouses – mais cela n'était pas une consolation.

Nathan se faisait beaucoup de soucis pour Bonnie qui avait été très perturbée par ces événements. À sept ans, elle mouillait encore parfois son lit et, d'après sa mère, était sujette à de nombreuses crises d'angoisse. Nathan l'appelait tous les soirs mais il aurait aimé être plus présent.

Non, pensa-t-il en s'asseyant sur le canapé, *un homme qui dort sans personne à ses côtés et qui n'a pas vu sa petite fille depuis trois mois n'a pas réussi sa vie, fût-il par ailleurs millionnaire*.

Nathan retira de son annulaire l'alliance qu'il persistait à porter et lut à l'intérieur le passage du Cantique des cantiques que Mallory lui avait fait graver pour leur mariage :

Notre amour est inexorable comme la mort.

Il savait ce que disait la suite du poème :

Les grandes eaux ne sauraient l'éteindre,
Et les fleuves ne le submergeraient pas.

Des conneries tout ça ! De la guimauve pour amoureux débutants. L'amour n'est pas cette chose absolue qui résiste au temps et aux épreuves.

Pourtant, pendant longtemps, il avait cru que son couple avait quelque chose d'exceptionnel, une dimension magique et irrationnelle qui s'était scellée dans l'enfance. Mallory et lui se connaissaient depuis l'âge de six ans. Dès le début, une sorte de fil invisible s'était tissé entre eux, comme si le destin avait voulu en faire des alliés naturels devant les difficultés de la vie.

Il regarda les cadres posés sur la commode, qui protégeaient les photos de son ex-femme. Il s'attarda plusieurs minutes sur la plus récente qu'il s'était procurée grâce à la complicité de Bonnie.

Certes, la pâleur du visage de Mallory témoignait de la période difficile qui avait entouré leur séparation mais elle n'altérait ni ses longs cils, ni son nez fin, ni ses dents blanches. Le jour où la photo avait été prise, lors d'une balade le long de Silver Strand Beach, la plage des coquillages argentés, elle s'était coiffée avec des tresses remontées et attachées à l'aide d'une pince en écaille. Des petites lunettes en acier la faisaient ressembler à la Nicole Kidman de *Eyes Wide Shut*, même si Mallory n'aimait pas cette comparaison. Il ne put s'empêcher de sourire car elle était vêtue d'un de ses éternels pulls en patchwork qu'elle fabriquait elle-même et qui lui donnaient un air tout à la fois chic et insouciant.

Titulaire d'un Ph.D.[1] en économie de l'environnement, elle avait enseigné à l'université mais, depuis qu'elle avait emménagé dans l'ancienne maison de sa grand-mère, près de San Diego, elle avait abandonné ses cours pour s'engager pleinement dans diverses associations aidant les plus défavorisés. Elle s'occupait de chez elle du site web d'une organisation non gouvernementale et faisait également des aquarelles et des petits meubles décorés de coquillages qu'elle vendait l'été aux touristes lorsqu'elle prenait ses vacances à Nantucket. Ni l'argent ni la réussite sociale n'avaient jamais été une motivation pour Mallory. Elle aimait à répéter qu'une balade en forêt ou sur la plage ne coûtait pas un dollar mais Nathan n'adhérait pas complètement à ces discours simplistes.

Trop facile quand on n'a jamais manqué de rien !

Mallory était issue d'une famille aisée et

1. L'équivalent du doctorat français.

prestigieuse. Son père avait été associé principal dans l'un des cabinets juridiques les plus prospères de Boston. Elle n'avait pas besoin de la réussite professionnelle pour acquérir un statut social qu'elle possédait de naissance.

Pendant un moment, Nathan se remémora l'emplacement exact des grains de beauté éparpillés sur tout son corps. Puis il se força à chasser ce souvenir et ouvrit un des dossiers qu'il avait apportés. Il alluma son ordinateur portable, prit des notes et dicta quelques lettres à l'attention d'Abby.

Enfin, vers dix-neuf heures trente, il reçut le coup de fil qu'il attendait.

— Salut, p'pa.

— Salut, petit écureuil.

Bonnie lui raconta sa journée dans le détail, comme elle en avait l'habitude lors de leurs conversations quotidiennes. Elle lui parla des tigres et des hippopotames qu'elle avait vus lors d'une visite scolaire au zoo de Balboa Park. Il l'interrogea sur son école et sur le match de *soccer* auquel elle avait participé la veille. Paradoxalement, il n'avait jamais autant discuté avec sa fille que depuis qu'elle vivait à trois mille kilomètres de lui.

Soudain, elle prit une voix plus inquiète :

— J'ai quelque chose à te demander.

— Tout ce que tu voudras, ma chérie.

— J'ai peur de prendre l'avion toute seule. Je voudrais que tu viennes me chercher, samedi.

— C'est stupide, Bonnie, tu es une grande fille maintenant.

Il avait surtout un rendez-vous professionnel important ce samedi-là : les derniers réglages d'un rapprochement entre deux firmes sur lequel il travaillait depuis des mois. C'était lui-même qui avait insisté pour fixer cette date !

— Je t'en prie, p'pa, viens me chercher !

Au bout du fil, il devinait les larmes qui montaient dans la gorge de sa fille. Bonnie n'était pas une petite fille capricieuse. Son refus de prendre l'avion toute seule témoignait d'une véritable angoisse de sa part. Pour rien au monde Nathan n'aurait voulu lui causer du chagrin. Et encore moins en ce moment.

— OK, pas de problème, chérie. Je serai là. Promis.

Elle retrouva son calme et ils discutèrent encore quelques minutes. Pour l'apaiser et la faire rire, il lui raconta une petite histoire et renouvela à plusieurs reprises son imitation très réussie de Winnie l'Ourson réclamant un pot de miel.

Je t'aime, mon bébé.

Après avoir raccroché, il réfléchit quelques minutes

sur les conséquences du report de la réunion du samedi. Bien sûr, il y avait toujours la solution de payer quelqu'un pour aller chercher sa fille en Californie. Mais il abandonna très vite cette idée stupide. C'était le genre de chose que Mallory ne lui pardonnerait jamais. Et puis, il avait promis à Bonnie *qu'il* serait là. Il était hors de question de la décevoir. Tant pis, il trouverait bien une solution, pour une fois.

Il dicta encore quelques notes sur son magnéto puis finit par s'endormir sur le canapé, sans ôter ses chaussures ni éteindre les lumières.

Il fut réveillé en sursaut par la sonnerie de l'interphone.

C'était Peter, le gardien, qui l'appelait depuis son poste du *lobby*.

— Quelqu'un pour vous, monsieur : le docteur Garrett Goodrich.

Il regarda sa montre : *Nom d'un chien, déjà vingt et une heures !* Il n'avait pas l'intention d'être harcelé par ce type jusque chez lui.

— Ne le laissez pas entrer, Peter, je ne connais pas ce monsieur.

— Ne jouez pas au con, cria Goodrich qui avait manifestement empoigné le combiné du gardien, c'est important !

Bon sang ! Qu'est-ce que j'ai fait au Seigneur pour mériter ça ?

Il marqua une pause et se massa les paupières. Au fond de lui, il savait qu'il ne retrouverait sa sérénité qu'après en avoir fini avec Goodrich. Ce qui supposait d'abord de comprendre ce que lui voulait vraiment cet homme.

— C'est bon, concéda-t-il, vous pouvez le laisser monter, Peter.

Nathan reboutonna sa chemise, ouvrit la porte d'entrée de l'appartement et sortit sur le palier pour attendre de pied ferme le médecin qui ne fut pas long à atteindre le 23e étage.

— Qu'est-ce que vous foutez là, Garrett ? Vous avez vu l'heure ?

— Bel appartement, fit l'autre en jetant un coup d'œil à l'intérieur

— Je vous ai demandé ce que vous faites là.

— Je crois que vous devriez venir avec moi, Del Amico.

— Allez vous faire foutre ! Je ne suis pas à vos ordres.

Garrett essaya de le rassurer.

— Et si vous me faisiez confiance ?

— Qu'est-ce qui me prouve que vous n'êtes pas dangereux ?

— Absolument rien, admit Goodrich en haussant

les épaules. Tout homme est potentiellement dangereux, je vous l'accorde.

Les mains dans les poches et emmitouflé dans son grand manteau, Goodrich descendait tranquillement l'avenue, flanqué de Nathan qu'il dépassait d'une bonne tête et qui gesticulait à ses côtés.

— Il fait un froid glacial !

— Vous vous plaignez toujours comme ça ? demanda Garrett. En été, cette ville est étouffante. C'est en hiver que New York donne sa vraie mesure.

— Foutaises !

— D'ailleurs, le froid conserve et tue les microbes et puis…

Nathan ne lui laissa pas le temps de développer son propos.

— Prenons au moins un taxi.

Il s'avança sur la chaussée et leva le bras pour héler une voiture.

— Hep ! Hep !

— Arrêtez de hurler, vous êtes ridicule.

— Si vous croyez que je vais me geler les couilles pour votre bon plaisir, vous vous mettez le doigt dans l'œil.

Deux taxis passèrent devant eux sans ralentir. Un *yellow cab* s'arrêta enfin au niveau des Century

Appartements. Les deux hommes s'y engouffrèrent et Goodrich indiqua une destination au chauffeur : à l'intersection de la 5e Avenue et de la 34e Rue.

Nathan se frotta les mains l'une contre l'autre. La voiture était bien chauffée. Une vieille chanson de Sinatra passait à la radio.

Broadway grouillait de monde. En raison des fêtes de fin d'année, de nombreuses boutiques restaient ouvertes toute la nuit.

— Nous aurions fait plus vite à pied, ne put s'empêcher de remarquer Goodrich avec un plaisir évident, alors que le véhicule était coincé dans les embouteillages.

Nathan lui jeta un regard peu amène.

Au bout de quelques minutes, le taxi parvint à s'engager dans la 7e Avenue où la circulation était moins dense. Le véhicule descendit jusqu'à la 34e Rue, tourna à gauche puis roula encore sur une centaine de mètres avant de s'arrêter.

Goodrich paya la course et les deux hommes descendirent du véhicule.

Ils se trouvaient au pied de l'une des silhouettes les plus célèbres de Manhattan : l'Empire State Building.

4

L'ange au glaive de feu, debout derrière toi,
te met l'épée aux reins et te pousse aux abîmes !

Victor HUGO

Nathan leva les yeux vers le ciel. Depuis la destruction des Twin Towers, le vieil Empire State était redevenu le gratte-ciel le plus haut de Manhattan. Solidement assis sur son socle massif, le bâtiment dominait Midtown dans un mélange d'élégance et de puissance. Ses trente derniers étages rayonnaient de rouge et de vert comme il est d'usage à la période de Noël.

— Vous tenez vraiment à monter là-haut ? demanda l'avocat en désignant la flèche lumineuse qui semblait trouer le voile de la nuit.

— J'ai déjà des tickets, répondit Goodrich en

tirant de sa poche deux petits rectangles de carton bleu. D'ailleurs, vous me devez 6 dollars…

Nathan secoua la tête en signe d'agacement puis, comme résigné, emboîta le pas au médecin.

Ils pénétrèrent dans le hall d'entrée de style Art déco. Derrière le bureau d'accueil, une pendule marquait dix heures trente tandis qu'une pancarte prévenait les visiteurs que la vente des tickets se poursuivrait pendant encore une heure, le building pouvant se visiter jusqu'à minuit. À côté, une reproduction géante de l'immeuble étincelait comme un soleil de cuivre. Noël était une période fortement touristique à New York et, malgré l'heure tardive, beaucoup de gens se massaient encore près des guichets décorés de photos de célébrités qui, au fil des ans, étaient venues admirer le gratte-ciel.

Les billets achetés par Goodrich permirent aux deux hommes d'éviter de faire la queue. Ils se laissèrent guider jusqu'au deuxième étage d'où partaient les ascenseurs vers l'observatoire. Même s'il ne neigeait plus, le panneau indicateur annonçait une visibilité réduite, à cause des nuages qui stagnaient sur la ville.

En moins d'une minute, un ascenseur ultra-rapide les conduisit au 80ᵉ étage. De là, ils en prirent un autre pour le belvédère du 86ᵉ étage, situé à 320 mètres de haut, et pénétrèrent dans une salle d'observation couverte, protégée par des vitrages.

— Si vous n'y voyez pas d'inconvénient, je vais rester dans cette pièce bien chauffée, fit Nathan en resserrant la ceinture de son manteau.

— Je vous conseille plutôt de me suivre, répondit Goodrich d'un ton qui n'admettait guère la contestation.

Ils débouchèrent sur la terrasse ouverte de l'observatoire. Un vent d'une froideur polaire en provenance de l'East River fit regretter à l'avocat de ne pas avoir emporté une écharpe et un bonnet.

— Ma grand-mère disait toujours : « Vous ne connaissez pas New York avant d'avoir mis les pieds au sommet de l'Empire State Building », cria Goodrich pour dominer le bruit du vent.

L'endroit était vraiment magique. Près de l'ascenseur, le fantôme de Cary Grant attendait une Deborah Kerr qui ne viendrait jamais. Plus loin, accoudé à la rambarde, un couple de Japonais s'amusait à imiter Tom Hanks et Meg Ryan dans la dernière scène de *Nuits blanches à Seattle*.

Nathan se rapprocha à petits pas du bord du belvédère et se pencha en avant.

La nuit, le froid et les nuages donnaient à la ville un air mystérieux et il ne fallut pas longtemps pour qu'il s'émerveille du spectacle qui s'ouvrait devant lui. Grâce à sa localisation centrale, le bâtiment offrait sans doute l'un des panoramas les plus impressionnants de Manhattan.

D'ici, on avait une vue imprenable sur la flèche du Chrysler Building et sur Times Square que l'on devinait grouillant d'agitation.

— Je n'ai plus mis les pieds ici depuis mon enfance, avoua l'avocat en glissant un *quarter* dans la fente d'une des jumelles à longue portée.

Les voitures qui se pressaient quatre-vingt-six étages en dessous étaient à ce point minuscules que le flux de la circulation semblait très éloigné, comme appartenant à une autre planète. À l'inverse, le pont de la 59e Rue paraissait incroyablement proche et reflétait son architecture brillante dans les eaux noires de l'East River.

Pendant un long moment, Nathan et Garrett n'échangèrent aucune parole, se contentant d'admirer les lumières de la ville. Le vent continuait à souffler son haleine glacée et le froid mordait les visages. Une bonne humeur communicative s'était répandue parmi la petite faune qui, le temps d'une soirée, régnait à plus de trois cents mètres au-dessus du sol. Deux jeunes amoureux s'embrassaient avec ardeur, tout émerveillés de sentir leurs lèvres crépiter d'électricité statique. Un groupe de touristes français faisait des comparaisons avec la tour Eiffel pendant qu'un couple du Wyoming racontait à qui voulait l'entendre les détails de leur première rencontre à ce même endroit, vingt-cinq ans auparavant. Quant aux enfants, emmitouflés dans d'épaisses parkas, ils jouaient à se cacher derrière des forêts de jambes adultes.

Au-dessus de leur tête, le vent faisait défiler les nuages à une vitesse incroyable, dévoilant par-ci par-là un bout de ciel où brillait une étoile solitaire. C'était vraiment une belle nuit.

Ce fut Goodrich qui, le premier, rompit le silence :

— Le garçon à l'anorak orange, annonça-t-il à l'oreille de Nathan.

— Pardon ?

— Regardez le garçon à l'anorak orange.

Nathan plissa les yeux et observa attentivement l'individu que lui désignait Goodrich : un jeune homme d'une vingtaine d'années qui venait de pénétrer sur la plate-forme. Une fine barbe blonde recouvrait le bas de son visage et des dreadlocks pendaient de ses cheveux longs et sales. Il fit deux fois le tour du belvédère, passant tout près de l'avocat qui put croiser son regard fiévreux et inquiétant. Il était manifestement tourmenté et son visage, marqué par la souffrance, contrastait avec les rires et la bonne humeur des autres visiteurs.

Nathan pensa qu'il était peut-être sous l'influence de drogues.

— Son nom est Kevin Williamson, lui précisa Goodrich.

— Vous le connaissez ?

— Pas personnellement, mais je connais son histoire. Son père s'est jeté du haut de cette plateforme à l'époque où il n'y avait pas encore de grillages antisuicide. Il vient régulièrement ici depuis une semaine.

— Comment savez-vous tout ça ?

— Disons que j'ai fait ma petite enquête.

L'avocat laissa passer un silence puis demanda :

— Mais en quoi cela me concerne-t-il ?

— Tout ce qui touche à l'existence de nos semblables nous concerne, répondit le médecin comme s'il s'agissait là d'une évidence.

À ce moment, une bourrasque de vent s'abattit sur le belvédère. Nathan se rapprocha encore de Goodrich.

— Bon sang, Garrett, pourquoi voulez-vous que je regarde cet homme ?

— Parce qu'il va mourir, répondit gravement Goodrich.

— Vous êtes… vous êtes cinglé mon vieux ! s'exclama l'avocat. Mais, tout en disant ces mots, il ne put empêcher son regard de rester collé à la silhouette de Kevin et une sourde inquiétude monta en lui.

Il ne se passera rien. Une chose comme ça ne peut pas arriver...

Mais il s'écoula moins d'une minute entre la prédiction inattendue de Goodrich et le moment où le jeune homme sortit un revolver de la poche de son anorak. Pendant quelques secondes, il regarda avec effroi l'arme qui tremblait dans sa main.

D'abord, personne ne sembla remarquer son étrange comportement puis, soudain, une femme poussa un hurlement.

— Cet homme est armé !

Tous les regards se focalisèrent instantanément sur le jeune garçon.

Comme pris de panique, Kevin retourna alors le revolver contre lui. Ses lèvres tremblaient de terreur. Des larmes de rage roulèrent sur son visage, suivies d'un cri de souffrance qui se perdit dans les ténèbres de la nuit.

— Ne faites pas ça ! cria un père de famille alors que se mettait en branle une incroyable bousculade en direction de la salle couverte.

Nathan restait immobile devant le jeune garçon. Tout à la fois fasciné et terrifié par ce qu'il avait devant les yeux, il n'osait pas esquisser le moindre mouvement, de peur de précipiter l'irréparable. Il n'avait plus du tout froid. Il se sentait au contraire envahi par une décharge brûlante qui se répandit d'un trait dans tout son corps.

Pourvu qu'il ne tire pas...

Ne tire pas. Ne tire pas, gamin...

Mais Kevin leva les yeux, regarda une dernière fois le ciel sans étoiles puis appuya sur la détente.

La détonation creva la nuit new-yorkaise. Le jeune homme s'écroula brusquement, ses jambes se dérobant sous son poids.

Pendant un moment, ce fut comme si le temps était suspendu.

Puis il y eut des cris de panique et une grande agitation envahit la plate-forme. La foule s'agglutina devant les ascenseurs. Affolés, les gens se poussaient et couraient dans tous les sens. Certains avaient déjà allumé leur portable... vite... prévenir sa famille... prévenir ses proches. Depuis ce fameux matin de septembre, la plupart des New-Yorkais étaient habités par un sentiment presque palpable de vulnérabilité. Tout le monde ici avait été traumatisé à un certain degré et les touristes eux-mêmes savaient bien qu'en visitant Manhattan, tout pouvait arriver.

En compagnie de quelques autres, Nathan était resté sur le belvédère. Un cercle s'était formé autour du corps de Kevin. Le couple d'amoureux était maintenant tout éclaboussé de sang et pleurait en silence.

— Poussez-vous ! Laissez-le respirer ! cria un garde de la sécurité, penché sur le jeune homme.

Il empoigna son talkie-walkie et demanda de l'aide au *lobby*.

— Appelez les pompiers et une ambulance ! On a un blessé par balle au 86e étage.

Puis il se pencha à nouveau sur Kevin pour constater que les secours seraient malheureusement inutiles si ce n'est pour le transporter à la morgue.

À moins d'un mètre de la victime, Nathan ne pouvait pas faire autrement que de regarder le cadavre de Kevin. Son visage, marqué par la douleur, s'était figé à tout jamais au milieu d'un cri de terreur. Ses yeux, exorbités et vitreux, ne regardaient plus que le vide. Derrière l'oreille, on pouvait voir un trou béant, brûlé et cramoisi. Une partie de son crâne avait été réduite en bouillie et ce qui en restait baignait dans un mélange de sang et de cervelle. Immédiatement, l'avocat sut qu'il ne pourrait jamais se défaire de cette image, qu'elle reviendrait le hanter, encore et encore, au détour de ses nuits et dans les moments d'extrême solitude.

Les curieux commençaient peu à peu à refluer. Un petit garçon avait perdu ses parents et restait là, interdit, à trois mètres du corps, le regard hypnotisé par la mare de sang.

Nathan le prit dans ses bras pour le détourner de ce spectacle morbide.

— Viens avec moi, bonhomme. T'en fais pas, ça va aller. Ça va aller.

En se relevant, il aperçut Goodrich qui se noyait dans la masse. Il s'élança vers lui.

— Garrett ! Attendez-moi, bon sang !

Avec l'enfant toujours accroché à son cou, Nathan joua des coudes pour rejoindre le médecin au milieu de la bousculade.

— Comment pouviez-vous savoir ? cria-t-il en le tirant par l'épaule.

Les yeux dans le vague, Goodrich ignora la question.

Nathan essaya de le retenir mais il fut happé par les parents du petit garçon, profondément soulagés d'avoir retrouvé leur fils.

— Oh ! James, tu nous as fait si peur, mon bébé !

L'avocat se dégagea avec peine de ces effusions. Il allait rattraper le médecin lorsque celui-ci s'engouffra de justesse dans le premier ascenseur disponible.

— Pourquoi n'avez-vous rien fait, Garrett ?

Pendant une fraction de seconde leurs regards se croisèrent mais c'est devant les portes coulissantes qui se refermaient que Nathan hurla sa dernière question :

— Pourquoi n'avez-vous rien fait puisque *vous saviez* qu'il allait mourir ?

5

Nous sommes lents à croire
ce qui fait mal à croire.

OVIDE

10 décembre

Nathan dormit peu cette nuit-là.

Le lendemain, il se réveilla tard, trempé de sueurs froides, et la première chose qu'il éprouva fut cette douleur à la poitrine qui n'avait pas disparu. Il se massa le côté droit et crut ressentir un élancement plus aigu.

Pour ne rien arranger, il avait fait à nouveau ce rêve de noyade, signe d'anxiété chez lui. Sans doute parce que Goodrich lui avait parlé de cygne.

Il sortit de son lit et sentit ses jambes flageoler.

Il était même tellement fébrile qu'il se mit un thermomètre sous le bras.

37,8. Rien d'alarmant.

Pourtant, vu son manque de forme et l'heure tardive, il renonça à aller courir. Ce serait donc une très mauvaise journée.

Dans l'armoire à pharmacie, il prit un comprimé de Prozac et l'avala avec une gorgée d'eau. Il en prenait régulièrement depuis que… depuis qu'il ne se sentait plus en harmonie avec rien.

Il ramassa les dossiers qui traînaient sur le canapé. Hier soir, il n'avait pas fait grand-chose. Il avait intérêt à mettre les bouchées doubles aujourd'hui. D'autant plus qu'il était sur le point d'aboutir à un accord dans l'affaire Rightby's. La célèbre maison de vente aux enchères dont il assurait la défense était accusée d'avoir violé la loi antitrust en s'entendant avec sa principale concurrente pour fixer des taux de commission comparables sur les ventes d'œuvres d'art. C'était un dossier délicat et les heures ne se facturaient pas toutes seules. Mais s'il réussissait à obtenir un bon accord, sa réputation augmenterait encore d'un cran.

Malgré son retard, il resta de longues minutes sous la douche chaude, se repassant mentalement le suicide de Kevin Williamson. Il se remémora aussi certaines des paroles de Goodrich : « Je pense que c'est moi qui pourrais vous être utile, Nathan. Certaines épreuves peuvent être pénibles, vous verrez. » Il avait aussi évoqué « la nécessité de se préparer ».

Que lui voulait ce type, bon sang ? Tout cela commençait à devenir inquiétant. Fallait-il qu'il prévienne quelqu'un ? La police ? Après tout, il y avait eu un mort hier soir et ce n'était pas rien.

Oui, mais c'était un suicide. Des dizaines de personnes pouvaient en témoigner. Pourtant, Goodrich avait forcément une part de responsabilité dans cette histoire. En tout cas, il détenait des informations qu'il n'aurait pas dû garder pour lui.

Il sortit de la cabine de douche et se sécha énergiquement.

Le mieux était peut-être de ne plus penser à ça. Il n'en avait pas le temps. Il ne devait plus jamais accepter de rencontrer Goodrich. Plus jamais…

Comme ça, tout finirait par rentrer dans l'ordre.

Avant de sortir, il avala encore deux aspirines et un comprimé de vitamine C.

Il fallait qu'il mette la pédale douce sur tous ces médicaments, il le savait. Mais pas aujourd'hui. Il n'était pas encore prêt.

Il mit un bon moment avant d'attraper un taxi.

La voiture tourna au niveau de Columbus Circle et dépassa Grand Army Plaza.

Je ne vais pas être en avance, pensa-t-il tout en échangeant quelques propos convenus avec le chauffeur pakistanais. Pour ne rien arranger, un camion de livraison venait de caler devant le GM Building, déclenchant un début d'embouteillage sur Madison. Nathan abandonna le taxi et s'engagea à pied dans le corridor de métal et de verre que formaient les gratte-ciel de Park Avenue. Toute l'agitation de la ville lui explosa alors au visage, depuis les éclats de voix des hommes-sandwichs jusqu'au concert de klaxons que lui adressa une limousine aux vitres fumées en manquant de le renverser. Il se sentit soudain trop à l'étroit, broyé dans cet espace hostile, et c'est avec soulagement qu'il retrouva la spectaculaire entrée de l'immeuble de Marble&March, dominée par une voûte en mosaïque d'inspiration byzantine. Nathan s'arrêta d'abord au 30e étage où les associés disposaient d'une vaste salle de repos et d'une petite cafétéria. Il lui arrivait parfois de rester dormir ici, lorsque sa masse de travail était vraiment trop importante. Il récupéra quelques documents dans son casier et monta à l'étage supérieur où se trouvait son bureau.

Comme il était anormalement tard, il put lire une interrogation dans le regard de sa secrétaire.

— Vous voulez bien m'apporter mon courrier et un triple café, Abby, s'il vous plaît ?

Elle fit tourner sa chaise pivotante et lui lança un regard réprobateur :

— Le courrier vous attend sur votre bureau depuis une heure. Quant au café, est-ce que vous êtes sûr qu'un triple…

— Je le veux très fort et sans lait, merci.

Il entra dans son bureau, consacra vingt minutes à parcourir son courrier puis consulta sa messagerie électronique en terminant sa dernière tasse de café. Il avait reçu un mail d'un collaborateur qui sollicitait son aide sur un point de jurisprudence concernant le dossier Rightby's. Il s'apprêtait à lui répondre lorsque…

Non, impossible de se concentrer. Il ne pouvait pas faire comme si tout cela n'avait jamais existé. Il fallait qu'il règle cette affaire.

En moins de deux secondes, il ferma son ordinateur portable, attrapa son manteau et quitta son bureau.

— Abby, demandez au portier de m'appeler un taxi et annulez tous mes rendez-vous pour la matinée.

— Mais, vous deviez voir Jordan à midi…

— Essayez de reporter le rendez-vous en début

de soirée, s'il vous plaît, je crois qu'il a du temps à cette heure.

— Je ne sais pas s'il va apprécier.

— Ça, c'est *mon* problème.

Elle le rattrapa dans le couloir pour lui crier :

— Vous avez besoin de repos, Nathan, ce n'est pas la première fois que je vous le dis !

— South Ferry Terminal, ordonna-t-il en refermant la portière du taxi.

Grâce aux vingt dollars promis au chauffeur, il réussit de justesse à se glisser parmi les derniers passagers du ferry de dix heures pour Staten Island. En moins de vingt-cinq minutes, le bateau le conduisit dans ce quartier de New York en pleine expansion. La traversée était spectaculaire mais ni la vue de Lower Manhattan ni celle de la statue de la Liberté ne lui donnèrent de plaisir, tant il était pressé d'arriver.

À peine débarqué, il héla un nouveau taxi qui le déposa rapidement au Staten Island Public Hospital. Le centre de soins s'étendait sur un vaste site près de St. George, le chef-lieu du district situé à la pointe nord-est de l'île.

Le taxi s'arrêta devant le Surgery Center. Il n'avait plus neigé depuis la veille mais le ciel était gris de nuages.

Nathan pénétra dans le bâtiment au pas de course. Une réceptionniste le freina dans son élan.

— Monsieur, les visites ne commencent qu'à…

— Je voudrais voir le docteur Goodrich, la coupa-t-il.

Il était remonté comme un roquet. Le Prozac avait parfois de drôles d'effets sur lui.

Elle fit quelques manipulations sur son écran d'ordinateur pour afficher le tableau des opérations.

— Le professeur vient juste de terminer une biopsie et doit enchaîner avec une exérèse et un curage ganglionnaire. Vous ne pouvez pas le voir maintenant.

— Prévenez-le tout de même, demanda Nathan. Dites-lui que M. Del Amico est ici. C'est une urgence.

La réceptionniste promit d'essayer et l'invita à patienter dans une salle d'attente.

Goodrich se présenta un quart d'heure plus tard. Il portait une blouse médicale bleue et un bandana sur la tête.

Nathan se jeta sur lui.

— Bon Dieu, Garrett, est-ce que vous voulez bien m'expliquer ce que…

— Dans un moment. Je ne suis pas libre pour l'instant.

— Je ne vous lâcherai pas ! Vous vous pointez dans mon bureau puis chez moi et me faites assister à un suicide épouvantable sans rien dire d'autre que « méditez sur la brièveté de la vie ». Ça commence à devenir éprouvant !

— Nous parlerons plus tard. Il y a une pièce à l'étage où un homme attend qu'on lui enlève une tumeur…

Nathan fit un grand effort pour garder son calme. Il se sentait capable des pires violences envers le médecin.

— … mais vous pouvez toujours venir avec moi si le cœur vous en dit, proposa Goodrich en tournant les talons.

— Hein ?

— Venez donc assister à l'opération, c'est très instructif.

Nathan soupira. Il sentait bien que Garrett était en train de prendre l'ascendant sur lui mais il ne put s'empêcher de le suivre. De toute façon, au point où il en était…

Il respecta à la lettre le protocole de stérilisation. Il se savonna et se frotta les mains et les avant-bras avec une mousse antibactérienne avant de s'attacher un masque en tissu sur la bouche et le nez.

— Qu'y a-t-il au programme ? demanda-t-il en prenant un air détaché.

— Œsophagectomie par laparotomie et thoracotomie, répondit Goodrich en poussant la porte à battants.

Nathan ne fit même pas l'effort de chercher une repartie spirituelle et rejoignit le médecin dans la salle d'opération où l'attendaient une infirmière et un chirurgien assistant.

Dès qu'il pénétra dans la pièce sans fenêtre, à l'éclairage trop cru, il comprit qu'il n'allait pas aimer ce qu'il allait voir.

Quelle horreur ! Comme la plupart des gens, il détestait ces odeurs médicales qui lui rappelaient de mauvais souvenirs.

Il se plaça dans un coin très en retrait et n'ouvrit plus la bouche.

— C'est un mauvais cancer, expliqua Goodrich à son collègue. Homme de cinquante ans, gros fumeur, diagnostic un peu tardif. La muqueuse est atteinte. Présence de quelques métastases dans le foie.

On lui présenta un plateau sur lequel reposaient toutes sortes d'instruments chirurgicaux. Il prit un scalpel et donna le signal du départ.

— Très bien, nous commençons.

Nathan suivit toutes les étapes de l'opération sur un petit écran de télévision fixé à la verticale de la tête du patient.

Section du ligament triangulaire... libération de l'hiatus œsophagien...

Après quelques manipulations, il ne vit plus sur l'écran qu'un amas d'organes sanguinolents. Comment faisaient les chirurgiens pour se repérer ? Il n'avait jamais été hypocondriaque mais, à ce moment précis, il ne put s'empêcher de penser à la douleur qui lui barrait la poitrine. Il regardait avec angoisse Goodrich qui s'activait, tout entier absorbé dans sa tâche.

Non, ce n'est pas un fou. C'est un médecin compétent Un homme qui se lève le matin pour sauver des vies. Mais alors, que me veut-il ?

À un moment, le médecin qui assistait Goodrich tenta d'amener la conversation sur la *Base-Ball League* mais Garrett le fusilla immédiatement du regard et l'homme ne broncha plus.

Puis, à nouveau, Nathan détourna les yeux de l'écran tandis que l'opération suivait son cours.

Tubulisation gastrique... drainage thoracique et abdominal...

Il se sentait humble. À ce moment précis, ses dossiers, ses réunions de travail et ce million de dollars sur son compte en banque lui parurent futiles.

Tandis que l'opération touchait à sa fin, le rythme cardiaque du malade s'emballa d'un coup.

— Merde ! cria l'assistant, il tachycardise.

— Ça arrive, dit calmement Goodrich, il supporte mal le refoulement du cœur.

Au moment où Garrett demandait à l'infirmière de faire une injection, Nathan sentit un filet de bile lui monter dans la gorge. Il sortit en courant de la salle d'opération et se précipita au-dessus de la cuvette des toilettes pour y vomir longuement.

Il se rappela alors qu'il n'avait absorbé aucune nourriture depuis près de vingt-quatre heures.

Goodrich le rejoignit dix minutes plus tard.

— Il vivra ? demanda Nathan avec angoisse, en s'essuyant le front.

— Plus longtemps que si on n'avait rien tenté. Il pourra au moins s'alimenter et digérer normalement. Pour un temps du moins.

— L'opération s'est bien déroulée, expliqua Goodrich à l'épouse du patient. Bien entendu, certaines complications postopératoires sont toujours possibles mais je suis optimiste.

— Merci, docteur, fit la femme avec gratitude, vous l'avez sauvé.

— Nous avons fait de notre mieux.

— Merci à vous aussi, fit-elle en serrant la main de Nathan.

Elle le prenait pour le chirurgien assistant. L'avocat avait tellement l'impression d'avoir participé à l'opération qu'il ne la détrompa pas.

La cafétéria de l'hôpital était située au premier étage et dominait le parking.

Assis face à face, Goodrich et Nathan avaient commandé du café. Une petite corbeille de pâtisseries était posée sur la table.

— Vous voulez un *donut* ? Ils sont un peu gras mais…

Nathan secoua la tête.

— J'ai encore un goût d'amertume au fond de la bouche, si vous voulez tout savoir.

Un imperceptible sourire traversa le visage du médecin.

— Très bien. Je vous écoute.

— Non, non, pas de ça Garrett, c'est *moi* qui vous écoute : pourquoi êtes-vous venu me trouver et comment saviez-vous que Kevin avait l'intention de se mettre une balle dans la tête ?

Goodrich se servit une tasse de café et ajouta beaucoup de lait et de sucre. Il fronça les sourcils.

— Je ne sais pas si vous êtes déjà prêt, Nathan.

— Prêt à quoi ?

— À entendre ce que je vais vous dire.

— Oh ! je m'attends à tout mais si vous pouviez juste accélérer la cadence…

Goodrich ne l'entendait pas de cette oreille.

— Vous voulez me faire plaisir ? Cessez de regarder l'heure toutes les deux minutes.

Nathan poussa un soupir.

— OK, prenons notre temps, fit-il en dénouant son nœud de cravate et en retirant sa veste.

Garrett avala une bouchée de beignet puis une gorgée de café.

— Vous me prenez pour un fou, n'est-ce pas ?

— J'avoue que je me pose des questions, répondit l'avocat sans sourire.

— Vous avez déjà entendu parler des unités de soins palliatifs ?

— J'ai lu que vous étiez responsable de celle de cet hôpital.

— Exact. Comme vous le savez, ce sont des services qui accueillent des malades condamnés par la médecine.

— Et vous leur apportez un soutien psychologique…

— Oui. Ils n'ont plus que quelques semaines à vivre et ils en sont conscients. C'est une situation très dure à accepter.

Il était déjà deux heures de l'après-midi. La grande salle de la cafétéria n'était qu'à moitié pleine. Nathan sortit une cigarette mais ne l'alluma pas.

— Notre mission est de les accompagner vers la mort, continua Goodrich. De faire en sorte qu'ils utilisent le peu de temps qu'il leur reste pour essayer de partir en paix.

Il laissa passer quelques secondes et précisa :

— En paix avec eux-mêmes et avec les autres.

— Très bien, mais en quoi cela me…

Goodrich explosa :

— En quoi cela vous concerne-t-il ? Toujours la même question à propos de votre petit ego ! En quoi Nathan Del Amico, le grand avocat qui facture quatre cents dollars de l'heure, est-il concerné par toute la misère du monde ? Vous ne pouvez pas oublier votre petite personne pendant un moment ?

Cette fois, c'en était trop. L'avocat abattit son poing sur la table.

— Écoutez-moi bien, espèce de trou du cul ! Personne ne s'est adressé à moi sur ce ton depuis l'école primaire et j'ai bien l'intention que ça continue !

Il se leva brusquement et, pour se calmer, partit commander une petite bouteille d'Évian au comptoir.

Dans la pièce, les autres conversations s'étaient arrêtées et tout le monde le regardait avec un air de reproche.

Maîtrise-toi. Tu es dans un hôpital tout de même !

Il ouvrit la bouteille, en but la moitié. Une minute s'écoula avant qu'il retourne s'asseoir à sa table.

Il planta son regard dans celui de Goodrich, manière de lui faire comprendre qu'il ne l'impressionnait pas.

— Poursuivez, demanda-t-il d'un ton plus calme mais où perçait une hostilité latente.

La tension entre les deux hommes était palpable. Malgré ça, le médecin reprit son propos là où il l'avait laissé.

— Les unités de soins palliatifs sont destinées à des gens dont la médecine a déjà prévu la mort. Mais il existe aussi tout un tas de décès qu'il est impossible de prévoir à l'avance.

— Comme les accidents ?

— Oui, les accidents, les morts violentes, les maladies que la médecine ne sait pas déceler ou qu'elle décèle trop tard.

Nathan comprit qu'on arrivait au moment important de l'explication. Il ressentait toujours cette douleur qui lui barrait la poitrine comme un étau.

— Comme je vous l'ai déjà fait comprendre, reprit Goodrich, il est plus facile d'aborder la mort lorsqu'on a pu conduire ses aspirations à leur terme.

— Mais ça n'est pas possible dans le cas de morts imprévisibles !

— Pas toujours.

— Comment ça, pas toujours ?

— En fait, c'est l'une des missions des Messagers.

— Les *Messagers* ?

— Oui, Nathan, il existe des gens qui préparent ceux qui vont mourir à faire le grand saut dans l'autre monde.

L'avocat secoua la tête.

L'autre monde ! On nage en plein délire.

— Vous voulez me dire que certains savent *à l'avance* qui va mourir ?

— C'est à peu près ça, confirma gravement Garrett. Le rôle des Messagers est de faciliter la séparation paisible des vivants et des morts. Ils permettent à ceux qui vont mourir de mettre en ordre leur vie avant de disparaître.

Nathan soupira.

— Je crois que vous tombez mal avec moi : je suis plutôt du genre cartésien et ma vie spirituelle est aussi développée que celle du ver de terre.

— J'ai bien conscience que c'est dur à croire.

Nathan haussa les épaules et tourna la tête en direction de la fenêtre.

Qu'est-ce que je fais ici ?

Des nuées de flocons cotonneux traversaient à nouveau le gris du ciel pour venir effleurer la baie vitrée donnant sur le parking.

— Et si je comprends bien, vous seriez l'un de ces…

— … de ces Messagers, oui.

— C'est pour ça que vous saviez pour Kevin ?

— Voilà.

Il ne fallait pas qu'il rentre dans ce jeu. Il n'avait rien à gagner à écouter les délires de ce dingue et, pourtant, il ne put s'empêcher de demander :

— Mais vous n'aviez rien fait pour lui ?

— Que voulez-vous dire ?

— En quoi l'avez-vous préparé à faire le grand saut ? En quoi avez-vous « facilité la séparation paisible des vivants et des morts » ? Kevin ne paraissait pas très serein au moment de partir…

— Nous ne pouvons pas agir à chaque fois, reconnut Goodrich. Ce gosse était trop perturbé pour faire un travail sur lui-même. Heureusement, il n'en va pas toujours ainsi.

Mais même en acceptant cette hypothèse, quelque chose gênait Nathan.

— Vous pouviez l'empêcher de mourir. Vous auriez dû prévenir quelqu'un de la sécurité ou la police…

Garrett l'arrêta tout de suite :

— Ça n'aurait pas changé grand-chose. Personne n'a de prise sur l'heure de la mort. Et on ne peut pas remettre en cause la décision finale.

La décision finale ; les Messagers ; l'autre monde... Pourquoi pas le purgatoire et l'enfer pendant qu'on y est ?

Nathan prit quelques secondes pour encaisser ces informations et dit avec un sourire crispé :

— Vous vous imaginez vraiment que je vais vous croire ?

— Ces choses-là n'ont pas attendu que vous croyiez en elles pour exister.

— Encore une fois, vous perdez votre temps, je ne suis pas un homme religieux.

— Cela n'a rien à voir avec la religion.

— Je pense très sincèrement que vous avez perdu la raison et même, qu'il serait de mon devoir de signaler vos propos au directeur de l'hôpital.

— Dans ce cas, ça fait plus de vingt ans que je suis fou.

Le ton de Garrett se fit plus convaincant.

— Ne vous avais-je pas prévenu pour Kevin ?

— Ce n'est pas une preuve. Il y a quantité d'autres raisons qui peuvent expliquer que vous ayez deviné son suicide.

— Je ne vois pas très bien lesquelles.

— Un endoctrinement, le pouvoir d'une secte, la drogue…

— Croyez-moi, je ne veux pas vous entraîner sur ce terrain, Nathan. Je vous dis simplement que j'ai la capacité d'anticiper la mort de certaines personnes. Je sais qu'elles vont mourir avant que ne surviennent les premiers signes avant-coureurs et je m'efforce de les préparer à ce qui les attend.

— Et d'où tiendriez-vous ce pouvoir ?

— C'est compliqué, Nathan.

L'avocat se leva, enfila sa veste et son manteau.

— J'en ai assez entendu pour aujourd'hui.

— Je le crois aussi, approuva Garrett, compréhensif.

L'avocat prit la direction de la sortie mais, au moment de franchir les portes automatiques, il fit brusquement demi-tour et revint vers Goodrich en le pointant du doigt :

— Excusez-moi de revenir à ma petite personne, docteur, mais est-ce que vous n'essayez pas de me faire comprendre que vous êtes ici *pour moi* ?

— …

— Vous êtes ici pour moi, Goodrich, c'est ça ? C'est ça que je dois comprendre ? Mon heure est venue ? C'est déjà la « fin du business » ?

Goodrich semblait embarrassé. Il donnait l'impression qu'il aurait préféré se passer de cette conversation mais qu'il savait aussi qu'elle constituait un passage obligé.

— Ce n'est pas vraiment ce que j'ai dit.

Mais Nathan ne tint pas compte de cette remarque. Il s'énervait et parlait vite et fort.

— C'est comme ça que vous procédez alors ? Une fois que vous avez eu votre « anticipation », vous débarquez chez les gens pour leur dire : « Attention, il y a des priorités, vous n'en avez plus que pour une semaine, alors dépêchez-vous d'effectuer les derniers ajustements. »

Garrett essaya de le calmer.

— Je n'ai jamais rien dit à ceux qui vont mourir. Je le sais, c'est tout.

— Eh bien, allez vous faire voir, Messager !

Cette fois, Nathan quitta la pièce pour de bon.

Resté seul à la table, Goodrich termina son café et se frotta les paupières en silence.

À travers la vitre, il aperçut la silhouette de Del Amico qui s'éloignait dans la neige et le froid.

Des flocons glacés s'agrippaient aux cheveux et au visage de l'avocat mais il semblait les ignorer.

Dans la pièce, près du comptoir, les accords jazz du piano de Bill Evans s'élevaient d'un poste de radio.

C'était un air triste.

6

Ne fait-il pas plus froid ?
Ne vient-il pas toujours des nuits,
de plus en plus de nuits ?
Ne faut-il pas dès le matin allumer des lanternes ?

NIETZSCHE

— Combien de jours de congé ai-je pris ces trois dernières années ?

Il était six heures du soir. Assis dans le bureau d'Ashley Jordan, Nathan essayait de convaincre l'associé principal de lui accorder deux semaines de vacances. Ils entretenaient tous les deux des relations complexes. Au départ, Nathan avait été le protégé de Jordan au sein du cabinet mais, au fil des affaires, ce dernier avait fini par s'agacer légèrement de l'ambition de son jeune confrère à qui il reprochait de tirer trop souvent la couverture à lui. De son côté, Nathan s'était vite rendu compte que Jordan n'était pas le genre de type à mélanger le business et l'amitié. Il savait donc pertinemment que, s'il avait un jour des problèmes sérieux, ce ne serait pas à sa porte qu'il faudrait aller sonner.

Nathan soupira. Inutile de se voiler la face : sa passe d'armes avec Garrett et le suicide de Kevin l'avaient profondément ébranlé. Sans parler de cette douleur qui lui écrasait toujours la poitrine.

À vrai dire, il ne savait plus quoi penser des délires de Goodrich à propos des Messagers. Mais une chose était sûre : il avait besoin de faire une pause, de prendre son temps et de profiter des prochaines vacances pour s'occuper davantage de sa fille.

Il reposa sa question :

— Combien de jours de congé ai-je pris ces trois dernières années ?

— Quasiment aucun, reconnut Jordan.

— Nous n'allons pas souvent jusqu'au procès, mais les fois où nous y sommes allés, combien d'affaires ai-je perdues ?

Jordan soupira et ne put retenir un léger sourire. Il connaissait ce refrain par cœur. Nathan était un avocat doué mais pas précisément modeste.

— Tu n'as perdu aucune affaire ces dernières années.

— Je n'ai perdu aucune affaire de *toute* ma carrière, corrigea Nathan.

Jordan approuva puis demanda :

— C'est à cause de Mallory ? C'est ça ?

Nathan répondit à côté :

— Écoute, je garderai mon portable et mon pager pour être toujours joignable s'il y a un problème.

— OK, prends tes jours de congé si c'est ce que tu veux. Tu n'as pas besoin de ma permission pour ça. Je superviserai moi-même le dossier Rightby's.

Considérant que la discussion était terminée, il se replongea dans les chiffres qui défilaient sur l'écran de son ordinateur.

Mais Nathan ne l'entendait pas comme ça. Il haussa le ton pour faire remarquer :

— Je réclame un peu de temps à consacrer à ma fille, je ne vois pas en quoi ça pose un problème.

— Ça n'en pose pas, dit Jordan en levant les yeux. Le seul ennui, c'est que ce n'était pas *prévu* et tu sais bien que dans notre métier nous devons *tout* prévoir.

11 décembre

Le réveil sonna à cinq heures trente.

Malgré quelques heures de sommeil, la douleur

n'avait pas disparu. Bien au contraire, elle lui écrasait toujours le thorax, comme un feu qu'on aurait attisé derrière son sternum. Il avait même l'impression qu'elle irradiait maintenant dans son épaule gauche et commençait à se diffuser le long de son bras.

Aussi n'eut-il pas le courage de se lever tout de suite. Il resta couché et respira profondément en essayant de se calmer. Au bout de quelques instants, la douleur finit par s'évanouir mais il resta allongé dix minutes de plus, en se demandant ce qu'il allait faire de la journée. Enfin, il prit une décision.

Bon sang ! Je ne vais pas subir les événements sans rien faire. Il faut que je sache !

Il mit un pied hors du lit et passa rapidement sous la douche. Il avait très envie d'un café mais sut résister à la tentation : il devait être à jeun s'il voulait faire une prise de sang.

Il s'habilla chaudement, descendit par l'ascenseur puis traversa d'un pas pressé les motifs Art déco qui tapissaient le *lobby* et les entrées de l'immeuble. Il s'arrêta un court moment pour saluer le portier dont il appréciait la gentillesse.

— Bonjour, monsieur.

— Bonjour, Peter, qu'ont fait les Knicks hier soir ?

— Ils ont gagné de vingt points contre Seattle. Ward a mis quelques beaux paniers…

— Tant mieux, j'espère qu'on fera aussi bien à Miami !

— Pas de jogging ce matin, monsieur ?

— Non, la machine est un peu rouillée en ce moment.

— Rétablissez-vous vite alors…

— Merci, Peter, bonne journée.

Dehors, il faisait nuit et le petit matin était glacial.

Il traversa la rue puis leva les yeux vers les deux tours du San Remo. Il repéra la fenêtre de son appartement, au 23e étage de la tour nord. Comme chaque fois, il se fit la même réflexion : *Pas mal quand même*.

Pas mal d'en être arrivé là pour un gosse élevé dans un sale quartier au sud du Queens.

Il avait eu une enfance difficile, c'est vrai. Une enfance marquée par la pauvreté et les économies de bouts de chandelle. Une vie pauvre mais pas misérable même si, avec sa mère, ils avaient parfois mangé grâce aux *food stamps*, les tickets d'alimentation distribués aux plus nécessiteux.

Oui, pas mal quand même.

Car le 145 Central Park West était sans conteste l'une des adresses les plus prestigieuses du *Village*. Juste en face du parc et à deux blocs du métro que les gens d'ici ne devaient, à l'évidence, pas prendre souvent. Dans les cent trente-six appartements que comptait l'immeuble, on trouvait des hommes d'affaires, des stars de la finance, des vieilles familles new-yorkaises et des vedettes du cinéma ou de la chanson. Rita Hayworth avait vécu ici jusqu'à sa mort. On disait que Dustin Hoffman et Paul Simon y possédaient encore un appartement.

Il regardait toujours le sommet du building divisé en deux tours jumelles surmontées chacune d'un petit temple romain donnant à l'immeuble de faux airs de cathédrale médiévale.

Pas mal quand même.

Pourtant, il devait bien reconnaître que, tout grand avocat qu'il était, il n'aurait jamais pu se payer cet appartement s'il n'y avait pas eu cette histoire avec son beau-père. Enfin, son ex-beau-père, Jeffrey Wexler.

Pendant longtemps, cet appartement du San Remo avait été le pied-à-terre de Wexler lorsqu'il venait à New York pour ses affaires. C'était un homme strict et intransigeant, un pur produit de l'élite bostonienne. Ce logement appartenait à la famille Wexler depuis toujours. C'est-à-dire depuis la crise économique de 1930, date de la construction de l'immeuble par Emery Roth, l'architecte prodige qui avait déjà à son actif plusieurs autres immeubles prestigieux situés autour de Central Park.

Pour veiller à l'entretien de l'appartement, Wexler avait engagé une femme d'origine italienne : elle s'appelait Eleanor Del Amico et vivait dans le Queens avec son fils. Au début, Wexler l'avait engagée contre l'avis de son épouse qui trouvait inconvenant d'employer une mère célibataire. Mais comme Eleanor donnait satisfaction, ils lui demandèrent également de s'occuper de leur maison de vacances de Nantucket.

Ainsi, plusieurs étés de suite, Nathan avait accompagné sa mère sur l'île. Et c'est là que s'était produit l'événement qui avait changé sa vie : sa rencontre avec Mallory.

Le travail de sa mère lui avait offert une place aux premières loges pour contempler avec envie cette Amérique des WASP sur laquelle le temps semblait ne pas avoir de prise. Lui aussi aurait voulu une enfance pleine de cours de piano, de balades en voilier dans le port de Boston et de portières de Mercedes qui claquent. Bien entendu, il n'avait jamais rien eu de tout cela : il n'avait pas de père, pas de frère, pas d'argent. Il ne portait pas d'écusson piqué au revers de l'uniforme d'une école privée ni de pull marin tricoté à la main et griffé d'une grande marque.

Mais grâce à Mallory, il avait pu goûter avec avidité quelques miettes de cet art de vivre intemporel. Il était parfois invité à des pique-niques somptueux et compliqués dans les coins ombragés de Nantucket. Plusieurs fois, il avait accompagné Wexler dans des parties de pêche qui se terminaient immanquablement par la dégustation d'un café glacé et d'un *brownie* frais. Et même la très distinguée Elizabeth Wexler le laissait parfois emprunter des ouvrages dans la bibliothèque de cette grande maison où tout était lisse, propre et serein.

Pourtant, malgré cette apparente bienveillance, les Wexler avaient toujours été gênés que le fils de la femme de ménage ait sauvé leur fille de la noyade un jour de septembre 1972.

Et cette gêne ne s'était jamais atténuée. Bien au contraire, elle n'avait fait que croître au fil du temps pour se transformer en franche hostilité lorsque Mallory et lui leur avaient fait part de leur intention de se mettre en ménage puis de se marier.

Les Wexler avaient alors usé de tous les moyens pour éloigner leur fille de celui qu'elle disait aimer. Mais rien n'y avait fait : Mallory avait tenu bon. Elle avait su être plus forte que les prétendus appels à la raison. Plus forte que les menaces et les repas de famille où régnaient désormais plus de silences que de conversations.

Le bras de fer avait duré jusqu'à ce fameux Noël 1986, lors de la soirée de réveillon dans la grande maison familiale qui réunissait une partie du gratin de l'aristocratie bostonienne. Mallory avait débarqué avec Nathan à son bras et l'avait présenté à tout le monde comme son « futur mari ». Jeffrey et Lisa Wexler avaient alors compris qu'ils ne pourraient pas s'opposer éternellement à la décision de leur fille. Que ce serait comme ça et pas autrement et qu'il faudrait que, d'une façon ou d'une autre, ils acceptent Del Amico s'ils tenaient à garder Mallory.

Nathan avait été sincèrement épaté par la détermination de sa femme à imposer son choix et il ne l'en avait aimée que davantage. Aujourd'hui encore, lorsqu'il repensait à cette soirée mémorable, il ne pouvait s'empêcher d'avoir des frissons. Pour lui, ça resterait à jamais le soir où Mallory lui avait dit oui. Oui aux yeux des autres. Oui devant la terre entière.

Mais même une fois leur union célébrée, les Wexler ne l'avaient pas véritablement reconnu comme un des leurs. Même après qu'il eut décroché son diplôme de Columbia ; même après son embauche dans un prestigieux cabinet d'avocats. Ce n'était plus une question d'argent mais d'origine sociale. Un peu comme si, dans ce milieu, la naissance vous assignait dès le départ une certaine position dont vous ne pourrez de toute façon pas vous défaire quelles que soient par ailleurs vos actions ou votre fortune.

Pour eux, il serait toujours le fils de la femme de ménage, quelqu'un qu'ils avaient dû se résoudre à accepter pour ne pas s'éloigner de leur fille mais qui n'appartenait pas pour autant au véritable cercle de famille. Et qui n'y appartiendrait jamais.

Puis il y avait eu ce procès. En 1995.

À dire vrai, cette affaire ne concernait pas directement son champ de compétence. Mais lorsqu'il avait vu passer le dossier chez Marble&March, Nathan avait insisté pour s'en occuper.

L'affaire n'était pas difficile à comprendre : après le rachat de son entreprise par une grande société d'informatique, l'un des membres fondateurs de la firme SoftOnline estimait avoir été renvoyé de façon abusive par les nouveaux actionnaires et réclamait une indemnité de 20 millions de dollars. Le refus, par la compagnie, de payer une telle somme avait entraîné la menace d'un procès. C'est à ce stade que le client avait contacté Marble&March.

Pendant ce temps, les actionnaires – dont la firme se trouvait à Boston – avaient à leur tour saisi leurs avocats : ceux du cabinet Branagh & Mitchell dont l'un des associés principaux était… Jeffrey Wexler.

Mallory avait presque supplié son mari de

renoncer à cette affaire. Ça ne pourrait rien amener de bon pour eux. Ça ne ferait que compliquer les choses, d'autant que c'était Wexler lui-même qui supervisait cette affaire pour son cabinet.

Mais Nathan ne l'avait pas écoutée. Il voulait leur montrer de quoi était capable le voyou du caniveau. Il avait contacté Jeffrey pour le prévenir : non seulement il allait conserver l'affaire, mais en plus il avait bien l'intention de la gagner.

Wexler l'avait envoyé paître.

Dans ce genre d'affaires, on ne va presque jamais jusqu'au procès. Tout se règle généralement par un *deal* entre les deux parties et le job des avocats se résume à essayer d'obtenir l'arrangement le plus favorable.

Sur les conseils de Wexler, la firme avait fait une offre à 6,5 millions. C'était une proposition honnête. La plupart des avocats auraient accepté cet accord. Pourtant, contre toutes les règles de prudence, Nathan avait convaincu son client de ne pas céder.

À quelques jours du procès, Branagh & Mitchell avaient fait une dernière offre de 8 millions de dollars. Cette fois, Nathan avait bien pensé renoncer. Puis Wexler avait eu cette phrase. Ces mots qu'il n'oublierait jamais :

— Vous avez déjà eu ma fille, Del Amico. Ça ne vous suffit pas comme trophée ?

— Je n'ai pas précisément « eu » votre fille comme vous dites. J'ai toujours aimé Mallory mais cela, vous refusez de le comprendre.

— Je vais vous écraser comme un cafard !

— Toujours votre mépris, mais, dans cette affaire, il ne vous servira pas à grand-chose.

— Réfléchissez-y à deux fois. Si vous faites perdre 8 millions à ce type, votre notoriété en prendra un coup. Et vous savez combien la réputation d'un avocat est fragile.

— Préoccupez-vous de *votre* réputation, mon vieux.

— Vous n'avez pas une chance sur dix de gagner ce procès. Et vous le savez.

— Jusqu'où êtes-vous prêt à parier ?

— Je veux bien être pendu si je me trompe.

— Je ne vous en demande pas tant.

— Quoi alors ?

Nathan réfléchit un instant.

— L'appartement du San Remo.

— Vous êtes fou !

— Je croyais que vous étiez joueur, Jeffrey.

— De toute façon, vous n'avez *aucune* chance…

— Tout à l'heure vous disiez une sur dix…

Wexler était tellement sûr de lui qu'il avait fini par se laisser prendre au jeu :

— Eh bien, soit. Si vous gagnez, je vous laisse

l'appartement. Nous ferons passer ça comme un cadeau pour fêter la naissance de Bonnie. Notez que je ne vous demande rien en cas de défaite : vous aurez assez de mal à vous en remettre et je ne souhaite pas que le mari de ma fille termine sur la paille.

C'est ainsi que s'était poursuivie leur bataille d'hommes. Un tel pari n'était pas très professionnel – Nathan avait bien conscience qu'il ne se grandissait pas en se servant du sort d'un client pour régler un problème personnel – mais l'occasion était trop belle.

C'était une affaire relativement simple mais à l'issue indécise, soumise à la sensibilité et à l'appréciation du juge. En ayant refusé l'arrangement proposé par Wexler, le client de Nathan prenait le risque de tout perdre.

Jeffrey était un avocat expérimenté et rigoureux. Objectivement, il n'avait pas tort en disant que les chances de victoire de son adversaire étaient minces.

Mais Nathan avait fini par gagner.

Ainsi en avait décidé le juge Frederick J. Livingston de New York en donnant tort à SoftOnline et en ordonnant à la firme de verser les 20 millions qu'elle devait à son ancien salarié.

Il fallait lui reconnaître cela : Wexler avait accepté sa défaite sans broncher et, un mois plus tard, l'appartement du San Remo avait été vidé de toutes ses affaires.

Mallory ne s'était cependant pas trompée : ce procès n'arrangea pas les rapports de Nathan avec ses beaux-parents. Entre Jeffrey et lui la rupture était consommée puisqu'ils ne s'étaient plus adressé la parole depuis maintenant sept ans. Nathan soupçonnait même les Wexler de s'être secrètement réjouis du divorce de leur fille. Il ne pouvait en être autrement.

Nathan baissa la tête et pensa à sa mère.

Elle n'était jamais venue lui rendre visite dans cet appartement. Elle était morte d'un cancer trois ans avant le fameux procès.

Il n'empêche : c'était quand même bien son fils qui dormait au 23e étage du 145 Central Park West.

Là où elle avait fait le ménage pendant près de dix ans.

La vie n'avait jamais été facile pour Eleanor.

Ses parents, originaires de Gaète, un port de pêche au nord de Naples, avaient émigré aux États-Unis lorsqu'elle avait neuf ans. Ce déracinement avait gravement perturbé sa scolarité car elle n'avait jamais réussi à parler anglais convenablement, si bien qu'elle avait dû abandonner l'école très tôt.

À vingt ans, elle avait rencontré Vittorio Del Amico, un ouvrier du bâtiment qui travaillait sur les chantiers du Lincoln Center. Il était beau parleur et avait un sourire enjôleur. Au bout de quelques mois, elle s'était retrouvée enceinte et ils avaient décidé de se marier. Mais au fil du temps, Vittorio s'était révélé être un homme violent, infidèle et peu responsable qui avait fini par quitter son foyer sans laisser d'adresse.

Après le départ de son mari, Eleanor s'était débrouillée toute seule pour élever son enfant, enchaînant parfois deux ou trois emplois pour joindre les deux bouts. Femme de ménage, serveuse, réceptionniste dans des hôtels minables : elle ne rechignait pas à la tâche et prenait sur elle d'endurer les fréquentes humiliations liées à ces emplois subalternes. Sans vrais amis, sans parents proches, elle n'avait eu personne sur qui s'appuyer.

Chez eux, il n'y avait ni lave-linge ni magnétoscope mais ils avaient toujours mangé à leur faim. Ils vivaient chichement mais dignement. Nathan avait des habits propres et toutes les fournitures scolaires dont il avait besoin pour réussir à l'école.

Malgré la fatigue que sa mère accumulait, il ne l'avait jamais vue prendre suffisamment de temps pour s'occuper d'elle ou s'accorder quelques petits plaisirs. Elle ne partait pas en vacances, n'ouvrait jamais un livre et n'allait ni au cinéma ni au restaurant.

Car la seule préoccupation d'Eleanor Del Amico était d'élever correctement son fils. En dépit d'un manque d'éducation et de culture, elle avait fait le maximum pour suivre son parcours scolaire et l'aider de son mieux. Elle n'avait pas de diplôme mais elle avait de l'amour. Un amour inconditionnel et indéfectible. Elle répétait souvent à son fils qu'elle se sentait rassurée d'avoir eu un garçon plutôt qu'une fille : « Tu te débrouilleras plus facilement dans ce monde encore dominé par les hommes », lui assurait-elle.

Pendant les dix premières années de sa vie, sa mère avait été le soleil qui illuminait son quotidien, la magicienne qui lui caressait le front avec un linge humide pour chasser ses cauchemars, celle qui, avant de partir travailler le matin, lui laissait des mots gentils et parfois quelques pièces de monnaie qu'il trouvait en se levant près de son bol de cacao.

Oui, sa mère avait été son idole avant qu'une sorte de distance sociale commence à les séparer peu à peu.

Il avait d'abord découvert l'univers si fascinant des Wexler puis, à douze ans, il avait eu la chance d'être admis à la Wallace School, une école privée de Manhattan qui accueillait chaque année une dizaine d'élèves boursiers recrutés parmi les meilleurs éléments des écoles des quartiers difficiles. Plusieurs fois, il avait été invité chez des copains qui habitaient dans les immeubles chic de l'East Side ou de Gramercy Park. Il avait alors commencé à avoir un peu honte de sa mère. Honte de ses fautes de grammaire et de sa mauvaise maîtrise de l'anglais. Honte que son statut social soit à ce point visible dans son langage et dans ses manières.

Pour la première fois, l'amour qu'elle lui portait lui avait semblé envahissant et il s'en était peu à peu affranchi.

Pendant ses années d'université, leurs liens s'étaient encore relâchés et son mariage n'avait rien arrangé. Mais ce n'était pas la faute de Mallory qui avait toujours insisté pour qu'il s'occupe de sa mère. Non, la faute n'incombait qu'à lui seul. Il avait été trop occupé à gravir les échelons du succès pour se rendre compte que sa mère avait davantage besoin de son amour que de son argent.

Et puis, il y avait eu un matin sombre de novembre 1991 où l'hôpital l'avait appelé pour lui annoncer sa mort et cet amour lui était alors revenu en pleine figure. Comme bien des fils avant lui, il était à présent rongé par le remords, hanté par tous les moments où il s'était montré ingrat et indifférent.

Désormais, il ne se passait plus une seule journée sans qu'il pense à elle. Chaque fois qu'il croisait dans la rue une femme simplement vêtue, usée par le travail, déjà fatiguée avant d'avoir commencé la journée, il revoyait sa mère et regrettait de ne pas avoir été un meilleur fils. Mais il était trop tard. Tous les reproches qu'il pouvait s'adresser aujourd'hui ne serviraient plus à rien. Les actes qu'il exécutait pour se faire pardonner, comme fleurir sa tombe toutes les semaines, ne remplaceraient jamais le temps qu'il n'avait pas passé avec elle lorsqu'elle était encore en vie.

Dans le tiroir de son lit d'hôpital, il avait trouvé deux photographies.

La première datait de 1967. Elle avait été prise un dimanche après-midi, près de la mer, au parc d'attractions de Coney Island. Nathan a trois ans. Il tient une glace italienne dans ses petites mains et regarde émerveillé les montagnes russes. Sa mère le porte fièrement dans ses bras. C'est l'une des rares photos où elle a le sourire.

L'autre cliché lui est plus familier puisqu'il s'agit de la remise de son diplôme de droit à l'université de Columbia. Avec sa toge et son beau costume, il semble toiser le monde. C'est sûr, l'avenir lui appartient.

Avant d'être hospitalisée, sa mère avait retiré cette photo du cadre doré qui trônait dans son salon. Au moment de mourir, elle avait tenu à emporter avec elle le symbole de la réussite de son fils qui était aussi la marque de son éloignement.

Nathan essaya de chasser ces idées qui le rendaient trop vulnérable.

Il était maintenant un peu plus de six heures.

Il pénétra dans le parking souterrain d'un immeuble voisin dans lequel il louait deux places de stationnement. Sur l'une d'elles était garé un coupé Jaguar et sur l'autre un luxueux 4 × 4 de couleur bleu foncé.

Ils en avaient fait l'acquisition lorsqu'ils avaient décidé d'avoir un deuxième enfant. C'était un choix de Mallory. Elle aimait l'impression de sécurité et de hauteur qui se dégageait de ce genre de voiture. Elle veillait toujours à ce que sa famille soit protégée. C'était sa priorité pour toutes les décisions qu'elle avait à prendre.

Quel besoin d'avoir deux voitures maintenant ? se demanda Nathan en ouvrant la portière du coupé. Ça faisait plus d'un an qu'il pensait à vendre le 4 × 4 mais il n'avait jamais trouvé le temps. Il allait démarrer lorsqu'il se dit qu'il serait peut-être préférable de prendre le tout-terrain car les routes risquaient d'être glissantes.

L'odeur de Mallory flottait encore à l'intérieur

du véhicule. En mettant le contact, il décida qu'il vendrait la voiture de sport et garderait le 4 × 4.

Il remonta les deux étages du parking, inséra une carte magnétique pour ouvrir la barrière et sortit dans la ville encore noire.

Il ne neigeait plus. Décidément, même le temps était bizarre, oscillant constamment entre froid et redoux.

Il fouilla dans la boîte à gants, trouva un vieux CD de Leonard Cohen. Un des préférés de son ex-femme. Il enfila le disque dans le lecteur. Mallory aimait les chanteurs de folk en particulier et la contestation en général. Il y a quelques années, elle était allée en Europe, à Gênes, pour manifester contre les méfaits de la mondialisation et l'omnipotence des multinationales. Lors de la dernière élection présidentielle, elle avait participé activement à la campagne de Ralph Nader et lorsqu'elle vivait sur la côte Est, elle n'avait raté aucune des manifestations de Washington contre le FMI et la Banque mondiale. Mallory était contre tout : contre la dette et la misère des pays pauvres, contre la dégradation de l'environnement, contre le travail des enfants… Ces dernières années, elle avait combattu avec force le danger constitué par les aliments génétiquement modifiés. Elle avait consacré beaucoup de son temps à une association militant pour une agriculture sans engrais ni pesticide. Deux ans avant leur séparation, il l'avait accompagnée quelques jours en Inde où l'association avait monté un programme ambitieux de distribution de semences saines à des paysans afin de les inciter à maintenir leur mode d'agriculture traditionnel.

Nathan avait toujours été très critique à l'égard de la générosité des riches mais, au fil du temps, il avait fini par reconnaître que, par rapport à lui qui ne faisait rien, c'était déjà ça.

Aussi, même s'il se moquait parfois du militantisme de sa femme, il l'admirait secrètement car il savait bien que si le monde ne devait compter que sur des types comme lui pour aller mieux, il n'avait pas fini d'attendre.

La circulation était encore fluide à cette heure-ci. Dans une demi-heure, ce ne serait plus le cas. Il prit la direction de Lower Manhattan puis ne pensa plus à rien, se laissant bercer par la voix rocailleuse de Cohen.

Un peu avant Foley Square, il jeta un coup d'œil dans le rétroviseur. L'un des sièges arrière était recouvert d'un plaid avec un motif de Norman Rockwell qu'ils avaient acheté à Bloomingdale's au début de leur mariage et dans lequel Bonnie aimait s'emmitoufler lorsqu'ils voyageaient tous les trois.

Non, il ne rêvait pas : la voiture était encore imprégnée du parfum de Mallory. Une odeur de vanille et de fleurs coupées. Dans ces moments-là, elle lui manquait terriblement. Il la sentait tellement présente dans son esprit qu'à plusieurs reprises il eut l'impression d'être assis à côté d'une ombre. Elle était là, sur le siège à côté, comme une revenante.

Les choses auraient pu être si différentes avec elle s'il n'y avait pas eu tout ça : l'argent, la différence de milieu social, le besoin de se surpasser pour montrer qu'il la méritait. Très tôt, il avait dû se forger une personnalité fondée sur le cynisme et l'individualisme et enfouir tout ce qu'il y avait de fragile en lui. Pour être un des meilleurs, pour ne pas avoir à s'excuser de ses faiblesses.

En se remémorant tout ça, il fut saisi par la peur de ne plus jamais revoir Mallory. Hormis sa fille, il n'avait plus de proche famille ni de véritable ami. S'il venait à mourir, qui s'inquiéterait de lui ? Jordan ? Abby ?

Il arriva au bas de Lafayette Street et se sentit soudain accablé par une grande vague de tristesse.

Lorsqu'il s'engagea sur la passerelle de Brooklyn Bridge, il eut l'impression d'être happé par le berceau de câbles d'acier qui suspendaient le pont. Les deux arches lui faisaient toujours penser à l'entrée mystérieuse d'un bâtiment gothique et contrastaient avec les formes modernes de la ligne de gratte-ciel à jamais défigurée par la disparition des tours jumelles. C'était idiot mais, chaque fois qu'il passait par là, les jours de brouillard, il s'attendait presque à les voir réapparaître au détour d'un virage avec leurs façades scintillantes et leurs sommets qui tutoyaient le ciel.

Tout à coup, il fut dépassé par un cortège d'ambulances qui, gyrophare hurlant, fonçaient vers Brooklyn. Un grave accident avait dû se produire quelque part dans la nuit glacée. Bon Dieu, c'était ça New York ! Il aimait et détestait cette ville tout à la fois. C'était difficile à expliquer.

Distrait dans sa conduite, il loupa un embranchement à la sortie de la passerelle et se retrouva dans les rues étroites de Brooklyn Heights. Il navigua quelques instants dans ce quartier tranquille avant de trouver un passage vers Fulton Street. Là, il tira son téléphone portable de sa poche et composa un numéro qu'il avait rentré en mémoire quelque temps auparavant. Ce fut une voix déjà bien réveillée qui lui répondit :

— Docteur Bowly, je vous écoute.

La clinique du docteur Bowly était un établissement renommé pour la qualité de ses soins. C'est là que le cabinet envoyait ses nouvelles recrues passer l'examen médical nécessaire à l'officialisation de leur embauche. Depuis quelque temps, la clinique avait développé ses activités et faisait aussi office de centre de désintoxication pour toute une clientèle très sélect de la côte Est.

— Nathan Del Amico, du cabinet Marble&March. Je voudrais faire un check-up complet.

— Je vous passe le standard, répondit l'autre, furieux d'être personnellement dérangé si tôt le matin pour un simple rendez-vous.

— Non, docteur, c'est à vous que je veux parler.

Le médecin marqua un silence surpris mais demeura courtois.

— Très bien… je vous écoute.

— Je voudrais le grand jeu, prévint Nathan : analyse de sang, radios, examens cardiaques…

— Rassurez-vous : tout est compris dans notre forfait.

Nathan entendit qu'à l'autre bout du fil le médecin tapotait quelques touches sur un clavier d'ordinateur.

— Nous pouvons fixer une date pour… dans dix jours, proposa Bowly.

— Dans dix minutes plutôt, répondit Nathan du tac au tac.

— Vous… vous plaisantez ?

Nathan arrivait dans le district de Park Slope. Il négocia un tournant en direction d'un élégant quartier résidentiel situé à l'ouest de Prospect Park. Il prit une voix très professionnelle pour dire :

— Le cabinet vous a défendu dans une affaire fiscale. C'était il y a trois ans si je me souviens bien…

— C'est exact, reconnut Bowly, de plus en plus surpris. Et vous avez bien fait votre boulot puisque j'ai été blanchi.

On le sentait néanmoins sur la défensive.

— Je sais, reprit Nathan, c'est un de mes collaborateurs qui s'est occupé de votre dossier et je crois savoir que vous avez dissimulé quelques documents aux services fiscaux.

— Mais où… où voulez-vous en venir ?

— Disons que j'ai quelques amis dans l'administration du Trésor qui seraient peut-être intéressés par ces informations.

— C'est contraire à toutes les pratiques de votre métier ! protesta le médecin.

— Bien sûr, admit Nathan, mais vous ne me laissez pas vraiment le choix.

En s'engageant dans Penitent Street, l'avocat fut ébloui par le faisceau des phares d'une voiture qui venait en sens inverse.

Quel abruti !

Il laissa tomber son mobile, consacrant toute son attention à tourner violemment le volant vers la droite. Il évita de justesse l'autre véhicule.

— Allô ? reprit-il après avoir ramassé son téléphone.

L'espace d'un instant, il crut que Bowly avait raccroché mais, après avoir laissé passer un long silence, le médecin affirma d'une voix qui se voulait assurée :

— Il est hors de question que je cède à un tel chantage. Si vous croyez que je vais me laisser impressionner par…

— Je ne vous demande pas grand-chose, soupira Nathan. Un bilan complet dès aujourd'hui. Je vous paierai le prix fort, bien entendu.

Il trouva une place non loin de la clinique. La nuit était devenue bleue et le jour commençait à se lever.

Il claqua la portière, activa la fermeture automatique des portes et remonta la rue bordée de lampadaires en fer forgé.

Dans le combiné, le docteur Bowly marqua un nouveau silence avant de céder :

— Écoutez, je n'aime pas vos méthodes mais je vais voir si je peux vous trouver un créneau. À quelle heure aimeriez-vous venir ?

— Je suis déjà là, dit Nathan en poussant la porte de la clinique.

7

Les morts sont invisibles, ils ne sont pas absents.

SAINT AUGUSTIN

On le fit entrer dans une pièce froide et sombre, baignée de lumière pâle. Sur le lit, bien en évidence, se trouvait une fiche plastifiée récapitulant les différentes étapes du check-up. Nathan suivit les instructions à la lettre : il se déshabilla, enfila une blouse en coton, se lava les mains et urina dans un bocal avant de prévenir un manipulateur qui lui fit une prise de sang.

La visite se déroulait sur presque toute la surface de la clinique. Muni d'une carte magnétique, le patient devait se déplacer dans des pièces successives où il était reçu par différents spécialistes.

Les réjouissances commencèrent par un bilan

clinique complet effectué par un quinquagénaire sec et grisonnant qui répondait au doux nom de docteur Blackthrow.

Après l'avoir examiné sous toutes les coutures, il interrogea l'avocat sur ses antécédents personnels et familiaux.

Non, il n'avait jamais eu de problèmes de santé particuliers, hormis des rhumatismes articulaires à l'âge de dix ans et une mononucléose à dix-neuf ans.

Non, pas de MST non plus.

Non, il ne savait pas de quoi son père était mort. Ni même s'il était mort d'ailleurs.

Non, sa mère n'était pas morte d'une maladie cardio-vasculaire.

Elle n'avait pas de diabète, non plus.

Ses grands-parents ? Il ne les avait pas connus.

Puis il eut droit à des questions sur son mode de vie.

Non, il ne buvait pas et il ne fumait plus depuis la naissance de sa fille. Oui, c'était bien un paquet de cigarettes qui dépassait de la poche de sa veste *(ils ont fouillé mon costume !)* mais il n'en allumait jamais : elles n'étaient là que pour occuper ses mains.

Oui, il prenait parfois des antidépresseurs. Et des anxiolytiques aussi. Comme la moitié des gens qui ont une vie bousculée.

On l'envoya ensuite chez un spécialiste des états

de stress où il passa des tests compliqués afin de mesurer son angoisse professionnelle et familiale.

Oui, il avait connu une séparation conjugale.

Non, il n'avait pas été licencié.

Oui, il avait subi récemment la mort d'un proche.

Non, il n'avait pas d'hypothèque.

Oui, sa situation financière avait changé récemment… mais en bien.

Un changement dans ses habitudes de sommeil ? Ma foi, il n'avait pas vraiment d'habitude en la matière et c'était peut-être ça le problème. *Je ne me livre pas au sommeil, j'y succombe, comme disait l'autre.*

Au terme de cette évaluation, le médecin lui prodigua toute une série de conseils à trois sous, censés l'aider à mieux gérer ce qu'il appelait des « situations psycho-émotionnellement angoissantes ».

Nathan écouta toutes ces recommandations mais il bouillait intérieurement :

Je ne veux pas me transformer en maître zen, je veux seulement savoir si, oui ou merde, ma vie est en danger à court terme.

Puis les choses sérieuses commencèrent avec l'examen cardiologique.

Il fut soulagé de voir que le cardiologue avait l'air humain et compréhensif. Nathan évoqua avec lui la douleur à la poitrine qui le faisait souffrir depuis plusieurs jours. Le médecin l'écouta attentivement, lui posant des questions complémentaires sur les circonstances et l'intensité précises de sa douleur.

Il prit sa tension puis lui demanda de courir sur un tapis roulant incliné pour mesurer son rythme cardiaque après effort.

Il passa ensuite un électrocardiogramme, une échographie cardiaque et un échodoppler : s'il avait quelque chose au cœur, on ne pourrait pas le manquer.

La visite se poursuivit par un examen ORL. Là, un oto-rhino-laryngologiste lui examina la gorge, le nez, les sinus, les oreilles.

Il refusa de pratiquer un audiogramme : non, il n'avait pas de troubles de l'audition.

En revanche, il fut obligé de subir une fibroscopie laryngée et une radiographie pulmonaire : son explication sur le tabac n'avait pas convaincu.

— Oui, bon, d'accord, il m'arrive encore d'en griller une de temps en temps, vous savez ce que c'est…

Il n'était pas très chaud non plus pour un examen endoscopique du rectum. Mais on lui assura que c'était indolore.

Lorsqu'il poussa la porte de l'urologue, il devina qu'on allait parler de la prostate. Et c'est bien ce que l'on fit.

Non, il ne se levait pas encore trois fois par nuit

pour aller pisser. Non, il ne ressentait pas de gêne urinaire. D'un autre côté, il était un peu jeune pour un adénome de la prostate, non ?

La visite se termina par un examen échographique qui consista à lui passer une sonde sur diverses parties du corps. Il put ainsi voir sur un petit écran de belles photographies de son foie, son pancréas, sa rate et sa vésicule.

Il regarda sa montre : deux heures de l'après-midi. Ouf ! C'était fini. La tête lui tournait et il avait envie de vomir. Il venait de passer plus d'examens ces dernières heures que pendant sa vie entière.

— Vous recevrez les résultats dans une quinzaine de jours, l'avertit une voix derrière lui.

Il se retourna pour voir le docteur Bowly qui le regardait sévèrement.

— Comment ça, « dans une quinzaine de jours » ! gronda-t-il. Je n'ai pas le temps d'attendre une « quinzaine de jours ». Je suis épuisé, je suis malade ! J'ai besoin de savoir de quoi je souffre !

— Calmez-vous, fit le médecin, je plaisantais : nous pourrons faire un premier bilan dans un peu plus d'une heure.

Il regarda l'avocat plus attentivement et s'inquiéta :

— C'est vrai que vous avez l'air très fatigué. Si vous voulez vous reposer un moment en attendant les résultats, il y a une chambre libre au deuxième étage. Je peux demander à une infirmière de vous apporter un plateau-repas ?

Nathan accepta. Il récupéra ses habits, monta à l'étage et se rhabilla dans la pièce indiquée, avant de s'écrouler sur le lit.

La première chose qu'il vit, ce fut le sourire de Mallory.

Mallory était lumière. Mallory était solaire. Toujours pleine d'énergie et de gaieté. Très sociable, alors que Nathan avait un problème de ce côté-là. À une époque, ils avaient fait repeindre leur appartement et il était resté plusieurs jours sans adresser la parole au peintre alors qu'il avait fallu moins d'une heure à Mallory pour connaître l'essentiel de sa vie : depuis la ville dans laquelle il était né jusqu'au prénom de ses enfants. Nathan ne méprisait pas les gens, au contraire, mais la plupart du temps il ne savait pas leur parler. C'est vrai qu'il n'était pas précisément un « marrant ». Mallory était, par nature, quelqu'un de positif qui faisait confiance aux autres. Lui n'était pas positif. À la différence de sa femme, il ne se faisait pas d'illusions sur la nature de l'homme.

Malgré des caractères opposés, leur couple avait connu des années de bonheur profond. Ils avaient tous les deux su faire des compromis. Bien sûr, Nathan consacrait beaucoup de temps à son travail mais Mallory l'acceptait. Elle comprenait son besoin de gravir les échelons de l'échelle sociale. En échange, Nathan ne critiquait jamais les engagements militants de sa femme, même s'il les jugeait parfois très naïfs ou folkloriques. La naissance de Bonnie avait encore prolongé et amplifié leur entente.

Au fond de lui, il avait toujours pensé que son mariage serait à jamais préservé d'une séparation. Pourtant, ils avaient fini par s'éloigner l'un de l'autre.

Le travail y était pour beaucoup, de plus en plus prenant avec les nouvelles responsabilités qu'il avait obtenues. La grande faille dans leur couple avait été le manque de disponibilité, il le savait bien.

Mais surtout, il y avait eu la mort de Sean, leur deuxième enfant, à l'âge de trois mois.

Ça s'était passé trois ans auparavant, pendant l'hiver, au tout début de février.

Pour des raisons obscures, Mallory refusait d'employer quelqu'un pour s'occuper des enfants. Il aurait pourtant été si facile de faire garder Bonnie et Sean par une de ces nourrices philippines, si nombreuses en Amérique. Tous ses collègues le faisaient. Mais Mallory vous aurait expliqué que, pour venir élever les gosses des riches Américains, ces femmes étaient obligées de quitter leur pays et leurs propres enfants. Si la libération de la femme du Nord passait par l'asservissement de celle du Sud, alors elle, Mallory Wexler, préférait encore s'en passer. C'était aux parents de s'occuper de leurs enfants et à personne d'autre. Les pères n'avaient qu'à participer davantage à l'éducation, voilà tout. Si vous aviez le malheur de protester, en montrant par A + B que la nourrice philippine en question recevait pour ses services une somme non négligeable qu'elle pourrait renvoyer dans son pays pour financer les études de ses enfants, vous passiez alors pour un horrible néo-colonisateur et elle se mettait à développer d'autres discours engagés qui vous faisaient regretter de vous être aventuré sur ce terrain.

Cet après-midi-là, il avait quitté son bureau plus tôt. Mallory avait prévu de faire sa visite mensuelle à ses parents. Généralement, elle emmenait Bonnie avec elle mais comme la petite souffrait d'une angine, il avait été décidé qu'elle serait dispensée du voyage et resterait à New York avec son père.

Mallory prenait l'avion de six heures du soir. Nathan l'avait croisée sur le pas de la porte. Elle l'avait rapidement embrassé après lui avoir lancé quelque chose du genre : « Je t'ai tout préparé ;

tu n'auras qu'à réchauffer les biberons au micro-ondes. Et n'oublie pas de lui faire faire son rot... »

Il s'était donc retrouvé seul avec les deux enfants. Pour Bonnie, il avait son arme secrète : une cassette vidéo de *La Belle et le Clochard*. Dans une de ses lubies, Mallory avait en effet décidé de boycotter la firme Disney sous le prétexte que Mickey Mouse faisait fabriquer ses produits dérivés en Chine ou en Haïti par des sous-traitants qui ne se gênaient pas pour exploiter des enfants. Mais cet acte citoyen n'était pas du goût de Bonnie qui se voyait privée de beaucoup de dessins animés.

Son père lui avait donc donné la cassette après lui avoir fait jurer qu'elle ne dirait rien à sa mère et elle s'en était allée toute contente visionner son film dans le salon.

Nathan avait installé Sean dans son berceau qu'il avait placé à côté de son bureau. C'était un bébé tranquille et en bonne santé. Il avait bu un biberon vers dix-neuf heures puis s'était rendormi. En temps normal, Nathan adorait s'occuper des enfants. L'ennui, c'est que, ce soir-là, il n'avait pas vraiment le temps d'apprécier. Il travaillait sur une affaire importante et difficile. On ne lui confiait plus que les affaires importantes et difficiles d'ailleurs, ce qui l'obligeait à ramener de plus en plus de dossiers à la maison. Il s'en sortait, mais difficilement.

Après son dessin animé, Bonnie avait réclamé à manger (des spaghettis bien entendu : après *La Belle et le Clochard*, que pouvait-on manger d'autre ?). Il lui avait préparé son repas mais n'avait pas pu dîner avec elle. Ensuite, elle était allée se coucher sans faire d'histoires.

Il avait travaillé à plein régime pendant les quatre heures suivantes puis avait donné un dernier biberon à Sean sur le coup de minuit, avant d'aller lui-même se coucher. Il était fourbu et voulait se lever tôt le lendemain. Sean était une véritable horloge. À son âge, il faisait déjà ses nuits, si bien que Nathan était persuadé qu'il pourrait dormir au moins jusqu'à six heures.

Oui mais voilà, le lendemain matin, c'est le corps sans vie de son fils, couché sur le ventre, qu'il avait retrouvé dans le berceau. Au moment de soulever ce petit être encore si léger, il avait remarqué le drap taché d'un peu de mousse rose. Une sensation d'horreur l'avait traversé et il avait compris immédiatement.

La mort avait été silencieuse, il en était persuadé. Nathan avait le sommeil léger et il n'avait entendu aucun pleur, aucun cri.

Aujourd'hui, la mort subite du nourrisson est bien connue. Comme tous les parents, Mallory et lui avaient été prévenus des méfaits de la position ventrale sur le sommeil des enfants et ils avaient toujours suivi les recommandations du pédiatre de coucher Sean sur le dos…

Ils avaient aussi veillé à ce que le visage du bébé reste dégagé et à l'air libre, à ce que la température de la chambre ne soit jamais trop élevée (Mallory avait fait installer un thermostat sophistiqué qui maintenait la température à 20 °C), à ce que le matelas soit ferme (ils avaient acheté le plus cher, avec toutes les normes de sécurité). Comment être de meilleurs parents ?

On lui avait posé la question plusieurs fois : avait-il bien couché le bébé sur le dos ? Mais oui ! Oui ! Comme d'habitude. C'était ce qu'il avait dit. Mais en fait, il ne se souvenait pas précisément du moment où il l'avait couché. Il ne revoyait pas la scène mentalement. Tout ce dont il se souvenait avec précision, c'était que, lors de cette soirée maudite, il avait été complètement absorbé par son travail. Par ce putain de dossier à propos d'un rapprochement financier entre deux compagnies aériennes.

De sa vie de père, il n'avait jamais couché un de ses enfants sur le ventre ou même sur le côté. Pourquoi l'aurait-il fait ce soir-là ? C'était impossible. Il savait qu'il ne l'avait pas fait, mais il n'avait pas le souvenir précis du moment où il avait couché son fils. Et cette incertitude le rongeait et augmentait son sentiment de culpabilité.

Puis, à son tour, Mallory s'était inventé une chimère en culpabilisant parce qu'elle n'avait pas allaité son deuxième enfant. Comme si cela aurait changé quelque chose !

Pourquoi son couple avait-il explosé après cette épreuve au lieu de se renforcer ? Il était incapable de répondre clairement à cette question qu'il se posait jour après jour. D'expliquer ce besoin d'éloignement qui les avait saisis l'un et l'autre.

Ça s'était fait comme ça. Relativement vite. Être avec elle était tout à coup devenu insupportable. Comment vivre sous son regard qui, inconsciemment, l'accusait peut-être de la mort de Sean ? Rentrer chez soi pour parler de quoi ? Revenir encore sur le passé ? « Tu te souviens comme il était beau ? Tu te souviens comme on l'a attendu ? Comme on en était fiers ? Tu te souviens de l'endroit où on l'a conçu ? Dans le chalet de cette station de ski des White Mountains… Tu te souviens… Tu te souviens… »

Il ne savait plus quoi répondre à ses questions : « Est-ce que tu crois qu'il est quelque part au ciel, Nathan ? Est-ce que tu crois qu'il y a autre chose après ? »

Il n'en savait rien. Il ne croyait en rien.

Il ne restait plus en lui que cette plaie béante, ce chagrin sans fin, ce sentiment terrifiant d'avoir abandonné son enfant.

Il avait été désemparé, brisé. Pendant longtemps, sa détresse avait été si intense qu'il n'avait plus eu de goût pour rien, puisque rien ne pourrait jamais ressusciter son bébé.

Pour continuer à vivre, il s'était alors retranché dans le travail. Mais au bureau, partout où il mettait les pieds, on lui posait toujours la même question : comment va *ta femme* ?

Toujours sa femme.

Et lui ? Sa peine à lui. Qui s'en souciait ? Jamais on ne lui avait demandé comment il allait, *lui*. Comment il vivait tout ça. On le croyait fort. *A tough man*. C'était bien ce qu'il était dans sa profession, non ? Un dur, un carnassier, un impitoyable qui n'avait pas droit aux larmes et au désespoir.

Nathan ouvrit les yeux et se leva en sursaut.

Il savait qu'il ne guérirait jamais de cette déchirure.

Certains jours, bien sûr, il lui arrivait de passer des moments précieux avec sa fille, de prendre plaisir à faire du sport, de sourire à une blague d'un collaborateur. Mais, même dans ces moments-là, la blessure du souvenir de Sean ne le quittait pas.

Une heure plus tard

Assis dans un fauteuil en face du docteur Bowly, Nathan contemplait un cadre doré qui protégeait une espèce de parchemin avec une traduction latine d'une phrase d'Hippocrate :

Vita brevis, ars longa, experimentum periculosum, judicium difficile.

— La vie est brève, l'art est long, l'expérience dangereuse, le jugement difficile, traduisit le médecin. Ça veut dire que…

— Je comprends très bien ce que ça veut dire, le coupa Nathan. Je suis diplômé en droit, pas l'une des pop-stars à la mode qui viennent ici pour se faire désintoxiquer.

— Bon, bon, très bien, fit le médecin échaudé.

Il lui tendit un petit document d'une trentaine de pages qui portait la mention RAPPORT MÉDICAL.

Nathan feuilleta quelques pages sans les lire vraiment, leva la tête vers Bowly et demanda avec appréhension :

— Alors ?

Le médecin respira plusieurs fois pour faire durer le suspense.

Ce type est un vrai sadique.

Il se racla la gorge et avala sa salive.

Alors vas-y, dis-le-moi que je vais crever !

— Ma foi, vous n'allez pas mourir demain matin. Il n'y a rien d'alarmant dans votre bilan.

— Vous… vous êtes sûr ? Mais mon cœur…

— Vous n'avez pas d'hypertension artérielle.

— Mon taux de cholestérol ?

Bowly secoua la tête.

— Rien de grave : votre dosage en LDL, le mauvais cholestérol, n'est pas inquiétant.

— Et cette douleur à la poitrine ?

— Pas grand-chose : le cardiologue pencherait, au pire, pour une angine de poitrine larvée due à un stress intense.

— Il n'y a pas de risque d'infarctus ?

— C'est très improbable. Je vous laisse quand même un spray à base de trinitrine, au cas où. Mais ça devrait cesser avec du repos.

Nathan s'empara du médicament que lui tendait Bowly. Il était à deux doigts de l'embrasser. Il se sentait comme délesté d'un poids de trois tonnes.

Le médecin lui détailla longuement tous les résultats des différents examens mais Nathan ne l'écoutait plus. Il savait l'essentiel : il n'allait pas mourir tout de suite.

Une fois dans la voiture, il relut attentivement toutes les conclusions de chacune des parties du rapport médical. Pas de doute : il était en parfaite santé. Il s'était même rarement senti aussi bien. En quelques minutes, son moral était remonté en flèche.

Il regarda sa montre. Avait-il réellement besoin de ces jours de congé ? Maintenant qu'il était rassuré, ne ferait-il pas mieux de retourner au travail ? *Nathan Del Amico revient aux commandes. Abby, apportez-moi le dossier Rightby's et réactivez tous mes rendez-vous. Est-ce que vous pourriez rester un peu plus tard ce soir, on va en mettre un bon coup !*

Non. Ça allait mieux mais il ne fallait pas griller les étapes. Il était suffisamment lucide pour voir que quelque chose ne tournait pas rond. Et il voulait vraiment aller chercher Bonnie.

Il démarra le 4 × 4 et prit la direction de Central Park West.

Il avait envie d'alcool et de cigarettes. Il fouilla dans la poche de son costume et mit la main sur son paquet d'où il sortit deux cigarettes. « Je n'en allume jamais, elles ne sont là que pour occuper mes mains », s'imita-t-il maladroitement. Sur ce, il alluma les deux cigarettes en même temps et partit dans un grand éclat de rire. La mort n'était pas encore pour aujourd'hui.

8

Nous sommes donc tout seuls
dans l'obscurité de cette vie ?

Dialogue du film *Abyss*,
de James CAMERON

Une fois chez lui, il se prépara des pâtes. Des *penne rigatte* au basilic et au parmesan qu'il accompagna d'une bouteille de vin californien. Après avoir mangé, il prit à nouveau une douche, enfila un pull en cachemire à col roulé et mit un costume élégant.

Il retourna au garage, laissa le 4 × 4 à sa place pour reprendre son coupé. Ah, il revivait ! Demain, il retournerait courir dans le parc, puis il demanderait à Peter de lui trouver des places pour un bon match de basket au Madison Square Garden. Dans la boîte à gants, il fouilla parmi une dizaine de CD qu'il aimait bien écouter en conduisant. Il mit dans le lecteur un album d'Eric Clapton et apprécia en connaisseur le riff inoubliable de *Layla*.

Ça, c'était de la vraie musique !

Voilà ce qu'il allait faire pendant ces quelques jours de vacances : consacrer du temps à des choses qu'il aimait vraiment. Il avait de l'argent, il vivait dans l'une des plus belles villes du monde, la vie aurait pu être pire.

Nathan était soulagé. Vraiment. Cette fois, il devait bien avouer qu'il avait eu peur. Mais à présent, il ne ressentait plus la moindre douleur. Voilà. C'était seulement un peu de stress. Le tribut qu'il avait dû payer à la vie moderne, et c'est tout.

Après avoir augmenté le volume de la radio, il ouvrit la fenêtre et lança un petit cri vers le ciel pendant que le V6 vrombissait. Bien conscient d'avoir un peu abusé du chardonnay californien, il s'obligea à ralentir. Ce n'était pas le moment d'avoir un accident.

Il mit sa voiture sur le ferry et gagna le centre chirurgical qu'il avait visité la veille. Mais le docteur Goodrich était absent.

— À cette heure-ci, vous le trouverez dans l'unité de soins palliatifs, le renseigna l'hôtesse de l'entrée en lui griffonnant une adresse sur un Post-it.

Nathan ressortit en trombe. Il tenait absolument

à ce que Garrett soit au courant des résultats de son check-up.

Cinq minutes plus tard, il était devant le bâtiment de l'unité de soins, un bel immeuble de granite rose entouré de verdure.

En poussant la porte du rez-de-chaussée, il ressentit une impression étrange. En fait, l'endroit ne ressemblait pas vraiment à une structure médicale. Il n'y avait ici ni appareils de soins compliqués ni l'agitation qui règne traditionnellement dans les hôpitaux. Un grand sapin avec des décorations traditionnelles trônait dans le hall d'entrée. Au pied de l'arbre, quelques paquets-cadeaux commençaient à s'accumuler. Nathan s'avança vers une large porte-fenêtre qui donnait sur un petit parc tout illuminé et recouvert de neige. La nuit était déjà tombée et quelques flocons blancs virevoltaient dans l'air. Il s'éloigna de la fenêtre pour emprunter un couloir menant à une grande salle commune aux murs tapissés d'étoffes pourpres et dorées. De petites bougies étaient posées un peu partout à travers la pièce, comme des balises, tandis que des chants sacrés d'une beauté inouïe étaient diffusés en sourdine. Autant d'éléments qui contribuaient à créer en ce lieu un environnement apaisé et sécurisant.

Du côté du personnel, tout le monde semblait affairé à une tâche, si bien que personne ne fit vraiment attention à lui.

Nathan s'abîma un moment dans la contemplation d'une femme encore jeune, assise dans un fauteuil roulant. Son corps était décharné et sa tête penchait sur le côté dans une position désespérément figée. Un membre du personnel médical lui donnait de petites cuillerées de potage tout en lui commentant le programme qui passait à la télé. C'était un dessin animé.

Nathan sentit une main s'abattre sur son épaule.

— Salut, Del Amico, fit simplement Goodrich sans être plus surpris que ça de le voir. Alors, vous venez nous rendre une petite visite ?

— Ça a l'air impressionnant, Garrett. Je n'étais jamais venu dans une structure de ce genre.

Le médecin lui fit visiter les lieux. L'établissement comptait une centaine de lits qui accueillaient des patients atteints de maladies incurables, le plus souvent un cancer en phase terminale, le sida ou des maladies neurologiques. Beaucoup étaient dégradés physiquement et au début l'avocat eut du mal à soutenir leur regard.

Au détour d'un couloir, il osa demander Goodrich :

— Est-ce que les malades savent que… ?

— Qu'ils vont mourir ? Bien entendu. Ici, nous ne leur mentons pas : la dernière heure ne doit pas être celle du mensonge.

Avec Nathan dans son sillage, Garrett termina sa tournée du soir. Il était enjoué et rassurant, prenant chaque fois le temps d'échanger quelques propos personnels avec chacun des malades. Le plus souvent, la discussion ne tournait pas autour de la maladie : il demandait des nouvelles de la famille ou des amis pour ceux qui avaient reçu de la visite. Avec les autres, il était prêt à commenter – parfois longuement – les derniers résultats sportifs, la météo ou les événements internationaux. C'était un orateur hors pair qui maniait l'humour avec beaucoup d'aisance. Même les malades les moins faciles finissaient généralement par se dérider et il était rare qu'il quitte une chambre sans recevoir un sourire.

Ce type aurait fait un avocat redoutable, pensa Nathan.

La visite dans le service de soins était bouleversante, mais l'atmosphère lui sembla moins morbide qu'il ne l'aurait imaginé, comme si on avait pu congédier la mort temporairement, tout en sachant pertinemment qu'elle reviendrait rôder d'ici peu.

Goodrich lui présenta quelques-uns des nombreux bénévoles qui intervenaient dans le service. Nathan était sincèrement admiratif devant ces gens qui donnaient une partie de leur temps aux autres et il ne put s'empêcher de penser à sa femme. Il la connaissait bien, il savait qu'elle aurait été à l'aise ici, qu'elle aurait été capable d'insuffler de la lumière et de l'optimisme aux malades. Il aurait voulu ressentir lui aussi cette empathie avec les gens, mais il n'avait jamais su aller vers les autres.

Malgré tout, pour ne pas être la seule personne oisive de l'établissement, il parcourut différentes chambres en proposant timidement son aide : il discuta d'une émission de télé avec un jeune photographe atteint du sida et aida un vieil homme qui avait subi une trachéotomie à prendre son repas.

À la dernière cuillère de compote, Nathan se rendit compte que sa main était agitée d'un léger tremblement. Les quintes de toux et les raclements de gorge du patient l'effrayaient et le mettaient mal à l'aise. Il était incapable de maîtriser son émotion devant tant de souffrance. Il faillit s'excuser auprès du vieil homme mais celui-ci fit semblant de ne pas remarquer sa gêne. Il le remercia d'un sourire puis ferma les yeux.

Goodrich entra dans la pièce à ce moment-là. Il remarqua le trouble de Nathan.

— Vous vous en sortez, Del Amico ?

L'avocat ignora la question. Son regard restait rivé sur le visage étonnamment paisible du mourant.

— Pourquoi cet homme semble-t-il ne pas avoir peur ? demanda-t-il tout bas en s'éloignant.

Garrett ôta ses lunettes et se massa les yeux tout

en réfléchissant à la réponse qu'il pourrait bien donner à une telle question.

— Gil est l'un de nos plus anciens pensionnaires. Il est déjà relativement âgé et a accepté lucidement sa maladie. Ça lui a laissé le temps d'entreprendre des démarches pour faire ses adieux et se mettre en paix.

— Je ne serai jamais comme ça, constata Nathan.

— Vous connaissez la maxime : « Tu cesseras de craindre si tu as cessé d'espérer » ? Eh bien, elle s'applique ici : la peur de la mort diminue lorsqu'on en a fini avec les projets.

— Comment peut-on ne plus rien attendre ?

— Disons que Gil n'attend plus qu'une dernière chose, répondit le médecin d'un ton fataliste. Mais ne vous y trompez pas : tous les mourants ne partent pas aussi apaisés que lui. Nombreux sont ceux qui meurent en colère, totalement révoltés contre leur maladie.

— Ceux-là, je les comprends mieux, affirma Nathan sans surprise.

Un voile de tristesse recouvrit soudain son visage. Garrett l'apostropha :

— Allez, ne faites pas cette tête, Del Amico ! Ces gens-là ont besoin d'un amour inconditionnel et de compréhension, pas d'apitoiement. N'oubliez pas que c'est une période un peu spéciale :

la plupart des malades qui sont ici savent que ce sera leur dernier Noël.

— Est-ce que vous me comptez dans le lot ? demanda l'avocat de façon provocante.

— Qui peut le dire ? fit Goodrich en haussant les épaules.

Nathan préféra ne pas s'attarder sur le sujet. Une question lui trottait dans la tête :

— N'est-ce pas frustrant pour un médecin comme vous ?

— Vous voulez dire... de ne pas pouvoir guérir ces gens ?

Nathan hocha la tête.

— Non, répondit Goodrich. Au contraire : c'est stimulant parce que c'est difficile. Ce n'est pas parce qu'on ne peut plus guérir qu'on ne peut plus soigner. La chirurgie est quelque chose qui requiert beaucoup de technique mais qui ne fait pas appel au cœur. Ici c'est différent. Nous accompagnons les malades dans leurs derniers instants. Ça peut paraître dérisoire mais c'est déjà beaucoup, vous savez. Et à vrai dire, il est plus facile de charcuter une personne sur la table d'opération que de cheminer avec elle vers des endroits obscurs.

— Mais en quoi consiste cet accompagnement ?

Goodrich écarta les bras :

— C'est à la fois très compliqué et très simple :

vous pouvez faire la lecture au malade, l'aider à se coiffer, lui remonter son oreiller, l'emmener se promener dans le parc… Mais le plus souvent vous ne faites rien. Vous restez là avec lui pour partager sa souffrance et sa peur. Vous êtes simplement disponible et à l'écoute.

— Je ne comprends toujours pas comment on peut se résoudre à accepter la fin.

— Nier la mort n'est pas une solution ! En supprimant la plupart des rites de passage vers l'autre monde, notre société en a fait un sujet tabou. C'est pour ça que les gens se retrouvent désemparés lorsqu'ils y sont confrontés !

Le médecin laissa passer quelques secondes avant d'ajouter :

— Pourtant, la mort n'est pas une anomalie. Il avait prononcé ces dernières paroles avec force, comme s'il essayait de se convaincre lui-même.

Les deux hommes étaient maintenant de retour dans le hall d'entrée. Nathan commença à boutonner son manteau. Mais avant de partir, il avait une dernière chose à dire :

— Que ce soit bien clair, Garrett : je ne vous crois absolument pas.

— Pardon ?

— Tout ce que vous m'avez dit, tout votre baratin à propos de la mort et des Messagers. Je n'en crois pas un mot.

Goodrich ne parut pas surpris.

— Oh ! je vous comprends : quelqu'un qui pense maîtriser son existence n'a pas envie qu'on le bouscule dans ses certitudes.

— Par ailleurs, je tenais à vous faire savoir que je suis en excellente santé. Désolé pour vous, mais je crois que vous vous êtes gouré : je ne suis pas du tout mourant.

— Ravi de l'apprendre.

— J'ai même pris quelques jours de vacances.

— Profitez-en bien.

— Vous m'agacez, Garrett.

Nathan appuya sur le bouton pour appeler l'ascenseur. Goodrich était toujours à côté de lui et le regardait comme s'il cherchait à l'évaluer. Enfin, il se décida :

— Je pense que vous devriez rendre visite à Candice.

Nathan soupira.

— Qui est Candice ?

— Une jeune femme de Staten Island. Elle travaille comme serveuse au *Dolce Vita*, un *coffee shop* du centre de St. George où je m'arrête parfois pour prendre un café le matin.

L'avocat haussa les épaules.

— Et alors ?

— Vous m'avez très bien compris, Nathan.

D'un seul coup, ce fut comme si le souvenir de Kevin lui sautait au visage.

— Vous voulez dire qu'elle va…

Garrett approuva d'un signe de tête.

— Je ne vous crois pas. Vous êtes passé devant cette femme et d'un seul coup, comme ça, vous avez eu une révélation ?

Garrett ne répondit rien. Del Amico continua sur sa lancée :

— Et comment ça se passe, concrètement ? Est-ce que sa tête se met à clignoter au milieu de la foule sur l'air de *La Marche funèbre* ?

— Vous ne croyez pas si bien dire, opina Goodrich d'un air triste. Il y a parfois une espèce de lumière blanche que vous êtes le seul à percevoir. Mais ce n'est pas le plus important.

— Qu'est-ce qui est le plus important ?

— C'est ce que vous sentez au fond de vous. D'un seul coup, vous *savez ;* vous êtes persuadé que cette personne n'a plus que quelques semaines à vivre.

— Je pense que vous êtes dangereux.

— Et moi, je pense que vous devriez rendre visite à Candice, répéta simplement Garrett.

9

Vois comme cette petite chandelle répand au loin sa lumière ! Ainsi rayonne une bonne action dans un monde malveillant

SHAKESPEARE

12 décembre

Le *Dolce Vita Cafe* était situé dans l'une des rues les plus commerciales de St. George.

À huit heures du matin, l'endroit était très animé. Devant le comptoir, deux files s'étiraient sur une bonne longueur mais, comme le service était rapide, l'attente ne s'éternisait pas. À cette heure-ci, la plupart des clients étaient des habitués, le plus souvent des personnes travaillant dans le quartier, qui venaient en coup de vent commander un cappuccino ou un *donut*.

Nathan choisit de s'installer à une table près de la fenêtre et attendit qu'on vienne prendre sa commande. Il repéra d'un coup d'œil les membres du personnel : deux employées s'occupaient des commandes à emporter et deux autres des clients en salle. Laquelle était Candice ? Goodrich avait parlé d'une jeune femme mais sans donner plus de précisions.

— Qu'est-ce que je vous sers, monsieur ?

La serveuse qui venait de lui poser cette question était une femme rousse au visage fatigué. Elle avait largement dépassé la quarantaine et le badge épinglé sur sa poitrine indiquait qu'elle s'appelait Ellen.

Il opta pour la formule petit déjeuner complet qu'elle lui apporta presque instantanément.

Tout en sirotant son café, il détailla les serveuses du comptoir. La première, une brune aux lèvres siliconées et au maquillage gothique, devait avoir à peine vingt ans. Elle attirait beaucoup de regards masculins avec sa poitrine opulente qu'elle s'appliquait à mettre en avant. On sentait bien qu'elle jouait avec son image, en donnant à chacun de ses gestes une sorte de lascivité provocante. L'autre était plus discrète, sans doute un peu plus âgée, de petite taille avec des cheveux blonds coupés court. Rapide et efficace, elle était capable de servir deux clients quand sa voisine n'en satisfaisait qu'un. Il n'y avait rien d'aguichant dans sa tenue. C'était une fille sympathique, d'allure ordinaire sans être vulgaire.

D'instinct, Nathan sut que c'était elle. Pour en avoir confirmation, il alla prendre des serviettes en papier dans un présentoir chromé près des caisses. Il s'approcha le plus près possible, assez près en tout cas pour avoir le temps de lire à la dérobée le badge de la serveuse blonde.

Elle s'appelait Candice Cook.

Il resta dans le *coffee shop* pendant une demi-heure puis commença à se demander ce qu'il faisait là. Hier, il avait pris la ferme résolution d'oublier les élucubrations de Goodrich. Et pourtant, ce matin, il n'avait pas hésité longtemps avant de revenir vers Staten Island. Quelque chose d'inconnu en lui l'y avait poussé. Était-ce la curiosité ? L'euphorie de se savoir en bonne santé ? Ou la crainte que Goodrich soit plus fort que les médecins ? Un mélange de tout ça sans doute. Garrett avait le chic pour le mettre dans de beaux draps ! Il faut dire que depuis le suicide de Kevin, une certaine gravité s'était emparée de lui. Il sentait planer partout l'imminence d'un danger, pour lui et pour les autres. C'était pour cela qu'il voulait garder un œil sur Candice. Mais il ne pouvait pas rester ici toute la matinée. Il avait terminé son petit déjeuner depuis longtemps et on allait finir par repérer son manège. De toute façon, que pouvait-il vraiment arriver à la jeune femme dans ce quartier tranquille ?

Il sortit dans la rue. Machinalement, il acheta le *Wall Street Journal* puis traîna dans quelques magasins du centre. Il en profita pour faire ses courses de Noël, loin de l'agitation de Manhattan. Cela se résumait en fait à peu de chose : quelques partitions et un logiciel de musique pour Bonnie, une bouteille de bon vin français pour Abby et un coupe-cigare pour cet enfoiré de Jordan. Inutile d'acheter quelque chose pour Mallory : elle ne l'accepterait pas et cela créerait une nouvelle gêne entre eux.

Il regagna le 4 × 4 – moins voyant que la Jaguar – garé en face du café. En passant, il jeta un œil à travers les baies vitrées : pas de problème, le flux de clients s'était ralenti mais Candice était toujours à son poste.

Bon, il n'allait pas attendre ici toute la matinée. Il inséra la clef de contact pour démarrer, mais se ravisa. Il n'arrivait pas à se décider, comme si quelque chose d'irrationnel lui conseillait de ne pas s'éloigner. Il écouta donc son instinct et déplia son journal. Il avait tout d'un détective en planque.

À onze heures trente, son téléphone cellulaire sonna.

— Salut, p'pa.

— Bonnie ? Tu n'es pas à l'école ?

— Y a pas classe aujourd'hui. Ils utilisent l'école pour un exercice de sécurité.

— Qu'est-ce que tu fais ?

— Je suis en train de prendre mon petit déj, répondit-elle en bâillant. N'oublie pas qu'il n'est que huit heures ici.

— Où est maman ?

— Encore sous la douche.

Bonnie avait la permission d'appeler son père quand elle en avait envie. C'était une règle établie entre Mallory et lui. Il l'entendit à nouveau bâiller au bout du fil.

— Tu t'es couchée tard ?

— Ouais, Vince nous a emmenées au cinéma hier soir.

Cela lui fit l'effet d'une décharge électrique. Depuis quelques mois, sa femme revoyait occasionnellement un ancien copain, Vince Tyler, avec qui elle était plus ou moins sortie pendant sa première année de fac. Vince était le fils d'une riche famille californienne qui fréquentait les Wexler depuis longtemps. D'après ce qu'en avait compris Nathan, il vivait des dividendes que lui rapportaient les actions d'une entreprise de cosmétiques héritée de ses parents. Divorcé depuis quelques années, il avait recommencé à croire en ses chances auprès de Mallory lorsqu'elle s'était installée à San Diego.

Nathan détestait tout ce que représentait Tyler. Et c'était réciproque.

Pourtant, chaque fois que sa fille lui en parlait, il prenait soin de ne pas le déprécier, au cas où Mallory eût vraiment l'intention de refaire sa vie avec lui. Bonnie, qui avait mal vécu la séparation de ses parents, avait tendance à devenir très agressive dès qu'un homme approchait de sa mère. Ce n'était pas la peine d'en rajouter avec des querelles d'adultes.

— Tu as passé une bonne soirée ? demanda-t-il.

— Tu sais bien que je n'aime pas Vince.

Tu as cent fois raison, ma chérie.

— Écoute, Bonnie, si un jour maman voulait se remarier, il ne faudrait pas que tu sois triste.

— Pourquoi ?

— Maman a besoin de sécurité et peut-être que quelqu'un comme Vince pourrait s'occuper de vous.

— J'ai déjà maman et toi pour s'occuper de moi.

— Bien sûr, mais dans la vie, on ne sait jamais ce qui peut arriver.

Il repensa aux paroles de Goodrich. Et si ce qu'il lui avait laissé entendre était vrai ? Et si la mort frappait déjà à sa porte ?

— Que veux-tu qu'il arrive ?

— Je ne sais pas.

— Vince n'est pas mon père.

— Bien sûr que non, ma chérie.

Au prix d'un effort insurmontable, il finit par lâcher :

— Vince n'est peut-être pas un mauvais gars. Maman pourrait très bien être heureuse avec lui.

— Avant, tu trouvais que c'était un connard !

— Ne sois pas grossière, Bonnie ! C'est un mot que tu ne dois jamais prononcer.

— C'est toi qui disais ça quand tu en parlais avec maman !

— Je ne l'aime pas beaucoup, c'est vrai, fut obligé de reconnaître Nathan. Mais c'est peut-être parce que nous ne sommes pas du même milieu. Tu sais, les gens comme Vince sont nés avec une cuillère en argent dans la bouche.

Elle marqua un étonnement :

— Une cuillère en argent ?

— C'est une expression, chérie. Ça veut dire que leur famille a toujours été riche. Vince n'a pas eu à travailler pour payer ses études.

Alors que moi j'ai dû laver des voitures et trimer dans des entrepôts pourris de Brooklyn.

— Maman et Vince sortaient ensemble quand ils étaient jeunes ?

— Parle moins fort, chérie, maman ne serait pas contente si elle t'entendait parler de ça.

Comme pour le rassurer, elle murmura :

— Tout va bien, je suis montée dans ma chambre. Je me réchauffe près du radiateur.

Il imaginait sans difficulté sa fille, avec son pyjama en coton à l'effigie de Jack O'Lantern et ses petits pieds emmitouflés dans des chaussons Harry Potter. Il adorait partager des secrets avec elle.

— Ils sont sortis ensemble juste quelques fois, avoua Nathan, mais ce n'était pas sérieux.

Bonnie laissa passer un silence, signe qu'elle réfléchissait, puis, pleine de bon sens, fit remarquer :

— Mais maman aussi est née avec une cuillère en or dans la bouche !

— En *argent*, chérie. Eh bien oui, si tu veux. Mais elle, c'est différent : elle ne méprise pas les gens qui ne sont pas de son milieu. Elle est honnête.

— Ça, je sais.

— Et tu dois l'être aussi, tu m'entends ? Tu ne dois pas mépriser ceux qui nettoient ton école ou qui te servent à la cantine. On peut être très respectable même si l'on ne gagne pas beaucoup d'argent, tu comprends ?

Comme elle était intelligente, elle le renvoya à ses contradictions :

— Pourtant… pourtant, tu as toujours dit qu'en

Amérique ceux qui veulent gagner de l'argent finissent toujours par y arriver.

— Eh bien, parfois je dis des bêtises moi aussi, comme tout le monde.

— Est-ce que je dois mépriser les riches ?

— Non plus ! Tu ne dois pas juger les gens en fonction de leur argent mais en fonction de leur comportement. Compris ?

— Compris, p'pa.

Puis elle lui dit, sur le ton de la confidence :

— Tu sais, je ne crois pas que maman aime Vince.

Surpris par cette remarque, il laissa passer un silence avant de reprendre :

— Parfois, il n'y a pas besoin d'amour pour vivre avec quelqu'un.

Pourquoi lui dis-je des choses comme ça ? Ce n'est qu'une toute petite fille. Elle ne peut pas comprendre.

— Mais moi, je crois que maman, elle a besoin d'amour dans sa vie.

Il entendit la voix de Mallory qui appelait sa fille depuis la cuisine.

— Faut que j'y aille, dit Bonnie en entrouvrant la porte de sa chambre.

— OK, mon bébé.

Mais avant, elle chuchota :

— Tu sais, je suis *certaine* que maman n'aime pas Vince.

— Et comment le saurais-tu ?

— Les femmes savent ce genre de choses.

Elle était tellement touchante. Pour cacher son émotion, il se força à prendre un air presque sévère :

— Tu n'es pas une femme, tu n'es qu'une petite fille qui doit aller finir ses céréales en vitesse. Mais je t'aime beaucoup, écureuil. Plus que tout au monde.

— Je t'aime aussi.

Nathan remonta le chauffage du 4 × 4, tout en pensant à ce que venait de lui affirmer sa fille.

À dire vrai, il ne comprenait pas du tout ce que sa femme pouvait trouver à ce connard de Tyler : il était suffisant et arrogant, le genre d'homme à être encore convaincu que son ascendance lui donnait une supériorité sur le monde qui l'entourait.

Mais après tout, Vince avait peut-être raison de croire en ses chances. Il était sur place, pouvait voir Mallory tous les jours et, surtout, il était disponible. Pour la première fois de sa vie, Nathan se dit qu'il avait peut-être perdu Mallory à tout jamais.

C'était bizarre car, même au moment du divorce,

il avait toujours pensé qu'elle lui reviendrait un jour ou l'autre ; qu'il ne s'agissait en fait que d'un éloignement temporaire. Si bien que de son côté, il n'avait jamais réellement pensé à recommencer quelque chose avec une autre femme. Depuis son divorce, il avait bien fait deux ou trois rencontres mais elles n'avaient débouché que sur de brèves aventures restées sans lendemain. De toute façon, personne ne pourrait faire le poids à côté de Mallory.

Comme un chasseur d'épaves, il était allé la chercher au plus profond des eaux boueuses du lac de Sankaty Head.

Et cela rendait son amour inaltérable.

Candice termina son service à deux heures de l'après-midi.

Vêtue d'un jean délavé et d'une veste en cuir, elle monta dans un vieux pick-up cabossé garé non loin du *coffee shop*. Nathan fit démarrer le 4×4 et vint se coller derrière elle. À cette heure-ci, la circulation était encore assez soutenue. Comme dans les films, il profita du premier feu rouge pour laisser s'intercaler deux voitures entre Candice et lui. Il n'avait jamais suivi personne de sa vie et craignait de se faire repérer.

Le pick-up quitta le centre et prit la direction du sud. Candice roula une vingtaine de minutes avant d'arriver dans un quartier résidentiel, populaire mais tranquille. Elle se gara devant un pavillon, à l'entrée d'un petit lotissement.

Est-ce qu'elle habite là ?

Après qu'elle eut sonné, une grosse femme au visage jovial vint lui ouvrir la porte. Candice entra dans la maison pour en ressortir cinq minutes plus tard en tenant dans ses bras un petit garçon d'environ un an, perdu dans un blouson d'aviateur trop grand pour lui.

— Merci encore, Tania, lança-t-elle joyeusement en s'éloignant.

Elle tenait l'enfant dans ses bras, bien serré contre elle. Elle lui avait couvert la tête avec un bonnet rouge flamboyant.

Candice attacha le bébé avec précaution sur le siège arrière de la voiture et prit la direction de la grande surface voisine. Une fois sur le parking, elle mit son fils dans un chariot et fila à l'intérieur du magasin. Nathan la suivit dans les rayons.

Elle faisait ses courses lentement, prenant sans doute garde à ne pas dépasser son budget. Choisissant presque systématiquement les produits les moins chers, elle donnait néanmoins l'impression de prendre plaisir à cette activité. Elle s'arrêtait souvent pour murmurer quelque chose à l'oreille de son fils, l'embrasser tout en lui montrant du doigt des produits originaux. « Regarde le gros poisson, Josh ! Et là, tu as vu le bel ananas ? »

Le bébé était tout sourire et ouvrait de grands yeux, curieux de ce qui l'entourait. Candice lui répéta plusieurs fois qu'il était très beau et très gentil puis, pour le récompenser, lui acheta un petit paquet de marshmallows.

Nathan vit tout de suite que cette femme était bien dans sa peau et que son bonheur n'était pas feint.

Il se demanda si elle vivait avec quelqu'un ou s'il s'agissait d'une mère célibataire. Il aurait parié sur cette deuxième option mais n'en fut plus très sûr après que Candice se fut arrêtée dans le local qui vendait des alcools pour acheter un pack de Budweiser.

C'est bizarre, il ne l'imaginait pas en train de boire de la bière.

Dans le parking, il passa tout près d'elle. Elle avait un visage serein. Il regarda le bébé et eut une pensée pour son propre fils.

Elle remonta dans le pick-up et, à nouveau, il la suivit à travers la petite île.

Parsemée de minuscules collines, Staten Island

était plus proche du New Jersey que de New York. Ici, on était loin du stress qui régnait dans le *Village*. Il y avait beaucoup plus de maisons particulières et l'ambiance était moins violente et plus familiale qu'à Manhattan.

La population de cette banlieue était en forte progression depuis que certains habitants des quartiers délabrés de Brooklyn étaient venus chercher ici plus de calme et de sécurité. Mais les habitants de Manhattan continuaient à trouver cet endroit plouc et campagnard. Quant aux résidents de Staten Island, ils avaient manifesté leur désir de faire sécession, en demandant leur séparation administrative d'avec Manhattan, lassés de payer des impôts élevés qui ne profitaient qu'à leur dépensier voisin.

Candice continua sa route jusqu'au lotissement où elle avait fait garder son fils, mais cette fois elle ne s'arrêta pas devant le pavillon de Tania. Elle tourna à droite pour emprunter un chemin goudronné qui la mena à l'une des dernières maisons de la résidence.

L'avocat arrêta son véhicule à une cinquantaine de mètres de l'habitation. Il se rappela avoir acheté une paire de jumelles, l'année précédente, lors d'un week-end à Stowe Mountain avec Bonnie. Où diable pouvaient-elles être ? Il fouilla à l'arrière et finit par les retrouver sous l'un des sièges. Il s'en empara d'un geste vif et les pointa vers la maison de Candice Cook.

La jeune femme était en train de rire avec un homme.

C'était un grand type, droit et sec, la soixantaine passée, avec une casquette de base-ball vissée sur la tête et une cigarette coincée derrière l'oreille. Nathan lui trouva une lointaine ressemblance avec Clint Eastwood.

Peut-être son père.

L'homme s'était interrompu dans sa tâche – repeindre la véranda – pour aider Candice à sortir les sacs en papier brun du coffre. Ils avaient l'air de bien s'entendre tous les deux.

« Clint » sortit l'enfant de la voiture. Le bébé fouilla dans son sac de bonbons et mit un marshmallow dans la bouche de son grand-père alors que Candice conduisait la voiture dans un petit garage.

Apparemment, elle habite là.

Candice emmena Josh à l'intérieur de la maison pendant que l'homme à la cigarette finissait de nettoyer ses pinceaux. Elle lui apporta ensuite une des bouteilles de Budweiser qu'elle venait d'acheter. « Clint » la remercia, lui mit la main sur l'épaule et ils rentrèrent.

La journée avait été grise et le jour commençait à tomber.

Une lumière s'alluma dans le salon et les trois silhouettes se découpèrent en ombres chinoises. Il y eut des rires mêlés à des bruits de télé. Nathan se demanda vaguement pourquoi cette fille vivait encore avec son père.

Immobile dans sa voiture, il resta ainsi un long moment, spectateur passif du bonheur des autres.

Les gens avaient des choses à faire lorsqu'ils rentraient chez eux : raconter leur journée à leurs proches, partager un quotidien, parler de leur prochain week-end…

Lui n'avait plus rien de tout cela.

Il se sentit un peu misérable et monta encore le chauffage du 4×4. Puis il se décida à ranger ses jumelles, soudain conscient de son voyeurisme.

Il allait repartir lorsque son téléphone cellulaire sonna à nouveau. Il pensa à un appel du cabinet mais c'était un simple texto :

Regardez vos mails.
Garrett Goodrich.

Que lui voulait-il encore ? Après quelques secondes de réflexion, Nathan alluma la lumière intérieure du 4×4, tira son ordinateur portable de sa mallette et le mit en route. Pendant le chargement du système d'exploitation, il activa le port infrarouge de son cellulaire puis le connecta à l'ordinateur pour vérifier sa messagerie électronique. Il avait en fait trois mails.

Le premier était un mot d'Abby : « Passez de bonnes vacances. Joyeux Noël, à vous et à votre fille. » Comme à son habitude, elle avait rajouté une citation à son message : « Un homme qui ne passe pas du temps avec sa famille ne sera jamais un vrai homme. » Nathan esquissa un sourire. C'était un jeu entre eux qui consistait à retrouver de quel film étaient issues les répliques qu'ils se proposaient régulièrement. Ce coup-ci, c'était facile. Il appuya sur l'icône « répondre à l'expéditeur » et tapa simplement « Vito Corleone dans *Le Parrain* ».

Le deuxième mail était une photo de Bonnie. Elle tenait Bugs, son lapin nain, collé contre sa joue.

Depuis que Mallory lui avait acheté une web cam perfectionnée, sa fille lui envoyait régulièrement certaines de ses mises en scène. Dans une feuille de carton, elle avait découpé une forme ovale semblable à une bulle de bande dessinée qu'elle maintenait au-dessus de sa tête. Elle y avait écrit au marqueur :

BUGS ET MOI
ON T'ATTEND POUR SAMEDI PROCHAIN.

Il regarda longtemps le cliché et, comme chaque fois, fut touché par le beau visage de sa fille : ses longs cheveux en bataille, ses yeux malicieux – qui étaient aussi ceux de Mallory – et ses petites dents, légèrement écartées, qui lui donnaient un sourire si attachant.

Sans comprendre vraiment pourquoi, il se sentit à la fois très heureux et très triste.

Il mit un temps fou à rapatrier le dernier mail qui se présentait sous la forme d'un fichier attaché contenant une petite séquence MPEG. Il connaissait bien cette technologie : à l'aide d'un Caméscope numérique, il était aujourd'hui possible de filmer une séquence vidéo et de l'enregistrer sur une carte mémoire avant de l'envoyer par mail grâce à un ordinateur.

Nathan vérifia l'adresse de l'expéditeur. Il émanait de la boîte aux lettres professionnelle de Goodrich. Il attendit que le film soit complètement chargé puis il le lança sur son écran. L'image était plutôt nette mais marquée de plusieurs coupes.

Il regarda la date inscrite en chiffres numériques en bas de l'écran : l'enregistrement datait d'à peine plus de trois mois.

La première image avait été prise depuis la fenêtre d'un véhicule. D'après les panneaux routiers, on était au Texas. À Houston, plus exactement. On voyait la voiture quitter le centre historique pour emprunter l'autoroute urbaine jusqu'au premier anneau périphérique. Nathan n'était allé qu'une fois dans la capitale texane mais il en avait gardé un souvenir assez désagréable. Il se souvenait d'une vaste étendue urbaine, gangrenée par les embouteillages et écrasée par la chaleur et la pollution. Il avait d'ailleurs entendu dire que certains cabinets avaient du mal à recruter des avocats, en raison de l'image peu flatteuse de la ville qui semblait avoir fait l'impasse sur l'environnement et la qualité de vie.

Au milieu d'un système de circulation complexe, le véhicule s'engagea dans une zone périphérique où le prix des loyers ne devait pas être bien élevé. La caméra balaya des entrepôts industriels et la voiture finit par s'arrêter sur le parking d'une résidence minable en briques sales.

Était-ce Goodrich qui avait tourné ces images ? En tout cas, le réalisateur s'était si bien appliqué à filmer les panneaux de circulation qu'on aurait pu remonter facilement jusqu'à cet endroit.

Le plan suivant présentait l'intérieur d'un minuscule appartement.

C'était un petit studio jaunâtre, dépouillé mais propre, avec une télé vieillotte posée sur une table en formica et un petit frigo près d'un évier ébréché.

En bruit de fond, on pouvait entendre des éclats de voix et des cris d'encouragement qui venaient de la fenêtre : sans doute le bruit des gosses jouant au basket sur le bitume.

L'image tremblait mais on apercevait clairement un mur couvert de photos, au-dessus d'un petit bureau.

Le Caméscope se rapprocha très près de la plus grande des photographies, une image ancienne qui avait perdu ses couleurs.

Elle représentait une petite fille blonde, cheveux au vent, debout sur une balançoire. Elle riait aux éclats, tandis qu'un homme en bras de chemise lui donnait de l'élan par l'arrière.

Il avait une cigarette coincée derrière l'oreille.

10

Ne cherche pas à faire que les événements arrivent comme tu veux, mais veuille les événements comme ils arrivent.

ÉPICTÈTE

Nathan alluma ses phares, avant de faire démarrer le 4×4.

Tout en conduisant, il prit son portable et appuya sur la touche automatique des renseignements. Il demanda à être mis en communication avec le Staten Island Hospital car il avait la ferme intention de parler à Goodrich.

— Le docteur a quitté l'hôpital en fin d'après-midi, expliqua la standardiste. Comme il ne travaille pas demain, je suppose qu'il a dû partir se reposer dans sa maison du Connecticut.

— J'aimerais avoir son adresse.

— Désolée, monsieur, nous ne sommes pas autorisés à donner ce genre de renseignements, fit-elle d'un ton méfiant.

— Je suis un ami et c'est assez urgent.

— Si vous êtes un ami, il vous a sûrement communiqué son adresse…

— Écoutez, la coupa-t-il brutalement, je suis venu hier et il y a trois jours aussi. Peut-être vous souvenez-vous de moi ? Je suis avocat et…

— Je regrette.

— Donnez-moi cette putain d'adresse ! hurla Nathan dans le combiné.

Il avait les nerfs à vif.

À l'autre bout du fil, la standardiste poussa un profond soupir. Sally Graham allait finir son service dans moins de trente minutes. L'hôpital la payait 7 dollars de l'heure. Ni les médecins ni les infirmières ne lui témoignaient la moindre considération. Elle n'avait pas l'intention de se laisser embêter par ce fou furieux et la meilleure solution pour s'en débarrasser était encore de lui donner ce fichu renseignement. Elle consulta donc ses fichiers informatiques et finit par lui indiquer l'adresse exacte.

— Euh… merci, bredouilla Nathan, navré de m'être emporté.

Mais elle avait déjà raccroché.

Il donna un brusque coup de volant et attrapa de justesse la direction du Verrazano Bridge pour rejoindre Brooklyn sans emprunter le ferry.

Au loin, les lumières du Financial District se reflétaient dans les eaux noires de la baie de l'Hudson.

Les 285 chevaux du Range Rover collaient bien à la chaussée. Il quitta Manhattan par la route 95 puis prit la direction du Connecticut. Les images du film qu'il venait de voir se télescopaient dans son esprit. Il roulait vite, trop vite : en jetant un coup d'œil au compteur, il s'aperçut qu'il était largement au-dessus de la limite autorisée et il se força à ralentir.

Il aimait la Nouvelle-Angleterre avec ses villages intemporels tout droit sortis des illustrations de Norman Rockwell. Pour lui, c'était l'Amérique authentique, celle des pionniers et des traditions, celle de Mark Twain et de Stephen King.

Il roula pendant plus d'une heure avant d'arriver dans la bourgade de Mystic, un ancien centre de pêche à la baleine qui abritait désormais la fidèle réplique d'un port du XIXe siècle.

Il était déjà passé par ce village l'été dernier – ou l'été d'avant ? – en se rendant à Philadelphie. Il se souvenait très bien des demeures distinguées des anciens capitaines de baleinier. À la belle saison, c'était un coin très fréquenté, mais en hiver l'activité touristique était réduite. Ce soir, tout semblait calme et mort, un peu comme si le vent froid et salé de l'océan avait cristallisé Mystic pour en faire une ville fantôme.

Il continua sur quelques miles à l'est par la route numéro 1. Peu avant Stonington, il s'arrêta devant une maison assez isolée sur la côte. Si les renseignements de la standardiste étaient exacts, c'est ici qu'il devrait trouver Goodrich.

Il descendit de voiture et traversa la bande de sable séparant la route de la maison. À plusieurs reprises, il dut protéger ses yeux des nuages de sable soulevés par le vent. L'océan était tout près et le roulement des vagues, mélangé aux cris stridents des mouettes, faisait un bruit surprenant, presque irréel.

La maison avait un aspect vaguement mystérieux. Avec ses trois niveaux, elle était très haute mais plutôt étroite et repliée sur elle-même. Chaque étage comprenait un petit balcon peu profond mais de taille différente, ce qui contribuait à donner à l'ensemble une forme biscornue et cabossée.

La porte n'avait pas de sonnette. Il frappa violemment plusieurs coups pour couvrir le bruit du vent.

Bon, calme-toi Nathan, ce n'est pas le motel Bates[1] quand même !

Garrett vint lui ouvrir assez rapidement. Ses yeux brillaient. Il regarda l'avocat avec un sourire inhabituel chez lui, puis dit simplement :

— Je vous attendais, Nathan.

Il avait remonté les manches de sa chemise et enfilé par-dessus un tablier taché.

Sans rien dire, Nathan le suivit dans la cuisine.

C'était une pièce accueillante et conviviale dont les murs avaient été recouverts de carreaux dépareillés de couleur marine. Un long plan de travail en bois patiné occupait toute la longueur de la salle et sur le mur au-dessus, on avait accroché une impressionnante batterie de casseroles en cuivre récemment astiquées.

— Mettez-vous à l'aise, lui dit Goodrich en lui tendant une bouteille. Goûtez-moi ce vin blanc chilien, c'est un délice.

Puis il l'abandonna quelques instants pour s'activer devant les plaques de cuisson d'un fourneau à l'ancienne. Des odeurs de fruits de mer flottaient dans la pièce. Pendant plusieurs minutes, le médecin ne prononça pas un mot, absorbé par la préparation d'un plat sophistiqué.

---

1. Demeure du psychopathe Norman Bates dans le film *Psychose.*

Nathan l'observait avec perplexité. Décidément, ce type l'intriguait. Qui était-il vraiment ? Que lui voulait-il ? Garrett semblait animé par une étrange gaieté dont la cause n'était sans doute pas étrangère à la bouteille de vin déjà bien entamée que l'avocat venait de poser sur une table de bistrot.

Je l'ai déjà vu. Je sais que j'ai déjà vu cet homme. C'était il y a longtemps mais...

Il essaya un instant de l'imaginer sans la barbe. Pourtant l'inspiration ne lui vint pas. Il avait seulement l'impression d'avoir, à un moment ou à un autre de sa vie, essayé d'oublier ce visage.

Goodrich prit deux bols en faïence dans un vaisselier en bois peint.

— Vous dînez avec moi, j'espère. J'ai préparé une *chowder* dont vous me direz des nouvelles.

— Écoutez, Garrett, je ne suis pas vraiment là pour servir de cobaye à vos expériences culinaires. Je crois qu'on devrait parler de…

— Je n'aime pas manger seul, le coupa Garrett en remplissant les bols d'une soupe crémeuse à base de palourdes et d'oignons.

— Vous n'êtes pas marié, Goodrich ? demanda Nathan en prenant une première cuillère du breuvage.

— Vous sentez les miettes de bacon grillé ? Elles croustillent.

L'avocat eut un petit rire.

— Je vous ai posé une question, Garrett : est-ce que vous vivez seul ?

— Oui, inspecteur : ma première femme est morte il y a plus de vingt ans. J'ai fait ensuite une expérience malheureuse qui s'est soldée par un divorce. J'ai donc eu la sagesse de ne pas insister.

Nathan déplia une grande serviette en toile de lin.

— C'était il y a longtemps, n'est-ce pas ?

— Pardon ?

— Nous deux. On s'est déjà rencontrés mais c'était il y a longtemps ?

Encore une fois, Goodrich éluda la question.

— Que dites-vous de ma garçonnière ? Charmant, n'est-ce pas ? Vous savez qu'il y a par ici quelques coins fameux pour les amateurs de pêche ? Je ne travaille pas demain matin et j'ai bien l'intention d'aller y faire un tour. Si le cœur vous en dit, libre à vous de m'accompagner…

Avec un plaisir évident, Garrett servit ensuite des noix de Saint-Jacques poêlées, du riz sauvage et du beurre à l'ail. Ils ouvrirent une nouvelle bouteille de vin chilien puis une autre encore.

Pour la première fois depuis longtemps, Nathan eut l'impression que quelque chose se relâchait en lui. Un bien-être envahit son corps et il se trouva tout à coup en parfaite harmonie avec le médecin.

Garrett lui parla de cette réalité terrible qu'il avait à affronter dans son travail : des malades incurables qu'il côtoyait tous les jours, de la mort qui giclait par surprise en éclaboussant des individus non préparés à ce passage dans l'inconnu et de cette nécessité, jamais rassasiée, de soigner ses semblables et d'apaiser leurs douleurs.

Il évoqua aussi sa passion pour la cuisine et pour la pêche qui l'aidait à se ressourcer le week-end.

— C'est très difficile de tenir le coup, vous savez. Il ne faut pas fusionner avec son patient tout en restant assez proche de lui pour le soutenir et pouvoir compatir. Ce n'est pas toujours évident de trouver la juste mesure.

Nathan repensa à la détresse physique et morale des patients de l'unité de soins palliatifs qu'il avait visitée la veille. Comment continuer à soigner lorsque la partie est perdue d'avance ? Comment pouvait-on insuffler de l'espoir et donner du sens à la vie jusqu'au bout ?

— Non, ce n'est pas facile de trouver la juste mesure, répéta Goodrich comme pour lui-même.

Puis il y eut un long silence.

C'est alors que Nathan demanda :

— Et si vous me parliez de Candice Cook ?

La cuisine communiquait avec le salon par une grande arcade. Sur le sol, les dalles en terre cuite, communes à toutes les pièces, unifiaient l'espace et rendaient imprécise la séparation entre les deux salles.

Le salon était sans doute l'une des pièces les plus agréables de la maison et Nathan l'apprécia immédiatement. C'était le genre d'endroit où il aurait aimé passer une soirée avec Bonnie et Mallory.

Ici, tout semblait agencé pour créer une atmosphère chaleureuse, depuis les poutres apparentes du plafond jusqu'aux murs lambrissés qui réchauffaient la pièce. Sur la cheminée, la maquette d'un trois-mâts voisinait avec un vieux sextant tandis que dans un coin de la pièce reposaient, à même le sol, plusieurs corbeilles en corde tressée contenant toute une collection de souvenirs de pêche.

Nathan prit place dans un fauteuil en rotin couleur de miel pendant que Garrett maniait avec précaution une cafetière ancienne, finement cannelée.

— Donc, vous l'avez rencontrée ?

Nathan soupira :

— Vous ne m'avez pas vraiment laissé le choix.

— C'est une chic fille, vous savez.

Un voile de tristesse recouvrit le regard de Goodrich. Del Amico s'en aperçut :

— Que va-t-il lui arriver ?

Immédiatement, il regretta cette remarque car elle laissait croire qu'il admettait le pouvoir du médecin.

— L'inéluctable, répondit Goodrich en lui tendant une tasse de café.

— Rien n'est inéluctable, affirma l'avocat avec force.

— Vous savez bien que si.

Nathan tira une cigarette de son paquet et l'alluma à la flamme vacillante d'une bougie. Il aspira une longue bouffée et se sentit à la fois plus paisible et plus faible.

— C'est une maison non-fumeur, précisa Goodrich.

— Vous plaisantez : vous venez de descendre l'équivalent de deux litres d'alcool, alors épargnez-moi vos leçons de morale et parlez-moi plutôt d'elle. Parlez-moi de Candice.

Garrett se laissa tomber dans un canapé en toile de voile puis croisa ses bras robustes sur sa poitrine.

— Candice est née dans un quartier populaire de Houston, d'une famille d'origine modeste. Ses parents se sont séparés alors qu'elle avait trois ans. Elle a suivi sa mère à New York tout en continuant à voir son père régulièrement, jusqu'à l'âge de onze ans.

— Une histoire comme il y en a tant d'autres, remarqua l'avocat.

Goodrich secoua la tête.

— Je ne crois pas que vous auriez fait un bon médecin : chaque vie est singulière.

La tension venait de monter brusquement. Nathan réagit du tac au tac.

— Je suis un bon avocat. Ça me suffit.

— Vous êtes un défenseur efficace des intérêts de certaines grandes firmes. Ça ne fait pas forcément de vous un bon avocat.

— Je me fous de votre jugement.

— Vous manquez d'humanité.

— C'est ça !

— … et d'humilité.

— Je ne désire pas en débattre avec vous, mais poursuivez, Garrett. Candice a continué à voir son père jusqu'à l'âge de onze ans et puis… ?

— … et puis, subitement, ce dernier n'a plus donné signe de vie.

— Pourquoi ?

— Pour la bonne et simple raison qu'il se trouvait… en prison.

— C'est l'homme que j'ai vu tout à l'heure et qui habite actuellement avec elle ?

— Exact, c'est un ancien taulard. Il a été condamné en 1985 pour un cambriolage qui a mal tourné.

— On l'a libéré ?

Goodrich posa sa tasse sur un coffre en bois ciré qui servait de table basse.

— Oui. Il est sorti de prison il y a deux ans. Il a trouvé un poste comme ouvrier d'entretien dans un aéroport de Houston et il a habité dans le petit appartement que vous avez vu sur le film.

— C'est vous qui l'avez retrouvé ?

Goodrich approuva de la tête.

— Il n'avait pas le courage de reprendre contact avec sa fille. Il lui avait écrit des lettres en prison mais il n'avait jamais osé les lui envoyer.

— Et vous avez joué le rôle de l'ange gardien ?

— Épargnez-moi ce terme. J'ai tout simplement forcé la porte de son logement alors qu'il était absent pour voler les lettres que j'ai envoyées à sa fille en ajoutant mon petit film pour que Candice puisse remonter jusqu'à lui.

Nathan lui lança un regard outré.

— Mais au nom de quoi vous permettez-vous d'intervenir comme ça dans la vie des gens ?

— Candice avait besoin de ces retrouvailles. Elle avait toujours vécu dans l'idée que son père l'avait abandonnée. Elle a été réconfortée de savoir que celui-ci n'avait jamais cessé de l'aimer.

— C'était si important ?

— L'absence du père ne permet pas toujours de construire sa personnalité dans de bonnes conditions, vous savez.

— Ça dépend, fit Nathan, le mien a cogné sur

ma mère jusqu'à ce qu'il se tire à l'autre bout du pays. De ce point de vue-là, son absence ne m'a pas beaucoup gêné…

Un silence empreint de malaise flotta dans l'air.

— Cet homme a eu sa vie brisée. Il s'est reconstruit peu à peu. Il a parfaitement le droit de retrouver sa fille et de connaître enfin son petit-fils.

— Mais, bordel, si vous savez que Candice va mourir, protégez-la ! Faites en sorte que cela n'arrive pas !

Goodrich ferma les yeux et répondit avec fatalisme :

— Je me suis borné à rapprocher les membres de cette famille, Nathan, à leur procurer un peu de réconfort mais je vous l'ai déjà dit : personne ne peut changer le cours des choses. Il faut que vous l'acceptiez.

L'avocat se leva d'un bond.

— Si, dans ma vie, j'avais accepté tout ce qu'on voulait m'imposer, j'en serais encore à empiler des caisses dans une usine !

Goodrich se leva à son tour et étouffa un bâillement.

— Vous avez une fâcheuse tendance à tout ramener à votre personne.

— C'est ce que je connais le mieux.

Le médecin empoigna la rampe d'un petit escalier qui partait du milieu du salon.

— Vous pouvez dormir ici, si ça vous chante. J'ai une chambre d'ami au premier avec des draps propres.

Dehors, on entendait le grondement du vent et le bruit des vagues qui se déversaient sur la plage. On sentait que l'océan était là, tout proche.

Déprimé par la perspective de retrouver son appartement vide et froid et conscient d'avoir un peu trop bu, Nathan accepta l'invitation sans se faire prier.

11

She's like a rainbow[1]...

THE ROLLING STONES

13 décembre

Lorsque Nathan descendit au salon, tôt le lendemain, Goodrich était déjà parti à la pêche à la truite. Le médecin avait laissé un mot sur la table :

« En partant, fermez la porte et jetez les clés dans la boîte aux lettres. »

Nathan reprit sa voiture et mit le cap vers Staten Island. Tout en conduisant, il ne cessa de s'interroger sur le mélange de rejet et de fascination qu'il éprouvait envers Garrett. Bien sûr, cet homme le mettait souvent mal à l'aise mais, par moments, il

1. *Elle ressemble à un arc-en-ciel.*

se sentait aussi en communion parfaite avec lui, comme avec un parent, et il s'expliquait mal ces sentiments contraires.

Nathan passa la journée à surveiller Candice et sa famille. Il fit de nombreux aller et retour entre le *coffee shop* et la petite maison.

Cette fois, le bébé resta avec son grand-père. Du dehors, Nathan ne pouvait qu'entrevoir ce qui se passait à l'intérieur de l'habitation. En revanche, il nota que « Clint » prenait soin de sortir sur la terrasse chaque fois qu'il fumait. Le sexagénaire bricola tranquillement pendant toute la matinée puis emmena son petit-fils en balade l'après-midi. Il était à l'aise avec l'enfant, le couvrant pour qu'il ne prenne pas froid et manœuvrant la poussette d'un geste sûr.

Nathan les regarda, de loin, en train de se promener entre les parterres à l'anglaise et les plantes tropicales de la serre du jardin botanique. S'il s'était rapproché, il aurait pu entendre « Clint » fredonner de vieilles chansons sudistes pour bercer l'enfant.

Pendant toutes ces heures passées seul dans sa voiture, Nathan pensa souvent à Mallory : à ces moments heureux qui ne reviendraient pas, à son sourire, à cette façon qu'elle avait de se moquer de lui et de le remettre à sa place.

À plusieurs reprises, il essaya de téléphoner à

San Diego mais il tomba chaque fois sur le répondeur.

Pour lui, ça n'allait pas fort. Dans ces moments de déprime, son esprit était toujours assailli par les images de son fils.

Il se souvenait de tout, et tout lui manquait : son contact physique, la douceur de ses joues, la chaleur de sa fontanelle et ses petites mains qu'il agitait dans tous les sens avant de s'endormir.

Alors, il se fit du mal en égrenant douloureusement ce qu'il avait manqué à jamais : son vrai premier Noël, ses premiers pas, sa première dent, ses premiers mots…

En début de soirée, Candice passa chez elle en coup de vent avant de repartir travailler. Le vendredi, elle avait un deuxième job dans un bar populaire de la ville. Bien sûr, elle aurait préféré rester chez elle en compagnie de son père et du petit Josh. Ils auraient pu profiter tranquillement tous les trois de la soirée : préparer un bon repas, allumer un feu de cheminée, mettre de la musique… Mais elle ne pouvait refuser une occasion de gagner de l'argent. Noël approchait. Cette fête était une source de joie pour elle, mais c'était aussi une source de dépenses.

Candice sortit de sa douche et poussa doucement

la porte de la chambre de son fils. Elle avait cru l'entendre pleurer. Elle s'approcha du lit. Apparemment, Josh dormait du sommeil du juste. Fausse alerte, mais mieux valait être vigilant : sa voisine, Tania Vacero, lui avait parlé d'une épidémie de grippe qui sévissait dans la région.

Rassurée, elle sortit de la pièce après avoir posé un petit baiser sur la joue du bébé. En passant, elle jeta un coup d'œil à l'horloge de la chambre. Son service commençait dans vingt minutes. Il fallait qu'elle se dépêche pour ne pas être en retard. Elle se prépara devant une psyché ébréchée, enfilant rapidement la jupe et le chemisier de son uniforme. Joe, le patron du bar, ne voulait que des serveuses sexy, comme il le rappelait souvent.

Elle embrassa son père, écouta ses recommandations de prudence, protesta un peu pour la forme (« papa, je n'ai plus quatorze ans ! ») et fila dans la nuit. Elle était heureuse de vivre à nouveau avec lui. Elle se sentait rassurée d'avoir un homme à la maison, et puis il était si attentionné avec Josh…

Elle dut s'y prendre à plusieurs reprises pour faire démarrer son vieux pick-up Chevy, le seul et unique véhicule qu'elle eût jamais possédé et dont l'achat remontait à des temps préhistoriques (en l'occurrence le début du mandat de George Bush père…).

Certes, la voiture n'était plus toute jeune mais,

une fois lancée, elle faisait parfaitement l'affaire pour de courts trajets.

Ce soir, Candice était de bonne humeur. Elle alluma la radio et accompagna Shania Twain dans son refrain :

Man ! I feel like a woman !

Sa chanson fut interrompue par un long bâillement. Mon Dieu qu'elle était fatiguée ! Heureusement, demain était son jour de congé. Elle pourrait faire la grasse matinée, prendre Josh un moment avec elle dans son lit. Puis elle irait acheter ses cadeaux de Noël. Elle avait repéré deux belles peluches au centre commercial : un ours rieur et une tortue au long cou qui lui avait semblé rigolote. Josh était encore petit. À cet âge, on aime bien les jouets que l'on peut prendre avec soi au moment de s'endormir. Dans quelques années, lorsqu'il serait plus grand, elle lui achèterait un vélo, puis des livres et un ordinateur.

Candice bâilla de nouveau. Malgré ce que certains disaient, la vie n'était pas facile dans ce pays. Chaque mois, elle essayait d'épargner quelques dollars en prévision des études du petit, mais elle avait beaucoup de mal à joindre les deux bouts et un peu d'argent frais n'aurait pas fait de mal. Oui, Josh irait à l'université. Et Candice espérait qu'il exercerait plus tard une profession utile : quelque chose comme médecin, professeur ou peut-être avocat.

19 h 58

Elle se gara sur le parking en même temps qu'un gros 4×4 marine et entra dans le *Sally's Bar* où régnait déjà une chaude ambiance. Le débit de boissons était aux trois quarts plein. La bière coulait à flots et la musique de Springsteen était diffusée à pleins tubes. C'était une atmosphère populaire, plus « New Jersey » que new-yorkaise.

— Voilà la plus belle de toutes, lui lança Joe Conolly qui officiait derrière son comptoir.

— Salut, Joe.

Conolly était un ancien flic de Dublin, installé à Staten Island depuis une quinzaine d'années. De l'avis de tous, son bar était un endroit *clean*, essentiellement fréquenté par les policiers et les pompiers de la ville. Depuis qu'elle travaillait ici, Candice n'avait connu aucun problème sérieux : les disputes ne dégénéraient jamais en bagarre et les serveuses étaient respectées.

La jeune femme noua son tablier et commença son service.

— Salut, Ted, qu'est-ce que je te sers ?

20 h 46

— Tu as une touche, ma jolie.

— Qu'est-ce que tu racontes, Tammy ? demanda Candice.

— J'te dis que t'as une touche. Ce type bien fringué à l'extrémité du comptoir, il n'arrête pas de te mater depuis que t'es arrivée.

— Tu divagues complètement, ma vieille, répondit Candice en haussant les épaules.

Elle empoigna un nouveau plateau chargé de pintes de bière et s'éloigna en jetant tout de même un coup d'oeil au comptoir. L'homme en question avait les yeux fixés sur elle. Elle ne l'avait jamais vu ici. Il n'avait l'air ni d'un flic ni d'un pompier.

Fugitivement, leurs regards se croisèrent et il se produisit « quelque chose ».

Pourvu qu'il ne s'imagine pas que je veux le draguer, pensa Candice.

Pourvu qu'elle ne s'imagine pas que je veux la draguer, pensa Nathan.

Depuis qu'il était ici, il se demandait comment entrer en contact avec la jeune femme. Même s'il avait prétendu le contraire devant Garrett, il ne pouvait s'empêcher d'être inquiet pour elle. Il devait à tout prix savoir si quelque chose dans la vie de Candice pouvait faire craindre une mort prochaine.

Mais comment aborder une fille un vendredi soir dans un bar autrement que sur le ton du badinage ?

21 h 04

— Vous êtes nouveau dans le coin ? demanda Candice.

— En fait, oui. Je suis avocat à Manhattan.

— Je vous sers autre chose ?

— Non, merci, je vais bientôt reprendre ma voiture.

Candice se rapprocha de Nathan et lui confia en souriant :

— Si vous ne commandez pas une deuxième bière, le vieux Joe va se fâcher et risque de vous demander de quitter le bar car vous mobilisez une place au comptoir.

— Très bien, alors va pour une deuxième bière.

21 h 06

— Il est plutôt pas mal, jugea Tammy en débouchant plusieurs bouteilles de Budweiser à une vitesse stupéfiante.

— Arrête tes bêtises, s'il te plaît.

— Tu as beau dire, ce n'est pas normal d'être célibataire pour une belle fille de ton âge !

— Je n'ai pas besoin d'homme dans ma vie en ce moment, affirma Candice.

Tout en disant cela, elle se remémora tristement ses dernières aventures amoureuses. Force est de constater qu'il n'y avait pas eu grand-chose de sérieux. Des amourettes par-ci, par-là, mais jamais rien de suffisamment stable pour envisager de fonder une vraie famille. Brièvement, elle repensa au père de Josh, un représentant de commerce rencontré lors d'une soirée chez une ancienne copine de lycée. Pourquoi s'était-elle laissé embobiner par cet homme ? Qu'est-ce qu'elle avait cru ? Il était plutôt sympathique et beau parleur, c'est vrai, mais Candice n'avait jamais été dupe. Elle se souvenait surtout de ce soir-là comme d'un moment où elle avait ressenti un besoin désespéré d'exister dans le regard de quelqu'un d'autre. Ce désir illusoire n'avait duré que le temps d'une étreinte et, à son grand étonnement, elle s'était retrouvée enceinte quelque temps plus tard, vérifiant ainsi le vieux principe selon lequel aucun moyen de contraception n'est efficace à 100 %. Elle n'en gardait aucune amertume puisque cet épisode lui avait donné le plus beau cadeau du monde en la personne de Josh. Elle avait prévenu le père de l'enfant de sa grossesse mais ne lui avait réclamé ni aide ni pension alimentaire. Elle regrettait simplement qu'il n'ait jamais demandé à voir son fils. Bien sûr, elle aurait préféré avoir quelqu'un à ses côtés pour élever l'enfant mais c'était comme ça et voilà tout. « *Forgive and forget*[1] », comme disait son père.

21 h 08

— Voilà votre bière.

— Merci.

— Alors, qu'est-ce que vous venez faire par ici, monsieur l'avocat de Manhattan ?

— Appelez-moi Nathan.

— Qu'est-ce que vous êtes venu faire dans notre bar… Nathan ?

— En fait, je suis venu pour vous parler, Candice.

Elle marqua un mouvement de recul.

1. *Il faut pardonner et oublier.*

— Comment connaissez-vous mon prénom ? demanda-t-elle, méfiante.

— Tous les habitués vous appellent Candice... constata-t-il en souriant.

— OK, admit-elle en se radoucissant, un point pour vous.

— Écoutez, reprit-il, lorsque vous aurez terminé votre service, on pourrait peut-être aller prendre quelque chose dans un autre endroit ?

— Vous perdez votre temps avec moi, assura-t-elle.

— Je n'essaye pas de vous baratiner, promis.

— Inutile d'insister, vraiment.

— Votre bouche dit non mais vos yeux disent oui.

— Ça, c'est du baratin par contre. De grosses ficelles même, j'ai l'impression qu'on me l'a déjà dit des dizaines de fois.

— Vous sentez le jasmin, se contenta-t-il de remarquer.

21 h 12

C'est vrai qu'il n'est pas mal après tout.

22 h 02

— Puis-je avoir une troisième bière ?

— Vous n'avez même pas commencé la deuxième.

— C'est que je ne veux pas perdre ma place au comptoir.

— Qu'y a-t-il de si intéressant à cette place ?

— La possibilité de vous regarder.

Elle haussa les épaules mais ne put réprimer un sourire.

— Si ça suffit à votre bonheur…

— Vous avez réfléchi à ma proposition ?

— Votre proposition ?

— Aller prendre un verre avec moi à la fin de votre service.

— Les serveuses ne sortent jamais avec les clients, c'est la règle.

— Lorsque le bar fermera, vous ne serez plus serveuse et je ne serai plus client.

— Ça, c'est typiquement une remarque d'avocat.

Ce qui, dans sa bouche, n'était pas un compliment.

22 h 18

Pas mal, mais trop sûr de lui.

22 h 30

— De toute façon, je ne sors jamais avec des types mariés, fit-elle en désignant l'alliance que Nathan portait toujours à son doigt.

— Vous avez tort, les types mariés sont les plus intéressants, c'est pour ça qu'ils sont déjà pris.

— C'est une remarque stupide, jugea-t-elle.

— C'était une plaisanterie.

— Une mauvaise plaisanterie.

Nathan allait répondre lorsque Joe Conolly s'approcha d'eux.

— Tout va bien, Joe, le rassura Candice.

— Tant mieux, marmonna-t-il en s'éloignant.

Nathan attendit que le propriétaire du bar se soit complètement éloigné pour renouveler sa proposition.

— Et si je n'étais pas marié, vous accepteriez d'aller le prendre ce verre ?

— Peut-être.

23 h 02

— En fait, je suis séparé d'avec ma femme.

— Qu'est-ce qui me prouve que c'est bien vrai ?

— Je pourrais vous apporter les papiers du divorce mais je ne pensais pas qu'ils étaient déjà nécessaires juste pour inviter une fille à prendre un verre.

— Laissez tomber, je me contenterai de votre parole.

— Alors, c'est oui ?

— J'avais dit peut-être…

23 h 13

Pourquoi est-ce qu'il m'inspire confiance ?

S'il me redemande encore une fois, je réponds oui…

23 h 24

Le bar commençait progressivement à se vider. Le rock musclé du *Boss* avait laissé place aux ballades acoustiques de Tracy Chapman.

Candice avait pris ses cinq minutes de pause et discutait maintenant avec Nathan à une table au fond du bar. Un courant de sympathie commençait à passer entre eux lorsque leur conversation fut soudainement interrompue :

— Candice, téléphone ! hurla Joe de derrière son comptoir.

La jeune femme se leva d'un bond. Qui pouvait bien l'appeler sur son lieu de travail ?

Intriguée, elle se saisit du combiné et quelques secondes plus tard son visage se décomposa. Devenue blême, elle raccrocha, fit quelques pas en chancelant pour regagner le comptoir puis sentit ses jambes se dérober sous elle. Nathan, qui avait suivi la scène, se précipita pour la rattraper avant qu'elle ne touche le sol. Elle fondit en larmes entre ses bras.

— Que se passe-t-il ? demanda-t-il.

— C'est mon père. Il… a eu une crise cardiaque.

— Comment ça ?

— Une ambulance vient de le conduire à l'hôpital.

— Venez, je vous y amène ! proposa Nathan en attrapant son manteau.

Hôpital de Staten Island
– Unité de soins cardiologiques intensifs

Encore vêtue de son uniforme, Candice se précipita vers le médecin qui s'était occupé de son père, tout en récitant mentalement une prière pour que les nouvelles soient rassurantes.

Elle se tenait maintenant devant lui. Elle pouvait même déchiffrer son nom sur le badge de sa blouse : docteur Henry T. Jenkils. Le regard de Candice était implorant : *Réconfortez-moi, docteur, dites-moi que ce n'est rien, dites-moi que je vais pouvoir le ramener à la maison, dites-moi que nous allons passer Noël tous ensemble. Je veillerai sur lui, je lui préparerai de la tisane et du bouillon, comme il m'en faisait lui-même lorsque j'étais petite, dites-moi que...*

Mais le docteur Jenkils avait pris l'habitude de ne plus chercher à lire dans le regard de ses patients ou de leurs proches. Avec les années, il avait appris à se blinder, à ne plus « s'impliquer personnellement ». C'était une nécessité pour lui : trop de compassion le déstabilisait et l'empêchait de faire correctement son travail. Il eut un léger mouvement de recul lorsque Candice s'approcha un peu trop près de lui. Il débita alors un discours calibré :

— Mademoiselle, votre père a tout juste eu le

temps de prévenir les secours avant de s'effondrer sur le carrelage de la cuisine. Lorsque les ambulanciers l'ont trouvé, il manifestait tous les signes d'un infarctus massif. En arrivant ici, il était déjà en arrêt cardiaque. Nous avons fait tout notre possible pour le ranimer mais il n'a pas survécu. Je suis désolé. Si vous voulez le voir, une infirmière va vous montrer sa chambre.

— Non, non, non ! cria-t-elle, le visage ruisselant de larmes. Je venais à peine de le retrouver. Ce n'est pas juste ! Ce n'est pas juste !

Tremblante, les jambes en coton, elle sentit comme un gouffre vertigineux s'ouvrir sous elle et, à nouveau, les seuls bras qu'elle trouva pour la réconforter furent ceux de Nathan.

L'avocat prit les choses en main. Il se renseigna d'abord sur ce qu'était devenu Josh. On lui apprit que l'enfant avait été conduit à l'hôpital en même temps que son grand-père et qu'il attendait sa mère à l'étage de pédiatrie. Il accompagna ensuite Candice jusqu'à la pièce où reposait le corps désormais sans vie de son père. Après avoir remercié Nathan pour son aide, la jeune femme lui demanda de la laisser seule un moment.

Revenu dans le hall, il demanda au bureau d'accueil si le docteur Goodrich était de garde ce soir.

On lui répondit par la négative. Il consulta alors un annuaire téléphonique en libre-service et réussit à joindre ce dernier au centre de soins palliatifs.

— Vous vous êtes complètement gouré, Garrett, annonça-t-il d'une voix blanche.

Il était tellement ému qu'il sentait le combiné trembler dans sa main.

— À quel sujet ? demanda le médecin.

— Ce n'est pas Candice qui devait mourir !

— Quoi ?

— C'était son père.

— Écoutez, Nathan, je ne comprends rien à ce que vous dites.

L'avocat respira profondément pour tenter de maîtriser son émotion.

— Je suis à l'hôpital, expliqua-t-il plus calmement. Le père de Candice vient de décéder d'un arrêt cardiaque.

— Merde, lâcha le médecin, surpris.

La voix de Nathan vibrait maintenant de colère :

— Alors, vous n'aviez pas prévu ce décès, n'est-ce pas ? Vous n'aviez pas aperçu la petite auréole ?

— Non, concéda Goodrich, je n'avais rien prévu, mais je n'ai jamais approché cet homme d'assez près pour me prononcer sur…

— Écoutez, je crois vraiment qu'il est temps de

tirer un trait sur vos théories fumeuses ! La mort a frappé à côté, vous feriez mieux de le reconnaître.

— Vous vous emballez. Cet homme commençait à être âgé, il souffrait peut-être déjà du cœur… Sa mort ne prouve rien.

— En tout cas, Candice est sauvée, Garrett, c'est tout ce que je sais.

— J'espère que vous avez raison, Nathan, je l'espère jusqu'au plus profond de moi.

Domicile de Candice Cook
– Trois heures du matin

La pièce était plongée dans l'obscurité. Seules quelques bougies de Noël posées près de la fenêtre permettaient de distinguer le contour des objets et des visages. Candice avait fini par s'endormir sur le canapé du salon mais elle frissonnait et son visage paraissait fiévreux. Assis dans un fauteuil, Nathan la regardait comme hypnotisé. Il savait qu'elle ne dormirait que d'un sommeil haché et peuplé de forces malfaisantes. Après avoir récupéré Josh, il les avait raccompagnés tous les deux sur le coup d'une heure du matin. La jeune femme était tellement abattue qu'elle s'était laissé guider comme un automate. Ils avaient discuté un moment puis

Nathan lui avait fait prendre le somnifère prescrit par un des médecins de l'hôpital.

Un petit cri plaintif l'attira dans la pièce à côté. Les yeux grands ouverts, barbotant au milieu de son lit, Josh venait de se réveiller.

— Salut, bonhomme, n'aie pas peur, le rassura-t-il en le prenant dans ses bras.

— … a soif… réclama l'enfant.

Il lui prépara un peu d'eau et l'amena avec lui dans le salon.

— Comment vas-tu, petit bébé ?

— Heu… ti… bé… bé, essaya de répéter Josh.

Nathan l'embrassa sur le front.

— Regarde ta maman qui dort, murmura-t-il.

— Ma… han.

Il s'assit avec lui dans le fauteuil et le berça lentement. Il se laissa même aller à fredonner quelques mesures de *Brahms' Lullaby*. Il n'avait plus chanté cette berceuse depuis la mort de son fils et l'émotion qui le submergea l'obligea presque aussitôt à s'arrêter.

Au bout de quelques minutes, Josh se rendormit. Nathan le reposa dans son lit et retourna dans le salon où Candice dormait toujours. Il écrivit un mot au dos d'une liste de commissions puis le laissa au milieu de la table avant de quitter la maison.

Dehors, il neigeait.

14 décembre

Candice tira le verrou et passa la tête dans l'entrebâillement de la porte.

— Oh ! c'est vous, entrez donc.

Nathan pénétra dans la cuisine. Il était neuf heures du matin. Dans sa petite chaise, Josh finissait de se barbouiller avec son petit déjeuner.

— … jour, dit l'enfant.

— Salut, p'tit Josh, répondit Nathan en adressant un sourire à l'enfant.

Candice passa une main dans les cheveux de son fils tout en regardant l'avocat.

— Je voulais vous remercier pour être resté si tard, hier soir.

— Ce n'est rien, vous tenez le coup ?

— Ça va, assura la jeune femme même si ses yeux affirmaient le contraire.

Nathan agita un petit trousseau de clés qu'il venait de tirer de sa poche.

— Je vous ai ramené votre voiture.

— Merci. Vous avez été vraiment… parfait, fit-elle en écartant les bras. Vous avez laissé votre 4×4 sur le parking de Joe ?

Nathan hocha la tête.

— Je vais vous ramener alors, proposa-t-elle,

mais avant, vous allez prendre une tasse de café avec nous.

— Volontiers, répondit-il en s'asseyant.

Il laissa passer quelques secondes puis décida de se lancer :

— En fait, j'ai quelque chose à vous demander, annonça-t-il, en posant une petite mallette de cuir sur la table.

— Oui ? interrogea Candice soudain inquiète, comme si autant de gentillesse de la part d'un homme ne pouvait finalement déboucher que sur une mauvaise surprise.

— Je voudrais que vous acceptiez…

— Quoi ?

— De l'argent, dit Nathan, je voudrais que vous acceptiez un peu d'argent de ma part pour élever votre fils.

— C'est… c'est une plaisanterie ? fit-elle en posant sa tasse sur la table pour ne pas la laisser tomber.

— Non, je cherche réellement à vous aider.

— Pour qui me prenez-vous ? se révolta-t-elle.

Très en colère, elle se leva de sa chaise. Nathan essaya de la rassurer.

— Calmez-vous, Candice, je ne vous demande rien en échange.

— Vous êtes fou, répéta-t-elle, je n'ai pas besoin de votre argent.

— Si, vous en avez besoin ! Vous en avez besoin pour que votre fils fasse des études. Vous en avez besoin parce que votre voiture a trois cent mille kilomètres au compteur et menace de lâcher à tout instant. Vous en avez besoin parce que vous n'avez plus personne pour vous aider.

— Et combien voudriez-vous me donner exactement ? ne put s'empêcher de demander la jeune femme.

— Disons cent mille dollars, proposa Nathan.

— Cent mille dollars ! Mais… c'est… c'est impossible. Des gens qui vous donnent tant d'argent en échange de rien, ça n'existe pas !

— Parfois la roue tourne… Dites-vous que vous avez gagné au loto.

Elle resta interdite pendant quelques secondes.

— Ce n'est pas une histoire de blanchiment ou quelque chose comme ça ?

— Non, Candice, ce n'est pas de l'argent sale. Il n'y a rien d'illégal là-dedans.

— Mais je ne vous connais même pas !

— Tout ce que je vous ai dit sur moi hier soir est vrai, affirma Nathan en ouvrant sa valise en cuir. Je m'appelle Nathan Del Amico, je suis un avocat renommé de Park Avenue, j'ai une réputation d'homme intègre et mes affaires sont tout ce qu'il y a dé plus honnête. Je vous ai apporté ici tout un tas de documents qui prouvent mes affirmations : mon passeport, le relevé de mes comptes en banque, des articles de journaux juridiques qui parlent de moi…

— N'insistez pas, le coupa Candice, je ne marche pas dans cette combine.

— Prenez le temps de la réflexion, demanda Nathan en descendant du vieux pick-up.

Ils se trouvaient tous les deux dans le parking déserté, en face du *Sally's Bar*. Candice venait de raccompagner l'avocat à son 4 × 4.

— C'est tout réfléchi, je ne veux avoir de comptes à rendre à personne sur la manière dont je mène ma vie.

— Vous n'aurez aucun compte à me rendre, ni à moi ni à personne, promit-il en se penchant à la fenêtre. Vous pourrez utiliser cette somme de la manière qui vous convient.

— Mais qu'est-ce que ça vous rapporte, à *vous ?*

— Il y a encore une semaine, je ne vous aurais jamais fait une telle proposition, reconnut Nathan, mais, depuis, certaines choses ont changé dans ma vie… Écoutez, je n'ai pas toujours été riche. J'ai été élevé par ma mère qui avait encore moins d'argent que vous. Par chance, j'ai pu faire des études. Ne refusez pas cette possibilité à votre fils.

— Mon fils fera des études, que vous m'aidiez ou pas ! se défendit Candice.

— Oupa ! répéta Josh du fond de son siège arrière, comme pour soutenir sa mère.

— Réfléchissez encore. Mon numéro de téléphone se trouve dans l'attaché-case. Appelez-moi une fois que vous aurez consulté les documents que je vous ai laissés.

— C'est tout réfléchi. Comme vous l'avez dit, je ne possède presque rien mais il me reste quelque chose qu'ont perdu bien des gens plus riches que moi : l'honneur et l'honnêteté…

— Je ne vous demande de renoncer ni à l'un ni à l'autre.

— Arrêtez vos boniments. Votre proposition est trop belle pour être vraie. Il y a forcément un piège. Qu'est-ce que vous allez me réclamer une fois que j'aurai touché cet argent ?

— Regardez-moi dans les yeux, intima Nathan en se rapprochant d'elle.

— Je n'ai pas d'ordres à recevoir de vous !

Malgré tout, elle leva la tête vers lui.

Nathan accrocha son regard et lui réaffirma :

— Je suis honnête, vous n'avez rien à craindre

de moi, je vous le jure. Pensez à votre fils et acceptez cet argent.

— Ma réponse est non ! répéta Candice en claquant la portière. Vous m'avez bien compris. Non, non et non !

Nathan et Candice rentrèrent chez eux chacun de leur côté.

Candice consacra le reste de la matinée à éplucher les documents contenus dans la mallette.

Nathan passa son temps, les yeux rivés sur son téléphone.

À midi, celui-ci sonna enfin.

12

... lacéré dans la mort
par les rapaces et les fauves...

LUCRÈCE

Après avoir tourné dans le quartier pendant dix minutes, Nathan trouva enfin une place de stationnement et réussit du premier coup un créneau compliqué. Assise à ses côtés, Candice attendit que la voiture soit complètement à l'arrêt pour libérer son petit Josh du siège-auto qu'elle avait installé sur la banquette arrière. Elle le plaça ensuite dans une volumineuse poussette pliable, que Nathan avait sortie du coffre du 4 × 4. Josh était de bonne humeur et chantait à tue-tête de drôles de chansons improvisées tout en suçotant un biberon à moitié vide.

Tous les trois se dirigèrent vers un bâtiment en

briques grises et roses qui abritait l'une des succursales de la First Bank of New Jersey.

C'était l'heure de pointe. À cause de la foule et de l'étroitesse de la porte tournante, ils bataillèrent quelques instants pour faire pénétrer la poussette à l'intérieur. L'agent de sécurité – un jeune Noir au visage avenant – vint leur prêter main-forte tout en échangeant des plaisanteries avec eux sur le fait que les installations modernes n'étaient décidément pas adaptées aux bébés.

Ils pénétrèrent dans une grande pièce lumineuse entourée de larges baies vitrées. Elle était bien agencée avec ses guichets accueillants et ses élégants petits box en bois sombre qui préservaient l'intimité des conversations entre les clients et les employés.

Candice fouilla dans son sac pour en sortir le fameux chèque.

— Vous croyez vraiment que c'est une bonne idée ?

— Nous avons déjà discuté de ça, répondit gentiment Nathan.

Candice regarda Josh, pensa de nouveau à son avenir et cela la décida à faire la queue à un guichet.

— Je vous accompagne ? proposa Nathan.

— Inutile, répondit-elle, ça ne sera pas long. Vous n'avez qu'à vous asseoir là-bas, fit-elle en désignant une enfilade de chaises dans le fond de la pièce.

— Laissez-moi prendre Josh avec moi.

— Ça va, je vais le garder dans mes bras. Débarrassez-moi juste de cette maudite poussette.

Tandis qu'il s'éloignait en tirant la poussette vide, Candice lui adressa un sourire accompagné d'un petit signe de la main.

À cet instant, elle lui rappela Mallory. Décidément, il s'attachait de plus en plus à cette femme, à sa simplicité, à la tranquille assurance qui émanait de tout son être. Il était réellement touché par la complicité qui existait entre elle et son fils, par sa façon de l'embrasser et de lui murmurer des choses tendres à l'oreille chaque fois qu'il menaçait de se mettre à pleurer. C'était une mère paisible et posée. Peu importait sa veste usée ou sa teinture bon marché. Elle n'avait peut-être pas la classe des filles de *Cosmopolitan* mais elle était plus engageante et plus sociable.

Tout en suivant la jeune femme des yeux, il ne put s'empêcher de penser au cours qu'avait pris sa vie. Peut-être avait-il eu tort de vouloir à tout prix échapper à son milieu d'origine. Peut-être aurait-il été plus heureux avec une femme comme Candice, dans un pavillon avec un chien et un pick-up orné d'une bannière étoilée. Seules les classes aisées s'imaginent que les gens ordinaires ont des vies monotones. Lui qui était issu d'un milieu populaire savait que ce n'était pas le cas.

Pour autant, il n'était pas le genre d'homme à adhérer à tout ce bla-bla autour de l'importance des petites choses de la vie qui sont censées procurer le bonheur. Il avait trop souffert du manque d'argent pour cracher dessus maintenant qu'il en avait. Mais, contrairement à ce qu'il avait longtemps cru, il savait désormais que l'argent ne lui suffisait pas. Il lui fallait quelqu'un avec qui le partager. Sans une main pour l'accompagner, il ne voulait plus aller nulle part ; sans une voix pour lui répondre, il n'était que silence ; sans un visage en face du sien, il n'existait plus.

Nathan échangea quelques mots avec l'agent de sécurité en faction devant la porte d'entrée. La veille, les Yankees avaient annoncé le recrutement d'un bon joueur pour la prochaine saison et l'agent s'enflammait en imaginant les exploits que réaliserait bientôt son équipe de base-ball préférée.

Tout à coup, l'agent marqua une pause dans son discours, intrigué par un colosse aux épaules massives qui venait de pousser la porte d'entrée. Aussi grand qu'un basketteur, l'homme portait une écharpe autour du cou et un sac de sport en bandoulière.

Drôle d'idée d'emporter avec soi un sac aussi gros, pensa Nathan.

Le type semblait agité. Visiblement mal à l'aise, il se retourna plusieurs fois pour épier les deux hommes d'un regard fuyant. Le gardien avança de quelques pas dans sa direction. L'homme fit alors mine de se diriger vers l'une des files d'attente mais s'arrêta net au milieu de la salle. En une fraction de seconde, il retira de son sac une arme et une cagoule noire qu'il enfila.

— Hé, vous !

Avant même que l'agent de sécurité ait pu dégainer, un complice surgit brusquement et lui assena deux violents coups de matraque. Complètement sonné, il s'écroula sur le sol et l'autre en profita pour le désarmer.

— On bouge plus ! On bouge plus, bordel de merde ! Mettez vos mains au-dessus de vot'putain d'tête !

C'était le deuxième individu qui menait les opérations. Il ne portait pas de cagoule mais un pantalon de treillis et une veste d'un surplus de l'armée américaine. Il avait des cheveux décolorés coupés en brosse et des yeux injectés de sang.

Il était surtout armé jusqu'aux dents, avec un revolver de gros calibre dans la main droite et un pistolet mitrailleur sur l'épaule, quelque chose comme un uzi qu'on voit dans les jeux vidéo.

Mais ce n'était pas un jeu. Une telle arme

permettait le tir en rafales et pouvait donc faire de nombreuses victimes.

— À genoux ! Tout le monde à genoux, dépêchez-vous !

Il y eut des hurlements. Tous les clients et les employés s'agenouillèrent ou se couchèrent sur le sol.

Immédiatement, Nathan se retourna pour chercher Candice du regard. La jeune femme avait trouvé refuge sous un bureau dans l'un des box. Elle tenait Josh serré contre sa poitrine et tentait de le bercer. À voix basse, elle lui répétait inlassablement : « C'est un jeu, c'est un jeu, mon bébé », en se forçant à sourire. Comme à son habitude, le gamin ouvrait grand les yeux et regardait avec intérêt l'étrange spectacle qui se déroulait autour de lui.

L'inquiétude creusait déjà les visages. Comme les autres, Nathan s'était agenouillé.

Comment ont-ils pu pénétrer avec ces armes ? On aurait dû fouiller leurs sacs à l'entrée. Et pourquoi le système d'alarme ne s'est-il pas déclenché, bon sang ?

À côté de lui, une femme crispée était repliée en position fœtale contre le panneau de bois de l'un des guichets. Il voulut murmurer quelques mots pour la réconforter mais lorsqu'il ouvrit la bouche, il ressentit comme une décharge à travers le corps et, à nouveau, sa douleur à la poitrine se réveilla. Il pouvait entendre le bruit sourd de son cœur qui battait par à-coups. Il fouilla dans la poche de son manteau à la recherche du spray de trinitrine pour se faire une inhalation.

— Garde tes mains au-dessus de la tête ! lui hurla la petite brute habillée en militaire avant de se diriger sans hésitation vers celui qui devait être le chef d'agence.

Les braqueurs n'étaient que deux. Un complice devait sans doute les attendre dans une voiture garée à proximité.

— Toi, viens avec moi, j'ai besoin du code pour ouvrir la porte.

Le malfrat poussa le chef d'agence vers une pièce au fond du hall. On entendit une porte métallique se débloquer puis, peu après, un bruit plus vague indiqua qu'on venait d'ouvrir une deuxième porte.

L'homme à la cagoule était resté dans la pièce principale pour surveiller les otages. Debout sur l'un des bureaux, il voulait montrer qu'il maîtrisait la situation.

— On ne bouge pas ! On ne bouge pas ! éructait-il continuellement.

Des deux braqueurs, c'était incontestablement lui le maillon faible. Il regardait sa montre à tout bout de champ et triturait la base de son passe-montagne avec frénésie car il lui enserrait douloureusement la base du cou. Il s'impatientait :

— Qu'est-ce tu fous, Todd ? Grouille-toi, bon sang !

Mais l'autre, toujours occupé dans la salle du fond, ne répondit pas.

Au bout d'un moment, n'y tenant plus, il retira sa cagoule d'un geste brusque. La sueur perlait sur son front et lui dessinait des auréoles sombres sous les bras. Peut-être avait-il déjà connu brièvement les douceurs de la prison et redoutait-il d'y séjourner pour un plus long bail.

Car cette fois il jouait gros : attaque à main armée avec violence. Il jouait gros et le temps filait.

Enfin, le « militaire » fit irruption dans la pièce principale, chargé d'un sac lourdement lesté. Il cria à son complice :

— À toi, Ari, va finir la récolte.

— Écoute, Todd, tirons-nous maintenant, nous avons assez de fric pour…

Mais l'homme en treillis ne l'entendait pas comme ça.

— Va chercher le reste, espèce de larve !

Nathan voulut profiter de cette diversion pour se rapprocher de Candice. Son cœur battait à une vitesse folle. Il se sentait responsable de la vie de la jeune femme.

Alors qu'il était presque remonté à sa hauteur, le

dénommé Ari fonça vers lui et lui donna un violent coup de pied qui projeta sa tête contre le bureau.

— Toi, tu restes en place, compris ?

Mais le « militaire » fut sur lui dans la seconde et se mit à hurler :

— Je t'ai dit d'aller chercher l'argent ! Moi, je les tiens à l'œil.

Nathan était sonné. Il retrouva ses esprits tant bien que mal avant de porter la main à son arcade sourcilière. Un filet de sang s'écoulait le long de sa tempe et tachait sa chemise. S'il sortait d'ici vivant, il en serait bon pour trimbaler un visage tuméfié pendant plusieurs jours.

À ce moment, Candice fit un mouvement vers lui. Il releva la tête. Elle l'interrogea d'un regard inquiet qui semblait dire « comment ça va ? ». Pour la rassurer, il acquiesça d'un signe de tête.

Elle se força à sourire mais Nathan s'aperçut qu'elle était très pâle, presque livide.

Il la regardait toujours dans les yeux lorsque, soudain, tout se brouilla dans son esprit. Pendant une fraction de seconde, les visages de Candice et de Mallory se superposèrent.

De toutes ses forces, il aurait voulu les préserver de ces actes de violence.

Tout à coup, alors que personne n'y croyait plus, une alarme stridente retentit dans la banque.

Un vent de panique s'empara des braqueurs. Ari surgit dans la pièce centrale, les mains encombrées de billets de banque.

— Qu'est-ce qui se passe, Todd ?

— Il faut se tirer avant l'arrivée des flics ! lança le « militaire ».

— Tu m'avais dit qu'on avait débranché le système d'alarme ! Merde, tu m'avais dit qu'on ne risquait rien, Todd !

Des gouttes de sueur ruisselaient le long de son visage. Il crevait tellement de trouille qu'il en laissa tomber ses liasses de dollars.

Todd s'approcha des portes-fenêtres et aperçut une voiture qui passait en trombe devant la banque.

— Putain, Geraldo se tire sans nous, l'enfoiré !

— Qu'est-ce qu'on va faire sans voiture ? s'exclama Ari, complètement décomposé.

Mais l'autre ne l'écoutait déjà plus. En un clin d'œil, il avait passé son gros sac sur l'épaule, empoigné le pistolet mitrailleur dans une main et le revolver dans l'autre. Il poussa furieusement la porte de la banque et sortit au moment même où plusieurs voitures de police arrivaient toutes sirènes hurlantes.

On entendit un échange de coups de feu, auxquels se mêlèrent des cris.

Ari, qui avait hésité à suivre son complice, se replia précipitamment et referma la porte.

— Ne bougez plus ! hurla-t-il en pointant le canon de son 9 millimètres sur les employés et les clients encore tous à terre.

Il se raccrochait à son arme comme à une protection ultime.

Nathan aussi ne quittait pas le pistolet des yeux.

Combien de victimes ce fou furieux va-t-il faire ?

On entendit une nouvelle série de coups de feu, puis il n'y eut plus rien jusqu'à ce qu'une voix puissante prévienne au travers d'un mégaphone :

VOUS ÊTES CERNÉS.
VOTRE COMPLICE A ÉTÉ ARRÊTÉ.
VEUILLEZ SORTIR DU BÂTIMENT
SANS ARME ET SANS GESTE BRUSQUE.

Mais ce n'était pas ce que prévoyait le forcené.

— Toi, viens ici !

Ce que Nathan avait redouté arriva : le braqueur tira Candice par le bras sans ménagement pour s'en faire un otage.

Mais celle-ci n'appartenait pas à la catégorie des vaincus. Prête à tout pour sauver son fils, elle se débattit farouchement et réussit à s'enfuir dans le fond de la salle tandis que Josh hurlait entre ses bras. Aussitôt, Nathan se leva et s'interposa entre Ari et eux.

Rendu fou de rage par cette résistance, Ari braqua son 9 millimètres sur Nathan dont le cerveau fonctionnait à cent à l'heure.

Il me tuera peut-être mais Candice n'aura rien. Même s'il tire sur moi, les flics feront immédiatement irruption. Elle ne risque plus rien.

Chaque seconde semblait s'étirer à l'infini.

Garrett a tort. Je sais qu'il a tort. Il n'y a pas d'ordre prédéfini. La vie ne peut pas fonctionner comme ça. Candice est sauvée. J'ai gagné, Garrett. J'ai gagné.

L'avocat était obnubilé par l'arme d'Ari, un Glock 17 Lüger parabellum qu'on pouvait acheter pour moins de 50 dollars dans n'importe quelle foire aux armes de ce pays où le tir au fusil d'assaut sur fond de barbecue était devenu une sorte de sport national.

Le visage complètement hagard, Ari avait toujours les deux mains collées à la crosse de son arme. Il posa le doigt sur la détente. Il ne se maîtrisait plus. Il allait tirer.

Nathan leva un œil vers la porte d'entrée. Cela ne dura qu'un dixième de seconde. Mais ce fut juste assez pour qu'il voie l'employé de sécurité, enfin revenu à lui, sortir une arme dissimulée dans un petit étui attaché à son mollet droit.

Ce fut tellement rapide qu'Ari ne se rendit compte de rien. Le gardien se redressa en partie, le bras tendu, et tira deux balles. La première passa juste à côté de sa cible mais la seconde atteignit le criminel au milieu du dos et le fit s'écrouler sur le sol.

Les détonations semèrent une effroyable panique. Les gens se mirent à courir vers la sortie tandis qu'à l'inverse les policiers et les secours donnaient l'assaut et investissaient l'intérieur du bâtiment.

— Évacuez la pièce ! Évacuez ! ordonna un policier.

Mais Nathan se précipita au fond de la salle.

Un groupe s'était formé et entourait un corps effondré sur le sol.

L'avocat s'approcha du cercle.

Candice était allongée à terre tandis que Josh, hoquetant de terreur, s'agrippait désespérément à elle

— Prévenez les secours ! cria Nathan de toutes ses forces. Appelez une ambulance !

La première balle avait ricoché sur le battant d'une des portes en métal pour terminer sa course dans le flanc de la jeune femme déjà tout auréolé de sang.

Il se pencha vers Candice et lui prit la main.

— Ne meurs pas ! implora-t-il en tombant à genoux à ses côtés.

Le visage de Candice était devenu diaphane. Elle ouvrit la bouche pour prononcer quelque chose mais elle ne réussit qu'à expulser un filet de sang qui coula le long de ses lèvres.

— Ne meurs pas ! hurla-t-il à nouveau en appelant à son secours tous les dieux de la création.

Mais elle n'était déjà plus là. Il ne restait qu'un corps inanimé n'ayant rien de commun avec la jeune femme qui, une heure auparavant, souriait à la vie et racontait des histoires à son fils.

Les yeux baignés de larmes, Nathan ne put rien faire d'autre que de poser la main sur ses paupières.

Dans l'assistance, une voix demanda : « C'était sa femme ? »

L'ambulance de l'Emergency Medical System arriva quelques minutes plus tard.

L'avocat serrait Josh très fort dans ses bras. Par miracle, l'enfant n'avait pas été blessé mais il était très choqué. Nathan suivit la civière qui emmenait le corps de Candice jusqu'à l'extérieur de la banque. Au moment où la fermeture de la housse en aluminium remonta sur le visage de Candice, Nathan se demanda si tout était vraiment fini pour elle. Que se passe-t-il au moment de la mort ? Y a-t-il quelque chose après ? Une suite ?

Toujours ces mêmes questions qu'il s'était déjà tant posées lors de la mort de sa mère et celle de son fils.

Pour la première fois depuis une semaine, le ciel était éclairé par un soleil brillant comme New York en offre parfois en hiver. L'air était pur et balayé par un vent froid et sec.

Sur les trottoirs, des gens traumatisés se réconfortaient après cette matinée d'horreur et, dans les bras de Nathan, Josh se noyait presque dans ses sanglots.

Complètement sonné, l'avocat se sentit pris dans un tourbillon. Des éclats de voix lui parvenaient de tous côtés et ses yeux rougis étaient éclaboussés par le ballet des gyrophares des voitures de police. Déjà, les caméras et les journalistes interrogeaient les otages.

Écrasé par le poids du remords et de la culpabilité, Nathan fit de son mieux pour protéger Josh de ce tumulte.

Tandis qu'on évacuait le cadavre du braqueur, un policier de la NYPD, sanglé dans un uniforme bleu nuit, le rejoignit pour lui poser quelques questions. C'était un Latino, petit et trapu, au visage d'adolescent.

Le policier commença à parler mais Nathan ne l'écoutait pas. Avec la manche de sa chemise, il essuyait délicatement le visage de Josh où des traces de sang s'étaient mélangées aux larmes.

C'était le sang de Candice. À nouveau, un flot de chagrin le submergea et il fondit en larmes.

— C'est moi qui l'ai tuée ! C'est à cause de moi qu'elle était ici !

Le policier se voulut compatissant :

— Vous ne pouviez pas savoir, monsieur. Je suis désolé.

Nathan s'assit à même le bitume et se prit la tête dans les mains. Tout son corps était secoué de spasmes. Tout ça était de sa faute. Il avait lui-même précipité Candice dans la mort. S'il ne lui avait pas proposé ce putain d'argent, elle n'aurait jamais mis les pieds dans cette banque et rien de tout cela ne serait arrivé ! Il était le seul responsable de cet engrenage infernal. Il n'avait été qu'un pion, placé là à cet instant précis pour participer à un accomplissement qui le dépassait. Mais comment se résoudre à accepter un monde où la vie et la mort étaient à ce point inscrites dans le destin ?

Il crut entendre alors la voix de Goodrich qui lui répétait, comme en écho :

On ne peut pas remettre en cause la décision finale et personne n'a de prise sur l'heure de la mort.

Il leva un visage plein de larmes vers le policier. Comme pour le consoler, celui-ci répéta une nouvelle fois :

— Vous ne pouviez pas savoir.

13

Donc médite cela, je t'en prie, jour et nuit.
CICÉRON

Au commencement, le passé et l'avenir n'existaient pas.

C'était avant la grande explosion. Celle qui engendra la matière, l'espace et le temps.

Dans les encyclopédies, on peut lire que l'histoire de notre univers a commencé il y a quinze milliards d'années. C'est aussi l'âge des étoiles les plus anciennes.

Quant à la Terre, elle s'est formée il y a moins de cinq milliards d'années. Très vite, c'est-à-dire un milliard d'années plus tard, elle abrita des êtres vivants rudimentaires : les bactéries.

Puis ce fut le tour de l'homme.

Tout le monde le sait mais tout le monde l'oublie : le temps de l'humanité reste une quantité négligeable par rapport au temps de l'univers. Et à l'intérieur même de cette miette infinitésimale, ce n'est qu'au Néolithique que les hommes ont commencé à se sédentariser et à inventer l'agriculture, les villes et le commerce.

Une autre rupture est intervenue un peu plus tard, à la fin du XVIIIe siècle. Progressivement, l'économie a pris de plus en plus d'importance, ce qui a permis d'accroître les richesses produites. On parla plus tard de révolution industrielle et de modernité.

Pourtant, à la veille de cette période, l'espérance de vie n'était encore que de trente-cinq ans.

La mort était partout. Elle était normale. On l'acceptait.

Depuis l'origine, plus de quatre-vingts milliards d'êtres humains ont, avant nous, vécu, construit des villes, écrit des livres et de la musique.

Vivants, nous ne sommes que six milliards aujourd'hui. Nos morts sont donc presque quatorze fois plus nombreux.

Ils pourrissent et se décomposent sous nos pieds et dans nos têtes. Ils parfument notre terre et nos aliments.

Certains nous manquent.

Bientôt, dans quelques milliards d'années, le Soleil aura épuisé ses réserves d'hydrogène et son volume aura centuplé. La température de la Terre dépassera alors 2 000 °C mais il est probable que l'espèce humaine aura depuis longtemps disparu.

Quant à l'univers, il continuera sans doute à se dilater et à se vider de toutes ses galaxies. Avec le temps, les étoiles finiront elles aussi par s'éteindre, formant un cimetière immense dans le cosmos.

Ce soir, le ciel est bas et la nuit est calme.

Dans son appartement, Nathan Del Amico se laisse envahir par les lumières de la ville qui montent vers le San Remo.

Il écoute les bruits de New York, ce grouillement continuel très particulier dû aux klaxons et aux sirènes des ambulances et des voitures de police.

Il est seul.

Il a peur.

Sa femme lui manque.

Et il sait qu'il va mourir bientôt.

14

Les morts ne savent qu'une chose :
il vaut mieux être vivant.

Dialogue du film *Full Metal Jacket*
de Stanley KUBRICK

15 décembre

L'encadrement cintré des larges baies vitrées laissait entrer le soleil à flots dans le séjour spacieux du loft.

Les murs d'un blanc phosphorescent étaient inondés de lumière, comme en plein été. Il faisait chaud. Un système automatique s'activa en silence pour faire descendre les stores.

Nathan était avachi sur un canapé bas en tweed clair.

Il posa une bouteille vide de Corona sur le parquet en bois blond. C'était sa quatrième et comme il n'avait pas l'habitude de boire, il se sentait vaguement nauséeux.

Depuis le matin, il errait sans but dans son appartement.

Candice était morte. Garrett possédait donc bien ce foutu pouvoir d'anticiper la mort.

Pour lui, ça voulait dire que la fin du voyage était proche. À présent, il n'en doutait plus. Goodrich avait été là pour le jeune Kevin, pour Candice et maintenant il était là pour lui. C'était un fait difficile à admettre, mais qu'il était bien obligé d'accepter.

Comment agir maintenant qu'il se savait promis à la mort ? Comment faire face à ce choc ?

Il vivait dans un monde où régnait l'esprit de compétition. Un monde qui laissait peu de place aux faibles. À force de jouer au surhomme, il avait presque fini par oublier qu'il était mortel.

Il y avait bien eu cet incident autrefois, à Nantucket, mais il faut croire qu'il n'en avait retenu aucune leçon.

Il se mit debout et se planta devant les baies vitrées qui offraient une vue féerique sur le parc. L'alcool lui avait donné mal à la tête. Des images effrayantes de séparation, de deuil et de souffrance se bousculaient à nouveau dans son esprit. Il pensa à Josh. Il avait éprouvé une douleur déchirante lorsque l'employée des services sociaux était venue lui retirer le petit garçon, quelques minutes après la fin du braquage. Orphelin à tout juste un an, quel genre d'enfance allait-il avoir ? Il risquait de connaître la succession des familles d'accueil, les foyers où il serait toujours de trop, le manque d'amour et de protection.

Nathan se sentait très abattu. Non, il n'était pas puissant. Personne ne l'était vraiment. Tout ne tenait qu'à un fil : sa vie comme celle de Sean.

Et dire qu'il avait toujours aimé tout prévoir !

Même s'il savait que cela exaspérait Mallory, il avait souscrit des assurances pour se protéger contre la plupart des risques majeurs – cambriolage, incendie, inondation, foudre, terrorisme... – mais il n'avait jamais fait le moindre effort pour se préparer à cette foutue échéance.

Lorsqu'on lui posait la question, il disait qu'il croyait en Dieu, bien sûr. Qu'aurait-il pu répondre d'autre ? On était en Amérique, bon sang ! Un pays où même le président prêtait serment en jurant sur la Bible !

Pourtant, au fond de lui, il n'avait jamais espéré en un au-delà ou en une survie de l'âme.

Il regarda autour de lui. Il n'y avait pas d'effets ostentatoires dans son appartement mais une sorte de raffinement dans la simplicité et la modernité. Tout n'était que volume, lumière et transparence. Il aimait cet endroit. Il l'avait aménagé lui-même après sa séparation, Mallory n'ayant jamais accepté d'habiter dans l'ancien appartement de son père. D'ordinaire, il s'y sentait en sécurité, protégé par toutes ces matières naturelles comme le bois et le marbre qui composaient son environnement et qui semblaient traverser le temps sans dommage apparent.

Sur l'un des murs recouverts de lambris lasurés, il avait accroché des dessins de Mallory à la mine de plomb. Des esquisses qui témoignaient des jours heureux.

Il était transi de peur et, en même temps, il sentait monter en lui une puissante bouffée de colère.

Pourquoi lui ? Et pourquoi comme ça ?

Il ne voulait pas mourir si vite. Il avait encore des tas de choses à faire : une petite fille à regarder grandir et une femme à reconquérir.

Il y en a d'autres à prendre avant moi !

Je n'ai peut-être rien fait de transcendant dans ma vie mais je n'ai rien fait de vraiment mal.

Si ces Messagers de malheur existaient, ne devait-il pas y avoir aussi un ordre ou une cohérence dans la mort ?

Bien sûr que non ! Il y a des enfants et des innocents qui meurent chaque seconde. La mort n'aime pas les bons sentiments. Les hommes se contentent de faire passer la pilule en disant que Dieu rappelle à Lui ceux qu'Il aime !

Lui ne voulait être rappelé nulle part. Il voulait vivre. Ici et maintenant. Entouré de ceux qu'il aimait.

Que faire ?

Sa nature ne le portait pas à attendre que les choses se passent.

Face à une situation exceptionnelle, il devait se raccrocher à quelque chose mais il devait le faire vite, à présent que le compte à rebours s'était accéléré.

Il s'approcha d'une étagère sur laquelle reposait un moulage en plâtre de la main de Bonnie.

Il mit sa main sur celle de son enfant et, encore une fois, repensa à sa propre enfance.

Dans sa tête, cette période restait comme quelque chose de chaotique et il n'avait conservé de cette époque ni jouets ni albums de photographies. De toute façon, chez lui on ne prenait pas beaucoup de photos…

Nathan regarda encore tout autour de lui. Près de l'escalier, un ange toscan en terre cuite montait la garde sous l'œil impassible d'une panthère en pierre que Jordan lui avait ramenée du Rajasthan.

Il avait beau être devenu riche, il savait que rien

ne pourrait jamais racheter le mal-être de ses années d'enfance.

Nathan n'en voulait à personne. Au contraire, il savait bien que c'était dans ces années de galère qu'il avait trouvé la force de se construire.

Car plus tard, à l'université, tout avait changé. Il avait su ne pas laisser passer sa chance. Il voulait réussir et avait travaillé d'arrache-pied, n'hésitant pas à rester des journées entières dans les salles immenses des bibliothèques universitaires, plongé dans des manuels de droit et des études de cas.

Il avait aussi fréquenté les terrains de sport. Il n'était pas un athlète formidable mais, contre toute attente, il était l'un des préférés des *cheerleaders*, qui, cheveux au vent, ne manquaient jamais une occasion de l'encourager.

À partir de cette époque, on ne l'avait plus regardé comme le fils d'une femme de ménage du Queens mais comme un futur grand avocat plein d'avenir.

De cette période, en revanche, il avait gardé de nombreux souvenirs.

Il traversa la pièce, empoigna la rampe en fer forgé et monta presque en courant les marches en lave romaine d'un escalier qui desservait sa chambre et son bureau.

À l'étage, il passa derrière la paroi de verre opaque et de métal masquant un petit coin détente qu'il avait lui-même aménagé. Une sorte de salon-bibliothèque mansardé dans lequel il rangeait ses disques et ses CD.

Accrochée aux murs, on pouvait voir une collection de casquettes et de maillots à l'effigie des Yankees. Sur une étagère, une balle de base-ball côtoyait quelques trophées sportifs glanés à l'université ainsi qu'une photo de lui devant sa première voiture, une Mustang achetée d'occasion qui, à l'époque, avait déjà plusieurs centaines de milliers de kilomètres au compteur.

Pour la première fois depuis longtemps, il parcourut avec nostalgie ses vieux disques en vinyle du début des années 1980. Musicalement, c'était une bonne période : Pink Floyd, Dire Straits, les Bee Gees, Madonna avant qu'elle ne devienne une icône…

Il y avait aussi un disque plus vieux.

Tiens, je ne me souvenais pas de celui-là. Il devait être à Mallory.

Il sortit le 33 tours de l'étagère.

C'était *Imagine*, l'album fétiche de John Lennon.

Sur la couverture apparaissait la tête de l'ex-Beatles, avec des yeux vides ouvrant comme une fenêtre sur un ciel rempli de nuages. Avec ses petites lunettes rondes, Lennon ressemblait déjà à un fantôme flottant dans le firmament.

Il ne se souvenait plus vraiment de ce disque. Il

connaissait la chanson bien sûr – cet hymne à la paix universelle qu'il trouvait un peu guimauve – mais les utopies pacifistes du chanteur appartenaient plutôt à la génération qui avait précédé la sienne. Nathan retourna la pochette. L'album était sorti en septembre 1971. On pouvait lire une dédicace écrite au stylo :

Pour Nathan.
Tu as été très courageux, champion.
N'aie peur de rien et prends bien soin de toi.

« Champion » ? Il ne se souvenait pas que quelqu'un l'ait déjà appelé champion.

La dédicace se terminait par une signature illisible.

Il sortit le disque de sa pochette et le mit sur la platine.

Instinctivement, il posa le diamant au début de la troisième piste. Le titre s'appelait *Jealous Guy*.

Les premiers accords de piano résonnèrent et, d'un seul coup, tout remonta à la surface.

C'était en 1972.

Pendant l'automne.

Dans une chambre du dispensaire de Nantucket Island.

15

En réalité nous ne savons rien,
car la vérité est au fond de l'abîme.

DÉMOCRITE

Il sauta dans la Jaguar et prit la direction de Mystic.

Il roula tellement vite qu'il faillit avoir un accident au niveau de la sortie vers New Haven. Il n'arrivait pas à se concentrer sur sa conduite. Il faut dire que l'alcool qu'il avait dans le sang n'arrangeait rien. Des images défilaient dans sa tête.

1972.

Il avait huit ans.

De cette période, l'histoire avait retenu le début du Watergate, le voyage médiatique de Nixon en Chine, la première victoire d'un Américain sur un Russe au championnat du monde d'échecs…

En base-ball, les As d'Oakland avaient battu les Reds de Cincinnati en finale du championnat, tandis que les Cow Boys de Dallas avaient fait main basse sur le Superbowl.

Cet été-là, Nathan avait suivi sa mère qui travaillait à Nantucket dans la résidence des Wexler. C'était son premier vrai voyage. La première fois qu'il voyait autre chose que son quartier du Queens.

Il arriva devant la maison de Goodrich en fin d'après-midi.

Le temps n'avait cessé de se détériorer. Un vent glacial balayait le rivage où le ciel tourmenté se confondait presque avec une mer déchaînée, à demi cachée par les dunes.

Il sonna plusieurs fois mais personne ne vint ouvrir. Bizarre. On était dimanche et d'après ce qu'il avait compris, Garrett venait ici tous les week-ends.

Si Goodrich n'était pas là, il fallait en profiter. Jusqu'à présent, c'était le médecin qui tirait les ficelles et il était évident que ce type lui avait caché bien des choses. Nathan devait en apprendre davantage par lui-même s'il voulait pouvoir le confondre.

Il regarda autour de lui. Le premier voisin se trouvait à plus de cent mètres. Il fallait à tout prix qu'il pénètre à l'intérieur, fût-ce par effraction. Le plus simple serait peut-être de grimper sur le toit du garage accolé à la maison et, de là, d'essayer d'atteindre l'un des deux balcons.

Ça ne doit pas être très compliqué.

Il essaya de sauter pour s'agripper à la bordure mais le toit était visiblement trop haut. Il s'apprêtait à faire le tour du bâtiment à la recherche d'un objet qui pourrait lui servir de point d'appui lorsqu'un dogue au pelage d'un noir intense arriva derrière lui.

C'était le chien le plus énorme qu'il ait jamais vu.

L'animal s'arrêta à deux mètres et le fixa du regard en grondant sourdement.

Il ne manquait plus que ça !

Le molosse lui arrivait presque à la taille. S'il l'avait croisé dans des circonstances moins périlleuses, Nathan l'aurait peut-être trouvé magnifique avec son corps puissant et racé. Mais tout ce qu'il voyait pour l'instant, c'était un cerbère plein d'agressivité, à la babine frémissante. Sa tête et ses oreilles s'étaient dressées. Ses poils, ras et luisants, recouvraient une peau tendue à l'extrême sur quatre-vingts kilos de muscles prêts à exploser.

Nathan sentit une goutte de sueur glacée lui parcourir l'échine. Il n'avait jamais été très copain avec les chiens. Il esquissa un mouvement mais l'animal redoubla ses grognements tout en exhibant une impressionnante mâchoire.

L'avocat recula d'un pas. À ce moment, le dogue, animé d'une ardeur incroyable, essaya de lui sauter au visage. Nathan parvint à l'éviter de justesse et le repoussa d'un coup de pied. Mû par l'énergie du désespoir, il effectua un saut à la verticale qui lui permit d'attraper le rebord du toit du garage. Il pensait être tiré d'affaire lorsqu'il sentit les crocs de l'animal s'enfoncer dans le bas de son mollet.

Surtout, ne pas lâcher. Si tu tombes maintenant, il te dévore.

Il remua frénétiquement la jambe pour se débarrasser du chien mais rien n'y faisait. La puissante mâchoire de l'animal lui broyait maintenant le tendon d'Achille.

Ce monstre va m'arracher un pied !

Il résista de toutes ses forces et le chien finit par lâcher prise. Tant bien que mal, il réussit alors à se hisser sur le toit à la force des bras.

Fucking hell !

Il s'assit un moment pour reprendre son souffle et grimaça de douleur. Le bas de son pantalon était lacéré. Il le retroussa et constata que sa blessure était profonde et saignait abondamment. Tant pis. Il s'en occuperait plus tard. Dans l'immédiat, il se contenta d'un pansement de fortune élaboré avec son mouchoir. De toute façon, il ne pouvait plus faire demi-tour : planté sur ses cuisses musclées, le dogue le tenait à l'œil tout en léchant la bave ensanglantée qui lui coulait des babines.

Désolé, mon vieux, je ne suis pas comestible. J'espère seulement que tu ne m'as pas transmis la rage au passage.

Malgré sa blessure, l'avocat put atteindre sans trop d'acrobaties l'un des minuscules balcons accrochés à la maison. Comme il l'avait espéré, Goodrich n'avait pas verrouillé les fenêtres à guillotine. Nathan souleva le battant et s'introduisit dans la maison.

Bienvenue dans le monde de l'illégalité. Si tu te fais prendre aujourd'hui, tu peux dire adieu à ta licence d'avocat.

Il imaginait déjà le titre d'un entrefilet dans le *National Lawyer* : « Un célèbre avocat de Marble&March condamné à cinq ans d'emprisonnement pour flagrant délit de cambriolage. »

Il était à l'étage. Goodrich avait laissé la plupart des stores grands ouverts mais, à cause du mauvais temps, la maison était déjà plongée dans une semi-obscurité.

Il entendit le chien qui continuait à aboyer depuis la route.

Cet imbécile va ameuter tout le quartier.

Il fallait qu'il soit prudent et qu'il fasse vite.

Surplombant le vestibule, une coursive menait d'abord à deux chambres puis à un bureau dans lequel il pénétra.

C'était une grande pièce au parquet de chêne clair, remplie d'étagères métalliques contenant une quantité impressionnante de dossiers, de cassettes audio et vidéo, de disquettes et de CD-Rom.

Nathan parcourut rapidement quelques-uns de ces documents. Il crut comprendre que Goodrich gardait un dossier médical de tous les patients dont il s'était occupé.

Est-ce une procédure normale ?

Les dossiers étaient classés chronologiquement, selon les établissements fréquentés par le médecin dans sa carrière, et ils mentionnaient des cas qui s'étalaient de 1968 jusqu'à aujourd'hui.

Nathan remonta avec impatience dans le temps : Medical General Hospital de Boston, Presbyterian Hospital de New York, Children's Medical Center de Washington…

Il arriva enfin à l'année 1972.

Cette année-là, le docteur Goodrich terminait son résidanat en chirurgie dans un hôpital de la capitale fédérale. Il avait alors vingt-sept ans.

Au milieu de la pile de documents datés de 1972, l'avocat repéra un petit cahier broché de couleur brune.

Journal de bord
Dispensaire de Nantucket
12 sept. – 25 sept. 1972

Les doutes que Nathan avait eus lorsqu'il avait lu la dédicace sur le disque de John Lennon se trouvaient confirmés. Goodrich s'était bien trouvé à Nantucket en 1972. Il y avait effectué un remplacement de deux semaines au dispensaire. Exactement pendant la période au cours de laquelle Nathan avait eu son accident ! Pas étonnant que son visage lui eût été familier.

Il parcourut fébrilement le journal et tomba sur ce qu'il cherchait.

19 septembre 1972

Cas troublant aujourd'hui au dispensaire. En fin d'après-midi, on nous a amené un petit garçon de huit ans, en état de mort clinique.

D'après les promeneurs qui l'ont repêché dans le lac, le gamin était en arrêt respiratoire depuis déjà plusieurs minutes. Ils ont été alertés par les cris d'une fillette.

Nous lui avons fait des électrochocs mais sans succès. Malgré cela, j'ai continué à masser le thorax de toutes mes forces pendant qu'une infirmière le ballonnait.

Contre toute attente, nous sommes parvenus à le réanimer. Il vit mais il est encore dans le coma.

Avons-nous bien fait de nous acharner ? Je n'en suis pas certain, car même si l'enfant revient à lui, son cerveau a manqué d'oxygène pendant très longtemps. De nombreuses cellules ont dû être détruites et il faut malheureusement s'attendre à des lésions. J'espère simplement qu'elles ne seront pas irréversibles…

Nathan était bouleversé. Les souvenirs, qu'il avait jusque-là plus ou moins refoulés, affluaient maintenant en désordre. Les mains tremblantes et le cœur battant, il poursuivit sa lecture.

20 septembre 1972

Le gamin a repris connaissance tôt ce matin et l'on m'a tout de suite prévenu.

Je l'ai examiné attentivement et j'avoue que je suis sidéré. Il est certes très affaibli mais il bouge tous ses membres et comprend toutes nos questions. Il s'appelle Nathan Del Amico.

C'est un enfant timide et renfermé mais

il a l'air très intelligent et j'ai pu échanger quelques mots avec lui.

Pour le distraire, j'ai fait installer mon électrophone dans sa chambre et je lui ai passé le disque de Lennon. Il a l'air de l'apprécier…

En fin de matinée, sa mère est venue le voir. C'est une Italienne qui travaille comme femme de chambre chez Jeffrey Wexler, un homme d'affaires de Boston qui possède une résidence secondaire sur l'île. Elle était très inquiète et j'ai voulu la rassurer en lui disant que son fils était résistant et qu'il avait été courageux, mais elle parle mal notre langue et n'a sans doute pas compris la moitié de ce que je lui expliquais.

Sa petite copine est passée dans l'après-midi. C'est la fille des Wexler. Elle était tellement angoissée que je lui ai permis de voir le gosse un moment. Elle parait très mûre pour son âge et semble lui porter une grande affection. Elle lui doit d'ailleurs une fière chandelle car c'est lui qui l'a sauvée de la noyade.

21 septembre 1972

Peut-être ai-je été trop optimiste hier.

J'ai longuement interrogé Nathan ce matin. Son discours était incohérent. Je me demande si finalement l'accident n'a pas laissé des séquelles.

D'un autre côté, c'est un enfant attachant qui a un vocabulaire étendu et qui s'exprime très bien pour son âge.

J'ai enregistré la conversation sur un magnétophone.

Je ne sais pas très bien quoi en penser.

Nathan devait mettre la main sur cet enregistrement. Il se dirigea vers une autre étagère où étaient empilées des boîtes en carton, pleines de cassettes. Il commença à fouiller avec tant d'empressement qu'il en renversa la moitié.

Il trouva enfin une bande avec l'inscription : « 21-09-72 ».

Sur la table de travail, il dénicha un appareil hi-fi près de l'ordinateur. Il plaça la cassette dans le lecteur et quelques secondes plus tard entendit, avec une profonde émotion, des voix surgies du passé.

C'est Goodrich qui parla en premier, d'un ton qui se voulait enjoué :

— Salut, champion.

— Bonjour, monsieur.

Il avait complètement oublié le son de sa voix, enfant. Elle était presque inaudible. Il monta le volume.

— Bien dormi ?

— Oui, monsieur.

En arrière-fond, on entendait le bruit d'un chariot à roulettes. Goodrich devait être en train de l'ausculter car il posa quelques questions traditionnelles sur son état de santé, avant de demander :

— Tu te souviens de ce qu'il t'est arrivé ?

— Vous voulez dire à propos de l'accident ?

— Oui, raconte-moi.

Il y eut un silence qui obligea Goodrich à répéter sa question :

— Raconte-moi, tu veux bien ?

Après une nouvelle pause, Nathan s'entendit répondre :

— Je savais que j'étais mort.

— Quoi ?

— Je savais que j'étais mort.

— Pourquoi penses-tu une chose pareille ?

— Parce que vous l'avez dit.

— Je ne te comprends pas.

— Lorsque je suis arrivé sur la civière, vous avez dit que j'étais mort.

— Heu… Je n'ai pas vraiment dit ça et de toute façon, tu n'as pas pu m'entendre.

— Si, j'étais hors de mon corps et je vous ai regardé.

— Qu'est-ce que tu racontes ?

— Vous avez crié très fort des mots que je n'ai pas compris.

— Tu vois bien que…

Mais Nathan l'interrompit :

— L'infirmière a poussé un chariot qui contenait deux instruments que vous avez frottés l'un contre l'autre avant de les appliquer sur mon thorax. Puis vous avez crié « on dégage ! » et tout mon corps s'est soulevé.

En écoutant cette petite voix insistante qui était la sienne, Nathan était complètement déstabilisé. Il aurait voulu arrêter l'enregistrement car il pressentait que la suite ne lui apporterait que souffrance, mais la curiosité fut malgré tout la plus forte.

— Comment sais-tu tout ça ? Qui te l'a raconté ?

— Personne. Je flottais au plafond et j'ai tout vu. Je pouvais survoler tout l'hôpital.

— Je crois que tu délires.

Nathan ne répondit rien et il y eut alors un nouveau silence, avant que Goodrich ne reprenne la parole d'un ton incrédule.

— Qu'as-tu vu ensuite ?

— Je n'ai plus envie de parler avec vous.

— Écoute, je suis désolé. Je ne voulais pas dire que tu délirais mais ce que tu me racontes est tellement étonnant que j'ai du mal à y croire. Allez, dis-moi ce que tu as vu ensuite, champion.

— J'ai été aspiré par une sorte de tunnel, à une très grande vitesse.

Il y eut une pause, puis Garrett l'incita à poursuivre.

— Je t'écoute.

— Pendant que j'étais dans le tunnel, j'ai revu ma vie avant l'accident et j'ai aperçu des gens aussi. Je crois qu'ils étaient morts.

— Des gens morts ? Que faisaient-ils là ?

— Ils m'aidaient à traverser le tunnel.

— Et qu'est-ce qu'il y avait au bout du tunnel ?

— Je ne vais pas pouvoir l'exprimer.

— Fais un effort, s'il te plaît.

L'enfant continua alors, d'une voix de plus en plus ténue.

— Une sorte de lumière blanche, à la fois douce et puissante.

— Parle-moi encore.

— Je savais que j'allais mourir. Je voulais me noyer dans la lumière mais il y avait comme une porte qui m'empêchait de l'atteindre.

— Qu'y avait-il devant cette porte ?

— Je ne vais pas pouvoir l'exprimer.

— Fais un effort, champion, je t'en prie.

La voix de Goodrich était maintenant devenue

implorante et, après une nouvelle pause, Nathan reprit : – Il y avait des « êtres ».

— Des « êtres » ?

— L'un d'eux a ouvert la porte pour me laisser entrer dans la lumière.

— Tu avais peur ?

— Non, au contraire. J'étais bien.

Goodrich ne comprenait plus la logique de l'enfant.

— Mais tu m'as dit que tu savais que tu allais mourir.

— Oui, mais ce n'était pas inquiétant. Et puis…

— Continue, Nathan.

— Je sentais qu'on me laissait le choix…

— Que veux-tu dire ?

— On me permettait de ne pas mourir si je n'étais pas prêt.

— Et c'est ce que tu as choisi ?

— Non. Je voulais mourir. J'étais si bien dans cette lumière.

— Comment peux-tu dire ça ?

— J'aurais voulu me fondre dans la lumière.

— Pourquoi ?

— C'est comme ça que c'est.

— Quoi ?

— La mort.

— Et pourquoi n'es-tu pas mort ?

— Parce qu'au dernier moment, on m'a envoyé une vision et j'ai décidé de revenir.

— Qu'est-ce que c'était, cette vision ?

Les yeux embués, Nathan s'entendit répondre d'une voix presque inaudible.

— Désolé.

— Quoi ?

— Ça ne vous regarde pas.

— Qu'est-ce que c'était, Nathan ?

— Ça ne vous regarde pas. Désolé.

— Pas de problème, champion, pas de problème. Tout le monde a le droit d'avoir ses secrets.

L'enregistrement s'arrêta. Et Nathan se mit à pleurer. Il pleura à chaudes larmes et sans aucune retenue, comme seuls les enfants osent le faire, puis il se ressaisit et appuya sur le bouton d'avance rapide mais il n'y avait rien d'autre.

Il se replongea alors dans le journal.

23 septembre 1972

Depuis deux jours, je n'ai cessé de réfléchir aux propos de Nathan et je ne comprends toujours pas comment il a pu me donner des détails aussi précis sur les soins médicaux que nous lui avons apportés.

C'est un peu comme s'il était revenu de l'au-delà.

Je n'ai jamais rien entendu de tel de la bouche d'un patient, qui plus est de celle d'un enfant. C'est vraiment troublant et j'aimerais en discuter avec des confrères mais j'ai bien peur que le sujet ne soit tabou dans le milieu médical.

Certes, il y a bien cette Suissesse, Miss Kübler-Ross, du *Billings Hospital* de Chicago. Je me rappelle avoir lu dans *Life* qu'elle avait créé un séminaire de dialogue avec des mourants. Je crois que l'article a fait scandale et qu'elle a été licenciée. Pourtant, on raconte qu'elle a commencé à collecter des dizaines de témoignages de personnes ayant vécu de telles expériences.

Je me demande si je ne devrais pas la contacter.

25 septembre 1972

Le gamin est sorti de l'hôpital aujourd'hui. Son état général ayant été jugé satisfaisant, je n'ai pu le garder davantage. Hier soir, j'ai essayé d'avoir une nouvelle discussion avec lui mais il s'est refermé comme une huître et je crois que je n'en tirerai rien de plus. Quand sa mère est venue le chercher ce matin, je lui ai demandé si elle avait l'habitude de parler à son fils des anges ou du paradis. Elle m'a assuré que non et je n'ai pas insisté davantage.

Quand il est parti, j'ai offert à Nathan l'électrophone et le disque de Lennon.

La nuit avait maintenant envahi la pièce.

Il faisait froid, mais Nathan n'en était pas conscient. Il était plongé dans son propre passé, dans cette enfance qu'il croyait avoir oubliée et qui venait brusquement de ressurgir ; aussi n'entendit-il pas la voiture qui venait de se garer devant la maison.

Quelqu'un alluma une lumière dans le bureau.

Nathan sursauta et se tourna vers la porte.

16

Tous les jours vont à la mort,
le dernier y arrive.

MONTAIGNE

— Je vois que vous avez fait connaissance avec Cujo[1].

Garrett Goodrich se tenait sur le pas de la porte et observait avec un intérêt médical la jambe blessée de Nathan.

— Que faites-vous là, Garrett ? demanda l'avocat en refermant le journal comme un gosse pris en faute.

Un sourire amusé aux lèvres, Goodrich répliqua d'un ton narquois :

1. Titre d'un roman de Stephen King racontant le parcours meurtrier d'un énorme saint-bernard enragé.

— Vous ne croyez pas que c'est à moi de vous poser cette question ?

Tremblant de colère, Nathan explosa soudain.

— Pourquoi ne pas m'avoir prévenu ? Pourquoi m'avoir caché que vous m'aviez soigné il y a trente ans ?

Le médecin haussa les épaules.

— Je ne pensais pas que vous pourriez oublier celui qui vous avait sauvé la vie. À dire vrai, j'en ai même été assez vexé…

— Allez vous faire foutre !

— Ouais, en attendant, je vais plutôt désinfecter votre blessure.

— Je n'ai pas besoin de vous, lança Nathan en se dirigeant vers les escaliers.

— Vous avez tort : une morsure de chien est toujours porteuse de microbes.

Arrivé au bas des marches, l'avocat se retourna.

— De toute façon, je n'en ai plus pour très longtemps, alors…

— Ce n'est pas une raison pour précipiter les choses, lui cria Goodrich.

Un feu puissant crépitait dans la cheminée.

Dehors, on entendait le grondement du vent qui faisait vibrer les carreaux. Un tourbillon de neige s'était concentré devant la maison. C'était vraiment une nuit de tempête, une nuit splendide et effrayante à la fois.

Assis dans un fauteuil, Nathan avait posé les pieds sur un tabouret, un grog fumant entre les mains. Il s'était visiblement radouci et semblait moins hostile.

Goodrich avait chaussé ses lunettes demi-lune pour nettoyer la plaie à l'eau et au savon.

— Aiiiie !

— Hum… désolé.

— C'est le destin qui a envoyé votre foutu clébard pour me précipiter vers la mort ? ironisa Nathan.

— Ne vous en faites pas, répondit le médecin en rinçant sa compresse, on meurt rarement des suites d'une morsure.

— Et que faites-vous de la rage et du tétanos ?

— Je tiens à votre disposition son carnet de vaccinations, mais vous serez bon, naturellement, pour un rappel antitétanique.

Il désinfecta ensuite la plaie avec un antiseptique.

— Aïe !

— Vous êtes bien douillet ! Bon, c'est vrai : je reconnais que c'est assez profond. Vos tendons ont été touchés. Je crois qu'il vous faudra passer à l'hôpital demain.

Nathan prit une gorgée de grog et laissa son regard traîner dans le vague avant de demander :

— Expliquez-moi, Garrett. Comment ai-je pu survivre à cette noyade ?

— En soi, le phénomène n'a rien d'exceptionnel : on a souvent réanimé des enfants tombés dans des lacs ou des rivières.

— Comment est-ce possible ?

Goodrich respira profondément, comme s'il cherchait une réponse simple à une question difficile.

— Dans la plupart des cas, les noyés meurent d'asphyxie : ils paniquent et tentent d'empêcher leurs poumons de se remplir d'eau. Leur oxygène s'épuise et ils finissent par mourir étouffés.

— Et que s'est-il passé lors de ma noyade ?

— Vous avez sans doute laissé l'eau pénétrer dans vos poumons, ce qui a provoqué chez vous un état d'hypothermie. Votre cœur s'est alors ralenti au point de cesser presque complètement de battre.

— Et toutes ces visions, c'était une *Near Death Experience*[1], n'est-ce pas ?

— Tout à fait, mais, au début des années 1970, personne ne parlait de NDE. Aujourd'hui, ce phénomène est bien connu : des expériences semblables à la vôtre ont été vécues par des milliers de personnes à travers le monde. Tous leurs récits ont été recueillis et décortiqués par la communauté scientifique.

---

1. Expérience de mort imminente.

— Et on retrouve des ressemblances avec ma propre histoire ?

— Oui, beaucoup de personnes évoquent le même tunnel, la même lumière intense et cette sensation de baigner dans un amour infini.

— Mais pourquoi ne suis-je pas mort ?

— Ce n'était pas votre heure, c'est tout.

— Aïe ! ! ! C'est pas vrai, vous le faites exprès ou quoi ?

— Excusez-moi, ma main a dérapé.

— C'est ça… Prenez-moi pour un con.

Le médecin renouvela ses excuses et appliqua un pansement gras avec une pommade antibiotique. Mais la curiosité de Nathan n'était pas assouvie et il poursuivit ses questions :

— Ne peut-on pas interpréter ces NDE comme une preuve de la vie après la mort ?

— Certainement pas, répondit le médecin d'un ton catégorique. Si vous êtes encore ici, c'est que vous n'étiez pas mort.

— Mais où étais-je alors ?

— Quelque part entre la Vie et la Mort. Mais ce n'était pas encore l'autre monde. Nous pouvons simplement dire qu'il est possible qu'un état de conscience subsiste hors du fonctionnement normal du cerveau.

— Mais rien ne prouve que cet état soit durable ?

— C'est ça, approuva le médecin.

Et, comme il l'avait déjà fait dans le passé, il essaya de recueillir les confidences de l'avocat.

— Dites-moi, quelle a été cette vision, Nathan ?

Le visage de ce dernier se rembrunit.

— Je ne m'en souviens plus moi-même.

— Allez, ne jouez pas au gosse. J'ai besoin de savoir, vous ne comprenez donc pas ?

Mais Nathan était de nouveau décidé à se taire.

— Je vous ai dit que je ne m'en souvenais pas !

Goodrich comprit qu'il n'obtiendrait rien de lui. Après tout, sa réticence à parler était compréhensible. Il était passé si près de la mort après sa noyade, il avait vécu une expérience tellement hors du commun qu'il était presque normal qu'il veuille garder pour lui une part de ce mystère, de cette survie miraculeuse.

Comme pour rompre le silence pesant qui commençait à s'installer entre eux, Goodrich se palpa l'estomac et lança d'un ton presque jovial :

— Bon, que diriez-vous d'un petit en-cas ?

Attablés dans la cuisine, les deux hommes terminaient leur repas. Garrett s'était resservi copieusement à plusieurs reprises, tandis que Nathan n'avait presque pas touché à la nourriture.

Vingt minutes auparavant, une coupure de courant avait plongé la pièce dans l'obscurité. Goodrich était allé traficoter quelque chose dans le compteur électrique mais il était revenu en s'excusant de ne plus avoir de fusibles. Il avait allumé deux vieilles lampes tempête qui répandaient dans la pièce une lumière vacillante.

L'avocat tourna la tête vers la fenêtre. Décidément, le temps ne voulait pas se calmer. Il y avait de fréquents et violents changements dans la direction du vent qui semblait venir de tous les côtés en même temps. Tout était si dense et épais qu'on ne voyait presque plus rien à travers les vitres. Ce n'était même pas la peine de songer à sortir pour le moment.

Nathan secoua la tête et murmura comme pour lui-même :

— Les Messagers…

Goodrich hésita à parler. Il était pleinement conscient du choc émotionnel qu'avait subi l'avocat.

— Vous n'êtes plus sceptique ? demanda-t-il avec précaution.

— Je suis atterré. Qu'est-ce que vous croyez ? Que je vais sauter au plafond parce que je suis le prochain sur la liste ?

Goodrich ne répondit rien. Qu'aurait-il pu répondre d'ailleurs ?

— Je suis trop jeune pour mourir ! affirma Nathan tout en se rendant compte de la fragilité de cet argument.

— Personne n'est trop jeune pour mourir, répliqua sévèrement Garrett. Nous mourons à l'heure prévue, c'est tout.

— Je ne suis pas prêt, Garrett.

Le médecin soupira.

— On est rarement prêt, vous savez.

— Il faut me laisser plus de temps, cria Nathan en se levant de table.

Le médecin chercha à le retenir.

— Où allez-vous ?

— Je me les gèle ici. Je retourne me chauffer au salon.

Il s'enroula dans une couverture écossaise qui traînait sur le canapé et alla s'asseoir en boitant, au pied de la cheminée.

Le médecin le rejoignit deux minutes plus tard.

— Vous avez besoin d'un petit remontant, dit-il en lui tendant un verre de vin blanc.

Nathan l'avala d'un trait. Le vin avait un goût de miel et d'amandes grillées.

— J'espère que vous ne cherchez pas à m'empoisonner.

— Vous plaisantez, c'est un sauternes millésimé !

Il avait gardé la bouteille à la main. Il se servit un verre puis s'assit près de l'avocat.

Les hautes flammes de la cheminée éclairaient la pièce d'une couleur cramoisie. Les ombres déformées des deux hommes s'agitaient étrangement sur les murs.

— Il n'y a pas de négociation possible ? demanda Nathan, avec un mince espoir.

— N'y pensez même pas.

— Même pour ceux qui se seraient bien conduits ?

— Ne soyez pas ridicule, voyons.

L'avocat alluma une cigarette et en tira une longue bouffée.

— Alors racontez-moi, Garrett. Dites-moi tout ce que vous savez sur les Messagers. J'ai le droit de savoir, il me semble.

— Je vous ai déjà expliqué l'essentiel. Je peux pressentir qui va mourir mais je n'ai pas d'autres pouvoirs : ni omniscience ni force particulière.

— Vous n'êtes pas le seul dans ce cas, n'est-ce pas ?

— Exact, l'expérience m'a appris qu'il existe d'autres Messagers.

— Une sorte de confrérie ?

— Si vous voulez. Le monde est peuplé de Messagers mais peu de gens en connaissent l'existence.

— J'ai encore du mal à y croire.

— Je vous comprends.

— Et comment vous reconnaissez-vous ? Je veux dire, entre vous…

— Il n'y a pas de signes apparents. Il suffit souvent d'un rien. Un échange, un regard et… vous comprenez.

— Vous n'êtes pas immortels ?

Le visage de Goodrich prit un air faussement horrifié.

— Bien sûr que non, les Messagers vieillissent et meurent comme tout le monde. Ne me regardez pas comme ça. Je ne suis pas un demi-dieu. Je ne suis qu'un homme, tout comme vous.

Nathan se laissait emporter par sa curiosité.

— Mais vous n'avez pas toujours eu ce pouvoir, n'est-ce pas ? Vous ne l'aviez pas lorsque vous m'avez soigné en 1972.

— Non, mais le fait d'avoir croisé votre route a éveillé mon intérêt pour les NDE et les soins palliatifs.

— Et comment tout cela a-t-il commencé ? Est-ce qu'on se réveille un matin en se disant : « Ça y est, je suis un Messager » ?

Garrett demeura évasif :

— Lorsque ça arrive, vous le savez.

— Qui est au courant ? Vous avez été marié,

Garrett. Est-ce que les membres de votre famille le savaient ?

— Personne ne doit jamais savoir. *Jamais*. Aimeriez-vous vivre avec quelqu'un qui a ce genre de pouvoir ?

— Est-ce quelque chose que l'on choisit ?

— Il est des choses difficiles à refuser. Quant à dire qu'on les choisit…

— Mais comment sont recrutés les Messagers ? Est-ce un blâme ou une récompense ?

Le visage de Goodrich s'assombrit et il hésita longuement.

— Je ne peux pas vous répondre, Nathan.

— Puis-je au moins savoir pourquoi certaines personnes ont droit à un Messager ?

— À vrai dire, je l'ignore moi-même. Nous sommes des sortes de travailleurs sociaux, vous savez. Nous ne choisissons pas ceux à qui nous avons affaire.

— Et… existe-t-il… quelque chose après la mort ?

Goodrich venait de se lever pour remettre une bûche dans l'âtre. Il regarda attentivement Nathan et lui trouva quelque chose de touchant. Pendant quelques secondes, il repensa au petit garçon qu'il avait soigné trente ans auparavant. À nouveau, il aurait voulu le secourir.

— Aidez-moi, Garrett.

— Je n'en sais pas plus que vous sur la vie après la mort. Tout cela est du domaine de la foi.

— Pourquoi n'êtes-vous pas plus clair ? Dites-moi au moins si j'ai raison. Le temps presse, n'est-ce pas ?

— Oui, admit Goodrich, le temps presse.

— Alors, que me conseillez-vous ?

Goodrich écarta les bras en signe d'impuissance.

— Tout porte à croire que vous aimez encore votre femme. Faites en sorte qu'elle le sache.

Mais Nathan secoua la tête pour marquer sa désapprobation.

— Je pense que ce n'est pas le moment. Je pense que nous ne sommes pas encore prêts.

— Pas prêts ? Mais dépêchez-vous, bon sang ! Comme vous le disiez vous-même, le temps est compté.

— Je crois que c'est fini, Garrett. Elle voit un autre homme depuis quelque temps.

— Je ne pense pas que ce soit un obstacle insurmontable pour quelqu'un comme vous.

— Je ne suis pas Superman.

— C'est vrai, admit le médecin avec un sourire bienveillant. Puis, fronçant les sourcils comme s'il faisait un effort de mémoire, il ajouta :

— Je me souviens… de quelque chose.

— Je vous écoute, dit Nathan d'un air intéressé.

— Ça remonte à l'époque de votre accident. C'était le deuxième ou le troisième jour. Mallory était venue vous rendre visite un après-midi. Vous dormiez profondément et je lui avais interdit de vous réveiller. Elle était quand même restée pendant une heure à vous regarder dormir. Et en partant, elle vous a embrassé.

— Comment vous souvenez-vous de ça ?

Il vit ses yeux briller sous l'éclairage de la lampe tempête.

— Parce que c'était très intense. Elle venait vous voir tous les jours, ajouta-t-il d'un ton ému.

Nathan, qui s'était laissé attendrir par le récit de Garrett, sembla revenir à une réalité plus triste.

— On ne bâtit pas une vie sur quelques souvenirs d'enfance, vous le savez bien. Mes relations avec Mallory ont toujours été compliquées.

Goodrich se leva.

— C'est le cas pour beaucoup de couples, dit-il en enfilant son manteau.

— Hé ! Où allez-vous comme ça ?

— Je retourne à New York.

— En pleine nuit ? Avec ce temps ?

— Il n'est pas très tard et avec la circulation, les routes sont peut-être encore bien dégagées, ce qui ne sera sans doute plus le cas demain matin.

D'ailleurs, je vous conseille d'en faire autant si vous ne voulez pas rester bloqué ici toute la semaine.

En un clin d'œil, il fut sur le pas de la porte.

— N'oubliez pas de laisser la clé dans la boîte aux lettres.

Il se retourna vers l'avocat et ajouta :

— J'ai fait rentrer Cujo dans le garage, donc évitez d'y faire un tour.

Resté seul, Nathan s'abîma longuement dans la contemplation du feu qui commençait à décroître dans la cheminée, en se demandant comment faisait Goodrich pour baigner dans l'environnement funèbre qui était le sien au quotidien tout en continuant à garder le sourire.

Encore sous le choc, il se dit pourtant que lui aussi devait faire face. Il s'était toujours battu. Il ne savait pas encore très bien comment il allait s'y prendre, mais il ne resterait pas inactif.

Car il commençait à ressentir l'urgence.

L'urgence de tout.

L'électricité n'était toujours pas revenue. Nathan prit l'une des lampes tempête et, boitillant d'une jambe, remonta l'escalier pour gagner le bureau dans lequel se trouvaient archivés les dossiers médicaux.

Il faisait dans cette pièce un froid terrible qui lui donnait la chair de poule.

Nathan posa la lampe par terre. Il avait l'impression d'être dans une morgue, entouré par les destins menaçants de plusieurs dizaines de morts.

Il s'empara de la cassette audio et du journal de Goodrich qui traitait de son cas pour les mettre dans sa poche.

Avant de sortir, il ne se gêna pas pour fouiller le reste des étagères, sans trop savoir ce qu'il cherchait. Il remarqua alors qu'en dehors des dossiers médicaux classés chronologiquement, il y avait de nombreux cartons consacrés entièrement à certains malades. Deux d'entre eux portaient la mention :

Emily Goodrich (1947-1976)

Il ouvrit la première boîte et attrapa la chemise située au sommet de la pile des documents.

C'était le dossier médical de la première femme de Garrett.

Il s'assit en tailleur sur le plancher pour en parcourir le contenu.

Il y avait là toute une documentation détaillée sur

la maladie de Hodgkin, une prolifération maligne du système immunitaire, dont était atteinte Emily.

Les autres documents récapitulaient le combat qu'avait mené cette femme contre la maladie, depuis la découverte de son affection en 1974 jusqu'à sa mort deux ans plus tard : les analyses médicales, les consultations dans différents hôpitaux, les séances de chimiothérapie…

En ouvrant le deuxième carton, il mit la main sur un épais volume.

Il rapprocha la lampe. C'était un album fourre-tout. Une sorte de journal intime rempli de l'écriture ronde de la femme de Garrett qui avait tenu une espèce de chronique des deux dernières années de sa vie.

Il était sur le point de s'aventurer dans le jardin secret d'Emily Goodrich. Avait-il le droit de le violer ? Il n'y a rien de pire que de vouloir pénétrer l'intimité des gens, pensa-t-il en lui-même. Fouiller dans les archives de Goodrich était une chose, explorer le journal de cette femme en était une autre. Il referma l'album.

Pourtant, l'envie de savoir le tenaillait. Ce n'était pas de la curiosité morbide mais Emily avait écrit sur les derniers jours de sa vie et elle était un peu dans la même situation que lui. Peut-être avait-il des choses à apprendre d'elle ?

Finalement, il rouvrit l'album et le feuilleta.

Au fil des pages, il découvrit des photos, des dessins, des articles de journaux, des fleurs séchées…

Il n'y avait rien de larmoyant. C'était plutôt un journal plein de sensibilité artistique. Il lut attentivement quelques notes qui convergeaient toutes vers la même et unique idée : la conscience de la mort prochaine incite à vivre autrement, à goûter pleinement les moments de répit qui nous restent, à être prêt à se damner pour vivre encore un peu.

Juste en dessous d'une photo d'elle en train de faire un jogging, elle avait rédigé une sorte de légende :

« Je cours si vite que la mort ne me rattrapera jamais. »

Sur une page, elle avait scotché une mèche de ses cheveux, au début de sa chimiothérapie.

Il y avait des questions aussi. Une en particulier, qui revenait sur plusieurs pages : « Y a-t-il un endroit où nous allons tous ? »

Le journal se terminait par l'évocation d'un séjour dans le sud de la France. Emily avait conservé la note d'hôtel et une carte postale représentant une pinède, des rochers et du soleil. Elle datait de juin 1976, quelques mois avant sa mort.

En bas à droite, on pouvait lire : « Vue du cap d'Antibes ».

À côté, elle avait collé deux petites enveloppes : la première contenait du sable blond, la seconde des plantes séchées.

Il approcha l'enveloppe de son nez et sentit une odeur de lavande, mais peut-être n'était-ce que le fruit de son imagination.

Une lettre était agrafée à la dernière page. Nathan reconnut immédiatement l'écriture de Goodrich. Il l'avait écrite comme s'il s'adressait à sa femme mais la lettre datait de… 1977. Un an après sa mort !

Explique-moi, Emily.

Comment a-t-on pu vivre un mois de bonheur au cap d'Antibes alors que tu te savais condamnée ?

Comment faisais-tu pour continuer à être belle et drôle ? Et où ai-je trouvé le courage de ne pas m'écrouler ?

Nous avons encore passé des moments presque sereins. Nous avons nagé, pêché et fait cuire du poisson au barbecue. Nous sommes souvent sortis nous promener sur la plage, dans la fraîcheur du soir.

À te voir courir sur le sable, dans ta petite robe d'été, je voulais encore penser que la mort t'épargnerait, que tu deviendrais une miraculée, sainte Emily, dont le cas aurait laissé perplexes les médecins du monde entier.

Un jour, sur la terrasse, j'avais mis la musique à plein volume : les Variations Goldberg *de Bach que nous écoutions souvent. Je te regardais de loin et j'avais envie de pleurer. Au lieu de quoi, je t'ai souri et tu t'es mise à danser dans le soleil. Tu as lancé ton bras en l'air pour me faire signe de venir te rejoindre et tu as voulu que l'on nage.*

Ce jour-là, ta bouche était humide et salée et, en me couvrant de baisers, tu m'as à nouveau expliqué le ciel, la mer et le tiède frisson des corps qui sèchent au soleil.

Cela fait presque un an que tu m'as quitté.

Tu me manques tellement...

Hier, c'était mon anniversaire, mais j'ai l'impression de ne plus avoir d'âge.

Nathan feuilleta encore quelques pages de l'album. À nouveau, il tomba sur un texte de la main de Goodrich.

C'était un passage très dur qui évoquait l'agonie d'Emily.

Maintenant c'est octobre. C'est la fin.

Emily ne se lève plus.

Il y a trois jours, dans un moment de répit, elle

a joué du piano pour la dernière fois. Une sonate de Scarlatti avec des changements de doigts répétés pour la main droite et des accords arpégés pour la main gauche.

Sa vitesse d'exécution m'a surpris une fois encore. Elle a appris cette sonate quand elle était toute petite.

Lorsque je l'ai portée sur son lit, elle m'a dit :

— Je l'ai jouée pour toi.

Il y a eu des orages et une tempête pendant plusieurs jours. La mer a charrié de gros troncs qu'elle a rejetés sur la côte.

Emily ne se lèvera plus.

J'ai installé son lit dans le salon, une pièce bien éclairée.

Elle persiste à ne pas vouloir être hospitalisée et c'est aussi bien ainsi. Un docteur vient la voir quotidiennement. J'ai peur de mes jugements médicaux.

Elle respire de plus en plus difficilement. Elle a presque constamment de la fièvre, frissonne, dit qu'elle a toujours froid alors que son corps est brûlant.

En plus du radiateur, j'allume du feu dans la cheminée.

Hormis à Emily et au docteur, je n'ai plus parlé à personne depuis un mois.

Je regarde le ciel et l'Océan. Je bois plus que de raison. C'en est presque pitoyable. Je me croyais tellement différent des autres et je sombre dans l'alcool comme le premier venu. Je pensais que cela atténuerait ma douleur et me permettrait d'oublier cet enfer. C'est tout le contraire. L'alcool excite mes sens et augmente mon acuité. Ce n'est pas en me comportant ainsi que j'aiderai Emily.

Elle ne me parle plus. Elle ne le peut plus.

Elle vient de perdre deux dents.

C'est effroyable.

Je ne m'attendais pas à cela. Je n'y étais pas préparé. J'ai déjà vu mourir beaucoup de gens. La mort fait partie de mon métier. Mais ça n'a rien à voir avec ce que je vis en ce moment.

J'ai ouvert une autre bouteille, un grand cru que j'écluse comme une vulgaire piquette.

Aujourd'hui, dans un moment de lucidité, elle a demandé qu'on lui injecte une dose de morphine. « La » dose de morphine. Celle que je redoutais, tout en sachant très bien qu'elle me la demanderait tôt ou tard.

J'en ai parlé au docteur. Il n'a pas fait d'histoire.

Nathan referma le volume, bouleversé par ce qu'il venait de lire.

Il descendit au salon, éteignit les deux lampes, ferma la porte et sortit dans la nuit.

Y a-t-il un endroit où nous allons tous ?

17

Le temps d'apprendre à vivre,
il est déjà trop tard...

ARAGON

Il roulait de nuit sur les routes enneigées.

Cette soirée avait été très éprouvante. Toutes ces émotions l'avaient plongé dans une vague de mélancolie qui, peu à peu, s'était transformée en angoisse, avec cette sensation effrayante d'avoir perdu le contrôle de sa vie.

Par moments, sur ces routes désertes, il se faisait l'effet de n'être déjà plus de ce monde, d'être devenu une sorte de fantôme déambulant dans la campagne de Nouvelle-Angleterre.

Et dire qu'il s'était souvent plaint de sa vie : trop de travail, trop d'impôts, trop de contraintes...

Bon sang, qu'il avait été stupide ! Il n'y avait rien de plus plaisant que son existence. Même un jour de tristesse était quand même un jour vécu. Il s'en rendait compte maintenant. Dommage qu'il n'en ait pas pris conscience plus tôt.

Ouais, mais tu n'es pas le premier à ressentir ça, mon vieux. C'est tout le problème avec la mort : elle renvoie aux interrogations essentielles lorsqu'il est déjà trop tard.

Il eut un sourire désabusé puis jeta un coup d'œil dans le rétroviseur. Le petit miroir lui renvoya l'image d'un homme en sursis. Que pensait-il vraiment de la mort au fond de lui ?

Allez, l'heure n'est plus au mensonge, mon petit Nat.

Je vais te dire ce qui va arriver : le cœur s'arrête de battre, c'est tout. L'homme n'est qu'un amas de cellules. Son corps se décompose dans la terre ou brûle dans le four d'un crématorium et c'est fini. Basta. Tout le reste n'est qu'une vaste fumisterie.

Voilà ce qu'il pensait vraiment tandis qu'il s'enfonçait dans la nuit.

Le froid était maintenant de plus en plus présent. De la buée s'échappait de sa bouche. Il poussa le chauffage à fond tout en continuant sa méditation.

Et si, malgré tout, l'homme ne se réduisait pas à son enveloppe charnelle ? S'il y avait autre chose ?

Un mystère.

S'il existait vraiment une force dissociée du corps ?

Une âme.

Pourquoi pas après tout, puisqu'il y avait des êtres capables de prédire la mort. Si on lui avait parlé des Messagers un an auparavant, il aurait doucement rigolé. Et pourtant, aujourd'hui, il ne doutait plus de leur réalité.

Mais, même en admettant l'existence d'une énergie qui quitterait le corps après la mort, quel passage emprunterait-elle ? Et pour aller où ? Dans cet « autre monde » qu'il avait cru approcher étant enfant ?

Cette expérience de mort imminente l'avait incontestablement conduit aux portes de quelque chose. La mort paraissait alors dangereusement douce, tellement attrayante, comme le sommeil artificiel provoqué par une anesthésie. Il s'était senti si bien. Pourquoi alors était-il revenu ? Il fit un effort pour chasser ce souvenir. Il savait confusément qu'il n'était toujours pas prêt à affronter cet épisode de sa vie.

Maintenant, l'angoisse l'étreignait. Il aurait donné beaucoup pour avoir le droit de participer au jeu encore quelque temps. Même pour quelques jours, même pour quelques heures.

Au fur et à mesure qu'il revenait vers la ville, la circulation se faisait plus dense. Bientôt, un panneau indiqua qu'on se rapprochait de New York et, une heure plus tard, il avait regagné son immeuble.

Il traversa le hall d'entrée du San Remo, si élégant avec sa lumière tamisée et ses décorations à l'ancienne. De loin, il aperçut Peter, fidèle à son poste, en train de discuter avec une vieille locataire. En attendant l'ascenseur, il capta quelques bribes de leur conversation.

— Bonsoir, madame Fitzgeral, et bonnes fêtes.

— Bonnes fêtes à vous aussi, Peter. Embrassez Melissa et les enfants.

Melissa et les enfants ?

Nathan ne savait même pas que Peter avait des enfants. Il n'avait jamais pris le temps de lui en parler. Voilà ce qui ne tournait pas rond dans sa vie : il ne prêtait pas assez d'attention aux autres. Une phrase que répétait souvent Mallory lui revint alors en mémoire : « S'occuper des autres, c'est s'occuper de soi. »

Nathan referma la porte de son appartement.

Il lui avait fallu près de deux heures pour rentrer sur Manhattan et il était fourbu. Conduire avait été un enfer car la neige commençait à se tasser et à verglacer par endroits. Et c'était sans parler de sa blessure au pied et au mollet qui le faisait maintenant atrocement souffrir.

Depuis quelques jours, il était davantage attentif à la douleur physique, se demandant fréquemment comment son corps allait réagir à l'approche de la mort. La fin serait-elle douce ou plutôt violente ? Hum… mieux valait ne pas se faire trop d'illusions, vu la façon dont avaient disparu Candice et Kevin.

Il boitilla jusqu'à l'armoire à pharmacie, avala deux comprimés d'aspirine pour calmer la douleur avant de se laisser tomber dans un fauteuil. À sa gauche, sur une étagère, un bonsaï hors de prix était en train de perdre ses feuilles.

Il n'avait jamais su comment s'occuper de ce petit arbre, cadeau de Mallory. Il avait beau le tailler et l'hydrater régulièrement à l'aide d'un brumisateur, rien n'y faisait : chaque jour, l'arbre jaunissait davantage et se défeuillait inexorablement.

Décidément, le savoir-faire de sa femme lui manquait aussi pour toutes ces petites choses qui rendent la vie plus douce.

Il ferma les yeux.

Tout était allé si vite. Il avait l'impression d'avoir réussi son diplôme de fin d'études avant-hier et d'avoir été papa pour la première fois la veille. Et il devait déjà se préparer à partir ? Non, ce n'était pas possible.

Une autre pensée le torturait. Il imaginait Vince Tyler en train de coller sa bouche sur les lèvres de

Mallory, de lui caresser les cheveux, de la déshabiller lentement avant de lui faire l'amour.

Seigneur, c'était dégoûtant ! Vince n'était qu'un sombre abruti sans une once de subtilité ou de sens critique. Mallory méritait vraiment mieux.

Il ouvrit péniblement un œil qui entra en collision avec un tableau presque entièrement blanc, lacéré en son milieu par une tache sombre de couleur acier rouillé. Une des peintures de sa femme qu'il aimait beaucoup sans la comprendre vraiment.

Il attrapa la télécommande pour zapper d'une chaîne à l'autre : nouvelle chute du Nasdaq ; clip d'Ozzy Osbourne ; Hillary Clinton chez David Letterman ; visage décomposé de Tony Soprano en peignoir de bain ; documentaire sur Saddam ; sermon d'un prêtre évangéliste ; et pour finir, Lauren Bacall dans *Le Port de l'angoisse*, promettant à Bogart : « Si tu as besoin de moi, siffle. »

Il allait s'attarder un moment sur cette dernière chaîne, lorsqu'il s'aperçut que son répondeur clignotait. Il fit un effort pour se lever et appuya sur le bouton de l'appareil. Immédiatement, la voix joyeuse de Bonnie résonna dans tout l'appartement :

« Salut, p'pa, c'est moi. Tout va bien ?

Tu sais, on a étudié les cétacés aujourd'hui à l'école. Alors j'voulais te demander : est-ce qu'on pourra aller voir la migration des baleines à Stellwagen Bank au prochain printemps ? Maman m'a dit que tu l'y avais conduite il y a longtemps et que c'était super. J'aimerais bien y aller moi aussi. N'oublie pas que j'veux devenir vétérinaire plus tard et que ça pourra me servir.

Bon, à bientôt. Y'a *Les Simpson* à la télé. Bisous. »

Nathan repensa à cette excursion. Du début du printemps jusqu'à la mi-octobre, les baleines remontent des Caraïbes vers le Groenland en empruntant le golfe du Maine. C'est un spectacle qui mérite vraiment le déplacement. Bien sûr qu'il fallait que Bonnie voie ça.

Mais ce ne serait peut-être pas lui qui l'y emmènerait : avril était encore loin et, quelque part dans l'univers, quelqu'un avait décidé qu'il n'y aurait pas de « prochain printemps » dans la vie de Nathan Del Amico.

Alors, il laissa dériver son esprit jusqu'au mois de mai 1994, par une fin d'après-midi fraîche mais ensoleillée, au large du Massachusetts.

Il est assis avec Mallory à l'avant d'un bateau de location qui a jeté l'ancre juste au-dessus d'un immense banc de sable immergé entre Cape Cod et Cape Ann.

Il s'est placé juste derrière elle, le menton posé sur son épaule. Tous deux scrutent l'horizon calme de la mer.

Soudain, Mallory désigne un endroit au large.

Un banc d'une quinzaine de baleines remonte du fond de l'océan, rejetant avec fracas des jets de plusieurs mètres de hauteur en un somptueux feu d'artifice.

Bientôt, leur tête et une bonne partie de leur dos émergent à proximité du bateau. Ces mastodontes de cinquante tonnes frôlent l'embarcation tout en poussant des cris doux. Mallory se tourne vers lui, le sourire aux lèvres, les yeux grands ouverts. Ils ont conscience de vivre un moment exceptionnel.

Bientôt, les baleines effectuent un dernier plongeon. Avec une grâce infinie, elles soulèvent très haut leur queue à double palme avant de disparaître dans l'océan, en émettant des sifflements aigus de plus en plus faibles.

Puis il ne reste plus rien, à part les oiseaux marins qui sillonnent à nouveau le ciel pour reprendre possession de leur territoire.

Sur le chemin du retour, le propriétaire du bateau, un vieux pêcheur de Provincetown, leur raconte une drôle d'histoire.

Cinq ans auparavant, on avait retrouvé sur la plage deux petites baleines à bosse qui s'étaient échouées sur le sable.

La plus grosse, un mâle, était blessée et saignait abondamment de l'oreille gauche. L'autre semblait en bonne santé. Les marées n'étaient pas très fortes à cet endroit et on avait l'impression que les baleines auraient pu regagner le large à tout moment si elles l'avaient voulu. Pendant quarante-huit heures, les gardes-côtes avaient alors tenté de sauver l'animal valide en l'entraînant vers le large, à l'aide de petits bateaux et de cordes.

Mais, chaque fois qu'on la remettait à l'eau, la femelle poussait des cris plaintifs et venait immanquablement rejoindre son compagnon sur le rivage, recherchant son contact, comme pour lui faire un rempart protecteur.

Au matin du troisième jour, le mâle finit par mourir et on essaya une dernière fois de remettre la baleine survivante à l'eau. Cette fois-ci, elle ne tenta pas de revenir s'échouer sur la plage mais resta tout près du bord, décrivant sans cesse des ronds et émettant des sifflements tellement longs et lugubres qu'ils effrayèrent les promeneurs restés sur la rive.

Cela dura longtemps puis, aussi brusquement qu'il avait commencé, le rite funèbre s'arrêta enfin et la baleine revint lentement s'échouer sur le sable où elle ne tarda pas à mourir à son tour.

— C'est extraordinaire l'attachement qui peut exister entre ces bestioles, fit remarquer le pêcheur en allumant une cigarette.

— C'est surtout stupide, jugea Nathan sans aucune nuance.

— Pas du tout, déclara Mallory après un petit silence.

— Que veux-tu dire ?

Elle se pencha en avant pour lui murmurer à l'oreille :

— Si tu étais condamné, moi aussi je viendrais m'échouer près de toi.

Il se tourna vers elle et l'embrassa.

— J'espère bien que non, répondit-il en posant les mains sur son ventre.

Elle était déjà enceinte de six mois.

Nathan se leva d'un bond.

Qu'est-ce que je fous, tout seul, avachi sur ce canapé, à ressasser le passé, au lieu d'être avec ma femme et ma fille ?

Le radio-réveil affichait 2 h 14, mais avec le décalage horaire, il n'était qu'un peu plus de onze heures du soir en Californie.

Il décrocha son téléphone et appuya sur une touche pour appeler le premier numéro mis en mémoire.

Au bout de plusieurs sonneries, une voix fatiguée répondit :

— Oui ?

— Bonsoir, Mallory. J'espère que je ne te réveille pas ?

— Pourquoi m'appelles-tu si tard ? Qu'est-ce qui se passe ?

— Rien de grave.

— Que veux-tu alors ? demanda-t-elle durement.

— Peut-être un peu moins d'agressivité dans tes paroles.

Elle ignora sa remarque mais répéta avec lassitude cette fois :

— Qu'est-ce que tu veux, Nathan ?

— Te prévenir de mon intention de venir chercher Bonnie dès demain.

— Quoi ? Tu n'es pas sérieux !

— Laisse-moi t'expliquer…

— Il n'y a rien à expliquer, fulmina-t-elle, Bonnie doit aller à l'école jusqu'à la fin de la semaine !

Il soupira.

— Elle peut louper quelques jours. Ça ne sera pas dramatique et…

Elle ne le laissa pas finir :

— Puis-je savoir en quel honneur tu veux avancer ton arrivée ?

Je vais mourir, chérie.

— J'ai pris quelques jours de congé et j'ai besoin de voir Bonnie.

— Nous avons établi des règles.

— D'accord, mais c'est aussi ma fille, précisa-t-il d'une voix qui trahissait son désarroi. Je te rappelle que nous l'élevons tous les deux.

— Je sais, admit-elle en se radoucissant un peu.

— Si c'était toi qui me le demandais, je ne ferais pas tant d'histoires.

Elle ne répondit rien mais il l'entendait respirer à l'autre bout du fil. Il eut soudain l'idée d'un compromis.

— Tes parents sont toujours dans les Berkshires ?

— Oui. Ils ont l'intention d'y passer les fêtes.

— Écoute, si tu me laisses venir chercher Bonnie dès demain, je suis prêt à l'emmener passer deux jours avec eux.

Elle marqua une hésitation avant de demander d'un ton incrédule :

— Toi, tu ferais ça ?

— S'il le faut, oui.

— C'est vrai qu'elle n'a pas vu ses grands-parents depuis longtemps, reconnut Mallory.

— Alors c'est d'accord ?

— Je n'en sais rien. Laisse-moi encore réfléchir.

Elle allait raccrocher.

Comme il ne supportait plus ces conversations heurtées, il se décida à lui poser la question qu'il avait sur le cœur depuis longtemps.

— Tu te souviens de cette époque où on se racontait tout ?

Elle resta interdite. Il enchaîna rapidement :

— L'époque où on se tenait toujours par la main en marchant dans la rue, où on s'appelait au travail trois fois par jour, où on passait des heures à discuter…

— Pourquoi revenir là-dessus ?

— Parce que j'y pense tous les jours.

— Je ne sais pas si c'est le meilleur moment pour en parler, dit-elle d'un ton las.

— J'ai parfois l'impression que tu as tout oublié. Tu ne peux pas tirer un trait sur ce qu'on a vécu ensemble.

— Ce n'est pas ce que je fais.

Sa voix avait changé d'intonation. Imperceptiblement.

— Écoute… Imagine qu'il m'arrive quelque chose… qu'une voiture me renverse demain dans la rue. La dernière image que tu auras de nous sera celle d'un couple déchiré.

Elle dit d'une voix triste :

— C'est ce que nous sommes, Nathan.

— Nous nous serons quittés dans la colère et l'emportement. Je pense que tu te le reprocheras pendant des années et que ce sera difficile pour toi de vivre avec ça.

Elle explosa.

— Je te signale que c'est à cause de toi si...

Mais, sentant les sanglots lui monter dans la gorge, elle ne termina pas sa phrase et raccrocha.

Mallory ravala ses larmes pour ne pas réveiller sa fille puis alla s'asseoir sur les marches de l'escalier en bois exotique.

Elle essuya ses yeux rougis avec un mouchoir en papier. En levant la tête, elle fut gênée par l'image que lui renvoyait le grand miroir du hall d'entrée.

Depuis la disparition de son fils, elle avait beaucoup maigri et toute sa joie de vivre s'était évanouie. Elle avait à nouveau cette allure froide contre laquelle elle avait lutté toute sa vie. Déjà, jeune fille, elle ne pouvait pas supporter son côté Grace Kelly : cette distance glaciale, ce maintien parfait qu'adoptaient parfois les femmes ayant reçu son éducation. Elle s'était toujours méfiée de la perfection. Elle ne voulait pas être inaccessible ; au contraire, elle voulait être plongée dans le monde, ouverte aux autres. C'est pour ça qu'elle portait le plus souvent des jeans et des pulls amples et confortables. En vérité, elle n'avait plus enfilé un tailleur depuis des lustres.

Elle se leva, éteignit toutes les lampes de la pièce puis alluma quelques bougies et un bâton d'encens.

Aux yeux de la plupart des gens, elle passait pour quelqu'un de stable et d'équilibré. Pourtant, il y avait en elle une fragilité qui remontait à son adolescence pendant laquelle elle avait plusieurs fois souffert de crises d'anorexie.

Pendant longtemps, elle avait cru s'en être définitivement sortie… jusqu'à la mort de Sean.

Le drame remontait à trois ans mais la douleur était toujours aussi vive. Mallory était rongée par la certitude irrationnelle que tout aurait été différent si elle avait été présente cette fameuse nuit. Il ne se passait pas un jour sans qu'elle fasse mentalement des retours en arrière sur les premiers mois de la vie de son fils. Y avait-il quelque chose qu'elle n'avait pas vu ? N'avait-elle pas manqué de repérer un symptôme, un signe ?

Enfant, après avoir failli se noyer dans ce lac, elle avait développé une peur panique de mourir. Jamais elle n'aurait pu imaginer qu'il puisse exister quelque chose de pire que sa propre mort. Mais, une fois devenue mère, elle avait compris que la plus dure des épreuves serait en fait d'assister à la disparition de l'être qu'elle avait mis au monde. Elle avait alors dû se rendre à l'évidence : oui, il y avait bien pire que mourir.

Certes, elle avait lu quelque part qu'au XVIIIe siècle, 90 % des enfants n'atteignaient pas l'âge de trois ans. Mais c'était autrefois, à une époque où la mort était présente partout et où les gens étaient mieux préparés à accepter celle de leurs proches. Tandis que pour elle, la vie s'était arrêtée pendant de longs et terribles mois. Complètement désemparée, elle avait perdu tous ses repères.

La disparition de Sean resterait à jamais le grand drame de sa vie, mais sa plus grande désillusion avait été l'échec de son mariage. Depuis qu'ils avaient emménagé ensemble, à l'époque de l'université, elle avait toujours cru qu'elle se réveillerait tous les matins au côté de Nathan, jusqu'à ce que l'un d'eux s'éteigne. Pourtant, elle avait assisté impuissante à la faillite de son couple. Convaincue d'avoir une faute à expier, elle avait accepté sans se battre l'éloignement de son mari.

Pour la première fois de sa vie, elle s'était sentie étrangère à lui et ils avaient été incapables de communiquer. Au moment où elle aurait eu le plus besoin de son soutien, il s'était encore davantage investi dans sa vie professionnelle tandis qu'elle se murait dans sa douleur.

Pour tenir le coup et sortir de la dépression, elle avait fini par se plonger dans ses activités sociales. Ces derniers mois, elle avait travaillé à la création du site Internet d'une ONG militant en faveur de la prise en compte de l'éthique dans le comportement des entreprises. Son travail consistait à classer les multinationales en fonction de critères concernant la législation du travail et l'environnement. L'organisation s'occupait ensuite de mobiliser les associations de consommateurs pour boycotter les firmes qui employaient des enfants ou ne respectaient pas les lois en vigueur.

Et son engagement ne s'arrêtait pas là. Il y avait tant à faire ! Elle habitait à La Jolla, un quartier riche de San Diego, mais la ville n'était pas un îlot à l'abri de toute forme de misère. Derrière le clinquant des plages et des buildings qui étincelaient sur le front de mer, une frange importante de la population vivait au jour le jour, avec peu de ressources, parfois sans véritable domicile. Trois fois par semaine, elle se rendait dans un centre de sans-abri. Aussi éprouvant que soit ce travail, là, au moins, elle se sentait utile, particulièrement en cette période de l'année où la moitié de la ville se ruait dans les supermarchés pour dilapider ses dollars en achats superflus. Avec le temps, elle ne supportait plus toute cette pression autour de la consommation qui avait depuis longtemps dévoyé le véritable sens de Noël.

À une époque, elle aurait bien voulu que son mari s'engage avec elle dans les mouvements de contestation. Nathan était un avocat brillant qui aurait pu mettre ses compétences au service d'un idéal. Mais cela ne s'était pas passé comme ça. Sans qu'ils en prennent vraiment conscience, leur couple s'était bâti sur une sorte de malentendu. Chacun avait pourtant voulu faire un pas vers l'autre. Pour sa part, elle avait toujours vécu loin des mondanités, ne fréquentant que peu de monde de son milieu d'origine. Le message à l'intention de son mari était clair : « Ça ne me gêne pas que tu sois d'origine modeste. »

Lui, au contraire, avait voulu lui prouver qu'elle n'avait pas épousé un minable, qu'il était capable de gravir les barreaux de l'échelle sociale et de faire vivre une famille confortablement.

Ils avaient cru faire un pas l'un vers l'autre, mais ils ne s'étaient pas rencontrés.

Pour Nathan, la vie était un combat permanent où il fallait mettre la barre toujours plus haut en termes de réussite professionnelle pour se prouver… elle ne savait trop quoi.

Elle avait eu beau lui expliquer cent fois qu'elle ne voulait pas être mariée à un surhomme, rien n'y faisait : il se croyait sans cesse obligé d'en faire plus, comme s'il avait peur de la décevoir, et, dès le début, cela n'avait fait que l'agacer.

Malgré tout, elle l'avait toujours eu dans la peau. *Crazy about him*[1], disait la chanson.

Elle ferma les yeux. Des images du passé défilèrent dans sa tête comme dans un film en super-huit.

---

1. *Folle de lui.*

18

On n'est jeune qu'une seule fois
mais on s'en souvient toute sa vie.

Dialogue du film *Liberty Heights*
de Barry LEVINSON

1972
Nantucket, au début de l'été

Elle a huit ans. C'est leur première rencontre.

La veille au soir, elle est arrivée de Boston. Ce matin, elle se promène dans le grand jardin familial. Elle porte une robe en coton qui lui descend bien en dessous des genoux et qu'elle déteste. Avec cette chaleur, elle aurait préféré se mettre un short et un polo mais sa mère l'oblige toujours à s'habiller en petite fille modèle.

Plusieurs fois, elle a aperçu un petit garçon aux beaux cheveux noirs qui n'ose pas lui parler et s'enfuit en courant dès qu'elle s'approche de lui.

Intriguée, elle a posé la question à sa mère qui lui a répondu de ne pas faire attention à lui : ce n'est « que » le fils de la femme de ménage.

Dans l'après-midi, elle le croise à nouveau sur la plage. Il s'amuse avec un cerf-volant qu'il a fabriqué lui-même avec des tiges de bambou et un morceau de voile donné par un pêcheur. Pour servir de poignée de guidage, il a eu l'idée d'attacher un anneau récupéré sur une vieille tringle à rideaux.

Malgré sa fabrication artisanale, l'appareil vole déjà très haut dans le ciel.

Mallory, elle aussi, a amené son cerf-volant, un modèle sophistiqué qu'on lui a acheté dans un grand magasin de jouets de Boston.

Pourtant, son engin ne décolle pas. Elle a beau se démener, courir très vite dans tous les sens, le cerf-volant retombe immanquablement sur le sable.

Même si le petit garçon fait mine de ne pas la regarder, Mallory sait bien qu'il lui jette en fait de nombreux coups d'œil.

Mais elle ne se décourage pas et tente un nouvel essai. Malheureusement, son magnifique jouet retombe lourdement dans l'eau. Désormais, la voilure est trempée et pleine de sable. Des larmes lui montent aux yeux.

Il s'approche d'elle et prend l'initiative de lui passer l'anneau de son cerf-volant autour du poignet. Il lui explique qu'il faut se mettre dos au vent puis l'aide à donner du mou et à lâcher progressivement du fil. Ainsi, le cerf-volant monte très rapidement dans le ciel.

Elle pousse des cris de joie. Ses yeux pétillent et elle rit beaucoup.

Plus tard, pour montrer ses connaissances, il lui apprend que les Chinois prêtent au cerf-volant le pouvoir d'attirer la chance. Pour ne pas être en reste, elle lui dit que Benjamin Franklin l'a utilisé pour étudier la foudre et inventer le paratonnerre (elle l'a lu sur l'emballage en carton du jouet).

Ensuite, très fier, il lui montre son cerf-volant de plus près pour qu'elle admire le drôle d'animal qu'il a peint sur la voilure.

— C'est moi qui l'ai dessiné.

— C'est une tortue ? demande-t-elle.

— Non, un dragon, répond-il un peu vexé.

À nouveau un grand éclat de rire envahit la petite fille. Cette bonne humeur est contagieuse et, bientôt, deux rires d'enfants se mélangent au bruit des vagues.

Un peu plus loin, posé sur le sable, un transistor

joue *You've Got a Friend* de Carole King, l'un des tubes de l'été.

Elle l'observe maintenant très attentivement et trouve que c'est le garçon le plus mignon qu'elle ait jamais vu.

Il se présente de façon solennelle :

— Je m'appelle Nathan.

Elle lui répond, non moins gravement :

— Mon nom est Mallory.

Automne 1972
Nantucket

— Nat !

Par à-coups, elle recrache l'eau du lac qui envahit sa bouche. Paralysée par le froid, elle a de plus en plus de mal à respirer. À deux reprises, elle a tendu désespérément les bras dans l'espoir d'attraper une branche mais la rive est trop haute.

À bout de souffle, remplie d'effroi, elle sent qu'elle va se noyer. Mais Nathan nage dans sa direction. Elle comprend qu'il est sa dernière chance.

— Tiens-toi à moi, n'aie pas peur.

Épuisée, elle s'accroche à lui comme à une bouée de sauvetage. Soudain, elle se sent projetée vers le haut et, de justesse, parvient à agripper une touffe d'herbe puis à se hisser sur la rive.

Elle est sauvée.

Sans même reprendre son souffle, elle se retourne, mais déjà il n'est plus là.

— Nathan !

Complètement affolée, des larmes plein les yeux, elle l'appelle de toutes ses forces :

— Nathan ! Nathan !

Mais il ne remonte pas à la surface. Elle réfléchit très vite. Il faut qu'elle fasse quelque chose.

Trempée des pieds à la tête, grelottante, les lèvres bleues, elle s'élance pour prévenir un adulte.

Cours vite, Mallory !

13 juillet 1977
Nantucket

Ils ont treize ans.

Ils ont pris leur vélo et descendent la piste cyclable qui les mène à Surfside Beach, la plus grande plage de l'île.

Le temps commence à se couvrir et les vagues sont tachées d'écume. Pourtant, pas un seul moment ils n'hésitent à se baigner. Au contraire, ils restent longtemps dans l'océan et nagent jusqu'à en être épuisés.

Ils ne sortent de l'eau que lorsque les vagues commencent à être dangereuses. Le vent souffle fort. Mallory frissonne. Ils n'ont apporté qu'une serviette. Nathan lui sèche les cheveux et le dos pendant qu'elle claque des dents.

La pluie crible le sable de grosses gouttes et, en quelques minutes, la plage est désertée. Maintenant, il n'y a plus qu'eux deux au milieu de la pluie et du vent.

Il est le premier à se mettre debout et l'aide à se relever. Tout à coup, il incline la tête vers elle. Instinctivement, Mallory lève les yeux et se hisse sur la pointe des pieds. Il passe ses mains autour de sa taille. Elle passe ses bras autour de son cou. Au moment où leurs bouches se rencontrent, elle est parcourue d'un frisson inconnu. Elle sent le sel marin sur ses lèvres.

C'est un premier baiser très doux qui se prolonge jusqu'à ce que leurs dents s'entrechoquent.

6 août 1982
Beaufort, Caroline-du-Nord

Elle a dix-huit ans.

Cet été, elle est partie loin de chez elle pour encadrer un camp de vacances.

Maintenant, il est huit heures du soir. Elle est sortie se balader sur le petit port où les voiliers côtoient les embarcations des pêcheurs du coin. Le soleil orangé décline à l'horizon et enflamme le ciel. De loin, on dirait que les bateaux flottent sur de la lave en fusion.

Mais pour elle, c'est un soir de blues. Tout en se laissant bercer par le clapotis des flots contre la jetée, elle esquisse un bilan des quelques mois qui viennent de s'écouler.

Sa première année d'université a été un ratage. Pas tant d'un point de vue scolaire mais plutôt en ce qui concerne sa santé et sa vie amoureuse : elle s'est fourvoyée en sortant à deux reprises avec des types sans intérêt et elle n'a aucune véritable amie. Elle a lu beaucoup de livres, s'intéresse à l'actualité et à la réalité qui l'entoure mais c'est comme si une sorte de chaos régnait dans son esprit.

Au fil des mois, elle s'était repliée tout doucement sur elle-même, elle qui était pourtant si ouverte aux autres. Insensiblement, elle avait également réduit son alimentation, sautant petits déjeuners, goûters et mangeant de moins en moins au cours des repas principaux. Un moyen comme un autre de compenser ce désordre qu'elle sentait dans sa tête en créant une sorte de vide dans son corps. Mais à force de jouer avec le feu, elle avait fini par faire un malaise en plein amphithéâtre et l'université avait dû faire venir un médecin.

Ces derniers temps, elle va un peu mieux mais elle sait bien qu'elle n'est pas pour autant à l'abri d'une rechute.

Ça va faire bientôt trois ans qu'elle n'a plus eu de nouvelles de Nathan. Depuis qu'Eleanor Del Amico ne travaille plus pour ses parents, elle ne l'a plus revu. Au début, ils s'écrivaient de longues lettres puis l'absence a eu raison de leur attachement.

Pourtant, elle ne l'a jamais oublié. Il a toujours été présent, quelque part dans un petit coin de sa tête.

Ce soir, elle se demande ce qu'il est devenu. Habite-t-il toujours à New York ? A-t-il réussi à intégrer une université prestigieuse comme il en avait l'intention ? Aurait-il envie de la revoir ?

Elle marche toujours le long de la digue mais de plus en plus vite. Subitement, elle ressent le besoin urgent de lui parler. Là, ce soir, maintenant.

Elle se précipite sur un téléphone public, contacte les renseignements qui lui donnent le numéro qu'elle recherche.

Puis ce coup de fil à travers la nuit.

Pourvu que ce soit lui qui réponde.

— Allô ?

C'est lui.

Ils se parlent longtemps. Il lui avoue qu'il a essayé

de la joindre plusieurs fois l'été précédent. « Tes parents ne t'ont pas laissé mes messages ? » Elle sent que l'essentiel n'a pas changé et qu'ils se comprennent toujours comme s'ils s'étaient vus la veille.

Finalement, ils prévoient de se revoir à la fin du mois.

Elle raccroche. Sur le port, le soleil a complètement disparu.

Légère, elle prend la direction du camp. C'est une autre femme. Les battements de son cœur résonnent jusque dans sa tête.

Nathan… Nathan… Nathan…

28 août 1982
Seaside Heights, New Jersey
Deux heures du matin

Sur le bord de mer, les ampoules des guirlandes électriques clignotent encore, même si les stands de la fête foraine commencent à fermer. Des odeurs de friture se mêlent à celles des barbes à papa et des pommes d'amour. Près de la grande roue, les enceintes géantes diffusent *Up Where We Belong* de Joe Cocker pour la centième fois de la soirée.

Mallory arrête sa voiture sur le parking en plein air.

Elle est venue l'attendre. Nathan a trouvé un job pour l'été dans cette petite station balnéaire à une heure de Manhattan. Pour quelques dollars, il travaille dans l'un des nombreux comptoirs de crème glacée qui bordent le front de mer.

Depuis qu'ils se sont revus le week-end dernier, ils se téléphonent tous les soirs.

Normalement, ils n'ont prévu de se retrouver que dimanche prochain mais elle lui a fait la surprise de venir de Boston. Elle a pris l'une des voitures de son père, une puissante Aston Martin vert foncé qui lui a permis de faire le trajet en un peu moins de quatre heures.

Il arrive enfin, vêtu d'un bermuda et un tee-shirt taché à l'effigie du magasin qui l'emploie. Il est entouré par d'autres travailleurs saisonniers. Elle reconnaît des accents latinos et irlandais.

Comme il ne s'attend pas à la voir, il se demande, de loin, qui est cette héroïne de cinéma, appuyée contre son bolide, qui semble regarder dans sa direction.

Puis il la reconnaît.

Il court vers elle, arrive à sa hauteur, la prend dans ses bras et la soulève pour la faire tournoyer. Elle passe les bras autour de son cou en riant et l'attire à elle pour goûter à ses lèvres tandis que son cœur bondit dans sa poitrine.

Tel est l'amour à ses débuts.

20 septembre 1982

Nathan,

Juste quelques mots pour te dire que les moments passés avec toi à la fin de l'été étaient formidables.

Tu me manques.

J'ai repris mes cours ce matin mais je n'ai pas arrêté de penser à toi.

Plusieurs fois dans la journée, lorsque je me suis promenée sur le campus, j'ai imaginé que tu étais avec moi et que nous continuions à discuter. Certains des étudiants que j'ai croisés ont dû se demander qui était cette folle, le nez en l'air, qui parlait toute seule !

Je suis bien avec toi, j'aime ta capacité de voir en moi et de me comprendre sans que j'aie besoin de parler.

J'espère que toi aussi tu es heureux.

Je t'embrasse et je t'aime.

Mallory.

[Sur l'enveloppe, au stylo rouge, elle a écrit un mot pour apostropher le préposé au courrier : *Facteur, gentil facteur, essaye de faire ta distribution à l'heure pour que mon amoureux reçoive au plus vite mes mots d'amour !*]

27 septembre 1982

Mallory,

Je viens à peine de raccrocher mon téléphone et... tu me manques déjà.

Tous les moments passés avec toi m'ont donné envie d'en passer encore plein d'autres.

Je suis heureux avec toi. Heureux comme c'est pas permis.

Désormais, quand je pense à l'avenir, je ne dis plus « je ferai » mais « nous ferons ».

Et ça change tout.

Nathan.

[Sur l'enveloppe, il a collé le ticket de cinéma du dernier film qu'ils sont allés voir ensemble, *E.T. l'extraterrestre*. En fait, ils n'ont pas vu grand-chose puisqu'ils n'ont fait que s'embrasser pendant toute la séance.]

Un dimanche de décembre 1982
Dans sa chambre d'étudiante à Cambridge

Des enceintes de l'électrophone s'élèvent quelques notes du *Concerto* de Dvorak joué avec fougue par Jacqueline Du Pré sur son fameux violoncelle stradivarius.

Ils s'embrassent depuis une heure sur le lit.

Il lui a retiré son soutien-gorge et lui caresse la peau comme s'il s'agissait de quelque chose de précieux.

C'est la première fois qu'ils vont faire l'amour.

— Tu es sûre que tu veux le faire maintenant ?

— Oui, répond-elle sans hésiter.

Voilà ce qu'elle aime aussi chez lui : ce mélange de délicatesse et de prévenance qui en fait quelqu'un de différent.

Inconsciemment déjà, la certitude que si elle a des enfants un jour, ça ne pourra être qu'avec lui.

Le 3 janvier 1983

Nathan, mon amour,

Les vacances de Noël sont déjà terminées.

Pendant ces quelques jours, j'ai adoré partager mes nuits avec toi.

Mais ce soir, je suis triste.

Tu viens de repartir en voiture pour Manhattan.

Ce soir, je sens que ça va être dur d'attendre les prochaines vacances avant de te revoir.

Même si je sais que demain on s'appellera.

Ce qui me fait peur c'est que tout ça s'arrête.

Car ce que je vis avec toi est exceptionnel.

Je suis follement amoureuse de toi.

Mallory.

[Sur l'enveloppe, elle a laissé plusieurs traces

de rouge à lèvres suivies de ces mots : *Veuillez remettre cette lettre ainsi que tous ces baisers dans la boîte aux lettres de M. Nathan Del Amico. Et attention à vous si mes baisers ont été dérobés !*]

6 janvier 1983

Mallory, ma douce boussole,

Tu me manques mais ta présence flotte partout dans l'air tout près de moi.

Si tu savais comme j'ai hâte de te serrer à nouveau dans mes bras et de me réveiller à tes côtés.

Plein de baisers s'envolent déjà de ma chambre et ils prennent la direction de Cambridge.

Je t'adore.

Nathan.

[Dans l'enveloppe, il a glissé une photographie d'elle qu'il a prise lors des dernières vacances dans le parc du campus de Cambridge. Derrière, il a recopié une phrase de *Roméo et Juliette : Il y a plus de péril pour moi dans ton regard que dans vingt de leurs épées.*]

1984
Maison familiale à Boston

Coup de klaxon dans la rue.

Elle jette un œil par la fenêtre. Nathan l'attend devant le portail au volant de sa vieille Mustang.

Elle s'élance vers la porte mais son père se dresse pour lui barrer la route.

— Il est hors de question que tu continues à sortir avec ce garçon, Mallory.

— Et je peux savoir pourquoi, s'il te plaît ?

— Parce que c'est comme ça !

À son tour, sa mère essaye de la raisonner :

— Et puis, tu pourrais trouver tellement mieux, chérie.

— Mieux pour qui ? Pour moi ou pour vous ? Elle s'avance vers la sortie mais Jeffrey ne l'entend pas de cette oreille.

— Mallory, je te préviens, si tu passes cette porte…

— Si je passe cette porte… quoi ? Tu me ficheras dehors ? Tu me déshériteras ? De toute façon, j'en ai rien à faire de votre argent…

— C'est quand même cet argent qui te fait vivre et qui paye tes études. Et puis ça suffit, tu n'es qu'une gamine !

— Je te signale que j'ai vingt ans…

— Je te conseille de ne pas nous tenir tête !

— Et moi, je vais vous donner un autre conseil : ne me forcez pas à choisir entre lui et vous.

Elle laisse passer quelques secondes, laissant à sa repartie le temps de faire son effet, avant d'ajouter :

— Parce que si j'ai à choisir, ce sera lui. Considérant que la discussion est terminée, elle sort de la maison en claquant la porte.

Été 1987
Leurs premières vraies vacances à l'étranger
Un jardin à Florence, célèbre pour ses statues

Ils sont devant une grande fontaine entourée d'orangers, de figuiers et de cyprès.

Les jets d'eau scintillent dans le soleil et font naître de petits arcs-en-ciel.

Elle jette une pièce de monnaie dans l'eau et l'incite à en faire de même.

— Fais un vœu.

Il refuse.

— Je ne crois pas à ces trucs-là.

— Allez, Nat, fais un vœu.

Il secoue la tête mais elle insiste :

— Fais-le pour nous.

De bonne grâce, il prend une pièce de mille lires

dans sa poche, ferme les yeux et la jette dans la fontaine.

En ce qui la concerne, elle ne peut rien souhaiter de plus que ce qu'elle a maintenant.

Juste que ça dure.

For always. For ever.

Été 1990
Vacances en Espagne

Ils sont dans les jardins du labyrinthe d'Horta, à Barcelone.

C'est leur première vraie dispute.

La veille, il lui a dit qu'il serait obligé de rentrer deux jours plus tôt, à cause du travail.

Ils sont là, dans l'un des endroits les plus romantiques du monde, et elle lui en veut toujours.

Il cherche à lui prendre la main mais elle s'éloigne de lui et s'engage seule dans le dédale verdoyant du labyrinthe.

— Un jour tu risques de me perdre, dit-elle pour le provoquer.

— Je te retrouverai.

Elle le regarde d'un air de défi.

— Tu es bien sûr de toi.

— Je suis sûr de *nous*.

Automne 1993
Un dimanche matin dans leur appartement

Elle l'observe par le trou de la serrure de la salle de bains.

Il est sous la douche et, comme d'habitude, il transforme la pièce en sauna.

À tue-tête, il chante (faux) une chanson de U2.

Puis il ferme le robinet d'eau chaude, tire le rideau de la douche et pousse un cri de joie.

La vapeur s'est condensée sur le miroir, laissant apparaître une inscription.

TU VAS ÊTRE PAPA !

1993
Le même jour
Dix minutes plus tard

Ils sont tous les deux ensemble sous la douche et échangent quelques mots entre deux baisers.

— Et si c'est une fille ?

C'est elle qui a orienté la discussion sur le choix du prénom.

— Pourquoi pas Bonita, propose-t-il sans plaisanter.

— Bonita ?

— Bonita ou Bonnie. En tout cas quelque chose qui signifierait « bonté ». C'est le mot que je veux entendre chaque fois que je l'appelle.

Elle sourit, débouche un flacon et lui verse du gel douche sur le torse.

— D'accord, à une condition.

— Laquelle ?

— Je choisirai le prochain.

Il attrape un savon à la lavande et commence à lui frotter le dos.

— Le prochain ?

— Le prénom de notre deuxième enfant.

Elle l'attire à lui. Leurs corps recouverts de mousse glissent l'un contre l'autre.

1994

Enceinte de huit mois, elle est couchée sur son lit et feuillette un magazine.

Nathan a la tête collée contre son ventre et guette les mouvements du bébé.

Sur la platine laser, Pavarotti est en train de réussir un contre-ut retentissant sur un air de Verdi.

Depuis que Nathan a lu un livre vantant les bienfaits de la musique classique sur l'éveil des bébés, il ne se passe pas un soir sans qu'il programme un extrait d'opéra.

Mallory pense que cette musique est peut-être bonne pour le bébé mais pas pour elle.

Elle a mis le casque de son Walkman sur ses oreilles et écoute *About a Girl* de Nirvana.

1999

Dans un restaurant de West Village

Ils ont commandé une bouteille de champagne.

— Et si c'est un garçon…

— Ce sera un garçon, Nathan.

— Comment le sais-tu ?

— Je le sais parce que je suis une femme et parce que j'attends ce bébé depuis cinq ans.

— Si c'est un garçon, j'avais pensé à…

— Il n'y a pas de discussion possible, Nathan. Il s'appellera Sean.

— Sean ?

— Ça signifie « Don de Dieu » en irlandais.

Il grimace.

— Je ne vois pas ce que Dieu vient faire là-dedans.

— Au contraire, tu vois très bien.

Bien sûr qu'il voit très bien. Après l'accouchement

de Bonnie, les médecins leur ont assuré qu'elle n'aurait jamais d'autre enfant. Pourtant, elle ne les a jamais crus. Elle sait que Nathan n'aime pas cette référence à la religion mais, ce soir, il est tellement heureux qu'il accepterait n'importe quoi.

— Parfait, dit-il, en levant son verre, nous attendons un petit Sean.

Mallory ouvrit les yeux et le film des jours heureux s'interrompit brutalement comme si la bobine venait de casser net.

Son corps tout entier était parcouru par la chair de poule. Ce retour en arrière avait été douloureux. Comme chaque fois, le souvenir de ces périodes de bonheur intense la submergeait d'un trop-plein d'émotions qu'elle ne savait comment gérer.

Elle tira un nouveau Kleenex de sa poche en sentant que des larmes étaient en train de sourdre au coin de ses yeux.

Mon Dieu, on a vraiment tout gâché.

Bien sûr que Nathan lui manquait mais le fossé s'était tellement creusé entre eux qu'elle ne se sentait pas capable de faire un vrai pas vers lui.

Elle pouvait servir de la soupe aux SDF à l'abri de nuit, se battre contre les multinationales exploitant des enfants, manifester contre les producteurs d'organismes génétiquement modifiés : ça ne lui faisait pas peur.

Mais se trouver à nouveau devant Nathan était une autre paire de manches.

Elle se planta devant la fenêtre qui donnait sur la rue et regarda longuement le ciel. Les nuages s'étaient dispersés et un rayon de lune éclairait la table sur laquelle était posé le téléphone.

Elle se décida à décrocher l'appareil. Il fallait au moins qu'elle fasse un geste.

Il répondit très vite :

— Mallory ?

— C'est d'accord, Nathan : tu peux venir chercher Bonnie plus tôt.

— Merci, dit-il soulagé, j'essayerai d'être là en début d'après-midi. Bonne nuit.

— Encore une chose…

— Oui ?

Elle prit un ton de défi :

— Je me souviens de tout, Nat : de tous les moments que nous avons passés ensemble, de tous les détails, de la couleur du ciel et de l'odeur du sable lors de notre premier baiser, de tes paroles exactes lorsque je t'ai annoncé que j'étais enceinte, des nuits passées à s'embrasser jusqu'à en avoir mal aux lèvres… Je me souviens de tout et rien n'a plus compté que toi dans ma vie. Alors tu n'as pas le droit de parler comme tu l'as fait.

— Je…

Il allait dire quelque chose mais elle avait déjà raccroché.

Nathan alla à la fenêtre. La neige continuait à tomber sur Central Park. Une nuée de gros flocons tourbillonnaient devant les vitres et s'accumulaient sur le rebord des fenêtres.

Pendant un moment, il laissa son regard errer sans but tout en repensant à ce que venait de lui dire sa femme.

Puis, avec la manche de sa chemise, il essuya ses yeux embués par des larmes qui coulaient toutes seules.

19

Les sales cons sont largement représentés sur cette planète.

Pat CONROY

Houston Street
District de Soho
16 décembre – Six heures du matin

Garrett Goodrich descendait avec précaution les marches verglacées de l'escalier extérieur de son immeuble, un petit building en brique brune qui donnait directement sur la rue.

Une couche de neige d'environ dix centimètres recouvrait sa voiture qu'il avait laissée dehors la veille. Il sortit une raclette de sa poche et gratta le pare-brise. Comme il était en retard, il se contenta de nettoyer la vitre du côté conducteur. Il s'installa au volant, se frotta les mains pour se réchauffer, enfonça la clé de contact et…

— À l'aéroport, s'il vous plaît !

Il eut un sursaut puis se retourna d'un mouvement brusque pour voir Nathan assis sur le siège arrière, du côté passager.

— Merde, Del Amico. Ne me refaites plus jamais ce genre de frayeur ! Comment êtes-vous entré dans ma voiture ?

— Il ne fallait pas me laisser le double de vos clés, répondit l'avocat en agitant un petit trousseau sous le nez du médecin. J'ai oublié de le déposer dans la boîte aux lettres hier soir.

— Bon, qu'est-ce que vous foutez là ?

— Je vous expliquerai tout en route, nous prenons un avion pour la Californie.

Le médecin secoua la tête.

— Vous rêvez ! J'ai une journée chargée et je suis déjà en retard, alors vous…

— Je vais chercher ma fille à San Diego, expliqua Nathan.

— Content de l'apprendre, fit Garrett en haussant les épaules.

— Je n'ai pas l'intention de lui faire prendre le moindre risque, affirma l'avocat en élevant le ton.

— Désolé, mon vieux, mais je ne vois pas très bien en quoi je pourrais vous être utile.

Il mit tout de même le contact pour pouvoir allumer le chauffage.

Nathan se rapprocha de lui.

— Regardons la situation objectivement, Garrett. Je suis une sorte de « mort en sursis » tandis que vous, vous pétez la forme. Je suppose que vous n'avez pas eu de mauvais pressentiment concernant vos prochaines vingt-quatre heures ? Vous n'avez pas vu de lumière blanche en vous regardant dans le miroir ce matin ?

— Non, reconnut Goodrich excédé, mais je ne comprends toujours rien à votre raisonnement.

— J'avoue que vous avez réussi à me flanquer la frousse. Je ne peux plus mettre un pied dehors sans craindre qu'un taxi me renverse ou qu'un échafaudage me tombe dessus. Aussi, voilà ce que je pense : tant que je reste avec vous, il y a peu de chances qu'il m'arrive quelque chose.

— C'est complètement illusoire. Écoutez-moi…

— Non, le coupa violemment Nathan, c'est vous qui allez m'écouter : ma fille n'a rien à voir avec vos putains de pressentiments morbides. Je ne veux pas prendre le risque qu'il lui arrive le moindre pépin lorsqu'elle sera dans l'avion avec moi. Nous allons donc rester ensemble, vous et moi, le temps que je la ramène en sécurité ici.

— Vous voulez que je sois votre… *assurance vie* ! s'exclama Garrett.

— Exactement.

Le médecin secoua la tête.

— Vous êtes dingue. Les choses ne fonctionnent pas comme ça, Nathan.

— Il faut croire que si. Les règles ont changé, voilà tout.

— Inutile d'insister, dit fermement le médecin. Je ne vous accompagnerai nulle part, Nathan, vous m'avez bien compris ? Nulle part.

Quelques heures plus tard

Nathan jeta un coup d'œil à sa montre.

Le vol 211 de United Airlines n'allait pas tarder à atterrir sur San Diego. Comme ils n'avaient pas trouvé de vol direct, ils avaient dû faire d'abord un crochet par Washington, ce qui avait un peu rallongé le voyage.

L'avocat regarda Goodrich, assis à côté de lui. Le médecin terminait sans hâte le plateau-repas que lui avait servi l'hôtesse une demi-heure auparavant.

Nathan ne savait plus trop quoi penser à propos

de Garrett. Une chose était certaine : les emmerdes avaient débuté lorsqu'il avait fait irruption dans sa vie. D'un autre côté, il ne pouvait pas s'empêcher d'éprouver à son égard un sentiment bizarre d'admiration et de compassion. Car si ce que prétendait Goodrich était vrai (et Nathan avait maintenant la certitude que Garrett était bien un Messager), sa propre existence ne devait pas être une sinécure : comment réussir à mener une vie normale avec un tel don ? Voir en permanence des morts en sursis déambuler autour de soi devait être un fardeau très lourd à porter.

Bien sûr, il aurait préféré ne jamais le rencontrer – ou alors dans d'autres circonstances – mais il appréciait cet homme : c'était quelqu'un de sensible et de rassurant. Un homme blessé qui avait aimé passionnément sa femme et qui se dévouait à présent corps et âme pour ses patients.

Il n'avait pas été facile de le convaincre de faire ce voyage en Californie. Le chirurgien avait une opération importante prévue dans la journée, sans compter qu'il ne pouvait pas s'absenter du centre de soins palliatifs sans prendre quelques dispositions.

Après avoir essayé en vain toutes les menaces de la terre, Nathan avait dû se résoudre à abandonner ce registre. Il avait alors laissé voir à Garrett ce qu'il était vraiment : un homme qui allait peut-être rencontrer sa fille pour la dernière fois ; un homme encore profondément épris de sa femme et qui voulait tenter avec elle un ultime rapprochement ; un homme avec la mort aux trousses qui implorait son aide.

Touché par cet appel de détresse, Garrett avait consenti à reporter la date de ses opérations pour accompagner Nathan à San Diego. De plus, il se sentait en partie responsable des bouleversements qui venaient d'affecter la vie de l'avocat.

— Vous ne mangez pas votre toast aux œufs de saumon ? demanda Goodrich alors que l'hôtesse avait déjà entrepris de débarrasser les plateaux-repas.

— J'ai d'autres soucis en tête, répondit Nathan. Prenez-le si ça vous chante.

Garrett ne se le fit pas dire deux fois. Il attrapa le toast avec dextérité, une demi-seconde avant que l'hôtesse ne s'empare du plateau.

— Pourquoi êtes-vous si agité ? demanda-t-il la bouche pleine.

L'avocat soupira :

— Ça m'arrive chaque fois qu'on m'annonce que je vais mourir sous peu. Une mauvaise habitude que j'ai.

— Vous auriez dû goûter ce petit vin australien qu'on nous a servi tout à l'heure. Ça vous aurait mis du baume au cœur.

— Je trouve que vous buvez un peu trop, Garrett, si je peux me permettre.

Goodrich avait une autre interprétation :

— Je prends simplement soin de moi : vous n'ignorez pas que le vin possède des bienfaits cardiovasculaires.

— Tout ça, c'est de la blague, dit l'avocat en balayant l'argument d'un geste de la main. Un moyen comme un autre de vous déculpabiliser.

— Pas du tout ! s'insurgea Goodrich, c'est prouvé scientifiquement : les polyphénols présents dans la peau du raisin inhibent la production de lendothéline qui est à l'origine de la vasoconstriction…

Nathan l'interrompit tout en haussant les épaules :

— Ça va, ça va, si vous croyez m'impressionner avec votre glose médicale.

— Vous ne pouvez que vous incliner devant la science, dit néanmoins Goodrich avec jubilation.

L'avocat abattit alors sa dernière carte :

— En admettant que ce que vous dites soit exact, il me semble avoir lu quelque part que ces « bienfaits cardiovasculaires » n'étaient valables que pour le vin rouge.

— Euh… c'est vrai, fut obligé de reconnaître le médecin qui ne s'attendait pas à cet argument.

— Arrêtez-moi si je me trompe, Garrett, mais

il me semble que ce petit vin australien dont vous me vantez les bienfaits est un blanc, n'est-ce pas ?

— Vous êtes vraiment un sacré rabat-joie ! lâcha Goodrich un peu vexé.

Puis il ajouta :

— … mais vous devez être un sacré bon avocat.

Juste à ce moment, l'hôtesse annonça :

« Mesdames, messieurs, notre avion va bientôt commencer sa descente. Veuillez vous assurer que votre ceinture est attachée et que le dossier de votre fauteuil est relevé. »

Nathan se tourna vers son hublot. De là, il distinguait les montagnes et, plus loin, la côte californienne d'où émanait une aridité désertique.

Il allait bientôt revoir Mallory.

« Arrivée du vol United Airlines 435 en provenance de Washington. Les passagers sont invités à emprunter la porte n° 9. »

Comme ils n'avaient pas de bagages, ils ne traînèrent pas à l'aéroport. Nathan loua une voiture à une agence Avis et, contre toute attente, Goodrich insista pour prendre le volant.

Le climat contrastait vraiment avec celui de New York : l'air était doux, le ciel dégagé et la température flirtait avec les 20 °C. Ils n'attendirent donc pas longtemps pour abandonner écharpes et manteaux sur la banquette arrière.

La ville de San Diego s'étendait sur des kilomètres le long de deux péninsules. Nathan demanda au médecin d'éviter le centre-ville, la circulation y étant généralement très dense à l'heure du déjeuner. Il le guida jusqu'au littoral et lui fit prendre la direction du nord, en longeant les plages de sable entrecoupées de parois rocheuses et de petites baies.

La station balnéaire de La Jolla avait été bâtie sur une petite colline accessible par une côte sinueuse bordée d'élégantes maisons. Goodrich n'avait jamais mis les pieds à cet endroit, mais il pensa immédiatement à Monaco et à la *French Riviera* qu'il avait visitée il y a bien des années lors de son voyage en France. Hypnotisé par la vue spectaculaire sur l'océan, il se pencha plusieurs fois à la fenêtre. D'ici, on apercevait les immenses vagues que les surfeurs essayaient de dompter avant qu'elles ne s'écrasent contre les falaises.

— N'oubliez pas de regarder la route !

Le médecin ralentit pour pouvoir continuer à profiter de la vue et de l'air marin revigorant qui montait de l'océan. Il se laissa dépasser par une Ford Mustang repeinte en violet, suivie par deux Harley Davidson chevauchées par des sexagénaires à l'allure d'anciens hippies.

— La douceur de vie californienne, c'est quand même autre chose, lança Goodrich tandis qu'un écureuil traversait devant eux.

Avec ses restaurants et ses petites boutiques, La Jolla possédait en effet un charme bien particulier et offrait un cadre de vie très agréable. Les deux hommes laissèrent la voiture dans l'une des artères principales et parcoururent à pied le reste du trajet.

Nathan était pressé d'arriver. Malgré sa blessure, il avançait à un rythme soutenu, avec Garrett dans son sillage.

— Bon alors, vous vous magnez le train ? cria-t-il en se retournant.

Goodrich s'était arrêté pour acheter un journal et, comme d'habitude, il en avait profité pour faire un brin de causette avec le vendeur.

Toujours en train de s'intéresser à quelqu'un, même à un parfait inconnu ! Ce type est incroyable.

Garrett remonta à sa hauteur.

— Vous avez vu un peu les prix ? dit-il en désignant la vitrine d'un agent immobilier.

Le médecin avait raison : ces dernières années, les loyers avaient explosé dans ce coin du pays. Heureusement, Mallory n'avait pas eu à en subir les conséquences puisqu'elle vivait dans une maison achetée par sa grand-mère à l'époque où La Jolla n'était qu'un village de pêcheurs qui n'intéressait personne.

Ils arrivèrent au niveau d'une petite maison en bois.

— Nous y sommes, fit-il en se tournant vers le médecin.

Sur la porte, on avait placé une pancarte.

Maison interdite aux cyber-animaux.

C'était du Mallory tout craché.

Le cœur battant, Nathan toqua à la porte.

— Tiens, voilà ce bon vieux Del Amico.

Vince Tyler !

Il s'était attendu à tout, sauf à ce que ce soit Tyler qui lui ouvre la porte.

Grand, les cheveux blonds un peu longs, le bronzage parfait, il s'écarta pour les laisser entrer, en exhibant un sourire aux dents fraîchement détartrées.

Qu'est-ce qu'il fiche ici en plein milieu de la journée ? Où sont Bonnie et Mallory ?

Nathan essaya de cacher sa contrariété en présentant Garrett à Tyler.

— Ta fille ne va pas tarder à rentrer, lui dit Vince, elle est chez une copine.

— Mallory est avec elle ?

— Non, Lory est en haut. Elle se prépare.

Lory ? Jamais personne n'avait appelé sa femme Lory. Elle n'aimait ni les diminutifs ni les surnoms.

Nathan n'avait qu'une envie : voir sa femme. Il hésita cependant à monter directement dans sa chambre car il n'était pas du tout certain que Mallory apprécie. Mieux valait l'attendre ici.

Comme pour l'agacer davantage, Tyler précisa :

— Je l'emmène manger du homard au *Crab Catcher*.

Le *Crab Catcher* était un restaurant huppé de Prospect Street qui surplombait l'océan.

Notre restaurant, pensa Nathan, *là où je l'ai demandée en mariage, là où nous fêtions les anniversaires de Bonnie...*

À l'époque où il était étudiant, il avait économisé semaine après semaine pour pouvoir inviter Mallory dans un endroit pareil.

— Tu n'as pas été serveur là-bas, autrefois ? fit mine de se souvenir Tyler.

Nathan regarda le Californien dans les yeux, bien décidé à ne pas renier ses origines.

— C'est vrai, j'ai souvent passé mes étés à tondre des pelouses et à faire le serveur. Si ça peut te faire plaisir, je me souviens même d'avoir nettoyé ta voiture quand je bossais à la station de lavage.

Tyler fit semblant de ne pas avoir entendu la réplique. Assis dans le sofa, il avait pris ses aises et sirotait tranquillement un whisky. Avec sa chemise largement ouverte sous une veste bleu roi, il était la seule fausse note de la pièce. Il tenait dans les mains un prospectus publicitaire du restaurant et détaillait la carte des vins :

— … le bordeaux, le sauternes, le chianti : j'adore tous leurs vins français…

— Le chianti est un vin italien, fit remarquer Goodrich.

Bien envoyé, Garrett.

— Peu importe, fit Tyler en essayant de masquer sa vexation.

Il en profita pour changer de conversation :

— Sinon, comment vont les affaires à New York ? Tu connais la dernière sur tes collègues ?

Il entreprit de raconter une blague éculée sur les avocats.

— Alors, voilà : en revenant d'un congrès juridique, un bus plein d'avocats a un accident sur le terrain d'un fermier…

Nathan ne l'écoutait déjà plus. Il se demandait à quel stade en était la relation entre Mallory et Vince. Apparemment, la cour de cet abruti se faisait pressante. Jusqu'à présent, il n'avait pas dû tenter grand-chose à cause de l'hostilité affichée de

Bonnie. Mais qu'en serait-il après un repas intime au *Crab Catcher* ?

L'avocat avait beau retourner cent fois le problème dans sa tête, il ne comprenait pas l'attrait que pouvait exercer cet homme sur une femme aussi intelligente que Mallory.

Tous les deux le connaissaient depuis suffisamment longtemps pour savoir qu'il était arrogant et affabulateur. Du temps de leur amour, ils parlaient souvent de Tyler ensemble. À l'époque, c'était généralement pour se moquer de ses tentatives d'approche peu subtiles auprès de Mallory. Mais, même en ce temps-là, sa femme lui trouvait parfois des excuses, en évoquant sa bonne humeur communicative et sa gentillesse.

Cette prétendue bonté d'âme, Nathan ne l'avait jamais expérimentée mais il savait en revanche que Tyler pouvait faire illusion. C'était un manipulateur-né qui réussissait parfois à cacher sa suffisance derrière une bonhomie de façade.

Récemment, il s'était soi-disant découvert une conscience sociale en créant une institution destinée à fournir des fonds à des associations d'aide à l'enfance. Il avait appelé ça la *Tyler Foundation*.

Quelle modestie !

Nathan savait bien que derrière cette vague philanthropique se cachait surtout le désir d'obtenir des avantages fiscaux et de plaire à Mallory.

D'une pierre deux coups, comme on dit.

Il espérait seulement que sa femme n'était pas dupe.

Tyler terminait sa blague :

— … vous êtes sûr qu'ils étaient tous morts lorsque vous les avez enterrés ? demanda le policier. Et le fermier répondit : Certains prétendaient que non, mais vous savez bien que les avocats sont de sacrés menteurs !

Le Californien partit alors d'un grand éclat de rire.

— Reconnais qu'elle n'est pas mal du tout, n'est-ce pas, mon gars ?

— Je ne suis pas ton gars, riposta Nathan, bien décide à lui rentrer dedans.

— Toujours susceptible, Del Amico, pas vrai ? C'est ce que je disais hier soir à Lory lorsque…

— Ma femme s'appelle Mallory.

À peine avait-il terminé sa phrase que Nathan réalisa qu'il venait de mordre à l'hameçon.

— Ce n'est plus ta femme, mon petit gars, répliqua aussitôt Tyler.

Il eut un ricanement presque imperceptible qui n'échappa pas à l'avocat. Puis il s'approcha de lui et lui chuchota à l'oreille, comme pour mieux enfoncer le clou :

— Ce n'est plus ta femme et c'est presque la mienne.

À cet instant, Nathan comprit que pour ne pas perdre la face, il ne lui restait plus qu'à envoyer son poing dans la figure de Tyler. De toute sa vie, il ne s'était jamais laissé marcher dessus par des types comme ça. Il allait franchir le pas, même si c'était déraisonnable et politiquement incorrect, même si ça allait encore l'éloigner de sa femme. Bizarrement, il se rendit compte qu'il suffisait de pas grand-chose pour que le grand avocat de Park Avenue laisse la place au fils de la bonniche italienne, au *bad boy* qui, pour se défendre, n'hésitait pas à faire le coup de poing dans les rues du Queens lorsqu'il était jeune. On est si vite rattrapé par son passé, même lorsque l'on a employé sa vie entière à s'en éloigner.

La porte d'entrée s'ouvrit et Bonnie apparut, coupant net son élan.

— *Buenos días*[1], lança-t-elle joyeusement en entrant dans la pièce.

La Jolla était à moins de vingt kilomètres de la frontière mexicaine et Bonnie s'amusait souvent à baragouiner quelques mots d'espagnol entendus dans la rue ou à l'école.

Sa petite fille était arrivée et, soudain, ce fut

1. *Bonjour*, en espagnol.

comme si toute la rancœur et la colère accumulées contre Tyler s'étaient dissipées. Sa fille était là et rien d'autre ne comptait.

Bonnie se jeta dans ses bras. Il la souleva vers le plafond et la fit tournoyer.

Elle portait des habits colorés qui mettaient bien en valeur son beau bronzage ainsi qu'un bonnet péruvien dont les extrémités latérales lui retombaient sur les oreilles. Avec cet accoutrement, elle était vraiment amusante.

— Il ne te manque plus qu'un poncho et tu seras prête pour convoyer un troupeau de lamas à travers la cordillère des Andes, dit-il en la reposant sur le sol.

— J'pourrais en avoir un à Noël ? s'empressa-t-elle de demander.

— Un poncho ?

— Non, un lama.

— C'était une plaisanterie, chérie, dit la voix de Mallory.

Nathan se retourna. Mallory descendait les marches de l'escalier en traînant derrière elle le sac de voyage de Bonnie.

Elle lui dit furtivement bonjour. Il lui présenta Garrett comme un éminent chirurgien qui revenait d'un congrès à San Francisco et avec qui il était en relation d'affaires. Un peu étonnée, elle le salua néanmoins poliment.

— Nous sommes très en retard, fit-elle en jetant un coup d'œil ostensible à sa montre.

C'est ça ! Comme si tu ne te fichais pas complètement d'arriver à l'heure au restaurant !

Nathan décida néanmoins de ne pas la contredire. Cela ne servirait à rien et la dernière chose dont il avait envie était de se disputer avec elle devant Vince. Il se contenta de répondre sur le même ton :

— Nous ne sommes pas en avance non plus : notre avion s'envole dans une heure.

— Vous passez par Los Angeles ? demanda-t-elle en enclenchant l'alarme.

Nathan confirma.

Vince sortit le premier en agitant les clés de sa voiture et tout le monde lui emboîta le pas.

Dehors, le ciel commençait à s'assombrir. On sentait que l'orage était proche. Mallory referma la porte derrière elle, avant d'embrasser longuement sa fille.

— Bon voyage et n'oublie pas de m'appeler quand tu arriveras à New York !

Elle s'éloignait déjà, remontant la rue vers la Porsche métallisée de Vince, garée un peu plus haut.

— *¡Hasta luego*[1] ! lança Bonnie en agitant son bonnet péruvien.

Mallory se retourna pour lui faire un petit signe. Pas une fois elle ne chercha le regard de Nathan.

— *Bon appétit*, lui cria-t-il en français, en mettant dans sa voix toute l'amertume et toute la tristesse qu'il ressentait.

Elle ne répondit rien.

Nathan prit la main de Bonnie et ils descendirent le long du trottoir en suivant Garrett qui, d'autorité, s'était emparé du sac de voyage.

La Porsche avait démarré bruyamment et se dirigeait vers eux. Comme par provocation, Tyler en profita pour serrer l'avocat de près. Le genre de bêtises auxquelles jouent parfois les hommes pour mesurer leur force…

Assise sur le siège passager, Mallory s'était baissée pour prendre quelque chose dans son sac et elle ne se rendit pas compte de la manœuvre de Tyler. D'autant plus que celui-ci, immédiatement après, adressa un petit signe de la main à l'avocat.

Sale con, pensa Nathan en regardant s'éloigner la voiture.

---

1. *À la prochaine.*

Aéroport international de San Diego

« Mesdames, messieurs, nous allons procéder à l'embarquement du vol United Airlines 5214 en direction de Los Angeles, porte n° 25. Veuillez vous munir de votre carte d'embarquement et d'une pièce d'identité. »

À cet appel, une quarantaine de voyageurs se levèrent comme un seul homme des chaises de métal pour former une double queue devant le comptoir d'embarquement. Ils seraient les premiers à entrer dans l'avion.

Parmi eux, Bonnie écoutait de la musique sur son baladeur MP3 et dodelinait de la tête au rythme des accords de violon de Hillary Hann. Garrett était en train de grignoter sa cinquième barre de chocolat et Nathan, le regard perdu derrière les vitres, faisait semblant de s'intéresser au ballet des avions orchestré par les contrôleurs aériens.

Depuis quelques minutes, il était envahi par un pressentiment funeste : et s'il ne revoyait jamais Mallory ?

Leur histoire ne pouvait pas s'arrêter comme ça. Il *devait* revoir sa femme, au moins une dernière fois.

Sa rencontre avec Mallory était la meilleure chose qui lui soit jamais arrivée. Il était sans doute trop tard pour bénéficier d'une deuxième chance mais il avait au moins le droit de lui dire au revoir autrement qu'en entendant les sarcasmes de Vince Tyler derrière son dos.

Garrett venait de tendre sa carte d'embarquement à l'hôtesse. Nathan le tira par la manche.

— Je ne pars pas, dit-il simplement.

— Vous voulez retourner là-bas ?

— Il faut que je la voie une dernière fois. Il faut qu'elle sache…

Goodrich l'interrompit :

— Faites ce que vous avez à faire, déclara-t-il d'un ton neutre.

— J'emmène Bonnie.

— Laissez-la-moi, elle ne craint rien avec moi.

Ils se décalèrent pour laisser passer les autres passagers qui commençaient à s'impatienter.

Nathan se baissa pour être au niveau de sa fille. Bonnie retira ses écouteurs et lui fit un sourire.

— Écoute, chérie, j'ai oublié de dire quelque chose à maman, alors je crois que toi et moi, on va prendre le vol suivant.

La petite fille leva les yeux vers Goodrich. Elle qui était plutôt craintive s'était tout de suite sentie en confiance avec le colosse. Elle hésita un peu puis proposa :

— Peut-être que j'peux rentrer avec Garrett ?

Nathan fut très surpris par sa réaction. Il lui passa la main dans les cheveux.

— Tu es sûre que tout ira bien, chérie ?

— *Muy bien*[1], répondit-elle en l'embrassant.

Nathan planta son regard dans celui de Goodrich. Il y avait peu de personnes sur terre à qui il aurait confié sa fille, fût-ce pour quelques heures, et le médecin était sans conteste l'une d'elles.

Oui, il avait confiance en Goodrich et, en dépit du pouvoir un peu morbide de ce dernier, Bonnie serait en sécurité en sa compagnie. De toute façon, le Messager n'était pas là pour elle mais pour… lui.

— Elle ne craint rien avec moi, répéta Goodrich. N'oubliez pas : je suis une assurance vie.

Nathan ne put réprimer un sourire. Il sortit de sa poche le billet de Bonnie pour le confier au médecin.

— Je me débrouillerai pour avoir une place sur le vol suivant, lança-t-il en fendant la foule dans le sens inverse.

— Venez la chercher au Centre, lui cria Garrett. Ne vous en faites pas : je m'occupe de tout.

Nathan sortit en courant de la zone d'embarquement. Il déboula hors de l'aéroport, héla un taxi et lui demanda de foncer vers La Jolla.

---

1. *Très bien.*

20

Sans aucun doute, il y a ressemblance entre l'amitié et l'amour. Nous dirons même de l'amour qu'il est la folie de l'amitié.

SÉNÈQUE

La pluie tombait à torrents.

Il avait sonné à la porte mais Mallory n'était pas encore rentrée.

Depuis l'autre côté de la rue, il guettait les rares voitures qui empruntaient cette petite traverse pour gagner la route principale.

Bon sang, c'était un véritable déluge ! Et même pas un endroit pour s'abriter. Inutile en effet de songer à se protéger sous l'une des vérandas des maisons alentour : les gens du coin avaient la réputation justifiée de prévenir la police au moindre individu suspect. Mieux valait donc ne pas se faire repérer, quitte à se retrouver trempé jusqu'aux os.

La douceur de vivre californienne, tu parles ! pensa-t-il en éternuant bruyamment.

Il se sentait stupide et misérable, soumis à l'emprise de la mort qui pesait constamment sur ses épaules.

Qu'est-ce que je fiche ici ?

Mallory ne reviendrait peut-être pas de la journée, ou alors elle serait accompagnée par Tyler. De toute façon, il savait que même seule, elle n'aurait à lui offrir qu'indifférence et détachement.

Merde ! Il était complètement trempé. Il grelottait. Jamais il n'avait eu autant l'impression d'avoir raté sa vie.

Au moment où la pluie redoublait d'intensité, le pare-chocs de la Porsche s'arrêta net devant la petite maison.

Nathan plissa les yeux. De l'endroit où il était, il ne distinguait pas grand-chose mais il eut l'impression que ni Mallory ni Tyler ne descendaient de voiture. On aurait dit qu'ils parlementaient. Peut-être même qu'ils… s'embrassaient ?

Il essaya de se rapprocher un peu, mais l'écran de pluie protégeait l'habitacle de la voiture des regards indiscrets. Au bout de deux ou trois minutes, Mallory sortit du véhicule, sembla hésiter un moment puis se dirigea en courant vers la maison.

La Porsche s'éloigna alors à pleine vitesse, éclaboussant tout sur son passage.

L'instant d'après, des lampes s'allumèrent successivement dans la maison, faisant apparaître la silhouette de Mallory derrière les rideaux de mousseline.

Il se sentait seul, vulnérable, ne sachant trop quoi faire. Lui qui se targuait d'être un homme d'action, il se trouvait à présent complètement paralysé. Cela avait-il le moindre sens de vouloir dire à cette femme qu'il l'aimait encore ?

Tout à coup, la porte s'ouvrit et il la vit s'avancer au milieu de la rue, comme happée par le rideau de pluie.

Qu'est-ce qu'il lui prend de ressortir sans parapluie ? se demanda-t-il.

Au même moment, le ciel fut déchiré d'éclairs et le tonnerre gronda.

Elle fit un tour sur elle-même, regardant de tous les côtés, puis cria :

— Nathan ?

Une senteur de cannelle s'élevait des bougies.

Il avait enlevé sa chemise et se séchait vigoureusement avec une serviette.

Le temps triste et pluvieux renforçait encore la

convivialité de l'appartement de Mallory. Des fleurs et des couleurs égayaient chaque recoin du salon. Il remarqua l'absence de sapin et de décorations de fête mais ça ne le surprit pas : Noël avait toujours provoqué chez sa femme un sentiment d'anxiété.

Il accrocha sur un cintre sa veste et son pantalon et les plaça au-dessus du radiateur. Il s'enroula ensuite dans une épaisse couverture avant de s'enfoncer dans l'amas de coussins multicolores recouvrant le canapé. Ce faisant, il dérangea un chat tigré en pleine sieste. Mécontent d'être importuné dans son abri douillet, l'animal émit un miaulement hostile.

Ce n'était ni un persan ni un siamois mais un gros matou de gouttière qui s'était perdu dans le coin et que Mallory avait adopté pour offrir une compagnie au lapin de Bonnie.

— Salut, toi, n'aie pas peur.

L'avocat l'attrapa prestement pour le placer à côté de lui. Après quelques caresses à la base du crâne, le chat accepta de partager son territoire et manifesta son contentement par un ronronnement prolongé.

Nathan s'installa encore plus confortablement, se laissant bercer par le bruit régulier du chat, puis il se sentit si fatigué qu'il ferma les yeux à son tour.

Dehors, l'orage redoublait d'intensité et des éclairs en cascade transperçaient le ciel dans un grondement menaçant.

Mallory préparait du café dans la cuisine.

Elle avait allumé la radio qui diffusait en sourdine une vieille chanson de Van Morisson qu'elle aimait bien.

La porte donnait sur le salon. Elle se pencha de côté pour observer Nathan à la dérobée. Elle s'aperçut qu'il venait de fermer les yeux et comme autrefois lorsqu'elle le regardait dormir, une grande bouffée de tendresse l'envahit.

Comment avait-elle senti sa présence, tout à l'heure, sans même savoir qu'il n'avait pas pris son avion ? Elle ne se l'expliquerait jamais. C'était comme ça. D'un seul coup, une force mystérieuse l'avait poussée à sortir sous la pluie pour le retrouver. Elle avait eu la certitude qu'il serait là, à l'attendre, de l'autre côté de la rue. Ce n'était pas la première fois qu'un tel phénomène se produisait. Pas plus que son mari, elle n'avait de conviction religieuse profonde. Pourtant, il y avait entre eux une sorte de lien spirituel à la fois rassurant et mystérieux dont elle n'avait parlé à personne de peur de paraître ridicule et qui remontait à leur enfance.

À nouveau elle le regarda. Pourquoi était-il revenu ? Déjà ce matin, elle avait été intriguée par ce chirurgien qui l'accompagnait et il lui avait semblé confusément que quelque chose n'allait pas.

Est-ce que Nathan était malade ? Ces derniers jours, au téléphone, elle avait plusieurs fois senti comme de l'angoisse dans sa voix et tout à l'heure, sous la pluie, elle avait lu la peur dans son regard.

Elle connaissait bien l'homme étendu sur son canapé. Elle le connaissait comme elle ne connaîtrait jamais personne sur cette terre. Et, autant qu'elle s'en souvienne, rien n'avait jamais fait peur à Nathan Del Amico.

Hiver 1984
Aéroport de Genève

Dans le hall des arrivées, Mallory attend.

Ils se sont parlé pour la dernière fois trois jours auparavant et aujourd'hui elle s'apprête à passer toute seule son vingtième anniversaire, dans cette institution à six mille kilomètres de chez elle.

Elle lui a demandé de ne pas venir : le vol New York-Genève est hors de prix et elle sait bien qu'il n'a pas d'argent et qu'il en souffre. Bien sûr, elle aurait pu l'aider à payer le prix du billet mais il n'aurait jamais accepté. Elle est pourtant venue guetter l'arrivée de l'avion de Swissair. Juste pour le cas où…

Tremblante et fébrile, elle détaille les premiers voyageurs qui commencent à débarquer.

Quelques mois auparavant, alors qu'elle se croyait définitivement tirée d'affaire, elle avait rechuté. Et ses récentes retrouvailles avec Nathan ne lui avaient été d'aucun secours. Son amour naissant s'était heurté à trop de choses : l'hostilité de ses parents, les barrières sociales, l'éloignement géographique… Si bien qu'elle s'était à nouveau laissée maigrir jusqu'à ne plus peser que quarante kilos.

Au début, elle avait réussi sans trop de peine à masquer sa perte de poids à ses parents et à Nathan. Lorsqu'elle revenait à la maison pour les vacances, elle se débrouillait pour donner l'impression d'être en pleine forme. Mais sa mère n'avait pas tardé à se rendre compte de son changement. Ses parents avaient alors agi selon leur habitude : en évitant les demi-mesures pour préférer une solution radicale et sans bavure qui, croyaient-ils, ferait disparaître le problème.

C'est comme ça qu'elle a atterri dans cette clinique suisse, un établissement très coûteux, spécialisé dans les pathologies psychologiques des adolescents. Ça fait donc exactement trois mois qu'elle est dans cette foutue maison de repos. Elle s'en plaint mais, objectivement, il faut reconnaître que le traitement a été efficace puisqu'elle a recommencé à manger normalement et à retrouver une partie de son énergie.

Pourtant, chaque jour est un combat permanent, une lutte contre la force destructrice qui court à l'intérieur d'elle-même.

Tous les docteurs lui ont expliqué que son refus de s'alimenter exprime une souffrance qu'elle doit d'abord identifier si elle veut guérir.

Mais était-ce vraiment une souffrance ?

Oui, on pouvait sûrement voir les choses comme ça. Oh ! elle n'avait pas eu une enfance difficile ni subi de traumatisme évident. Non, c'était quelque chose de plus diffus, un sentiment qui l'avait habitée dès l'enfance et qui se faisait de plus en plus pressant à mesure qu'elle grandissait.

Ça pouvait survenir n'importe quand, n'importe où. Sur les grandes avenues par exemple, lorsqu'elle se promenait avec ses amies pour faire les magasins chic de la ville. Il lui suffisait de passer devant les sans-abri qui dormaient dans des cartons sous la neige. Chaque fois, c'était la même chose : personne ne semblait leur prêter attention. Personne ne les remarquait vraiment. Mais elle, Mallory, ne voyait plus que ça : ces visages brûlés par le froid qui s'imposaient à elle, alors qu'ils semblaient transparents aux yeux des autres. Comment s'étonner après ça qu'elle ait du mal à s'intéresser aux futilités de la vie ! Elle était bien consciente d'être une privilégiée et souffrait d'une sorte de culpabilité qui lui rendait intolérable cette proximité entre opulence et misère.

Le débarquement touche maintenant à sa fin. Les dernières personnes descendent de l'escalier roulant après être passées par le service des douanes.

Elle croise très fort les doigts.

Si elle a recommencé à manger, c'est en grande partie pour lui : sa relation avec Nathan constitue le point d'ancrage de sa vie, une bulle de bonheur qu'elle désire préserver à tout prix.

Alors qu'elle commence à se résigner, il apparaît soudain, en haut des marches. C'est bien lui, avec sa casquette des Yankees sur la tête et le pull torsadé bleu clair qu'elle lui a offert pour son anniversaire.

Comme il ne pense pas être attendu, il ne prend pas la peine de regarder autour de lui. Elle ne lui fait pas signe tout de suite, le laissant se diriger vers les tapis roulants qui restituent les bagages.

Puis elle ose crier pour l'appeler.

Il se retourne, marque une surprise bien réelle, pose son sac pour venir vers elle et l'embrasse avec fougue.

Elle se laisse aller dans ses bras, profitant pleinement de ce moment précieux. Elle enfouit douillettement la tête au creux de son épaule, le respirant comme un parfum enivrant. Réconfortée par son étreinte, pendant une minute entière, elle ferme les yeux et il lui semble retrouver un peu les bonnes odeurs d'une enfance où les tourments et la difficulté de vivre n'existaient pas.

— Je savais bien que tu étais capable de venir me chercher jusqu'au bout du monde, plaisante-t-elle, avant de lui donner un petit baiser.

Il la regarde dans les yeux et dit d'un ton solennel :

— J'irais même encore plus loin, plus loin que le bout du monde…

À cet instant précis, elle sait avec certitude qu'il est l'homme de sa vie.

Et qu'il en sera toujours ainsi.

— Je ne t'ai pas entendu venir, murmura Nathan en ouvrant les yeux.

Elle posa une tasse de café brûlant sur un tabouret en bois brut.

— J'ai mis ton pantalon au sèche-linge. Tu pourras bientôt te rhabiller.

— Merci.

Ils étaient empruntés, sans repères, comme deux anciens amants qui se seraient autrefois bien connus avant d'être séparés par les vicissitudes de la vie.

— C'est quoi ces bagages ? demanda-t-il en désignant deux sacs de voyage posés près de l'entrée.

— On m'a demandé de participer à une conférence préparatoire au Forum social de Porto Alegre. J'avais d'abord refusé à cause de Bonnie mais comme tu l'as prise plus tôt…

— Quoi ! tu pars au Brésil ?

— Juste trois ou quatre jours. Je serai rentrée pour Noël.

Mallory ouvrit l'un des sacs et attrapa quelque chose à l'intérieur.

— Tiens, enfile ça ou tu vas attraper la mort, fit-elle en lui tendant un tee-shirt repassé. C'est un vieux truc mais je crois qu'il te va encore.

Il déplia le tee-shirt et reconnut celui qu'il portait le fameux soir où ils avaient fait l'amour pour la première fois. C'était il y a longtemps.

— Je ne savais pas que tu l'avais gardé.

Pour ne pas laisser la gêne s'installer, elle s'empara d'un châle qui traînait sur le canapé et s'enveloppa dedans.

— Brr… c'est vrai qu'il ne fait pas chaud, frissonna-t-elle.

Elle s'éclipsa quelques secondes, avant de revenir avec une bouteille de tequila mexicaine dans les mains.

— Voilà l'un des moyens les plus agréables pour se réchauffer, continua-t-elle en lui servant un verre.

Pour la première fois depuis une éternité, il vit un sourire sur le visage de sa femme et ce sourire lui était adressé.

— *¡A tu salud*[1] comme dirait Bonnie.

— *¡A tu salud !* répondit Nathan.

Leurs verres s'entrechoquèrent puis, comme le veut la tradition, ils avalèrent l'alcool d'un trait.

Elle tira à elle un bout de sa couverture et s'assit à côté de lui sur le canapé. Elle posa la tête sur son épaule avant de fermer les yeux.

— Ça fait pas mal de temps qu'on ne s'est plus parlé tous les deux, pas vrai ?

La pluie continuait à tomber, fouettant les carreaux et laissant de longues traînées verticales sur les vitres.

— Dis-moi ce qui te tracasse.

— Rien, mentit Nathan.

Il avait décidé de ne pas lui parler des Messagers. Cette histoire était trop irrationnelle, à la limite du surnaturel. Mallory pourrait le prendre pour un fou et s'inquiéter qu'il ait laissé Bonnie entre les mains de Goodrich.

---

1. *À ta santé !*

Mais elle insista :

— Ça n'a pas l'air d'aller très fort. De quoi as-tu peur ?

Cette fois, il ne mentit pas.

— De te perdre.

Elle haussa les épaules d'un air désabusé.

— Je crois qu'on s'est déjà pas mal perdus.

— On peut perdre quelqu'un à différents niveaux.

Elle repoussa une mèche de cheveux de son visage.

— Que veux-tu dire ?

Au lieu de répondre à sa question, il lui demanda :

— Comment en est-on arrivés là, Mallory ?

— Tu le sais très bien.

Il laissa ses yeux errer dans le vide.

— Rien ne serait arrivé sans la mort de Sean.

Elle s'énerva :

— Laisse Sean où il est ! Tu n'étais plus celui que j'aimais, Nathan, c'est tout.

— L'amour ne s'en va pas comme ça.

— Je n'ai pas dit que je ne t'aimais plus. J'ai seulement constaté que tu n'étais plus celui que j'avais aimé au début.

— Tu me connais depuis que j'ai huit ans ! Heureusement que j'ai changé. Tout le monde change.

— Ne fais pas semblant de ne pas comprendre :

ta vie tout entière tournait autour de ton boulot. Tu ne faisais plus attention à moi.

— Il fallait bien que je travaille ! se défendit-il.

— Ton travail ne t'obligeait pas à humilier mon père avec ce procès ! Tu as fait passer ton orgueil avant ta femme.

— C'est Jeffrey qui l'avait cherché. N'oublie pas tout ce que ta famille a fait à ma mère.

— Mais *je* ne suis pas ma famille et tu n'as pas pensé à moi. Tu t'es tellement éloigné de moi, Nathan ; tu étais toujours insatisfait, à la recherche inlassable du bonheur parfait.

Il tenta de se justifier :

— C'était pour nous que je le voulais, ce bonheur. Pour toi, pour les enfants…

— Mais nous l'avions, ce bonheur, Nathan. Tu ne t'en rendais pas compte, mais nous l'avions ! Qu'est-ce qu'il t'aurait fallu de plus ? Encore davantage d'argent ? Mais pour quoi faire ? Acheter une troisième voiture puis une quatrième ? Jouer à cette connerie de golf dans un club huppé ?

— Je voulais être digne de toi. Montrer que j'avais réussi.

Elle était maintenant très en colère.

— Ah ! nous y voilà ! Montrer que tu as réussi : *la* grande ambition de Nathan Del Amico !

— Tu ne peux pas comprendre. Dans le milieu où je suis né…

Elle ne le laissa pas continuer.

— Je sais très bien où tu es né et combien ça a été difficile pour toi, dit-elle en martelant chacun de ses mots, mais la vie n'est ni une compétition ni une guerre et tu n'as pas l'obligation de prouver ta réussite à tout bout de champ.

Elle se leva d'un bond du canapé.

— Mallory !

Il essaya de la retenir mais elle resta sourde à son appel. Elle avait trouvé refuge dans le coin opposé de la pièce. Là, comme pour chercher à se calmer, elle alluma plusieurs petites bougies qui flottaient dans une profonde coupe en verre transformée en photophore.

Nathan s'approcha d'elle et tenta de poser les mains sur ses épaules. Elle se dégagea sans ménagement.

— Regarde un peu ça, dit-elle en lui lançant un exemplaire du *New York Times* qui traînait sur la table du salon.

Même si elle habitait en Californie, Mallory continuait à être abonnée au quotidien new-yorkais qu'elle dévorait depuis qu'elle était étudiante.

Nathan attrapa le journal au vol et regarda les titres à la une.

Ohio : Armé d'un pistolet, un adolescent tue trois personnes dans son lycée.

Chili : L'éruption d'un volcan annonce une catastrophe humanitaire.

Afrique : Des centaines de milliers de réfugiés sur les routes dans la région des Grands Lacs.

Proche-Orient : Nouvelle tension après un attentat suicide.

Au bout de quelques secondes, elle demanda d'un ton très triste :

— Quel sens a cette vie si on ne peut pas la partager avec quelqu'un ?

Ses yeux s'embuèrent. Elle le fixait avec colère.

— Que pouvait-il y avoir de plus important pour toi que de partager ton amour avec nous ?

Comme il ne répondait pas, elle l'interpella à nouveau :

— Ça ne me rassurait pas de vivre avec quelqu'un sans faille. Tu aurais pu reconnaître tes faiblesses, au moins devant moi. Tu aurais pu me faire confiance…

Ces mots voulaient dire : tu m'as tellement déçue.

Il regarda Mallory les yeux brillants. Tout ce qu'elle venait de dire était vrai. Pourtant, il ne méritait pas d'endosser le mauvais rôle à lui tout seul.

— En tout cas, moi j'ai gardé mon alliance, dit-il en brandissant son annulaire. J'ai gardé mon alliance alors que toi, tu oses emmener ce pauvre minus manger dans *notre* restaurant !

Il agitait toujours sa bague de mariage sous les yeux de Mallory, un peu à la manière d'un avocat exhibant une pièce à conviction décisive devant les jurés.

Mais il n'était pas dans l'une de ses plaidoiries. Il était devant la femme qu'il aimait et celle-ci le regardait d'un air qui voulait dire : *Ne me sous-estime pas sur ce terrain-là, ne me fais pas cet affront*. Lentement, elle tira hors de son pull à col roulé une petite chaîne au bout de laquelle était suspendue une bague en or blanc.

— Moi aussi j'ai gardé mon alliance, Nathan Del Amico, mais ça ne prouve strictement rien.

Maintenant, des larmes étincelaient dans ses yeux. Elle essaya néanmoins de continuer ce qu'elle avait à dire.

— Et puisque tu veux parler de Vince, sache qu'il n'a rien à voir avec nous.

Puis elle ajouta dans un haussement d'épaules.

— D'ailleurs, si tu n'as pas encore compris que je manipule cette pauvre andouille, c'est que tu n'es pas très perspicace.

— Je perds souvent ma perspicacité lorsqu'il s'agit de toi.

— Je me sers de lui. Je n'en suis pas vraiment

fière mais je l'utilise. Ce type brasse une véritable fortune et si je peux faire quelque chose pour qu'il en consacre une partie à aider les plus démunis, je veux bien l'accompagner dans tous les restaurants du monde.

— C'est très cynique comme façon de faire, remarqua-t-il.

Elle eut un rire triste.

— « Cynisme et audace sont les deux piliers du business » : c'est vous qui m'avez appris ça, monsieur le grand avocat, vous avez oublié ?

Elle tira un paquet de Kleenex de sa poche et s'essuya les yeux. Il n'osa plus s'approcher d'elle de peur d'être repoussé. À la place, il parcourut la pièce en silence, ouvrit la fenêtre et respira un peu d'air frais. Les nuages lourds et noirs semblaient à présent filer vers le nord.

— Il ne pleut presque plus, remarqua-t-il pour faire retomber la pression.

— J'en ai rien à foutre de la pluie, rétorqua Mallory.

Il se tourna vers elle. Ses joues s'étaient creusées et sa peau était pâle, presque diaphane. Il avait envie de lui dire qu'elle avait toujours eu la première place dans sa vie et qu'elle la garderait à tout jamais. Mais tout ce qu'il trouva à dire fut :

— Je sais tout ça, Mallory.

— Tu sais quoi ?

— Tout ce que tu viens de me dire : que le bonheur ne se réduit pas au bien-être matériel. Que le bonheur c'est avant tout le partage : le partage des plaisirs et des emmerdes, le partage d'un même toit et d'une même famille… Je sais tout ça, maintenant.

Il écarta les bras en guise d'impuissance et lui fit un sourire penaud.

Elle le regarda avec indulgence. Quand il était comme ça, il lui faisait penser invariablement au petit garçon qu'il avait été et auquel elle ne pouvait résister.

Elle laissa ses reproches de côté pour le moment et alla se blottir contre son torse. Il ne fallait pas qu'elle soit trop injuste avec lui car elle savait qu'après la mort de Sean, le repli vers son travail avait été pour Nathan la seule échappatoire qu'il avait trouvée à sa souffrance.

Et elle ne pouvait pas le blâmer pour ça, même si elle regrettait qu'ils n'aient pas su rester soudés, eux qui avaient partagé le même drame.

Elle ferma les yeux. Il n'était pas encore parti mais elle savait déjà que, dans quelques minutes, elle ressentirait douloureusement son absence.

Pour les biologistes, une bonne partie du sentiment amoureux se réduit à une affaire de molécules et de substances chimiques qui se libèrent à l'intérieur du cerveau, suscitant le désir et l'attachement. Si tel est le cas, un phénomène de cette ampleur se produisait assurément chaque fois qu'elle était en contact avec lui.

Elle aurait voulu que cet instant se prolonge pendant au moins une éternité. Malgré ça, elle fit un effort inouï pour y mettre un terme. Ce n'était pas le moment. Elle était attirée par lui mais elle lui en voulait encore terriblement.

— Il faut que tu partes, sinon tu vas louper le dernier avion, dit-elle en se dégageant.

Il se trouvait maintenant sur le pas de la porte sans arriver à se décider à partir. Le moteur du taxi qu'il avait appelé tournait déjà depuis cinq minutes.

Comment lui expliquer que c'était peut-être leur dernier au revoir, leur dernier sourire, la dernière fois que leurs peaux se touchaient ?

— S'il m'arrivait quelque chose, je voudrais vraiment que tu…

— Ne dis pas n'importe quoi, le coupa-t-elle.

— Ce n'est pas n'importe quoi, Mallory, imagine que…

— Je te dis qu'on se reverra, Nat. Je te le promets.

Comme elle ne lui avait jamais menti, il aurait bien voulu la croire, même cette fois.

Elle posa un baiser au creux de sa propre main puis caressa doucement la joue de son mari.

Il allait s'engouffrer dans la voiture lorsqu'il ne put s'empêcher de se retourner pour lui adresser un dernier regard. Le dernier regard d'un homme qui craignait de perdre pour toujours celle qu'il adorait. Le dernier signe de reconnaissance d'une âme qui, sur cette terre, avait eu la chance de trouver sa moitié.

Tout en le regardant s'éloigner dans l'air purifié par la pluie, Mallory attrapa l'alliance qui pendait au bout de sa chaîne.

Elle serra l'anneau de toutes ses forces et récita mentalement, comme une incantation :

Notre amour est inexorable comme la mort.
Les grandes eaux ne sauraient l'éteindre,
Et les fleuves ne le submergeraient pas.

21

Si j'ai un enfant, c'est comme si je disais : je suis né, j'ai goûté à la vie et j'ai constaté qu'elle est si bonne qu'elle mérite d'être multipliée.

Milan KUNDERA

17 décembre

— *¿ Qué hora es*[1] ? demanda Bonnie en se frottant les yeux.

La petite fille venait de se lever.

— Devine ! répondit son père en la prenant dans ses bras.

Nathan était revenu de San Diego par le vol de six heures du matin. Il avait récupéré sa fille qui dormait sur le canapé du bureau de Goodrich.

1. *Quelle heure est-il ?*

« Elle s'est couchée très tard, lui avait précisé le médecin. Notre vol vers New York a eu du retard à cause des intempéries. »

Il avait pris Bonnie tout ensommeillée dans ses bras et ils étaient rentrés tous les deux vers le San Remo. Il l'avait finalement couchée à huit heures alors que le soleil du matin était déjà bien levé.

Elle fixait maintenant la pendule de la cuisine d'un air incrédule.

— Déjà trois heures de l'après-midi ?

— Eh oui ! bébé, tu as fait un gros sommeil.

— Je ne suis pas un bébé, se défendit-elle en bâillant.

— Oh que si ! dit-il en l'installant sur un haut tabouret devant un bol de chocolat fumant, tu es *mon* bébé.

— C'est la première fois de ma vie que je me lève si tard, rigola-t-elle en s'emparant d'un *bagel* aux graines de sésame.

Il la regarda avec tendresse. Être avec elle était un vrai réconfort. Hier, il lui avait trouvé bonne mine. Elle semblait joyeuse et épanouie, beaucoup moins angoissée que lors des dernières vacances. Le choc du divorce était en train de se dissiper. Elle avait fini par comprendre que la séparation de ses parents ne l'éloignerait ni de son père ni de sa mère. Tant mieux.

Mais à peine ce problème commençait-il à se régler qu'un autre, ô combien plus important, se profilait à l'horizon : on allait lui enlever son père.

Il s'inquiétait beaucoup pour elle. Serait-elle capable d'affronter cette épreuve, la plus difficile qu'elle aurait à subir depuis le début de sa petite vie ? Y avait-il une façon de préparer un enfant à la mort prochaine d'un de ses parents ?

Pour l'instant, il préféra chasser ses idées noires et profiter du bon temps.

— On pourrait aller chercher un sapin de Noël, lança-t-il, pensant que ça lui ferait plaisir.

— Oh ouais ! Avec beaucoup de décorations : des boules, des étoiles et des guirlandes qui clignotent dans le noir.

— Et puis on ira faire des courses et on se préparera un bon dîner.

— On pourra faire une salade de tagliatelles noires à l'encre de seiche ? supplia-t-elle.

C'était en effet son plat préféré depuis qu'elle l'avait goûté dans un restaurant de Tribeca où ils étaient allés avec Mallory lorsqu'elle était toute petite.

— Avec un super dessert. Tu veux qu'on se prépare un bon gros dessert ?

— Bien sûr, dit-elle en sautant de joie.

— Qu'est-ce qui te ferait plaisir ?

— Un *pumpkin pie*[1], répondit-elle sans hésiter.

— C'est un dessert pour Thanksgiving. Tu ne préfères pas une spécialité de Noël ?

Elle secoua la tête.

— Non, j'aime la tarte au potiron lorsqu'elle est bien juteuse, et avec beaucoup de mascarpone, précisa-t-elle en salivant à l'avance.

— Alors, dépêche-toi de terminer ton déjeuner.

— J'en veux plus, dit-elle en se levant de table pour venir se blottir dans ses bras.

Elle le serrait très fort, tout en frottant ses petits pieds nus l'un contre l'autre.

— Tu as froid, petit écureuil ?

— Oui, je suis toute froguirofiée.

Elle était vraiment adorable dans les efforts qu'elle faisait pour employer des mots compliqués.

— *Frigorifiée*, la corrigea-t-il en riant. Tu es une petite fille frigorifiée qui va se dépêcher d'aller s'habiller chaudement.

Trouver les fameuses tagliatelles noires ne fut pas chose aisée. Il leur fallut se déplacer jusque chez Dean et Delucca. À quelques jours de Noël, la luxueuse épicerie de Soho était bondée. Ils laissèrent les gens jouer des coudes pour faire leurs

1. Tarte sucrée au potiron.

achats dans un temps record. Qu'importe, ils avaient tout leur temps.

Sur Broadway, Bonnie compara pendant un bon quart d'heure les différents sapins proposés par un vendeur en plein air. Quand elle eut fait son choix, Nathan chargea le petit arbre dans le coffre du 4×4 avant de s'arrêter dans un commerce de la 3e Avenue où, selon lui, on trouvait les plus beaux fruits et légumes de toute la ville.

Là, ils achetèrent un beau potiron et une soupe de poisson en bocal venue de France qui portait le drôle de nom de « soupe à la sétoise ».

À la fin de l'après-midi, ils étaient de retour chez eux, prêts à se lancer dans une délicate préparation culinaire.

À peine débarrassée de son duffle-coat, Bonnie étala avec empressement les ingrédients sur le plan de travail de la cuisine : pâte brisée, potiron, oranges, sucre vanillé, liqueur d'amande amère, mascarpone…

— Tu viens m'aider ? lui demanda-t-elle dans un sourire.

— J'arrive.

Il regarda sa fille et il sentit son cœur se serrer. Il aurait aimé lui dire de ne pas craindre l'avenir, que même mort il serait toujours là pour veiller sur elle et la protéger.

Mais qu'en savait-il ? Ce n'était sûrement pas ainsi que les choses se passaient. Il était à peu près certain qu'il ne se transformerait pas en ange gardien dont la mission serait de la préserver des mauvais pas.

La vérité, c'était qu'il avait peur. Il avait peur de laisser sa petite fille affronter sans son aide la laideur et le cynisme du monde extérieur.

Il s'approcha de la table. Vêtue d'un tablier trois fois trop grand pour elle, Bonnie avait déjà ouvert le livre de recettes à la bonne page et attendait patiemment ses instructions.

— Au boulot !

Nathan étala la pâte au rouleau et en fonça le moule. Il couvrit ensuite le tout d'un cercle de papier sulfurisé qu'il remplit de haricots secs avant de l'enfourner. Pendant ce temps, Bonnie avait retiré les fibres et les graines du potiron. Il l'aida à en couper la chair en petits dés puis elle rajouta avec précaution quelques gouttes de liqueur avant de lui faire à nouveau un beau sourire plein de satisfaction. Nathan mit la préparation sur le feu puis profita de cette interruption pour lui poser une question.

— Tu te souviens lorsque Sean est mort ?

— Bien sûr, fit-elle en le regardant droit dans les yeux.

Même si elle luttait pour le camoufler, il remarqua

qu'un voile de tristesse envahissait le beau visage de sa fille. Il se força néanmoins à continuer.

— À l'époque tu étais toute petite.

— J'avais quatre ans, précisa-t-elle comme si cette période remontait à deux ou trois décennies.

— Pour t'expliquer, maman et moi t'avons dit des choses comme « Sean est au ciel ».

Elle hocha la tête pour montrer qu'elle se le rappelait.

— Au début, tu posais beaucoup de questions à propos de ça. Plusieurs fois, tu m'as demandé s'il faisait froid au ciel. Tu voulais aussi savoir comment ton petit frère allait faire pour se nourrir et si tu pourrais un jour lui rendre visite là-haut.

— Je m'en souviens, dit simplement Bonnie.

— Eh bien, je ne sais pas si nous avions choisi la meilleure façon de bien t'expliquer ce qu'était la mort…

— Pourquoi, on va pas au ciel lorsqu'on meurt ?

— À vrai dire, personne n'en sait rien, chérie.

Elle réfléchit un moment pour convoquer toutes les connaissances qu'elle pouvait avoir sur le sujet.

— Mon amie Sara dit que lorsqu'on est mort, on va au paradis ou en enfer.

— Nous ne savons pas, répéta Nathan.

Mais il comprit que cette réponse ne la satisferait pas.

— Pourquoi on ne cherche pas dans l'encyclopédie ? demanda-t-elle vivement. Maman me dit toujours qu'il faut chercher dans l'encyclopédie lorsqu'on ne sait pas quelque chose.

— Même l'encyclopédie ne sait pas ça. C'est un mystère.

À ce moment, la sonnerie du four retentit.

Nathan sortit le fond de tarte cuit à blanc et en retira les haricots secs.

Contre toute attente, la petite fille ne lui proposa pas son aide.

— Allez, Bonnie, j'ai besoin de toi. Il faut préparer la garniture de la tarte. Montre-moi si tu sais toujours casser les œufs comme je te l'ai appris. Vite, vite !

Elle s'attela à la tâche, d'abord réticente, puis avec plus d'entrain. Elle mélangea les œufs avec le sucre. Elle se débrouillait bien et cinq minutes plus tard, son sourire était revenu.

— Regarde, c'est tout mousseux ! s'écria-t-elle.

— Oui, il faut rajouter le potiron, le jus d'orange et le mascarpone.

Ils se partagèrent les tâches. Il pressa une orange pour en recueillir le jus tandis qu'elle passait les morceaux de potiron au presse-purée.

À un moment, elle voulut goûter sa préparation et le coulis lui dessina de fines moustaches orangées.

Il alla chercher un appareil photo et ils se photographièrent tous les deux à tour de rôle. Puis, d'une main, il souleva l'appareil au-dessus de leur tête. Ils collèrent alors leurs deux joues l'une contre l'autre.

— Un, deux, trois, *cheese* !

Encore un beau souvenir.

Il la laissa répartir la garniture sur le fond de tarte puis il l'aida à l'enfourner.

Bonnie s'accroupit devant la vitre du four pour observer la tarte qui commençait à cuire. Elle était aussi captivée que si elle regardait le plus formidable des programmes télé.

— Mmm… Ça va être bon. Il faut attendre longtemps ?

— Une quarantaine de minutes, chérie.

Elle se mit debout, leva son petit nez vers lui et resta quelques secondes dans cette position comme si elle hésitait à lui faire part de quelque chose. Au bout de quelques instants, elle finit par se décider :

— Grand-mère n'aime pas que je lui pose des questions sur la mort. Elle dit que je suis trop petite et que ça porte malheur.

— Ce sont des bêtises, chérie. C'est seulement que les adultes ont peur de parler de la mort avec les enfants.

— Pourquoi ?

— Ils craignent de les effrayer alors que c'est

justement de ne pas en parler qui fait peur. On a toujours peur de ce qu'on ne connaît pas.

Elle demanda alors, avec naturel :

— Qu'est-ce qu'il faut savoir sur la mort ?

Il réfléchit un instant.

— D'abord, la mort est inévitable.

— Ça veut dire que l'on ne peut pas y échapper ?

— Oui, bébé, tout le monde meurt.

— Même Lara Croft ?

— Lara Croft n'existe pas. Tu le sais bien.

— Et Jésus ?

— Tu n'es pas Jésus.

— C'est vrai, admit-elle, en laissant l'ombre d'un sourire éclairer son visage.

— Ensuite, la mort est irréversible.

Elle essaya de répéter ce mot nouveau dont elle ne connaissait pas le sens.

— « Erriversible » ?

— *Irréversible*, chérie. C'est un mot compliqué pour dire qu'une fois qu'on est mort on ne peut pas vivre à nouveau.

— C'est dommage, dit-elle, franchement attristée.

— Oui, reconnut-il, c'est dommage. Mais ne te fais pas de soucis, tu ne vas pas mourir maintenant. Ni demain ni après-demain.

— Quand vais-je mourir alors ?

Nathan regrettait d'avoir commencé cette conversation. Bonnie le regardait avec de grands yeux comme s'il pouvait lui faire une révélation décisive sur son avenir.

— Seulement quand tu seras une très très très vieille personne.

— Avec des rides ?

— Oui, avec des rides, des cheveux blancs et du poil au menton.

Cette dernière évocation lui arracha un sourire qui ne dura pas.

— Et toi et maman ? Quand allez-vous mourir ?

— Ne t'inquiète pas : ce n'est pas pour aujourd'hui non plus. Mais, si je venais à mourir, il ne faudrait pas que tu aies trop de peine.

Elle le regarda bizarrement.

— Si tu mourais, je ne devrais pas être triste ? demanda-t-elle comme s'il lui avait dit une énorme absurdité.

— Si, bien sûr, tu pourras l'être, nuança-t-il, mais tu ne devras rien regretter et rien te reprocher. Compris ? Rien ne sera de ta faute, continua Nathan. Je suis très fier de toi et maman aussi. Tu ne devras pas regretter d'avoir passé trop peu de temps avec moi. Dis-toi bien qu'on aura fait beaucoup de choses ensemble et qu'il nous restera plein de beaux souvenirs.

— C'est ce que tu as ressenti lorsque ta maman est morte ?

Nathan fut troublé par la question. En guise de réponse, il dit simplement.

— Pas exactement, mais j'ai essayé. Tu ne dois pas avoir peur d'avouer tes sentiments à ceux que tu aimes.

— D'accord, répondit-elle sans trop comprendre ce qu'il voulait dire.

— Pour faire face à la mort de quelqu'un de précieux, tu dois te rapprocher de ceux qui t'aiment. Ce sont eux qui te soutiendront.

— Il faudra que je vienne vous voir, toi ou maman ?

— Oui, approuva Nathan. Tu pourras toujours venir nous voir, si tu as peur de quelque chose ou si quelque chose te tracasse. Même lorsque tu seras plus grande. Tu pourras toujours venir nous trouver, elle ou moi. Et si un jour je dois mourir, tu auras toujours maman. Tu as une maman formidable et elle saura toujours comment faire passer ton chagrin.

— Ce sera très dur quand même, dit-elle d'une voix tremblante.

— Oui, admit-il, ce sera dur. Parfois, tu te sentiras très seule et tu auras envie de pleurer et alors il faudra le faire parce que ça fait du bien.

— C'est que les bébés qui pleurent, objecta-t-elle tout en étant elle-même au bord des larmes.

— Non, tout le monde pleure. Je te le jure. Les gens qui n'arrivent plus à pleurer sont les êtres les plus malheureux de la terre. Chaque fois que tu voudras me sentir près de toi, tu pourras aller me parler dans un endroit où on aimait bien être ensemble tous les deux.

— Tu parles parfois à Sean ?

Il lui dit la vérité, presque soulagé de pouvoir le faire.

— Oui, je continue à parler à Sean et à ma maman. Sean continue de vivre dans mon cœur. Il sera toujours mon fils. Et ça devra être pareil pour toi : je serai toujours ton père et maman sera toujours ta mère. Même mort, ça ne change rien.

— Tu vas au cimetière lorsque tu veux leur parler ?

— Non, je n'aime pas les cimetières. Je vais dans le parc, le matin, très tôt, lorsqu'il n'y a presque personne. Je dis à tout le monde que je vais courir pour rester en forme, mais en réalité je vais courir pour être avec eux. Chacun doit trouver son endroit. C'est important de communiquer pour que la personne que l'on aime reste avec nous pendant toute notre existence.

— Tu penses à eux tous les jours ?

— Non, mentit Nathan, souvent, mais pas tous les jours.

Il sentit la chair de poule lui recouvrir les avant-bras. Puis, un peu pour lui-même, il ajouta, les yeux dans le vague :

— La vie est quelque chose de formidable. Quelque chose de si précieux.

Elle lui sauta au cou et ils trouvèrent du réconfort l'un contre l'autre. Au fond d'elle-même, elle s'interrogeait sur ses drôles de parents qui disaient toujours du bien l'un de l'autre. Elle ne pouvait s'empêcher de se demander pourquoi cette mère si formidable et ce père si attentionné n'étaient pas réunis tous les deux à Noël autour d'elle. Mais elle se doutait déjà que la vie des grandes personnes devait être quelque chose de très compliqué et qu'il ne fallait pas s'en mêler.

Le repas se déroula dans la bonne humeur. Pas une fois, ils n'abordèrent de sujets sombres ou pesants. Si la soupe et la salade de pâtes étaient assez réussies, Bonnie trouva leur tarte *deliciosa*, avec tout son sucre glace et son coulis de fruits rouges.

Dans la soirée, ils prirent le temps de décorer le sapin en écoutant le *Children's Corner* de Claude Debussy qui amusait beaucoup la petite fille.

Dehors, la neige tombait en silence.

— Pourquoi maman n'aime pas Noël ?

— Parce qu'elle trouve que le véritable esprit de cette fête a été dévoyé.

Elle le regarda d'un air bizarre.

— J'comprends rien à ce que tu dis.

Il fallait qu'il fasse attention : sa fille n'était pas une adulte. Il s'excusa puis tenta une explication plus claire.

— En fait, maman trouve qu'en cette période de l'année nous devrions penser davantage aux gens qui souffrent au lieu de vouloir toujours acheter tant de choses dont nous n'avons pas réellement besoin.

— C'est vrai, hein ? demanda Bonnie qui ne voyait pas comment il pourrait en être autrement puisque sa mère le pensait.

— Oui, c'est vrai, approuva-t-il. Nous sommes là, au chaud et en sécurité, tandis que d'autres personnes sont seules. Et c'est dur d'être seul quand on est triste.

— Mais en ce moment, maman est seule, remarqua la petite fille.

— Elle doit être avec Vince, observa Nathan sans en être convaincu.

— Je crois pas.

— C'est ton intuition féminine qui te fait dire ça ? demanda-t-il en lui adressant un clin d'œil.

— Exactement, répliqua Bonnie en fermant les deux yeux en même temps.

C'était ce qu'elle appelait son « double clin d'œil », le seul qu'elle était capable de réussir, en fait.

Il l'embrassa dans les cheveux.

Une fois la décoration du sapin terminée, ils regardèrent ensemble un morceau du DVD de *Shrek*, l'ogre vert aux oreilles d'entonnoir.

Ensuite, elle lui fit une longue démonstration des airs qu'elle savait jouer avec son violon puis elle lui chanta en espagnol une version vraiment réussie de *Besame mucho* qu'elle avait apprise à l'école.

Nathan fut un public très enthousiaste et réclama plusieurs bis.

Puis ce fut l'heure de se coucher.

Il la borda dans son lit et elle lui demanda de laisser la lumière du couloir allumée.

— Bonne nuit, petit écureuil, dit-il en partant. Je t'aime beaucoup.

— Moi aussi je t'aime beaucoup, répondit-elle, et c'est « erriversible ».

Il n'eut pas le cœur de corriger sa faute et lui fit un dernier baiser.

Au moment de sortir de la pièce, il se rappela ce jour d'avril 1995, dans une maternité de San Diego. La première fois où il avait soulevé sa petite fille qui venait de naître. Il était tellement ému et intimidé qu'il ne savait même pas comment s'y prendre. Tout ce qu'il avait vu alors, c'était un bébé minuscule au visage fripé qui, les yeux fermés, se livrait à toutes sortes de mimiques étranges, en agitant ses petites mains dans tous les sens.

À ce moment-là, il ignorait qu'elle tiendrait un jour autant de place dans sa vie. Que ce minuscule poupon deviendrait plus important que la prunelle de ses yeux.

Il se doutait bien qu'être père constituerait un changement radical dans son existence, mais il n'avait aucune idée de ce que cela signifierait, en termes d'amour et d'émotion.

Il ne savait pas encore qu'un enfant pourrait lui procurer autant de joie.

Ni que la perte d'un enfant pourrait un jour faire naître chez lui une aussi grande détresse.

Il ne se doutait de rien.

Puis ce petit ange tout fragile avait ouvert les yeux et l'avait regardé intensément, un peu comme s'il voulait lui faire comprendre qu'il avait besoin de lui. Il s'était alors senti bouleversé, débordant d'un amour sans limites.

Et sans doute n'y a-t-il pas de mots pour décrire un tel bonheur.

22

Chaque homme est seul et tous se fichent de tous
et nos douleurs sont une île déserte.

Albert COHEN

18 décembre

Bien qu'il n'en eût pas vraiment envie, il fallait que Nathan tienne la promesse qu'il avait faite à sa femme : accompagner Bonnie chez ses grands-parents pour deux longues journées.

Il s'était levé tôt et, malgré l'heure matinale, n'avait pas hésité à téléphoner à Jeffrey et Lisa Wexler pour les prévenir de son arrivée. Il savait que le terme de « grasse matinée » ne faisait pas partie de leur vocabulaire, même pendant les vacances.

Bonnie s'étant couchée tard, il attendit huit

heures du matin pour la tirer du lit, ce qui leur fit prendre la route un peu moins d'une heure et demie plus tard, après s'être tout de même arrêtés chez Starbucks pour avaler un bon chocolat chaud aux marshmallows.

Nathan avait décidé de prendre le 4 × 4. C'était plus sûr avec la neige. Tout comme sa mère, Bonnie adorait cette grosse voiture et ses gigantesques roues. Installée très haut au-dessus du sol, elle avait l'impression d'être aux commandes d'un vaisseau spatial qui survolait le monde à basse altitude.

Cela faisait maintenant près de trente ans que les Wexler passaient leurs vacances de Noël dans les montagnes Berkshires, à l'ouest du Massachusetts. Depuis New York, le voyage était un peu long mais la région était vraiment magnifique avec ses collines vallonnées au creux desquelles nichaient de pittoresques villages typiques de la Nouvelle-Angleterre. Il prit la route n° 7, au niveau de Norwalk, passa Great Barrington puis se dirigea vers Stockbridge. Il conduisait prudemment : par endroits, la route était encore un peu glissante. Une fine couche de neige poudreuse recouvrait le paysage qui défilait devant leurs yeux.

Pour se distraire, Bonnie inséra un CD dans le lecteur : une improvisation au piano de Keith Jarrett sur le thème musical du *Magicien d'Oz*.

La petite fille commença à fredonner les paroles en s'appliquant :

Somewhere, over the rainbow...

Tout en chantant, elle lui fit son fameux « double clin d'œil » et il la trouva adorable avec sa casquette de base-ball trop grande qu'elle avait enfilée pour se protéger de la réverbération du soleil. En la regardant à la dérobée, il ne put s'empêcher de trouver miraculeux d'avoir une enfant si facile à vivre.

Au fond de lui, il se sentait fier d'avoir été capable de bien l'élever. Avec Mallory, ils avaient essayé de se montrer fermes très tôt et de fixer quelques principes élémentaires : respecter les autres et savoir que l'on a des droits mais aussi des obligations.

Ils avaient aussi résisté à la tentation de trop gâter leur fille : pas de chaussures de sport à deux cents dollars ou de vêtements griffés hors de prix. Ils trouvaient cela un peu indécent, comme ils trouvaient dégradante l'attitude de ces parents qui se laissaient parfois insulter en s'émerveillant de la variété de vocabulaire de leurs enfants au lieu de les gronder !

Nathan se demandait parfois ce que ces gosses mal élevés allaient devenir. Sans doute de jeunes adultes individualistes et immatures qui, après avoir été couvés et traités comme des princes capricieux, allaient tomber de haut en découvrant les concessions et les frustrations que ne manque pas d'exiger la vie.

Il jeta un nouveau coup d'œil vers sa fille. Bercée par le jazz, elle dormait à poings fermés, la tête penchée vers la fenêtre inondée de soleil.

Il se projeta dans l'avenir.

Jusqu'à présent, faire son éducation n'avait pas été difficile, mais le plus dur restait à venir.

Car il arriverait sans doute un jour où elle demanderait à sortir le soir, à se mettre un « piercing » dans les narines ou ailleurs… Oui, il y a toujours un moment où les choses se gâtent, où la petite fille la plus gentille se transforme en une adolescente ingrate, persuadée que ses parents ne sont que de vieux cons incapables de la comprendre.

Mallory serait seule alors pour faire face à cette crise. Lui ne serait plus là pour lui apporter son soutien. Il ne connaîtrait pas l'angoisse de la première fois où Bonnie ne rentrerait pas le soir, ni le premier fiancé qu'elle amènerait à la maison, ni le premier voyage qu'elle voudrait faire entre copines à l'autre bout du pays… Pourtant, c'était un défi stimulant qu'il se serait senti capable de relever.

S'il n'avait pas été attendu ailleurs.

Sa bonne entente avec Bonnie le renvoyait parfois aux premiers temps de son enfance, lorsque existait une véritable complicité entre sa mère et lui, avant que ne s'installe cette sorte d'indifférence qu'il avait volontairement entretenue, s'imaginant que son unique chance d'ascension sociale résidait dans l'éloignement culturel d'avec ses origines familiales. Difficile pour le fils d'une femme de ménage de vouloir conquérir New York !

Ce n'est que récemment qu'il avait réalisé qu'il avait en définitive beaucoup plus reçu de sa mère qu'il ne se l'était imaginé. Elle lui avait transmis un mélange de courage et d'abnégation, une capacité à savoir faire face, quoi qu'il puisse arriver.

Mais il l'avait laissée mourir sans la remercier pour ça. Les dernières années qui avaient précédé sa mort, alors qu'il commençait à bien gagner sa vie, il aurait pu se rapprocher d'elle et savourer sa réussite en sa compagnie. Lui dire : « Tu vois, nous nous en sommes sortis, tu n'as pas fait ces sacrifices pour rien. Je suis heureux. » Au lieu de cela, il ne venait plus beaucoup la voir. Trop occupé par son propre combat, il se contentait de lui envoyer de l'argent tous les mois pour qu'elle puisse vivre sans travailler. Et lorsqu'il passait, c'était toujours en coup de vent. Il échangeait quelques mots convenus avant de repartir en laissant une liasse de dollars (chaque fois plus épaisse) pour se faire pardonner d'être un mauvais fils.

Aujourd'hui, il ressentait une grande culpabilité

en songeant à ces occasions manquées, mais ce n'était pas le seul souvenir qui le perturbait.

C'était une sorte de secret entre eux. Un épisode dont ils n'avaient jamais reparlé et dont il se souviendrait toute sa vie.

À l'époque, il venait d'avoir treize ans. C'était pendant l'été 1977, au début du mois d'août, lors des dernières vacances qu'il avait passées à Nantucket avec Mallory (l'été où il l'avait embrassée sur les lèvres pour la première fois… mais cela est une autre histoire).

Un an auparavant, à la suite de tests brillamment réussis, il avait été sélectionné pour intégrer la prestigieuse Wallace School de Manhattan.

Même si l'établissement offrait la moitié des frais de scolarité à une poignée d'élèves particulièrement méritants, il restait néanmoins l'autre part à la charge des familles. Pour Eleanor Del Amico, cela représentait beaucoup d'argent. Nathan était bien conscient qu'il demandait un gros sacrifice à sa mère, d'autant que l'école exigeait le versement à l'avance du premier trimestre. Mais il lui avait expliqué que c'était un investissement sur l'avenir : sa seule chance de ne pas finir manutentionnaire ou laveur de carreaux.

Cet été-là, Eleanor était sans le sou : pendant l'hiver, une bronchite persistante avait nécessité son hospitalisation pour quelques jours et occasionné des frais importants. Au début du mois, elle avait demandé une avance aux Wexler pour payer l'école de son fils. Mais Jeffrey, très à cheval sur ses principes puritains, avait catégoriquement refusé.

« Voilà bien leur sale mentalité, lui avait alors fait remarquer sa mère, tu as sauvé la vie de leur fille et ils refusent de faire le moindre geste envers toi. »

Elle n'avait pas tort, même si Nathan n'aimait pas qu'elle se serve de cet épisode – qui remontait maintenant à plusieurs années – pour essayer d'obtenir quelque chose de son patron.

C'est dans ce contexte qu'un bracelet en perles avait disparu du coffret à bijoux de Lisa Wexler.

Nathan n'avait jamais très bien compris pourquoi, mais les soupçons s'étaient rapidement portés sur sa mère et… sur lui. Jeffrey Wexler les avait interrogés tous les deux comme s'il ne doutait pas de leur culpabilité. Il les avait même *fouillés* en les faisant mettre debout, de dos, les mains contre le mur. À l'époque, Nathan n'avait pas encore étudié le droit et il ignorait que ces pratiques étaient interdites. Devant les dénégations de sa femme de ménage, Jeffrey avait fait vider sa chambre, ouvrant tous les tiroirs, renversant toutes les valises, comme pour une perquisition. Comme il ne trouvait toujours rien, il avait menacé d'appeler la police, croyant que cette menace effraierait Eleanor.

Mais celle-ci avait continué à nier avec force, tombant presque à genoux devant son patron : « Ce n'est pas moi, monsieur Wexler, je vous jure que je n'ai rien volé. »

Finalement, l'histoire s'était soldée par un licenciement. Contre l'avis de sa femme, Jeffrey avait renoncé à faire venir les flics, préférant renvoyer Eleanor sans aucune indemnité. En plein milieu de l'été, déshonorés et presque sans argent en poche, Nathan et sa mère étaient donc repartis vers la chaleur new-yorkaise.

Voilà quelle avait été la pire humiliation de sa vie : avoir croisé le regard de Mallory, alors qu'il était plaqué contre le mur comme un voleur. Il s'était senti rabaissé et avili à un point extrême. Cette honte l'avait accompagné jusqu'à aujourd'hui, gravée à jamais dans un coin de sa tête, mais elle avait été aussi un puissant moteur, comme s'il avait su, depuis ce jour-là, qu'il ne monterait jamais assez haut pour laver cet affront. Être passé du bon côté de la barrière ne lui avait pas suffi. Il lui avait fallu davantage : abattre Jeffrey avec ce foutu procès et lui faire payer son humiliation en l'obligeant à lui céder l'appartement du San Remo, un bien immobilier de plusieurs millions de dollars.

Par cet affrontement, il était bien conscient d'avoir fait du mal à Mallory. Mais même la perspective de meurtrir celle qu'il aimait ne l'avait pas arrêté. On est parfois prêt à tout lorsqu'on veut obtenir quelque chose.

Pourtant, le plus douloureux, c'est qu'il avait fini par croire Wexler plutôt que sa mère. Il n'avait jamais reparlé du bracelet avec elle, mais après avoir retourné le problème dans tous les sens, il en était venu à croire que sa mère l'avait bien volé. Et qu'elle l'avait volé pour lui. En octobre 1977, le trimestre de son école avait été providentiellement réglé à la dernière minute, ce qui lui avait permis de continuer sa scolarité. À l'époque, il n'avait pas cherché à savoir comment un tel miracle avait pu se produire. Mais, les jours de cafard, résonnait parfois cette terrible vérité : sa mère était devenue une voleuse ; et c'était à cause de lui.

Bonnie venait d'ouvrir un œil. Ils n'étaient plus qu'à quelques centaines de mètres de leur destination.

Située au centre des Berkshires Mountains, Stockbridge était une charmante petite cité fondée par les Indiens mohicans avant que les missionnaires ne viennent troubler leur tranquillité en se mettant en tête de les christianiser. Les Wexler possédaient une sorte de ranch juste à la sortie de la ville. Il s'agissait en réalité d'une élégante maison de campagne avec quelques chevaux et un beau poney qui faisait la joie de sa fille.

Nathan klaxonna devant le portail équipé d'une caméra de surveillance. Quelques secondes plus tard, les deux battants s'ouvraient pour laisser passer le 4×4 sur un chemin caillouteux. Il se gara près du petit bungalow occupé par le couple de gardiens. La dernière fois qu'il était venu ici, il n'était même pas descendu de voiture.

Cette fois, ce serait différent.

Goodrich lui avait conseillé de se mettre en paix avant de mourir. Eh bien, il allait suivre ses conseils ! Jeffrey allait en avoir pour son argent. Nathan avait décidé de lui révéler ce qu'il n'avait jamais dit à personne. Quelque chose capable de ruiner sa réputation et de le faire rayer du barreau.

Lorsqu'il était étudiant, la profession d'avocat exerçait sur lui un attrait incroyable. Il l'avait envisagée comme une vocation, un moyen de défendre les plus faibles, ceux qui, comme lui, étaient issus de milieux défavorisés. Mais cette profession n'avait de sens que si on respectait scrupuleusement une certaine éthique. Ce que Nathan avait toujours fait… sauf une fois.

Il claqua la portière de la voiture. Le soleil était haut dans le ciel et le vent soulevait quelques petits nuages de poussière ocre.

De loin, il aperçut Jeffrey qui venait vers eux sans se presser.

Bonnie, qui se faisait toujours une fête de tout, se mit à courir à la rencontre de son grand-père en poussant des exclamations de joie.

Bientôt, Nathan ne fut plus qu'à quelques mètres de Wexler.

En plantant son regard dans celui de son beau-père, il se fit la même réflexion que chaque fois : Mallory ressemblait beaucoup à Jeffrey. Ils avaient les mêmes yeux bleus très clairs, le même visage élégant et racé.

Oui, Mallory ressemblait beaucoup à son père. Ce qui expliquait que, malgré toute sa rancœur, Nathan ne pourrait jamais le détester complètement.

À son arrivée, Nathan avait insisté pour avoir une conversation avec Jeffrey et, à présent, ils étaient seuls dans le bureau. Rien que tous les deux.

Moi et lui.

À l'aide de son briquet torche, Wexler enflamma le pied d'un des cigares courts et épais qu'il avait l'habitude de consommer à n'importe quelle heure de la journée. Il commença à aspirer la fumée par petites bouffées, tandis que Nathan regardait en connaisseur les étagères pleines de reliures en cuir de célèbres ouvrages juridiques.

Jeffrey avait aménagé son bureau comme une véritable petite bibliothèque. Des lampes vertes et dorées éclairaient des meubles patinés, en bois précieux, et l'immense table de travail était presque tout entière colonisée par des piles de dossiers, des boîtes de disquettes et deux ordinateurs portables branchés sur des bases de données. À quelques mois de sa retraite officielle, Jeffrey continuait incontestablement à être un homme actif.

Il avait eu un drôle d'itinéraire. Excellant très jeune dans la pratique du base-ball, il avait dû renoncer à son sport favori après une chute lors d'une randonnée en montagne. Cet accident assez grave – fracture du crâne – l'avait contraint à reporter son énergie sur les études. Premier de sa promotion à Harvard, il avait d'abord travaillé pour un juge, avant de rejoindre l'un des plus prestigieux cabinets d'avocats de Boston. Ces dernières années, voyant d'où venait le vent, il s'était démené pour monter sa propre affaire, spécialisée dans les actions en justice collective. Il avait ainsi défendu avec succès des ouvriers des chantiers navals ayant été exposés à l'amiante. Par la suite, il avait amassé une fortune en obtenant des industriels du tabac de substantiels dédommagements au nom des victimes de la cigarette. Depuis deux ans, il s'était lancé dans une nouvelle bataille en prenant part aux procès intentés aux opérateurs de téléphonie mobile par des victimes de tumeurs au cerveau qui les accusaient de leur avoir dissimulé les risques des radiations électromagnétiques.

Nathan devait lui reconnaître ça : Wexler pratiquait bien son métier. C'était l'un des derniers avocats à l'ancienne, l'un de ces nostalgiques d'un temps lointain où les hommes de loi agissaient davantage par conviction que pour le business. À une époque, ils avaient d'ailleurs entretenu une sorte de complicité, avant que cette histoire de bracelet ne vienne tout gâcher. Et même aujourd'hui, Nathan ne pouvait s'empêcher de nourrir une secrète admiration à l'égard de la carrière de son beau-père.

Jeffrey tira sur ses bretelles.

— Alors, qu'as-tu de spécial à me dire ? demanda-t-il entre deux volutes de fumée.

— Vous vous souvenez de *notre* procès… commença Nathan.

Jeffrey montra son agacement.

— Si tu te pointes ici pour remuer ces vieilles querelles…

Nathan ne le laissa pas aller plus loin. Il avait pris la décision de déverser tout ce qu'il avait sur le cœur.

— J'ai acheté ce juge, le coupa-t-il, j'ai acheté le juge Livingstone. Je lui ai fait parvenir un pot-de-vin par l'intermédiaire d'un de ses assistants pour qu'il rende son jugement en ma faveur.

Jeffrey ne cilla pas. C'était un homme dur qui, derrière une amabilité de façade, avait l'habitude de ne jamais montrer ses émotions.

Mais aujourd'hui, Nathan le trouvait moins impressionnant : il semblait fatigué, avec ses yeux attaqués par les cernes et les rides et la barbe moins nette.

— Je voulais me venger, Jeffrey, vous souffler l'appartement du San Remo à cause de ce que vous aviez fait à ma mère. Mais je n'ai trouvé que ce moyen et j'ai déshonoré la profession.

Wexler hocha la tête, sembla réfléchir intensément, puis il ouvrit la bouche mais aucun son n'en sortit.

À la place, il se posta près de la fenêtre, les yeux fixés sur les collines enneigées.

Tourne-toi, Jeffrey. Écoute-moi.

Dans son dos, Nathan continua sa litanie de reproches. Trop longtemps enfouis, les mots sortaient maintenant d'eux-mêmes, sans effort.

— Rappelez-vous, Jeffrey, lorsque j'avais huit ans et que vous m'emmeniez pêcher sur le lac en me racontant les procès que vous aviez gagnés. Je crois que c'est là que j'ai décidé d'être avocat à mon tour. Toutes ces études, je les ai faites pour moi, bien sûr, mais au départ, c'était aussi en grande partie pour gagner votre reconnaissance. J'imaginais naïvement que vous alliez m'accepter, que vous seriez fier de moi. Vous ne pouvez pas vous imaginer combien j'aurais voulu que vous m'acceptiez.

Combien j'aurais voulu avoir un père comme toi...

Il y eut un silence. Jeffrey se retourna pour affronter la colère de son ex-gendre.

— Vous auriez dû m'accepter ! martela Nathan. J'avais fait mes preuves. J'en avais bavé pour en arriver là. Je pensais que la compétence et le mérite étaient des valeurs que vous respectiez. Au lieu de ça, vous m'avez poussé à salir ma profession, à aller soudoyer un juge comme un voyou de bas étage…

— Je t'ai sauvé, l'interrompit enfin Jeffrey.

— Qu'est-ce que vous dites ?

— J'ai fait une partie de mes études avec le juge Livingstone. À l'époque du procès, il est venu me trouver pour m'avertir de ta tentative de corruption.

Nathan était abasourdi.

— Quoi ?

Le vieil avocat poussa un soupir et sembla fouiller dans sa mémoire.

— Livingstone est une véritable fripouille mais il a été assez prudent pour ne jamais se faire prendre. J'ai décidé de lui donner le double de ta somme pour qu'il ne te dénonce pas aux autorités judiciaires et qu'il rende un jugement en *ta* faveur.

— Mais pourquoi, Jeffrey, pourquoi ?

Ce dernier marqua une pause avant de répondre puis avoua avec une légère hésitation dans la voix :

— Pour Mallory, bien sûr, je ne voulais pas qu'elle soit entraînée avec toi dans ce scandale. Et puis aussi… pour toi. C'était quelque chose que je te devais.

Nathan fronça les sourcils. Son beau-père devina son interrogation. Les yeux dans le vague, il fit alors revivre le passé.

— Ce soir-là, ce fameux soir d'été 1977, j'avais beaucoup bu. Je traversais alors une passe difficile, aussi bien dans ma vie de couple que dans mon boulot. Je revenais de Boston où Lisa m'avait demandé de passer chez le bijoutier pour prendre un bracelet dont elle avait fait réparer le fermoir. Avant de rentrer, j'avais passé la fin de l'après-midi chez l'une de mes assistantes qui était aussi ma maîtresse. Bien entendu, je ne lui avais jamais rien promis, en ce temps-là et dans notre milieu, on ne divorçait pas pour épouser sa secrétaire, mais elle exerçait sur moi une sorte de chantage affectif dans l'espoir que je quitte ma femme. En partant, je me souviens m'être arrêté dans un bar d'hôtel pour prendre un whisky. Pourtant, ce n'est pas un verre que j'ai avalé mais quatre ou cinq. Je suppose que tu es au courant de mon problème avec la boisson…

Nathan ne comprit pas tout de suite.

— Comment ça ?

— Je buvais beaucoup pendant cette période, expliqua Jeffrey. Je souffre d'alcoolisme chronique.

Nathan s'attendait à tout sauf à une révélation de ce genre.

— Mais depuis quand ?

— J'ai réussi à m'arrêter au début des années 1980 mais j'ai rechuté plusieurs fois. J'ai tout essayé les cures, les associations… mais ce n'est pas facile d'aller à ces réunions, de reconnaître que vous êtes un drogué et de discuter de choses aussi intimes devant de parfaits inconnus.

— Je… je ne savais pas, bafouilla Nathan.

Ce fut au tour de Jeffrey d'être étonné.

— J'étais persuadé que Mallory te l'avait dit.

Pour la première fois, Nathan vit l'émotion faire briller les yeux de son beau-père. Malgré son humiliation, Jeffrey était fier que sa fille ait conservé le secret aussi longtemps, même auprès de l'homme qu'elle aimait.

En écoutant la confession de Wexler, Nathan crut avoir la réponse à beaucoup de questions qu'il s'était posées autrefois sur le mal de vivre de Mallory.

Jeffrey continua son récit :

— Lorsque je suis arrivé à Nantucket, je n'ai pas retrouvé le bijou. Beaucoup plus tard, ma secrétaire m'a avoué me l'avoir volé pour semer la zizanie dans mon couple. Mais, sur le moment, je ne savais pas du tout où il était passé. J'étais complètement paniqué et, le lendemain matin, lorsque ma femme m'a demandé ce que j'avais fait du bracelet, je n'ai rien trouvé de mieux que de prétendre l'avoir remis dans son coffre à bijoux. C'est ce qui nous a conduits à accuser ta mère. Je pense que ma femme a seulement fait semblant de croire à cette histoire, mais ça nous a permis de préserver les apparences.

Il marqua un très long silence avant d'ajouter d'une voix blanche :

— Je suis désolé, Nathan, j'ai été lâche.

Ça, tu peux le dire.

Pendant un moment, Nathan fut incapable de parler. Il était tout à la fois atterré et soulagé par cette confession. Non, sa mère n'était pas une voleuse mais elle avait été victime d'une grande injustice. Quant à Jeffrey, l'homme qu'il croyait vertueux et infaillible, c'était un menteur qui avait eu des maîtresses et qui était alcoolique. Il n'était qu'un humain parmi d'autres. Comme lui.

Il leva la tête vers son beau-père et s'aperçut bizarrement que le ressentiment qu'il éprouvait à son égard avait disparu. Il ne voulait même pas le juger. Ce n'était plus le moment. Il remarqua que ses traits s'étaient détendus comme s'il attendait depuis longtemps, lui aussi, de pouvoir faire ces confidences. Au fond, les deux hommes avaient vécu chacun de leur côté avec un lourd secret qui avait gâché bien des moments de leur existence.

Ce fut Jeffrey qui rompit en premier le silence :

— Je sais que ça ne m'excuse pas, commença-t-il, mais j'ai discrètement veillé à ce que ta mère retrouve une place et c'est moi qui, cette année-là, ai payé une partie de ta scolarité.

— Vous avez raison, répondit Nathan, les yeux rougis, ça ne vous excuse pas.

Jeffrey se dirigea ensuite vers son coffre, l'ouvrit et en ressortit quelque chose que, d'une main tremblante, il tendit à Nathan.

C'était un bracelet à quatre rangs de perles avec un fermoir en argent, serti de petits brillants.

23

Si on n'est pas prêt à tout, on n'est prêt à rien

Paul AUSTER

♫♫*A beautiful sight, we're happy tonight.*
Walking in a winter wonderland...♫♫

Nathan plaqua doucement les derniers accords du célèbre chant de Noël. Il referma le piano et regarda avec émotion sa fille qui s'était endormie sur le canapé en cuir du salon. Dehors, la nuit tombait. L'horizon qui, un moment plus tôt, était enflammé de rouge, de rose et d'orangé, se teintait maintenant de nuances plus sombres. Il ajouta une bûche dans la cheminée et raviva les braises qui avaient perdu de leur puissance. Dans la pièce d'à côté, il trouva une couverture brodée qu'il déplia avant de la poser sur les jambes de Bonnie.

Ils venaient de passer un après-midi tranquille dans ce coin préservé. Un après-midi tranquille et rien qu'à eux. Après le déjeuner, Lisa Wexler était sortie collecter des cadeaux de Noël pour une de ses bonnes œuvres, tandis que Jeffrey avait emprunté le 4 × 4 de son gendre pour se rendre à Pitsfield où il voulait acheter du matériel de pêche en prévision des beaux jours.

Nathan avait donc eu tout loisir de rester avec sa fille. À peine le repas terminé, Bonnie s'était précipitée à l'écurie pour voir son poney, un beau Connemara qu'elle avait baptisé Spirit. Nathan avait aidé sa fille à le préparer puis avait scellé pour lui-même un des chevaux de Wexler. Ils avaient passé le reste de l'après-midi à parcourir les petites collines boisées qui s'étendaient à l'infini autour de la propriété. Dans ce paysage digne d'une carte de vœux, il n'avait pas songé une seule fois à la mort. Il s'était laissé porter par la cadence des chevaux et le bruit rassurant des cascades et des rivières. Pendant quelques heures, plus rien n'avait existé. Rien que le sourire de Bonnie, la pureté de l'air et ce fin manteau neigeux qui recouvrait tout et donnait une nouvelle virginité au paysage.

Il était en train de se remémorer la douceur de ce moment lorsque la haute porte du salon s'ouvrit pour livrer passage à Lisa Wexler.

— Bonsoir, Nathan, dit-elle en pénétrant dans la pièce.

C'était encore une très belle femme, longiligne, toujours habillée avec classe et arborant en toutes circonstances ce maintien aristocratique qui ne s'acquiert qu'au bout de plusieurs générations.

— Bonsoir, Lisa, je ne vous ai pas entendue arriver.

— Le moteur de la voiture est très silencieux.

Au prix où vous avez payé la Bentley...

— Vous avez fait une bonne promenade ? demanda-t-elle avec un regard attendri pour Bonnie.

— Formidable.

Comme il se sentait d'humeur à la taquiner, il ne put s'empêcher d'ajouter :

— Et vous, comment vont « vos pauvres » ?

Elle lui jeta un bref coup d'œil dubitatif mais ne répondit pas. La provocation et la plaisanterie n'étaient pas des terrains sur lesquels Lisa Wexler aimait s'aventurer.

— Où est Jeffrey ? demanda-t-elle en baissant la lumière pour ne pas réveiller sa petite-fille.

— Il ne devrait plus tarder, il est allé à Pitsfield s'acheter un nouvel attirail de pêche.

Une ombre traversa alors le beau visage de Lisa.

— Vous voulez dire qu'il a emprunté votre voiture ?

— Oui. Il y a un problème ?

— Non… non, bredouilla-t-elle en essayant de masquer son trouble.

Elle déambula cependant un moment dans le salon puis s'assit sur le canapé, croisa les jambes et prit un livre posé sur une petite table. Dotée de cette autorité naturelle qui crée d'emblée une distance, elle avait le chic pour faire comprendre à son interlocuteur que la conversation était terminée. Après tout, Nathan préférait encore cela : les révélations de Jeffrey sur le bracelet volé pesaient encore lourd dans sa poitrine et il savait qu'il aurait suffi de peu pour qu'il laisse éclater sa colère contre Lisa.

Afin de ne pas rester sans rien faire, il consulta un des ouvrages luxueusement reliés exposés derrière les vitres de la bibliothèque. Il se serait volontiers servi un verre, mais il n'y avait pas une goutte d'alcool dans toute la maison.

De temps à autre, il jetait de brefs coups d'œil en direction de sa belle-mère. Lisa Wexler était soucieuse, c'était une évidence. En moins de cinq minutes, elle avait déjà regardé sa montre à plusieurs reprises.

Elle s'inquiète pour Jeffrey.

Nathan était obligé d'admettre que cette femme inaccessible et digne, pur produit de l'aristocratie bostonienne, l'avait toujours fasciné. Mais si Lisa le fascinait, c'était surtout parce que Mallory s'était entièrement construite par opposition au côté froid et rigide de sa mère. Nathan avait toujours su que sa femme adorait son père. Pendant longtemps, il n'avait pas réellement saisi la nature de ce qui liait ces deux êtres. Mais, depuis la confession de Jeffrey, le matin même, il avait compris : ce que Mallory aimait chez son père, c'était cette part de vulnérabilité que Nathan n'avait jamais soupçonnée. Mallory considérait son père comme une sorte de « frère d'armes », car ils menaient tous les deux un combat sans fin : Jeffrey contre son alcoolisme et Mallory contre ses dépressions chroniques. À côté d'eux, Lisa apparaissait comme le pôle fort et dominant de la famille.

Cela ne l'empêchait pourtant pas d'être dévorée d'inquiétude parce que son mari était parti à Pitsfield. Nathan avait beau réfléchir, il ne comprenait pas. Jeffrey n'était pas le genre d'homme à demander la permission à sa femme avant d'aller dépenser quelques milliers de dollars dans du matériel de pêche dernier cri.

Soudain, comme prévenue par un sixième sens, Lisa se leva d'un bond et sortit sur le perron. Là, avec Nathan dans son sillage, elle alluma toutes les lumières de la grande allée et enclencha l'ouverture automatique du portail.

Le ronronnement du 4 × 4 ne fut pas long à se

faire entendre. Dès que le véhicule s'engagea dans l'allée, Nathan remarqua que la conduite de Jeffrey était saccadée. Le 4 × 4 faisait de telles embardées qu'il empiéta sur la pelouse où il écrasa le système d'arrosage automatique ainsi qu'un petit massif de fleurs qui n'auraient pas la chance de fleurir au printemps prochain. Lorsque le Land Rover entra pleinement dans la lumière, Nathan nota que sa voiture était rayée à plusieurs endroits et qu'il manquait l'une des jantes à l'avant. Il comprit immédiatement que Jeffrey avait dû avoir un accident. Le moteur toussota et la voiture finit par s'immobiliser sur une bande de pelouse.

— Je le savais ! laissa échapper Lisa en se précipitant vers son mari.

Jeffrey s'extirpa avec le plus grand mal de la voiture et repoussa sa femme sans ménagement. La démarche du vieil avocat ne laissait aucun doute : il était ivre mort.

— J'ai envie d'pisser ! cria-t-il à la cantonade.

Nathan s'approcha de son beau-père pour prêter main-forte à Lisa. Le vieil avocat puait l'alcool à plein nez.

— Je vais vous aider Jeffrey, venez avec moi.

— Fous-moi la paix ! j'ai pas b'soin d'ton aide… Tout ce que je veux c'est pisser…

Wexler déboutonna alors son pantalon et se mit à

uriner sur la pelouse, près de l'escalier qui menait au perron.

Nathan en resta interloqué et fut envahi par un mélange de honte et de peine pour son beau-père.

— Ce n'est pas la première fois, Nathan… murmura Lisa en le serrant par le bras.

Nathan fut ému par cette petite familiarité, si inhabituelle chez elle, qui trahissait son besoin de réconfort.

— Que voulez-vous dire ?

— Jeffrey a déjà été contrôlé pour conduite en état d'ivresse il y a quelques mois. Malgré nos relations, il a écopé d'une forte amende et d'une suspension d'un an de son permis de conduire. Tous les véhicules immatriculés à son nom ont été saisis.

— Quoi, vous voulez dire qu'il conduisait sans permis ?

Lisa approuva en hochant la tête.

— Écoutez, c'est très grave, reprit Nathan. Il faut absolument qu'on s'assure qu'il n'a pas fait de dégâts.

À nouveau, il s'avança vers Jeffrey. Les yeux du vieil homme brillaient comme jamais.

— Vous avez eu un accident, n'est-ce pas, Jeffrey ?

— Non ! hurla-t-il au visage de son gendre.

— Je pense que si.

— Non ! répéta-t-il, je l'ai évité !

— Qui avez-vous évité, Jeffrey ?

Nathan saisit son beau-père par le col de son manteau.

— Qui avez-vous évité, Jeffrey ? répéta-t-il en le brusquant.

— Ce vélo… je l'ai… évité.

Nathan eut un mauvais pressentiment. Jeffrey voulut se débattre mais il ne réussit qu'à s'écrouler dans la neige. Nathan le releva et le soutint jusqu'à la maison. Jeffrey fut bien obligé de se montrer plus docile et se laissa guider par sa femme jusqu'à sa chambre. Des larmes de honte coulaient sur le visage de Lisa.

De retour dans le salon, Nathan attrapa son manteau et sortit en trombe de la pièce. Lisa le rattrapa sur le perron.

— Où allez-vous ?

— Occupez-vous de lui, Lisa, je vais prendre la voiture et voir si je trouve quelque chose.

— Ne parlez de ça à personne, Nathan. Je vous en supplie, ne dites à personne que vous l'avez vu dans cet état.

— Je pense tout de même que vous devriez prévenir la police ainsi qu'un médecin. On ne sait pas vraiment ce qui a pu se passer.

— Il est hors de question que je prévienne qui

que ce soit ! affirma Lisa avec force avant de refermer la porte.

En un instant, elle avait retrouvé sa dureté et son instinct de protection.

Nathan s'installa au volant du Land Rover et entreprit de faire demi-tour. Il allait accélérer lorsque Bonnie déboula devant lui.

— J'viens avec toi, papa ! clama-t-elle en ouvrant la portière.

— Non, chérie, rentre à la maison ! Va aider ta grand-mère. Ne la laisse pas seule.

— J'préfère venir avec toi.

Elle grimpa dans la voiture et claqua la portière.

— Qu'est-ce qui s'est passé, papa ? demanda-t-elle en frottant sa frimousse encore tout engourdie par le sommeil.

Elle n'a pas croisé son grand-père ivre mort. Tant mieux.

— On parlera de tout ça plus tard, bébé, pour le moment attache ta ceinture.

Nathan enclencha une vitesse et dévala la pente.

Il roulait en direction du centre-ville.

— Écoute-moi bien, chérie, prends mon téléphone portable dans la boîte à gants, compose le 911 et demande à parler au bureau du shérif.

Ravie de participer à une telle aventure, Bonnie exécuta sa mission avec diligence et application. Très fière, elle tendit le combiné à son père dès la deuxième sonnerie.

— Bureau du shérif de Stockbridge, veuillez vous identifier, demanda l'officier au bout du fil.

— Je m'appelle Nathan Del Amico, mais je réside actuellement chez mes beaux-parents, Jeffrey et Lisa Wexler. J'appelle pour savoir si on vous a signalé un accident de voiture quelque part dans le coin.

— Nous avons effectivement été prévenus d'un accident à l'intersection de la route de Lenox et de la 183e. Est-ce que vous avez été témoin de quelque chose, monsieur ?

— Je… je ne sais pas encore, je vous remercie, bonsoir.

Il raccrocha sans laisser au policier le temps d'ajouter quelque chose.

En moins de cinq minutes, il arriva à l'endroit indiqué, un petit croisement à la sortie de la ville. Trois voitures de police, les gyrophares en alerte, étaient déjà sur place. Un officier filtrait la circulation pour dégager le passage à une ambulance qui arrivait en sens inverse, toutes sirènes hurlantes. Lorsqu'il s'approcha de cette symphonie de signaux lumineux et sonores qui se détachaient dans l'obscurité, Nathan comprit qu'il venait de se produire quelque chose de grave. À cause de l'agitation, il ne saisit pas tout de suite l'ampleur des dégâts, car il n'y avait ni voiture accidentée ni victime visible.

— Qu'est-ce qui s'est passé, papa ? Qu'est-ce qui s'est passé ? demanda Bonnie, de plus en plus nerveuse.

— Je ne sais pas, chérie.

Il allait s'arrêter lorsqu'un policier lui fit signe de se ranger un peu plus loin sur le bas-côté. L'avocat s'exécuta puis, comme le veut le règlement, resta assis dans sa voiture, les mains sur le volant, en attendant que l'officier de police s'occupe de lui. D'où il se trouvait, il pouvait apercevoir les ambulanciers qui s'affairaient autour d'un petit corps inanimé qu'ils venaient de remonter du fossé. C'était un enfant, sans doute de l'âge de sa fille, vêtu de l'un de ces imperméables fluorescents utilisés pour être reconnaissable de nuit par les automobilistes.

Mon Dieu, pauvre gosse ! Jeffrey s'est mis dans un sale pétrin.

— Est-ce qu'il est mort ? demanda Bonnie qui s'était levée sur son siège.

— J'espère que non, chérie, il a peut-être seulement perdu connaissance. Assieds-toi, ne regarde pas ça.

Il la prit dans ses bras. Elle posa sa petite tête au creux de son épaule et il imprima comme un bercement pour la réconforter.

Bordel, pourquoi Jeffrey s'est-il enfui ? Il est avocat. Il sait bien qu'un délit de fuite avec un blessé signifie une inculpation d'acte criminel.

Nathan pencha la tête sur le côté. Il distinguait le policier qui avançait droit sur lui. Déjà, les portes de l'ambulance se refermaient, emportant l'enfant vers le service d'urgence d'un hôpital… ou la morgue ?

Seigneur, faites que ce gamin ne soit pas mort.

À nouveau, Nathan regarda en direction du fossé. Le vélo avait été pulvérisé par le choc. Un membre des secours remontait du petit ravin. Il tenait dans une main un sac à dos déchiré où était attaché un casque en graphite que l'enfant n'avait pas pris la peine d'enfiler. Nathan plissa les yeux. Dans l'autre main, l'homme tenait la jante en aluminium de son 4 × 4.

Si le gamin est mort, Jeffrey sera inculpé de meurtre.

Nathan sentit qu'en lui l'avocat reprenait le dessus.

Conduite sans permis, récidive de conduite en état d'ivresse, délit de fuite, non-assistance à personne en danger… Toutes les circonstances aggravantes sont réunies.

Il savait que dans un cas de ce genre les peines requises pouvaient atteindre vingt-cinq ans de prison. Il avait même eu connaissance d'une affaire où le juge avait accusé d'homicide volontaire un récidiviste et avait requis contre lui la prison à vie.

La prison ! La prison ! Cette réalité clignotait dans son esprit.

Le policier braqua sa torche vers le Land Rover. Il fit le tour du véhicule et, malgré l'obscurité, remarqua immédiatement les rayures et la jante manquante.

Jeffrey ne le supportera pas. Il ne survivra pas plus de quelques mois dans une cellule. Quant à Lisa, elle ne pourra jamais se résoudre à l'incarcération de son mari.

Et Mallory ! Nathan allait mourir, il le savait maintenant. Il ne serait plus là pour la soutenir et elle se retrouverait seule et désemparée. Son mari au cimetière, son père en prison, sa mère rongée par la honte.

Ce sera la fin, pensa-t-il, *la fin des Wexler.*

— Papa, c'est à toi cette bouteille ? fit Bonnie en agitant un flacon de whisky au trois quarts vide qu'elle venait de trouver sous le siège passager.

Il ne manquait plus que cela.

— Ne touche pas à ça, bébé.

Le flic fit un signe avec sa torche pour lui demander de baisser sa vitre.

L'avocat s'exécuta lentement.

L'air glacial de cette nuit hostile s'engouffra d'un seul coup dans l'habitacle de la voiture. Nathan pensa à Mallory. Les heures à venir allaient être difficiles. Il prit une profonde inspiration.

— C'est moi… c'est moi qui ai renversé cet enfant.

24

À l'égard de toutes les autres choses,
il est possible de se procurer la sécurité,
mais à cause de la mort, nous les hommes,
habitons une cité sans murailles.

ÉPICURE

Hôpital de Pitsfield (MA) – Service des urgences – 20 h 06

— Claire, on a besoin de vous !

Le docteur Claire Giuliani, jeune interne en médecine, avait pourtant terminé son service depuis quelques minutes lorsqu'elle fut rappelée par la responsable des infirmières. L'interne qui devait prendre sa suite n'était pas encore arrivé et un blessé grave allait leur être « livré » d'un instant à l'autre. En moins de dix secondes, Claire se débarrassa de son bonnet de laine et de son manteau pour attraper la blouse blanche qu'elle venait de ranger au fond de son casier en métal.

Elle devait retrouver très vite sa concentration. Ça ne faisait qu'un mois qu'elle avait la responsabilité complète de ses patients et elle était toujours habitée par la peur de ne pas être à la hauteur. À vrai dire, ce premier mois ne s'était pas très bien passé : le médecin qui supervisait son travail ne s'était pas gêné pour pointer ses insuffisances devant tout le monde. Claire en avait été très affectée. Ce n'était pas toujours facile de s'imposer quand on avait à peine vingt-quatre ans.

Le hurlement de la sirène de l'ambulance qui entra en trombe dans le parking lui glaça le sang. Ce soir, elle serait seule aux commandes et elle allait devoir faire face. Quelques secondes plus tard, les portes s'ouvrirent pour laisser passer la civière roulante autour de laquelle s'affairaient les secours. Claire prit sa respiration et plongea au milieu de l'action comme dans l'océan.

— Qu'est-ce qu'on a, Armando ? demanda-t-elle au premier ambulancier.

— Enfant de sept ans fauché par une voiture. Dans le coma depuis vingt minutes. Contusions et fractures multiples au bassin, aux côtes et au tibia.

Glasgow à 6, tension à 9, pouls à 110, saturation normale. Pas d'antécédents connus.

Claire se pencha vers l'enfant. Les ambulanciers l'avaient déjà intubé et lui avaient posé les voies veineuses pour éviter une chute de tension. Elle contrôla sa respiration en glissant son stéthoscope du côté gauche de la poitrine.

OK, pas d'hémothorax.

Elle palpa ensuite son abdomen.

Pas de rupture de la rate.

— Bon, on lui fait iono, NFS, coag.

Reste calme, Claire.

— Je veux aussi : scanner cérébral, radio du thorax, bassin, cervicales, épaules…

Tu oublies quelque chose, ma vieille. Tu oublies quelque chose...

— … et tibias. Allez, tout le monde s'active ! lança-t-elle. On soulève à mon signal : un, deux…

— … trois ! Trois hommes, j'te dis ! J'les ai mis K-O d'un seul coup de poing. Faut pas m'chercher, moi, tu comprends !

Nathan écoutait sans l'entendre son voisin de cellule, un ivrogne qui avait causé une bagarre dans un supermarché et qu'on avait bouclé avec lui dans la seule cellule libre du poste de police. Ça faisait presque un quart d'heure que la grille s'était refermée sur lui mais il n'arrivait toujours pas à se faire à l'idée qu'il allait passer la nuit en prison. En un instant, il avait perdu son statut d'avocat respectable pour endosser l'habit du salaud qui avait pris la fuite après avoir renversé un gosse. Il ne pouvait se défaire de la vision de l'enfant que Jeffrey avait percuté. Ce corps fragile et inanimé, perdu au milieu de cet imperméable fluorescent. Il avait demandé de ses nouvelles aux policiers mais personne n'avait voulu lui répondre. On ne parle pas aux salauds.

Il n'avait appris qu'une chose, c'est qu'il s'appelait Ben Greenfield.

Kevin, Candice, ce petit Ben…

Désormais, la mort était derrière chacun de ses pas. Elle le traquait à chaque coin de rue pour lui lancer d'innocentes victimes au visage en attendant que son tour arrive. Garrett avait raison : la mort était partout. Cette terrible réalité qu'il n'avait jamais osé regarder en face lui explosait maintenant au visage, bouleversant sa vision du monde.

Bon sang, qu'est-ce qu'il fait froid ici. Et ce con qui n'arrête pas de brailler…

Il croisa les bras et se frictionna au niveau des épaules. Il était exténué, brisé par la fatigue et l'abattement mais, en même temps, il aurait presque juré qu'il ne retrouverait plus jamais le sommeil.

Kevin, Candice, Ben… La vue de leurs corps blessés ou sans vie avait fait naître en lui un sentiment de panique et d'impuissance. Il se laissa tomber sur l'étroite banquette en bois et se prit la tête dans les mains. Le film des deux heures précédentes repassa dans son esprit.

Au moment où le flic lui avait demandé d'ouvrir la vitre, le temps s'était dilaté et les idées s'étaient bousculées en lui. Dans une sorte de fulgurance, il avait soudain pris conscience que lui, l'ancien fils de la femme de ménage, tenait entre ses mains le destin de cette famille prestigieuse. Lui, l'arriviste, le parvenu qui n'avait jamais été accepté au sein du cercle de famille, pouvait désormais les sauver tous. Et c'est ce qu'il allait faire. Car de l'honneur des Wexler dépendait l'avenir des deux personnes les plus importantes de sa vie. Et, désormais, plus rien ne comptait que l'amour de Mallory et de Bonnie.

Je ne peux pas perdre Mallory, avait-il pensé. *Si je la perds, je perds tout.*

On lui avait demandé de sortir de la voiture sans faire de gestes brusques. Puis on l'avait fouillé de la tête aux pieds et on lui avait passé les menottes. Il savait très bien que cette image resterait à jamais gravée dans la tête de Bonnie : elle avait vu des policiers embarquer son père menotté dans une voiture de patrouille pour l'emmener en prison.

En *prison*. Qu'avait-elle bien pu penser ? Au fond, que savait-elle vraiment du métier de son père ? Pas grand-chose. Il lui avait expliqué qu'il était un « avocat des entreprises » mais il avait bien conscience que cela ne voulait rien dire pour elle. En revanche, Bonnie savait pertinemment ce qu'était la police. Le rôle de la police était d'arrêter les criminels. Et la police venait d'arrêter son père.

Pour ne rien arranger, les flics avaient mis la main sur la bouteille de whisky déjà bien entamée par son beau-père. Dans le Massachusetts, il était interdit de transporter dans un véhicule une bouteille d'alcool ayant été ouverte. Cela faisait donc un autre délit dont Nathan devrait endosser la responsabilité. Et encore, il était passé près de la catastrophe, car, pour l'officier qui l'avait interpellé, la présence de la bouteille signifiait obligatoirement une conduite en état d'ivresse. Nathan avait protesté avec véhémence. Il s'était de lui-même prêté aux tests de sobriété : suivre un doigt du regard, toucher rapidement tous les doigts d'une même main avec son pouce en comptant à l'endroit puis à l'envers… Comme le flic n'était pas convaincu, l'avocat avait insisté pour passer un alcootest. Bien entendu, il n'avait pas un seul gramme d'alcool dans le sang mais les policiers avaient été tellement déçus du résultat qu'ils avaient recommencé le test à trois reprises, sans plus de succès. On ne l'avait donc arrêté « que » pour délit de fuite.

L'affaire était très sérieuse. Appartenir à l'élite des *lawyers* ne le dispensait pas de faire face à ses responsabilités : il était à l'origine d'un accident ayant occasionné un blessé grave et encourait pour ça jusqu'à plusieurs années de prison. Sans compter que les choses pourraient encore se compliquer si par malheur Ben venait à décéder.

— Bordel, il gèle à couilles fendre ici ! brailla le poivrot à côté de lui.

Nathan soupira. Il ne devait pas prêter attention à ce type. Il fallait qu'il soit fort. Demain, un juge fixerait le montant – forcément astronomique – de la caution et il serait remis en liberté conditionnelle. Si procès il y avait, cela ne serait que dans plusieurs mois et, à ce moment-là, il ne serait plus de ce monde. Il aurait peut-être alors à faire face à un autre juge, bien plus terrifiant que celui d'une cour du Massachusetts…

Au même moment, à plus de cent kilomètres de là, Abby Coopers gara sa petite Toyota sur le parking d'une épicerie au niveau de Norwalk. Sur le capot de la voiture, elle déplia une carte routière à la recherche du meilleur trajet pour Stockbridge.

— Atchaaa ! Atchaa !

Abby éternua plusieurs fois. Elle tenait un sacré rhume agrémenté d'un violent mal de tête. Pour couronner le tout, cette saleté de neige fondue recommençait à tomber, mouillant le verre de ses lunettes. Quelle guigne ! Plusieurs fois, elle avait essayé de porter des lentilles mais elle ne s'y était jamais vraiment habituée.

Pour la centième fois, elle tournait et retournait dans sa tête la conversation qu'elle avait eue avec son patron. Décidément, elle n'arrivait pas à croire à cette histoire. Nathan en prison ! Avant d'être incarcéré, il avait eu droit à un coup de téléphone et il avait choisi d'appeler le bureau. Il avait réclamé Jordan mais l'associé principal était absent et c'est elle qui avait répondu. Elle avait vraiment senti sa détresse au bout du fil. Ça lui avait tellement serré le cœur qu'elle avait décidé de partir sur-le-champ. Mais comment imaginer qu'il se soit enfui en abandonnant cet enfant sur le bord du chemin ?

Au fond, connaît-on réellement les gens ? Peut-être qu'elle l'idéalisait trop. C'est vrai qu'ils avaient une véritable complicité dans le travail. À eux deux, ils formaient une belle équipe. Il avait peut-être la réputation d'être un arriviste, un requin cynique, prêt à toutes les compromissions, mais elle lui connaissait une part de fragilité et de doute. Parfois, à midi, lorsqu'il faisait beau, ils descendaient ensemble manger un sandwich sur l'un des bancs de Bryant Park. Dans ces instants-là, ils connaissaient une fugace proximité. Elle lui trouvait quelque chose de très attachant, de presque enfantin.

Après son divorce, elle avait espéré un temps qu'il se rapprocherait d'elle mais ça n'était pas arrivé. Elle le sentait encore très attaché à sa femme, Mallory. Elle les avait vus ensemble à quelques reprises lorsqu'elle travaillait encore à San Diego. Ils formaient vraiment un drôle de couple, comme si quelque chose d'indéfectible existait entre eux.

Hôpital de Pittsfield – Salle d'attente – 1 h 24

— Monsieur et madame Greenfield ?

Claire Giuliani venait de traverser la salle d'attente avec appréhension. Elle redoutait les moments comme celui-là.

— Oui, mademoiselle.

Le couple qui se rongeait les sangs depuis plusieurs heures leva un visage impatient vers la jeune interne. Les yeux de la mère débordaient de larmes. Ceux du père étaient pleins de colère.

— Je suis le docteur Giuliani. C'est moi qui me suis occupée de Ben à son arrivée et…

— Mon Dieu, comment va-t-il, docteur ? la coupa la mère. Est-ce que nous pouvons le voir ?

— Votre fils souffre de multiples fractures, reprit Claire. Nous l'avons stabilisé mais il a subi un traumatisme crânien qui a entraîné une contusion cérébrale importante avec un hématome sous-dural.

— Un hématome sous-dural ?

— C'est… c'est un œdème, madame. Un œdème qui comprime la masse cérébrale. Nous faisons actuellement notre possible pour juguler l'augmentation de la pression intracrânienne et je peux vous assurer que…

— Qu'est-ce que ça veut dire tout ça ? demanda le père excédé.

— Ça veut dire que nous ne pouvons pas encore dire quand votre fils sortira du coma, expliqua Claire avec calme. Peut-être quelques heures, peut-être plus… Il faut attendre.

— Attendre quoi ? De voir s'il se réveille ou s'il finira ses jours comme un légume…

Claire essaya d'être rassurante :

— Il faut espérer, monsieur, conseilla-t-elle en posant sa main bienveillante sur l'épaule de son interlocuteur.

Mais celui-ci se dégagea avec force pour envoyer plusieurs coups de poing rageurs contre l'un des distributeurs de boissons.

— Je le tuerai ! Si Ben ne se réveille pas, je tuerai cet avocat de malheur !

19 décembre

— Il est hors de question que tu endosses cette faute à ma place !

Jeffrey Wexler et son gendre étaient attablés dans l'arrière-salle d'un restaurant pour routiers de l'Interstate 90. Ils avaient commandé beaucoup de café. Au-dessus de leur table, une vieille pendule Coca-Cola indiquait dix heures du matin. L'endroit était animé : la station de radio locale venait d'annoncer la possibilité de routes glissantes pour les heures à venir et la conversation bruyante des chauffeurs de poids lourds parvenait presque à couvrir les grondements incessants de la circulation.

Nathan avait été libéré une demi-heure plus tôt par l'adjoint du shérif, un type du nom de Tommy Diluca. Sur le coup de minuit, l'avocat lui avait demandé la permission d'aller aux toilettes. Non seulement le petit chef n'avait pas accédé à sa requête mais il en avait profité pour lui lancer quelques injures et lui raconter dans le détail les supplices que lui feraient endurer les détenus du pénitencier de Lowell lorsqu'il en aurait « pris pour vingt ans ».

Jeffrey avait payé l'intégralité de la caution, fixée à cinquante mille dollars, pendant qu'Abby se chargeait des formalités juridiques. Nathan avait récupéré ses effets personnels sans tarder. Il n'avait qu'une envie : foutre le camp au plus vite.

— À bientôt, lui avait dit le shérif adjoint avec un petit sourire narquois.

L'avocat avait réussi non sans mal à se maîtriser. Il n'avait pas répondu, se contentant de relever la tête et de se tenir droit comme un « i » même s'il avait le dos en compote après une nuit sans sommeil sur une couchette en bois dur. En poussant la porte de verre, dernier rempart avant la liberté, il aperçut ses traits tirés dans la vitre et se trouva une allure fantomatique, un peu comme s'il avait vieilli de plusieurs années en une seule nuit.

Accompagné par son chauffeur, Jeffrey était venu l'attendre dans le froid du matin. Rasé de frais, drapé dans un élégant manteau de cachemire qui lui donnait une stature de commandeur, Wexler dégageait une impression de solidité. Difficile d'imaginer que le même homme avait frôlé le coma éthylique quelques heures auparavant, même si les longues bouffées qu'il tirait fébrilement sur son cigare trahissaient une indéniable nervosité.

Peu familier des gestes de tendresse, Jeffrey s'était contenté d'appliquer une petite tape de réconfort sur l'épaule de son gendre au moment où celui-ci s'installait dans le véhicule. Dès qu'il avait retrouvé son portable, Nathan avait essayé d'appeler Mallory au Brésil mais, après quelques sonneries, l'appareil basculait sur le répondeur. Jeffrey qui avait tenté de son côté plusieurs fois de la joindre n'avait pas eu plus de chance. Le chauffeur les avait ensuite déposés devant le restaurant de l'autoroute. Les deux hommes savaient qu'ils ne pouvaient faire l'économie d'une conversation.

— Il est hors de question que tu endosses cette faute à ma place ! répéta Jeffrey en serrant le poing sur la petite table en formica.

— Je vous assure que c'est mieux ainsi.

— Écoute, je suis peut-être alcoolique mais je ne suis pas un lâche. Je ne veux pas fuir mes responsabilités.

Nathan ne voulut pas entrer dans cette logique :

— Vos responsabilités, pour l'instant, consistent à vous occuper de votre famille et à me laisser faire.

Le vieil avocat ne se démonta pas :

— Je ne t'ai rien demandé. Ce que tu as fait, c'est une fausse bonne idée. Tu sais aussi bien que moi que tu risques gros.

— Pas plus que vous, Jeffrey. Vous avez vraiment envie de finir vos jours en taule ?

— Ne joue pas au héros, Nathan. Soyons

réalistes : ma vie est derrière moi tandis que tu as une fille qui a besoin de toi. Et puis… tu sais très bien que tout n'est peut-être pas fini avec Mallory… Sois un peu responsable !

— C'est de vous qu'elles vont avoir besoin, Jeffrey, répondit Nathan, le regard fuyant.

Wexler fronça les sourcils.

— Je ne comprends pas.

Nathan soupira. Il fallait qu'il avoue une part de vérité à son beau-père. Il ne pouvait pas faire autrement, même s'il était hors de question d'évoquer les Messagers. Il hésita quelques secondes puis reconnut :

— Écoutez… je vais mourir, Jeffrey.

— Qu'est-ce que tu racontes ?

— Je suis malade.

— Tu te fous de moi ?

— Non, c'est du sérieux.

— Quoi ? Un… un cancer ?

Nathan hocha la tête.

Jeffrey Wexler était abasourdi. Nathan confronté à la mort !

— Mais… mais… est-ce que tu as consulté des médecins compétents au moins ? demanda-t-il en bredouillant. Tu sais que je connais les meilleurs toubibs du MGH[1]…

1. Massachusetts General Hospital, hôpital prestigieux de Boston.

— C'est inutile, Jeffrey, je suis condamné.

— Mais tu n'as même pas quarante ans. On ne meurt pas à quarante ans ! cria-t-il, faisant se retourner quelques clients des tables voisines.

— Je suis condamné, répéta Nathan tristement.

— Pourtant, tu n'as pas l'air mourant, insista Jeffrey qui ne voulait pas se résoudre à cette idée.

— C'est comme ça.

— Merde, alors.

Le vieil homme cligna plusieurs fois des yeux. Une larme coula le long de sa joue mais il ne fit rien pour lutter contre son émotion.

— Et il te reste combien de temps ?

— Plus beaucoup. Quelques mois... peut-être moins.

— Bordel de Dieu, murmura doucement Jeffrey car il ne voyait pas très bien ce qu'il pourrait dire d'autre.

Nathan prit un ton pressant :

— Écoutez, n'en parlez à personne, Jeffrey, vous m'avez bien compris, *à personne*. Mallory n'est pas encore au courant et je veux la prévenir moi-même.

— Bien sûr, murmura-t-il.

— Prenez soin d'elle, Jeffrey. Vous savez qu'elle vous adore. Elle a besoin de vous. Pourquoi ne l'appelez-vous pas plus souvent ?

— Parce que j'ai honte, confia le vieil homme.

— Honte de quoi ?

— Honte de cette faille qu'il y a en moi, honte d'être incapable de m'arrêter de boire…

— Nous avons tous nos faiblesses, vous le savez bien.

Décidément, c'était le monde à l'envers. Nathan allait mourir et c'est lui qui le réconfortait ! Jeffrey ne savait quoi faire pour exprimer sa compassion. Il aurait vraiment donné n'importe quoi pour sauver la vie de son gendre. Un bouquet de souvenirs remonta à la surface : il revit Nathan à dix ans, lorsqu'ils allaient à la pêche ou qu'il l'emmenait visiter les « cabanes à sucre » qui récoltaient le sirop d'érable. À l'époque, il le considérait un peu comme son fils et comptait l'épauler dans ses études. Plus tard, ils auraient pu travailler ensemble, monter leur propre cabinet (Wexler & Del Amico) et mettre leur talent en commun pour se battre en faveur de causes utiles : réhabiliter des gens, défendre des faibles… Mais l'affaire du bracelet et cette putain de boisson avaient tout gâché. Cette boisson et l'argent, ce foutu argent qui pervertissait tout, qui enlevait du sens à tout, alors que tout finissait toujours comme ça : par la mort.

Une vague de chair de poule irradia sa vieille carcasse, depuis la moelle épinière en passant par les épaules et le ventre. Hier soir, il ne s'était même pas rendu compte qu'il avait percuté cet enfant. Comment cela était-il possible ? Comment pouvait-on tomber si bas ?

Bien qu'il se fût déjà fait cent fois cette promesse, il jura à nouveau que plus jamais de sa vie il ne toucherait à une goutte d'alcool.

Aidez-moi, Seigneur, implora-t-il mentalement, même s'il savait bien que Dieu l'avait depuis longtemps abandonné à son propre sort.

— Laisse-moi être ton avocat, dit-il soudainement à Nathan, laisse-moi au moins te défendre pour cette affaire d'accident.

C'était la seule chose qu'il se sentait encore capable de bien faire.

Nathan hocha la tête en signe d'acceptation.

— Je te tirerai de là, promit Jeffrey qui avait retrouvé son regard brillant. C'est une sale affaire mais je me fais fort d'obtenir un deal avec le procureur : disons, dix-huit mois de probation et une centaine d'heures d'intérêt général. J'y arriverai, je suis le meilleur…

Nathan prit une gorgée de café, puis lui lança avec un sourire :

— Après moi, vous êtes le meilleur.

Pour saluer ce moment de complicité, un discret rayon de soleil perça entre les nuages. Les deux avocats se tournèrent alors vers la vitre pour profiter de cette chaleur nouvelle. Juste à cet instant, Abby pénétra dans le parking du restaurant où il était convenu qu'elle retrouve les deux hommes. À la demande de Jeffrey, elle avait emprunté le 4×4. Comme Nathan n'était pas en état d'ivresse au moment de l'accident, on ne le lui avait pas confisqué lors de l'arrestation. Il avait donc parfaitement le droit de conduire jusqu'au jugement.

Nathan fit un petit signe à sa secrétaire à travers la vitre.

— Elle va te ramener jusqu'à Manhattan, lui dit Jeffrey en se levant de son siège. Je m'occuperai de faire reconduire sa voiture.

— Je prends Bonnie avec moi, annonça Nathan d'un ton résolu.

Jeffrey eut l'air embêté.

— Écoute… Lisa l'a emmenée ce matin passer deux jours à Nantucket. Elle…

— Quoi ! Vous m'enlevez ma fille dans un moment pareil !

— Personne ne te l'enlève, Nathan. Je la ferai raccompagner à New York dès son retour. Je t'en donne ma parole. Prends simplement un peu de temps pour te retourner.

— Mais je n'ai plus de temps, Jeffrey !

— Je te la renvoie après-demain, promis. Essaye de te reposer un peu.

Nathan abdiqua :

— C'est bon.

Et après un silence, il ajouta :

— Mais appelez-moi immédiatement si vous avez des nouvelles de Mallory.

Ils rejoignirent Abby sur le parking. La jeune femme semblait gênée.

— Content de vous voir, Abby.

Nathan s'avança pour la serrer dans ses bras mais elle se raidit.

— Tout est réglé pour la caution, annonça-t-elle d'un ton professionnel, comme si elle évoquait la situation judiciaire d'un de leurs clients.

— Vous avez des nouvelles de l'enfant ? demandèrent en même temps les deux avocats, sachant qu'elle revenait de l'hôpital.

— Il est toujours dans le coma. Le diagnostic reste réservé. En tout cas, si j'étais vous, je ne mettrais pas les pieds là-bas, prévint-elle en se tournant vers Nathan. Les parents sont très remontés…

Jeffrey ne put s'empêcher de baisser la tête. Nathan ne répondit rien. Il raccompagna Jeffrey jusqu'à sa voiture et lui serra longuement la main. Reverrait-il jamais son beau-père ?

Il se tourna ensuite vers sa secrétaire.

— Merci sincèrement d'être venue, Abby.

— À votre service, répondit la jeune femme,

mais on sentait dans sa voix que le cœur n'y était pas. Elle lui tourna le dos et appuya sur la clé pour déverrouiller le véhicule.

— Je vais conduire moi-même si ça ne vous pose pas de problème.

— Enfin, Abby, ne soyez pas ridi…

— Je conduis ! répéta Abby avec une telle insistance que Nathan préféra ne pas la contredire.

Il allait s'asseoir sur le siège passager lorsqu'un vieux monospace Chrysler déboula à côté d'eux.

Un homme bien bâti jaillit de la voiture et le prit violemment à partie :

— Assassin ! On aurait dû vous boucler et ne jamais vous laisser sortir.

— C'est le père du petit garçon que vous avez renversé, le prévint Abby d'une voix inquiète.

Nathan éleva la voix :

— Écoutez, monsieur Greenfield, c'était un accident… Je comprends votre douleur. Laissez-moi simplement vous assurer que votre fils aura les meilleurs soins. Vous pourrez demander un dédommagement important.

L'homme était tout près de lui et grondait de colère. Nathan aurait voulu le calmer mais il savait ce qu'il aurait lui-même ressenti envers un chauffard qui aurait renversé Bonnie.

— Nous ne voulons pas de votre argent de

merde, nous voulons la justice. Vous avez abandonné un enfant mourant, dans un fossé, vous êtes un salaud ! Vous êtes un…

Nathan fut incapable d'esquiver le terrible coup de poing qui le précipita au sol. Puis l'homme se pencha vers lui. Il sortit une photo de son fils du fond de sa poche et la lui brandit devant les yeux.

— J'espère que ce visage vous hantera toute votre vie !

Nathan se releva péniblement. Il porta la main à son nez. De grosses gouttes de sang tombaient dans la neige, dessinant comme une flèche rouge sur le sol.

25

Je pense que tu sais aussi bien que moi quel est le problème...

L'ordinateur HAL dans *2001 l'Odyssée de l'espace*

— Arrêtez de me regarder comme ça, Abby.

Ils roulaient vers New York depuis déjà une demi-heure et n'avaient pratiquement pas échangé un mot.

— Donc, c'est vrai ? demanda la secrétaire en doublant un camion.

— Quoi donc ?

— Vous avez réellement abandonné un gosse mourant sur le bord de la route ?

Nathan soupira.

— Je ne l'ai pas *abandonné*. Je vous ai déjà expliqué que je suis retourné chez mes beaux-parents pour prévenir les secours.

Abby trouva l'argument un peu court.

— Vous avez toujours votre téléphone avec vous !

— Je l'avais oublié, voilà tout, répondit Nathan, agacé.

Dubitative, la jeune femme secoua la tête en se rabattant sur la file de droite.

— Désolée, mais ce n'est pas très crédible.

— Et pourquoi donc ?

— J'ai vu le lieu de l'accident : il y a beaucoup d'habitations à proximité. Vous auriez pu vous arrêter pour téléphoner dans n'importe quelle maison.

— J'ai… j'ai paniqué, voilà tout, je pensais être plus près du ranch…

Abby enfonça le clou :

— Si vous aviez prévenu les secours plus tôt, il aurait peut-être eu davantage de chances de s'en tirer. Il s'agit quand même de la vie d'un enfant !

— Je le sais, Abby.

Puis, comme pour elle-même, elle ajouta à voix basse :

— Putain, ce gosse a l'âge de mon fils.

L'avocat était interloqué.

— Vous ne m'aviez jamais dit que vous aviez un fils.

— Ce n'est pas moi qui en ai la garde, voilà tout.

— Je ne savais pas, bredouilla Nathan.

À sa voix, on sentait qu'il était vraiment confus.

— Eh oui, vous voyez, on peut travailler plusieurs années avec quelqu'un sans savoir grand-chose sur sa vie personnelle, dit-elle d'un ton de reproche. C'est comme ça, c'est le business, c'est l'époque…

Elle laissa passer une minute, puis précisa :

— Malgré tout, d'une certaine façon, je vous ai toujours admiré. Je vous ai suivi sans hésiter de San Diego à New York parce que je vous trouvais différent de tous ces petits *golden boys*. Je pensais que si un jour j'avais un problème, vous seriez là pour moi…

— Vous m'idéalisiez, Abby.

— Laissez-moi terminer ! Bref, je pensais qu'au fond, vous étiez quelqu'un de bien, un type avec des valeurs…

À nouveau, elle doubla prudemment un camion et prit le temps de se rabattre avant de continuer :

— Je suis désolée de vous le dire mais, depuis hier soir, j'ai perdu mes illusions. J'ai perdu le plus important.

— Et quoi donc ?

— Vous le savez bien : la confiance.

— Pourquoi dites-vous ça ?

L'espace d'un instant, elle délaissa la route et tourna la tête vers lui.

— Parce que je ne peux plus avoir confiance en un type qui abandonne un enfant mourant sur le bord d'une route.

Nathan écoutait sans broncher. Elle ne lui avait jamais parlé comme ça. Il eut la brève tentation d'appuyer sur la pédale de frein et de tout lui balancer en vrac au milieu de l'autoroute : les Messagers, la mort qui le terrorisait, la nécessité de mentir pour protéger sa femme et sa fille…

Mais il ne craqua pas et ils ne prononcèrent plus un mot jusqu'à Manhattan. Pour que ça marche, personne ne devait savoir.

Personne, à part Bonnie et Mallory.

— Monsieur Del Amico, une petite réaction, pour Trial TV ! L'avocat repoussa violemment le micro que lui tendait le journaliste. Derrière lui, un cameraman essayait de voler quelques images. Nathan connaissait ces deux types : ils travaillaient pour une chaîne de télévision câblée spécialisée dans la couverture médiatique des affaires judiciaires à sensation.

Merde, je ne suis tout de même pas O. J. Simpson.

Il laissa passer Abby devant lui puis s'engouffra à son tour dans l'immeuble de Park Avenue.

Revoir la mosaïque byzantine du hall d'entrée constitua un soulagement. Abby gagna directement son bureau tandis qu'il s'arrêtait au trentième étage à la salle de sport et de repos. Il resta presque une demi-heure sous le jet brûlant de la douche tant il était fatigué, vidé de toute sève, le moral en berne. Puis, peu à peu, il se sentit régénéré, l'eau semblant agir sur lui comme sur un végétal. C'est donc propre et bien rasé qu'il entra dans son bureau. Abby l'attendait de pied ferme. Elle lui avait préparé un double café avec quelques muffins. Il fouilla dans son placard et y trouva une chemise neuve encore empaquetée dans un emballage en plastique.

Le luxe suprême, pensa-t-il en l'enfilant.

Il se laissa tomber dans son fauteuil de cuir, alluma son ordinateur et attira à lui quelques dossiers qui traînaient sur la table. Retrouver ce bureau dans lequel il avait passé tant d'heures et connu tant de victoires était un soulagement. Il aimait cet endroit. Il aimait son boulot, tout cet apparat qui lui donnait l'impression d'être aux commandes. De pouvoir agir sans trop subir les événements.

Il essaya à nouveau de contacter Mallory mais sans plus de succès. Il se connecta alors au site web du *National Lawyer*. Dans ce milieu, les nouvelles allaient très vite. S'il y avait deux journalistes en planque dans la rue, c'est que des bruits s'étaient déjà répandus à son sujet. Il ne fut pas long à trouver ce qu'il cherchait puisque, lorsqu'il cliqua sur la rubrique des « nouvelles du jour », la dépêche suivante fut la première à s'afficher.

Un célèbre avocat de Park Avenue impliqué dans un grave accident de la route.

Nathan Del Amico, l'un des avocats vedettes de chez Marble&March, a été arrêté la nuit dernière pour délit de fuite après avoir renversé un jeune cycliste sur une petite route de Stockbridge (MA) Hospitalisée d'urgence à l'hôpital du comté de Pittsfield, la victime, âgée de sept ans, est actuellement dans un état jugé très préoccupant par les médecins. L'avocat - qui a été libéré dans la matinée contre une caution de cinquante mille dollars - devrait être défendu par Me Jeffrey Wexler, l'un des ténors du barreau de Boston.

Quelles que soient les suites de cette affaire, nous pouvons déjà affirmer qu'elle provoquera indéniablement un coup d'arrêt dans la carrière de celui que les gens de la profession surnommaient parfois « Amadeus » à cause de l'habileté dont il avait fait preuve sur certaines affaires délicates.

Sollicité, vendredi 20 décembre, l'associé principal de Marble&March, M. Ashley Jordan, a indiqué que cette affaire « ne concernait qu'à titre personnel » son collaborateur et « n'avait aucun lien avec les activités de la société qui l'employait ».

S'il est reconnu coupable de ces accusations, M. Del Amico risque jusqu'à huit ans de prison.

Merci de ton soutien, Ashley, pensa Nathan en se déconnectant.

Il n'arrivait pas à détacher ses yeux de l'article. Le *National Lawyer* était le journal de référence des avocats d'affaires. Celui qui faisait la pluie et le beau temps dans ce milieu.

Il relut un morceau d'une phrase (« … un coup d'arrêt dans la carrière… ») avec un sourire amer sur les lèvres. Oui, c'était certain, sa carrière allait s'arrêter mais pas pour les raisons auxquelles faisait allusion le journal.

Tout de même, ce n'était pas un départ très glorieux. Il avait mis des années à peaufiner son image de star de la profession, à choisir méthodiquement les affaires sur lesquelles il fallait travailler pour qu'on parle de lui. Et tout ce bel édifice venait de s'écrouler en quelques heures seulement.

Abby l'interrompit dans ses pensées :

— Nous venons de recevoir un drôle de fax, fit-elle en passant la tête dans l'embrasure de la porte.

— Je ne sais pas si je vais rester, Abby. Voyez ça plus tard avec Jordan.

— Je crois quand même que ça va vous intéresser, fit-elle d'un ton mystérieux.

D'abord, Nathan ne distingua pas grand-chose. C'était une sorte de cliché en noir et blanc, un peu flou, qui représentait un véhicule tout-terrain devant le poste d'essence d'une station-service. Une partie de la photo avait été agrandie dans un coin pour qu'on puisse lire – ou plutôt deviner – les numéros de la plaque d'immatriculation.

Pas de doute : c'était bien son 4 × 4 !

L'avocat remarqua au passage que la voiture était encore en bon état : pas de rayures, la jante avant droite à sa place…

La photo date donc d'avant l'accident.

En guise de légende, quelqu'un avait griffonné l'adresse à rallonge d'une page web gérée par un hébergeur grand public. *La suite sur le web*... semblait suggérer l'inscription.

Nathan se tourna vers son ordinateur et lança le navigateur pour se rendre sur le site mentionné. Ses manipulations le menèrent sur un écran vide et noir, seulement barré par un lien hypertexte. Il cliqua mais ça ne donna rien : le lien était brisé.

Qu'est-ce que c'est que ces conneries ? Il avait suffi de quelques minutes pour qu'un sentiment de malaise s'empare à nouveau de lui.

Il demanda à Abby de voir d'où émanait le fax. Grâce au service en ligne d'un annuaire inversé, il fallut moins d'une minute à la jeune femme pour en déterminer l'origine.

— Le numéro correspond à un *copyshop* de Pittsfield, annonça-t-elle.

Ouais, autrement dit, un endroit d'où n'importe qui peut envoyer ses fax de façon anonyme.

Nathan retapa l'adresse du site en prenant garde de ne pas commettre d'erreurs de frappe. Toujours le même écran. Rien.

À nouveau, il regarda la photo. Qu'essayait-on de lui dire ? Qui était derrière tout ça ?

Lorsqu'il se retourna vers l'ordinateur, un message d'erreur s'affichait sur l'écran. Nathan appuya sur le bouton d'actualisation et le lien hypertexte réapparut. Il cliqua dessus : un programme de visualisation multimédia s'ouvrit alors dans une fenêtre parallèle et un petit film démarra un moment plus tard. Grâce à la connexion haut débit du cabinet, Nathan put voir la vidéo de façon assez fluide.

Il s'agissait d'une succession d'images prises par la caméra de surveillance d'une station-service.

C'était le même environnement que sur la photo sauf que cette fois on pouvait voir Jeffrey Wexler penché sur le 4 × 4, en train de faire le plein d'essence. Nathan ne comprit pas tout de suite les intentions de celui qui lui proposait ces images. Puis il remarqua que la date et l'heure précise étaient incrustées en bas à droite : le 19 décembre à 19 h 14.

Sur le rapport de police, il avait lu que l'accident avait eu lieu approximativement vers 19 h 20. Il n'y avait pas trente-six mille stations-service à proximité de Stockbridge. Le numéro de la pompe ainsi que le logo Texaco visible sur l'écran rendaient cet endroit facilement identifiable et Nathan était à peu près persuadé qu'il s'agissait de la station de Naumkeag, non loin de l'endroit où Ben Greenfield avait été renversé.

Or, si Jeffrey faisait son plein d'essence à 19 h 14, ça ne laissait planer aucun doute sur sa culpabilité.

Soudain l'image sauta. On avait coupé le moment où Jeffrey était allé payer. On voyait maintenant le vieil homme revenir en titubant vers le 4 × 4 avant de prendre une rasade d'alcool et de se mettre au volant.

— Mais ces images vous innocentent complètement, s'exclama Abby qui, sans demander la permission, s'était penchée derrière son patron pour suivre le film en même temps que lui.

Nathan se contenta de hocher la tête. Il se retourna vers sa secrétaire et vit que ses yeux brillaient d'excitation.

Sur l'écran, le film venait de s'achever par le démarrage de la voiture. Nathan chercha à le relancer mais sans succès. Il tripatouilla un moment dans le disque dur de l'ordinateur mais le film n'avait pas été sauvegardé.

— Merde, lâcha l'avocat. Il a retiré le film du site.

— Mais qui est derrière tout ça ?

— Qui est derrière tout ça ? Je vais vous le dire, moi, c'est le gérant de cette minable station-service. Un type tout content d'avoir découvert le pot aux roses.

— Mais pourquoi cherche-t-il à camoufler son identité ?

— Parce qu'il est prudent. Il veut que nous sachions qui il est mais il ne veut pas que nous accumulions des preuves contre lui.

— Des preuves de quoi ? demanda naïvement Abby.

— Des preuves qu'il me fait chanter.

La jeune femme s'assit sur un siège à côté de son patron.

— Écoutez, vous devez vous ressaisir, Nathan. Même si j'ignore pourquoi vous faites ça, je sais que ce n'est pas une bonne idée. Il est encore temps de reculer. Vous ne pouvez quand même pas sacrifier votre carrière pour protéger votre beau-père !

— Ce n'est pas Jeffrey que je protège, c'est ma femme et ma fille.

— Vous ne les protégez pas en vous accusant à sa place, martela-t-elle en lui mettant sous le nez l'article du *National Lawyer*. Dans les couloirs, on parle déjà de vous au passé et, si vous ne réagissez pas, vous serez grillé dans toute la profession. Ce n'est quand même pas à vous que je vais expliquer ça !

Nathan ne répondit pas tout de suite. Le doute était en train de s'insinuer dans son esprit. Abby n'avait peut-être pas tort. Il serait si confortable de reculer… et ce film inespéré lui en donnait la possibilité. N'avait-il pas fait le maximum pour aider son beau-père ? Aller plus loin lui attirerait trop d'ennuis.

Il est peut-être temps de revenir sur terre et de retrouver ton honneur, pensa-t-il avec soulagement.

Au même instant, le sifflement discret du télécopieur se déclencha à nouveau dans le bureau d'Abby.

Nathan attrapa le fax, Abby regarda par-dessus

son épaule : il y avait simplement trois signes grossièrement griffonnés au marqueur.

1 M $

— Un million de dollars ! s'écria la secrétaire. Ce type est dingue.

Hypnotisé, Nathan ne pouvait détacher son regard du bout de papier qu'il tenait à la main. Lorsqu'il se retourna enfin vers la jeune femme, sa décision était prise.

Je vais gagner ma dernière affaire en la perdant, songea-t-il tristement.

— Est-ce que vous voulez m'aider, Abby ?

— Vous aider à vous tirer de là ? Bien sûr.

— Pas m'aider à me tirer de là, Abby, m'aider à m'y enfoncer un peu plus…

26

Faites de l'argent et le monde entier s'accordera à vous appeler Monsieur.

Mark TWAIN

Creed Leroy rembobina la cassette vidéo au début de l'enregistrement. Il avait déjà regardé cette scène plus de vingt fois en deux jours mais il ne s'en lassait pas.

Vraiment, il ne regrettait pas cette petite caméra infrarouge dont il avait fait l'acquisition quelques mois plus tôt. À l'époque, le gérant de la station-service avait dû subir les foudres de sa femme qui n'avait vu dans ce gadget qu'une dépense inutile de plus. Ça ne coûtait pourtant pas les yeux de la tête, à peine 475 dollars en vente par correspondance, livraison comprise. Mais, de toute façon, quoi qu'il fît, Christy trouvait toujours un moyen de le rabaisser. Pourtant, ce temps était révolu, car ces misérables 475 dollars allaient lui rapporter un million ! Un million, qui dit mieux ? Le meilleur placement financier de tous les temps ! À l'heure où la planète entière se lamentait sur la chute des valeurs boursières, lui, Creed Leroy, allait toucher le pactole.

Il régla la luminosité et le contraste du moniteur puis inséra une cassette vierge dans un deuxième magnétoscope qu'il avait raccordé à l'appareil principal. Mieux valait faire une copie pour plus de sûreté.

Il avait eu de la chance, c'est vrai. Généralement, il effaçait les bandes tous les soirs sans les visionner. Pourtant, le 18 décembre, un problème avec la programmation de l'alarme l'avait occupé pendant près d'une heure et, pour ne pas se coucher trop tard, il avait préféré remettre sa tâche au lendemain.

Ah ! Ah ! « Ne remets jamais au lendemain ce que tu peux faire le jour même », disait le proverbe. Des foutaises tout ça ! Car, au matin, en ouvrant le journal, il avait vu la photo de ce 4 × 4 qui accompagnait l'article sur l'accident du fils Greenfield. Il avait tout de suite reconnu le véhicule qui était venu faire le plein d'essence, justement avant l'heure de l'accident. Mais le plus bizarre concernait l'identité du conducteur, car ce n'était pas ce jeune avocat qui était au volant du 4×4 la veille. Non, il s'en souvenait très bien, c'était l'un des vieux richards du coin qui conduisait : ce Jeffrey Wexler qui d'habitude se déplaçait toujours avec un chauffeur.

Creed s'était alors précipité sur ses enregistrements qui avaient confirmé ses intuitions : Wexler était bien seul, complètement bourré, quelques minutes avant que le 4×4 renverse le gamin !

Or le journal affirmait que cet avocat new-yorkais avait de lui-même reconnu être impliqué dans l'accident. Creed Leroy n'était peut-être jamais allé à l'université mais il n'avait pas été long à comprendre que quelque chose clochait dans toute cette histoire. Encore une magouille de ces avocats, avait-il pensé. Comme la plupart de ses concitoyens, Creed les détestait, ne voyant en eux que des rapaces uniquement guidés par la cupidité. Il était allé vérifier auprès de la caisse enregistreuse : Wexler avait payé en liquide, un billet de vingt dollars. Il n'y avait donc pas de trace de carte bancaire et personne d'autre que lui ne l'avait vu entrer dans la station.

Au début, il avait pensé aller voir les flics mais il y avait rapidement renoncé : les bonnes actions ne sont jamais récompensées dans ce monde. Non, il n'aurait pas reçu le moindre dédommagement pour sa collaboration. Tout au plus aurait-il eu son nom dans le journal local. L'un des pisse-copies de la rédaction serait venu l'interviewer, on aurait parlé de lui un jour ou deux puis l'affaire aurait été oubliée.

À la place, il avait eu une autre idée. Une idée bien plus brillante. Elle comportait des risques certes, mais c'était surtout une occasion unique de changer de vie. Intuitivement, Creed avait décidé de ne rien dire à sa femme. Depuis quelque temps, il était fatigué de sa vie. Dans ses rêves les plus secrets, il était convaincu qu'une autre existence l'attendait quelque part. Une existence dans laquelle il serait *quelqu'un d'autre*.

Creed Leroy restait de longues heures devant son ordinateur, le soir, à naviguer sur le web. Le reste de son temps libre, il le consacrait à la pêche et à la randonnée. Parfois, entre deux clients, il aimait feuilleter quelques pages des romans à succès qu'il empruntait sur le tourniquet des livres de poche de la station-service. Si les histoires de tueurs en série ne le passionnaient guère, il appréciait les thrillers juridiques et financiers, même s'il ne comprenait pas toujours tout. Un jour, il était tombé sur un livre passionnant qu'il n'avait pas lâché avant la dernière page. C'était un roman de John Grisham (un ancien avocat, pourtant…) qui s'appelait *L'Associé* ou quelque chose comme ça. Une histoire surprenante dans laquelle un homme simule sa mort pour recommencer sa vie sous une autre identité. Mais pour repartir de zéro, il fallait de l'argent. Dans le bouquin de Grisham, le héros détournait plusieurs centaines de millions à ses associés mais lui, Creed Leroy, se contenterait d'un seul million. Et c'est cet avocat de New York, ce Nathan Del Amico, qui allait gentiment le lui donner.

Au départ, sa première intention avait été de faire chanter Jeffrey Wexler mais, après réflexion, il s'était dit que c'était du côté de son ancien gendre qu'il fallait attaquer. Après tout, c'était lui qui avait avoué le délit de fuite. Et puis Wexler était trop puissant dans le coin. Leroy avait donc fermé sa boutique pour la journée. Il s'était connecté sur le web et avait trouvé sans difficulté toutes sortes de renseignements sur Del Amico, en particulier le numéro de fax de son bureau. Il avait ensuite acheté un petit enregistreur numérique qu'il avait connecté à son magnétoscope pour pouvoir diffuser les images de la caméra de surveillance sur un site de fortune. Et pour ne pas laisser de trace, il avait envoyé son fax depuis une boutique de photocopies de Pitsfield.

Toute sa vie, il avait attendu ce moment. Le moment de la revanche. Il allait leur montrer de quoi était capable Creed Leroy. Si tout se passait bien, lui aussi porterait bientôt des costumes italiens et des chemises Ralph Lauren. Il achèterait peut-être même un 4×4 dernier modèle, comme celui de cet avocat.

En tout cas, il partirait loin. Loin de ce bled et de ce boulot qu'il détestait. Loin de sa femme. Il ne la supportait plus, elle dont l'ambition suprême était de se faire refaire les seins et d'avoir un tatouage en forme de serpent au bas du dos.

Il appuya sur le bouton d'éjection du magnétoscope puis retira la cassette vidéo de l'appareil pour l'empaqueter dans une grande enveloppe en papier kraft.

Il sentait son cœur qui, depuis deux jours, battait plus vite dans sa poitrine. Pour une fois qu'il avait de la chance !

La chance, personne n'en parlait jamais dans ce pays, mais c'était souvent ça qui faisait la différence. Bien plus que les qualités individuelles. Être au bon endroit, au bon moment, au moins une fois dans sa vie : voilà l'important.

Creed brancha l'alarme et verrouilla l'entrée de la station-service. Une vitre en verre fumé lui renvoya son reflet. Il n'était pas vieux. En mars prochain, il aurait quarante ans. Il avait raté la première partie de sa vie mais il était bien décidé à réussir la seconde.

Mais pour ça, il fallait que cet avocat accepte de payer.

20 décembre

Nathan avait repris ses bonnes habitudes : jogging dans Central Park dès six heures du matin et arrivée au bureau à sept heures trente.

— Je vous ai acheté des beignets, annonça-t-il en poussant la porte du bureau d'Abby.

— Ne me les montrez même pas, protesta-t-elle, je serais capable de prendre deux kilos rien qu'en les regardant.

Ils se mirent au travail et réussirent rapidement à trouver le nom du propriétaire de la station-service de Stockbridge, un dénommé Creed Leroy. Nathan avait bien conscience de livrer là sa dernière bataille. Ses résolutions n'avaient pas changé : il était déterminé à sauver Jeffrey de la prison coûte que coûte. Pour protéger Mallory, il allait donc verser la rançon astronomique que lui réclamait ce Leroy.

En temps normal, il aurait agi autrement. Il aurait fouillé dans le passé de Leroy jusqu'à trouver un moyen de pression pour contrer son chantage. Fort de son expérience d'avocat, il savait que chaque existence avait ses secrets inavouables. Si l'on prend le temps de chercher, on finit toujours par tomber sur quelque chose.

Mais il n'avait plus le temps. Ce beau million de dollars qu'il était si fier d'avoir amassé, il allait devoir le céder à un petit gérant de station-service !

Bizarrement, la perspective de tout perdre ne l'affectait guère. L'essentiel, pour lui, se situait maintenant ailleurs. À dire vrai, il ressentait même une certaine excitation à revenir à zéro. *On devrait tous pouvoir vivre deux vies*, rêva-t-il un moment. Si c'était faisable, il tâcherait de ne pas commettre les mêmes erreurs. Il ne renoncerait pas à ses rêves de grandeur mais changerait simplement d'ambition. Il abandonnerait une certaine forme de vanité, passerait moins de temps à gesticuler sur des choses éphémères et inutiles pour se recentrer sur des choses plus essentielles. Il essayerait davantage de « cultiver son jardin », comme disait le philosophe.

Mouais, je dis ça aujourd'hui parce que je sais que je vais mourir. Bon, assez médité, jugea-t-il en regardant sa montre. Il téléphona à son banquier pour lui demander de vérifier ses comptes.

— Salut, Phil, comment va Wall Street ?

Phil Knight avait fait une partie de ses études avec lui. Ce n'était pas tout à fait un ami mais quelqu'un qu'il appréciait et avec qui il déjeunait régulièrement.

— Hello, Nat, quelle est la nouvelle multinationale à qui tu vas éviter un procès long et coûteux ? Bill Gates ne t'a toujours pas contacté ?

Nathan s'assura d'abord que le chèque encaissé par Candice avant de mourir avait bien été débité. Il demanda ensuite à Knight de vendre toutes ses actions et ses bons du Trésor, car il allait avoir besoin de liquidités.

— Il y a un problème, Nat ? demanda le banquier, inquiet à la perspective de voir se vider le compte de son client.

— Aucun, Phil, je t'assure que cet argent sera bien employé…

Est-ce réellement la meilleure solution ? se demanda-t-il après avoir raccroché. Ces histoires de chantage ne finissaient généralement pas bien. Ce n'était pas tant l'énormité de la somme qui le gênait que la crainte que ces menaces ne s'arrêtent jamais et que, dans six mois ou un an, Creed revienne à la charge auprès de Jeffrey ou Mallory. Le problème, c'était que cet homme pouvait dupliquer ses films à l'infini !

Les bras croisés, Nathan réfléchissait en se balançant dans son fauteuil. Il ne fallait pas mélanger les priorités. L'essentiel à ce stade était de ne pas prendre le risque que Leroy décide finalement d'alerter la police.

La pendule posée sur son bureau indiquait 10 h 22. L'avocat décrocha son téléphone et appela Creed Leroy.

Il avait hâte de voir de quel bois cet homme était fait.

Nassau (Bahamas) – Un peu plus tôt dans la matinée

Creed Leroy s'était rendu à Boston, très tôt ce matin, pour attraper le premier avion à destination de Nassau. En arrivant dans la capitale des Bahamas, il avait pris la navette de l'aéroport en compagnie d'un grand nombre de touristes venus passer Noël au soleil.

La ville bourdonnait du bruit de la circulation. Le minibus klaxonna avant de s'arrêter au bord du trottoir pour déverser son flot de passagers. Creed était à l'aise dans cette foule. Il aimait l'anonymat des grandes villes et des lieux impersonnels. En remontant Bay Street – l'avenue principale de la ville – tout embouteillée de vieilles voitures et de calèches à touristes, il se sentait l'âme d'un caméléon. Ici, il n'était plus gérant de station-service. Ici, il pouvait être n'importe qui.

Creed avait décidé d'appliquer les recettes qu'il

avait lues dans les thrillers financiers de ces dernières années. Dès qu'il était question de blanchiment d'argent et de compte *offshore*, on évoquait immanquablement Nassau et ses quatre cents banques et institutions financières. S'ensuivait la description de financiers opportunistes qui, à l'abri du fisc, jonglaient de façon anonyme avec les millions, déplaçant d'un simple clic de souris des sommes faramineuses de paradis fiscal en paradis fiscal. Creed s'était toujours demandé si la réalité se rapprochait de la fiction. Il allait bientôt le savoir.

Sur Internet, il avait repéré les coordonnées du bureau local d'une banque proposant un panel de services qui l'intéressaient. Il avait envoyé un mail pour recevoir une documentation en ligne. Théoriquement, on pouvait ouvrir un compte *offshore* sans se déplacer mais Creed avait insisté pour rencontrer quelqu'un.

Il tourna dans l'une des traverses de Bay Street et pénétra dans l'un des petits établissements bancaires qui donnaient sur la rue.

Lorsqu'il en ressortit, moins d'une demi-heure plus tard, Leroy avait le sourire aux lèvres. John Grisham et Compagnie n'avaient pas menti ! C'était encore plus facile que dans les romans. On avait d'abord prononcé les mots qu'il attendait : confidentialité, secret bancaire, pas d'impôts… Puis tout s'était enchaîné. Concrètement, le formulaire d'ouverture de compte avait été complété et signé en moins d'un quart d'heure. 5 % d'intérêts annuels sans imposition, un chéquier, une carte bancaire ne mentionnant ni son nom ni aucune information importante sur la piste magnétique mais donnant accès aux guichets automatiques partout dans le monde. Exactement ce qu'il cherchait. On lui avait aussi promis que son compte serait inaccessible aux investigations du fisc et de la police. Il en avait donc profité pour laisser dans l'un des petits coffres du sous-sol une enveloppe brune avec une copie du film qui allait faire sa fortune.

Et tout ça, sans aucune autre formalité que la photocopie de son passeport et un dépôt de garantie de quinze mille dollars. La veille, toujours sans rien dire à sa femme, il avait vendu son pick-up pour se procurer une partie de la somme. Il avait également retiré cinq mille dollars sur leur compte commun. Il se promit de renvoyer le double à Christy, plus tard, lorsqu'il serait loin d'elle et très riche.

Creed Leroy huma la chaleur de l'air. Il ne s'était jamais senti d'humeur aussi joyeuse. Il ne manquait qu'une chose à son bonheur : que Nathan Del Amico l'appelle et qu'ils conviennent d'un lieu de rendez-vous.

Il passa devant un élégant salon de coiffure de style colonial et regarda à travers la vitre. Comme au temps jadis, un client venait de se faire faire la barbe et profitait du plaisir apaisant d'une serviette fumante posée sur son visage. Cette vision le fit saliver. Personne ne l'avait jamais rasé. Il se décida sur-le-champ. Il était temps de changer de tête, de couper cette barbe négligée et ces mèches de cheveux qui dégoulinaient dans son cou. Ensuite, il se rendrait dans l'un des magasins de luxe de la ville pour acheter des vêtements plus conformes à son futur statut social.

Une jeune femme l'invita à prendre place. Il venait à peine de s'asseoir lorsque son téléphone sonna. Il avait pris soin de faire basculer les appels de la station-service sur son portable. Il jeta un coup d'œil à sa montre. Comme il avait oublié d'avancer l'aiguille d'une heure à cause du décalage horaire, elle marquait 10 h 22.

— Allô ? fit Creed Leroy d'une voix pleine d'impatience.

— Nathan Del Amico, à l'appareil.

Garrett Goodrich poussa un cri d'exclamation :

— Bon sang, Nathan, je vous ai laissé plusieurs messages ! C'est seulement maintenant que vous vous décidez à m'appeler ! Qu'est-ce que c'est que cette histoire d'accident ?

— Je vais tout vous expliquer, Garrett. Écoutez,

je suis à la cafétéria de l'hôpital. Avez-vous un moment pour en parler ?

— Quelle heure est-il ? demanda le médecin comme s'il avait perdu tout repère temporel.

— Presque midi et demi.

— Je termine de remplir quelques dossiers et je vous rejoins dans dix minutes.

— Garrett ?

— Oui ?

— Je vais encore avoir besoin que vous me rendiez un grand service.

Bureau de Marble&March – 16 h 06

— Est-ce que vous n'auriez pas une idée, Abby ?

— Quel genre d'idée ?

Nathan se balançait sur son siège, les mains jointes et l'air mystérieux.

— Comme je vous l'ai expliqué, je suis disposé à verser cette rançon. Mais je veux être sûr de ne payer qu'une seule fois. Malheureusement, le chantage, on sait quand ça commence…

— … mais on ne sait pas quand ça finit, compléta-t-elle.

— C'est ça. Je ne veux pas que dans six mois ou un an, ce Leroy revienne à la charge avec Jeffrey, avec Mallory… où même avec moi, se força-t-il à ajouter.

— Le chantage est sévèrement puni par la loi, remarqua-t-elle.

— Oui, mais pour dissuader Leroy de récidiver, il faudrait amener la preuve de son chantage. Or ce type est très prudent, comme j'ai encore pu le constater tout à l'heure.

— Quoi ! Vous lui avez parlé ? s'exclama-t-elle, outrée qu'il ne l'ait pas prévenue plus tôt.

— Oui, je l'ai appelé ce matin mais il a insisté pour me rappeler cinq minutes plus tard dans une des cabines publiques en bas de l'immeuble.

— Il vous a fixé un rendez-vous ?

— Je le rencontre demain.

— Et comment comptez-vous procéder ?

— Il faut que je trouve un moyen de le faire parler et surtout de l'enregistrer mais j'aurais besoin d'un matériel complexe : des micros-espions comme ceux des services secrets, par exemple.

— Je vous signale que nous ne sommes plus à l'époque du Watergate, s'exclama Abby en riant.

— Parce que vous connaissez un moyen plus efficace ?

— Ça, par exemple, répondit-elle en désignant le téléphone cellulaire de son patron.

— Le mobile ?

— Oui, mais utilisé d'une façon un peu détournée.

Il fronça les sourcils. Devant son air intrigué, elle s'expliqua :

— Votre téléphone possède une oreillette « main libre », on est bien d'accord ?

— Oui, pour répondre sans lâcher le volant.

— D'accord. Et que se passe-t-il lorsque votre portable sonne quand vous êtes en train de conduire ?

— Il décroche automatiquement au bout de trois sonneries, précisa Nathan, mais je ne vois pas très bien en quoi…

— Laissez-moi terminer. Imaginez maintenant que vous rendiez la sonnerie silencieuse.

— En le faisant vibrer ?

— Non, dit-elle en secouant la tête, lorsque le téléphone vibre, il émet un petit bourdonnement. Ce n'est pas assez discret.

— Je ne vois pas comment faire alors, dit-il en se creusant la tête.

— Vous allez voir.

Elle lui prit le téléphone des mains et entreprit quelques manipulations.

— Il suffit en fait de programmer une sonnerie sans notes.

— Donc, silencieuse.

— Et voilà votre mobile transformé en micro clandestin, 007, dit-elle en lui lançant l'appareil qu'il attrapa au vol.

Pour vérifier le système, il décrocha le combiné du téléphone fixe de son bureau et appela son mobile. Comme prévu, celui-ci se déclencha sans aucun bruit.

— C'est incroyable, reconnut-il. Comment avez-vous appris tout ça ?

— Trouvé dans un magazine féminin, déclara Abby. Un article intéressant : dix trucs infaillibles pour surveiller votre conjoint et savoir s'il vous trompe.

27

Je ne suis homme sans défaut.

VILLON

Hôpital de Pittsfield – Unité de réanimation – Une heure du matin

— Voilà, docteur Goodrich, c'est ici.

— Très bien.

Claire Giuliani fit un pas en arrière. Elle était impressionnée par ce prestigieux médecin venu de New York pour voir son patient.

— Bon, je vous laisse un moment. N'hésitez pas si vous avez besoin de quelque chose.

— Merci, docteur Giuliani.

Garrett poussa la porte et pénétra dans la pièce. C'était une chambre assez impersonnelle, éclairée seulement par une petite veilleuse qui diffusait une lumière douce au-dessus du lit. Dans le fond, un bureau rudimentaire d'un blanc glacé côtoyait un évier en inox. Toute la salle résonnait du bip caractéristique du rythme cardiaque et du souffle de l'énorme respirateur artificiel qui recrachait bruyamment son air vers le conduit d'intubation.

Garrett se rapprocha du lit et se pencha vers Ben. Les infirmières avaient remonté les draps et installé une couverture pour éviter l'hypothermie. Immobile comme un gisant de porcelaine, l'enfant semblait minuscule, complètement noyé au milieu de ce grand lit. Les nombreuses traces d'ecchymoses qu'il portait au niveau du visage accentuaient encore cette impression de fragilité. Plusieurs tuyaux couraient le long de ses bras vers les flacons de perfusion accrochés à la potence.

Machinalement, Garrett s'approcha de l'écran du moniteur pour contrôler les valeurs de la fréquence cardiaque et de la tension. Il vérifia ensuite le pousse-seringue automatique chargé d'injecter des doses de morphine à intervalles réguliers.

Il connaissait ce genre d'endroit par cœur mais chaque fois qu'il pénétrait dans une chambre de malade, il ressentait toujours une sorte d'empathie doublée d'une émotion étrange. Il s'était entretenu un moment avec cette jeune femme, le docteur

Giuliani, qui semblait tant douter de ses capacités. Elle avait pourtant fait du bon boulot. Le gamin avait été parfaitement pris en charge. On ne pouvait pas faire plus. Maintenant, il ne restait qu'à attendre.

Si Garrett s'était déplacé jusqu'ici, c'était uniquement à la demande de Nathan. L'avocat lui avait parlé de l'accident qu'il venait d'avoir mais le médecin n'en avait pas cru un mot. Nathan avait surtout insisté pour que Garrett aille s'assurer que les meilleurs soins avaient bien été administrés à l'enfant et pour avoir un avis médical sans langue de bois. Il n'avait rien ajouté, mais Goodrich avait parfaitement compris le sens véritable de sa requête : Nathan voulait savoir si les jours de Ben Greenfield étaient en danger.

Garrett tourna la tête vers la porte vitrée pour être certain que personne ne le regardait. Il éteignit ensuite la veilleuse qui brillait au-dessus du lit. À son grand soulagement, il ne distingua aucune auréole de lumière au-dessus de la tête de l'enfant.

Ben n'allait peut-être pas se réveiller d'ici dix minutes mais, en tout cas, il n'allait pas mourir.

Garrett décida alors de tenter autre chose. Quelque chose qu'il n'entreprenait que rarement.

Il approcha doucement ses mains du visage de Ben…

Il n'avait jamais mentionné cette faculté devant

Nathan. C'était quelque chose d'étrange que lui-même ne maîtrisait pas vraiment. Pas un vrai pouvoir, ni un don. Juste une capacité supplémentaire qui pouvait venir aux Messagers avec le temps. Quelque chose de difficile à définir, en fait. Une petite porte qui s'entrouvrait un bref moment dans son esprit, une sorte de flash, aussi rapide et soudain qu'un éclair. Parfois, ça lui faisait même un peu mal, comme si son corps était vidé momentanément de toute son énergie, mais ça ne durait même pas une seconde. Un instant plus tard, tout était normal.

Mais pour que ça marche, il fallait un contact.

Les mains de Goodrich n'étaient plus qu'à quelques millimètres du visage de Ben.

Pendant longtemps, il n'avait pas été conscient de cette aptitude. Et même aujourd'hui, ça ne fonctionnait pas chaque fois. Mais parfois, il « entrevoyait », il réussissait à pousser la porte et il savait ce qui allait advenir. Il le savait, c'est tout, en dehors de tout raisonnement rationnel. Comme une sorte de pressentiment.

Garrett effleura le front de l'enfant du bout des doigts et une image fusa dans son esprit : celle de Ben Greenfield, âgé d'environ vingt ans, en train de sauter en parachute.

Cette vision ne dura pas et Garrett fut aussitôt déconnecté de cet univers prémonitoire.

Comme il transpirait un peu, il s'assit un moment près de l'enfant pour reprendre des forces puis boutonna son manteau et quitta l'hôpital.

Dans quelles circonstances Ben Greenfield sauterait-il en parachute à l'âge de vingt ans ? Il n'en savait fichtrement rien. Mais, en tout cas, il était certain d'une chose : non seulement cet enfant n'allait pas mourir, mais il allait sortir rapidement de son coma.

21 décembre
Manhattan – Gare de Grand Central

Nathan avait choisi de parcourir à pied la centaine de mètres qui séparaient son bureau de la gare. En arrivant devant la silhouette massive du Metlife Building, il jeta un coup d'œil inquiet à sa montre.

11 h 41

Parfait, il n'était pas en retard. C'est même avec quatre minutes d'avance sur son rendez-vous qu'il pénétra dans Grand Central.

Percé d'immenses verrières par lesquelles s'engouffrait une lumière blanche, le grand hall avait des allures de cathédrale. Avec ses lustres dorés et ses sculptures de marbre, le lieu ressemblait vraiment à un musée et n'usurpait pas sa réputation de plus belle gare du monde.

Il traversa l'immense salle des pas perdus pour gagner la célèbre horloge ronde à quatre cadrans qui surmontait le bureau d'information. C'est là que Creed Leroy lui avait fixé rendez-vous. D'ordinaire, il appréciait cet endroit, à jamais associé dans son esprit à un décor de cinéma et à Hitchcock qui avait tourné ici une scène célèbre de *La Mort aux trousses*.

Comme d'habitude, l'endroit grouillait de monde. Chaque jour, plus d'un demi-million de personnes se croisaient ici avant de prendre d'assaut Manhattan ou de repartir vers leurs banlieues.

L'emplacement parfait pour passer inaperçu.

L'avocat resta un moment immobile, luttant contre le flot continu de voyageurs qui déferlaient de toutes parts. Il vérifia si son téléphone portable était bien en position « décroché ». Il savait qu'à l'autre bout Abby était prête à enregistrer tous les propos susceptibles de confondre Leroy.

Nathan s'impatientait. Il ne savait même pas à quoi ressemblait celui qu'il attendait. « Moi, je vous reconnaîtrai », s'était contenté d'affirmer le maître chanteur. Il patienta encore deux ou trois minutes jusqu'à ce qu'une main s'abatte brutalement sur son épaule.

— Ravi de vous rencontrer enfin, monsieur Del Amico.

L'homme était là depuis un moment déjà mais Nathan n'avait pas pensé un seul instant qu'il puisse s'agir de Creed. L'individu qui se trouvait devant lui n'avait pas l'apparence d'un gérant de station-service. Costume sombre bien coupé, manteau de bonne qualité, chaussures neuves ou parfaitement entretenues : s'il s'était noué une cravate autour du cou, Leroy n'aurait pas dépareillé au sein d'un cabinet d'avocats de la ville. Pour autant, l'homme n'avait pas un physique particulier. Tout était moyen chez lui : la taille, la corpulence, la finesse des traits… Tout était moyen sauf son regard d'émeraude au fond duquel brûlait une flamme intense.

L'individu ne semblait pas du genre loquace. D'un mouvement de tête, il fit signe à l'avocat de le suivre.

Les deux hommes longèrent la multitude de boutiques qui bordaient les rampes conduisant aux quais. Ils arrivèrent ainsi à l'étage inférieur, plein de cafés, de sandwicheries et de restaurants. Pour réduire le bruit et la pollution, les voies ferrées de Grand Central avaient été reléguées dans les sous-sols, ce qui donnait au visiteur l'impression étrange de déambuler dans une gare sans trains. À l'invitation de Creed Leroy, Nathan poussa la porte de l'Oyster Bar.

L'endroit était réputé pour servir les meilleurs fruits de mer de la ville. En temps normal, Nathan adorait cette brasserie pleine de charme et sa grandiose salle voûtée.

— Passons d'abord par les toilettes, suggéra nerveusement Leroy.

— Pardon ?

— Ne discutez pas.

Nathan le suivit jusque dans les toilettes. Creed attendit que la pièce soit vide pour exiger :

— Donnez-moi votre manteau.

— Quoi ?

— Donnez-moi votre manteau et votre veste, je ne veux pas que vous transportiez un appareil enregistreur.

— Je ne transporte rien du tout ! se révolta Nathan en comprenant que son plan bien huilé était en train de tomber à l'eau.

— Dépêchez-vous, ordonna Creed.

Nathan retira son manteau et sa veste. Dans la poche de cette dernière, il récupéra son mobile qu'il plaça dans la poche de sa chemise. Ça ne coûtait rien d'essayer.

— Enlevez votre montre.

Nathan s'exécuta.

— Ouvrez votre chemise.

— Vous êtes complètement parano.

— Je ne le répéterai pas.

L'avocat déboutonna sa chemise en soupirant. Leroy inspecta son torse.

— Vous voulez voir autre chose ? demanda Nathan d'un ton provocant. Profitez-en, j'ai mis un caleçon Calvin Klein.

— Votre téléphone, s'il vous plaît.

— C'est ridicule !

D'autorité, Leroy s'empara du mobile.

Et merde.

— Votre alliance.

— Ne touchez pas à ça !

Creed hésita un instant puis posa sa main sur le poignet de l'avocat.

— Eh, dégagez !

En un éclair Nathan l'attrapa à la gorge et le plaqua contre la porte.

— Hrrrgl… essaya d'articuler Creed Leroy.

Nathan accentua encore sa pression.

— NE TOUCHEZ PAS À ÇA ! Compris ?

— Hrrrgl… com… pris.

L'avocat relâcha brutalement sa prise.

Leroy se courba et toussa plusieurs fois pour essayer de reprendre sa respiration.

— Bordel, Del Amico… vous allez me le payer.

— Bon, grouillez-vous, Leroy, ordonna Nathan en sortant des toilettes. Je suppose que vous ne m'avez pas fait venir ici pour déguster une soupe aux palourdes…

Ils étaient maintenant assis devant deux martinis posés sur une petite table recouverte d'une nappe à carreaux. La grande salle bourdonnait des conversations animées des clients. Leroy – qui venait de déposer le manteau, la veste et le mobile de Nathan au vestiaire – avait retrouvé une certaine contenance. Il sortit un jeu de tarot de sa poche et le tendit à l'avocat.

— Les neuf premières cartes forment le numéro d'un compte bancaire aux Bahamas, expliqua-t-il. Vous allez appeler votre banque et ordonner le versement de l'argent sur ce compte. La banque s'appelle Excelsior.

Nathan hocha la tête.

Dommage qu'Abby n'ait pas pu enregistrer ça

Bon sang, il fallait qu'il récupère son mobile. Mais pour ça, il devait d'abord endormir la vigilance de Leroy.

— Pas mal le coup des cartes, Creed.

— N'est-ce pas ?

— Oui… Aucune trace… Il n'y a qu'à mélanger le jeu pour faire disparaître la preuve du chantage

Leroy redevint soudain méfiant :

— Bon, arrêtez de chanter mes louanges et dépêchez-vous d'appeler votre banque.

— Dois-je vous rappeler que vous m'avez confisqué mon téléphone ?

— Vous allez utiliser l'appareil du restaurant pour un appel interurbain.

— Comme vous voudrez.

Nathan se composa un sourire de soulagement qu'il adressa à Leroy, puis il se leva pour se diriger vers le comptoir comme si c'était exactement ce qu'il attendait.

Cet empressement soudain fit naître chez Creed une certaine inquiétude.

— Attendez, Del Amico. Reprenez plutôt votre mobile, je veux pouvoir écouter ce que vous dites.

Nathan récupéra son mobile au vestiaire et vérifia qu'il était bien allumé.

Pas de problème.

Il pensa à Abby qu'il devinait aux aguets, armée de son magnétophone à l'autre bout du fil.

Maintenant, c'était à lui de jouer. À lui de *plaider*. Est-ce que Nathan Del Amico, le grand avocat, allait arriver à faire parler Creed Leroy ? Oui, s'il était « le meilleur », comme il aimait s'en convaincre.

Mais l'était-il vraiment ? L'était-il encore ?

Il regagna la table et posa négligemment son

mobile sur la table. Il sentait que Leroy devenait plus nerveux.

— Alors, ce coup de fil, c'est pour aujourd'hui ou pour demain ?

Nathan prit le téléphone, fit mine de le décrocher puis s'interrompit :

— En fait, mon banquier a l'habitude de déjeuner tôt et…

— Arrêtez votre cirque, Del Amico !

Nathan se gratta la tête.

— Nous avions dit dix mille dollars, c'est bien ça ?

— Ne vous foutez pas de moi, bordel !

— Calmez-vous, après tout vous allez peut-être gagner en un jour ce que j'ai mis plusieurs années à accumuler…

— Remuez-vous.

— Et ça fait quel effet d'être si prêt de passer de l'autre côté de la barrière ? Au fond de vous, je suis sûr que vous vous posez des tas de questions : est-ce que je vais me réveiller tous les matins en me disant « Ça y est, je suis riche » ? Est-ce que…

— Ne me provoquez pas !

— Écoutez, peut-être que nous devrions remettre ça à un autre jour, Creed. Vous n'avez pas l'air dans votre assiette…

Leroy abattit violemment son poing sur la table

et prononça enfin les mots que Nathan essayait de lui arracher :

— Téléphonez à votre putain de banque et faites virer un million sur mon compte !

— Très bien, très bien, c'est vous le maître du jeu.

Mais c'est moi le meilleur.

L'avocat attrapa l'appareil, l'éteignit pour déconnecter le micro et le ralluma immédiatement. Il appela Phil à la banque et ordonna le transfert de fonds sous l'œil vigilant de Leroy.

— Voilà, l'argent vient d'être versé.

À peine avait-il prononcé ces mots que Creed s'était levé de son siège pour se fondre dans la foule. Nathan ne le perdit des yeux qu'une fraction de seconde mais fut incapable de le retrouver. Creed s'était évaporé.

Leroy ressortit du restaurant sans se presser. Cet homme était à ce point transparent qu'Abby faillit le manquer. Il fit quelques pas le long du trottoir et héla un taxi.

— Aéroport de Newark, demanda-t-il en ouvrant la portière.

Abby se précipita à sa suite.

— Je me rends également à Newark, peut-être pourrions-nous partager cette voiture ?

Elle s'y engouffra avec une telle célérité que Leroy n'eut même pas la possibilité de refuser.

Le taxi roulait à peine depuis quelques secondes lorsque le téléphone d'Abby sonna.

— Je crois que c'est pour vous, fit-elle en tendant l'appareil à Leroy.

— Mais enfin, qu'est-ce que ça signifie ?

— Vous allez voir. Quant à moi, je vais finalement m'arrêter ici, dit-elle en cognant contre la vitre pour prévenir le chauffeur. Bon voyage, monsieur Leroy.

Le taxi s'arrêta pour la laisser descendre sous l'œil abasourdi de Creed. Celui-ci hésita à décrocher mais sa curiosité l'emporta sur sa prudence.

— Allô ? Il eut alors la surprise d'entendre sa propre voix : *« Téléphonez à votre putain de banque et faites virer un million sur mon compte ! Très bien, très bien, c'est vous le maître du jeu. »*

— Merde, à quoi vous jouez, Del Amico ?

— Au jeu de l'homme qui accepte de payer une fois mais pas deux.

— Qu'est-ce que vous allez faire de cette bande ?

— Rien, seulement la conserver tout comme vous conservez vos cassettes vidéo. Je la garde « au cas où » mais il ne tient qu'à vous que je ne m'en serve jamais.

— Je n'essayerai pas de vous faire chanter une seconde fois si c'est ce qui vous inquiète.

— Je l'espère pour vous, Creed, car le jeu est nettement moins amusant quand on passe par la case prison.

— Il n'y aura pas de seconde fois.

— Je ne demande qu'à vous croire. Oh ! encore une chose, Creed : vous allez voir, *il* ne tient pas toutes ses promesses.

— De qui parlez-vous ?

— De l'argent, Creed, de l'argent.

Puis il raccrocha.

Le soleil se couchait sur Nantucket. Un vent venu de l'est avait soufflé sans relâche toute la journée. Avec la tombée du jour, les vagues s'étaient déchaînées plus violemment, se brisant avec fracas sur les rochers qui protégeaient la villa des Wexler.

Jeffrey et Mallory se tenaient sous la véranda couverte qui surplombait les flots. C'était l'endroit le plus impressionnant de la maison, un point d'observation incomparable qui plongeait directement dans l'océan.

Mallory était rentrée du Brésil par le vol du matin. En arrivant à San Diego, elle avait appelé ses parents dans les Berkshires mais la domestique l'avait prévenue que « monsieur et madame » avaient finalement décidé de passer Noël à Nantucket. Inquiète de ce changement de destination, elle avait pris un avion jusqu'à Boston et était arrivée dans l'île à peine une heure auparavant.

— Voilà, Mallory, tu connais toute l'histoire.

Jeffrey venait de lui raconter dans le détail les événements de ces derniers jours. Il n'avait rien omis, depuis le moment où, complètement soûl, il avait renversé Ben Greenfield, en passant par le sacrifice de Nathan, jusqu'à cette histoire avec Creed Leroy dont son gendre l'avait tenu au courant. Il était également revenu sur son problème d'alcoolisme qui l'avait conduit, vingt-cinq ans auparavant, à accuser la mère de Nathan d'un vol qu'elle n'avait pas commis.

Il avait tout raconté sauf que Nathan allait mourir.

Les yeux remplis de larmes, Mallory se rapprocha de son père.

— As-tu des nouvelles de cet enfant ?

— J'appelle l'hôpital deux fois par jour. Son état est stationnaire. Tout peut encore arriver.

Jeffrey voulut la prendre dans ses bras mais elle le repoussa.

— Comment as-tu pu ? s'étrangla-t-elle. Comment as-tu pu laisser Nathan s'accuser à ta place ?

— Je… je ne sais pas, bredouilla-t-il, c'est lui

qui l'a voulu. Il pensait que ça serait mieux pour tout le monde…

— C'est surtout mieux pour toi !

Ce jugement claqua douloureusement aux oreilles de Jeffrey.

Le vieil homme ne savait comment se justifier. Il se sentait tenu par la promesse faite à Nathan et il était bien décidé à la respecter, dût-il pour cela passer pour un lâche auprès de sa fille. Telle était sa part du fardeau. Sa façon d'expier.

— Mais tu ne vas tout de même pas le laisser aller en prison ?

— Non, chérie, assura Jeffrey, je te promets que je le sortirai de là. Il n'y a peut-être plus qu'une chose que je sache faire correctement en ce monde et je vais m'y employer.

Jeffrey regarda ses mains qui tremblaient de façon alarmante, signe qu'il était en manque d'alcool. Pour la troisième fois en moins d'un quart d'heure, il ouvrit la bouteille d'Évian posée sur la table et avala une nouvelle gorgée, espérant sans trop y croire qu'elle allait avoir sur lui les vertus apaisantes d'un trait de vodka.

— Pardonne-moi, Mallory.

Il se sentait misérable, paralysé par un sentiment qui se situait au-delà de la honte. Sa fille, qu'il adorait et qu'il savait fragile, était en pleurs à côté de lui et il n'avait même plus le droit de la serrer dans ses bras.

Mallory s'avança vers l'immense paroi de verre qui enveloppait la véranda. Son regard se perdit dans la ligne d'horizon de l'océan. Lorsqu'elle était petite, les jours de tempête, elle n'osait pas s'aventurer ici à cause du bruit amplifié des vagues et du vent. Ce déchaînement des éléments la terrifiait et lui donnait l'impression d'être au milieu de l'ouragan.

Jeffrey osa faire un pas dans sa direction.

— Chérie…

Elle se retourna, le regarda et se laissa enfin aller dans ses bras, comme lorsqu'elle avait dix ans.

— Je suis malheureuse à en crever depuis que je ne vis plus avec Nathan, papa.

— Parle avec lui, chérie. Je crois qu'il a des choses à te dire.

— Au début, lorsque nous nous sommes séparés, j'ai éprouvé un mélange étrange de peine et de soulagement.

— De soulagement ?

— Oui, toute ma vie, j'ai eu peur qu'il ne m'aime plus, qu'il se réveille un matin et me découvre telle que j'étais vraiment, faible et fragile. En ce sens, ne plus être avec lui constituait une délivrance : puisque je l'avais déjà perdu, je ne risquais plus de le perdre.

— Il a autant besoin de toi que toi de lui.

— Je ne crois pas. Il ne m'aime plus.

— Ce qu'il vient de faire démontre le contraire

Elle leva vers lui des yeux pleins d'espoir.

— Va le retrouver, conseilla gravement Jeffrey. Mais dépêche-toi : le temps presse.

28

Ferme les yeux, claque trois fois les talons,
et pense très fort : on n'est bien que chez soi.

Dialogue du film *Le Magicien d'Oz*
de Victor FLEMING

24 décembre

— J'peux avoir un hot dog ?

Bonnie sautillait devant le chariot d'un vendeur ambulant, à l'angle de la 5e Avenue et de la 58e Rue.

— Il est seize heures, chérie, ne préfères-tu pas plutôt un fruit ?

— Oh non ! fit la petite fille en secouant la tête, j'adore les hot dogs avec beaucoup de moutarde et aussi des oignons frits ! C'est délicieux.

Nathan hésita : cette nourriture n'était pas très

bonne pour la santé mais il donna néanmoins son accord d'un signe de tête.

— *¿ Cuanto cuesta esto*[1] *?* demanda-t-elle le plus sérieusement du monde en sortant de sa poche un minuscule porte-monnaie dans lequel elle gardait ses économies.

Son père la gronda :

— Tu ne dois pas parler espagnol avec tout le monde.

— *Son dos dólares*[2], lui répondit le vendeur avec un clin d'œil.

Nathan sortit lui aussi son portefeuille et en tira une petite liasse de billets pliée en deux

— Range ton argent, va.

Il paya les deux dollars et sa fille le remercia de son plus gracieux sourire.

Elle attrapa son hot dog puis fila comme une flèche vers un attroupement d'où s'élevaient des chants de Noël. Il régnait un froid sec mais vivifiant, avec un soleil magnifique qui éclaboussait les façades des immeubles. Nathan emboîta le pas à sa fille. Au milieu de cette foule et des nombreuses animations battant leur plein sur l'avenue, il restait attentif à ne pas la quitter des yeux, ce qui lui permit de constater au pas sage qu'une belle

1. *Combien ça coûte ?*
2. *Ça fait deux dollars.*

tache jaune de moutarde pimentée s'était incrustée dans son duffle-coat. Ils écoutèrent un moment les belles mélodies chantées *a cappella* par une formation de Negro Spirituals. Bonnie fredonna plusieurs airs avec eux avant de migrer vers un autre groupe. Elle ne résista pas bien longtemps à la tentation de donner les deux dollars qu'elle avait en poche à un violoniste déguisé en père Noël qui récoltait de l'argent pour l'Armée du Salut. Elle entraîna ensuite Nathan vers l'entrée sud-est de Central Park, juste en face de Grand Army Plaza.

Malgré le froid, en cette fin d'après-midi, le vaste espace vert était pris d'assaut par les flâneurs. D'un peu partout, des promeneurs investissaient le lieu, à pied, à vélo, en calèche traditionnelle et même en skis de fond !

Ils passèrent devant une pancarte qui proposait d'adopter certaines branches des arbres du parc.

— Est-ce que je pourrais adopter une branche pour mon anniversaire ? demanda Bonnie.

Il fut catégorique :

— Non, c'est stupide, on n'adopte pas les arbres.

Elle n'insista pas, mais enchaîna sur une nouvelle requête :

— On pourra aller à Times Square pour le jour de l'an ?

— Ce n'est pas un endroit pour une petite fille. Et puis, ce n'est pas très beau.

— S'il te plaît. Sarah m'a dit que c'était le réveillon en plein air le plus important du pays.

— On verra, chérie. Couvre-toi bien en attendant, il commence à faire froid.

Elle enfonça son bonnet péruvien jusqu'aux yeux. Il lui noua son écharpe autour du cou et la fit se moucher dans un Kleenex. C'était une enfant adorable et prendre soin d'elle était un privilège inestimable.

Bonnie n'avait pas été traumatisée par ce qu'elle avait vécu le soir de l'accident. Voir son père emmené par les policiers comme un vulgaire criminel n'avait pas été facile pour elle mais, dès le lendemain, ses grands-parents lui avaient raconté toute la vérité. Aujourd'hui, elle n'en parlait que pour s'inquiéter du petit garçon qui avait été blessé. Sur ce point, les dernières nouvelles étaient rassurantes : le matin même, Jeffrey avait appelé Nathan pour lui annoncer que Ben était sorti du coma. Pour les deux hommes, l'intense soulagement de savoir le garçon hors de danger se mêlait à une satisfaction plus égoïste : du même coup disparaissait la menace de la prison qui planait sur Nathan.

Bonnie et lui venaient de passer ensemble trois jours de vacances formidables où ils n'avaient rien fait d'autre que s'amuser. Nathan n'avait pas essayé de délivrer à sa fille un message particulier. Il ne voulait pas perdre son temps à jouer au philosophe, mais seulement partager avec elle des moments précieux qu'elle pourrait se rappeler plus tard. Il lui avait fait découvrir les antiquités égyptiennes et les toiles de Picasso au MoMA[1]. La veille, ils avaient rendu visite au gorille de l'immense zoo du Bronx et, dans la matinée, ils étaient remontés jusqu'aux jardins de Fort Tryon Park où Rockefeller avait fait reconstruire pierre par pierre certains cloîtres du sud de la France.

Nathan regarda sa montre. Il lui avait promis d'aller faire un tour près du Carrousel mais il fallait se dépêcher : il était déjà tard et la célèbre attraction n'était ouverte que jusqu'à seize heures trente. Ils se mirent à courir en direction du manège. Une atmosphère de fête foraine se dégageait des lieux. Bonnie s'amusait beaucoup.

— Tu montes à côté de moi ? demanda-t-elle tout essoufflée.

— Non, bébé, ce n'est pas pour les grandes personnes.

— Il y a pourtant plein d'adultes, fit-elle en désignant les chevaux de bois.

— Allez, va vite, l'encouragea-t-il.

— S'il te plaît, insista-t-elle.

---

1. MoMA : Museum of Modern Art.

Aujourd'hui, il n'était pas d'humeur à lui refuser quelque chose. Il prit donc place à côté d'elle sur l'un des magnifiques chevaux peints.

— C'est parti ! cria l'enfant lorsque le Carrousel se mit en branle et que retentit l'entraînante musique.

Après le manège, ils allèrent jeter quelques miettes de pain aux canards qui s'ébrouaient sur les eaux calmes de l'étang et atteignirent la patinoire du Wollman Rink.

À cette période de l'année, c'était l'un des endroits en plein air les plus charmants de Manhattan. La piste était entourée d'arbres dominés par les gratte-ciel de Midtown. Derrière le grillage, Bonnie regardait avec envie les autres enfants qui poussaient des cris de joie en exécutant des figures.

— Veux-tu essayer ?

— Je peux ? demanda la petite fille qui n'en croyait pas ses oreilles.

— Seulement si tu t'en sens capable.

Il y a encore six mois, elle aurait répondu *non, j'ai peur* ou *je suis trop petite*, mais depuis quelque temps elle avait pris davantage confiance en elle.

— Tu penses que je saurais ?

— Bien sûr, répondit Nathan en la regardant dans les yeux. Tu es une vraie championne en rollers. Eh bien, le patin à glace, ça fonctionne exactement pareil.

— Alors, j'veux bien tenter ma chance.

Il paya les sept dollars pour l'entrée et la location des patins puis l'aida à se chausser et à pénétrer sur la piste.

D'abord hésitante, elle ne tarda pas à connaître sa première chute. Vexée, elle se releva bien vite en cherchant Nathan du regard. Du bord de la patinoire, il l'encouragea à persévérer. Elle essaya à nouveau, prit un peu d'assurance et parvint à glisser sur plusieurs mètres. Alors qu'elle commençait à prendre de la vitesse, elle entra en collision avec un garçon de son âge. Au lieu de pleurer, elle éclata de rire.

— Fais comme ça ! lui cria Nathan de loin, tout en mimant avec ses deux mains la position qu'on devait donner au patin pour freiner.

Elle leva le pouce dans sa direction. Elle était à un âge où on apprenait vite.

Rassuré, il remonta vers la petite baraque qui vendait des boissons et commanda un café tout en gardant un œil sur elle. Les joues rosies par le froid vif de l'hiver, elle patinait maintenant avec plus d'assurance sur des rythmes de rock'n roll.

Il souffla dans ses mains pour se réchauffer. Aujourd'hui, Manhattan ressemblait à une immense station de ski. De loin, la piste de glace brillait comme de l'argent. Sur un talus entourant la patinoire, un « tag » éphémère gravé dans la neige proclamait : I♥NY. Nathan aimait ces ambiances hivernales lorsque la ville entière semblait prise dans un écrin de cristal. Il se déplaça le long du grillage pour profiter des derniers rayons de soleil de l'après-midi. C'est fou comme le simple fait de recevoir le soleil sur son visage était devenu important pour lui !

Cette pensée déclencha immédiatement une bouffée d'émotion. Bientôt, ce serait la fin. Il ne pourrait plus jamais sentir la bonne odeur du café lui chatouiller les narines ou la chaleur du soleil lui réchauffer la peau. Des larmes lui montèrent aux yeux mais il les chassa aussitôt. Ce n'était pas le moment de se laisser aller.

Après tout, on lui avait laissé le temps de dire au revoir à sa fille et à sa femme. Tous les mourants n'avaient pas eu cette chance.

Bientôt, les rayons dorés du soleil se mirent à décliner derrière la ligne des gratte-ciel. Dans un moment, la nuit tomberait. Les lampadaires s'allumeraient alors comme des bougies au milieu de ce paysage de neige, offrant une autre vision féerique du parc.

Pour l'instant, il faisait encore jour mais un bout de lune blanchâtre avait fait son apparition derrière les tours. C'est alors qu'il la vit arriver, de loin, dans la lumière.

Mallory.

Sa silhouette se découpait dans la lueur orangée. Le vent balayait ses cheveux et le froid lui donnait des couleurs.

Lorsqu'elle l'aperçut, elle se mit à courir dans sa direction et, encore tout essoufflée, se précipita dans ses bras. Ce fut comme s'ils avaient à nouveau vingt ans, sauf que, lorsqu'ils se retournèrent, ils virent une petite fille qui avait quitté ses patins et accourait vers eux en lançant des cris de joie.

Bonnie sauta dans leurs bras et ils se serrèrent très fort tous les trois. Comme ils étaient enlacés, l'enfant demanda :

— On fait la fleur ?

C'était un jeu qu'ils avaient inventé autrefois lorsque Bonnie était toute petite.

D'abord, on se rapprochait très près, on s'embrassait et on disait : « la fleur fermée », puis on se dégageait en criant : « la fleur ouverte ».

On recommençait la manœuvre comme ça, trois ou quatre fois. La fleur fermée, la fleur ouverte. La fleur fermée, la fleur ouverte…

Un jeu tout simple, signe de ralliement pour souder cette famille dans laquelle il manquerait toujours quelqu'un.

29

C'est toujours de l'amour que nous souffrons,
même quand nous croyons ne souffrir de rien.

Christian BOBIN

Quelques heures plus tard
Nuit du 24 décembre
Appartement du San Remo Building

Allongés tous les deux au milieu du lit, ils regardaient les étoiles.

Le ciel était si dégagé que la lune éclairait leur chambre d'une lumière bleutée. Les lèvres de Mallory glissèrent le long du cou de Nathan. Une vague intense venait de les unir à nouveau et leur respiration continuait à être rapide.

Elle passa une main dans les cheveux de son mari.

— Tu sais que je suis plus vieille que toi, chuchota-t-elle au creux de son oreille.

— Seulement de quelques jours, remarqua-t-il dans un sourire.

— Je crois que l'on t'a fait pour moi, plaisanta-t-elle.

Il posa une main sur sa poitrine.

— Que veux-tu dire ?

Elle continua son jeu :

— Lorsque j'ai été conçue, je crois qu'une entité bienfaitrice s'est penchée sur mon berceau et a décidé de m'adjoindre quelqu'un pour affronter les difficultés de ce monde.

— Et c'est comme ça qu'a été décidée mon existence en haut lieu ? fit-il en riant.

— Exactement. Tu peux donc me remercier très chaleureusement, murmura-t-elle en l'embrassant. Sans moi, tu n'aurais sans doute pas vu le jour.

Il répondit longuement à ses baisers. Il ne voulait plus se défaire de son odeur. Il était attentif à tout, au moindre frémissement de son grain de peau, au moindre de ses soupirs. On pouvait gagner à la loterie, remporter le procès du siècle, avoir sept ou huit zéros sur son compte en banque, rien ne remplacerait jamais cela. Il la serra plus fort dans ses bras, l'embrassa sur la nuque, lui caressa les hanches, puis se colla contre son dos, comme si elle constituait son dernier lien avec la vie.

Alors, ce qu'il avait vécu ces derniers jours repassa à toute vitesse devant ses yeux et il se rendit compte qu'il ne s'était jamais senti aussi vivant que depuis le moment où il avait compris qu'il allait mourir bientôt.

Puis, immédiatement après, il sentit à nouveau la mort qui rôdait autour de lui.

Ce soir, pour la première fois, il était prêt à l'accepter. Bien sûr, la peur n'avait pas disparu, mais elle s'accompagnait d'une certaine impatience. Il devenait curieux de la mort comme on peut être curieux d'un nouveau continent. Il partait peut-être vers l'inconnu mais il était entouré d'amour. *En paix avec lui-même et en paix avec les autres,* comme aurait dit Garrett.

Son corps était brûlant, comme s'il avait de la fièvre. Il sentit à nouveau cette douleur à la poitrine qu'il avait fini par oublier et sa morsure à la cheville se réveilla presque en même temps. Il lui sembla aussi que tous les os de son corps étaient en train de bouillir et de s'émietter. Il se sentait peu à peu exclu du monde des vivants, projeté dans une dimension inconnue.

Il avait maintenant l'impression de n'être vivant que pour pouvoir mourir.

Il était deux heures du matin lorsqu'il ferma les yeux ce soir-là, et sa dernière pensée fut pour Goodrich.

Bientôt, il ne sera plus près de moi.

Je ne le verrai plus. Je ne l'entendrai plus.

Lui continuera à opérer des gens et à accompagner d'autres personnes dans la mort.

Moi, comme tous ceux qui m'ont précédé, j'aurai enfin la réponse à la question : y a-t-il un endroit où nous allons tous ?

À une centaine de kilomètres de là, Jeffrey Wexler se leva de son lit sans faire de bruit. Il ouvrit une petite porte, nichée sous l'escalier du salon, alluma l'ampoule nue et poussiéreuse qui pendait au plafond et descendit prudemment les escaliers qui menaient à la cave.

Sous l'une des étagères en bois, il tira une caisse de six bouteilles de whisky qu'un livreur lui avait apportée quelques jours plus tôt : du Chivas vingt ans d'âge, un cadeau de Noël d'un client qu'il avait tiré d'un mauvais pas.

Dès qu'il s'était mis au lit, Jeffrey avait compris qu'il ne pourrait pas trouver le sommeil tant que ces bouteilles seraient sous son toit. Il remonta la caisse dans la cuisine et entreprit de vider chaque bouteille dans l'évier. L'opération lui prit quelques minutes pendant lesquelles il regarda, songeur, l'alcool s'écouler comme l'eau blanchâtre des spaghettis que l'on égoutte. Ensuite, il ouvrit abondamment le robinet d'eau pour ne pas succomber à l'envie de lécher l'évier.

Comment un homme comme lui avait-il pu en arriver là ? Il se posait la question chaque jour et savait qu'il ne trouverait jamais la réponse.

En attendant, il avait su, aujourd'hui encore, résister à la tentation. Pourtant, demain serait un nouveau combat. De même que le jour suivant. Sa guerre nécessitait une vigilance de tous les instants car lorsqu'il était en manque, il se savait capable d'absorber n'importe quoi : l'eau de Cologne, le déodorant, la bouteille d'alcool à 90° de la boîte à pharmacie. Le danger était partout.

Il retourna se coucher près de sa femme mais il était très déprimé. Son poing se crispa contre l'oreiller. Peut-être devrait-il essayer de se rapprocher de Lisa, de communiquer davantage avec elle et de lui parler de cette détresse morale qui l'envahissait tout entier. C'était le moment ou jamais.

Oui, il lui en parlerait sans doute dès le lendemain.

S'il arrivait à en trouver le courage.

Minuit passé
Quelque part dans un quartier populaire de Brooklyn

Connie Booker ouvrit la porte en prenant garde de ne pas faire de bruit. Elle se pencha vers Josh et le regarda avec une profonde tendresse. Il y a encore dix jours, cette pièce n'était qu'une chambre d'amis, froide et sans vie. Ce soir, un enfant y dormait dans la chaleur d'un petit lit. Elle n'en revenait toujours pas.

Tout était allé très vite. Il y avait d'abord eu cette tragédie avec la mort de sa nièce, Candice, lors de cet horrible braquage. Puis, quelques heures plus tard, un appel des services sociaux lui proposant de recueillir le bébé. Connie n'avait pas été longue à accepter. À bientôt cinquante ans et après plusieurs fausses couches, elle n'espérait plus avoir d'enfant. Elle était arrivée à un âge où elle n'attendait plus grand-chose de la vie. Ces dernières années, elle s'était sentie de plus en plus fatiguée et vieillissante. Mais depuis l'arrivée de Josh, la lourdeur de son existence s'était évaporée. Comme si sa vie avait soudain retrouvé tout son sens.

Elle serait une bonne mère, elle en était sûre. Josh ne manquerait de rien. Avec son mari, ils travaillaient déjà dur et Jack, très fier de son nouveau rôle de père, venait de demander des heures supplémentaires à la caserne.

Quelque chose tout de même la tracassait. Ce matin, dans sa boîte aux lettres, elle avait trouvé un paquet en papier kraft avec une voiture électrique et quelques billets. Il contenait aussi une lettre simplement signée « Nathan » précisant que cet argent était destiné au Noël du petit.

Avec Jack, elle avait relu la lettre plusieurs fois et ils n'avaient pas trop su quoi en penser. Décidément, c'était un bien étrange Noël. Connie embrassa doucement l'enfant et sortit en silence.

En refermant la porte, elle se demanda encore une fois qui pouvait bien être ce mystérieux donateur.

Greenwich Village

Abby Coopers revenait de sa soirée de réveillon. Seule. Elle tenait un sacré mal de tête et une chose était certaine : ce n'était toujours pas ce soir qu'elle rencontrerait le grand amour. Devant sa porte, le gardien avait posé un paquet. Elle l'ouvrit avec curiosité. C'était une bouteille de vin français, accompagnée d'un mot. Nathan lui souhaitait un joyeux Noël et la remerciait pour tout ce qu'elle avait fait pour lui.

Abby retira ses chaussures avec célérité puis inséra dans la platine son CD favori – *Songs* du trio de jazz de Brad Mehldau – avant de tamiser les lumières. Elle s'installa sur le canapé en allongeant ses jambes sur la place inoccupée à côté d'elle.

Elle relut la carte de vœux une deuxième fois. Il y avait quelque chose de bizarre dans ce mot, comme si c'était une lettre d'adieu, comme s'ils ne devaient jamais plus se revoir.

Non, c'était stupide, elle se faisait des idées. Elle se demanda néanmoins où pouvait bien être Nathan à ce moment précis. Une intuition lui donna la réponse : sans doute avec son ex-femme.

Dommage.

Lui, aurait pu être son grand amour.

Garrett Goodrich sortit du centre de soins palliatifs de Staten Island.

— Allez, Cujo, monte, mon chien ! lança-t-il en ouvrant la portière arrière de sa voiture.

L'énorme dogue s'exécuta en jappant.

Garrett s'installa à l'avant, tourna la clef de contact et alluma son vieux poste de radio. Il fit défiler les stations, grimaça en écoutant Britney

Spears, fronça les sourcils en tombant sur un refrain d'Eminem puis trouva enfin son bonheur grâce à une station de musique classique qui diffusait une représentation du *Nabucco* de Verdi.

Parfait, jugea-t-il en dodelinant de la tête.

Il prit lentement la direction de son appartement, tandis que le chœur des esclaves hébreux entonnait le *Va, pensiero, sull'ali dorate.* Au premier feu rouge, il jeta un coup d'œil au chien sur la banquette arrière puis écrasa un lourd bâillement. Depuis combien de temps n'avait-il pas vraiment dormi ? Il fit un effort mais ne parvint pas à s'en souvenir.

Ça devait faire très longtemps.

Dans sa chambre, Bonnie Del Amico n'arrivait pas à fermer l'œil.

Elle était tellement heureuse que ses parents s'aiment à nouveau. C'était ce qu'elle avait toujours souhaité. Depuis deux ans, il n'y avait pas eu un soir sans qu'elle le demande dans ses prières. Pourtant, son angoisse n'était pas totalement apaisée, comme si une menace confuse planait encore sur sa famille.

Elle se leva d'un bond, ramassa son bonnet péruvien qui traînait sur une chaise et s'en servit comme doudou pour trouver enfin le sommeil.

Trois heures du matin, dans un cimetière du Queens.

Une épaisse couche de neige glacée recouvrait toujours la pierre tombale d'Eleanor Del Amico. Ce matin, son fils avait apporté des fleurs ; un bouquet de quelques roses dans un vase en étain. Si le vase avait été transparent, on aurait pu voir, à travers, quelque chose qui enserrait les tiges des fleurs.

C'était un bracelet à quatre rangs de perles, avec un fermoir en argent serti de petits brillants.

Il faisait encore nuit dans la petite ville de Mystic, Massachusetts.

Près de la plage, dans une maison vide, se trouvait une pièce avec des étagères en métal. Dans un grand carton était rangé un album que quelqu'un avait récemment ouvert. Un album contenant toutes sortes de choses : des textes, des dessins, des fleurs séchées, des photos… Sur l'une d'entre elles, une femme courait sur une plage.

Juste en dessous, elle avait écrit au stylo :

« Je cours si vite que la mort ne me rattrapera jamais. »

Elle s'appelait Emily Goodrich et savait pourtant très bien que la mort finirait par l'emporter.

Elle n'avait jamais vraiment cru en Dieu.

Mais peut-être y avait-il autre chose.

Un mystère.

Un endroit où nous allons tous.

Mallory ouvrit les yeux.

Elle écouta dans la nuit la respiration de son mari qui dormait à côté d'elle.

Pour la première fois depuis longtemps, elle se sentit confiante en l'avenir et songea à la possibilité de faire un autre enfant. Cette perspective l'emplit d'un seul coup d'une joie débordante.

Au moment de se rendormir, Dieu sait pourquoi, elle se rappela qu'avec ce voyage au Brésil, elle n'était toujours pas passée prendre les résultats des analyses que son médecin lui avait demandé de faire la semaine dernière.

Tant pis, elles attendraient encore quelques jours. De toute façon, le docteur Albright s'inquiétait toujours pour rien.

Le jour se levait sur l'île de Nantucket.

À cette heure, il n'y avait personne près du lac de Sankaty Head, derrière les marais qui baignaient les plantations de canneberges.

Dans la région, les eaux des lacs et des étangs avaient gelé depuis plusieurs jours. Pourtant, un cygne blanc nageait le long d'une mince surface où la glace avait commencé à fondre. Comment ce cygne avait-il pu se perdre ici en plein hiver ? Personne ne le saurait jamais.

Personne ne le verrait jamais non plus, car l'oiseau ne tarda pas à prendre son envol dans un battement d'ailes au souffle grave.

Pour s'en aller ailleurs.

30

Ne dis jamais de rien :
Je l'ai perdu mais : Je l'ai rendu.
Ton enfant est mort ? Il a été rendu.
Ta femme est morte ? Elle a été rendue.

ÉPICTÈTE

25 décembre

D'abord il ne sentit qu'une onde de chaleur sur son visage qui ne l'incita pas à ouvrir tout de suite les yeux. Il avait bien trop peur de ce qu'il pourrait découvrir.

Puis il entendit une musique au loin. Il connaissait cet air. Qu'est-ce que ça pouvait bien être ? Du Mozart peut-être. Oui, le *Concerto pour piano n° 20*, son préféré.

Enfin, il lui sembla qu'une odeur de *pancakes*

flottait dans l'air. Alors seulement, Nathan se décida à ouvrir les yeux : on ne dégustait sans doute pas de *pancakes* dans l'autre monde.

En effet, il était toujours chez lui, en caleçon et en tee-shirt, dans la chambre où il s'était endormi la veille. Il pouvait difficilement le croire mais il était encore en vie. Il se redressa pour s'asseoir dans le lit. Personne à ses côtés. Il tourna la tête vers la fenêtre : il faisait beau en ce jour de Noël. Un soleil insolent qui déversait sa lumière éclatante dans toute la pièce.

Bonnie poussa la porte de la chambre et passa la tête dans l'entrebâillement.

— *¿ Qué tal*[1] *?* demanda-t-elle en voyant que son père était réveillé.

— Salut, petit écureuil, tout va bien ?

— Très bien ! cria-t-elle en prenant son élan pour sauter dans le lit.

Il l'attrapa au vol et la serra contre lui.

— Où est maman ?

— Elle prépare des crêpes. On va prendre le petit déjeuner au lit tous les trois !

Pour manifester son enthousiasme, Bonnie se servit du lit de ses parents comme d'un trampoline, multipliant les sauts, les rebonds et les cabrioles.

Nathan tendit l'oreille. Des notes de musique

---

1. *Comment ça va ?*

classique montaient du rez-de-chaussée, mêlées au bruit des casseroles et des ustensiles de cuisine. Mallory avait toujours aimé travailler en écoutant la radio.

Il se mit debout, devant le miroir en pied de la chambre, s'examina avec attention, frotta sa barbe naissante avec le revers de la main comme s'il n'en croyait pas ses yeux. Pas de doute, c'était bien lui, en chair et en os. La veille, il avait pourtant cru qu'il allait mourir au cours de la nuit. Mais, à présent, il ne ressentait plus rien, ni fièvre ni douleur, comme si le danger qui le menaçait s'était évaporé.

Comment expliquer cela ? Il n'avait quand même pas tout inventé.

La voix de Mallory retentit depuis la cuisine :

— Quelqu'un pour venir m'aider ?

— J'arrive ! hurla Bonnie en faisant un atterrissage contrôlé sur le parquet.

Sa fille, sa femme et lui, enfin réunis, sans menace au-dessus de leur tête. C'était presque trop beau. Trop de bonheur d'un seul coup.

Pourtant, il sentait confusément que quelque chose n'allait pas.

Il fallait qu'il parle à sa femme. Il proposa son aide :

— Tu as besoin de moi, chérie ?

— Tout va bien, mon amour, on s'en sort, lui répondit Mallory.

Il se pointa devant la baie vitrée pour voir Central Park qui s'éveillait. Le brouillard du matin qui réduisait toujours un peu la visibilité s'était complètement dissipé.

Bonnie remontait les escaliers avec un plateau contenant une assiette remplie de petites crêpes.

Elle le posa sur le lit, plongea l'un de ses doigts dans le pot de sirop d'érable et le porta à sa bouche tout en lui adressant son fameux clin d'œil.

— Miam-miam, fit-elle en se frottant le ventre.

Derrière lui, il entendait les marches qui craquaient. Il se retourna pour guetter l'arrivée de Mallory.

D'abord, il ne remarqua rien de particulier. Radieuse, elle se tenait dans la lumière, debout devant la vitre, chargée d'un gros plateau à petit déjeuner contenant du café, des fruits et des *bagels*.

Mais alors qu'elle s'avançait dans la pièce pour faire le tour du lit, Nathan tressaillit et sentit soudain le sol s'écrouler sous lui : un halo de lumière blanche restait accroché à la chevelure de Mallory.

31

Ce n'est pas la mort qui est mauvaise.
C'est la tâche non accomplie.

Dialogues avec l'ange

Déstabilisé et en proie aux pensées les plus folles, Nathan roulait à toute vitesse en direction de Soho.

Il fallait qu'il sache. Et seul Garrett avait les réponses.

Il jeta un coup d'œil au cadran du tableau de bord. À cette heure-ci, un jour férié, le médecin serait probablement encore chez lui.

Il arriva comme une fusée sur Houston Street, laissa le 4 × 4 en plein milieu de la rue et se précipita dans l'immeuble de Goodrich. Après un rapide coup d'œil sur les étiquettes des boîtes aux lettres, il monta trois par trois les marches qui menaient au dernier étage.

Arrivé devant l'entrée du médecin, il tambourina bruyamment.

Personne.

De rage, il balança un violent coup de poing dans la porte qui se mit à vibrer. Alertée par le bruit, une vieille voisine au dos voûté sortit sur le palier.

— C'est vous qui faites tout ce raffut ? demanda-t-elle d'une voix fluette.

— Le docteur n'est pas là ?

Elle regarda sa montre.

— À cette heure, il doit promener son chien.

— Savez-vous à quel endroit ? lui demanda l'avocat en faisant un effort pour se radoucir.

— Je ne sais pas, répondit la petite femme apeurée, il va parfois du côté de…

La fin de sa réponse se perdit dans les escaliers :

— … Battery Park.

Nathan avait déjà repris le 4 × 4. Il appuya sur le champignon, direction Downtown. La circulation avait beau être fluide, il trouvait qu'il n'avançait pas assez vite. Il grilla imprudemment un feu en tournant sur Broadway. Rongé par l'angoisse, il ne distinguait plus vraiment la route qui défilait devant lui.

Il ne voyait que l'image de Bonnie sautant de

joie sur le lit et le visage de Mallory cerné par la lumière. Tout à l'heure, il s'était approché d'elle jusqu'à la toucher, il lui avait passé la main dans les cheveux comme pour chasser cette maudite auréole. Mais la lumière n'avait pas disparu.

Et il était le seul à la voir.

Il continua sa course folle. Au niveau de TriBeCa, il rétrograda pour s'engager dans ce qu'il pensait être un raccourci et qui se révéla une rue à sens unique. Il roula à contre-courant sur quelques dizaines de mètres, débordant plusieurs fois sur le trottoir et se faisant rappeler à l'ordre par de vigoureux coups d'avertisseur sonore. Il parvint à faire demi-tour et se força à ralentir : dans sa situation, il ne pouvait pas se permettre d'avoir toutes les voitures de police de la ville à ses trousses.

Nathan abandonna finalement sa voiture au niveau de Fulton Street, sans même penser à la fermer à clé. Il poursuivit sa route à pied et, quelques minutes plus tard, arriva aux abords de la pointe sud de Manhattan. Il traversa les allées boisées de Battery Park pour déboucher sur la promenade qui bordait l'Hudson. Une nuée de mouettes s'envola à son arrivée. À présent, il ne pouvait pas descendre plus bas. La baie de New York battue par le vent du large s'ouvrait devant lui. Il courut le long du promontoire qui longeait le fleuve. Il y avait peu de monde : quelques joggeurs isolés étaient venus éliminer les excès du réveillon de la veille tandis qu'un vieil homme profitait de l'absence des ferrys pour poser des cannes à pêche le long des embarcadères. Perdue dans un petit nuage de brume malgré le soleil, on devinait la silhouette de la statue de la Liberté qui tendait sa torche vers Staten Island.

Enfin, il aperçut Garrett.

Les mains croisées derrière le dos, il promenait tranquillement son chien, le redoutable Cujo, qui trottinait quelques mètres devant lui.

Alors qu'il était encore assez loin du médecin, Nathan l'interpella :

— Qu'est-ce que ça veut dire ? hurla-t-il.

Garrett se retourna. Il ne paraissait pas spécialement étonné de le voir, comme s'il avait toujours su que cette histoire se terminerait ici et de cette façon.

— Je crois que vous le savez très bien, Nathan.

— Ce n'était pas ce que vous m'aviez dit, protesta-t-il en arrivant à sa hauteur, vous prétendiez que c'était *moi* qui devais mourir !

Garrett secoua la tête.

— Je n'ai jamais affirmé ça. C'est vous qui l'avez cru.

— Si, vous l'avez dit ! Je n'ai quand même pas rêvé.

Il se souvenait lui avoir posé la question : *est-ce que vous êtes ici pour moi ?*

Pourtant, en y réfléchissant, Nathan comprit que Garrett avait raison : jamais il ne lui avait clairement confirmé qu'il allait mourir. La seule fois où il avait consenti à donner un semblant de réponse, lors de leur discussion dans la cafétéria de l'hôpital, il avait précisé : *ce n'est pas vraiment ce que j'ai dit.* Mais Nathan avait choisi de ne pas tenir compte de sa remarque.

Certaines autres paroles de Goodrich résonnaient maintenant dans sa tête.

Il existe des gens qui préparent ceux qui vont mourir à faire le grand saut dans l'autre monde.

Leur rôle est de faciliter la séparation paisible des vivants et des morts.

C'est une sorte de confrérie.

Le monde est peuplé de Messagers mais peu de gens en connaissent l'existence.

Je ne suis pas un demi-dieu. Je ne suis qu'un homme, tout comme vous.

Cette dernière phrase.

Tout comme vous...

Nathan frémit. Il avait eu tous les éléments devant les yeux et il ne s'était douté de rien.

Il fixa Garrett droit dans les yeux.

— Vous n'avez jamais été là pour m'annoncer ma mort.

— En effet, avoua le médecin d'un ton résigné, ce n'est pas pour cela que je suis entré en contact avec vous.

— Vous vouliez me prévenir que j'allais devenir un Messager, c'est ça ?

Goodrich approuva de la tête.

— Oui, je devais vous révéler cette face cachée de la réalité. Mon rôle était de vous initier à cette fonction, de m'assurer que vous seriez capable de remplir le rôle qui vous serait dévolu.

— Mais pourquoi moi ?

Garrett écarta les bras en signe de fatalité.

— Ne cherchez pas à comprendre ce qu'on ne peut expliquer.

Le vent s'était levé. Il était temps pour Nathan d'avoir la confirmation qu'il était venu chercher.

— Mallory va mourir, n'est-ce pas ?

Garrett lui mit la main sur l'épaule et dit d'un ton très doux :

— Oui, Nathan, j'en ai peur.

Le jeune avocat repoussa violemment le bras charitable du médecin.

— Mais pourquoi ? hurla-t-il, désespéré.

Garrett inspira profondément avant de reconnaître :

— La première tâche qui attend le nouveau Messager est difficile car elle consiste à accompagner la mort de l'être qui lui est le plus proche.

— C'est ignoble, cria-t-il en s'avançant d'un air menaçant.

Quelques promeneurs intrigués s'étaient arrêtés pour assister à la scène.

— Calmez-vous, ce n'est pas moi qui établis les règles, répondit tristement Goodrich. J'ai moi-même connu ça, Nathan.

L'ombre d'Emily passa alors dans son regard, faisant tomber la rage de Nathan.

— Pourquoi ? demanda-t-il désarmé. Pourquoi faut-il assister à la mort de celle qu'on aime pour accéder à ce statut ?

— C'est comme ça depuis toujours. Tel est le prix à payer pour devenir un Messager.

L'avocat se révolta :

— Mais quel prix ? Je n'ai jamais eu le choix !

Garrett s'attendait à cet argument.

— Ce n'est pas vrai, Nathan. C'est vous qui avez décidé de revenir.

— Vous racontez n'importe quoi !

Goodrich regarda Nathan avec une expression empreinte d'humanité. Il lui semblait se retrouver vingt-cinq ans auparavant, lorsque, jeune médecin, il avait dû subir la même épreuve. Il aurait aimé le réconforter tant il savait que ces révélations étaient difficiles à accepter.

— Souvenez-vous de votre expérience de mort imminente.

— Lorsque j'étais dans le coma, après mon accident ?

— Oui, quelle est l'image qui vous a décidé à vivre ?

Nathan ressentit comme un électrochoc lui parcourir le corps avant d'être projeté mentalement dans un tunnel de lumière.

— Qu'avez-vous vu ? demanda de nouveau Garrett. Qu'est-ce qui vous a poussé à revenir parmi le monde des vivants ?

Nathan baissa la tête.

— J'ai vu un visage, admit-il, un visage qui semblait ne pas avoir d'âge…

Oui, tout lui revenait maintenant. Il se revit enfant, à huit ans, lors de ce fameux moment qu'il avait toujours refoulé. Il se souvenait bien de cette lumière blanche très douce qui l'attirait irrémédiablement vers la mort. Puis, soudain, au dernier moment, alors qu'il se croyait déjà de l'autre côté, il avait senti qu'on lui laissait le choix. Partir ou revenir.

Pour l'aider dans sa décision, on lui avait aussi envoyé une vision : une image fugitive, comme un bref éclat d'avenir.

C'était un visage. Le visage de celle qui, des années plus tard, allait devenir sa femme. Physiquement, elle était différente mais, au fond de lui, il avait toujours su que c'était elle. Elle souffrait. Elle était seule et elle l'appelait. C'est pour ça qu'il était revenu : pour être au côté de sa femme lorsque la mort viendrait la chercher.

Pour la troisième fois, Garrett revint à la charge :

— Qui avez-vous vu, Nathan ?

— C'était Mallory… Elle avait peur. Elle avait besoin de moi.

Des petites rafales de vent soulevaient les eaux de l'Hudson. La brume s'était maintenant complètement dissipée et on pouvait apercevoir la baie dans toute sa longueur, depuis les rives de Brooklyn jusqu'à celles du New Jersey.

Nathan Del Amico remontait à pied vers le nord de Manhattan. Il savait que les jours à venir allaient être très durs.

Dans sa tête, tout se bousculait.

Que dirait-il à Mallory lorsqu'il se trouverait devant elle ? Serait-il capable de ne pas craquer ? Saurait-il être à la hauteur du pouvoir écrasant qui était désormais le sien ?

Une chose était certaine : il l'entourerait de tout

l'amour dont il était capable, un amour profond et inaltérable qui n'avait jamais cessé et qui perdurerait au-delà de tout.

Quant au reste, il n'avait pas encore la force d'imaginer ce qui se passerait ensuite, lorsque Mallory ne serait plus à côté de lui et qu'il devrait aider d'autres gens à faire le grand saut.

Pour l'instant, il ne pouvait penser qu'à elle.

Il serait sa boussole, le guide de ses derniers instants.

Le Messager qui lui prendrait la main pour l'accompagner jusqu'au seuil de cet endroit.

Cet endroit inconnu et redouté.

Là où nous irons tous.

Au niveau de Trinity Church, il pressa le pas : la femme qu'il aimait l'attendait à la maison.

Et elle avait besoin de lui.

Remerciements

À Valentin Musso pour ses nombreuses idées et ses conseils toujours pertinents.

Merci Valen, *Et après*... n'aurait pas existé sous cette forme sans toi.

À mes parents et à mon frère Julien pour leurs encouragements et leurs critiques souvent très argumentées.

À Bernard Fixot et à Caroline Lépée.

Travailler avec vous est un privilège.

Composé par Nord Compo
à Villeneuve-d'Ascq (Nord)

Imprimé en Espagne
par Black Print CPI Iberica
à Barcelone
en septembre 2014

POCKET – 12, avenue d'Italie – 75627 Paris Cedex 13

Dépôt légal : octobre 2013
S24575/03

For Lacey
for teaching me not to wait

But the queen cherished the wound in her veins...
and was consumed by the hidden fire.

—Virgil, *Aeneid*, Book IV

PROLOGUE

The man stole down the hallway, his footsteps echoing in the dimly lit basement of the library. He made his way quietly, brushing aside the dark hair that fell into his eyes as he looked down. The security guard turned the corner and approached, his eyes drawn to the tall figure that glided toward him.

"Sir?"

The guard cocked his head, trying to see past the hair covering the man's eyes as he neared him in the flickering service lights.

"Sir, are you looking for the lobby? You're really not supposed to be down here."

He did not speak but continued walking directly toward the portly security guard. As he passed the guard, he held out his hand, silently brushing his finger tips along the guard's forearm before he continued down the hall, around the corner, and up the nearest staircase, never halting in his steady pace.

The guard stilled for a moment before shaking his head. He looked around the passage and wondered why he was in the hallway leading toward the old storage rooms. Checking his watch to see if his break was over, he noticed the second hand seemed to have stopped. He shook his wrist slightly before taking it off and putting it in his pocket.

"Stupid, cheap thing," he muttered as he turned and headed back toward the break room. In the distance, he thought he heard a door in the stairwell click close.

❧

WAITING IN THE DESERTED STACKS NEAR THE BANK OF computer terminals on Friday evening, the man read a periodical while he observed the student-study area. His eyes scanned to the left, suddenly alert to the plain, blond girl who took a seat on the edge of the bank of computers. He observed her pull out an economics textbook and sneak a quick sip of her diet soda before she put it back in her bag. The corner of his mouth lifted, pleased by how little attention the girl had drawn from the librarian at the desk and the surrounding students.

He approached, shifting his leather messenger bag so he could sit down at the computer next to her. Taking out his own drink, he smiled politely when the girl glanced at him. He saw her cheeks fill with color as she took in his pale skin, startling green eyes, and dark curls.

"Hello," he whispered, angling his shoulders toward the student.

"Hi," she whispered back.

"Are the librarians here strict about having a drink out? I'm new at the university." He leaned toward her and noticed the scent of her fruity shampoo. He twitched his nose but remained angled toward the young woman as she responded.

"Um... not really near the stacks, but they're kind of strict by the computers," she said, her hands twisting in her lap.

When he smiled, she blushed and looked back to her economics textbook which still lay closed on the desk in front of her. She fumbled it open and glanced at his bag, which lay near his feet.

"Thanks," he said.

"Are you a student here?"

He smiled and whispered back, "I just started some research work at the university."

"Oh, that's cool. I'm Hannah. I'm a sophomore. Economics."

"That's a fascinating subject, Hannah." He tried to meet her eyes, but she was still looking down at her textbook as she leafed through it.

"Oh," she laughed. "You don't have to be nice. I know most people aren't really that interested in economics."

"I'm interested in everything," he said, willing her to look up. When she did, he set his elbow next to her economics textbook and reached over with his right hand, lightly touching her forearm as he spoke. "Are you a good student, Hannah?"

She gazed into his eyes, rapt with attention and unaware of the small hairs all over her body as they lifted, drawn toward the man sitting next to her.

"Yes, I get excellent grades."

"Why are you here on a Friday night?"

"I don't have a lot of friends, and boys never ask me out," she said. "I like to come here so I'm not alone in my dorm room."

"Do you have time to help me?"

"Yes. I don't really have any school work I need to finish."

"Excellent." The man leaned toward her and murmured in the young woman's ear. She turned on the computer as he spoke, opening a search engine and typing in the phrases he murmured. He hooked his ankle with hers under the table, letting his pale skin maintain contact as he took notes in a small brown book he drew from his messenger bag. Every now and then he would lean over and whisper further instructions in the girl's ear.

A little over two hours later, he leaned back in his chair, frowning as he surveyed his notes. He looked at the large clock on the wall opposite him and at his unwitting assistant before he closed his notebook, put it back in his leather bag, and scooted away from Hannah. Keeping one hand on her shoulder and letting his fingers stroke her neck, he whispered in her ear one more time before he straightened and walked swiftly away from the computer terminals.

He kept his head down, striding toward the darkened glass of the lobby and the pressing heat of the September evening. Once he reached the doors, he looked up, and his gaze briefly met a black-haired girl's before he pushed out into the humid night and left behind the harsh fluorescent lights of Houston University's main campus library.

He walked down the concrete steps and through the alley of darkened oak trees, taking out his keys as he neared a charcoal grey, vintage Mustang. He unlocked the car, got in, and started the engine, listening with pleasure to the rhythm of the perfectly tuned engine.

Backing out, he flicked the radio knob to the local campus station and rolled the window down as he enjoyed the lick of warm, humid air along his skin.

He sped toward the lights of downtown, bypassing the tall buildings and speeding along Buffalo Bayou as he drove toward the gates of his secluded home. He turned into the short drive before the gate and tapped in the entry code with the end of a stainless steel pen he drew from the chain around his neck.

The Mustang drove forward, winding its way through the dimly lit property. He pulled his car into the brick garage behind his home and walked through the small courtyard between the outbuilding and the main house. He stopped, listening to the burbling fountain and admiring the honeysuckle vine that trailed up the garage wall and suffused the small courtyard with fragrance.

All the lights were on in the kitchen when he entered the house, and he immediately grabbed a pencil on the counter to dim them. He walked up the back stairs to his dark bedroom, disrobing and hanging his clothes in the large closet before he walked down the main stairwell, wrapped only in a large, finely spun towel. As he passed the second floor landing, he was stopped by an accented voice coming from the library.

"Back so soon?"

He turned to look at the older gentleman who was reading in front of the lit fireplace.

"A fire, Caspar?"

The older man shrugged. "I turned the air-conditioning down so it at least felt like fall."

He chuckled. "Whatever you prefer. And the library was a bit disappointing."

"Trouble finding an assistant?"

"No, I found a rather good one, in fact. I might meet her again. No, the Lincoln documents were not what I'd hoped."

"Unfortunate."

The man shrugged his shoulders. "The client isn't going anywhere."

"Off for your swim then?"

He nodded and started to move down the stairs again.

"Will you be needing anything tonight?"

He walked up the stairs and back toward the library. "Nothing, thank you."

"Enjoy the pool. It's a beautiful night."

"Enjoy your air-conditioning. And your fire," he said with a minute smile ghosting his lips.

He heard Caspar laugh as he continued down the stairs. The man walked through the sitting room and past the breakfast area where Caspar ate in the morning to the French doors leading onto the brick patio.

He folded his towel on the back of a pool chaise and quickly dove into the water, cutting through the green-lit pool with effortless efficiency.

He swam up and down the mirrored rectangle for hours, enjoying the stretch of his lean muscles and the calming buoyancy of the salt water that filled the pool.

When the lights of the secluded yard switched off automatically at two in the morning, he floated on the surface. He hung there for a few minutes, enjoying the feeling of the warm, humid air on his face as his body was supported by the water at his back. Then he dove down, sitting on the bottom of the pool for another hour, looking up as he watched the moon track across the night sky.

CHAPTER 1

Houston, Texas
September 2003

Giovanni Vecchio woke, the infrequent dream seeming to echo off the narrow walls of the small room where he rested. He sat up and stared at the photograph of Florence which hung on the opposite wall, and the sun-seared shops of the old bridge mocked him.

> *"Where is your home?"*
>
> "Ubi bene ibi patria. *Where I prosper is my home."*
>
> *"Do not forget: nothing endures, save us and the elements."*

Rising, he unlocked his reinforced door and stepped into the large walk-in closet where he dressed in a white oxford shirt and a pair of slim, black slacks. He spied the grey cat from the corner of his eye.

"Good evening, Doyle."

The cat turned his copper-eyed stare toward the tall man who spoke to him.

"What did Caspar bribe you with tonight, hmm? Salmon? Fresh anchovies? Caviar?"

The cat gave a small chirp and walked out to the luxurious bedroom beyond the closet to settle on the king-sized bed there. Giovanni's thoughts still brushed at the dark dream and a faint memory teased the back of his mind.

"Tell me about death."

"The philosopher said death, which men fear as the greatest evil, may instead be the greatest good."

"But we do not fear death, do we?"

Despite the hours he had rested, he felt weary. He reached for his favorite grey jacket and walked out of the room.

"Caspar," he called as he entered the kitchen, still straightening his collar. "I want you to drive me to the library tonight."

The older man raised a curious eyebrow but put down the newspaper he had been reading.

"Of course, I'll get the car."

Giovanni gathered his messenger bag and followed Caspar out the kitchen door. They walked through the small courtyard where the dim light of the early evening still illuminated the burbling fountain, and the air was rich with the fragrance of the honeysuckle vine.

"Balance! Temperance! Find it, my son, or you will die."

He paused for a moment and watched the flow of water as it trickled over and around the rocks in the base of the fountain. Just then, a sharp breeze lifted the spray and it arched toward him, dusting his face with the cold drops. He let the heat rise to his skin and the vapor met the humid night air.

❧

"OH WOW, CHAR WASN'T LYING."

Giovanni brushed the hair out of his eyes and glanced up from his notebook looking around for the quiet female voice as he paused in the entry to the Special Collections reading room at the Houston University library.

"Pardon me?" he asked in confusion to the girl in the corner.

The black-haired girl behind the counter smiled. He noticed a slight blush coloring her fair skin.

"Nothing," she said with a quick smile. "Nothing at all. Welcome to the Special Collections reading room. You must be Dr. Vecchio."

Giovanni frowned as he tucked his notebook into a leather messenger bag. "I am. Is Mrs. Martin unavailable this evening?" He scanned the young woman sitting behind the reference desk on the fifth floor of the library. Since the department had opened their once-weekly evening hours a year ago, the bookish Charlotte Martin had been the only employee he'd seen behind the desk of the small, windowless room that housed the rare books, manuscripts, and archives.

"She's not able to do evening shifts anymore. Family reasons, I think. Something about her kids. I'm B, her assistant." Her voice lacked the twang typical of most Texans, though the flat intonation with only a hint of accent was fairly common among native Houstonians, especially those of younger generations. "She left me notes about what you've been working on, so I'm perfectly able to assist you in your research."

Despite her rather common accent, the girl's voice held a faint quality which told him at least one of her parents was a native Spanish speaker. Her thick, black hair was pulled into a low ponytail at the nape of her neck, and she was dressed in a black button-down shirt and slim skirt. He smiled when he saw the tops of her tall Doc Marten boots almost touching her knees.

"Are you a student?" he asked.

Her chin jutted out in a barely perceptible movement which matched the quick flash of intelligence in her eyes. "I've worked here for almost three years. I'm sure doing a quick computer search or fetching a document is well within my abilities, Dr. Vecchio."

He could feel the smile crawl across his face. "I meant no disrespect... I'm sorry, what was your name?"

"Just call me B," she said, glancing down at some handwritten notes.

From where he was standing, Giovanni could see the familiar scrawl of Mrs. Martin's handwriting.

"*B?* As in the second letter of the Latin alphabet?" he asked, walking closer to the desk.

"No, the Etruscan. I'm wild like that," she muttered and glanced up. "She also put a small note here at the bottom of her instructions regarding you."

"Yes?" He waited, curious what the librarian thought bore mention to her replacement.

"Hmm, it just reads, 'He comes in every week. You're welcome.'" The girl's eyes ran from his handmade shoes, up his tall figure, finally meeting his startling, blue-green eyes. "Thanks indeed, Char," she said with a smile.

He smirked at her obvious look of approval, noting the small ruby piercing in her nose that caught the florescent lights of the reading room. Her eyes were lined in black, her skin was fair, and though she did not have classically beautiful features, he thought her dramatic looks would be eye-catching even from a distance.

"I saw you Friday night!" she blurted. "I was coming in to meet a friend after her shift. I saw you heading out."

Glancing away from her toward the door, he brushed at the dark curls that had fallen into his eyes again. "That's possible," he noted. "I like working in the evenings here."

She shrugged. "Well, obviously."

"Why?" he asked. "Why obviously?"

She raised her eyebrows. "Because you're here now? Instead of the middle of the day?"

He blinked. "Of course."

"So what do you do?"

"Me?"

The girl snorted and looked around the otherwise empty room. "Yeah."

He opened his mouth and almost considered telling her the truth, just to see what the unusual girl might say.

"I do... research."

She stood, as if waiting for him to continue. When he didn't, she smiled politely and held out a hand. "Well, it's very nice to meet you."

He paused for a moment then held out his own hand to shake hers.

"Nice to meet you as well." He frowned a little. "What's your *real* name?"

"Why?"

"I..." Giovanni had no idea why he wanted to know, except perhaps, because she didn't seem to want to tell him. So he flashed her his most charming smile and cheered internally when he heard her heart speed up.

She rolled her eyes. "My 'real' name is Beatrice. But I hate it, so please just call me B. Everyone does, even Dr. Christiansen," she added, referencing the very formal Director of Special Collections for the library.

"Of course," he said with a small smile. "I was simply curious. For the record, however, I think Beatrice is a lovely name." He made sure to pronounce her name with the softer Italian accent it deserved.

She rolled her eyes again and tried to keep from smiling. "Well, thanks. What can I get for you this evening, Dr. Vecchio?"

"The Tibetan manuscript, please."

"Of course." She handed over a small paper slip so he could fill out the formal request for the item. Then she reached into the desk drawer to hand him a pair of silk gloves necessary for handling any of the ancient documents in the collection.

He took a seat at one of the tables in the windowless room, laying out his notebooks, a box of pencils, and a set of notes for Tenzin written in Mandarin. After a few minutes, Beatrice walked through the door from the stacks. Carefully placing the grey paper box containing the fifteenth century Tibetan book on the counter, she turned back to make sure the door to the air-controlled room was closed and locked before she walked around the desk and toward Giovanni.

"There is a book you need to copy for me," Tenzin had asked.

"Why do you need it copied? Isn't there a translation available somewhere?"

"No, I want this one. It's in Houston. Didn't you just move there?"

He frowned. "I didn't move here so I could copy books for you, bird girl."

"How do you know? Maybe that's exactly why you moved there."

"Ten—"

"I have to fly. Be a good scribe and copy it. Use the... What do you call it when you send me things?"

"The fax machine."

"Yes, use that. I'm going into the mountains for a while. Have Caspar send them to Nima for me when you're done."

"I'm busy right—"

She had already hung up.

He noted again how well-preserved the manuscript was as the girl opened the acid-free paper box. The manuscript was a series of square, painted panels that contained spells purportedly used by goddesses for healing. The carved wooden covers and gold and black ink were startling in their clarity, and though it held the musty odor typical of old documents, he noted with satisfaction very little scent of mold or mildew clung to it.

"Please wear your gloves at all times and handle the pages as little as possible. Please keep all manuscript materials inside the box as you examine them. If you need further assistance in examining the document, please..."

Listening absently to the rote instructions the girl offered, his mind had already moved ahead to his task for the evening. He'd copied the first third of the small volume over the summer. He estimated careful transcription of the manuscript would take another four to five months at the rate he was working. Fortunately, time was not an issue for him on this project.

He settled down to take advantage of the two hours he had left to work on the transcription. He hoped to finish the second of the six sections by the end of the week so he could have Caspar fax it to Nima with his notes.

"Dr. Vecchio?"

"Hmm?" He bit his lip, lost in his own thoughts.

"Did you have any questions?"

He flashed her a smile before turning his face back to his work.

"No, I'm fine. Thank you, Beatrice," he said, his concentration already shifted to the manuscript in front of him. He heard the young woman quietly return to her seat behind the computer.

They worked for the next two hours, both occupied in their own projects. Every now and then, she would glance at him, but he barely noticed, engrossed in his careful transcription. The soughing of the air-conditioner provided background noise to the turning paper, the scratching of his pencil, and the quiet click of the young woman's keyboard as she typed.

Shortly before nine o'clock, she closed her books and walked to his table. He looked up at her, dazed from concentration. He saw her take note of his precise transcription of the characters. They were a nearly exact copy of the original, down to the thickness of the brush strokes he recreated with the tip of his pencil, over and over again.

"Dr. Vecchio, I have to ask for the manuscript now. The reading room is closing in fifteen minutes."

He blinked. "Oh. Yes, if I could finish this last character set?"

"Of course." She waited for him, and Giovanni smiled politely as he closed the manuscript, repacked it, and put the lid on the box.

The girl took the book back to the locked stacks to put it away in the dim room where it was housed. As she locked up the stacks room, she turned back to see Giovanni putting his pencils and notes away in his leather messenger bag.

"Well—"

"Why don't you like the name Beatrice?" he asked, looking down as he fastened the brass buckle of his bag.

"Excuse me?"

He looked up at her, dark hair falling into his eyes again.

"It's a lovely name. Why do you prefer to be called by your initial?"

"It's... old. My name—it sounds like an old woman to me."

He smiled enigmatically. "Yet, you work around old things all the time."

"I guess I do."

He leaned his hip against the sturdy wooden table.

"She was Dante's muse, you know."

"Of course I know. That's why I have the stupid name to begin with. My dad was a Dante scholar." Beatrice looked down to straighten her own papers on the desk. "Kind of a fanatic, really."

He cocked his head and studied her. "Oh? Does he teach here?"

She paused and shook her head. "No, he died ten years ago. In Italy."

His eyes darted back to the table, and he pulled the strap of his bag over his head as some faint memory tickled the back of his mind.

"I'm sorry. It's none of my business. Forgive my curiosity."

She frowned. "I'm not going to start weeping or anything, if you're worried about that. It was a long time ago."

"Nevertheless, I apologize. Good evening, Beatrice." He exited the room, taking care to make as little noise as possible as he slipped down the dark hallway.

He entered the musty stairwell, taking a deep breath of the humid air to gauge who else was present. Satisfied he was alone, he rapidly descended to the first floor and made his way through the still crowded student-study area. As he approached the glass entrance, he caught a glimpse of Beatrice in the dark reflection as she stood near the elevator in the lobby, her mouth gaping as she stared at him. Not turning for even a moment, he pushed his way into the dark night and strolled toward the parking lot adjacent to the library.

When he reached it, he saw the slight flare of the cigarette as Caspar leaned against the black Mercedes sedan.

"A good evening, Gio?"

Giovanni frowned at his old friend, flicking the cigarette out of Caspar's mouth as he approached the door. He stood in front of the man, looking down on him as he spoke.

"I don't like the cigarettes. I thought you had given them up."

Caspar looked up with a mischievous grin. "If I'm only living for eighty years or so, I'm going to enjoy them."

Giovanni opened his mouth as if to say something but then shook his head and slid into the dark interior of the late-model sedan. Reaching into his messenger bag, he slid on a pair of leather gloves and crossed his arms while his friend got behind the wheel.

"Any requests?" Caspar fiddled with the stereo as Giovanni's eyes scanned the dark parking lot.

"Are the Bach fugues still in the changer?"

"Indeed they are."

Caspar switched the CD player on. In a few moments, the sedan was filled with the alternately lively and melancholy notes of the piano. Giovanni sat motionless, listening with pleasure to the modern recording of one of his favorite pieces of music.

"Mrs. Martin was not in the library this evening," Giovanni said, his voice low and bearing more than its usual light accent.

"Oh? Everything all right?"

He shrugged. "Look into it tomorrow. Call and find out why she's changed her hours. If it is simply a family issue, then it is no concern of ours."

"Of course."

The car was silent as it turned toward Buffalo Bayou.

"Inform me if it is anything other than that."

"I'll take care of it."

A few moments later, they pulled up to the gate, and the wrought iron swung aside at their approach. Giovanni pulled out his pen and used it to push down the button for the automatic window, enjoying the smooth rush of air into the vehicle as it made its way toward the house. The grounds were suffused with the scent of clematis and roses that night, and the air smelled strongly of cut grass.

"The gardeners came early," he noted.

Caspar nodded. "They did. We're supposed to get rain tonight."

"There is a new employee at the desk."

"Is that so?" Caspar stopped the car near the rear courtyard, shifting the car into park so his employer could exit the vehicle before he put it in the garage behind the house.

"A girl. A student. Beatrice De Novo. Check on her, as well."

"Of course. Anything in particular you want to know?"

He opened the door, reaching down for his leather bag before he stepped out. "There's something about the father. He was killed ten years ago in Italy. Let me know if anything jumps out at you."

"I'll take care of it."

Giovanni climbed out of the car, resting his hand lightly on the door frame. Leaning down, he spoke again to his friend.

"I'm swimming for a bit, and then I'll be in the music room for the rest of the night. I won't need anything. Good night."

And with that, he stood up, nudged the car door closed, made his way across the courtyard with the bubbling fountain, and strode into the dark house.

❧

CASPAR DROVE THE CAR BACK TO THE GARAGE, PARKED IT, and sat in the driver's seat, petting the steering wheel lightly.

"He's getting better, darling. Only one little short on the door panel this time. Not that he noticed, of course."

Chuckling, he exited the vehicle, locked the garage, and made his way into the house, flipping on all the lights in the kitchen. He thumbed through the mail again, separating the household bills from the extensive correspondence of his employer, before he shut all but one of the lights off again and made his way to the library on the second floor.

Pouring himself a brandy, Caspar settled down with the first edition of *A Study in Scarlet* that Giovanni had given him for his sixtieth birthday. Forgoing a fire, he opened the window facing the front garden and enjoyed the closeness of the night air, which smelled of the grass clippings the gardeners had raked that afternoon.

An hour or so later, he paused when he heard the door to the music room close as Giovanni shut himself in. Caspar wondered which instrument would catch his attention, praying it wasn't one of the louder brasses. He breathed out a sigh when he heard the first notes of the piano struck. From Giovanni's thoughtful mood earlier in the evening, he expected to hear Bach, so he was surprised to hear the strange Satie melody drift up from the first floor.

"There's something about the father. He was killed ten years ago in Italy."

Caspar frowned as he remembered the familiar light he'd seen in Giovanni's eyes. He hadn't seen that light for almost five years. Part of him had hoped to never see it again.

"What are you up to, Gio?" he muttered as he stared out the open window.

The gentle dissonance of the piano was unexpectedly disturbing to the man as he sat in his favorite chair. A breeze came through the window, carrying the earthy smell of coming rain to his nose. Caspar stood, walked to the window, and shut it just before fat drops began to fall.

CHAPTER 2

"Grandma! I'm going to be late for class."

"One more shot, *Mariposa*, just let me... There. All done. The light was exactly right on that one."

Isadora Alvarez De Novo set down the camera and smiled. Beatrice stood up from the small table near the windows and plucked her bag from the floor.

"Are you painting this afternoon?" she asked as she bent to kiss her grandmother's wrinkled cheek.

"Yes, yes. I'll be in the studio all day. Will you be home for dinner?"

"Nope. Wednesday, remember? Night hours."

"Oh of course, handsome professor day!"

"He's not a professor, Grandma. He just has a doctorate and does research at the library. I'm not sure what he is, to be honest."

"Besides tall, dark, and handsome?"

Beatrice rolled her eyes. "You mean fastidious, formal, and silent?"

"Oh, you say that, but he's probably just shy. Maybe it's

because he's European."

Beatrice shook her head before she filled her travel mug from the small coffee press her grandmother had prepared for her. "I don't know. He is mysterious, that's for sure."

"He never talks to you?"

The young woman shrugged. "Sure, a little. He's always polite. I've tried making conversation, but he's very... focused. He always looks absorbed in his work. But, I could swear I've felt him watching me more than once."

Her grandmother smiled. "You're a beautiful girl, Beatrice. He would have to be blind not to notice."

Beatrice chuckled. "I really don't think it's like that. No, it's not like he's checking me out, more like he's observing."

The old woman's eyes widened. "Could he be gay? Oh, what a disappointment. Though, maybe I could introduce him to Marta's boy then—"

"Grandma!" she laughed. "I have no idea. It's none of my business. I should be embarrassed gossiping about patrons like this. And I really have to go."

"Fine, but you need to find some nice boy to have fun with. The last one was so boring."

Beatrice walked out the door. "I'll see what I can do," she called out. "Bye."

She sped out the door and down the steps of the small house near Rice University where she had grown up with her grandparents. Passing the oak tree that shaded the driveway, her eyes caught the dark, twisted grooves cut into the trunk close to forty years before.

S.D.

Stephen De Novo. She climbed into her small car. No matter what she had claimed to the curious Dr. Vecchio, the hollow pang of his loss still marked her life. Despite his busy schedule, she and her father had been very close. With the passing of her grandfather, Beatrice and

Isadora were all that was left of the tight-knit De Novo family.

She pulled into the university parking lot and grabbed the first spot she found, running to her class as soon as her feet hit the ground.

In fact, Beatrice felt like she ran all day, and by the time she got to the library at four o'clock, she was ready to collapse. She took the cantankerous elevator up to the fifth floor and put her books in the small office she shared with her supervisor.

"B?" she heard Charlotte call from the copy and photography room.

"Yeah, Char, I'm here. I'm sorry I'm late, it's seems like—"

"Oh, don't worry about it," Charlotte Martin said as she walked toward the reference desk. The young woman switched on the computer at the desk and logged into the library's system. "It's Wednesday today," Charlotte said with a grin.

"Yes, it is."

"Wednesday means night hours for you."

"No!" Beatrice gasped. "I'd totally forgotten about that."

"Liar." Charlotte paused for effect. "So, have you had any luck with the mysterious Dr. Vecchio?"

"What? Why is everyone asking about him today? Did you and my grandma have a meeting?"

Charlotte laughed. "I'm just curious. You've seen him for what—three weeks now? I'm curious what you think. He's quite the mystery around the library, you know."

"Librarians have vivid imaginations and far too much time on their hands. I think he's just a historian or something."

"A really hot, *Italian* historian with a cute—but not indecipherable—accent," Charlotte said as she wiggled her eyebrows. "And you're a gorgeous, single almost-librarian. I see possibilities."

"You and my grandmother are far too interested in my love life, or lack thereof. But thanks for calling me 'gorgeous.'"

"You are," Charlotte sighed. "You have the most perfect skin. I kind of hate you."

"And you have the perfect husband and two perfect children, so I think you win. Is Jeff enjoying having you home every night?"

Charlotte smiled and nodded. "Yes, all joking aside, thanks for taking the evening hours. It makes a huge difference with the boys involved in so many activities now."

"No problem. I can always use the cash."

"Speaking of cash, did I tell you someone very wealthy and very generous just donated a couple of letters from the Italian Renaissance to the library? We should be getting them in the next couple of weeks."

"Letters? What are they?"

Charlotte shrugged. "Not sure. I haven't seen them. I guess they're a couple letters from some Florentine poet to a friend who was a philosopher. Late fifteenth century, supposedly very well-preserved. I should remember the names, but I don't. They were in a private collection from what I hear. Honestly, I have no idea why the university is getting them."

"Huh." Beatrice frowned. "We have hardly anything from that period. Most of the Italian stuff we have is late medieval."

"I know," Charlotte shrugged again, "but they were donated, so no one's going to complain."

"When do they get here?"

"A few weeks, maybe closer to a month or so." Charlotte laughed. "I thought Christiansen was going to piss his pants, he was so excited when he told me."

"And thank you for that mental image," she snorted. "I'm

going to go to check the dehumidifiers in the stacks. I'll see you in a bit."

Beatrice was still shaking her head when she entered the manuscript room, chuckling at her playful supervisor. Charlotte Martin's enthusiasm for books and information was one of the reasons the young woman had decided to pursue a master's degree in library science. Far from stuffy, Beatrice had discovered that most libraries were small hotbeds of gossip and personal intrigue. Intrigue that she enjoyed observing but also tried to avoid by hiding in her own small department.

She checked the moisture readings in the stacks, tracking and resetting the meter for the next twenty-four hours. She walked to the center of the room to empty the plastic container from the dehumidifier that pulled excess water from the thick, South Texas air, so it wouldn't damage the delicate residents of the manuscript room.

After completing her duties in back, she pulled one of her favorite books from the shelves and opened it, poring over the vivid medieval illuminations in a German devotional. After a few minutes, she tore herself away to go help Charlotte with some filing before she settled at the reference desk for the evening and began to work on a paper for one of her classes.

At five-thirty, Charlotte waved good-bye, and by seven o'clock, Beatrice heard the familiar steps of Dr. Giovanni Vecchio—mysterious Ph.D., translator of Tibetan texts, and all around hot-piece-of-gossip-inducing-ass—enter the reading room.

"Good evening, Miss De Novo. How are you tonight?"

She heard his soft accent as he approached and saved the file she was working on before she looked up with a smile. He was wearing a pair of dark-rimmed glasses and a grey jacket that evening. His face was angular, handsome in a way that reminded her of one of the photographs in her art history textbook. His dark, curly hair and green eyes were set off by a pale complexion that seemed out of place on someone with a Mediterranean background.

Beatrice decided that no one should be that good looking —especially if they were smart. It simply put the rest of the population at a disadvantage.

"Fine, thanks. I'm fine." She sighed almost imperceptibly, and straightened her black skirt as she stood. "The Tibetan manuscript again?"

He flashed a smile and nodded. "Yes, thank you."

Beatrice went back to retrieve what she had begun to think of as "his" manuscript and walked out to Giovanni's table in the far corner of the small room. Setting it down, she noticed he already had his pencils, notebooks, and notes from the week before laid out on the table. He was nothing, if not organized and well-prepared.

"Do you need the spiel?" she asked as she handed him his silk gloves.

He smiled. "Not unless you are required to give it every time I'm here."

"I've seen you here a few weeks now. If you won't tell, I won't."

"Your flagrant disregard of protocol will be our secret, Beatrice," he said with a wink that set her heart racing.

She hated her name, but maybe she didn't hate it quite as much when it rolled off his tongue with that sexy accent.

She just smiled and tried to breathe normally. "I'll be at the desk if you need anything."

"Thank you." He nodded and slipped on the gloves to pick up the book. As always, she noticed the seemingly incongruent features which only added to the mystery he presented.

His fingers were long and graceful, reminding her more of

an artist than a scholar, but the body beneath his casually professional wardrobe looked like that of a trained athlete. He appeared fastidious in his appearance, but his hair always seemed just a bit too long. No matter how he was dressed, she always smiled when she saw his expression, his concentrated frown and preoccupied gaze were one hundred percent academic.

Suppressing a snicker, she went back to writing her paper.

They both worked quietly for another hour. When she finished her homework, she looked in her bag and realized she had forgotten the paperback she was reading that morning.

"Damn," she whispered.

He looked up from his work. "What?"

She frowned and looked up, surprised he had heard. "Oh, I'm sorry. It's nothing. Just forgot my book at home."

She thought she heard him laugh a little.

"What?"

He couldn't contain the smile. "You're in a *library*."

"What?" She couldn't help but smile, too. "Oh, I know, but I was reading that one. Besides, I can't exactly go wander around in the fiction section looking for a new book. I'm working."

"True."

"Unless you want to finish up early so I can go do that."

He frowned and looked at the clock on the wall. "Do you really need me to?"

Beatrice laughed out loud. "No! Of course not, I'm just teasing. I don't expect you to cut your research time short for me." She smiled as she turned to the computer to check her e-mail and look at her stock report online. She took careful note of a few investments she had left from her father's estate and emailed herself a reminder to move one of them when she got back home.

She glanced at the man copying the Tibetan book and realized he almost looked annoyed. She cleared her throat. "Thanks, though. For offering. That was nice."

He cocked one eyebrow at her. "Far be it from me to keep a woman from her book. That could become dangerous."

She shook her head a little. Giovanni smiled and returned to his transcription. They both worked in silence for a while longer before she heard him put down his pencil.

"What was it?"

"What?" Beatrice tore her eyes from the computer monitor.

"The book. The one you forgot?"

She frowned. "Oh... uh, *Bonfire of the Vanities*. Tom Wolfe."

His lips twitched when he heard the title. "Oh."

"Have you read it?"

His smile almost looked rueful as he turned back to his work. "No."

"It's good. It's set in New York. I've never been, have you?"

He nodded as he took out a blank sheet of paper and started a new page of careful notes. "I have. It's very... fast."

"Fast?"

"Yes, I prefer the pace of Southern cities."

"I can see that."

"Can you?"

She looked up to see Giovanni staring, his blue-green eyes almost burning her with the intensity of their focus.

"I—I think so," she said, glancing down to avoid his gaze.

He stared for another minute before she noticed him look back to his notes.

Beatrice let out a breath, oddly disturbed by their conversation. After another half an hour, he stood and began to pack up his materials to leave.

She watched him in amusement, his deliberate movements somehow reminding her of her late grandfather when he came home from work for the day. She flashed for a moment to the image of her Grandpa Hector emptying his pockets and setting his old-fashioned pocket watch on the dresser in her grandparents' room.

Beatrice walked over to collect the manuscript and return it to the locked stacks. By the time she came back, she caught only a glimpse of Giovanni as he rushed out the door with a quick, "Goodnight, Beatrice," called over his shoulder.

She watched him walk out the door with an admiring look, reminded again that there was nothing haphazard about the way Dr. Giovanni Vecchio moved. He walked with a fluid and silent grace that seemed as effortless as it was swift.

Beatrice exited the room a few moments after him, locking up behind her and making sure all the lights were off. She no longer expected to see him waiting for the slow elevator, and she thought she heard the click of the stairwell door as it closed down the darkened hall.

"Five flights of stairs?" she wondered quietly. "No wonder he has such a great ass." The elevator dinged just as she pushed the button to go down.

CHAPTER 3

October 2003

"Going out this evening?"

Giovanni looked up from buttoning his shirt to see Caspar standing at the door to his large suite of rooms on the third floor of the house. The heavy drapes were still drawn to protect the room from the setting sun, but Giovanni was feeling uncharacteristically light as he finished his evening preparations.

"Yes." His voice was clipped, but cheerful, as he answered. "Daylight savings time, Caspar."

Though most of his existence without sunlight did not bother him, Giovanni did envy the mortal freedom of movement during daylight hours. Thus, the short days of winter and the early dark was always something he considered cause for celebration.

Caspar chuckled at the boyish excitement on his friend's face. He went to hang the dry cleaning in the large walk-in closet at the back of the room.

"It's the most wonderful time of the year," he sang, while

instinctively dodging the balled up socks Giovanni threw at him. A large grey cat sitting quietly in the corner of the bed unfolded itself and went to investigate the socks.

"Still a smart ass," Giovanni said.

"Still a dark and twisted demon of the night," Caspar retorted as he hung the pressed shirts on the racks.

He grinned. "Don't tell the priest."

Caspar looked over in surprise. "Is Carwyn coming to town?"

Giovanni nodded and bent to tie his charcoal grey shoes. "December, most likely. He said he'll make a proper visit and stay for a few months."

"Excellent," Caspar replied. "I'll make sure his rooms are ready for him."

"I think he's bringing one of his beasts, as well."

The cat curled around Caspar's legs and chirped until he reached down to stroke its thick grey fur.

"Sorry, Doyle. I guess you'll have to sleep inside for a bit while the wolfhound is in town."

Doyle made his displeasure known by lifting his tail and leaping back onto the bed.

Giovanni glanced at the cat as it tiptoed across his pillows. "Make sure the gardeners check the fences, as well. I know his dogs are well-trained, but I'd hate to have one wander off like last year. Also, prepare them for the massacre that will no doubt ensue in the flower beds."

"Of course." Caspar paused, quietly observing his friend's evening preparations and looking at his watch to check the time. "It will be pleasant to see him for a longer visit this time. More like the old days."

"Yes, it will." He trailed off, his mind already darting to his agenda for the evening.

Caspar noted his friend straightening the collar of his

white shirt. "You shouldn't wear white, you know. It washes you out, and you're already pale as a corpse."

Giovanni frowned and turned to him. "Funny. You've been watching the English women again, the ones with the clothing show, haven't you?" He shook his head in mock sorrow *tsk*'ing his friend as he looked in the mirror, trying to tame his hair.

Caspar sighed. "I can't help it. Their sardonic British humor and impeccable fashion sense lures me in every time. I do love an ironic woman."

Giovanni snorted and turned, grabbing his black coat from the chair by the dressing table and checking it for cat hair. "When was the last time you had a date with a woman who wasn't on the television?"

"Six months. When was the last time you did?"

"Last week." Giovanni shrugged on his jacket, satisfied it was free of grey fur.

Caspar scowled. "That doesn't count and you know it."

Giovanni walked toward the door, chuckling. "That didn't seem to be her opinion, or at least, she wasn't complaining."

Caspar listened to his steps recede down the hallway and turned to Doyle. He looked into the cat's thoughtful copper-colored eyes. "It doesn't count if they can't remember, Doyle."

Doyle looked at Caspar critically, curled into a ball, and began purring on Giovanni's pillow.

"Last week?" Caspar muttered as he left the room, turning out the lights behind him. "More like thirty years."

❧

GIOVANNI WALKED DOWN THE STAIRS, PAUSING TO GRAB HIS car keys from a drawer in the kitchen before he walked into the dim light of the evening. Unwilling to waste the dark, he sped over surface streets, hoping to reach his destination before closing.

When he pulled the Mustang into the parking spot near the University of St. Thomas, he looked at the clock on the dashboard of his car. He only had fifteen minutes left before the chapel closed, so he strode across the green lawn and headed toward the octagonal brick building which housed Mark Rothko's black canvases.

As he entered the deserted chapel he had not been able to visit in months, he nodded at the docent, bypassed the various books of worship near the door, and took a seat on one of the plain wooden benches. He quieted his mind and allowed his senses to reach outward as he stared at the seemingly static paintings that lined the white walls.

His skin prickled in awareness of the lone human by the door. He allowed himself to concentrate on the solid beat of the man's heart as his ears filtered the myriad noises flowing in and around the small building.

Giovanni's eyes rested on the black canvas in front of him. The longer he stared, the more the texture and subtle swirls of paint leapt out from its depths. No longer merely black, the paintings whirled and grew, taking on dimension never noticed by the casual observer.

He sat completely still and let his soul rest in the simplicity of the quiet room. Too soon, he heard the guard's heartbeat approaching. He stood and turned, not willing to have his peace interrupted by the words of the docent asking him to leave.

As he exited the chapel, he saw the cover of the Holy Bible sitting on the shelf by the door. He was reminded of his phone call that afternoon with one of his oldest friends.

"I'm coming for a visit," the priest informed him. "A proper one."

"Out of whiskey or deer?"

"Neither, Sparky. You're getting in one of your moods again, I can tell." Carwyn's Welsh accent tripped across the phone line.

"Oh, you can tell from across an ocean? You must be old," Giovanni quipped in the library as he spoke on the old rotary phone. "I don't need last rites yet, Father."

"No, but you do need a bit of fun. That's why I'm interrupting my very busy drinking and eating regimen to come for a visit."

"Has Caspar been tattling on me again? Irritating child. And I'm not getting in a mood."

"Just the way your voice sounds right now tells me you're already in one," Carwyn lectured him all the way from his remote home in Northern Wales. "I'm coming for a visit, and I'm bringing one of the dogs. Lock your demon cat up."

"I have a project going right now." He attempted to distract his friend as he stared at the flickering candle on his desk, repeatedly passing his fingers through its flame. The fire leaned toward him, dancing in the still air of the library. "And Caspar's cat is not a demon."

"The cat is yours; and you know it's far more demonic than we are. I'll not have it sleeping on my head again."

"It's not like you can suffocate."

"No, but I can get cat hair up my nose, which is not a pleasant way to wake up. What's your project?"

"Do you remember the job I did for that London banker about five years ago?" Giovanni lifted his fingers, pinching the air and drawing the candle flame upward.

"Not really, you know I find most of that dreadfully boring."

"It was a Dante thing."

"Oh yes, the Dante thing. Not much, I remember you mentioning it, that's all."

"Mmmhmm. There was an expert I heard rumors about—one of us. He was young but sounded like he was worth tracking down. In the end, I couldn't find him. Didn't need him anyway, but a mutual acquaintance mentioned a Boccaccio manuscript he had." Giovanni

let the flame grow to a foot tall before he began manipulating it to curve and twist before his eyes.

"How very fascin—"

"It was a rare copy. Florentine."

"Why is this interesting to me?"

"Because I think it was one of mine."

There was a long pause on the other end of the line.

"From your library?"

"Yes."

"Who was he?"

"An American, turned in Italy around ten years ago while he was there working. I looked for him, but he vanished quite admirably."

"What does this have to do with your project?"

"I think I may have met the Dante expert's daughter at the library where I've been doing that transcription for Tenzin."

He would have laughed at the sudden silence on the phone, but he was distracted by the perfect circle the flame formed. It reminded him of the ancient symbol of a snake eating its tail. It bent to his will, turning continuously in front of his eyes as he waited for Carwyn's response.

"That's quite a coincidence."

"It would be, if either of us believed in coincidence," he murmured as he let the flame unfurl and return to its home at the tip of the candle, shrinking until it was no larger than his fingertip.

"How would anyone newly sired have access to your library? The rumors have swirled for years, but there's been no actual proof."

"Yet I am in Houston. And if I'm correct, I met the daughter of an immortal who was rumored to have a book I haven't seen for over five hundred years."

"What do you think—"

"I don't know what to think right now, Father. I need more information. I've already sent a letter to Livia. As for the girl? I'm

proceeding as if it's of no consequence at the moment. She's... interesting."

"'Interesting'? I can't remember the last time—"

"Did you know daylight savings time started this week? I'll be able to visit the museum again."

"Your phone manners are abysmal, Gio. It's not polite to interrupt someone, you know, even if you're not in the same room."

Giovanni smiled into the darkened room. "I knew what you were going to say, and I didn't want to talk about it. They're hosting a lecture next week at the museum about Dali, I—"

"What a fascinating subject change. We're going to forget about the daughter?"

He smiled at the priest's interruption. "For now, yes. I see her every week at the library. I even saw her last night. So far, nothing leads me to believe she knows anything about our kind, which means her father, if he is the immortal I want, hasn't been in contact. So, there's nothing to be done at the moment. I need to investigate more."

"Fine. Let me know when the pieces move."

Giovanni paused, staring into the turning flame in front of him. "Maybe they won't. Maybe it is just a coincidence."

Carwyn's voice was soft when he replied, "Do you really believe that?"

"No."

"Dr. Vecchio?" a familiar voice asked. "What are you doing here?"

He turned, surprised to see Beatrice De Novo standing in front of a Leger painting in one of the contemporary rooms; an older woman standing next to her. The young student's typical uniform of black was broken by the deep red shirt she wore and demure black flats replaced her combat boots, as he thought of them.

"Beatrice? How unexpected to see you here." He wasn't sure why seeing her at the museum caught him off guard. It was a popular destination for students, and he tried to convince himself it was purely serendipitous she was here on the evening after he had been speaking about her. "A pleasant surprise, of course."

The older woman looking at the Leger painting turned, and he saw the history of Beatrice's slight accent in front of him as he examined the older woman. Spanish blood seemed dominant in her handsome features, and he looked into a pair of clear green eyes. She smiled and took Beatrice's arm.

"¿Es el profesor guapo, Beatriz?"

Her accent, he noted, was educated, and from the Guadalajara region of Mexico.

Beatrice laughed nervously at her grandmother's question. He smiled, happy that the girl had referred to him as 'the handsome professor.' Blushing, she smiled at Giovanni. "Dr. Vecchio, this is my grandmother, Isadora."

Giovanni bowed his head toward the older woman, charmed by the graceful formality she seemed to exude.

"Mucho gusto, Señora. Me llamo Giovanni Vecchio. Your granddaughter has been a great help to me at the library."

"And of course he speaks Spanish," he heard Beatrice mumble.

"Beatrice, manners please," Isadora chided. "Dr. Vecchio, it's a pleasure to meet you. Are you a lover of contemporary art?"

He smiled and nodded, tucking his hands carefully in his pockets. "I am. I was just visiting the Rothko Chapel before it closed and thought I would take a walk through the main collection before I left. Are you a fan of Leger?"

"I am. Though I love the surrealist collection here as well. We live near Rice, so I'm able to visit quite frequently. You are doing research at the university?"

He nodded. "Yes, though really more as a favor to a friend

who studies Tibetan religious history. She lives in China and I'm transcribing a document for her."

"A lot of work for a favor." She paused, but he did not explain further, so she asked, "Are you a professor?"

Giovanni caught the curious angle of the girl's head as she listened for his response. He knew he was the focus of some speculation at the library, though he also knew even the best researcher would find nothing about him that he didn't want found.

"I am not. My family is in rare books, Señora De Novo. I work mostly in that area."

"Oh? How interesting! Are you a collector yourself? Of books? Or art?" Beatrice's grandmother nodded toward the modern portrait on the wall next to them.

He smiled enigmatically. "I have my own book collection, of course. One my family has added to for many years. I enjoy art, but I don't have a collection, per se."

"My grandmother is a very talented painter, Dr. Vecchio."

Giovanni turned to Beatrice, who had been standing, listening to their conversation. "It must be a pleasure visiting the collection with an artist."

She smiled and took the elderly woman's arm. "It is."

"Would you like to join us?" Isadora asked.

He looked at Beatrice and smiled. He decided it was a perfect opportunity to gather more information.

"Of course, it would be my pleasure."

He felt lighter as he strolled with the two women. He felt his expression—the intense concentration his friends often needled him about—soften, and Giovanni could even feel his posture relax they walked. Like her granddaughter, Isadora was charming and very intelligent.

He glanced at Beatrice as they walked through the Menil Collection. He noticed the affectionate and familiar way the two women spoke to each other and recalled a few of the major points in Caspar's report on the girl.

Beatrice De Novo, born July 2, 1980, in Houston, Texas.

Daughter of Stephen De Novo, deceased, and Holly Cranson, whereabouts unknown.

Adopted at twelve by her paternal grandparents, Hector De Novo and Isadora Alvarez, plumber and homemaker/artist.

Senior at Houston University in the English Literature department. Accepted to the graduate program in Information Studies at the University of California, Los Angeles.

According to Caspar's sources, Beatrice had been working in the Special Collections and Archives department of the university library since her sophomore year. Apparently, she had called the department weekly for three months asking if any position had become open since her last phone call. The young woman so impressed the staid director, Dr. Christiansen, he eventually created a position for her as a reward for her persistence.

"Do you enjoy folk art, Dr. Vecchio?" he heard Isadora ask.

He turned his attention back to her. "I do."

"You should join us for the art center's *Dia de los Muertos* celebration tomorrow night, then."

"Grandma—" Beatrice tried to break in, but Isadora shot her a look. No doubt, she had not missed Giovanni's quiet examination of her granddaughter.

"I would love to, Señora." He smirked at Beatrice's shocked expression and slight blush. "But I don't want to intrude on a family outing."

"Nonsense!" Her small hand fluttered like a butterfly in dismissal of his objections. "It's like a fair. Everyone is welcome. It's been too long since I've had a handsome escort who enjoys art as much as I do." Her eyes twinkled at him and he smiled.

"Well then," he replied, "how can I refuse? But I insist you call me Giovanni, Señora De Novo." He was pleased the opportunity for further research had presented itself so conveniently. "If I'm going to escort you for the evening, that is."

"You must call me Isadora, then."

"Oh brother," Giovanni heard Beatrice mutter, as she shook her head.

"Are you from Houston originally?" Isadora asked.

He glanced with a smile from Beatrice to a Warhol painting on his left. "I grew up primarily in Northern Italy, though my father traveled frequently for his work and I often went with him. I moved to Houston three years ago," he replied, turning to meet Isadora's keen gaze. They measured each other for a few moments in the bright light of the gallery.

"Grandma," Beatrice broke in. "We'll be late for dinner if we don't leave soon."

Isadora's gaze finally left Giovanni's, and she smiled at her granddaughter. "Of course. It was such a pleasure meeting you. The art center on Main Street tomorrow? We'll be there around seven o'clock."

"I'll look forward to it. Such a pleasure to meet you, and to see you, Beatrice." He nodded at them and allowed his eyes to meet Beatrice's dark brown ones. They were narrowed in annoyance or amusement, he couldn't quite tell, but he winked at her before she turned and led her grandmother toward the lobby.

He stayed at the museum until closing, planning his objectives for the following night. He suspected Beatrice's grandmother thought she was playing matchmaker between Beatrice and the handsome book-dealer. He was more than happy to play along, as a grandmother would readily give information to a polite young man interested in her attractive granddaughter.

She was also more likely to have information on her son and what he had been working on in Italy. Beatrice had only been a child when her father was killed, but Isadora had not.

As he swam laps that evening, he thought about the girl. She was far too young for him, even if he appeared to be in his late twenties or early thirties. Her behavior was a curious mix of innocence and wariness, and he wondered how much experience she had with men. She kept to herself, but he had the distinct impression she was no wallflower.

Beatrice De Novo was intriguing, and he found her humor and intelligence far more compelling than the average college student. He knew from her physical response to him that she found him attractive, and he was comfortable using that as he determined what she knew and how it could be of use in his own search.

"Caspar?" he called out when he returned to the house after his swim.

"Yes?" he replied from the library.

Giovanni walked upstairs and stood in the doorway. Caspar had started another fire, and the familiar smell tickled his nose. Doyle was curled up in his favorite chair; the cat looked up, blinked at Giovanni, and closed his eyes again.

"Any word back from Rome?"

Caspar looked up from his book and shook his head. "You know how slow Livia can be. Added to that, she refuses electronic correspondence, even for her day staff. I suspect we might see some sort of response by the new year."

Giovanni scowled in frustration but knew his friend was probably correct.

"So you really think the girl's father was turned?" Caspar asked.

He nudged the cat off his chair.

"How many American Dante scholars were killed under mysterious circumstances in northern Italy in 1992? It's far too coincidental. If the rumors about the book are true..."

"But why are you interested in the girl?"

"Don't fret, Caspar. She's perfectly safe. And you know how nostalgic the young ones can be. He was rumored to have access to books that are rightfully mine. Now I have access to his human daughter. If I can use the connection to trade for information...or more, I will."

"But do you really think he knows about your books?"

Giovanni stared into the flames as the heat began to lift the water from his skin and dry his towel. "If it's him, and he has what was rumored, then yes. It sounded genuine. Livia will know, and she'll know who sired him. No one turns a human in that part of Europe without her knowing about it, even if it's against their will."

"And whoever sired him—"

"No one stumbles across a library that ancient and that valuable when they're that young. The sire is who I'm looking for."

"So we wait."

"Well," he mused, "we might be able to do more than that. I'm meeting with the girl and her grandmother tomorrow night."

"What? On a Friday?"

"I'm going out later." He shrugged. "Don't fret, old man."

Caspar raised his eyebrows. "A divergence from routine, Gio? What is the world coming to?"

Shaking his head, he rose and walked toward the door.

"See if you can prod some of Livia's day people tomorrow over the phone."

"Of course." Caspar paused for a moment. "Is it worth it, Gio? The books? This obsession? All these years?"

"What do you hold in your hands, my son?"

"A book."

"No, you hold knowledge. Knowledge sought for centuries. Knowledge that some have died for. Knowledge that some have killed for."

"Why would anyone kill for a book?"

"It is not a book." The slap rung in his ears. "What is it?"

"Knowledge."

"And knowledge is power. Do you understand?"

"Yes, Father."

Giovanni paused in the doorway, letting his wet hair drip in his eyes as he pushed back the memory, the driving need to discover pulsing in his quiet veins. "You ask me that every time I find something new."

"And you never really answer me."

"Yes, I do," he murmured. "You just don't like the answer."

❧

He slept late the next day, not rising until the sun was low in the sky. Though he preferred more pleasant and leisurely meals, the oblivious human woman he had fed from the night before had sated his physical hungers for the week and allowed him to retain the genteel manners he had carefully cultivated for the previous three hundred years.

Giovanni dressed thoughtfully, choosing casual clothing that was more likely to set the De Novo women at ease and detract from his inhuman complexion. Though the slight current that ran under his skin allowed him to adjust its surface temperature, nothing could diminish the almost luminescent paleness.

"Ah," Caspar exclaimed when he walked into the kitchen.

"The grey is a good choice. Makes you look much less demon-of-the-night."

"Please, Caspar," he implored. "A date with a live woman. Soon."

Caspar smiled and looked up from the newspaper. "I'm meeting a friend tonight, as a matter of fact. I was just looking at what movies are opening this weekend. I'm looking for something horribly gory."

"I'll never understand your affinity for those pictures."

"And I'll never understand your affinity for professional wrestling, so we're even."

Giovanni rolled his eyes. "Goodnight, Caspar."

The lights of downtown twinkled, and he could see streams of children already weaving through the neighborhood in their costumes. It was Halloween night, and with Dia de los Muertos falling on Sunday, the whole weekend would be devoted to the macabre, grotesque and mysterious. He drove through the streets, amused by the teenagers and students in their elaborate costumes, enjoying the sense of revelry in the crowded bars and clubs of the Montrose district.

He pulled into the parking lot across from the art center and immediately heard the music of mariachis fill the air. Houston's Mexican-American community was an integral part of the cultural scene, and he was happy to have an excuse to participate in the odd festival celebrating the dead. He saw children with elaborate face painting and a few adults, as well. The smells of earthy spices and sugar filled the air, and he scanned the crowd for Beatrice and her grandmother.

"Giovanni!" Isadora's clear voice called from a nearby booth selling tamales. He walked over to the older woman but his eyes were drawn to Beatrice standing behind her, holding a drink and a small paper plate with two tamales on it.

"Dr. Vecchio, how are you tonight?" It was the first time he had seen her with her hair down. It fell long and perfectly straight down her back, with a few errant pieces slipping over her ear. He held himself back from touching it; though he could admit to himself he wanted to.

"B, I'm sure you can call him Giovanni. You're not at work, after all."

He turned to Isadora. "Ladies, you're both looking lovely this evening." He smiled at Isadora, who was wearing a vivid green dress. "And of course, Beatrice, feel free to call me Giovanni."

She was dressed in black again, but this time, she wore a wide collared shirt that showed off her graceful neck and collar bones and another trim skirt that fell to her knees. He was strangely pleased to see that her combat boots were back, and she had switched her ruby piercing out for a tiny silver stud.

"Giovanni, huh? No nickname?" Beatrice asked. She frowned a little before she continued. "That must have been quite a chore to spell in kindergarten."

He smiled and watched her offer her grandmother the drink, but she made no move to unwrap the tamales she had bought.

"Oh, I've been called many things over the years, but all the men in my family are named Giovanni."

"Really? Is that traditional?"

"What is your name?"

"Whatever I want it to be."

"Why?"

"Because I am superior to mortals."

He blinked to clear the unexpected flash, wondering why

the memories of his father had been so near in his mind in the past few weeks. "For us, yes."

Beatrice gestured to the line of food vendors. "I'm sorry we didn't wait for you. We ate earlier, but there are plenty of things to choose from. Please help yourself; we can wait."

He shook his head, "No, I've eaten as well, thank you. Shall we go to look at the art?"

"*Ofrendas*, Mariposa. Ofrendas first," Isadora said with a smile as she took Giovanni's arm and steered them toward a small building.

"Do you know much about Dia de los Muertos?" Beatrice asked as they walked.

He shook his head. "Not much. I haven't spent a great deal of time in Latin America." He knew plenty, of course, but he preferred to hear her explanation.

"It's not usually celebrated until November second, but the art center hosts a family fair on Halloween so parents have an option other than trick-or-treating for the kids." Beatrice smiled at a pair of small children in skeleton costumes with flowers in their hair as they rushed past on the way to the carnival games.

He observed their small, retreating forms. "It certainly seems popular."

"It is. It used to be just Mexican families, but now a lot of people like the tradition."

"And the ofrendas?"

Beatrice smiled. "Just little offerings for the dead. Things they liked during their life, you know?"

They walked inside the small building to see a makeshift altar set up and decorated with marigolds, crosses, and cheerful skeletons. Small candles flickered among them. Sugar skulls were mixed with small toys and placed in front of children's pictures; bottles of tequila, mugs of chocolate, and small plates of food were propped in front of the pictures of adults.

The small room was decorated elaborately, and the walls were lined with pieces of art celebrating the holiday. The flickering lights of saint candles lit the room as they sputtered in their brightly painted votives, and he could smell incense burning.

"The art is a mix of professional and student," Beatrice murmured, withdrawing two framed photographs from the messenger bag that hung on her arm, along with a small bottle of expensive tequila.

Isadora had left them to chat with some women at the end of the altar but soon walked back to Beatrice with a smile.

"Las photos, Beatrice?"

"Si, abuelita," she said, and handed Isadora the two small frames. They walked to the end of the altar where a few other families were setting up pictures and ofrendas.

Isadora placed the two pictures on the altar and touched their frames. Giovanni spied an older man who must have been the grandfather in one picture. The younger man in the other photograph so closely resembled Beatrice, he had little doubt it was her father. Stephen De Novo stared out of the photograph with the same dark eyes that the young woman had.

Giovanni wondered whether Stephen's eyes had changed color when he turned, as sometimes happened. Oddly enough, he found himself hoping they hadn't.

He tried to examine Beatrice's expression as she unwrapped the tamales and placed them on small plates in front of the two pictures, but her dark hair curtained her face and obscured her features. She placed the bottle of tequila between the two pictures, tilting them as if they could keep each other company on the crowded altar.

The women stepped back to examine the effect, whispering to each other in Spanish but smiling and laughing as well. He cocked his head and looked around the room.

Though it was filled with symbols and depictions of the dead, there was no fear and very little sorrow. It was unusual to find such celebration in the name of loss, and he found himself touched by the demeanor of the partygoers.

Beatrice was smiling when she turned, and he saw Isadora wander toward a group of older women, nodding at him as she walked away.

"Do you want to walk outside? There's some music playing," she asked. "I imagine she'll chat with her buddies for a while, then come join us. I have to get out of the incense." She waved her hand in front of her nose and laughed.

He had hardly noticed the heavy smell until she mentioned it. He was so accustomed to filtering out the various and sundry smells of life around him that he did it automatically. He realized he probably hadn't been breathing at all in the close environment of the crowded room.

"Of course," he said, gesturing to the doors. He placed his hand on the small of her back to lead her through the people streaming into the building. When they exited, he stepped away, suddenly aware of her body from the press of the crowd.

"Was that your father and grandfather?"

She nodded. "My grandparents raised me after my father was killed. We all lived together anyway. My mom's MIA. Dad worked a lot and traveled, so my grandparents took care of me."

"When did your grandfather pass away?" he asked, careful to keep up the ruse of an unknowing companion.

"Two years ago." She smiled wistfully. "He had heart problems."

"What happened to your father?" He paused for effect.

"Unless that's too personal, of course. I don't mean to intrude."

They lingered in front of a guitarist who was playing a children's song for a small group. Beatrice shook her head, frowning a little.

"It's fine," she said quietly. "Random violence happens everywhere, I guess, even picturesque Italian cities. He was in Florence for a lecture series and was robbed. His car was taken and he was killed. I'm sure they didn't want him to identify them. And he would have. He had an almost photographic memory."

Yes, I imagine it's even better now.

"I'm sorry for your loss, Beatrice."

She turned to him, amusement evident in her face. "Why do you insist on using my name like that?"

He stepped closer. "Like what?"

She flushed, but didn't back away from him. He noticed her body was already reacting to his proximity. The hairs on her arms were drawn toward his energy and goose-bumps pricked her skin. He wondered what would happen if he reached out ran a hand along the smooth skin of her forearm. He could almost imagine the soft feel of it under his fingertips.

"You know... with the accent." Her eyebrows drew together. "And the old-fashioned manners. And what's with the grandmother-charming?" She glanced at him before looking back toward the guitarist. "Are you trying to charm me, too?"

A slow smile spread across his face. "Are you charmed, Beatrice?" he asked, letting her name roll of his tongue. "I don't think you are."

Ignoring his own reaction and reminding himself of his objective, he took a deliberate step back and slipped his hands in his pockets, nodding toward another musician at the end of the parking lot.

"Shall we?"

She followed where his eyes led and they stepped back into the flow of people.

"Your personality is too large for one letter, *Beatrice.* And, for the record, I don't think anyone charms your grandmother. She does all the charming necessary."

She laughed, her head falling back as her eyes lit in amusement.

Giovanni stopped for a second, entranced by the clear, joyful sound. He stared at her, drawn to her dark eyes. He stepped toward her a fraction too quickly, but the girl was lost in her own amusement and didn't notice.

"Yeah, Gio. My grandmother got all the charm in the De Novo family. She's got it in spades, my grandfather used to say," she replied, still chuckling.

Not all of it.

"Gio?" he asked, amused she had chosen the name only his closest friends called him.

"Well," she shrugged, "you don't look like a 'Gianni' to me, so... Yeah, 'Gio.' If you're going to call me Beatrice, I'm going to call you Gio."

He stopped in the middle of the crowd, staring at her until she halted and turned back to look at him.

"What?" she asked, and her forehead wrinkled in confusion.

The people flowed around her, the seemingly endless, monotonous stream of humanity he had lived among for five hundred years. But she stood, dressed in black, her fair skin flushed with life and her brown eyes lit with a kind of intelligence, curiosity, and humor that set her apart. For a moment, he allowed himself to forget his interest in her father and enjoy the unexpected pleasure of her company.

She was bold and shy, formal and friendly. She was young, he realized, and innocent in a way he could hardly remember, yet her short life seemed to have been shaped by loss and abandonment. She was, surprisingly, rather fascinating.

"Inexplicable," he muttered under his breath, and walked toward her in the crowd.

He hadn't realized she heard him, but her eyebrows lifted in amusement.

"Nothing's inexplicable. Just not explained *yet.*" She smiled at him in the noisy mass of people, and he let his green eyes linger on her face for a brief moment before they kept walking through the fair.

"Perhaps, Beatrice. Perhaps you may be right."

CHAPTER 4

November 2003

"Why do you dye your hair black?"

Beatrice looked up from the computer screen to see Giovanni staring at her again from his seat in the reading room.

"What?"

"It must be dark brown anyway; why do you dye it black?" he asked again, his eyes narrowed intently on her face.

She wanted to laugh at his confused expression but kept a straight face as she answered, "Because it's almost black, but not quite."

"I don't understand."

She looked at him over the reference desk, a small smile flirting at the corner of her mouth. "I just felt like it hadn't really committed to a color, Gio. I don't do things half-assed. I don't want my hair to, either."

He set his pencil down and leaned back in his chair. "So, you're saying you dye your hair because you think it's... lazy?"

He cocked his head in amusement.

She shrugged. "Not lazy, more indecisive."

He smiled. "You realize that makes no sense, of course. Your hair color is determined by your genetic make-up and has no reflection on your personality or work ethic."

She glared at Giovanni playfully before sticking her tongue out at him.

He looked at her in astonishment for a moment before he burst into laughter. She was startled by the unfamiliar, but not unwelcome, sound and joined him before she looked at the clock on the wall. It was already ten to nine.

Still chuckling, she said, "All right, hand over the book. I've got to lock up."

He smiled at her and began to pack the manuscript for storage. She walked over, picked it up, and began her nightly closing ritual.

In the weeks since he'd joined her and her grandmother at the festival, Giovanni had become surprisingly friendly. She found him lingering around the student union on random nights of the week, holding cups of coffee he never drank and wandering through the student-study area in the library. He made a point of chatting with her, but she found his intentions as puzzling as his profession.

She had searched his name online, and though she found a myriad of rare books and antiquities dealers, his name never appeared. She found a copy of his business card with Charlotte Martin's notes, but the only contact information on it was a phone number she was reluctant to call, though she did program it into her phone.

When she asked her grandmother about the intriguing bookseller, she was shrugged off.

"It's like he's from another planet, Grandma."

"He's old-fashioned. And European. Maybe he just doesn't advertise online. There's nothing wrong with that."

"But not even a public telephone listing for his business? Not a single mention? It just seems odd." She sat at the breakfast table, drinking coffee and watching her grandmother start the chili verde for dinner that night.

"Do you feel unsafe with him?" Isadora turned to her, a look of concern evident on her face. "You're alone with him in that reading room for hours every week. I won't have you feeling unsafe."

Beatrice shook her head. "No, it's not that. There's just something..."

Isadora turned back to the stove. "You're creating a mystery where there is none, Mariposa. I think he's a nice man. Just old-fashioned." Her grandmother fell silent, and from her expression, Beatrice could tell she was reliving some of the dark times that had marked her granddaughter's teenage years. Not wanting her grandmother to worry about her strange fascination, Beatrice attempted to lighten the mood.

"Do you know he doesn't even have a mobile phone? Can you imagine?"

"Really?" Isadora may have not been as fond of technology as her granddaughter was, but she'd jumped at the chance to have a mobile phone when she realized she could talk with her circle of friends almost nonstop.

"Nope. I've never seen him with one. Come to think of it, he doesn't have a laptop, either." She frowned again. "And what researcher doesn't have a laptop these days? It's just odd."

Her grandmother laughed. "Maybe he's allergic to technology, mija.*"*

In the weeks that followed, Dr. Giovanni Vecchio became a small obsession to her.

He was rich, she determined, after noticing a silver-haired man hold open the back door of a Mercedes sedan for him on more than one occasion when they left the library. Giovanni had taken to walking her to her small, hand-me-down Civic some evenings when she got off of work, most often to continue a conversation they were in the middle of. He'd also tried to convince her that a brisk walk down five flights of stairs was the key to good health. She sometimes joined him and sometimes simply waited near the elevators. He was an unusually fast walker.

She also determined he was in his early thirties. He looked younger but had casually mentioned too many foreign universities for her to think he had seen them all in less than that.

What bothered her the most was that something about his appearance stirred memories of a time in her life she had tried very hard to forget, and reminded her of a face she had relegated to the back of her mind. She'd tried for years to put that dark chapter of her teenage years behind her, but the more time she spent with the mysterious book dealer, the more thoughts and memories began to surface.

He stood before her now, his soft smile and beautiful eyes the very picture of politeness. He was wearing a moss-green sweater that evening which made his eyes look both green and grey at once.

"Can I walk you to your car?"

She paused, and he must have been confused by the odd look on her face because he stepped away.

"I... Sorry, kind of lost in thought." She smiled. "You know, thinking about my indecisive hair." She closed her eyes and shook her head, embarrassed that she'd used thinking about her hair as an excuse for her quizzical expression.

He frowned. "Did you want—"

"Sure," she continued. "I'd like the company. Just let me shut the computers down. Can you get the lights by the door?"

He paused almost imperceptibly but turned to walk toward the doorway. As she waited to log out of the library's system, she glanced at him from the corner of her eye. He slipped his hand into his messenger bag and pulled out a pencil to flick the lights off before he tucked it back in his bag. His movements were smooth and practiced, and if she hadn't been observing him, she realized she never would have noticed.

She forced herself to look back at the computer and stood up straight when she heard the electronic sigh that indicated the machine was off. Gathering her bag, Beatrice plastered a smile on her face and walked toward the doorway to meet him.

"Join me on the stairs tonight?" he asked.

"I don't think so. My feet are killing me. Join me in the elevator?"

He looked at her for a second, surprised by her question. She'd never asked him to join her before and was curious how he would respond.

"No, thank you. You know me—I like the exercise."

She chuckled a little and smiled. "Right."

"I'll meet you downstairs."

He turned and loped toward the stairwell, his quick feet almost noiseless in the dim corridor. She muttered under her breath as she watched him.

"Right... Sure I know you."

SHE RAN INTO HIM AGAIN TWO NIGHTS LATER WHILE SHE was working on a paper for her Medieval Literature class. She'd just finished her paper on the role of illuminations in devotional manuscripts when she saw him watching her from the archway by the coffee shop. She caught a glimpse of his pale face and was immediately thrown back to a memory from the summer she turned fifteen.

"Grandpa, I think I saw him again tonight, by the movie theater."

Her grandfather sat at his workbench in the garage, working on a small carving of a butterfly for his wife. He set his knife down and brushed off his gnarled hands, holding one out to her. She took it and came to stand next to him, her purple shirt brushing against the bench and picking up small shavings of wood she flicked away with pink-tinted nails.

"Mariposa," he squeezed her hand, "my butterfly girl, I see him too. I still see him sitting at the kitchen table in the mornings, or tinkering with me in the garage. The memories, they're natural, mija. It's normal to remember him that way."

She frowned and shook her head, unable or unwilling to share her growing fears with her down-to-earth grandfather. The dreams were getting worse, and it was becoming more difficult to spend time with her friends who only seemed to want to talk about boys, clothes, or the latest music. She looked up into her grandfather's loving and concerned face.

Hector de Nova had handled the loss of his son as well as could be expected, flying to Italy to return with a coffin he had been warned not to open. His deep sorrow had been subsumed by the need to care for his grief-stricken wife and granddaughter.

"But he—he doesn't look the same when I see him. He's too thin, and his skin... it's not the way I remember." She felt her heart begin to race. "Am I going crazy?"

He pulled her into a fierce hug. "No, you're not crazy. Do you hear me? You're one of the most levelheaded people I know, but you need to stop thinking about him so much. It's not healthy, mija. Get out with your friends more. Have some fun."

She whispered into his collar, "Okay, Grandpa."

"And you don't tell Grandma, okay? She'll just get upset."

"I know."

"When things start to bother you, just come talk to me."

He pulled away to look into dark eyes that matched his own, the same eyes her father had. "We'll be okay, B. We'll get past this."

Her hands clenched. "Sometimes, I wish I could just forget him, Grandpa. I know that's horrible."

He kissed her forehead. "It's okay, Beatrice. It's going to be okay..."

"Beatrice?" Giovanni stood before her, wearing a grey tweed jacket and holding two cups of steaming coffee. "May I join you?"

Shaking her head slightly to clear her mind, she motioned to the red-cushioned seat across from her. "Of course. What are you doing here?"

Working out your glorious backside by walking the ten-storied staircase of the architecture building?

Stealing secret documents for the Russians? Plotting to assassinate my U.S. Foreign Policy professor? Please let it be that. Stalking me for some completely mind-boggling and inexplicable reason?

"Just meeting a friend for coffee."

"Oh really? What time are you supposed to meet him?" She looked at her watch as he frowned.

"Oh," she said in sudden realization. "Oh, me?"

He smiled and sat across from her. "I was doing some research in the stacks and I saw you leave. I thought I might take a break."

"What are you working on?"

He looked at her for a moment, as if judging whether she was worth confiding in. She raised her eyebrow when he remained silent, shrugged, and returned to typing on her laptop.

"Researching some documents for a client."

She looked up, surprised he had spoken. "That sounds interesting. What kind of documents?"

His slightly pained expression had her waving a hand.

"Never mind," she added. "None of my business."

"It's not that I don't think you're trustworthy," he said quickly. "This collector is very private. I haven't even shared the specifics with Caspar."

"Caspar?"

"Oh," he paused. "Caspar is my..."

"Is he the guy that picks you up from the library sometimes?"

"Yes, he's my butler, I guess you could say. He works for me, but runs my house, as well. He also helps me in my work."

She raised her eyebrows and nodded. "I have never met anyone with a butler before."

"Well," he shrugged. "I suppose you have now."

"Tell the truth, Giovanni Vecchio." A mischievous look came to her eye. "You have a butler, a cool car, and I've only ever seen you at night..."

He froze, tension suddenly evident in the set of his shoulders. Beatrice leaned closer and whispered, "You're Batman, aren't you?"

His mouth dropped open in surprise before the grin overtook his face.

She smiled back at him, chuckling until he joined in. Soon, they were both laughing.

"You looked so serious for a second! What did you think I was going to say? A spy? Vampire? Hired killer?"

He shook his head in amusement. "You're confounding. No, I was just surprised you guessed. I am, in fact, Batman. I would appreciate your discretion."

She nodded with a smirk, and took another sip of the coffee he'd brought her. It had just a touch of cream, exactly the way she liked it. "Sure you are. I'm a skeptic until I see the rubber suit. You're not fooling me."

He looked at her, smiling mischievously. "You really want to see me in a rubber suit?"

His grin brought her to a halt. "What?" She blushed. "No, I was just... joking, Gio. Sheesh."

He laughed at her uncomfortable expression. Giovanni blew on his coffee, holding it in his hands and smiling at her over the edge.

"What are you working on?" he asked, setting down his drink.

She shrugged. "Medieval Lit paper."

"Dante, by any chance?"

She cocked her head. "Not my area."

"Sorry."

They looked at each other for a few moments before she relaxed again. "It's fine. Valid question, I guess. A lot of people thought I would follow in my dad's footsteps."

"But you chose not to."

She shrugged at him. "I like the library. Information science is... kind of like solving mysteries."

"So you're a detective?" he asked with a smile. "Do you like mysteries?"

She rolled her eyes. "I have no illusions of grandeur. People need information. I find out what they need to know and help them find it. It's satisfying."

"That's somewhat like your father. Isn't that what he was doing in Italy? Solving mysteries?"

Her eyes narrowed. "Maybe. You're awfully interested in ten-year-old research."

"I'm quite fond of Dante. I am Italian, after all."

"That's true." She paused. "I don't know what he was looking for." She took another sip of her coffee and couldn't help but notice the avid interest he was trying hard *not* to show. "He told my grandfather he thought he had a line on some previously unknown letters connected with the Alighieri family.

Some missing collection of correspondence. You know how they used to take a collection of letters and bind them in correspondence books? I think he was looking for some of those."

"What? From Dante himself?"

Beatrice looked down at her computer. "Maybe. He wasn't specific. No one in the family was really as interested in literature as he was. I mean, I am *now*, but at the time..." She smiled as she remembered the last call her father had made to her from Italy. He had run into an old friend from school and was bubbling with excitement.

"You were twelve when he died?" Giovanni asked.

She looked up sharply. "How do you know how old I am?"

"I just assumed," he said. "You mentioned you were a senior."

She didn't know why, but she felt like he wanted something from her. She had an uneasy feeling prickling at the back of her neck and a strange energy suddenly seemed to buzz around her. She didn't feel unsafe, just like there was some piece of a puzzle she was missing, an angle to him she couldn't quite see. She looked at the pale hands he had folded across his chest and a headache began to grow behind her eyes.

"Of course," she said. Pausing for a moment, she took another drink of her coffee, noting his cup still remained untouched on the table. "Don't like your coffee?"

He shifted slightly. "It's just not the way I ordered it."

"So take it back," she said quietly. "Not that you'll drink that one, either."

He stared at her. "Why do you say that?"

She felt the hairs on the back of her neck stand on end. A slight vibration filled the air and he looked down, seemingly fascinated by the back of her laptop as his eyebrows furrowed together.

She felt a strange pressure around her, like the air right before an electrical storm. "You just don't seem to like coffee all that much."

"I don't," he said in a low voice, still staring at her computer.

"So why do you always order it?"

He looked up at her, his green eyes seemed darker the longer she stared into them. Beatrice saw his arms unfold and a hand began to creep across the table toward hers. The hairs on her wrist rose.

"Gio?" she whispered, confused by his odd behavior.

He sat back suddenly, as if shaking himself out of a trance. "I like the way it smells—coffee, I mean. I just don't like the taste." He stood, grabbing his messenger bag from the floor. "I should be going."

"Oh?" she asked, still confused by the strange exchange and the sudden clearing of the air. She felt her ears pop as when she spoke to him.

"Yes, I need to speak with Caspar. I forgot."

"Well," she cleared her throat, attempting to lighten the mood, "have fun at the bat cave."

"Excuse me?" he asked, frowning.

She shook her head. "Never mind."

"Oh yes, the bat cave." He chuckled. "I'll be sure to tell Alfred you said hello."

"Yeah, you do that."

He paused as if he had something else to say before he smiled crookedly.

"Good night, Beatrice."

They stared at each other for a few more moments before he turned to leave.

"Good night, Batman," she called. Beatrice heard him laugh as he walked through the doorway, but she sat there, drinking her coffee and staring in the direction he had gone, disturbed by something she couldn't quite grasp.

❧

SHE DREAMED THAT NIGHT: DARK, TWISTED DREAMS haunted by the pale moon face of her father. Unlike her dreams as a teenager, in these she wasn't alone; Giovanni stood next to her, and soft blue flames licked along his skin.

❧

HE WASN'T IN THE LIBRARY THE NEXT WEEK; IN FACT, SHE didn't see him at all until two weeks later when he came into the reading room for his regular evening hours. He set his messenger bag down, silently filled out the call slip, and sat patiently waiting for her to bring the Tibetan manuscript to him at the dark wood table.

She went to fetch it, her eyes flashing in annoyance at his calm demeanor. Beatrice knew it wasn't rational, but she felt as if she'd been stood up when he hadn't come to the library the previous Wednesday at his usual time. She'd wanted to see him after their odd conversation at the student union, but she hadn't.

Her vivid imagination kept tying him to her dead father so their faces overlapped in her dreams. She recalled memories she had tried to forget: a pale face glimpsed in the background at her high school graduation, strange phone calls from foreign numbers that only ended in silence and a click, and a prickling feeling along the back of her neck every time she tried to remember more from that dark period of her youth.

For some reason, she linked this mental turmoil to Dr. Giovanni Vecchio's appearance in her life, and she felt a strange resentment begin to swell toward the quiet man. They worked in silence for the next two hours, and a dull headache began to pound behind her eyes.

He walked over to her at quarter to nine, handing over the manuscript and tucking his notes away in his bag. He left ten minutes early which made her unaccountably angry. Beatrice bit her lip, smothering a frustrated scream as she waited at the reference desk for nine o'clock to come.

She walked into the hallway after her shift ended, turning to lock the reading room behind her.

"Beatrice."

She gasped when she heard Giovanni speak her name and turned to see him standing, still as a statue, in the hallway leading to the stairwell. He had dressed from head to toe in black that night, and his fair skin and strange eyes almost glowed in the dim light of the fifth floor.

"Good," she muttered. "I wanted to talk to you."

She pressed the button to call the elevator, waiting for him to join her.

"Will you walk downstairs with me?" he asked, nodding toward the stairs.

"I don't think so."

He paused. "I really don't like elevators."

"Well, I really don't like friends who have odd conversations with me, then disappear for two weeks without a word. So I'm not feeling very inclined to walk down five flights of stairs with you. If you want to talk to me, you can take the elevator like a normal person."

He tensed but didn't leave, not even when the elevator chimed and the doors opened revealing an empty compartment. She walked in, turning to look at him in challenge. Finally, he tucked his hands in his pockets and walked into the elevator, standing in the exact center of the car and staring at the doors as they closed.

Rolling her eyes, she reached forward from the back corner and pushed the button for the first floor.

"Why are you angry with me?" he asked quietly.

"You're the one that vanished for two weeks. And I'm not angry with you."

"I disagree."

"Why were you asking about my father?"

"I was curious."

"I disagree."

He remained silent as the elevator slid down to the first floor. Suddenly, the elevator jerked harshly and he threw out his left hand to steady himself. He reached for the wooden rail that ran around the compartment, but his pale hand brushed near the control panel and she saw a current arc from his finger to the metal panel. There was a bright blue flash, a small crack, and Beatrice felt a surge of electricity go through the compartment as her hair lifted. The lights went out, and the elevator came to an abrupt halt.

"What just happened?" Beatrice asked nervously. "What the hell was that? Is your hand okay? Why are we stopped?"

"I think the elevator shorted out."

"Push the alarm. Isn't there an alarm?" She leaned forward, reaching for the panel blindly, but her hands only touched his tense arm as he braced himself against the side of the elevator.

"Beatrice—"

"Isn't there supposed to be a light or something?" She scowled, irritated at being stuck in a dark elevator with him.

"I don't think—"

"Shit! How long is it going to take to get out of here? My grandma's going to be worried sick. She hates it when I get home late on Wednesdays. Oh, wait..." She began rummaging through her bag, searching blindly for her mobile phone. Reception was sketchy at best in this part of the library, but at least she could use it as a flashlight so she didn't stumble into him in the darkened car.

"I don't think your phone will work."

"Well, I won't get reception, but—"

"No, I highly doubt it will even turn on with that surge. Did you leave your laptop in your car tonight?"

She frowned at his odd question. "Yes, but—"

"Good, at least you won't lose that. I'll just buy you a new phone."

"A new phone? What the—"

"Now to figure out how to get out of here—"

"Giovanni!" she finally yelled. She felt blind, and she was starting to panic. "What the hell is going on? Why won't my phone work? And what was that flash that stopped the elevator?"

She stood in the pitch black, waiting for him to speak—for him to do anything. She couldn't even hear him breathing. He was so still, she almost thought she was imagining his presence in the elevator earlier. Beatrice was halfway convinced if she threw her arm out, she would meet nothing but dead air. The charged air in the elevator seemed to press against her, and she heart began to pound.

Finally, she heard a pop, as if someone had plugged an old lamp into a socket. A small blue light shone across from her and her eyes were drawn to it immediately.

It grew until it was the size of a lighter flame, then it got bigger, and rounder, its soft blue-green light illuminating the large hand it hovered over. She couldn't look away as it swirled and grew, slowly becoming the size of a glowing softball, held hovering over the palm of Giovanni's pale hand.

She finally dragged her eyes away from the ball of blue-green flame that now resembled the color of his unusual eyes. Her gaze tracked up his arm, the buttons of his black shirt, the still, white column of his neck, and over his grim mouth.

Finally, she met his intense stare in the low light of the broken elevator.

Beatrice held her breath and stared in astonishment as the terrifying fire in his hand pulsed and swirled. She could only manage a hoarse whisper.

"What are you?"

CHAPTER 5

Giovanni's gaze was steady and his voice soothing as he looked at her in the pulsing blue light.

"Remember, Beatrice—remember when you told me at the fair that nothing was inexplicable, just not explained *yet*?"

She nodded, wondering if he could hear the race of her pulse. Her eyes darted around the compartment, instinctively looking for an escape from the strange, fire-wielding...whatever he was standing across from her. But there was no way out of the steel box, and she had no idea when anyone would notice the notoriously defective elevator wasn't running if there was no alarm.

"I'm not asking you to believe in magic, Beatrice. I'm asking you to believe that there are things in this world you don't understand yet. Things that none of us do."

Beatrice stared back at the strange blue fire and asked again, "What are you?"

"Many human myths are created as an attempt to explain the inexplicable."

Beatrice shrank into the corner of the elevator, glaring at

him as he spoke. She felt her legs begin to shake, so she slid to the ground and folded them under her. Giovanni followed, sitting slowly so as not to upset the flaming blue orb still hovering over his hand.

"Thor, the Norse god of thunder," he said. "Pele, the fire god who created the Hawaiian volcanoes."

She was shaking her head in disbelief, glancing between his face and the ball of blue fire he held. Panic seemed to well up in her throat, choking her. She tried to take deep, calming breaths, but she wasn't very successful.

He spoke more quickly, "Dinosaur skeletons led to myths about dragons. Prehistoric basalt formations became the Giant's Causeway."

"What are you?" she asked in a stronger voice, her hands clenched into fists at her sides.

He fell silent, his eyes left hers as he stared down at the blue fire in his hand. "What do you think I am?" he asked in low voice.

"I don't remember any particular myths about pyrokinetic book dealers!"

He flicked his fingers and the flaming orb spun to the top of the compartment where it hung and twisted, still illuminating the small space. Giovanni pulled his long legs toward his body and rested his arms on his knees, his long graceful fingers loosely knit together in front of him.

"Forget the fire for a moment," he said in what she thought of as his "professor voice." She normally found it annoying but, at that moment, it was oddly comforting. "There are other myths. Other stories. What do you think I am?"

She remembered the first night they had met, and his inhuman speed that beat her elevator to the lobby.

"You're fast."

He nodded. "I'm very fast. And very strong."

She thought back to his pale face glowing on Dia de los Muertos.

"Your skin. It's pale. Really pale. I've never seen you during the day."

"And you never will," he murmured in the pulsing blue light.

Her breathing picked up as a growing suspicion began to take shape. Her voice wavered a little as she continued, "I've never seen you eat or drink anything."

Her heart pounded when he looked at her through the dark hair that had fallen into his eyes. "I can eat, a little, but I don't need food to survive."

"Because," she swallowed, "you drink... I mean, you're a..."

Giovanni slowly parted his lips and the tip of his tongue peeked out as he ran it slowly along his top teeth, two of which were now noticeably elongated into very sharp, white fangs.

"You're a vampire," she whispered.

He nodded slowly, and they sat across from each other in the small compartment, both seeming to gauge the other's reaction.

"You're afraid," he said.

"Yeah, well... duh."

He smiled a little at her exclamation, and it revealed his long canines even more clearly.

She leaned forward and rested her forehead on her hands. "I'm dreaming. Or crazy. I'm probably crazy, right?"

"You know you're not."

She looked up and barked out a sharp laugh. "Oh, you really have no idea." She stared at him, then back to the blue orb hovering above them. Then she looked down at the scuffed messenger bag he always carried, and the dark hair he brushed out of his face as he stared at her with inscrutable eyes.

"Are you going to kill me?"

His eyebrows furrowed together, and he almost looked offended. "No, of course not."

"Why 'of course not'? How do I know? Don't you drink human blood?"

"Not unless you're offering, but I'm really not all that hungry. And I wouldn't kill you if I did. I'm not young and I don't have to drink much."

"Well, that's comforting."

"It should be."

She eyed his chest for a moment, and then her eyes darted to the wooden bar that ran around the elevator. She heard him snicker.

"On the off chance you were able to break that railing, and make a stake, *and* drive it into my chest—which is harder than it looks, trust me—it wouldn't do anything more than give me a rather nasty chest wound and ruin one of my favorite shirts. Relax, I have no interest in hurting you."

Her eyes met his and she could feel the blush coloring her face. She suddenly felt embarrassed that she'd thought about killing him when she'd been in his company for weeks and he'd never so much as said a rude word.

"What if I don't believe you? What if I run screaming to the security guard when we get out of here and tell him you're a vampire?"

He chuckled a little, and then he stretched his feet across the elevator and crossed his ankles. "Feel free. After all, who would believe a crazy story like that, Beatrice?"

"Right," she frowned. "Right. No one would believe me because vampires aren't real."

He smiled. "*Everyone* knows that."

She swallowed audibly and nodded. "Of course they do."

"Besides." There was a blur in the elevator, and she gasped as he seemed to materialize sitting beside her.

"How—how did you—"

"*Shhhh.*"

Beatrice could feel his whisper like a caress along her skin and her entire body reacted to him. Her heart raced. Her skin prickled. As she sucked in a breath, she realized even the air around her felt charged. He leaned in and his hand reached up to trace her cheek. It felt as if an electrical current ran along her skin when his fingertip touched it, and she shivered.

"All it would take is a few moments," he murmured, "and you wouldn't remember a thing about me."

She felt a tingle at the nape of her neck, and she realized it felt like something was vibrating *under* her skin. She gasped again and scrambled a foot away from him, shoving his hand away.

"What was that?"

"*Amnis,*" his accent was strong as the word curled from his lips.

"Uh..." Her forehead wrinkled in concentration. "Is that Latin? It's been a while, I don't remember—"

"Current. I call it 'amnis.' Some immortals who believe in magic call it 'glamour' or 'thrall,' but it's not magic. It's simply energy manipulated by the current that runs under our skin."

His logical voice spurred her natural curiosity. "Really? That's... weird, and kind of fascinating. So really? You can just make me forget all this? Because I can tell you, that's not sounding real likely at the moment."

Giovanni smiled. "I can tap into your cerebral cortex and manipulate your memories, your senses, even the words that come out of your mouth."

For some reason, the thought of him messing with her brain suddenly scared her far more than the idea of him getting hungry.

"Have you done that to me before?" she whispered. "Did

you make me trust you?" A thought occurred to her and her temper flared. "Did you use that on my grandma?"

"No, Beatrice." He spoke calmly. "Trust is an emotion, and I can't manipulate emotion. Those are centered in the limbic system, and amnis doesn't seem to affect that. That's also why some long-term memories are harder to erase or change."

She stared at him as he sat next to her with the same academic expression he wore when transcribing documents. "You're talking about all this like it's some kind of science experiment."

"I'm not a scientist. Though, I suppose it is a kind of science experiment," he mused quietly. "One I've been working on for many years."

He shrugged as he settled into the corner next to her, and that familiar gesture did more than anything else to set her at ease. Her logical brain told her he probably wouldn't bother explaining any of this if he was planning to kill her and drink her blood. Besides that, she couldn't really imagine Dr. Giovanni Vecchio doing anything quite that rude.

The blue flame continued to swirl above them without any apparent effort on his part, though she knew from its inception he must be manipulating it. It was the same way he had shorted out the elevator, killed her phone, and made the hair on her body stand at attention when he got too close. He controlled this electric current, this "amnis."

"So you don't think it's magic? It seems like magic." She frowned. "And I always thought of vampires as magic." She suddenly sat up in excitement. "Are there other creatures? Werewolves? Demons? Fairies?"

He snorted at her and looked down his nose a little. "Fairies?"

She was a little pissed off he seemed so dismissive. "Hey, you're the one with the glowing blue fire and suddenly pointy teeth, mister. Don't give me that look. Doesn't seem that far-fetched to me."

He raised a single eyebrow. "My teeth are stimulated by a certain set of physical triggers related to blood flow, Beatrice. It's perfectly natural."

"Natural for *you,*" she muttered.

"Yes. Besides," he picked up her phone where it had fallen on the floor of the elevator and tossed it to her. She fumbled a little but picked it up. "What do you think humanity would have called *this* two or three hundred years ago? You don't think they would have thought mobile phones were magic? What about laser surgery? Basic medicines?" He shook his head and said something in Latin.

"How old are you?"

He cocked his head but remained silent.

"I'm sorry, is that a rude question? My grandmother would probably say it was."

His face softened into a smile. "It's not something we talk about. We guard our origins carefully." He paused before he continued. "I'm over five hundred years old."

"Renaissance? Wow. I was almost wondering if you were born during the late middle ages because of the Dante interest."

He shifted and cleared his throat. "No, Dante wasn't fashionable in my day. Too coarse. Too *medieval.* My father was all about the classics."

"So why all the questions about my dad? I gotta tell you, that was kinda..."

The smile dropped from her face. She put her head between her knees as a thought nudged the back of her mind.

"Why were you asking about my father, Gio?" Beatrice asked quietly.

"What do you mean?"

She looked up at him, no longer afraid and wanting answers from the pale man whose face haunted her dreams.

Just like another face she'd tried so hard to forget.

"Why were you asking about my father? Did you... know him? Before he died?" A sudden thought struck her. "Do you know who killed him? Was he killed by a—a vampire?"

He didn't say anything, but continued to stare at her as her heart rate rose.

"Why aren't you saying anything?" She gulped and tears came to her eyes. "Did *you*... You didn't... I mean—"

"I didn't kill your father, Beatrice. I wouldn't do that."

"Then why were you..."

As she trailed off, she closed her eyes and it was as if puzzle pieces began to fall in the darkness. A quiet gasp left her throat.

Giovanni's pale face in her dreams.

A familiar tingle along her spine.

A throbbing began to take root at the base of her skull, but she pushed through it and a quiet and familiar voice whispered in her mind.

"Just forget, Mariposa. I'm so sorry. I love you. I'm sorry..."

She swallowed the lump in her throat as the tears trailed down her cheeks. "Oh... *oh,*" she whispered. "My father's like you, isn't he? My father's a vampire."

Giovanni remained still and silent as the rest of the puzzle took shape.

Her confusing dreams the summer she turned fifteen. Followed by an inexplicable depression that seemed to drag her under despite the loving support of her grandparents. Her withdrawal. The strange and inexplicable moods.

She heard Giovanni murmur from across the compartment, "You are an extraordinarily perceptive girl, Beatrice De Novo."

A memory from a night in her grandfather's garage pushed its way to the front of her mind.

"Sometimes, I wish I could just forget him, Grandpa."

Tears fell hot on her cheeks. "Oh, he is. And he tried to make me forget him," she said, wiping her eyes with the back of her hand.

She saw him lean forward, suddenly alert. "What do you—"

"The summer I was fifteen, I saw my father. He was sitting on a bench in a park across from the library where I had a summer job. It was just a flash," she whispered and snapped her fingers. "Like that. I thought I was going crazy. He didn't look how I remembered him. He was too thin, and his face... That pale face, just like yours."

He leaned back and reached into his bag to hand her a linen handkerchief. "If you were fifteen, it would have been about three years after he was sired. He would have been in control of his senses and his bloodlust by then. So it's entirely possible, yes. Many newly sired vampires make the mistake of trying to contact their family."

"I kept seeing him for months." She looked as she took the handkerchief and held it in twisted fingers. "I really thought I was going crazy. I stopped going out with my friends. I stopped... Everything. My grandparents didn't know what was going on. I thought I was losing it. And there were these crazy dreams."

She frowned, dabbing her eyes and trying to access memories she now suspected had been tampered with. She kept feeling the strange itch at the nape of her neck every time she tried to recall more, and the headache began to pound.

"He might have tried to talk to you, and you didn't react

well. If he did, it's possible he tried to wipe the memories from your mind." He didn't try to comfort her, but his presence was soothing nonetheless.

"But he was my father."

He nodded. "Exactly. Your memories of him would be very firmly entrenched. You would have noticed if he manipulated them. Not consciously. Not at the time, anyway. You may have been depressed, withdrawn, and you wouldn't have understood why."

"I *was* depressed," she whispered. "My grandparents had no idea what was wrong with me. I had handled his death as well as could be expected and this happened years later. I went to counselors, therapists. No one could figure it out. Why would he do that?"

He shook his head. "He was young, Beatrice. He probably had no idea how it could affect you."

She remained silent for a few minutes, sitting still in the blue light of the broken elevator.

"Why are you telling me all this?" she finally asked.

He paused and she tried to read his expression in the dim light.

"I don't know. I shouldn't be telling you any of this."

"That's not true. You should tell me if it's about my father. Why were you asking about—"

He glanced away, but not before she noticed the sudden light in his green eyes.

"You *want* something. You want something from me."

He looked back, this time wearing a carefully blank expression.

"I don't know what you mean."

She shook her head. "No, not me. You want something from *him*. From my father. That's why you were asking about him."

Giovanni's stillness made him seem even more inhuman

than his fangs, which had slipped behind his lips and out of sight.

"You want what he was looking for in Italy, don't you? You're a book dealer. Do you want what he was after?"

She knew she was correct when she saw a minute flicker in his eyes. She laughed ruefully. "Why in the world do you think I can help you with *that*?"

"Would you like to see your father again, Beatrice? I know he'd like to see you."

She narrowed her eyes. "Do you know where he is? He's in Europe, isn't he? There were phone calls—"

"I don't know. Not exactly. And I wouldn't go knocking on his door if I did. That's not how it's done."

She frowned. "Then how is it done? I want to see him."

He rolled his eyes, whispering some sort of foreign curse before he looked at her again. "Vampires are private. Secretive. Otherwise we don't last very long."

She raised an eyebrow at him. "You don't seem all that private and secretive to me."

"Yes, and I'm sure Caspar will have something very clever to say about that," he muttered.

"Your butler knows?"

"Caspar's been with me since he was a boy. He knows everything."

"How—"

"That's his story to tell."

They sat in silence for a few more minutes, the blue fire still rotating above them. She clutched the linen handkerchief he had given her and tried to calm the swirl of emotions threatening her stomach. Pushing past the shock of revelation, she was relieved to know her father was alive, in some way, and had tried to contact her.

Even though he'd apparently messed up her cerebral cortex in the process.

"Giovanni?"

"Yes?"

"Now that I know all your superhero secrets, can you maybe get us out of here?"

His eyebrows lifted. "Oh, of course. No reason not to, I suppose."

More quickly than she could imagine, he stood, jumped up, knocked the center panel away from the ceiling and, with a flick of his hand, sent the blue fire out the top of the elevator compartment.

"Oh... wow," she murmured.

"Do you have all your things?" he asked, not even a little out of breath as he stood before her.

She quickly gathered her useless phone and made sure all her belongings were tucked securely into her shoulder bag. She stood before him, suddenly much more aware of how tall he was.

"Okay. Got it."

"All right. Put your arms around my waist and hold on tightly. Squeeze in, the panel is somewhat narrow."

"Okay."

She wrapped her arms around Giovanni's waist and tucked her body into his. She still felt the strange energy that seemed to radiate from him, and she tried to calm her reaction. She also tried not to think about the muscular torso she could feel beneath his clothes or the grip of his large hand at her waist.

"And Beatrice?"

"Yeah?" She looked up to see him wearing a playful grin.

"You'll never know *all* my superhero secrets."

And in what felt like a quick hop, she was jerked along with him as he leapt from the floor of the elevator to the top of the steel box which hung from thick cables in the dark shaft.

"Hang on."

"Planning on it," she gasped.

The blue flame still hovered over them as he swung her onto his back and, using only his hands, climbed the walls of the elevator shaft back up to the fifth floor. She held on to his neck, suddenly grateful he didn't need to breathe.

Actually, she realized, she wasn't sure about that.

"Do you need to breathe?"

He made a somewhat strangled noise that sounded negative, so she just kept holding tight. Using one hand to hang onto the service ladder, he pried open the elevator doors with the other, opening them enough to swing her onto the landing. She watched him disappear back down the elevator shaft, only to return a moment later holding his belongings. He flicked his finger, and the blue flame returned to his palm before he spread his hand gracefully, and the flames appeared to soak into his skin.

"And that," he commented as if he was making a remark about the weather, "is why I prefer the stairs."

She laughed nervously and smiled at him, still speechless from his clearly inhuman show of strength. He turned back to the doors, and slid them closed with the palms of his hands before he turned back to her.

"Care to join me?" A smile twitched the corner of his mouth.

"Yeah, stairs sound good."

He opened the door to the stairwell and held up a hand as he appeared to listen for a moment. Seemingly satisfied, he motioned her toward the open door.

Her mind started to compile a list of reasons she should *not* enter an empty stairwell with a vampire, but she shoved them aside, reminding herself he'd just rescued her from an even more confined space.

"I'm doing pretty well with the not-freaking-out-thing, right?"

"Very well." He nodded. "Quite impressive."

They walked in silence the rest of the way, both of them sneaking measuring glances at each other as they descended. When they reached the first floor, he held the door open for her again. She hesitated, knowing somehow when she walked through the doors, she would be different—fundamentally changed by the knowledge she now possessed.

She took a deep breath and walked through the door. Giovanni put a hand on the small of her back in a gesture she normally would have found too personal but, considering the circumstances, she didn't mind. They walked quickly out the front doors and into the dark night together.

"I'll drive you home," he said.

"That's really not necessary."

He rolled his eyes. "Beatrice, I've just told you that mythological creatures exist, and that your father—who you thought was killed—is probably one of them. Please, allow me to drive you home so I don't have to worry about you crashing your car into a guardrail."

She paused, but couldn't think of a comeback.

"Good point."

"Thank you."

"You'd worry?"

His eyes darted to the side, but he continued walking. "I'll have Caspar pick you up in the morning in time for your first class. I promise you won't be late."

She realized she would rather have time to think on the drive home anyway. Plus, she decided she might have one or two questions for Batman's butler.

"Fine, you can drive me home."

"That's my car over there." Giovanni nodded toward the grey Mustang near the rear of the parking lot.

"Nice."

A small smile lifted the corner of his mouth. "I like it."

"I do, too." Her eyes raked over the sleek lines of the vintage car. "How can you drive this if you can't even ride in an elevator?"

"Good question." He shrugged. "Older cars don't seem to be bothered by me, though I always wear gloves when I drive. New cars, however..." He shook his head. "Far too many electronics. I can hardly ride in one without breaking it. Caspar makes me sit in the back seat of his car now."

"That's got to be really inconvenient."

"Let's just say, sometimes, I really miss horses."

Beatrice smirked as she sat back in the burnished leather seat of the Mustang, and she examined his face in the sporadic light of the street lamps as he started the car and backed out. His car smelled like leather and smoke, and she realized the odd scent she often caught from him was the same as the air after an electrical storm, which suddenly made much more sense.

"Gio?" she asked after they had merged on the highway.

"Hmm?" He had returned to his more taciturn demeanor since entering the car.

"Do all vampires do the fire thing?"

He glanced at her before turning his face back to the road. "No, we all have some sort of affinity for one of the elements, though. No one seems to know why."

"Elements? Not like chemistry, though, right?"

He shook his head. "The classical elements: fire, earth, wind, and water."

"And you can make fire?"

"Not precisely. I can *manipulate* fire. I use my amnis to make a spark from static electricity, and then I can make that spark grow into whatever shape or type of fire I want."

She responded dryly. "So you can make fire."

"Basically, yes."

"That seems kind of dangerous."

He nodded as he took the exit off the freeway headed to her grandmother's small house. "It is. It's quite hard to control. Not many fire immortals grow to be as old as me."

"Why not?"

He sighed as if explaining something to a small child. "Well, when you are young and clumsy, it's rather easy to set yourself on fire."

A quick laugh escaped her, and she slapped a hand over her mouth before she looked at him, embarrassed by her amusement. Giovanni did not look amused.

She cleared her throat. "Sorry. It's not funny. I mean, it kind of is, but not really."

"It's really not."

"Of course not," she replied seriously.

"Fire is one of the few ways we can die."

"Sorry."

They drove silently for a few more minutes.

"So I guess that would make you kind of a bad-ass."

He nodded. "Yes, that would be another reason not many of us grow as old as me. We tend to be targeted by those who feel threatened."

"Have you been targeted?"

He looked at her as the car was stopped at a red light. "Not in a long time."

She stared at him for a few more minutes before she faced forward again.

"Good."

They continued driving down Greenbriar Street, and she realized she hadn't given him a single direction.

"Gio?"

"Yes?"

"You know exactly where my grandmother lives, don't you?"

He hesitated for a moment. "Yes."

She chewed on her lip a little, trying to calmly absorb this new knowledge.

"You know when my birthday is, too, don't you?"

"Yes."

They continued down the dark streets.

"Childhood pet?"

He cleared his throat in what she guessed was a purely habitual gesture.

"I've never understood the appeal of Chihuahuas, to be honest."

She nodded, trying to brush aside the flutter of panic that started to well up. "Well, it was a long-haired one. They're kind of cute. And Frito was really more my grandma's dog anyway."

The awkward silence stretched on as she continued to wonder just how extensively he had pried into her background. She felt like, if she asked, he might just know the contents of her refrigerator.

"I have a cat," he blurted out. "A chartreux. They chirp instead of meow. His name is Doyle."

"Oh." She was strangely relieved by his odd, personal confession. "I don't know anything about cats. Is that a breed?"

"Yes, technically the cat is Caspar's, but Doyle likes me best," he said this proudly, as if it was a personal distinction.

"Well... cool."

They were turning onto her grandmother's street, and she began to wonder how this strange, but illuminating, night would end.

"Gio?"

"Yes?" He pulled up in front of the house, and waited with the engine idling.

"We're still kind of friends, right?"

She saw the corner of his mouth turn up in a smile. "I'd like to think so. I hope so."

"You're not going to break into my room and mess with my memories tonight, are you?"

He paused before answering softly, "No, Beatrice. I won't do that."

She hesitated. "Will you ever?"

He wore an unreadable expression when he answered.

"I don't know."

She felt a catch in her throat. "I don't understand this, not really. Part of me is still wondering whether I'm going to wake up and realize it was all a weird nightmare."

He frowned for a moment before leaning toward her, and she felt the strange buzz of energy again. He lifted a hand and tucked a piece of hair behind her ear.

"We'll talk tomorrow night."

Beatrice felt a sudden, overwhelming swell of panic, but she nodded before she slipped from the car. As she stood on the path, the dark night seemed to close around her and formerly familiar shadows grew ominous. She almost ran toward the front door, locking it behind her as she heard the Mustang pull away.

CHAPTER 6

Giovanni straightened when he heard the door to the kitchen open. He had stayed up to wait for Caspar's return to the house after he delivered Beatrice to her first class of the morning.

He heard the older man moving through the house and lingering in the kitchen.

"Caspar!" he called from the shelter of the dim living room.

"Oh," the older man called as he walked into the room. "I didn't realize you would still be awake, I—"

"I'm exhausted. How was it?"

Caspar shrugged. "Fine, very little traffic this morning. We made it to the university with plenty of time before her first class. Parking on that campus is absolutely hideous first thing in the morning."

"So?"

"She's lovely, by the way. Surveillance photos never really do a woman justice. She has the most lovely skin, and that hair—"

"Caspar, you know what I'm asking, please don't make me kill you."

A frown settled onto Caspar's face and he cleared his throat.

"She was a bit... discomfited. I suppose it's understandable. She asked that I give you a message."

Giovanni scowled. He'd thought she had taken the news better than most.

"What was the message?"

"'Don't call me, I'll call you.'"

Giovanni looked down, his book suddenly forgotten. He closed it and set it carefully on the low coffee table before he stood.

"Thank you for driving her to campus. I'm retiring for the day."

He was halfway up the stairs when he heard his friend mutter quietly, "Damn."

HE DIDN'T CALL HER, BUT AFTER TWO WEEKS AND A CURT phone call from Tenzin in China, Giovanni did go back to the reading room at the library to continue his transcription of the Tibetan book.

His eyes immediately sought her out when he entered the small, windowless room. She glanced up from the computer, paused, but then continued typing as he spread out his work materials at the table nearest her desk. He ignored her racing heart and neither one of them spoke. He saw her fill out the call slip herself and dart back to the stacks to grab the manuscript.

He jotted a quick note that he put on her desk before he sat down. He was careful not to examine her too closely when she returned, but smiled a little when he noticed she was wearing her combat boots with her slim black skirt.

"Thank you, Beatrice," he murmured as she set down the grey box. She paused for a moment, as if she had something to say, but then he heard a small sigh.

"You're welcome, Dr. Vecchio. Please let me know if there are any other library materials you need."

He gritted his teeth when he heard her address him formally, but remained silent and began his careful work. He heard Beatrice sit down at her desk again and pick up the small note he had left near the keyboard. He glanced at her from the corner of his eye and saw her fold the note and slip it in her bag. He hid a small smile and went back to writing.

For the next two weeks, they continued their near silent interaction, each week she brought him the document he requested, paused as if she wanted to tell him something, and then returned to her desk without speaking. Each week he worked on transcribing the ancient characters, took careful stock of her appearance and left afterward with scarcely a word exchanged with the stubborn girl.

He was trying to be patient, but he'd heard nothing about Stephen De Novo from Livia's people in Rome and was beginning to feel as if the first lead he'd had in five years was dangling just out of his grasp.

It was a Friday night, and Giovanni was preparing to go out for the evening when he heard the buzz from the phone in the kitchen, signaling a car was at the gate. He frowned and walked quickly down the stairs just in time to hear Caspar hit the intercom.

"Yes?"

"It's Beatrice De Novo."

Caspar immediately buzzed her in before turning to look at Giovanni.

"It's Friday. Will you be all right?"

Giovanni shrugged and walked upstairs to hang up his jacket. He paused to check his appearance in the mirror, wishing he wasn't wearing black as it accentuated his pale skin, but also feeling a perverse pleasure that he had no need to hide his true nature any longer.

He'd never doubted she was trustworthy. Maybe it was her careful handling of the rare texts that contained so much elusive knowledge, or maybe it was the guarded expression in the girl's dark eyes, but he knew Beatrice was someone who could keep secrets, including her own.

He walked downstairs to hear Caspar opening the door for her.

"Miss De Novo, what a pleasure to see you again."

"Thanks, Caspar. How've you been?"

"Very well, thank you. I was able to catch that showing of *Night of the Living Dead* you told me about. It was wonderful."

"Cool! Glad you saw it. I never got out to the theater. No one does zombies like Romero."

Giovanni turned the corner and paused in the doorway of the kitchen.

She was wearing black, of course, but nothing about it made her seem inhuman. Her smooth skin practically pulsed with life, and his eyes were drawn to the graceful column of her neck. Her long hair was pulled back, and his fingers itched to release it from the band at the nape of her neck.

She saw him, and for the first time since the night in the elevator, she called him by his name.

"Hi, Gio."

"Hello."

Caspar interjected, "Beatrice, can I get you something to drink?"

She turned to the older man. "A Coke? Do you have... Coke?"

Giovanni chuckled. "Yes, we have Coke. Caspar's quite fond of it."

She blushed. "Just that, thanks."

"And I'll fix myself a drink in the living room, Caspar." He looked at Beatrice. "If you'll join me?"

She nodded and allowed him to usher her into the brightly lit living room, filled with comfortable furniture and a large flat screen television which hung on the wall.

"Oh, wow. That T.V. is huge," Beatrice mused as she walked over to observe the large screen. "The picture's probably really good, right?"

"Caspar couldn't very well watch bad special effects from old horror movies on a small, low-resolution screen, could he?"

Beatrice glanced over her shoulder with a smile on her face. "Of course not."

He just smiled at her, unexpectedly pleased to see her wander around his house and examine his belongings. He was tempted to show her his library but decided to wait and see why she had come to his home before he offered.

Caspar came in a few moments later as he was pouring himself a whiskey at the sideboard.

"Please let me know if there is anything else you need, Beatrice."

"Call me B, Caspar. Only Mr. Formal over there insists on calling me Beatrice." Giovanni grinned with his back to the room, more determined than ever to call her by her given name at every opportunity.

"Of course, B."

"Thanks."

Giovanni finished pouring his drink and turned back to face the room. Beatrice was sitting in one of the leather armchairs—the one he usually used—so he sat to her left on the sofa.

"Will there be anything else?"

He shook his head, and Caspar left them alone. Giovanni sat silently, sipping the whiskey Carwyn had brought him from Ireland the year before and waiting to see why she had come. He felt a small surge of triumph when she unfolded the note he'd left for her weeks ago and set it on her lap.

"So the job you mentioned, what kind of job is it?" she asked.

"A research position. Primarily computer work."

"Why me?" she asked, her eyes still carrying a shade of suspicion as she looked at him.

So I can find out more about your father and his habits. So I have something to offer him in exchange when I do find him—which I will. Also, you smell like honeysuckle.

He blinked at the last thought but shrugged nonchalantly. "You have more than the necessary skill set. Most of the information I need to search for is online now. Obviously, you can imagine why that is problematic. Caspar can help, but he's neither as technologically savvy as you are, nor does he have your background in information sciences." He paused before he continued. "Though he does make an excellent cocktail, and that shouldn't be overlooked."

"Thank you!" he heard his friend call from the kitchen. Giovanni and Beatrice exchanged a smile before she remembered she was being suspicious. She frowned a little and asked another question.

"I'm sure there are plenty of people you could hire. Why me?"

He stared at her challenging expression before he set his drink down and leaned back into the plush couch. "Well, you seemed to have handled the whole 'blood sucking demon of the night' thing fairly well, so I thought I'd take a stab at not having to meddle with the brains of every assistant I use."

Her expression was carefully blank as she absorbed his

words. He leaned forward and sipped his drink, noticing her watching him carefully.

"Go ahead," he offered quietly.

"What?"

"I can see a million questions swirling around that brain of yours. Just ask them."

She squirmed in her seat. "I didn't want to be rude."

He sat back again and stretched a long arm along the back of the sofa. Though he was usually a secretive creature, he found himself curious what she would ask.

"Go ahead," he murmured as he watched her examine him.

"You drink whiskey."

"Yes."

"So, do you eat? Do you need to?"

"I have to drink blood to survive. Human is the most nutritionally satisfying and tastes the best, of course—"

"Of course," she interjected and he smiled.

"But I can also survive on animal blood if I need to, and many immortals choose to do that. They just have to feed more often."

"How often?"

"Drinking human blood? About once a week."

She perked up. "Oh, well that's not so bad. Oh, unless—"

"No, I don't have to 'drain' a blood donor, Beatrice. I don't have to kill to survive."

She paused, a small smile ghosting her lips. "Unlike us, who kill animals all the time."

He shrugged. "I wasn't going to mention that if you weren't."

She met his eyes, a tentative warmth creeping into her expression. "So, you don't need to, but you do eat a little."

He leaned forward and took another sip of whiskey. "Our bodies are very slow. Well, the processes are, anyway. My hair grows, just very slowly. My fingernails will as well. We digest normally, but again, very slowly. So I can eat and drink, but I don't need to, though it becomes uncomfortable if I go too long without anything in my stomach."

"So the coffee thing?"

He shrugged. "I really just like the way it smells. I think it tastes absolutely vile, though. I don't know how you drink so much of it."

She grinned, finally looking relaxed as she sat in his chair. "I like it. You drink blood. *That* smells and tastes vile, if you ask me."

"Touché."

"Thank you."

She paused again before asking, "So, the wooden stake through the heart thing is apparently a myth, but you can be killed by fire. Anything else?"

"Should I be concerned that one of your first questions is how to kill me?"

Her jaw dropped. "What? No! I didn't mean... I was just curious."

"Well, you can remain so."

"What about the sun?" she asked. "Extra toasty?"

"I'm not going to burst into flames, but I avoid tanning beds."

"Silver?"

"Some of my favorite cufflinks."

"Garlic?"

"Please," he sneered. "I'm Italian."

She was wearing an almost adorable scowl as he ruined all of her movie stereotypes of his kind. He was usually bored by human reactions, but found himself enjoying hers. For his part, Giovanni hoped she would take the job as his research assistant. Besides the valuable connection she provided to her father, she was extremely bright, and he found it relaxing not to have to hide around her.

He could also monitor any other vampire who became aware of her. Houston's immortal population was small, and most tended to mind their own business—which was why he had chosen the humid city in the south of Texas—but if he had discovered her, her father's sire could, as well.

Beatrice was still sipping her drink and sneaking looks at him when she thought he wasn't looking.

"So, if I take this job, where would you want to work? At the university?"

"No, here. I have top of the line equipment upstairs and extensive firewalls to keep my research private, along with numerous electronic editions of reference texts and a large library. I just can't use any of the computers."

"That has *got* to be frustrating."

"Very. Because of my nature and affinity toward fire, I'm even less able to use modern technology than most vampires. It has become more and more complicated as the years go by."

"Good thing you have Caspar."

"Yes, it is. He's very useful, despite the fact that he's a horrible eavesdropper."

"I heard that!" Caspar called from the kitchen. Giovanni cocked his eyebrow at Beatrice, who stifled a laugh.

"So, if I take this job—*if* I take it—what kind of hours are we talking about? And what do you actually do? Can I ask?"

He nodded and took another sip of whiskey as Caspar came into the living room to refill Beatrice's drink and set a small plate of cheese and olives on the coffee table.

"Of course. I only work when I want to, so it would be part-time. Evenings, of course, but I'm flexible as to which ones. Fridays are not usually available. I don't have to work, but immortality is dreadfully boring for the idle rich, so I try to keep myself occupied. I'm a hunter by nature, so I hunt rare documents and books for private clients, along with some antiquities. Collectibles, art, that sort of thing, though antiquities are not particularly interesting to me."

"So, do you work mostly for other—other vampires?"

"Mostly yes, though not exclusively. I don't advertise, and since clients find me through referral, I tend to take work from those who have worked with me in the past. Most of those people are immortal."

She sat quietly, staring into her drink before she spoke again. "Wow."

He frowned. "What? Why? Why 'wow?'"

"You're like a—a book detective. That's really cool."

He couldn't suppress his smile. "I think so, yes."

"And you want to pay me to help you find books and antiques?"

"That's the idea."

She paused for a moment, biting her lip before she asked, "Will you help me find my father?"

The blood began to rush in his veins and he smothered a low growl of satisfaction when he heard her. It was perfect. She wanted exactly the same thing he did, though probably for very different reasons.

"Yes," he said with a smile he hoped didn't show his extended fangs. "I'll find him."

Beatrice smiled. "Then I'll take it, I don't even care if you're an asshole when you're working. Besides, what you do is a book lover's dream job."

He shrugged. "Well, if you're going to be pursuing a career for eternity, it might as well be something you enjoy."

"I'll say so."

He tried to suppress the smile that wanted to take over his face. "So you agree to work for me? I confess, I've never had an assistant other than Caspar. I might very well be an asshole when I'm working."

"You are!" Caspar shouted from the kitchen.

Beatrice laughed outright when she heard him, and Giovanni couldn't help but join her. His mind began to race with thoughts of finding his books, and he couldn't deny that the girl's amusing presence was an added bonus.

He saw a grey streak dart down the stairs from the corner of his eye then Doyle was there, curling himself around Beatrice's combat boots and looking longingly at Giovanni with copper colored eyes.

"Oh, hi. Hi, Cat." Beatrice seemed more than a bit taken aback by the large feline investigating her. Doyle sniffed her boots for a few moments before he jumped on the couch next to Giovanni.

"You're not getting any cheese from me, Doyle. I'm told it's not good for you."

"That is a very large cat."

"He is." Doyle chirped and shoved his head under Giovanni's hand. Beatrice grinned at them both. "He's very smart. But spoiled. That is Caspar's doing, I'm afraid. He keeps trying to buy his love through extravagant meals."

"It's going to work one of these days," Caspar muttered as he came in to lift Doyle from Giovanni's lap. "Come now, Doyle. I have some lovely tuna for you in the kitchen."

Caspar tucked the cat under his arm and walked back to the kitchen, winking at Beatrice as he left the room.

"So when can I see your library?" She was practically bouncing in her seat.

Giovanni smothered a smile. "So forward, Beatrice. Just jump right in and ask to see a vampire's library, why don't you? Not even dinner first?"

Her mouth dropped open and she flushed bright red. "What? That's not part of the job, is it?"

He could stop the laughter that burst out. “No! I was teasing you. I don’t expect—no, definitely not. That’s not part of—no. No.”

She curled her lip. “Well, now I’m almost offended. I can’t smell *that* bad.”

His gaze suddenly focused on her neck and the slight flush that lingered there. He felt the raw hunger in his throat, and he knew he had waited too long. He needed to feed. And soon.

“No,” he said hoarsely. The tender skin on her neck began to pulse slightly as her heart rate picked up. “You smell...”

She must have felt the energy that suddenly charged the room, because she stiffened in her chair, staring at him. He heard her heart race, and the scent of adrenaline began to perfume the air.

“Gio,” Caspar called as he walked briskly into the living room. “Do you and B need a refreshment on your drinks?” The older man came to stand between Giovanni and the girl, breaking his concentration and snapping him out of the sudden bloodlust that had taken him by surprise.

“No.” Giovanni cleared his throat. “Beatrice was just leaving.” He stood and went to offer Beatrice a hand as she rose from her chair. She eyed him cautiously, glancing between him and Caspar as she stood.

“I apologize. I do need to go out this evening. We’ll have to see the library another time,” he spoke quietly, hoping she couldn’t detect the fangs lengthening in his mouth as he approached.

From the way she stared at his lips, he suspected they were not as hidden as he hoped.

“Sure,” she said. “I need to get home, anyway. My grandmother is probably waiting up.”

“Of course.”

Caspar took Beatrice by the arm and walked her toward

the kitchen door. She glanced over her shoulder, and Giovanni tried to temper his hungry stare as she walked away. From the sound of her heart, and the scent of her blood, he wasn't very successful.

Still, she did not look away.

He took a deep breath, his nostrils flaring at the deliciously rich scent of her blood slowly dissipated in the air around him. He walked over to the chair where she sat, bending down to run his face along the back much as the cat had scented her legs earlier.

His eyes narrowed and his throat burned. He quickly walked upstairs to grab his coat before the hunger overtook him. Taking a deep breath as he stepped outside, feeling his skin burn as he wrestled down the instincts he had battled for five hundred years.

"Why is she here?"

"For you. My blood is gone from your system and you need sustenance."

"I don't want—"

"You will not drain her. That only exhibits a lack of control. Though you are young, you must never be without self-control, do you understand me?"

"Yes, Father."

"Now feed."

After he was sure his control was intact, he headed for the nightclubs which would already be packed on Friday night.

Brushing against the bouncer at the door to one of his favorite clubs, he quickly found a table only occupied by a few college boys. He held out his hand to introduce himself and, with a quick use of amnis, convinced them he was an acquaintance they had invited out for the evening. As the night progressed, college girls passed by drawn to his looks, but put off by his manner when he brushed them aside. Finally, he spotted a pair of women who appeared to be in their late twenties eyeing him from across the club.

He observed them for a few minutes, noting their provocative clothing and the body language indicating they were looking for sex. Abandoning his oblivious companions at the table, he approached the women, leaning down and trying to ignore the stale scent of fruit body wash and forget the smell of honeysuckle.

"Hi, I'm John," he said with a flat American accent, holding out his hand to shake first one, then the other's hand. Their minds were weak and would be easy to manipulate. And though the prospect of sex with the two women surprisingly distasteful to him that evening, he sensed both of them were in good health and would not suffer any ill effects when he took their blood. He could easily manipulate them into thinking they'd had a very enjoyable time.

The blonde batted her lashes. "You're hot."

He smiled and held out a hand to her before he leaned over and let his lips feather across the neck of the slightly less crass brunette. He inhaled her scent, ignoring the smell of cheap alcohol that tainted her blood.

He would drink deeply that night.

CHAPTER 7

November 2003

"Oh, wow."

"What do you think?"

"I tried to imagine, but—I mean... It's so much more—"

"Think it's large enough to keep you satisfied for a while?"

"It's so much bigger than I expected."

He backed away, leaving Beatrice to gaze in wonder at the library that took up half of the second floor.

"I think I'll just leave you two alone for a bit," he said.

"Okay," she said.

"Would you like a fire?"

"Okay." She wandered toward the map case, peering into it with awe.

"How about something to drink? Should I have Caspar bring something up?"

"Sure."

"Mind if I just take a quick sip from your carotid before I go?"

"Yeah, that's fine," she murmured as she stared at a sixteenth century map of South America.

"Right then," he cleared his throat and ignored the low, hungry burn. "I'll be back later. Enjoy."

"Okay. Gio?"

"Hmm?"

A small smile quirked her lips. "I heard the carotid thing. No."

"No harm in asking."

"But yes to the fire. It's cold in here."

He smiled, walking over to the small fireplace with the grouping of chairs surrounding it. Leaning down, he turned on the gas valve and snapped his fingers, quickly tossing a blue flame toward the vents which filled the grate with a warm glow. He saw Beatrice watching him. He looked at her as he stood, and she grinned.

"Still very cool, Batman."

He winked. "Well, I have a library to compete with now."

She sighed and looked at him sympathetically. "Cool flame tricks aside, there's no competition."

He lifted his eyebrow. "Library wins?"

"Every single time."

He laughed and walked toward the doorway. "Feel free to wander around. There's only one locked case, which is of no importance to your work. Everything else is made to be read. Familiarize yourself with the computers tonight. Caspar has created an account for you with your first name as the login identification and last name as the password. Keep it that way."

"You got it. Your computers, your rules."

He gave a curt nod. "I'll be downstairs in my study making some phone calls."

She was already engrossed in a first edition Austen he had

purchased in London in the late 1800s. He smiled and left her with his books.

Giovanni walked downstairs, and asked Caspar to bring Beatrice a drink in the library. Since they were working from his home, he could start soon after he rose and had no need to wait for sunset to leave the house. He was surprised how much the idea of having a competent assistant invigorated him. He'd spent the previous fifteen years watching the slow transfer of information from paper to electronic medium with dread, knowing that eventually, much of the information vital to his work would be out of his grasp. Her agreement to work with him, knowing who and what he was, lifted an unanticipated weight off his shoulders.

Beatrice had agreed to work from five-thirty to nine o'clock, Mondays and Thursdays, leaving Tuesday free for some activity she did with her grandmother, and Wednesday for her regular library hours.

He was satisfied with the arrangement and found himself pleased with the prospect of seeing her three nights a week. He knew he could hardly ask for more and was confident his research would go much faster than it had in the past.

He picked up the phone and dialed Carwyn's number.

"Jesus, Mary, and Joseph," the priest said. "Why are you calling me again? You're like a child waiting for Father Christmas. This girl can't be that interesting."

Giovanni chuckled and ignored his friend's question. "I thought you liked hearing my voice."

"And you said she was interesting, not irresistible."

"Stop making assumptions."

"Oh? So you're not 'interested' in her *that* way?"

He frowned, and his mind flashed to the image of Beatrice in his library, browsing the books with a small smile and laughing eyes. Then he remembered the feel of her soft body pressed against his as they jumped out of the broken elevator.

"She's a student, an assistant. A contact, in a manner of speaking."

"Because you always take this kind of interest in students and assistants and contacts," his friend said sarcastically. "Just remember that I'm available for confession should the need arise."

"Amusing. I'll keep that in mind," he muttered, eager to change the subject. "I was calling to let you know we're having an unexpected cold spell, so you might need a sweater."

"Your 'cold spells' are balmy spring weather compared to my mountains. I'm packing my loudest Hawaiian shirts."

He winced. "Please no."

"I just ordered a new one. Had it shipped to your place. Lots of pink flowers on it. Should clash nicely with my hair."

"Do you know what looks good with your demon hair? Ecclesiastical black."

"Boring. I'm only wearing the uniform now when I celebrate mass."

"Hmm, and how is your congregation?"

"Small, but faithful as always."

He sipped his drink. "I'm glad you're staying longer, Carwyn. Something's going to happen. I don't know what, but too many pieces are moving at once for this to be ignored. This girl. Her father. I'm not sure whether to smile or shore up my defenses."

The silence stretched over the line before the Welshman spoke again in his tripping accent, "Have you talked to Tenzin?"

He shook his head though there was no one to see. "Caspar talked to Nima—well, e-mailed her anyway. Apparently they're both being silent lately."

"She usually only does that when she's meditating."

"Yes, I know."

The silence stretched again. "Well, if there's something to know—"

"She'll send word."

"Yes."

Both were silent on the line again as they gathered their thoughts.

"I'm glad I'm coming, too, if for no other reason than to eat Caspar's food. He's a much better cook than Sister Maggie."

"Be careful how loud you say that, Father. Gruel for a month if she hears you."

"She's happy to get rid of me for a while. She's going to visit her sister's family in Kerry while I'm gone."

"We're looking forward to seeing you. Doyle especially."

"And on that note, I'm hanging up. Don't call me again unless there's an emergency. I'll be there in two weeks, for heaven's sake. Oh, have you ordered the match already?"

"Of course. It's on the night after you get here."

"Excellent. Goodbye."

"I'll see you next week."

Giovanni hung up the phone and picked up the printouts Caspar had made of his e-mails from the previous day. Looking through them, he noticed they were still being put off by Livia's people in Rome, and his client for the Lincoln documents was making a fuss again. He was bored by the whole matter and wondered whether he should just return the rude human's retainer and move on to something more interesting.

Then again, he realized, the case might be a good one to give to Beatrice. It was sure to keep her busy. The client was human, so the consequences of missing something or failing to find the requested document were negligible. Yes, he thought, it might be a good first project for the persistent Miss De Novo.

He almost overlooked the last email in the stack. It was short, cryptic, and had clearly come from an immortal, as it was sent to the e-mail address he gave only to vampire clients. The message was brief, and the sender used an obviously false address.

They'll be there soon, and there's more where they came from.

You're welcome.

L

He looked at the date and time the e-mail was received and stared at the final initial. Giovanni opened the locked drawer on the top right-hand side of his desk and slid the paper inside. Then he leaned back, sipped his whiskey, and let his thoughts wander to the past.

"It's there somewhere."

"I've looked, Gio. It's not."

"Yes, Beatrice, it is. The client has been waiting for this document for months now. It is your job to find it. We know it was sold at auction in 1993. We know it's in a private collection somewhere on the Eastern seaboard," he lectured her as he pored over one of his journals he had taken from his locked cabinet. "Put the pieces together. There are only so many auction houses that deal with that kind of document on the East coast, and most of them keep old catalogues online now."

"From ten years ago?"

He shrugged as he sat at the dark oak table in the middle

of the room. "Well, that's what I hired you for. I tracked it to the auction. The rest is the easy part. Look at the list I gave you."

He had put her on the trail of the boring Lincoln document earlier that night while he looked over some of his past clients, trying to ascertain who, exactly, the mysterious 'L' might be who had sent the cryptic e-mail. He wasn't wasting energy on speculating what he or she might have sent, as there wasn't enough information yet. Whoever it was, he was certain it was related to Stephen De Novo and his lost books.

"This is going to take forever."

"Forever is a very relative term when you're talking to me. It's going to take more time than you've spent on previous projects your insipid professors at the university have assigned you. Not forever."

"Old man," she muttered under her breath.

"Warned you, B," Caspar called from the doorway.

"I should have listened; his looks are deceiving," she grumbled as she turned her eyes away from him to blink at the glowing monitor.

He ignored them both and took out one of his journals from the period before he was turned, when Savonarola's bonfires tore through the city of his birth.

Caspar walked over and set a mug of hot tea in front of Beatrice before taking a whiskey to Giovanni. The butler set the tray down on the coffee table and picked up his own book to read in his favorite chair by the fire. It was Beatrice's third week working at the house, and the three of them had already fallen into a comfortable rhythm.

Giovanni darted around the library, often moving so quickly he startled Beatrice as she sat behind the computer, clicking the keys as she stared at the monitor, searching the vast digital territory he could not access. Giovanni would call out search terms as he worked, and she shooed him away if he got too close to the electronic equipment.

Caspar joined them to read halfway through the evening, often bantering about favorite horror films with Beatrice or needling Giovanni in various languages.

Doyle moved almost as quickly as the vampire, jumping from lap to lap and looking for any imminent treats to be dropped or sneaked behind Giovanni's back.

"Seriously, Gio. I see *one* of these houses you list with catalogues online, the rest—"

The kitchen door slammed, and they all started at the sound. Giovanni held up a hand for silence, but didn't hear any additional noise. Caspar walked swiftly to Beatrice's desk and stood next to her, looking far more dangerous than one might expect from a sixty-seven-year-old butler.

Giovanni, on the other hand, let out a low growl and slipped out the door in the blink of an eye.

He paused on the stairs, sniffed the air, and relaxed.

"You can hide, Carwyn, but your wet wolfhound cannot. I have company. Stop scaring the guest."

All of a sudden, something pounced on his back, and Giovanni and the silent intruder tumbled down the stairs in a blur. They rolled toward the entry way, knocking over a green vase that stood in the exquisitely appointed room. A pale white hand shot out, catching the vase before it hit the ground and tossing it toward the plush sofa.

"That is turn of the century Bien Hoa. If you break *it*, I will break *you*," Giovanni gasped out as his friend put him in a choke hold.

"Oh, it's fine, Gio! You're such a prissy bastard sometimes." Carwyn twisted around, trying to capture his friend's leg in a lock, but failed. Carwyn had never been faster than him. His only advantage lay in his broad shoulders, heavily muscled arms, and the element of surprise, which he had lost.

Giovanni twisted around, finally getting out of the choke-hold and flipping backward over Carwyn's head to leap on his back. In no time, the Welshman was flat on his face with one arm twisted behind him, and a long leg bent his knees at angles that would have broken a mortal man.

Giovanni decided to shock him, just for good measure. Carwyn hissed when he felt the sharp sizzle course through his body.

"Damn it, Sparky!" he yelped. "Not fair."

"Yield?"

"Of course, you bloody Italian, I yield. Now let me up."

Giovanni stood with a grin, holding his hand out to his old friend who scowled at him and grabbed it in a harder grip than strictly necessary. Carwyn walked over to the couch to retrieve the vase.

"See? Not a scratch. I was an expert archer, you know." He pulled back an arm as if aiming an arrow and sighted Giovanni with one blue eye. "Sired in my prime."

"Archery does not translate to tossing Vietnamese ceramics, you idiot," Giovanni scowled and dusted off the vase before setting on its stand. "And where is your dog? It better not be digging anything up."

Carwyn shrugged his broad shoulders. "I'm sure he is. So, where's the new blood?"

Giovanni nodded to the top of the stairs.

Carwyn looked to the top of the landing where Caspar stood, looking on in amusement. Beatrice peeked out from behind him, her dark eyes taking in the clearly immortal being now standing in the entryway.

The new vampire almost tripped up the landing, his wild auburn hair flying and a grin overtaking his face as he peeked at Beatrice, who was still hiding behind Caspar.

"Now, Cas, tell her I won't bite, will you?" Carwyn grinned and shot a wink at her. Beatrice stepped out from

Caspar's shadow to examine Giovanni's friend more carefully.

Carwyn stuck out a hand. "Father Carwyn ap Bryn, my dear."

Beatrice shook it tentatively, her small hand dwarfed by the mountain of a man in front of her. "Father?" she asked skeptically.

He winked at her before bending to press a kiss her delicate fingers. "Indeed." Carwyn brought her hand up, suddenly twisting it to sniff her wrist. "No wonder you wanted to hire her, Gio." Carwyn smirked and cocked an eyebrow. "She smells delectable."

Giovanni caught Beatrice's quick gasp as he climbed the stairs. Caspar was chuckling and trying to shove Carwyn toward the library, and Beatrice hung back, her face flushed with embarrassment and her hand still caught in the Welshman's grip.

"Give her hand back, old man," Giovanni muttered in a voice only an immortal would hear.

Carwyn growled a little and shot him a look, but let Beatrice's hand drop and walked into the library with Caspar. Giovanni stepped onto the landing, observing Beatrice's reaction carefully. Her heart rate was rapid, but there was no smell of adrenaline in the air, so he knew she wasn't afraid. Nevertheless, he approached her cautiously.

"He's harmless, really. Far more harmless than me."

She glanced at the entryway. "Really? Tell that to your vase."

Reassured of her mood, he placed a hand on the small of her back to lead her into the library where Caspar was pouring a drink from a crystal decanter, and Doyle was hissing at the large Welshman who shoved him out of his favorite chair.

"It's raining out there, Gio. I come to your place to escape the rain, for heaven's sake. I get enough of this at home."

Giovanni was curious what Beatrice would make of one of his oldest friends. Though Carwyn was a priest, he rarely wore any kind of uniform, preferring to dress himself more like a surfer than a man of the cloth when he visited the United States.

He removed his soggy coat and hung it on the back of his chair, revealing a garish shirt with scantily clad hula girls dancing across the back. He must have caught Beatrice's stare, because he only smiled again and sat down, reaching for the drink Caspar held out to him.

"Thanks, Cas. We don't *have* to wear black, you know." He nodded toward Giovanni, who had shown Beatrice to the small couch in front of the fire and sat down next to her. "This one does it because he thinks it makes him look dashing, or he really is that boring. Haven't figured that one out."

"I vote boring," Caspar quipped. "God knows I've tried to break him out of his shell."

"Though," Carwyn shrugged. "Look at the girl, Cas. Perhaps he's met his match in the black wardrobe department."

"Thanks," Beatrice finally piped in.

He winked at her. "Great boots, my dear. Do you ride motorcycles? And if not, would you like to?"

Giovanni leaned into the back of the couch, stretching his arm casually behind Beatrice, unable to completely turn off his territorial instincts around another vampire, even his old and trusted friend.

"You're early, Father. Everything all right in Wales?" he asked nonchalantly.

The sharp glint in the Welshman's eye told him they would be having a more private discussion once the humans left, and tension made the blood begin to move in his veins.

He instinctively moved closer to Beatrice, who was listening to a story Carwyn had begun relating about one of their more outrageous exploits in London in the late 1960s when Caspar had been much younger.

The three friends took turns making the girl laugh with their wild tales and quick, needling humor, and Giovanni took a strange kind of delight in the amused expression that lit Beatrice's face every time Caspar or Carwyn told a story that proved to be embarrassing to him. He simply shrugged and took another sip of his whiskey.

After a couple of hours, he noticed Beatrice's eyes begin to droop, and she nestled a little more into his side on the small sofa. He pushed aside the urge to reach down and run a hand along her hair. "Caspar," he asked quietly, "could you drive Beatrice home, please?"

She sat up, as if surprised by Giovanni's question. She glanced at her watch, not realizing it had been pressed into his leg and was now dead.

She shook it for a second then glared at him in annoyance.

He shrugged. "I'll buy you a new one tomorrow."

"Yes, you will. I'd appreciate a ride home, Cas, it must be late."

"I'd be happy to drive you. Let these two old men catch up on their secret vampire business without us."

She chuckled, having no idea how true the statement was. "I'm surprised my grandma hasn't called already." She yawned and stretched as she stood, treating Giovanni to a glimpse of the smooth skin at her waist. He shifted slightly, looking away as she stepped over his long legs.

Gathering her bags from the desk she used, she quickly followed Caspar out of the library.

"Good night, everyone. I'll see you on Wednesday, Gio. Carwyn," she smiled, "very interesting meeting you."

"Likewise, B. I'm sure I'll be seeing you around." The

Welshman stretched his long legs in front of him and batted away the cat as they listened to Caspar and Beatrice walk down the stairs. Only when they had both heard the kitchen door slam shut did Carwyn turn to Giovanni with a grim look on his face.

"Heard from your son lately?"

CHAPTER 8

December 2003

Beatrice and Charlotte stared at the letters Dr. Christiansen spread out on the table like a proud father.

"This could be the start of a very exciting new collection, ladies."

"I have to confess, even though they're thematic orphans in our collection, they are so damn cool," Charlotte murmured as she examined the old parchment.

"How old are they?" Beatrice asked.

The grey-haired director set the letters down on the table in the reading room and pulled out a sheaf of notes from his briefcase. "They've been dated to 1484. A very important year in the Italian Renaissance—really, what some would consider Florence's golden age. It was before Savonarola, and there was a blossoming of art, philosophy, classical studies—"

"James, we know what the Italian Renaissance is," Charlotte remarked.

"Well..." The academic blushed a little. "It's a very

exciting pair of letters. The translation was done at the University of Ferrara, and the letters were authenticated there as well."

"Is Renaissance Italian much different from modern Italian?" Beatrice asked, wishing, as she often did, that her father were still around to see some of the treasures she came across in her work.

"Somewhat, but we don't have to worry about that. Professor Scalia is practically chomping at the bit to take a look at them, and he's an expert in the language. I suspect the whole of the history department, classics department, and the philosophy department will be our very eager visitors for quite some time."

"Philosophy department?" Beatrice asked, still examining the well-preserved letters on the table. She couldn't help but admire how clean the edges of the parchment were. They look liked they had been preserved by a professional archivist when they were first written.

"Oh yes, the letters are written from Count Giovanni Pico della Mirandola, a notable philosopher, to his friend, Angelo Poliziano, who was a scholar and poet in Florence. The two men had quite a correspondence and were known to be part of a close group of friends, all great thinkers and some quite controversial. Indeed, one of their circle was Savonarola himself."

"The crazy priest that burned all the books?" Beatrice asked.

Charlotte said, "There was a lot more to him than that. He was a fascinating individual, despite the bonfires." She looked over at Dr. Christiansen. "Do the letters mention Savonarola?"

"Only briefly. Feel free to take a look at the translations. They're mainly personal letters. Pico spends some of the first letter talking about an orphan—or an illegitimate child of some sort, either is likely—that Poliziano had found in Florence; Pico had taken the child into his house. The count had no children of his own. The first letter is mostly discussing the boy's education, but there is some mention of Poliziano introducing Pico to Lorenzo de Medici for the first time, and that is very significant."

Beatrice stared at the document, examining the curl of the ancient script and the old, yellowing parchment.

"Firenze, 1484

Caro Giovanni..."

1484, she thought. Was it a coincidence? *Count Giovanni Pico della Mirandola.* She shook her head. It was ridiculous to think he would have kept the same name for over 500 years.

A faint memory of their meeting at the museum stirred in the back of her mind.

"All the men in my family are named Giovanni."

"Well, ladies, much to do today! We'll have to enjoy these treasures later. Charlotte, how are the preparations for the History of Physics exhibit coming?"

Charlotte and Dr. Christiansen began discussing the exhibit the department was helping curate the following month, and Beatrice packed away the recently acquired documents and wandered back to the stacks to set the Florentine letters in the spot Dr. Christiansen had mentioned to her earlier. He seemed to think that more of the historical correspondence might be given to the university in the future.

Beatrice wondered again who the generous anonymous donor could be, and why exactly he had chosen a relatively obscure state university in Texas to be the recipient of such a generous gift. Thinking about the strange turn her life had taken in the previous two months, she wondered where to draw the line between coincidence and calculation.

She went about her duties preoccupied with the mysterious letters, finally escaping to the stacks that afternoon to examine them and look over the translation of the first letter.

Most of it detailed the new addition to the Pico household, a boy of seven named Jacopo, who the Count adopted and intended to educate. It sounded like he was the illegitimate child of one of the Pico brothers, though the letter didn't say which.

One passage seemed to leap from the page:

"Lorenzo has mentioned you several times since your visit with him. He was amused by your sometimes outrageous statements; and I believe, were you to find yourself back in Florence anytime soon, he would be most delighted to continue your acquaintance."

Wow, she thought, *Lorenzo de Medici. Lorenzo the Magnificent.* Could Giovanni have met him? If he was really over five hundred years old, it was possible.

There was mention of city gossip: a strange man named Niccolo Andros, something about Lorenzo's children, and finally, a mention of some sort of scandal Pico was involved in with a married woman.

That brought a flush to her cheeks, and she set the notes down. It was hard not to imagine a woman being attracted to Giovanni. Despite his brusque demeanor, she still couldn't seem to help the growing attraction she had to the vampire.

She read the letter four times, making notes and jotting down names and dates. She examined the second letter, but decided to do some research on the two men before reading it. She had little background in the Italian Renaissance, and the person she knew was most knowledgeable was the one person she couldn't ask. She snorted as she imagined how the conversation would go:

"Oh, hey, Gio. Do you happen to be a fifteenth century philosopher

named Giovanni Pico? Oh, and what does all this have to do with my father, by the way?

"Please go back to searching through endlessly boring auction catalogues, Beatrice. I'm far smarter than you are and too stuck-up to answer your questions. Also, I'm very good-looking and can get away with being an asshole."

Beatrice sighed and slipped the notes into her messenger bag. She would have time to go online at home after she took her grandmother to dinner with her friends that night.

❧

"BEATRICE, YOU MUST GET A PICTURE OF GIOVANNI FOR the girls!"

She scowled at her grandmother's voice from the kitchen as she finished putting on her make-up for their night out. Isadora and her closest friends had kept a long-standing dinner engagement every Tuesday night for as long as she could remember. It used to be the time that Beatrice and her grandfather would spend in his workshop or watching old horror movies together, but since his death she had joined her grandmother for the weekly outings.

At first, it was simply so she wouldn't feel the aching loss of her grandfather, but now she enjoyed the evenings with the interesting group of women.

"Grandma, I'm not going to ask my boss for a picture to show your friends. It's embarrassing."

"But he's so handsome! Maybe with your phone camera?"

"No! That's creepy. I don't think he likes getting his picture taken anyway."

Probably not a good idea when you've been around for over 500 years, she thought as she lined her eyes in black.

"Well, it's very exciting. You must tell everyone about the thrilling book mysteries you're helping to solve now."

Beatrice laughed. "I've been searching online auction catalogues for a single document for almost a month, Grandma. It's not as glamorous as it sounds."

"Still," Isadora smiled as she walked into the bathroom to check her hair in the mirror. "The library sounds beautiful. Can you imagine how jealous your father would be? He'd be so proud of you."

Beatrice fell silent as she thought about her father. She'd been reluctant to bring him up to Giovanni since the night she agreed to work for him, still unsure of what the vampire really wanted with her. Though she'd been reassured by meeting Caspar, she still had the uneasy feeling that there was a lot about Giovanni Vecchio she didn't know.

And maybe a lot she didn't *want* to know.

"Always be grateful for unexpected opportunities, Mariposa. You never know where a job like this might lead." Isadora turned and patted her granddaughter's cheek. "Imagine what exciting things might be in your future!"

Beatrice sighed. "It's just a research job, Grandma. But it's a good one, and I have no complaints about my boss. He's demanding, but it's not anything I didn't sign up for."

"You said he has an interesting friend visiting from overseas? Who is he? Is he a book dealer as well?"

She grinned when she thought of Carwyn. Since their meeting, the unusual priest had charmed her, although she didn't know what to make of him at first. He looked like he had been turned in his thirties, but had the personality and humor of a teenager. He wore the ugliest Hawaiian shirts she had ever seen, but still seemed to attract more than his share of female attention when he and Giovanni had visited the library together.

He was as boisterous as Giovanni was taciturn, yet the friendly affection between them was obvious and she had started to see a slightly softer side to the aloof vampire.

"No, Carwyn's not a book dealer; he's a priest of some sort. He's Welsh, I think. I guess he usually comes out this time of year. I think they're working on a project together."

"Well, that sounds lovely. It's so nice to have friends with the same interests."

Like drinking blood, avoiding electronic equipment, and staying out of sunlight so you don't burn to a crisp, she mused silently as she pulled her long hair into a low ponytail.

She grabbed her purse and helped Isadora to the car. Her grandmother immediately began texting her friends that they were on their way and Beatrice took advantage of the silence to think about the past week.

The two vampires had been working on something they didn't want anyone to know about; she was sure of it. Carwyn had come to the library with Giovanni the previous Wednesday, but they spent more time speaking in furtive whispers than they had transcribing characters for the mysterious Tenzin. When she went to the house on Thursday the odd mood had continued.

Even Caspar seemed out of the loop, and she had no idea what they would hide from someone they seemed to trust so much. Giovanni had been secretive before, and Carwyn's appearance seemed to have done nothing but intensified his mood.

Their veiled references to their friend in China also caught her attention. She knew Tenzin was another immortal that had been friends with them for presumably hundreds of years, but anytime her name was mentioned an odd sense of foreboding fell over the two men.

"Oh, Beatrice, there it is!"

She brushed her concerns away when she spotted the small restaurant where her grandmother's three closest friends were waiting outside. As she pulled into the parking lot, her grandmother waved like a school girl and Beatrice smiled, wondering for the thousandth time why she couldn't be more like her grandmother when it came to making friends.

Beatrice hadn't always been antisocial. When she was younger, she'd had lots of friends. Even after her father died, she'd been a happy child, wrapped in the comfort of her grandparents' home. It wasn't until the summer she had seen her father again that her social life began to collapse. It had never really recovered.

She tried to shove back the bitterness that reared its head when she thought about the cause of her depression. The self-destructive choices she'd made still haunted her at times. During that dark period, she mostly found solace in books. Never an avid reader before, she pulled herself out of depression by escaping into the other worlds books offered.

She realized it probably wasn't the healthiest way to cope, but between the library and her grandfather, she had managed to make it through high school. After that, she had buried herself in her college studies, and it wasn't until she'd begun working at the university library that she felt like she found her niche.

"B, honey, you just look more gorgeous every time I see you!" she heard her grandmother's friend, Sally Devereaux, call across the parking lot. Sally was the epitome of a Texas matriarch, complete with the requisite giant hair, heavy twang, and big personality. The others in the group, Marta Voorhies and Laura Gambetti, were quieter.

"How is your wonderful new job, B?" Marta asked.

"Yes, Isadora says you're working for an Italian gentleman," Laura added with wink. "Italian men are, of course, the most handsome on the planet."

Beatrice laughed at the women's curiosity. She had a feeling that knowing her employer was a five hundred-year-old vampire would do nothing to put them off. They would probably just ask to see his fangs.

"Hey, everyone. Yeah, it's pretty cool. I'll tell you all about it during dinner, okay?"

"If we don't get in there, we aren't going to be dining, girls!" Sally boomed. "Let's go inside, we'll talk while we eat."

"Yes," Isadora added, "and you can try to persuade her to get a picture of him."

"Grandma—"

"Oh, B, you must!"

"Is he really that handsome?"

"More importantly, is he single?"

"I'd like to hear more about his work; it sounds fascinating!"

Beatrice sighed deeply, enveloped in their familiar chatter and followed the four women inside.

Hours later, after she had tentatively agreed to take a picture of her boss and set her grandmother up on a blind date with Caspar at Sally's insistence, she drove back to their small house.

"Beatrice, did you remember to pick up those art books for me from the library?" Isadora asked. "I need them to teach my class tomorrow."

"Oh shoot. I got them, and then left them at Gio's last night when I was working. I'm sorry."

"It's no problem, dear. I did want them soon so I could show the young man in my class about the brush technique I was trying to explain. When do you go back?"

She frowned. "You know, I'll run by and get them. Otherwise I won't be back until Thursday night."

"Oh, it's too late. I don't want to wake anyone for some silly books."

"Trust me, they'll be awake."

"Well, if you're sure."

"I'm sure it'll be fine." Beatrice reasoned that even if Giovanni was out with Carwyn, Caspar was likely to be home. Plus, the vampire's house in River Oaks wasn't all that far from her grandmother's place.

She dropped Isadora off and made the short drive to Giovanni's home. As she pulled up to the gate, she could just see Carwyn's huge Irish wolfhound peek his head over the low wall.

She pushed the button to call the house.

"Yes?"

"It's B, Caspar. I forgot some books here last night. Do you mind if I come in quick and grab them?"

She heard the gate buzz and the butler's amused voice could be heard as she pulled forward. "Of course not, and—may I add—what wonderful timing you have, my dear!"

Narrowing her eyes at the odd statement, she pulled through the gate, keeping her window down as Bran, Carwyn's grey dog, trotted alongside her car.

"How's it going tonight, Bran?" The huge dog huffed as he escorted her up the driveway.

"Dig up any more roses?" Beatrice grinned, remembering the amusing rant Giovanni had gone on last Thursday after a particularly muddy set of footprints found their way into the living room. "Manage to find Doyle yet?"

At the mention of the cat's name, the wolfhound abruptly halted, looked across the yard as if remembering something and let out a bellow before he shot across the lawn.

Laughing at the amusing and very friendly dog, Beatrice finally pulled behind the garage where she usually parked her small car. She walked to the kitchen door and knocked, pleased to see Caspar's smiling face through the glass panels.

"Ah! B, I'm so glad you're here. No one ever believes me, but now you'll know the truth."

She frowned in confusion. "Uh... Cas, what are you

talking about, and does it involve bodily injury? Because I kind of like this blouse, and I'm not wearing my boots."

Caspar smiled. "No, but he always comes across as so dignified, doesn't he? Now, my dear," the grey-haired butler winked, "you'll know the real Giovanni."

And with that mysterious statement, he practically pulled her into the kitchen. She looked around in confusion for a moment before she heard the loud yells coming from the living room.

"Bloody bastard, I did not see that coming!"

"Use the folding chair! It's sitting in the corner for a reason!"

Beatrice's eyes widened when she heard the two men yelling. The sound of applause filled the living room and the surround sound poured into the kitchen.

"That's not—" Beatrice started.

"Oh yes." Caspar nodded. "It's exactly what you think."

"Well, I'll be damned," she muttered. "Cas, you have made my year."

Beatrice walked silently into the living room, suddenly happy to be wearing her soft ballet flats. She approached the two vampires watching the television, who had well over a thousand years of life between them, careful to keep her distance so they didn't smell her.

Giovanni had donned his usual grey sweater and black slacks for the evening, but Carwyn appeared to be wearing a garish t-shirt with an ugly masked face on it. They were totally absorbed with the spectacle on the television screen. Just then, the crowd went wild and both vampires jumped up shouting.

"Tap out, you buggering idiot!"

"Use the damn folding chair!"

Beatrice couldn't believe the ammunition she had just been given.

"Hey, guys."

They both spun around when they heard her quiet voice from the back of the living room. Carwyn grinned at her.

"Hello, B! Grab a beer, you're just in time. The main event's on right after this match."

Giovanni, if possible, looked even paler than normal. "Beatrice, this is—were you scheduled to work tonight?" He scratched at the back of his neck in obvious discomfort.

"Nope. Just came by to pick up a couple of books I forgot from the library." She smirked in satisfaction as he squirmed. This mental picture was priceless.

He continued to stare at her, speechless and obviously embarrassed, until he heard the roar from the crowd and Carwyn shouted again. Giovanni spun around to see what was happening on the television.

"Finally! Damn it, Gio. They always go for the folding chair."

"Of course they do. Folding chairs are always there for a reason. They're never just stage props."

Shaking her head, she walked closer to the back of the couch. Both men were staring at the television again, completely engrossed in the professional wrestling match on screen.

"Seriously, guys? Professional wrestling? I might have suspected archery or fencing. Hell, even soccer—"

"Football!" they shouted simultaneously.

"—wouldn't have been that big a surprise, but this?"

Barely clothed women walked around the ring, and flashing lights filled the screen. The announcers shouted about the final match-up of the night, which was on just after the previously taped profiles of the two participants.

"This is the most bloody brilliant sport ever invented," Carwyn almost whispered in awe as he stared at the screen.

"It's not a sport!"

Both turned to look at her in disgust.

"That's not the point!" Carwyn shouted.

"You see, Beatrice," Giovanni started, while the priest turned the volume down just low enough so they could be heard. "Professional wrestling is simply the most modern interpretation of an ancient tradition of stylized verbal battles between enemies. From the time that Homer recorded the Iliad, the emergence of what Scottish scholars call 'flyting'—"

"That would be a verbal battle preceding a physical one, but considered equally as important to the overall outcome," Carwyn interjected.

"Exactly. Throughout world myth, warriors have engaged in a verbal struggle that is as symbolically important as the battle itself. You can see examples in early Anglo-Saxon literature—"

"You've read *Beowulf*, haven't you, English major?"

Giovanni glanced at the priest, but continued in his most academic voice. "Beowulf is only one example, of course. The concept is also prevalent in various Nordic, Celtic, and Germanic epic traditions. Even Japanese and Arabic literature are rife with examples."

"Exactly." Carwyn nodded along. "See, modern professional wrestling is following in a grand epic tradition. Doesn't matter if it's staged, and it doesn't matter who wins, really—"

"Well, I don't know about—"

"What matters," Carwyn shot his friend a look before he continued, "is that the warriors impress the audience as much with their verbal acuity as their physical prowess."

Giovanni nodded. "It's really very fitting within classical Western tradition."

Beatrice stared at them and began to snicker.

"Did you two just come up with some really academic,

smart-sounding rationalization for why you're watching professional wrestling on pay-per-view?"

Carwyn said, "Are you kidding? It took us years to come up with that. Grab a beer and sit down."

Still snickering, she walked into the kitchen, where Caspar was holding an open long-neck for her. "Do you—"

He shook his head. "Oh no, this is their own crass amusement. I'll have nothing to do with it, no matter how many times they cite *Beowulf*."

Beatrice chuckled and took the beer. "I guess I can hang out for a while. After all," she smiled, "the main event is just ahead!"

Caspar smiled and went back to his crossword puzzle on the counter. She walked back into the living room and sat in the open spot between the two vampires. Carwyn was already shouting at the screen on her left, but Giovanni sat back, slightly more subdued as he stretched his left arm across the back of the couch and looked at her.

Beatrice said, "It's kind of cute, to be honest."

"Really?"

"You're usually so dignified," she raised her beer to take a drink, and Giovanni leaned in slightly with a small smile on his lips. "It's kind of nice—"

Just then, he grabbed the beer out of her hand and jerked her arm toward his body. His nostrils flared and his eyes glowed as he pulled her hand to his face and inhaled deeply. Her heart rate shot up when she heard the growl rip from his throat, and his left arm coiled around her waist.

"Gio—"

"Where is he?" he hissed.

CHAPTER 9

"Giovanni, let her go."

He was lost in instinct, trapped in the scent of the unexpected enemy on a human his nature had claimed, even if his mind had not. His fangs descended, spurred by the sudden rush of blood in his veins and the unseen threat. He wanted to sink his teeth into her, marking her as his own so no other would dare to touch her.

"Giovanni!" He heard the priest's voice as if he was calling from far away.

"Gio," she whispered; her pulse pounded in his ears, and the scent of her panic rolled off her in seductive waves. "Please, don't—I don't understand—"

His head inched toward her neck, the ancient, territorial compulsion roaring through him to drink and claim her blood as his own. He felt the current in his fingertips crawl across the girl's skin as the amnis began to run through him and into her.

"Giovanni di Spada!"

He stared, hypnotized by the pulsing heartbeat that sped

faster the closer he held her. His own heart began to thump faster and he bared his fangs.

"I will end you if you harm the innocent!" Carwyn roared in Italian, the language of his youth finally breaking through the haze that clouded Giovanni's rational mind.

His hooded eyes flew open, and the vampire leapt away from the girl, staring at her in horror when he saw the tears coursing down her face. He stopped breathing and took another step back, pushing down the snarl that threatened to erupt when Carwyn stepped between him and Beatrice.

"Outside. Now!"

He tried to look around Carwyn. "Beatrice—"

"Now, before I throw you out!" he yelled as Caspar stood gaping in the doorway.

Giovanni threw open the terrace doors and stalked outside. Caspar met him pacing near the pool a few minutes later with a bag of blood from the refrigerator. Biting directly into the bag, Giovanni ignored the stale taste as he sucked it dry. He felt the volatile energy licking along his skin, so he stripped off his clothes, and dove to the bottom of the pool where he sat in utter stillness, gradually slowing the beat of his normally silent heart.

He watched the moon through the dark water, disgusted with his actions in the living room and furious with himself for losing control of his base nature after hundreds of years of strict discipline.

"What is our first lesson from Plato?"

"'For a man to conquer himself is the first and noblest of all victories.'"

"You must always be stronger than your nature. Do you understand?"

"Yes, Father."

"It is the key to your survival in any circumstance. You more than any other."

He didn't know how long he sat at the bottom of the pool, but eventually his ears alerted him to the faint splash near the shallow end as something broke the still surface.

He shot up, shocked to see Beatrice sitting near the steps with her shoes off, and her feet dangling near the steps.

"Hey."

He didn't speak, but scanned the surrounding area, spotting Carwyn who sat, glaring at him from one of the chaises on the terrace. Giovanni nodded toward his old friend, his eyes communicating his careful control, and he saw the priest relax. He looked back to the solemn young woman who met his gaze without flinching.

"I would offer an apology, Beatrice De Novo."

The girl had no idea how rare an occasion it was for Giovanni to admit wrongdoing, so she only narrowed her eyes. "Is it going to happen again?"

He paused, wanting to answer honestly. "I had underestimated how territorial I felt toward you. I won't make the mistake again."

"Why do you feel territorial about me?" she asked quietly.

He treaded water, still keeping his distance. "You are under my *aegis*, whether you accept it or not." Giovanni ignored the sudden tension he sensed from Carwyn on the patio, choosing to lock his gaze on the girl at the end of the pool.

"What does that mean?" She looked at him, confusion evident in her features.

There was no need for her to know the full extent of his aegis, or that by claiming her, he had every right to drink from her as he wished. He decided the simplest explanation was best.

"It means I have taken responsibility for you in my world. Part of that responsibility is to protect you, and I failed in that tonight."

"You stopped."

He couldn't speak, afraid that honesty would send her running. If Carwyn had not been there, he wouldn't have stopped.

She must have seen the truth in his eyes. "Would you have killed me?"

Most definitely not. "No. But I would have marked you. Without your permission."

She frowned and looked at him curiously. "Do humans—do they *ever* give you their permission?"

He avoided the question, diving and surfacing a few feet from her. She looked away, flustered by his presence, so he retreated a few feet.

"Wh—who is Giovanni di Spada?" she asked.

"Who?"

"Carwyn, he called you that when you were... you know."

Giovanni frowned a little, faintly remembering the priest calling the name of his more violent past. "Giovanni de Spada is the name I was using when Carwyn and I met. I went by that name for almost two hundred years. He still forgets and calls me that occasionally."

"So you changed the last name, but you kept Giovanni?"

He nodded, baffled by her questions, but willing to entertain them if it regained some of the trust he had broken. "It seemed easier to keep the given name. If I ever traveled back to the same place or the same business and someone happened to remember me, it was easy enough to claim I was a relative. And, of course, there were no photographs until recently."

"Oh," she nodded, "that makes sense."

"It wasn't difficult to change your identity for most of history."

"And now?"

He shrugged. "Now it is harder, but not impossible."

She paused and finally met his eyes. He could see her start to relax and wished he had not agreed to avoid using his amnis on her. It would make questioning her far more straightforward.

"Who did you meet today?" he asked quietly, slowly moving closer to her at the edge of the pool.

"Who did I—what? I met..." She cleared her throat, suddenly flustered again, "lots of people, Gio. What does that—"

"You met someone new. A stranger. You had the scent of another immortal on you," he said, keeping his voice carefully neutral.

She scowled at him. "I did not! I had a completely normal day. I didn't meet any vampires. I think I'd know what to look for at this point, don't you?" He could hear her pulse pick up, but he sensed it was from anger, not fear.

He glanced at Carwyn, who moved slightly closer to the pool, his hands in his pockets as he sauntered toward them.

"I smelled it too, B. It was faint, but it was there. It's on your hands. Gio's nose has always been sharper. Did you shake hands with anyone? Go anywhere new?"

She rolled her eyes and huffed in frustration. "I went to school and work. I went to dinner with my grandma and her friends. I went to a new Thai restaurant where none of the waiters looked any paler than usual, Carwyn. I didn't meet a vampire!"

"Something," Giovanni muttered, swimming over to the edge of the pool and lifting himself up. "There has to be something." He strode over the patio, dripping cold water as he walked. He only remembered his nudity when he heard Beatrice gasp a little from the steps.

Carwyn rolled his eyes and tossed Giovanni a towel from the end of the chaise. “Cover yourself up. We all know she’d rather see *me* naked.”

He glanced over his shoulder toward Beatrice, who was blushing and staring at his feet. He smirked when he realized why her heart had been racing.

It didn’t appear to be anger.

He slung the towel around his waist and walked back toward her, holding a hand out to help her up. She was still looking anywhere but at him.

“Beatrice,” he said, trying to smother a smile. “I apologize. My behavior in the living room was unconscionable. It won’t happen again.” She still refused to look at him. He sighed and dropped his hand.

“It’s fine, Gio,” she said, bright red in the face. “Just don’t scare me like that again.”

“I’ll try not to.” He held out his hand again; this time she took it and allowed him to help her stand.

“And don’t think I didn’t feel the current thing when you grabbed me. Do *not* mess with my brain.”

He allowed her to see the edge of his smile. “Understood.”

She nodded, resolve clear in her eyes. “I’m going to go call my grandmother so she doesn’t worry. I’ll be up in the library when I’m done.”

“Thank you.”

“You’re welcome. Now go put some clothes on. Because if you want me to concentrate, you can’t dangle that much naked man in front of me. Vampire or not.”

Giovanni stifled a grin as he walked into the house, punching a laughing Carwyn as he walked by.

“Ow,” the priest pouted, back to his normally gregarious nature.

"Liar."

"I'm practicing for wrestling!"

Giovanni couldn't stop the grin that spread across his face or the sense of satisfaction as he ran upstairs to get dressed.

She still hadn't run.

He met them all in the library, where Carwyn started a fire and Caspar had already brought drinks for everyone. The butler sat next to the girl on the couch, leaving the two end chairs for the vampires to perch.

Neither vampire sat; Carwyn leaned a shoulder into the mantle and watched the room, while Giovanni roamed the length of the library. His mind was shuffling information, moving clues like a puzzle. Now that he could think more rationally, the pieces were beginning to fall into place. The anger, however, was only beginning to grow.

"Carwyn," he heard Beatrice ask as he walked toward his locked cabinet, "why can you use the stereo and the remotes when Gio can't? You've got the same current under your skin, right?"

Giovanni's eyes shot to his friend's, who simply shrugged a little before he answered.

"Well," he winked at Beatrice. "Let's just say I'm better grounded than Sparky over there."

"Better groun—oh, elements! Fire. Earth. Air. Water. Are you an earth vampire, or something?"

He nodded and stared at her in the flickering light from the hearth. "Such a clever girl," he murmured. "I wonder what else we can figure out together, hmm?" He glanced back to Giovanni, who only nodded silently at the back of the library.

"Beatrice," the priest continued, "may I smell your hand, dear girl? Just once more. I promise not to get all fangy."

Beatrice smiled and glanced over her shoulder at Giovanni.

"Sure." She held out her hand. "But I'm pretty positive I

didn't meet a vampire today. My day was completely boring. The only exciting thing about it was a couple of new documents at work. And that's..." She trailed off and Giovanni could see her make the connection. "I mean... the documents—"

She broke off abruptly when she saw the gleam in Carwyn's eyes. He bent over her hand as if he was going to kiss it, but just like the night they met, he inhaled a deep, almost predatory, breath over her fingertips.

"Carwyn?" Giovanni asked with growing certainty.

"Parchment," he muttered into her hand. His blue eyes shot up. "The new documents at the library—I need to know what they were. Where were they from? Were they bought? Donated? I need to know everything you can tell me about them."

Giovanni felt electricity begin to charge the air as he moved closer to the couch, but the priest held up a hand as Beatrice's eyes began to dart nervously around the room. Caspar reached over and patted the girl's arm.

"Everyone take a step back," the butler said soothingly. "I'm sure Beatrice is already an expert, gentlemen. Let her speak."

She glanced gratefully at him, and Caspar smiled in encouragement.

"It's—it was donated anonymously. It's a letter. There are two of them. From the Italian Renaissance. Two friends, a philosopher and a—a poet. They were authenticated at the University of Ferrara. Dated 1484. From Florence."

Giovanni was drawn to her voice, walking silently over to stand by the fire as she spoke. Her eyes lifted and met his.

Carwyn's eyes darted between him and the young woman. "Who were the letters addressed to, B?"

"Giovanni..." she began, staring with her warm brown

eyes. “Count Giovanni Pico della Mirandola. That’s who the letters were for.”

He looked away, hoping she had not seen the flicker of recognition at the old name. He ignored the burning in his chest as he walked back to the library table and collected himself. He glanced over to see Carwyn smiling at her.

“Anything else you can remember? It really would be helpful.”

She shook her head. “It sounded like they were mostly personal. I only read the translation on one. They were talking about a new servant, or squire, or—or something like that, and his education. There was something about meeting Lorenzo de Medici.” She blushed slightly and glanced back at him; his eyes were glued to her as she spoke. “Something about a scandal. I can’t—I can’t remember all of it. I’m sorry.”

“Oh, I think you’ve remembered plenty,” Caspar broke in. “I’m sure that’s what they needed to know.”

She looked for him in the back of the library. “Did a vampire donate those letters, Gio?”

He still didn’t speak but nodded as he stared into the fire.

Carwyn finally answered her. “I think that’s where you picked up the scent. He must have handled them before they were donated.”

Giovanni was careful to keep strict control of his features as his mind flew in a thousand directions, finally settling onto one inescapable conclusion.

He had been deceived.

“Gio?”

He heard her voice and knew what she wanted to ask.

“Giovanni?” she almost whispered.

“Do not ask questions you know I will not answer, Beatrice,” he bit out.

“But—”

“It’s not—” he broke off for a moment, “not for you.”

She stood to face him. Giovanni could see the angry confusion in her eyes, and he could not blame her. She squared her shoulders and turned to Carwyn.

"I'm going home. I guess I'll see you at the library tomorrow."

Caspar stood with her. "I'll see you out." The butler escorted the young woman out of the library, but not before she shot him a pointed glare.

Carwyn rushed over to Giovanni as soon as the two humans were out of the room and began speaking in rushed Latin.

"The letters—"

"'They'll be there soon, and there's more where they came from,'" Giovanni muttered, quoting the mysterious e-mail from weeks before they had both been baffled by. "'You're welcome.'"

"Lorenzo sent the letters, Gio. It's the only explanation. He must have slept with them on his pillow for the scent to be that strong."

"Those letters were bound in a correspondence book. If he has those two, he has all of them. If he has the correspondence books—"

"He has all your books."

Giovanni leaned his hip against the table, still staring into the fire as the memory of other fires haunted him. "We don't know that he has them all."

"But the rumors—"

"Are rumors, nothing more. It is possible... Many things are possible. What we do know is he has the correspondence books and he sent the letters." Giovanni cursed. "And if his note is correct, there will be more."

"He was never one to bluff," Carwyn growled. "Why? Why now?"

"Why didn't I know he had them?" Giovanni asked,

pushing away from the table and pacing the length of the library with deliberate strides. "After five *hundred* years? Or why is he sending them now?"

"You tell me. You know him far better than I ever will. What's his game?"

Giovanni stalked the room, mentally shifting the pieces, and trying to make sense of everything they had learned that night. One disturbing thought kept circling his mind until it was all he could think about.

"You're missing his boldest move, Carwyn," he muttered to the priest as he halted, leaning against the oak table and staring at the empty desk in the corner of the room. "He didn't send them to me." He nodded toward the desk. "He sent them to her."

Carwyn's eyes widened as he turned to stare at the girl's desk and heard Giovanni murmur, "He sent them to Beatrice."

CHAPTER 10

He had gone to prison for love.

She couldn't tear her eyes away from the translation of the second letter of Angelo Poliziano to Giovanni Pico as she huddled in the stacks, avoiding the packed reading room on Wednesday afternoon. Pico had been imprisoned for his affair with a married woman and only escaped because of his connection to Lorenzo de Medici.

> *"I hope this letter finds you well, and free from the imprisonment which shocked us all. By this time, Signore Andros should have arrived in Arezzo with the letter from Lorenzo. Do not feel the need to thank me for my intervention, for the Medici was eager to take your part in the matter and needed little convincing, from either myself or the odd Greek."*

He had gone to stay with Signore Niccolo Andros in Perugia, presumably to study Andros's library of mystic texts and recover from his imprisonment.

What happened to the little boy? Beatrice wondered as she skimmed over the notes from the second letter. The letter mentioned their mutual friends, even Savonarola himself, but Beatrice was more enthralled by the hints of scandal than she was about the more historical significance of the translation.

She read it twice, adding to her notes on the first which she then tucked carefully in her bag. Though both letters had been under the intense scrutiny Dr. Christiansen had predicted throughout the day, she had managed early in her shift to get her hands on them for a few minutes to make a copy of the notes. There was little doubt in her mind that Giovanni and Carwyn knew exactly who the letters had come from. She scratched down a reminder to herself to tell them that Dr. Christiansen mentioned more letters would be arriving.

"B?" Charlotte called. She shoved her copy of the translation and her notes into her messenger bag and stood up, pretending to examine a stack of photographs that needed to be catalogued.

"Hey, I know you're as sick of the philosophers as I am," Charlotte sighed, "but could you come take care of the reading room for a bit?"

"Sure."

"I know you're going to be here all night, but if I don't get a break from the chatter, I'm going to end up throwing old reference books at them."

Beatrice smiled and held in a laugh. The reading room was unusually packed that afternoon, as the philosophy department took a look at the documents. The history department had already come and gone for the day, and the Italian studies department was due that evening. Apparently they had all worked out some tentative custody agreement for the Pico letters.

"Are they scheduled to stay through the evening hours?" she asked, conscious of the two guests she had no doubt would be showing up when it was dark enough.

Charlotte nodded. "Yeah, I guess philosophy's leaving at five, and then the Italian chair is showing up to take a look at them. Have you met Dr. Scalia?"

She shook her head.

"He's a hoot. He's got these enormous glasses and looks like an owl, but he's sweet man and not too chatty. He'll be here most of the evening, so between him and Dr. Handsome, you should have a pretty quiet room."

Beatrice sighed, wondering whether poor Dr. Scalia was going to shake hands with Dr. Vecchio and forget about the letters he was supposed to be examining. She had a feeling Giovanni would be more than happy if the Italian professor suddenly remembered he needed to pick up his dry-cleaning. She might have to lay some ground rules about playing with cerebral cortexes while in the library.

Reminding herself that Carwyn would also be in attendance, she decided there would definitely need to be ground rules.

Every now and then, she had wondered why she had so easily accepted her strange new reality. The more she thought about it, the more Beatrice decided that the idea of vampires just didn't seem that far-fetched.

She could accept there were things in the world that science didn't understand yet, and who was to say that some of those things didn't have fangs and need to survive by drinking human blood?

As she sat at the reference desk, listening to philosophers quietly argue the meaning of this, or the implication of that, she thought about how much had changed since Giovanni had lived as a human. If Dr. Giovanni Vecchio was, indeed, the Italian count the letters were addressed to, that meant that he was 540 years old, and even at age twenty-three had been considered one of the most progressive humanist philosophers of the Renaissance.

He hadn't answered her questions, but it was too coincidental that the two mysterious letters had been donated by a vampire to the very library where Giovanni had chosen to do his research and she worked. They had to be connected.

Not long after six o'clock, a small man with a shock of silver-grey hair walked through the double doors.

"Dr. Scalia?" she asked of the man, who did remind her of an owl with his large round glasses and tiny nose.

He smiled eagerly. "Yes, yes! And you are?"

"I'm Beatrice De Novo. It's a pleasure to meet you. You have an appointment for the Pico letters, is that correct?"

"Yes, thank you."

As she listened to another academic wax eloquent on the importance of the two Italian letters, Giovanni and Carwyn silently entered the reading room. She quickly settled Dr. Scalia at the table with the Pico letters and walked over to the two vampires.

"Okay," she whispered in her sternest librarian voice, "he's a sweet, old man, and I don't want you two to mess with his brain. He's a professor. He needs it."

Giovanni frowned. "Really, Beatrice, how clumsy do you think we are? He would never realize—"

"Don't care. It's *his* brain. Stay out and wait your turn."

She saw Giovanni's nostrils flair a little in annoyance, or maybe he had simply caught the scent of the old parchment at the other table. Carwyn, she thought, looked like he might break into laughter at any minute and kept glancing between his friend and Beatrice.

"Fine. If I could have the Tibetan manuscript then, Miss De Novo."

She rolled her eyes at his tone, but turned and walked back to the stacks to get the manuscript for him as he chose a table near the small professor who was already busy taking notes.

By the time she got back, she noticed that Giovanni had assumed his usual position at the table, though he was watching Dr. Scalia with an almost predatory stare. She set the book down in front of him and grabbed a pencil and a piece of paper from the stack he had sitting on the table. With a quick scribble and a fold, she wrote a small note and propped it in front of the 500 year old vampire.

No biting. No altering cerebral cortexes. Have a nice day.

He couldn't keep the smile from sneaking across his face. He looked up at her, winked, and bent his head to his notes.

Wearing her own smile, she walked back to the reference desk to find Carwyn had pulled a chair over and was reading the paperback she had started that morning. As always, he was eye-catching in a loud Hawaiian shirt that clashed with his red hair and made his blue eyes seem to pop out.

He glanced up from the book. "Do you—"

"Shhh!" She glared and put her finger to her lips.

"Such a librarian. You need wee glasses sitting on the tip of your nose when you do that," he whispered loudly. She heard Giovanni shift at his table and she looked over her shoulder to see him glaring at Carwyn. Snickering, the mischievous vampire reached into her book bag and pulled out the notebook that she'd been using to take notes on the mysterious Pico and his letters.

She could see when Carwyn discovered the notes, but he didn't look angry. On the contrary, he looked inordinately pleased and immediately flipped to the back of the notebook and began to write.

You're a curious thing, B.

Flipping the notebook to her, she read and took a moment to respond.

I've had some curious things happen to me this fall. Also, I feel like we're passing notes in study hall.

We are, he wrote back. *So, what do you want to know that Professor Chatty won't tell you?*

She couldn't hold in the snort when she wrote, *Everything.*

Carwyn just smiled and took a few moments to write back.

I can't tell you his story. One, I don't know all of it. I don't think anyone does. Two, what I do know is not mine to tell. But you're welcome to ask me anything about my life that you'd like.

She cocked an eyebrow at him. *Anything?*

Other than what color pants I'm wearing (red, by the way) I'm an open book.

She held back the giggle. *Always try to match your hair and your underwear. It's just a good rule of thumb. How old are you?*

He smiled and wrote back. *I'm around thirty-five... plus a thousand years. Approximately.*

Beatrice gaped for a moment, trying to reconcile a thousand years with the relatively young man before her. She tried to imagine the things Carwyn must have seen and how much the world had changed since he was human. She couldn't begin to imagine.

Where were you born?

Gwynedd. Northern part of Wales.

And you're still there?

For the most part, I always have been. I'm quite the homebody, unlike our Gio.

She narrowed her eyes and wrote, *Are you really a priest?*

He chuckled quietly. *Yes, you don't have to be an old man, you know. And my father was a priest. And my grandfather. And one of my sons became abbott of our community after I was gone.*

She frowned. *Kinda lax on that whole celibacy thing, huh?*

Carwyn grinned. *Not uncommon in the Welsh church. And it was before Gregory. (Look it up.) Many Welsh priests married. Rome had a hard time conquering Wales. Militarily and ecclesiastically.* He winked as he finished the sentence.

So you were married?

He just nodded and smiled. "Efa," he whispered.

She paused for a moment. *What happened to your wife? Your children?*

Carwyn offered a wistful smile. *My wife went to our God before I was turned. She died quite young from a fever. Our children were taken in by our community when I disappeared. I went back years later. Those that survived had good lives.*

She looked at him, and for a moment, she could see the hundreds of years in his eyes, but they quickly lit again in joy.

There is a time for sorrow and a time for joy, he wrote. *I have a new family now.*

Beatrice raised her eyebrows in question and he continued writing with a smile.

You'll come to Wales someday and meet them. I have eleven children. Most of them have stayed fairly close to home. We keep the British deer population under control.

She mouthed 'wow,' but only wrote, *So none of you bite people?*

He grinned. *Not usually. Just if they smell really good, like you. Joking.*

She rolled her eyes. *Never married again? Do vampires even get married? That seems kind of normal for the mystical undead creatures of the night.*

Some do. He smiled. *It's not uncommon. One of my sons has been married for four hundred years now. I haven't ever wanted to again.*

Her eyes bugged out. *How do you stay married to someone for 400 years?*

He frowned seriously before he wrote back. *Separate vacations.*

She couldn't contain the small laugh that escaped her. She glanced up, and Dr. Scalia was still raptly studying the Pico letters, but Giovanni was glaring at her and Carwyn in annoyance. She rolled her eyes and mouthed, 'Get back to work.'

Giovanni smiled and shook his head a little.

She caught Carwyn watching them out of the corner of his eye. He began to scribble on the notebook again.

He's never married.

She paused for a moment and Carwyn continued writing. He handed the notebook to her.

Don't pretend you weren't curious.

She glared at him. *I can't even imagine Professor Frosty dating,* she wrote quickly and tossed the notebook at him.

Then it was Carwyn who couldn't hold in the snort. He wrote something in bold letters and underlined it twice.

Opposite. Of. Frosty.

She shook her head but couldn't think of anything to write back, so she busied herself checking her e-mail as Carwyn scribbled. After a while, she leaned back in her chair and he handed her the book again, a mischievous grin on his face.

Do you like Gio? Check yes or no. He had sketched two small boxes underneath the question with a large arrow pointing to the "yes" box.

She rolled her eyes and wrote back. *How can you be this childish after a thousand years?*

He raised his eyebrows and jotted down. *That's not a yes or no.*

Screwing her mouth up in annoyance, she wrote back. *Once upon a time, B made some very bad choices about boys. Then she went to college and continued making bad choices about men. Then B got smart and decided to take a break. The End.*

Carwyn smiled and winked at her before writing on the notebook. *Well, obviously, you need to be dating a vampire.*

At that statement, Beatrice grabbed the notebook and snapped it closed, handed Carwyn a romance novel Charlotte had stashed in the bottom drawer of the desk, and opened her own book to read.

"Don't be a coward, B," he said in a sing-song voice as he opened the book that looked like it had a shirtless pirate on the front. "Ooh," he whispered. "The thrilling tale of Don Fernando and the beautiful Sophie. Been meaning to read this one."

And with that, Carwyn wiggled his eyebrows and began reading. Beatrice tried to pay attention to her book, but her gaze continued to drift up to the dark-haired man seated at the table in front of her. All of a sudden, she had a memory of him rising out of the water the night before—the most perfect man she had ever seen—without a stitch of clothing on, and she couldn't help the flush that rose to her cheeks. She had gotten more than an eyeful before she forced herself to look away.

"Hmm, I've never had that reaction to Cormac McCarthy myself, but then, everyone's different," Carwyn whispered as a smile teased the corner of his mouth.

She saw Giovanni raise his head, no doubt hearing his friend's comment and possibly wondering why Beatrice's heartbeat had picked up so suddenly.

"Stupid vampires with their stupid preternatural senses," she muttered, but she knew Carwyn could hear her because his shoulders began shaking with silent laughter.

It was almost nine o'clock when Dr. Scalia finally started packing up his things and made his way over to the reference desk.

"Miss De Novo, please give Dr. Christiansen my regards. Such a wonderful acquisition. I'm informed that we will probably be receiving more in the next months, is that correct? Do you know if they are from the same correspondents?"

She could feel the charge as two sets of eye narrowed in on her as she answered the small professor.

"I don't know the details of all that. I've heard rumors from Dr. Christiansen, but you'd really have to ask him," she said in a small voice, well aware that both Carwyn and Giovanni could hear the rapid beating of her heart.

"Well, I'm sure I'll be seeing you again."

"Have a good night," she answered as he left the room. The door was scarcely closed before Giovanni rushed over to her with no attempt to hide his speed.

"More? When? When did you hear this? Are they from the same donor? When are they coming? Have they already been authenticated?"

"Holy unanswered questions, Batman! Back off, okay?" Beatrice huffed a little and saw Carwyn smother another smile. "Dr. Christiansen mentioned that there *might* be more letters to me and Char, but as far as I know it's just a rumor. Nothing official."

"Oh, there'll be more," Carwyn muttered.

Giovanni shot him a glance. "Shut up."

"Hey, don't tell him to shut up, Gio. At least he doesn't treat me like an idiot who doesn't understand anything."

He frowned. "I don't—I mean... I don't think you're an idiot in any way, Beatrice." She thought he almost looked offended.

"Yeah? Well, it sure feels that way sometimes." He was looking at her with that blank expression he wore when he didn't want to tell her something. It made her want to throw something at him.

"Listen," she said. "I'm not an idiot. I know you guys know *who* the letters are from and I suspect you know why he's sending them." She swallowed hard and expressed the fear she'd had last night. "I'm also guessing that this has something to do with my father, because otherwise all this just seems *way* too coincidental. And I don't really believe in coincidences."

Carwyn was smiling at her with a proud gleam in his eye. "Clever girl, B. Such a clever girl."

"Carwyn," Giovanni said sharply. "Don't—"

"She figured out a good portion on her own without all the background we have. You may as well tell her the rest." Then Carwyn spit out something in Latin that Beatrice couldn't understand, but it made Giovanni seem to growl. He looked at Carwyn with a glare that almost reminded her of the mood that had overtaken him the previous night.

"What's going on?" she asked tentatively.

Carwyn shook his head and Giovanni seemed to gather himself again.

"Carwyn and I have a disagreement on some things, Beatrice. But he is correct. There's a large part of this that does relate to your father, and we should inform you of that."

"These letters," Giovanni walked over to the table and sat in front of the two yellowed pieces of parchment before he continued quietly. "These are my letters. And by that, I mean they are part of a collection I had at one time. It was taken from me and I've been searching for it."

He looked at Beatrice, and she again had the feeling of seeing each long year of his existence stretch out in the depth of his gaze.

"I've been searching for almost four hundred years. I was told it had been destroyed. Many years later, I discovered parts of it had been saved, but scattered. Now, however," he leaned back and crossed his arms as he gazed at the two letters, "I think it is intact. And I know who took it, who the donor is."

He turned to look at her. "I'm not going to tell you how I know, so don't ask. He's dangerous, that's all you need to know and if you ever see another immortal that I don't introduce you to, I want you to tell me or Carwyn immediately."

"Bossy," she muttered.

"Mortal," he threw back, and Carwyn laughed. "I'm not joking about this, Beatrice. Our world isn't ruled by laws, or even convention. The strongest, smartest, and wealthiest have the most power. And power is the only law. This vampire has brains, strength, and wealth in abundance. I manage to live the way I do because I stay off the radar—"

"That, and he likes his enemies toasted *extra* crispy!" Carwyn spouted.

"—but this one," he glared at the priest, "has sought me out. I don't know for certain why now, but," he paused, letting his eyes rake over her, "I have my suspicions."

He fell silent and continued examining the documents, taking special note of the left side of the parchment where it appeared a cut had been carefully made. Beatrice watched him, going over all the cryptic pieces of information she had gleaned in the weeks since she had learned the truth about Giovanni and her father.

"Is it because of me? Because we met? What does this have to do with my father?"

Giovanni halted his perusal to stare at her, and the flicker she saw for a brief moment spurred her on.

"I mean, you've been looking for these books. My dad was looking for something in Italy." Suddenly, all the pieces fell together in her mind. "It was *this*, wasn't it? What my dad was looking for? It was *your* books. Your letters. Or something related to it, right? That's why you agreed to help me find my father." She stepped closer to him, challenging the powerful immortal who watched her silently. "I'm right, aren't I?"

She saw Carwyn and Giovanni exchange loaded looks.

"Told you," Carwyn muttered.

Giovanni said something to him in Latin that sounded like a curse, but then he turned back to Beatrice. She could see the war in his eyes, but he finally gave a slight nod. "Yes, you're partially correct."

She was speechless for a moment, amazed he had actually told her anything. "So... okay, this guy that stole your books or letters or whatever he has—what does he want now?"

She saw Carwyn and Giovanni exchange another glance.

"We think he might be looking for your father," Carwyn said quietly. "We're not sure why, but that's probably why he sent the letters here."

"Okay, so my dad knows something. All right. And this guy's dangerous, right? Does he make fire like Gio?"

Carwyn said, "No, he—"

"You don't need to know—"

She glared at Giovanni. "I want to know who he is!"

"How very unfortunate for you." He continued to examine the letters, looking over the second one and handling it as if it was made of finely spun glass.

"You arrogant ass—"

"Lorenzo," he said. "He goes by Lorenzo now."

Beatrice's mouth fell open, "He's not—"

"No," Carwyn said. "No, not the one you're thinking of."

Giovanni brought the letters up to his face to finally examine them more closely. "He likes to give people the impression that he's one of the Medici's bastards," he murmured as he searched the old parchment. "He's not, but some think he is, and it adds to the mystique, I suppose. He likes notoriety." He inhaled deeply, closing his eyes, and Beatrice could see them dart behind his closed lids as if he was searching his memory for some piece that had escaped.

"You see, B," Carwyn spoke in an even tone, "some in our world choose to seek power. Power over land, humans, riches. And he wants something from Giovanni, otherwise, he wouldn't be doing this. There is something he thinks he can gain."

"Or someone," Giovanni mused quietly, and the already quiet room fell completely silent.

"Someone?" Beatrice finally asked, her eyes nervous and looking toward the door as if a threat could walk through at any time. "Not—not me, right?"

Neither of them spoke, only looked at her with those infuriatingly blank expressions. Even Carwyn was wearing one, and it made her want to scream.

"Not *me*! I don't know anything. I wouldn't know anything about anything if Giovanni hadn't clued me in. I mean—" she suddenly turned to Giovanni. "Why did you tell me this shit?" she practically yelled, her fear palpable.

"You asked, and you figured most of it out on your own," Carwyn said softly. "Could we have kept it from you? Even if we tried? Would you rather have us make you forget? It wouldn't matter now."

Beatrice watched Giovanni stand and walk toward her; it was almost as if each step in her direction forced her farther and farther away from the safe, unremarkable life she had known. She had the simultaneous urge to run away from the approaching menace and run toward him and hold on for dear life. The problem, she realized, was that she had no idea whether he would catch her either way.

"I don't know anything," she said hoarsely, "He can't want me. I don't—why does he want me?"

For a fleeting moment, she saw pity touch his eyes. "Because your father does."

CHAPTER 11

January 2004

He looked over the translation of the letter, reading words his eyes hadn't touched for five hundred years. Even years later, Poliziano's warm humor shone through the pages. He frowned when he found the paragraph he had been looking for.

> *These texts you speak of promise much hermetic knowledge, if they are what you believe them to be. In the celebration of our classical fathers, we too often neglect the older ideas of the East. I am glad that such rare treasures have found their way to your discerning hands, and I have no doubt you will find much wisdom from their examination.*

"Yes!"

Giovanni's head shot up when he heard her. Beatrice's triumphant shout echoed across his home library and he watched as she jumped from her desk and began to do some sort of victory dance across the room.

"Anything you want to tell me?" he asked dryly.

"Only that I am," she said with a huge smile, "the most awesome and amazing assistant in the entire world." She continued to dance, wiggling in no particular rhythm toward the center of the room as he looked on in amusement. He tried to keep a straight face but was soon chuckling and shaking his head.

"Not that I'm doubting your...awesomeness, but is there a particular reason it should be celebrated at the moment?" he asked with a reluctant smile.

She continued to dance, and he had an increasingly difficult time not staring at her lithe form as it moved closer to him. His eyes were drawn to her swaying hips and graceful waist, and he felt his blood begin to stir. She danced and hummed a wordless tune, a smile lighting her face and her dark eyes reflecting the gold lamp light as she leaned down toward him at the table.

"Guess who found the Lincoln speech?" she asked with a playful grin, her elbows leaning on the table and her hands cupping her chin.

He allowed a slow smile to spread across his face when he saw her delight. She had found it more quickly than he thought she would. In the midst of his current predicament, the successful completion of her task was a pleasant surprise.

"Well done, Beatrice," he said quietly.

She narrowed her eyes at his decidedly muted response, but softened them after a moment and sat down across from him at the table. He could almost see the energy vibrating off her.

"It's such a rush! Do you get this way after you find something?"

He nodded. "Though my dance skills obviously need work after seeing yours."

She stuck her tongue out at him, and he had the almost

irresistible urge to lean across the table and bite it. He shoved down the impulse and tried to focus on what she was saying.

"—surprised you haven't asked me yet."

"Hmm?"

She looked shocked. "Were you actually not listening? As in distracted? As in—"

"I was reading the letters, Beatrice. How did you find the speech? Please enlighten me, oh awesome assistant."

She smiled and settled in her chair to relate her brilliance to him. As she recounted the steps she had taken to find, first, the auction house where it had been sold, and then the collector who had made the winning bid, he watched her, pleased to hear her methodical approach that so closely matched his own.

Despite her success, a small frown settled between her eyebrows.

"Gio?"

"What's bothering you?"

"Why did he spend so much money? Our client? The final bid for the speech notes wasn't nearly as much as what it must have cost him to find the documents. Why was he willing to spend so much?"

Giovanni shrugged a little and looked down at the pictures of the five hundred-year-old letter in front of him.

"What do you pay for sentiment, Beatrice? What do you pay for the memory of what an object or a book or a document evokes?"

She looked down at the pictures he held. "Is that why the letters are so important to you? Is that why you've looked for your books for so long?"

He paused for a moment, deliberating how much he would tell her. "The collection I seek was extensive and contained valuable texts, many of them original or unique. It has existed far longer than me—far longer. When I thought it was lost...many of the books and manuscripts contain valuable ancient knowledge, Beatrice. There is far more than my own sentiment involved."

She looked at him skeptically.

"But," he continued, "they hold some sentimental value as well." He shuffled the papers in front of him. "That, of course, is secondary."

He glanced at her, noting the thoughtful expression that had clouded her earlier glee.

"Grab your jacket," he said as he stood and put the photographs and notes in his locked cabinet.

"What?"

"It's your first big find. I am like your boss—"

"You *are* my boss, unless you've decided to stop paying me."

He smiled. "Fine, then I'm taking you out for a drink. Something other than Coke."

Giovanni saw a faint flush stain her cheeks. "Gio, you don't have to—"

"Get your coat, Beatrice."

She paused for a moment then stood and went to turn off the computers. She joined him at the door of the library and they walked downstairs together.

"Where's Carwyn tonight?"

"Out hunting. It's one of the reasons he likes visiting Texas. He's very fond of deer."

"He may have mentioned that once or twice. So, how does he..."

"Take down a deer?"

She frowned, but shrugged, obviously curious about his friend. Giovanni chuckled.

"I don't think he'd mind me saying. He has a friend he hunts with, Carwyn is social like that, and... Have you ever seen a group of wolves stalk an animal?"

"You mean he—"

"Mmmhmm. It is a group activity."

"Have you ever gone with him?" She paused on the stairs, her eyes lit with interest.

He only smiled. "I'm not as fond of deer as he is."

She nodded silently and began walking again. "So now that I've found the speech notes, what do you do? What's the next step?"

They waved at Caspar, who was working on his laptop in the kitchen. Giovanni wondered whether he was reading the daily surveillance report on Beatrice and her grandmother he'd commissioned.

He had been having both of them watched since he realized the girl was Lorenzo's target. She wasn't the end game for his old enemy, but she was undoubtedly a step to get what he wanted.

Stephen De Novo, he decided, must have taken something quite valuable from the vampire.

"Gio? So what's the next step? I mean, you can't just go take the document." A sudden thought must have occurred to her. "Wait—you could, couldn't you? Shit, am I an accomplice now?" Her eyes were wide and she had come to a standstill in the small courtyard by the garage.

He smiled and pulled her arm to get her moving again. "I'm not a thief, Beatrice. I would scarcely need to be, would I?" He cocked an eyebrow at her playfully.

She gasped. "Gio, you cannot use your mind voodoo to make people give you manuscripts!"

"Why not?" he asked innocently.

"Because it's wrong! It's completely unethical. Because—"

"I don't use amnis to get documents, Beatrice."

"Oh," she said, slightly deflated. "Well... Good."

He couldn't erase the smile on his face as he opened the door to the Mustang for her. Suddenly feeling playful, he leaned down as she got in the car and whispered in her ear, "Most of the time, anyway."

He shut the door before she could start speaking again, still laughing as he walked around the car. She was glaring at him when he got in and started it.

"What?"

She scowled. "I don't know whether to believe you or not."

"That's probably a wise choice."

"You're so reassuring."

"I'm not a thief." He smiled. "I'll let the client know I've found what he's looking for and ask him how much he is willing to offer. Then, I will approach the owner of the documents and negotiate a price."

They drove through the dark streets toward a small pub tucked into a quiet corner of Rice Village.

"What if they don't want to sell? And where are we going?"

"We're going to a pub. And I rarely fail to procure an item."

She glanced at him from the corner of her eye before she looked back at the road. "What if it's not for sale?"

His lip curled almost instinctively. "Don't be naive. For the right price, everything is for sale."

The car was silent for a few minutes, and Giovanni almost wished that she would turn on the radio for him. He finally heard her take a deep breath.

"That's kind of depressing," she murmured.

He shrugged as he pulled into the small parking lot behind the building. "That's human nature. Much changes in the world, but not that."

"No?"

He parked the car and looked at her in the shadows of the street lights. "Five hundred years says no."

Giovanni hated the sadness he saw in her eyes, but knew that life would teach her the same lesson, whether he placated her in that moment or not.

"So it is important to learn that which helps us to cope with the cruel vagaries of life and the persistent ebb and rise of the human situation."

She raised a skeptical eyebrow as he reached across to unclip her seatbelt. He passed deliberately close to her and felt her warm breath catch. Leaning back, he smiled, just a little.

"Oh yeah?" she asked, clearing her throat. "What's that?"

He smiled when he heard her heartbeat pick up.

"Whiskey."

THEY WALKED INTO THE DARK PUB, AND GIOVANNI nodded at the pale man sitting in the corner of the room on a low couch. The vampire nodded back in the shadows and, to Giovanni's chagrin, gestured toward the chairs across from him. He put a hand on the small of Beatrice's back and led her toward the dark corner, though he stood casually instead of taking a seat.

"Giovanni," the man said in greeting. "To what do I owe the pleasure tonight?"

Though the vampire spoke to Giovanni in English, Gavin Wallace's strong brogue must have been difficult to understand, because he felt Beatrice lean forward slightly.

He could tell she was taking in every detail of the man's appearance, from his sandy-brown hair and deceptively human brown eyes, to the stylishly rumpled jacket which complimented his easy good looks. Gavin must have been turned in his early thirties, but his wardrobe reflected his more youthful clientele. At least, Giovanni thought, the human clientele.

"Just out with a friend, Gavin. How are the college kids?" He hoped the slight pressure he put on Beatrice's back would let her know to let him do the talking. As always, her perception paid off and she remained silent and watchful at his side.

"Very thirsty, thank you. You have a lovely companion tonight," the blond vampire smiled, looking Beatrice over carefully. "Did you want a chaser? That redhead you seemed to like last month is in the back room, I believe."

He shrugged. "Not necessary, but thank you." Giovanni couldn't help but notice the stiffness in Beatrice's shoulders that accompanied Gavin's frank perusal of the girl's neck. He suddenly realized he had never been specific about how and where he fed with her, and he wondered what questions he would face once they were alone. He deliberately put an arm around her shoulders and drew her slightly closer, making sure the other vampire caught the possessive gleam in his eye.

"Ah, is that how it is? Well," Gavin raised an eyebrow and smirked, "I suppose I *can* still be surprised."

"Gavin, did you want company tonight?" Giovanni asked out of politeness, hoping the vampire would answer in the negative.

"Oh, I don't want to intrude on your evening with a friend," he replied, "but don't be a stranger. I think it would be beneficial for us to catch up soon."

Nodding at the subtle message, Giovanni took Beatrice's hand and led them to an empty couch near the fireplace. They both sat down and he leaned over to murmur in her ear.

"He'll be able to hear everything we say in a normal voice, Beatrice. Just so you know."

"Yeah," she said softly. Her heart was now beating far more rapidly than he would have liked. "I kind of figured. Does he think we're..."

"That's the impression I want him to have. If he thinks I drink from you, he won't touch you. Nor will anyone else in the bar out of courtesy."

They both fell silent and he could almost see the rush of questions racing through her mind.

"A chaser, huh?"

He shrugged. "Not necessary, but a polite offer."

She looked down at her lap and whispered. "So—what, he keeps humans around as refreshments? What kind of bar is this?"

"It's a popular one for a certain crowd, and one where people do not ask questions. One where they keep certain things to themselves."

"Even the humans?"

"*Especially* the humans." He paused, trying to decipher the expression on her face. She was frowning, but he sensed more worry than anger. "No one lures them here, Beatrice, if that's what you're wondering. No one has to."

"So what? They like it? They like being... bitten?"

He only raised an eyebrow and gave her a cocky look.

"Well, that is certainly interesting," she said, still speaking in a low voice. "Can I ask why you brought me here? Warning? Field trip? Or do you just have the munchies?"

He put an arm around the back of the sofa, leaning close enough that his claim couldn't be doubted by the rest of the room, but not so close that he would make her uncomfortable. Her heartbeat had yet to slow down.

"I brought us here for two reasons, Beatrice. One, if certain people decide to make their appearance in the city, it would be beneficial for them to think of you as 'my human,' and yes—" he anticipated her response, "I know how insulting that sounds to you, but that's not the way he thinks."

"The way who thinks? Gavin or Lorenzo?"

"Either. Both. Gavin's a good sort, mostly, but that's the most common way of viewing humans in our world."

"As property? Food?"

"Neither, precisely. Or maybe a little bit of both. But in a fond sort of way."

"Like a pet?" she whispered scornfully.

He smiled again. "I most certainly do not think of you as a pet, Beatrice."

She narrowed her eyes. "You better not. What's the second reason?"

He leaned to the side and reached for a small bar menu on the coffee table in front of them. "The second and most important reason is, this place has the best selection of whiskey in the city."

Her lip curled. "I don't like whiskey."

"You have probably only had horrible whiskey that bars serve because it's cheap. These whiskeys," he held up the menu, "are not that kind."

A server slid silently toward him, and Giovanni held up two fingers as he spoke.

"Two of the scotch tastings, please. And a small glass of water."

"The premium board, Dr. Vecchio?"

He gave a slight nod. "Yes."

Beatrice just looked at him in amusement.

"The name's Vecchio. Giovanni Vecchio," she said with a horrendously bad Scottish accent.

"But are you the good Bond girl, or the bad one?"

Beatrice winked at him and said, "Wouldn't you like to know?"

He just shook his head, enjoying her audacity as she looked around the pub. It was atmospheric, to say the least, though not fussy.

Gavin Wallace had a distinct dislike for the sentimental or

stuffy. The Night Hawk pub had clean, white-washed walls that showed off the old woodwork around the windows and made the large stone fireplace in the center of the room the focal point. It had little decoration and even less in the way of food.

The reason people, including most of the small immortal community of Houston, came to Gavin's pub was because he served the finest and most extensive collection of whiskeys and bourbons in the city and probably the state.

"Do you mostly drink whiskey?" she asked. "It's the only thing I've ever seen you drink."

He shrugged. "If I don't drink much, I'm going to drink what I like. And I like whiskey."

"Shaken, not stirred?"

He laughed lightly and looked into her eyes, still surprised by how amusing he found her, and how easy her company continued to be.

"Neither. Good whiskey should be served neat, that is, with no accompaniment or mixers, with a slight bit of good water to open up the scent and flavor."

"Wow, you really know how to show a girl a good time," she said dryly. "You're making this sound like ten tons of fun."

He shook his head at her. "It *is* fun. You'll like it."

"How do you know? I don't even drink that much. I have a beer now and then on the rare occasions I hang out with friends. Or watch pro-wrestling, but that's a recent thing."

"You know, that's really more Car—"

"'Get the folding chair!'" she said in an odd voice.

He frowned. "Was that supposed to be me?"

"I never said accents were a strength, Dr. Vecchio."

Giovanni watched her laughing at him, amused that she could be both humorous and alluring at the same time. In the months they had spent together, he had expected his curiosity and interest in her to wane. He was surprised when it had not. In fact, he enjoyed her company more as they spent time together, but he was reluctant to examine the reasons too closely.

"No," he murmured quietly. "I believe your strengths lie elsewhere, Beatrice."

She stared at him, an unreadable expression blanketing her normally open face. "Giovanni, what—what are we... I mean—"

"Just enjoying a drink." He tried to lighten his voice, but he couldn't stop staring at her mouth, even as the server set two trays in front of them, five small glasses on each tray.

"Just a drink, huh?"

He nodded and his hand lifted to tuck a piece of hair behind her ear. He rubbed it between his fingers for just a moment before he pulled away and moved forward on the couch to pick up a glass. He could hear Beatrice's heart race, but he took a deep breath and tried to calm his own blood as it began to churn.

After pouring half an inch of water into two glasses of the light gold liquid, he handed one to her. She took it, and stared into the glass, looking at it against the light of the fireplace.

"The color is pretty. It's warm." She peered at him from the corner of her eye.

"It is. These are all single malt whiskeys, which means they haven't been blended with other types. They're all scotch—little nod to our host." Giovanni nodded toward Gavin, who was glancing at them in the corner. "So it's whisky without the 'e.' Generally, the lighter the color," he held up his glass and touched the edge to hers, "the lighter the flavor. The water opens up the scent."

"So," she asked quietly, "I should smell it now?"

He nodded. "Go ahead, but not too deeply. I'm curious what you'll detect."

"Is there something I'm looking for?"

Giovanni shook his head. "Not necessarily. Everyone's nose is different. I'm just curious."

He watched as she bent her head to inhale the aroma of the whisky.

"Swirl it in the glass, just a little."

"What?"

"Swirl it," he said, covering her hand with his own as he rotated the glass in a small circle. "Just a little." He could already smell the scent of the gold scotch rising from her hand.

"Oh," she said quietly before lifting the tulip-shaped glass to her nose. He watched as she inhaled, and a flush rose to her skin as the aroma of the whisky rose from the glass. "It's sweet. It smells a little bit like oranges and flowers. But, kind of earthy, too. Does that make sense?"

He nodded as she brought the glass to her lips and sipped. She immediately wrinkled her face and he smiled.

"It's strong," she said with a laugh.

"Taste it again. Another sip. You're just tasting the alcohol. If you roll it in your mouth a bit, you'll taste more."

"Okay."

She took another small sip of the light whisky and nodded. "I think I like it. I don't think I could drink much, though. It's very intense."

"Intense is a good word for it."

"Which one is your favorite?"

He frowned, looking at the selection in front of him. Any one of the five would make a good drink, but as he thought about it, there was one he knew he would pick over the others. He pointed the second glass, light amber in color.

"Of these? This one."

Beatrice smiled and reached for the small pitcher of water, adding just as much as he had to the first glasses. She lifted it to her nose and smelled again.

"Sweet again, but not quite as much. And... It almost seems clearer. Do you know what I mean?"

He nodded. "The flavors in this one are very straightforward. Have a taste now."

He sipped it and watched her reaction as she tried the second glass.

"It's good. It's still strong, simpler, like the way it smells. But..." she took a second taste, letting the whiskey linger a little longer in her mouth, "it kind of grows, doesn't it? It's more complicated than it seems at first."

"Perceptive as always, Beatrice," he said softly. He stared at her as she examined the glasses in front of her, finishing the drink she held in her hand. She set the glass down on the table and looked at him eagerly.

"Okay, which one next?"

"So you like it?" he asked with a smile.

Beatrice nodded. "Yeah, I do. It's kind of cool, you know? Do they all taste so different? And, of course, scotch is a way cooler than beer."

"Is it?"

She winked at him. "Of course it is. Don't tell Carwyn, though."

"I'm sure both he and Caspar would argue their drink preferences. Caspar is a huge wine snob."

She shrugged. "So far, I'm liking the scotch, Gio."

He leaned forward and continued to tell her bits about each one as she tasted them. She was surprisingly receptive to the complex flavors, and he found himself inordinately pleased. Finally, they reached the last glass, a heavier, gold whisky aged seventeen years. He handed it to her and felt her fingers brush his own.

"So this one—"

"No lectures this time. Just let me taste it."

He grinned. "Fair enough, my awesome assistant. Tell me what you think."

"Oh, I will," she said a little loudly.

"Beatrice?"

"What?

Giovanni chuckled. "You don't drink much, do you?"

She grinned back and leaned into his shoulder. "Nope."

Still chuckling, he watched her as she tasted the last scotch, but the laughter died when he saw her close her eyes. She licked her lips, and he could see the flush stain her cheeks.

"*This* one," she murmured. "This one's my favorite."

He could see the slow pulse in her neck, and he watched as her tongue darted out again to taste.

"Oh?" he asked in a low voice.

She nodded. "Sweet and smoky. It almost—it tingles in my mouth." Her eyes opened and he realized he had leaned toward her without thinking, her hypnotic tone drawing him in.

He fought the rush of blood in his veins until he realized they were being watched from the corner and her face was tilted toward his as if she was asking her lover for a kiss.

Placing an arm around her waist, he pulled her toward him and leaned down to cover her mouth with his own. He meant for it to be simple, a light kiss to cover the deception of his claim on her, but he tasted the gold whisky on her lips as they moved under his own.

She was kissing him back.

And he couldn't stop his hand from stroking the gentle curve of her back or his mouth from opening to hers. His tongue reached out, sampling the sweet taste that lingered on her lips as she opened her own mouth to taste his. A soft sigh left her as they kissed, and the scent of her breath mirrored the taste of the whisky.

She moved closer, and his other hand reached up to her neck, pulling her more deeply into their kiss. He could feel his thumb linger over the pulse point under her chin, stroking lightly as it raced. He lost track of time; all he could think of was the soft feel of her body as she leaned into him, the scent of her breath, and her taste as it overwhelmed his senses.

It was clear and sweet, and the faint human memory of drinking cool water on a hot day flickered in the back of his mind. He wanted more.

Much more.

He pulled her closer and felt the delicate press of her breasts against his chest. A low kind of growl began to rise from him when he felt her heart beat against him. His fangs descended and her roaming tongue found them, but instead of recoiling, a soft moan came from her throat and her hand lifted to stroke his cheek.

It was the moment when he felt the urge to lay her down on the couch, brush her long hair aside, and drink deeply from her neck that he began to back off. The sudden realization of where they were and who she was began to take hold, and he loosened his grip, trying to regain his rigid control.

Giovanni didn't want to create suspicion, so he let his lips trail to her ear. She was still breathing rapidly, and her other arm had reached around his back.

"They're watching," he whispered hoarsely in her ear, letting his lips brush against the soft skin there.

Beatrice panted a little, and he could still feel the blood rushing through her veins.

"What?" she asked in confusion.

"Gavin and a few others." He swallowed, ignoring the low burn in his throat. "They're watching us." He closed his eyes, continuing his deceit. "They think we're together, remember? We should leave now, but make sure we don't give ourselves away."

"Don't give—oh," she let out a sharp breath. "Right. They think... Right." She swallowed and he tried to ignore the acid note in her voice. "Wouldn't want to give them the wrong impression, would we?"

He hesitated before answering, "No."

He lingered at her ear as she calmed her breathing, brushing a kiss across her flushed cheek before he drew away from her.

Giovanni avoided her eyes as he pulled out his wallet, leaving more than enough to cover the drinks on the coffee table. He stood, holding out his hand to help Beatrice up. She took it and he could feel the stiffness in her fingers. Nonetheless, he pulled her to him, tucking her under his arm as they made their way out of the building.

He felt her stiffen as he nodded toward Gavin in the corner, and he hoped that her expression didn't give them away. He couldn't risk a glance. She tried to pull away from him when they got out the door, but he still held her close.

"Watching," he said. "Someone is still watching."

Giovanni held her small body under his for as long as he could, feeling the fleeting comfort of the contact he knew would soon be denied. He opened the car door slowly, finally releasing her as she got in. He walked to the driver's side, anticipating her sharp rebuke as soon as they were alone, but she was silent as they pulled onto the main road. After a few moments, her silence bothered him more than her anger.

"We're not far from my grandmother's house. Could you just drop me off there?" she asked with careful nonchalance. "I'll drop by the house tomorrow and get my things."

"Beatrice—"

"I'm sure my grandmother's wondering where I am. I'm usually not out this late, even on nights I work."

His mind raced, trying to find something to say that

would break through the coldness in the air, but he couldn't. Taking their kiss too far had been his mistake.

"Of course," he said quietly. "I'll let Caspar know to expect you sometime tomorrow."

She was silent again when he glanced at her profile. Her face was impassive, and her eyes were shadowed as she stared into the night.

"The notes about the Lincoln documents are on the desk. Since I found them, I'm going to take some time off. I need to help my grandmother with some things."

He pushed back the protest that sprang to his lips and gritted his teeth. "Of course. How many days do you need?"

She shrugged. "I'll let Caspar know."

As they pulled up to her grandmother's house, he saw her gather her purse and release her seatbelt. She opened the car door and exited the Mustang as soon as it had stopped. He looked over at her, but she wouldn't meet his eyes.

"Beatrice..." he began, trying to forget the feel of her lips against his.

She paused, bending down to meet his eyes, as if daring him to protest.

He opened his mouth, but words escaped him when he met her dark stare.

"Good night, Dr. Vecchio."

She shut the door firmly. He watched her walk to the small house and go inside then glanced down the street, looking for the surveillance vehicle that was supposed to be watching. Noting the license plate of the unobtrusive minivan parked down the block, he leaned his head back and sighed.

He couldn't stop thinking about the feel of her lips against his and her sweet taste. Her body fit against his perfectly; he indulged himself in the memory of her small breasts pressed against his chest and the feel of her hands stroking his jaw. While he enjoyed sex with the women he usually fed from, he never pursued any sort of personal connection with them farther than a shared, fleeting pleasure.

With Beatrice, he realized the lines were beginning to blur. Reminding himself of his purpose in pursuing the girl, he shoved down the more tender feelings that threatened to surface.

Giving one last glance to the light that filled the room on the second floor, he revved the engine to a low growl and pulled away.

CHAPTER 12

February 2004

"You're sulking."

"Am not."

"Yes, you are."

Her grandmother eyed her from across the kitchen table. Isadora set down her book and looked at her granddaughter with a raised eyebrow.

Beatrice looked down at her toast. "How was your date with Caspar?"

Isadora smiled. "It was wonderful. It would have been much more pleasant if we hadn't spent half the night talking about you and Giovanni sulking in your respective corners."

"Hmm," she hummed. She couldn't suppress the satisfaction she felt hearing that Caspar said Giovanni was sulking, too.

She hadn't seen him for two weeks. Not since the night she was forced to face the hard truth that Giovanni, polite and cultured as he seemed, sucked on strange women's necks for sustenance and probably did a lot of other things she didn't want to think about. The night she had been informed that she was viewed as a kind of property or pet in his world, no matter how he tried to sugarcoat that fact.

The night he'd kissed her. And she'd kissed him back.

And what a kiss it was, she thought with a sigh.

Remembering it was enough to raise her temperature. The way his lips had moved against hers, and the barely perceptible shiver she'd felt from him when her tongue touched his fangs. His arms. The heat. His hands on her back ...she shook her head and tried to push back the memory, but she could feel herself blushing as she sat at the table with her grandmother.

She cleared her throat. "I doubt Giovanni is sulking. Caspar just likes to pester him."

"How long as he worked for Gio? Caspar talks about him like he's known him his whole life."

She didn't know the whole of Caspar's story, but she knew Giovanni said they'd been together since Caspar was a boy.

"You'd have to ask him. I think he may have worked for Gio's family." There, that was vague enough. She'd let Caspar fill in whatever details he wanted.

While her initial promise to set Caspar and her grandmother up on a blind date had been in jest, the more Beatrice had thought about it, the more it made sense. When she'd asked Caspar about it, he'd been enthusiastic at her attempt at matchmaking. They'd gone out the night before and Isadora was glowing.

"Well, he's lovely. And has such a wonderful sense of humor."

"Unlike his boss," she muttered as she drank her coffee. She may have said it, but she knew it wasn't true. Though he had a dry, acerbic wit, Giovanni's humor was one of the things she liked most about him.

And she couldn't deny she liked him. Though she had

been attracted to him from the beginning, the more she learned, the more she was drawn to him. He could be so aloof, but she was beginning to see the "opposite of frosty" side Carwyn had told her about weeks ago.

That kiss, she thought again as her grandmother chattered on about her date.

"Beatrice, you should go back to work. You're avoiding him. Does this have anything to do with feelings you may have developed—"

"Nope," she lied, cutting her grandmother off. "No feelings. He's my boss. I'm just taking some time off. I have some projects that need my attention, Grandma. And I don't want you and Caspar gossiping, okay? I'm just...taking some time off. That's all."

She gulped down the rest of her coffee, ignoring the almost laser-like stare she knew her grandmother was giving her.

"Well, aren't you full of shit! Also, Caspar and I will gossip about anything we please." She smiled sweetly at Beatrice, who finished up her toast and stood to leave. "Working tonight? It's—"

"Wednesday. Yeah, night hours." She had taken the previous Wednesday night off like a coward but refused to avoid it any more. She'd just suck it up and ignore her conflicting feelings for the man...vampire...whatever. After all, she was a professional.

"Have a nice day, Mariposa. I'll see you tomorrow. I have a date with Caspar tonight."

"Cool. Have fun. Don't do anything...you know what? I don't even want to know or imagine. Bye!" She kissed her grandmother on the cheek and walked to the door.

She spotted the minivan parked down the street as she backed out of the driveway. It followed her down the street, always keeping that careful distance she'd become accustomed to. At first the ever-present family car had freaked her out, but when she noticed Giovanni giving them a satisfied glance when he saw them one night, she knew it had been his doing.

First, it had pissed her off. Then, it had freaked her out. But the more she thought about how many things had changed in her world, and the danger that Giovanni and Carwyn had hinted at, the more the thought she could get used to having someone keeping an eye on her safety.

She glanced in her rear view mirror as she took the exit for the university. *Yep,* she thought, *still there*.

She wasn't dumb; she'd known Giovanni had an ulterior motive for hiring her, but she was also willing to put up with it if he could really find her father. It wasn't until the letters had arrived that the gravity of the danger she was in began to sink in.

If her father had been killed because of something he found out about these books, who was to say her life wasn't in danger, too?

"What the hell kind of mess did you get me into, Dad?" she wondered for the thousandth time as she pulled into one of the crowded lots. She wondered if her father even knew he had put her in danger. She wondered if he thought about her at all.

Every time she asked about her father, Giovanni simply said he was still waiting to hear. From who or what, she didn't know.

BY THE TIME SHE WALKED TO THE LIBRARY FOR HER SHIFT, she had successfully managed to shove all thoughts of Dr. Giovanni Vecchio from her brain. This was immediately ruined when she got up to the fifth floor and saw Dr. Christiansen and Charlotte bent over a now familiar shipping box she knew would have a return address from the University of Ferrara in Italy.

Dr. Christiansen looked up with a smile. "Another letter arrived!"

"Of course it did," she muttered.

She set her bag down behind the reference desk and walked over to look. She glanced at the parchment, but quickly grabbed the notes that accompanied them.

"I'll go make a couple of copies for the next flood of professors," Beatrice said as she took the notes—which she knew would include a translation—back to the copy and imaging room.

Hours later she sat in the empty reading room, perusing the translation of the fourth Pico letter. Word of the new document hadn't spread yet, so the reading room was deserted as she looked over her notes. It was another letter from the scholar, Angelo Poliziano. He talked more about the mystical books in Signore Andros's library, some trip to Paris Pico was taking, and asked after the little boy, but it was the third section which caught her attention.

> *I will not linger in this letter, but hope to hear a response from you soon regarding the matter of G. Do not think that your unsigned correspondence has gone unnoticed. Your sonnets have been read in the very rooms of Lorenzo's home. While they are beautiful work—some of your best—I beg of you to be more discreet in your admiration. You are fortunate so many ladies share the fair skin and dark hair of your muse, as their generality may yet prevent you from becoming embroiled in another scandal.*

She shook her head, scribbling nonsense in the margins of her notebook.

Was this truly Giovanni? she asked herself as she finished the letter. Friend of Lorenzo de Medici? Philosopher at age twenty-three and contemporary of some of the greatest minds of the Italian Renaissance? A poet who longed for another man's wife?

The man who seemed so cold and yet kissed her with such passion?

She closed her eyes and forced herself to think with her brain instead of her hormones.

When Beatrice had gone through her darkest teenage years, she had turned to almost anyone who seemed to offer a little warmth. Now, she shuddered to think how foolish she had been and how self-destructive. She had forced herself to take a break from the opposite sex since she decided that dark and destructive weren't nearly as attractive as she had thought they were at seventeen.

But she didn't like being alone, and she had the same desires that most twenty-two-year-old women had. A part of her thrilled at the idea of her interest in Giovanni being returned, but the other part of her had the cold realization that a relationship with a five hundred-year-old vampire, who probably wanted to drink her blood more than he wanted to cuddle, was the textbook definition of unhealthy.

On second thought, she was pretty sure most textbooks didn't cover that one.

She heard the door to the reading room open, tucked the notes in her bag, and braced herself before she looked up.

And Carwyn stood in front of her.

"Surprise!"

She glanced at the smiling vampire before her eyes darted to the doors he had just walked through.

"Oh, Count Stuffy della Prissypants is not with me. He had to venture to the fair city of New York to negotiate purchase on a certain prize his awesome assistant found." Carwyn clucked his tongue at her and winked. "And you didn't even tell me. I would have taken you to a horror movie, a really bad one."

She mustered up a smile. "It's good to see you. I wasn't expecting—"

"No, I expect you weren't from the sad, little look on your face. But cheer up!" He pulled a chair over and sat next to the desk. "I'm all yours for the night. And I won't even pretend to transcribe an old book so I can stare at you longingly from the corner of my eye." He kicked his feet up on the desk. "Thank God none of the boring professors are here."

"Carwyn," she said with a smile. "Have I told you lately that you're kind of awesome?"

He winked. "No, but I'm always game to hear it. Forget the Italian, darling Beatrice. Run away with me. We'll go to Hawaii."

"Oh yeah?"

"I'll make us a cave by the sea where the sun won't touch me and we'll spend every night swimming naked and drinking fruity drinks while we make the fishes blush."

She giggled and shook her head at his mischievous grin. "You are something else."

His grin suddenly turned sweet as he looked at her.

"As are you, darling girl. As are you."

He opened his mouth again, as if to say something, and she felt a faint stirring in the air, but finally, his grin returned and the tension seemed to scatter.

"Could you really make a cave?"

"What?" He looked surprised by her question. "Oh, yes. Of course. Volcanic rock is very soft."

She shook her head. "That's so crazy. I wish Gio would tell me about that stuff."

"What do you want to know? No one here but vampires and crazy people."

"Well," she smiled, "what can all the different vampires

do? There's four kinds, right? Like the four elements? You can make caves, Gio can make fire—"

"Well, strictly speaking—"

"Yeah, yeah." She waved a hand. "Static electricity, manipulation of the elements, got that part. So, it's probably the same with all of them then." She frowned. "How do you know what element you'll be? Do you get to pick? Is it something that happens right away when you get..."

"Sired? Or turned. Those are the proper terms in our world." Carwyn sighed and leaned back in his chair. "With my children—"

"Your children?"

"Yes, I call them sons and daughters. It depends on the sire, but immortal families can be very much like human families. We just tend to look a bit closer in age," he said with a laugh.

"How do you—I mean how do you become..." She paused, unsure of how to phrase her question.

"Most of the common myths are true about that," Carwyn said. "When I sire a child, almost all of their blood is drained, either by me or someone else. The important thing is that the majority of the blood is replaced with my own. That is what creates the connection."

"And what *is* the connection? Do you control them or something?"

"Sadly, no," he laughed. "I can't compel them to do my bidding." Carwyn paused for a moment and a wistful look came to his eyes.

"It's very much the way I remember feeling about my human children, to be honest. Only much more intense, as everything is. It's not an easy decision, choosing to make a child, and it has such long-term consequences. If nothing violent happens to myself or my children, we will be a family for eternity. It's a very strong commitment to make to another being and, as a consequence, I do have quite a lot of influence over my children. We're very close."

"What about your sire? Is he—"

"She, actually. And my sire is no longer living."

She could sense from the look in his eyes that it wasn't something the normally open vampire wanted to talk about, so she changed the subject.

"Did you ever, I mean, do vampires ever turn people that they love? Like, if your wife had been living—"

"I wouldn't have turned her myself," he said quickly. "Well, not if I knew the consequences of it. It's *not* a romantic connection, Beatrice. The feelings really are more paternal, so it's not an ideal situation if a vampire falls in love with a human and they're turned."

"Why not?"

"If the human does choose to become immortal, they would have to be turned by a vampire other than their lover, and then that other vampire would have a very strong connection and influence over the one turned. Your feelings toward your sire run very deep, positive or negative. It could become quite complicated."

She looked down at the desk. "Right. I guess that makes sense," she said quietly. She opened her e-mail and busied herself checking the news online. Carwyn was silent, but she could still feel him watching her.

"You know," he said suddenly. "All my children are earth vampires. It runs in families that way."

"Oh really?" she said as she typed.

"Yes, it's almost unheard of for a vampire to sire out of their element. Water from water. Earth from earth. Wind from wind, and so forth."

"Huh, that's interesting. So it's kind of genetic, I guess."

"Except for *fire*." Her eyes darted up to find Carwyn watching her.

"Oh really?"

"Yes, they tend to just pop up like the bastard redhead every now and then. Anyone can sire them. Water, Air, Earth. Very unpredictable. Bit of a shame, of course."

She leaned back, curious to see where the clever priest was going with his train of thought. "And why is it a shame?"

"Let's just say I'm glad I'm not a fire vamp." His voice dropped. "Glad to never have sired one, either."

She swallowed the lump in her throat, almost afraid to ask her next question.

"And why is that?"

He put his feet down and rested his arms on the desk. She watched him, transfixed by his vivid blue eyes as the air around her became charged. When he finally spoke, his voice had a low, hypnotic quality to it.

"You see, Beatrice, it's a dangerous thing to wield fire. Dangerous for yourself, and dangerous for those around you. More than one sire—even a good one—will *kill* a son or daughter that shows the affinity toward fire almost immediately."

"Why—"

"And if the sire doesn't kill them, the young vampire will often kill himself—purely by accident—and they'll likely take a few others with them. Very, *very* volatile, those fire vamps."

"But," she stuttered, "Gio—"

"Those that do live are usually very gifted, and *very* strong," he continued. "And their sires will take advantage of that. Because if you control a fire vampire , Beatrice, you control a very, *very* powerful weapon."

Her chest was constricted as she absorbed the implication of what Carwyn was saying. "Did Gio's sire—"

"Now, *I* would never want that life for a child of mine. I'd never abuse my influence like *some* would; but even without my interference, to live in peace, my son or daughter would have to develop almost inhuman self-control."

Like him, she thought, suddenly gaining new perspective on Giovanni's dispassionate demeanor.

"And you'd have to be very careful how you used your power. Ironically, you'd probably seem a little cold to most people."

She flashed back to the heat that poured off Giovanni when he held her. What would have happened if he'd lost control? What had Carwyn written to her?

'Opposite. Of. Frosty.'

"No, I wouldn't want to be a fire vampire, because if I managed to live—and wasn't manipulated as a powerful weapon by the one who made me—I'd most likely live a very lonely life," Carwyn said quietly. "Do you understand what I'm saying?"

She nodded and cleared her throat a little. "I understand."

The now solemn vampire leaned back to relax in his chair. "I knew you were a clever girl."

"So," she swallowed the lump in her throat. "If you ever had a fire vampire for a child, do you think they'd always be alone?"

He shrugged and smiled a little. "I think that all things are possible for him who believes."

She smiled. "Oh yeah?"

"And I also believe that love can work miracles."

"Love?" She cocked an eyebrow at him. "What about friendship? Can that work miracles, too?"

Carwyn rolled his eyes. "Silly B, love *is* friendship. Just with less clothes, which makes it far more brilliant."

She burst into laughter, glad he had finally broken the tension that hovered between them. "You are the most ridiculous man I have ever met. And maybe the worst priest."

"Or the *best*," he said with a wink, as he reached for the

romance novel in the bottom drawer. "Think carefully about that one."

She snorted. "I'll take it into consideration." She turned back to her computer and opened a paper she was supposed to be working on. Carwyn opened the book and began to read, still sneaking glances at her until she finally sighed in frustration.

"What now? I really should get some work done."

"Come back to work. He's far more of a pain in the ass since you've been gone. He pretends nothing's wrong, but he's all mopey and has no sense of humor. I think he might hurt my dog if you don't."

"Nice blackmail, Father."

He shrugged and only looked at her with hopeful eyes.

She finally smiled. "I wasn't going to stay away forever, you know."

"Will you tell me why you left?"

She shook her head firmly. "No."

"I tell you all sorts of things," he muttered.

"You have got to be the most immature thousand year old I've ever met."

He folded his arms and scowled. "I'm not even going to offer the most obvious retort to that."

She smiled as she watched him but realized, if there was one person she instinctively trusted in this whole messy world she had found herself in, it was Carwyn. As far as she could tell, he had no ulterior motive to tell her anything, and he always answered her questions.

"Bad choices about men, remember?" she finally said, referring to their last conversation in the reading room. "Trying to make better choices in life, Carwyn. When it comes to... you know."

He stared at her for a moment before he nodded. "Understood."

"And don't say a word to—"

"Count Prissypants tells me nothing. Therefore, I tell him nothing."

She sighed. "I was actually going to say Caspar. I think he and my grandma are thick as thieves now."

His eyes lit up. "Oooh, let's gossip about them, shall we?"

Beatrice smiled, gave up, and shut down her computer.

CHAPTER 13

February 2004

The first thing Giovanni smelled when he walked into the house at three in the morning early Friday was the *coq au vin* Caspar must have cooked for dinner the night before. The second thing he smelled was Beatrice.

A smile tugged at the corner of his mouth. He had hoped she would come back to work before he needed to leave for New York. In the back of his mind, he entertained a fanciful notion of taking her with him and showing her the lights of Manhattan, taking her to a play, or walking through the Met.

"You're back."

He turned when he heard Caspar at the kitchen door.

"I am. Why are you still awake? And is there anything I need to know?" Giovanni busied himself emptying his pockets on the counter and looking through the mail Caspar had set out.

"I'm awake because I wanted to talk to you. I'm sure you've realized B is back at work. She and her grandmother had dinner here earlier in the evening. Also, I am completely smitten with Isadora."

"I don't blame you one bit. She's a charming woman," he mumbled as he looked through the file of e-mails Caspar had printed out.

"I find myself irritated that I've been living in this city for years and had no idea she existed."

He looked up at Caspar, disarmed by the sincerity in the man's voice. He cocked his head. "I'm glad for you, Caspar. You deserve to find someone like that. You've been alone too long."

"So have you."

Considering Caspar's sentimental nature, he knew where his old friend was going, but it still gave Giovanni pause. "Caspar—"

"I want to talk to you about B."

Giovanni shrugged. "There's nothing to talk about. The girl—"

"Don't be so damn dismissive." His eyes shot up, surprised by Caspar's angry tone.

"I'm not dismissing you." He frowned and set the papers down on the counter.

"*Her*, Gio, you're dismissive of her."

He sighed and stuffed his hands in his pockets, examining the older man. "I have no idea what you're talking about, Caspar. How am I—"

"You talk about her like she's a child. Maybe a bright and entertaining child, but a child nonetheless."

Giovanni rolled his eyes and walked toward the living room, but Caspar only followed him. He stopped to pour himself a drink at the sideboard. When he turned, Caspar was still looking at him with an impatient expression.

"She *is* a child."

"She's not."

He shook his head. "She's only twenty-two—"

"She's not as naive as you think, old man."

Giovanni's glass crashed down to the table and he looked up, suddenly angry at his friend.

"I am an old man," he quietly bit out. "A very old man, Caspar. I was an old man 450 years ago. Do you forget that? Do you forget that I was already an old man when I took you in as a child? Do you forget that I will remain an old man long after you leave this world? Do you have any concept of how many human friends I have seen grow old and die?"

"I know she's young, and I know you want her to help search for your books, but I also realize—"

"You realize? Do you? She's twenty-two. Do you remember what that is?" He shook his head. "I confess, I don't remember being twenty-two. It's been too long. But I remember you at twenty-two."

"Do you?"

He swallowed his emotions and tried to smile. "Of course I do. I remember... everything." He looked at the old man he had watched over for sixty-four years, and the memories flooded over him. "I remember the first time you played a piano when you were six, and how your eyes lit up. The first time you drove a car, which terrified me, but you were so excited. The first time you ran away from home, and how sorry you were when you came back four hours later. The first time you were drunk, and how bloody arrogant you were at eighteen."

Caspar only frowned and shook his head. "What—"

"I remember you at twenty-two, Caspar. And you were so damn bold. You were fearless. Do you remember? The first time you fell in love was when you were twenty-two."

Caspar smiled wistfully. "Claire."

"Beautiful Claire Lipton! The darling of your young heart. Do you remember? The only woman you would ever love.

Wasn't that what you said? She was incandescent in your eyes."

"Gio—"

"Where is she now? Where is beautiful Claire? When did you stop loving her? When was the last time you even thought of her?"

Caspar paused, finally nodding in understanding before he went to pour himself a drink; then he sat down on the sofa and stared into the cold fireplace. Giovanni picked up his scotch and settled into his chair. He noticed that Beatrice's scent lingered in it, and he wondered whether she had sat there that evening.

His eyes softened as he looked at the man he had watched grow up, mature, and eventually grow old. He knew he would someday face Caspar's death, and that day grew closer with every sunset.

"Caspar," he said. "Beloved son of my friend, David. You have been my child, my friend, my confidante, my ally in this world. And I will be here long after you have left me. What are you asking of me? Do you even realize?"

Caspar glared at him. "Do you think I want you to be alone when I'm gone? Do you think I don't know? Don't pretend she is only part of your search. I can tell you have feelings for her. I know you want her."

Giovanni set down his drink, gripping the arms of the chair as he followed Caspar's eyes to the cold grate.

"If I had feelings for her, they are inappropriate. I need her—"

"You need—"

"*I need her,*" he glared at Caspar, "to trust me. I need to keep her safe from my own mistake, and I need her to find her father."

"To find out what he knows."

"Yes, and to find out why Lorenzo wants him so badly."

"So you'll keep her safe so you can use her to find her father."

"Yes," he said, his face carefully blank.

"And that's the only reason you're keeping her around?"

Giovanni sat stiffly in his chair. "That's the main reason, yes."

Caspar's eyes narrowed. "You're such a liar sometimes."

"And you're melodramatic."

He stood and walked to the fireplace to light it. The nights were starting to carry the soft warmth of springtime, but they were still cool enough that he knew a fire wouldn't be unwelcome to the old man on the sofa. He snapped his fingers to ignite the kindling in the grate and carefully added a few pieces of wood.

"You act like you're so cold," Caspar said. "But you're not, and don't pretend that her father is the only reason you're interested in her."

He crouched down at the grate and willed the small fire to grow. "I will find her father. I will find my collection. I will take care of Lorenzo, and then Beatrice De Novo can go on to live a relatively normal life."

"Oh? Is that so? Do you plan to wipe her memory, too?"

He paused, the thought of wiping himself from the girl's memory more painful than he wanted to admit. But, he rationalized, there was no need for it.

"Of course not. She's obviously trustworthy, and after the Lorenzo problem is gone, there is no reason she couldn't have a relationship with her father. She deserves that."

"She deserves a relationship with her father?"

Giovanni stared into the growing flames. "Of course. I wouldn't deny her that. Not if I could help it."

"But you'd deny her yourself."

He felt a flare of anger, but he tamped it down and stood

up to turn back to Caspar, his posture deliberately casual. "I'm not going to discuss this."

"Why not?" Caspar asked. "Don't you think she has feelings for you? Do you see the way she looks at you? Carwyn and I both see it. As surprising as it might be to you, the two of you fit together like—"

"Do you think I haven't thought of it, Caspar?" His temper snapped and he could feel the flames jump in the grate behind him. "Do you think I haven't thought about keeping her?"

"Then why don't you—"

"The nights we've spent poring over this book or that map? The way she makes everything lighter? The way I find myself having to hold back from telling her everything—everything? Like she would even want to know?"

"How do you know she doesn't want to know, you stubborn old fool?"

"You think I haven't fantasized about taking her?" he bit out. "About having her in my life? Do you think I haven't thought about it?"

Caspar stood stiffly to walk closer to the fire. "So what's stopping you? She'll still help you find her father. She wants it as much as you do. Do you think she's not smart enough to understand the consequences? You won't even give her a chance, you idiot! Or are you just afraid that she'll say no?"

A sharp longing rose in his chest, but it was smothered by bitterness. "She's a child. She doesn't know what she wants at this age. At twenty-two you wanted to marry Claire Lipton and run away together to join the theater. Three years after that, you wanted to become an airline pilot. And after that—"

"You know, I already know I have a short attention span, you obnoxious git. You don't have to rub it in."

Giovanni took a deep breath, and laid a hand on Caspar's shoulder. "The point is, she's at an impulsive age, and if she has feelings for me, they are... infatuation. It wouldn't be fair to take advantage of that."

"But you'll use her to find her father, won't you? No problem taking advantage of that."

He stiffened and pulled away. "You said yourself, she wants to find him, too."

Tears pricked Caspar's eyes when he looked at him.

"You're a good man, Giovanni Vecchio. Don't forget that in this mad search."

Caspar turned and walked back to the sofa, sitting and picking up his drink. He stared into the fire and Giovanni watched the calm settle over him.

"You know, I don't remember much from my life before you. I was so young when you took me in. I remember hiding in that attic in Rotterdam with my father. I remember how hot it was, how stifling. I remember the smell of dust and old paper from the books my father saved."

"You were such a quiet child."

"I remember seeing you for the first time," he continued, "and my father holding me and telling me I could trust you because you were an old friend. That you weren't one of the bad men, even though you were a stranger. That you would take care of me."

Giovanni sat down in his chair and took a sip of scotch.

"Were you scared? When I took you to England? When you had to be locked up during the day in the house when you were little? I tried to explain it the best way I could, but you were only four or five, you must have been confused."

Caspar shrugged. "Children are so adaptable. I don't remember being afraid. I remember being a little older and realizing that most children didn't sleep during the day and that most went to school, but by then I understood what you were. And then, there were all our adventures."

Giovanni had taken Caspar on many trips as the boy had

grown older and more useful. He had always been a wonderful companion. At first, he had called him his son, then his nephew, then eventually his brother as their appearances became more similar and Caspar aged.

In his long life, the boy he had rescued remained the human Giovanni had loved the most, and it had broken his heart when Caspar told him in his forties he had decided he didn't want to be turned. He was the first human the vampire had truly wanted to sire.

He looked at the old man. "Has it been a good life with me, Caspar? Do you regret never marrying or having children? Did I keep you from that?"

Caspar shook his head. "I never felt like, had I wanted a family, they would have been unwelcome to you. And I know how fond you are of children. No, I just never found the right woman, I suppose."

"Isadora?" Giovanni asked with a smile.

He shook his head, a smile creeping across his face. "She's one of a kind, Gio. My lord, she's so bloody adorable. I want to steal her away and monopolize her every moment."

"You are smitten, old friend."

"Completely. You've met her, can you blame me?"

Giovanni smiled thinking of Isadora and Beatrice. He thought about the two women, grey hair against black, with their heads together, smiling on Dia de los Muertos. He thought of the way they laughed and teased each other, and the ease and love between them. In his mind, he saw Beatrice as she aged, her dramatic features slowly taking on the handsome dignity of her grandmother and her eyes exhibiting the unique wisdom that was only evident from a life well lived.

"No, I certainly can't blame you, Caspar. They're stunning."

Caspar gave him a pointed look, but Giovanni continued. "If things get dangerous in the city, take Isadora to the house in Kerrville. You'll both be out of the way there. I don't want to have to worry about you."

"What about B?"

"No, she stays here. I'll need her."

"What do you mean?"

He shrugged. "Don't worry. Nothing will happen to her."

"Because you need her?"

He glanced at Casper in the flickering light. The fire had started to die down, and he could feel the dawn beginning to tug at him after his long journey.

"You need her," Caspar repeated, "so you'll keep her safe?"

"Of course."

Caspar nodded and finished his drink, setting it down on the coffee table and standing up from the sofa. "Of course."

The old man walked upstairs, his step slightly slower than the year before as he climbed to the second floor. The next year would be slower still, until it would be necessary to move his old friend to one of the rooms on the ground floor. Though he knew Caspar was in excellent health, he also knew that the passing of time carried inevitability and with that would come loss.

He spent another hour staring into the fire before he finally banked it and climbed the stairs. He entered his walk-in closet, took off his old watch and put it on the dresser before he stripped out of his clothes and placed them in the laundry basket for Caspar to tend in the morning. He punched in the code to his sleeping chamber and walked through the reinforced door.

As he entered, he looked around at the spartan furniture that decorated the space. There was only a small bed; despite his tall frame, his body would hardly move while in its day rest, a desk where he kept some writing paper, the older fountain pens he still preferred, and a rotary phone. The one piece of decoration was the photograph of the Arno River that flowed through the heart of Florence and the arches of the Ponte Vecchio that spanned it. The picture had been taken in the middle of the day, and the shops along the bridge glowed vividly in the searing Italian sun.

On the wall opposite the framed photograph, there was a large bookcase filled with his collection of journals. In them were the collected memories of five hundred years; no one had ever read them besides himself. As he lay in bed and waited for the pull of day, he tried to imagine Beatrice in this small, confined room.

He could not.

GIOVANNI HEARD HER BEFORE HE SCENTED HER, AND HE scented her when she walked in the house. He forced himself to sit at the table in his library and examine the fifth letter as Beatrice chatted with Caspar in the kitchen. It was a light-hearted letter; with Poliziano teasing about the debates in Rome and warning his friend to not speak publicly about the mystic texts Andros had given him.

"I do hope you keep in mind the rather stringent positions our Holy Father has taken regarding anything of a mystical nature. I know you are enamored of your Eastern texts and your thoughts of philosophical harmony, but I do not wish for you to fall under his scrutiny. I have no doubt the result would be to no one's liking."

The debates, he remembered, had not been successful, and the Pope had only been angered. He smiled when he saw the closing paragraph.

"On a more pleasant note, I was pleased to read Jacopo's letter, and gratified he recalls his time in Benevieni's household so fondly.

Indeed, my friend, along with your philosophical work, I believe what you have accomplished with his education will be one of your finest achievements."

He paused in his examination when he heard Beatrice climb the stairs. He couldn't help but notice her step did not have its usual exuberance.

"Hey."

He looked up to meet her dark eyes, immediately tempted to throw away every stern admonition he had given himself when he saw her form-fitting black shirt and slim burgundy skirt. He glanced at her feet and smiled when he saw she was wearing her combat boots again, but he forced himself to stay seated.

"Hello, Beatrice."

"So I heard you got it. The Lincoln speech. Was the buyer happy?"

He nodded slowly. "Yes. Happy parties on both sides, and a good commission for me."

"Great. That's great."

She sauntered into the library, eventually making her way back to the desk where her computer had rested silently during her absence. She turned it on, and Giovanni searched his mind, trying to find a way to bypass the wall that had risen between them.

He had an idea. "I have another project for you."

She frowned a little as she concentrated on the computer screen. "Oh, really?" she said. "What's up?"

"It's related to the Pico letters."

Her eyes met his, obviously surprised. "The letters? You mean—that's... You trust me to find stuff about the letters?"

He frowned, "Of course I do. Why do you think I wouldn't trust you?"

She just stared at him for a few minutes before a sharp

laugh escaped her, and she shook her head. "Do I think... I don't—Giovanni, I don't know what to think about you. About anything. I just—I should just stop trying to figure you out, honestly."

Giovanni took a deep breath and stood, perching his hip on the corner of the large table before he answered. "Beatrice, that night at the pub—"

"Did you mean it?" Her voice was barely above a whisper. "That kiss?"

Yes, he thought, but remained silent as she stood and walked toward him.

She looked at him, frowning as she bit her lip. "Because at first I thought you did—I mean, it felt real to me—and then you implied that you were acting."

I wasn't, he thought again. *I wanted to sink my fangs into you, drink your blood, strip your clothes off and—*

"But then, I thought about it more."

He felt his fangs drop and his skin begin to heat as she drew closer, and he forced his body to remain still instead of rushing to meet her.

"I thought about it more, and realized there are some things a man can't fake. And the way you kissed me..." Her lips were full and flush from when she had bit them nervously. He crossed his arms on his chest so he couldn't touch her as she continued in a low voice, "The way it felt, Gio, I don't think it was fake at all."

She stood in front of him, her eyes bold as she met his hungry stare, and all Giovanni would have had to do was take one step and he could have wrapped his body around hers, laid his mouth on her soft neck, and swallowed the thick blood that called to him. He swallowed slowly, and ignored the burn in his throat and the smell of honeysuckle and lemon that filled the air.

"I'm not going to deny that I'm attracted to you, Beatrice. Denying that would be foolish and insulting to us both."

"But you're not going to kiss me again, are you?"

"No."

"Did you want to bite me?"

He searched her eyes, trying to determine what answer she wanted, but though he had observed humanity for five hundred years, her enigmatic eyes were still a mystery to him.

"Yes."

"But you won't do that, either?"

His body yearned to say yes, but his mind rebelled at the consequences of that kind of intimacy.

"No. I won't bite you," he said, hoping he was strong enough not to break his word.

"Why not? You could. I'm not strong enough to stop you."

He straightened his shoulders and tore his eyes from her to look toward the fireplace.

"It wouldn't be a prudent decision, Beatrice. For either of us."

He saw her swallow out of the corner of his eye and detected the thin edge of regret in her eyes before she turned and walked to her desk. He knew his answer had pleased neither of them, but she was too valuable to be anything more than a human under his protection.

They sat in silence for a few minutes, neither of them looking at the other, as the fire crackled in the grate. Eventually, he heard her open a desk drawer. She pulled something out and walked over to him where he stood at the table, his arms still crossed and his hands clenched. She was carrying a notepad and a black ball-point pen.

"So, what do you want me to find, boss?"

CHAPTER 14

April 2004

"Just taste it," a playful voice implored.

"I'm telling you, I don't like lamb!"

"But, darling, you have never tried *my* lamb before."

The sound of Caspar and Isadora's voices drifted out from the kitchen, interspersed with the occasional chuckle or tinkling laugh. Beatrice saw Giovanni frowning toward the door from his seat at the dining room table, and she had to stifle a laugh.

"Caspar!" her grandmother shouted before breaking into a fit of what could only be described as giggles. Now Beatrice was the one frowning, and she glanced over at Giovanni to find him watching her with an eyebrow cocked in amusement.

"Do you wonder?" he asked.

She shook her head. "Absolutely not. I don't even want to speculate."

He smiled and continued sorting through the catalogue printouts she had made for him.

They had finally fallen back into a comfortable work rhythm after the kiss in January, eventually finding a way to work with each other while giving each other space. Ironically, it was even more evident to Beatrice that she had developed serious feelings for Giovanni the longer they worked together. It didn't help that they were now pursuing the same project and had even more time to interact.

Following his hunch, Giovanni and Beatrice searched for other documents he thought might have been sold or donated from his original collection of books, manuscripts and letters. He speculated that Lorenzo was attempting to draw her father out of hiding, and if Lorenzo had given some documents away, he might have given or sold others, as well. If Giovanni knew *why* Lorenzo was so determined to find her dad, he wasn't telling her.

She'd discovered a cache of documents donated to the University of Leeds that Giovanni thought might have been the original Dante correspondence Stephen De Novo mentioned to his father, and Giovanni unearthed another set of letters between Girolamo Benevieni and Giovanni Pico that had been bought by a private collection in Perugia.

"This is odd," he muttered as he looked at the details from another auction in Rome. "There's something... Beatrice, call Carwyn, will you?"

"Sure, he's outside with Bran?"

"Probably trying to cover up another horticultural disaster that beast has inflicted on my gardens."

"Aw, Gio, you'll miss him when he's gone."

"Carwyn, yes. The dog, no." Just then, Doyle jumped on his lap and shoved his fuzzy grey head under Giovanni's hand. Beatrice had to smile that neither seemed to notice the cat's hair standing on end every time Giovanni touched him.

"No, no one will miss the wolfhound, will they, Doyle?" he murmured, continuing to stroke the cat's back as he read. Watching the vampire read at the table with his dark hair falling into his eyes, a frown furrowing his brow and his lips pursed as he tickled under the cat's chin gave Beatrice the irrational desire to crawl into his lap and curl up, just to see if she might get the same treatment.

"Beatrice?"

"Hmm?" she asked in a dazed voice as she stared at the cat.

She finally looked up to see him watching her, his eyes hooded and his hand still on Doyle's back. "Were you going to—" He cleared his throat and looked out the dark window.

"Carwyn. Right. I'll just... I'll call—you know, I'll just walk outside and find him. I could use a... walk."

She got up and quickly exited the room, just as another burst of laughter rang out from the kitchen. Beatrice winced and walked quickly through the French doors and across the brick patio by the pool.

She didn't mind her grandmother and Caspar dating. In fact, she was ridiculously happy that they got along so well; it was just somewhat cruel that her sixty-eight-year-old grandmother had a more exciting love life than she did.

A boy from Beatrice's art history class had taken her to dinner the weekend before, and she had enjoyed it. His name was Jeff, and he was polite and funny. She even laughed a little when he related stories about the drama in the office where he was interning and would probably work in the fall. He took her back to her grandmother's house and gave her a really nice kiss.

She had absolutely no desire to see him again.

Beatrice cursed Giovanni's superior kissing skills and intriguing personality as she walked through the grounds. Summer had almost settled on Houston, and the air hung heavy with leftover warmth from the day and the smell of honeysuckle. The roses were blooming and, as she rounded the corner near the small gazebo, she heard Carwyn muttering to his dog again.

"—not going to let you come back next year if you keep this up, Bran. And honestly, I don't understand your fascination with rose roots. Is it just to annoy him?"

She heard the dog snuffle and half-expected him to respond. After all, vampires existed, so why not talking wolfhounds? She heard additional words that sounded a lot like curses, but she was pretty sure they were in Welsh, and couldn't understand them.

"Carwyn?" she called across the lawn. The vampire turned to her with a guilty expression, and she watched in fascination as the numerous piles of dirt in Caspar's prized rose garden started crawling across the lawn and back toward the holes the dog had dug them from. The dark earth didn't float, exactly, but appeared to simply move by its own volition when Carwyn flicked his fingers at it. It was almost as if the dirt had become a living thing, and small piles chased each other across the dark grass.

"B! No need to tell the professor about Bran's indiscretion now, is there?"

She just stared at the self-moving dirt.

"That is so freaking cool. How do you—I mean, I know you—that is just so cool."

"Thanks. This? This is no big deal. Try fixing the mess that six or seven of these monsters make in a vegetable garden before a scary nun finds them. Now that's a challenge."

"Really?" She frowned as she continued to watch the small piles of dirt gradually disappear into the earth. Even the grass seemed to knit itself together where the dog had dug it up.

"No, not really. I'm joking. Moving boulders is a slight

workout. Or causing an earthquake, manipulating faults, things like that. Gardening isn't really much of a challenge anymore."

"You can cause earthquakes?"

He sighed, a playful look in his eyes. "There's such a delicious joke there, but I'm going to be good and hold back. With the amount of sexual tension permeating these grounds, even a bad 'rock your world' line is liable to ignite something."

"Very funny." She rolled her eyes and tried to remember why she came to find him. "Gio's got a question for you, I think. Something about a private collection in Central Italy? Or maybe it's the auction he's curious about, I'm not sure."

Carwyn immediately ran to the house at vampire speed, leaving Beatrice and Bran in the garden. She looked at the dog, who seemed to smile playfully before he loped off in the direction of the hydrangeas.

"Slowest thing here," she muttered. "Why do I always have to be the slowest thing here?"

When she reached the French doors, she heard Carwyn speaking in quick Italian into the rotary phone by the small desk in the living room.

Italian and Spanish had enough similarity that she could understand snatches of what she heard. She knew he mentioned books, and she heard the Italian words for "Vatican" and "library" pop up more than once.

He finally put down the phone and Giovanni started in with the questions, this time, at least, they were in English. He kept his voice low, mindful of Caspar and Isadora in the kitchen.

"So? What did the he say?"

Carwyn shook his head and spoke quietly. "Not one of theirs. He says that sounds close to one of the fronts they'll use in private auctions sometimes—enough that someone who was bidding more casually wouldn't suspect—but it's definitely not them. And he doesn't know about any new Savonarola correspondence, though he sounded like he was practically drooling at the thought."

Giovanni frowned. "So if it *is* Lorenzo, and he's not using these to draw De Novo out—because these would hold no interest for a Dante scholar—why was he selling correspondence books from the fifteenth century, and buying them from himself?"

Carwyn had been leaning against the wall, looking out the dark windows with a finger tapping his chin. Suddenly, he smiled wickedly. "Oh, Giovanni. Virgil himself would be impressed with your virtue. He's doing it because he's a clever, clever boy. And clever boys who want to clean money might just use a private auction to do it."

Giovanni let loose a string of Italian curses and slapped a hand on the table, scaring the cat, who jumped off his lap and ran upstairs.

"What does he do?" Beatrice asked.

They both looked at her as if they'd forgotten she was there.

"I mean, that's laundering money, right? That's what you're talking about? Don't drug dealers do that kind of thing? Is he a drug dealer?"

Carwyn shrugged. "He's got his hands in any number of fairly dirty pots. Smuggling mostly, and other types of clandestine shipping. Not all of it necessarily illegal, but most of it... questionable. I wouldn't be surprised if he has his fingers in drugs or anything else. The question is – why does he need some of his funds clean at this point?"

"He won't need it to find her father. He has other channels for that. He's planning something," Giovanni muttered, frowning again and biting a lip in concentration as he studied the printouts in front of him. "In the human world? Something legitimate?"

Carwyn was still tapping his chin. "Whatever it is, it has something to do with the books."

"Why?" she asked.

Giovanni was sitting silently at the table, shaking his head. "Too much coincidence. To many pieces moving at once," he muttered. "Her father. My books. The letters. Now the money..." He kept muttering to himself as suspicion grew in her mind.

Her father. Giovanni's books. Lorenzo stole the books and wanted her father. A connection started to tickle the back of her brain, but she shoved it to the side for the moment and turned to Carwyn.

"Isn't it easier to do that stuff electronically? Laundering money? Why is he doing it through auctions?"

Carwyn chuckled. "I'm sure it is, and someone with half a fool's worth of knowledge in electronic markets could do it better than he could. But he's not all that up on digital technology, I'm betting."

"He's not, though I'm sure he thinks he is. Lorenzo was always overconfident. He was never very good at adaptation. Many immortals aren't," Giovanni said. "I know some vampires who took fifty years or so to even start driving a car."

Beatrice rolled her eyes. "You crazy international men of mystery, you."

Giovanni looked at her. "You think *we're* backward, you should meet—"

"Tenzin!" the priest yelled then lowered his voice, looking over his shoulder at the kitchen door, as if suddenly remembering the humans in the house. "Oh, she's the worst, isn't she? Has she ever been in a car? I've never seen it. And I can't even imagine her getting in a plane."

Giovanni snorted. "I got her in a carriage once in India, and she nearly kicked the door down getting out so fast."

Beatrice just listened to them talk about their friend, intensely curious about the woman who seemed to inspire such simultaneous awe and affection.

"How does she get around if she doesn't drive or fly? Does she walk everywhere?" she asked.

They both stopped chuckling and looked at her. Carwyn winked. "Who says she doesn't fly?"

Her jaw dropped. "No freaking way!"

"'Like a bird,'" the priest sung under his breath. "So bloody convenient controlling air, isn't it?"

"Carwyn," Giovanni muttered in warning. "Not your place."

"Oh, B won't say anything when she meets her, will you? Besides, I imagine Tenzin's already seen her in a dream or two anyway. She probably knows Beatrice better than she knows herself."

Giovanni huffed and began putting his documents away. "Ignore him. It's getting late. You should probably get your grandmother home."

She rolled her eyes. "That's right. Don't want to get the kids in bed too late, do we? Besides, if we get in too late, our friendly neighborhood surveillance guys might start sweating in their minivan." She had begun teasing Giovanni about their guards after her initial discomfort about them wore off. Now, she liked knowing they were there.

"Well, B. This is goodbye for now," Carwyn walked over to embrace her. "But not goodbye forever, you must promise."

She let herself be enveloped by the mountain of a man who had become a trusted friend and confidante over the last four months. She had known he was leaving the next night—though she had no idea how any of them traveled—and Beatrice struggled to hold in the tears that wanted to escape as she hugged him.

"Now, now, darling girl. Just let me know when I need to come and rescue you from boredom, all right?" She laughed against his chest and felt him squeeze her just a little tighter. "I'm only a phone call away."

"I'm going to miss you so much," she whispered. "You'll be back?"

"Of course!" He stepped back and dabbed at her eyes with the edge of his flowered shirt. "There now. And you'll be back to Houston for Christmas, will you not?"

She nodded and sniffed. "Yep, and let's face it, the weather in L.A.'s got to be better than this, right? And your shirts will totally fit in. You have to come visit me."

He winked and chucked Beatrice under her chin as she composed herself. "And see all the California girls? Count on it."

Gathering her things, she gave one last look to the smiling man in front of her then glanced toward Giovanni. "I'll see you on Wednesday?"

He nodded and winked. "Count on it."

❧

THE NEXT WEDNESDAY, GIOVANNI AND BEATRICE CHATTED quietly about her end-of-term projects and finals, taking advantage of the empty reading room before Dr. Scalia arrived for his seven-thirty appointment. There was also a new professor coming at eight o'clock to see the Pico letters.

"When do you think you'll move?"

"I want to be there by the middle of August. That should give me enough time to find my way around before classes start."

She knew they weren't mentioning it, but the prospect of

the Lorenzo problem continuing unresolved into the fall was something that hung heavy over her plans for the future.

"That's a good idea. I want you to know," he paused and looked around the empty room. "I just want you to know that you don't have to worry about your grandmother. Whatever happens. Please don't let that trouble you. I will make sure nothing will happen to her."

She nodded, touched by his concern for her grandmother, which was no doubt partly the result of Caspar's growing affection, but also—she hoped—at least partially out of concern for her, as well.

"Thanks. That does—" She broke off when the small Italian professor stepped through the door of the reading room.

"Ah!" he said. "How are you young people today? Dr. Vecchio, a pleasure as always. How goes your transcription?"

Giovanni glanced at the open scroll which sat lonely on his table near the desk and smirked at the twinkling eyes of the cheerful academic.

"Slow, at the moment, since I am pestering Miss De Novo with questions. I'd better get back to work and let her get your letter."

"Oh, don't mind me. Well, actually do! I'm very excited to get a look at this new document."

Beatrice smiled at both of them, filled out the call slip and went back to the stacks to grab Dr. Scalia's letter, and the letter the professor with the eight o'clock appointment requested to save her a trip back. Walking out the door, she tripped a little, and one of the document boxes slid out of her grasp.

"Oh!" she said, but before it could hit the ground, Giovanni darted over and caught it with almost inhuman speed. He glanced over his shoulder at Dr. Scalia, who already had his back to them getting out his notebooks.

Beatrice shook her head a little, and mouthed, "Close one."

He whispered, "I forget myself around you, Beatrice."

Suddenly, his proximity caused her to blush, and she quickly spun and set the document box on the counter, trying to distract herself and wishing he couldn't hear the sudden rush of her pulse.

"Beatrice," she heard him whisper. She took a deep breath and turned around, meeting his eyes. They burned with the strange intensity she often noticed when the energy crackled around him. She didn't know what mechanism of his immortality caused his eyes to change the way they did, but at that moment, they were an almost swirling blue-green, the color she'd seen in pictures of the sun-washed Mediterranean Sea.

His fingers brushed hers when he handed her the box containing the precious new letter, but she pulled away from his gaze and walked over to take the document to Dr. Scalia's table. She saw Giovanni walk back to his own table and begin work, so she sat down at the reference desk, pulling out her own translation of the Pico letter.

He was in prison again. This time, it was Paris and his friends didn't have as much influence.

> *We are working to see to your speedy release, and I hope you will retain good spirits in the meantime. I have been most disheartened to hear of your poor treatment, and I hope, by this time, you have been given better access to your books and to Jacopo, though your man assured me he was being well taken care of.*

She had finished reading the letter for the third time, taking notes in her quickly expanding notebook when she heard the door push open. Beatrice looked up, immediately aware of the hiss of energy that filled the room. She glanced toward the door to see an attractive man in his mid-thirties approach the reference desk with a smile on his face.

Something about him gave her pause and as he approached the desk, she knew what it was.

This was definitely another vampire.

A distinct tremor ran down her spine. He was more than handsome, with his pale curling hair, soft blue eyes, and almost feminine features. He reminded Beatrice of a Botticelli painting she had seen during her recent research on the Italian Renaissance. However, the light behind his smiling eyes was cold, and she looked at Giovanni to reassure herself.

Unfortunately, Giovanni's expression was anything but reassuring. His nostrils were flared, and he looked as inhumanly fierce as she had ever seen him. She immediately glanced at Dr. Scalia to see if he had noticed anything. Luckily the cheerful academic was happily immersed in his research and took no notice of anything else.

Giovanni rose and walked to the desk, passing Dr. Scalia on the way and placing his hand on the academic. The small professor immediately rose, packed up his things, and without a word, walked out the door and down the hall. The three of them, Beatrice, Giovanni, and the new vampire who had walked through the doors, waited until the click of the stairwell door echoed down the hall.

She could barely catch the movement as Giovanni shoved the blond vampire up against the wall, where he dangled as he was held by the throat. Blue fire licked along Giovanni's hands, and the cuffs of his oxford shirt began to smoke. As the flames grew, she noticed they were almost immediately quenched as the moisture in the room was drawn to the nameless man who wore a twisted smile.

What do you know? she thought. *Water quenches fire.*

Giovanni stood there, completely still with his fangs bared at the intruder and a low growl emanated from his chest, as the vampires' elements fought their silent battle. Beatrice looked on in horror, completely unsure of what she should say or do.

As if reading her mind, Giovanni growled, "Beatrice, stay back. Take both the letters and lock yourself in the stacks."

"Oh, why shouldn't she stay, Giovanni?" the blond man mocked in an eerily melodic voice. "After all, this concerns her, too. Plus, she smells as delicious as her father." The vampire's eyes strayed to hers, and she found herself baring her own useless teeth. He only laughed. "I wonder if she tastes as good as he did."

"Shut up, Lorenzo."

"But, Papà, I do so love telling secrets."

CHAPTER 15

"Papà? As in—what the hell?"

Giovanni ignored Beatrice, keeping his eyes and his hands on his son, who was still hanging a foot off the ground and laughing at him. *Insolent boy*, he thought. Siring Lorenzo, while it had seemed the most honorable thing at the time, remained Giovanni's biggest regret in five hundred years.

"Papà, don't you want to introduce me to your little toy?" Lorenzo sniffed the air. "She smells delicious when she's afraid. Her father was, too, you know. Such a perceptive human he was. Clever, clever man. Is she clever, too?"

"Stay quiet and stay still," Giovanni growled. He had always been stronger than Lorenzo; even when they were human, the boy could never have bested him. With their comparative elements and the strength of their blood now, it was still no contest.

"Hey, vampires," he heard Beatrice say. "Just letting you know that the library is still open. Granted, this isn't the most hopping place on the fifth floor, but there are people who could just walk in."

The two vampires continued to stare at each other, and small flames burst out periodically over Giovanni's hands and were quickly extinguished by Lorenzo as he manipulated the moisture in the air.

"She's lovely, too. Is she good in bed? She's American, I bet she is."

Giovanni tightened his grip on the other man's throat as he held him up, but Lorenzo only let out a rasping laugh. "They can be so feisty. But she's young! I can't imagine she knows what she's doing yet," he choked out.

He snarled at the laughing man, part of him wishing he could simply tear his son's head of and be rid of the problem. Until he had his books, however, it wasn't something he wanted to risk.

"Seriously," Beatrice spoke again. He could hear her voice shaking. "I think I heard the elevator ding just now. So either kill him quick, Gio, or let him down so no one calls security."

Her words finally registered, and he lowered Lorenzo to the ground, but didn't release him from his grip.

"By the way, 'Dad,' can I just say, thanks a bunch for living in this lovely humid climate?" Lorenzo affected a flat Middle American accent. "Makes it so much easier for me to put out the little love sparks you throw off. Whatever you do, don't move to the desert, it would just throw me off."

Giovanni angled himself so he was between the delicate blond man and Beatrice and the letters. "Why are you here?"

"Can't I just come for a visit? It's been—what? One hundred years or so? Time just flies when you're building a business empire. Sorry I forgot to send Christmas cards."

"He's really your son?" he heard Beatrice ask.

"In a manner of speaking," Giovanni muttered, glaring at the mocking vampire.

"That hurts, Dad. Really, it does."

"Shut up."

Lorenzo peeked over Giovanni's shoulder and winked at Beatrice. "He can just be so cross about sharing, you know? Hello, by the way. I'm Lorenzo. You must be the lovely Beatrice. I've heard so much about you, my dear."

"You killed my father, didn't you?" Beatrice whispered.

Giovanni wondered when she had figured it out. He was betting that Lorenzo's words tonight had only confirmed her suspicions. He had suspected that his son was Stephen's sire months ago, but hadn't wanted to say anything to her.

"Kill is such a harsh term. And not really all that accurate; after all, I sired him as well. He's alive and well. I think. Naughty boy, that Stephen, running away from me like that."

Though his tone was teasing, Giovanni recognized the cold light in Lorenzo's eyes that had only grown stronger in the last hundred years.

"I want to know why you're in Houston. I'm assuming you sent the letters, didn't you?"

"Oh," Lorenzo's eyes lit up, "are we telling old stories? Does she know all about us? Did you tell her our little secret? Does she know about old Nic?" He grinned slowly when he saw the slow burn in Giovanni's eyes. "Oh, I just bet she doesn't, does she?"

"Why are you here?" he roared in Italian. Blue flames flared on his arms, and he felt the scraps of his sleeves turn to ash and drift to the ground. "Is this some sick game to you? Tell me your purpose, boy, and leave!"

Lorenzo looked as if he had won a prize. "Oh, she's wonderful... or is it your books? What has finally caused Niccolo's perfect boy to lose his temper? It's too beautiful for words." A sick, dulcet laugh burbled from his throat.

"Gio?"

He tensed when he heard the tremor in Beatrice's voice. He could tell she was terrified and trying to hide it. He wished he could reach out and calm the race of her pulse. Its frantic beat was starting to distract even him, and he knew that if he could feel the delicious burn in his throat, then Lorenzo must have been aching to feed from her.

He took an unnecessary breath, hoping the habitual action would calm him, and slowly the blue flames were absorbed by his skin. Lorenzo also took a deep breath, and his nostrils flared as he scented the air. A slow smile grew on his son's face, and his eyes closed in satisfaction.

"She does smell like her father," he purred. "You would have loved his taste, Giovanni. So pure—like a cool drink of water on a hot day. Do you remember that? So refreshing. But again, I spend too much time reminiscing."

Lorenzo opened his eyes and attempted to straighten his charred jacket. "I do believe I have an appointment at seven o'clock. If you could allow Beatrice to get my document for me, there's no need for you to linger."

"Go to hell," Giovanni said in a calm voice. "Why are you here? I obviously know you have my books, you lying bastard. So what else do you want?"

"The girl, of course. I need her to get her father; he's become quite the problem child." Lorenzo clucked his tongue and shook his head. "So typical for adolescents, I'm afraid. You were lucky with me, Giovanni. I waited almost fifty years before I began to give you headaches."

Lorenzo looked over his shoulder again and winked at the terrified girl. "It's just a phase, my dear. No need to worry about your father. I'll have him back into the fold in no time."

Giovanni stepped away from Lorenzo and went to position himself closer to Beatrice, who stood guarding the letters on the table like a mother hen. "The girl is mine. Leave."

"Is she?" Lorenzo cocked his head. "Is she really, Giovanni? That would be something, wouldn't it? Quite out of character for you, keeping a human. Whatever could be the attraction?" The vampire eyed Beatrice with new interest, and another feral growl issued from Giovanni's throat.

Lorenzo looked at him hopefully. "I'll pay you, of course. Especially if she's that much fun. I'm not expecting something for nothing. I'd even be willing to trade."

Giovanni's eyes narrowed. "Not expecting something for nothing? Now that's out of character for you, Lorenzo."

The blond vampire rolled his eyes. "Now, really, you act as if you got nothing out of the deal, Papà. And we both know that's not true. What are a few old books and letters between father and son, hmm?" Then he slipped closer to them, twisting his neck around to peer at Beatrice before he looked up at Giovanni again. "Then again, maybe they're worth more than I thought."

Lorenzo brushed the blond curls from his forehead and flicked a bit of ash from his sleeve. Giovanni could see the outline of the burns his hands left on his throat already healing, but he wouldn't be able to wear his jacket again. He stood in front of his son, fuming silently.

"Well, Giovanni, talkative as ever, I see." Lorenzo sighed. "I suppose I'll just have to make an appointment for another time. Maybe one of my associates can come take a look during the day when it's more convenient."

He winked at Beatrice. "Either way, I'll see my letters again. It was really more of a loan to pique your curiosity."

"Get out," Giovanni said.

"I can see that it worked even better than I'd hoped," he sang as he turned and left the room. "I'll be seeing you! Both of you. Soon." He sailed out of the reading room with a flourish, and in a second he was down the hallway. They heard the door to the stairwell click behind him.

Giovanni took a deep breath and finally turned to Beatrice. He had been able to smell the waves of adrenaline rolling off her during Lorenzo's visit and he could hear her heartbeat pounding, but he was not prepared for the tears that poured down her face.

"Beatrice?"

She choked and waved a hand in front of her face, trying to turn so he wouldn't see her crying, but he placed his hands on her shoulders to examine her, looking her up and down to make sure she wasn't hurt. It didn't seem possible that she could be, but her reaction startled him.

She finally choked out. "He—he wants me. He wants my father. I can't... I've never been more—" She panted and tried to pull away from him. "I need a bathroom. I'm going to throw up."

"I'll take you."

"I don't need someone to take me to the bathroom," she shouted.

"And I'm not letting you out of my sight while he's around," he shouted back.

She lifted her hands and shoved him back. "This is your fault! I wish I'd never met you. He's going to kill me and it's your fault!"

He felt a twist in his heart and it gave a quick thump. He took a deep breath and tried to remain calm.

"One, he doesn't want to kill you. Two, the only one in the wrong is Lorenzo. Don't blame me—"

"Why didn't you just kill him?"

His eyebrows lifted in surprise. "So eager to collaborate in a murder? Ready to explain a rather large burn mark on the floor? It's a small room. Not that attached to your eyebrows, are you?"

She wiped the angry tears from her eyes and sniffed, her upset stomach apparently settled. "Well—"

"You have no idea what you speak of. I can't say I'm not impressed by your blood lust, *tesoro*, but you really must learn to pick your battleground." He rolled his eyes and walked to the table to pack the Pico letters away. Next he walked over to the scroll and closed the large document box it lay in.

"What are you doing?"

"These need to be put away, you need to lock up, and we need to go to my house. We'll stop on the way and get your grandmother."

"But it's not nine o'clock."

He turned to her, his irritation finally spilling over. "Are you serious? I'm going to assume you're still in some kind of shock, Beatrice, because I refuse to believe that after being threatened by a rather powerful, centuries-old, water vampire —who we just confirmed killed and turned your father, and now seems to have a sick fascination with *you*—you're not arguing with me about closing the reading room a couple of hours early!"

The color drained from her face before she turned and ran down the hall. He heard her throwing up in the bathroom and sighed, quickly packed up the documents and placed them on the counter before he walked down to stand outside the door.

Giving her a few moments to collect herself, he waited in the hallway and thought about his son's appearance at the library.

He had thought of the girl first.

It was... unexpected, even with his earlier reaction to Lorenzo's scent on her. He had been thinking defensively as his son entered the room, but his first instinct had been to protect the girl and not his letters.

He could still hear her sniffling alone in the bathroom. The urge to walk in and comfort her was also unexpected, though with his growing attraction it probably shouldn't have been. He had avoided long-term attachments to women for this reason. Once his protective instincts were triggered, he became much less rational.

He needed to call Carwyn and Tenzin. He would have to leave a message for the priest, as he would still be traveling. Hopefully, Tenzin was talking again, but he had no idea whether her airy visions would allow her to travel.

Then there was Livia in Rome. She had been brushing him off, and he needed to know what exactly had happened to Stephen De Novo. There was no longer time to put up with her dawdling attempts to draw him into a visit, which was no doubt her aim in putting him off in the first place.

He needed to talk to Gavin Wallace. For the right price, the Scot could tell him everyone who was new in town and who they belonged to. The man could probably tell him what their favorite drink was as well, but Giovanni didn't know if he really wanted to spend that much.

He needed to get Caspar out of Houston and up to the house in the hill country, along with Isadora. The last thing he needed to worry about was their well-being in this mess. Lorenzo had a passionate disgust for the elderly, so hopefully they hadn't even registered his attention.

Giovanni heard the sink running and knew Beatrice would be out in a minute. She had surprised him with her tears, but he sensed more anger than fear from her. He had dealt with this kind of danger for so many hundreds of years, he'd forgotten how shocking it was for someone so young.

She opened the door, and he saw her without the mask of her make-up for the first time. She must have washed it off, and a faint smudge of black mascara still marred the bottom of her right eyelid.

He had thought of her first. He crossed his arms and pushed down the urge to embrace her.

"Better?"

She nodded silently and walked back to the reading room. He sped by her, and quickly checked it to make sure no one had entered while his mind had been elsewhere.

"Let me shut down the computers and I'll lock up."

"Can I do anything to help?"

"Put the documents away. The combination to the stacks is the last four numbers of my social security number." She didn't ask if he knew it, and he would have laughed at her correct presumption if only she had not looked so shaken.

He quickly put everything back in its place, keeping an ear open to listen for anyone entering the reading room while he was out of sight. He noted the meticulous organization of the document shelves and the empty spaces where the boxes needed to be placed and the faint honeysuckle scent of her that lingered in the small room. For a brief moment, he considered simply taking the letters that were his, but he brushed the temptation aside and focused on the present danger. By the time he slipped out of the stacks, Beatrice had shut down the computers, grabbed her bag, and turned off the lights.

They walked down the hall together and silently made their way downstairs. She let him guide her toward his Mustang, and he unlocked the door for her, pausing before he opened it.

"Beatrice—"

"I know it's not really your fault," she murmured. "If anyone's, it's my dad's, though I'm sure he didn't plan on being attacked by a vampire when he went to Italy. You were just the closest one here, so it was easy to blame you."

He was surprised by her apology, but felt an unfamiliar tension ease when he heard it.

"Are you really sorry you met me?" he asked in a low voice.

She paused and glanced up at him in the dim lights of the parking lot before she reached out to grab the door handle, opening it for herself.

"I haven't decided yet."

❧

He took surface streets to her grandmother's house, trying to give her time to collect herself before she saw Isadora.

"So he's really your son?"

"Unfortunately, yes."

"Why on earth did you turn him? Was he always so awful?"

Giovanni frowned. "He wasn't—no, he wasn't always like this. As a child, he was almost timid. He hadn't had an easy life. I thought I was doing the right thing when I did it. There was a time that I had a kind of affection for him. I had hoped with guidance, he would… Well, he had his own ideas about immortal life at a very young age. We only stayed together for around five years before we parted ways."

"Has he done this before? Has he tried to, I don't know, provoke you?"

"No. I know his reputation, of course, but we've spent hundreds of years avoiding each other. I'm starting to realize what a mistake that was."

"And he has your books? Your own son stole your books and letters from you?"

Giovanni nodded. "Before I turned him, he told me they had been lost. He told me that my properties were intact, but that my library had been ransacked and destroyed. It was during the time of Savonarola in Florence. It wasn't hard to believe. There was so much lost. I had to trust him. There was a time that I couldn't be around people like I can now."

"Why? The blood thing or the fire thing?"

He hesitated before he answered. "Either. Both. There were many reasons. Can we talk about something other than my past, please?"

He saw her cross her arms from the corner of his eyes and

angry tears came to her eyes. "Well, it seems like your past is affecting a lot of my future, Gio. So maybe I feel like it's kind of my business at this point."

Biting back a curse, he gripped the steering wheel a little harder too hard and heard the plastic crack. *Damn.*

"I'll tell you what you need to know, just not right now. I'll take care of this, Beatrice, but you're staying with me for a while."

She snorted. "I am not. I have finals and classes and all sorts of shit to do. You're not locking me up in your house."

He frowned, irritated that she had predicted him so accurately. She was probably correct, and he didn't want to interfere with her completing her classes unless it was absolutely necessary. He had no doubt Lorenzo would linger in the city for some time, watching them and securing support before he made any sort of move.

In his mind, he recalled the small boy sitting in front of a basket, dangling a mouse by its tail. The rodent was intended to be a meal for the snake that was kept in the classroom, but the boy always asked to be the one to feed it. Not wanting to handle the task himself, Giovanni always let him, but soon became disturbed by how the angelic looking child taunted both the snake and the mouse before he finally offered the serpent its meal.

"Gio?"

"Hmm?" He broke out of his reverie to glance at Beatrice. "We'll figure something out. It would be best if you stayed at my house after dark. There's plenty of room. I'll increase your security during the daytime, as well."

"What about my grandmother?"

"There's a house that Caspar loves, up in the hill country around Kerrville. It's isolated and Caspar knows the area extremely well. He can take her there. I don't think it's in

Lorenzo's interest to follow them. They aren't what he's after."

"He's after me?" she asked in a small voice. "I guess I knew that, but it hadn't really sunk in until today."

She seemed to shrink into the seat next to him as they made their way through the winding streets of Houston. He scented the air, pleased that the adrenaline had ceased pumping through her bloodstream and satisfied she wouldn't alarm Isadora.

"I really hate my dad right now," she whispered.

He wasn't shocked by her admission, but it saddened him. He felt the urge to hold her again, but he shoved it to the side.

"I understand why you feel that way, but you have to know I do not blame him for running from Lorenzo."

"You can't? Even though it's now messing with your life, too?"

Giovanni shrugged. "I'm the one who created the monster, Beatrice. And trust me, Lorenzo is a monster. Life as his child would be horrendous."

"Why? I don't get it. Carwyn told me he can't make his kids do anything they don't want to, so why would it be so horrible?"

He frowned at her. "It's not a mental compulsion, it's sheer physical strength most of the time. Strength for us is determined by age, mostly—though the age of your sire has some significance, as well. I'm old, but my sire was ancient. Combine that strength with my physical strength at the time of my change and my natural element—that makes me very strong.

"Lorenzo was never as strong as me when he was human, but my blood was very strong because of my sire and that was passed onto him. He has also trained himself particularly well in his elemental strength, though he'll never be quite as strong as I am.

"*Your* father—though very strong now by human standards—would be no match for either of us. He would never beat Lorenzo in a fight, and I'm sure my son probably tortured him in all sorts of inventive ways when your father didn't do exactly what he wanted."

He saw her eyes widen in horror, but he didn't want to soften the truth for her. "You have no idea how much power he would have over him, especially in those first few years when he was learning to control his bloodlust. Your father is almost five hundred years younger than his sire. And he could conceivably be under his control for eternity. You *must not* blame your father for running."

She seemed to shrink in her seat. "How about your sire?" she almost whispered. "Does he—I mean, was he good like Carwyn?"

Giovanni frowned. "My father was a complicated vampire. And he's dead, so it doesn't have any effect on me now."

"Oh."

"Is there a proper anger, my son?"

"Aristotle said 'anyone can become angry, but to be angry with the right person and to the right degree, and at the right time. For the right purpose and in the right way—is not within every man's power.'"

"Are you the 'every man' that the philosopher spoke of?"

"No, Father, I am better than other mortals, and will be better still."

"Therefore, you must master your anger so you control it always."

"Yes, Father."

"Giovanni?"

"Hmm?" His eyes dropped their hollow stare as he glanced at Beatrice again.

"You missed the turn to my house."

He quickly turned the car around and made the right onto the street he had missed. As he pulled up in front of Isadora's small home, he noticed that all the lights lit up the first floor. He parked and walked around the car to help Beatrice out. Half way up the walk, the first scent of blood hit him, and he turned to Beatrice, pushing her back toward the Mustang.

"Go back to the car," he said firmly.

"What? No! What the hell—" Her eyes widened when she saw his face. She ran up the front walk, but Giovanni beat her to the door, blocking her path.

"Grandma!"

CHAPTER 16

"Let me in!" Beatrice beat on his chest. "Let me in, you bastard. Isadora!"

"Be quiet and wait. The smell of blood is not strong," he hissed. "Wait, so I can check the house, damn it!"

"Grandma?" She began to cry, continuing to try to shove past him, but his arms held her in a cold, iron grasp. She was beside herself, and could only imagine the worst.

"Beatrice, do you have your phone?"

She wanted to hit Giovanni, but she was too busy trying to get out of his arms so she could enter the house.

"Beatrice, calm down. You need to call this number." He rattled off a number, but she still wasn't listening.

"You stupid, asshole vampire!" She tried to jerk out of his arms. "Let me in my house. Make your own telephone—" She froze, suddenly realizing it was possible there were people or vampires still inside. She immediately fell silent and stopped struggling.

"What do you hear?" she whispered.

"Nothing suspicious, and I don't feel anyone. I do smell

blood, but your grandmother's pulse sounds fine; her breathing is slow and regular. Are you going to be calm now?"

She took a deep breath and nodded, blinking the tears from her eyes.

He gave a quick nod and released her, turning the door knob to walk into the house. Beatrice couldn't see anything in the living room but the television playing a game show her grandmother hated.

"This way," he said, pointing down the hallway to the kitchen. Beatrice followed behind him.

"Grandma?"

She gave a strangled cry when she saw Isadora lying on the floor in a crumbled heap, but Giovanni pushed her back and went to examine the old woman.

There were vicious bite marks on her neck and others on her wrist. A small pool of blood appeared to have dripped from a wound on her forehead, but the bleeding had stopped.

"Please, please no," she cried and knelt down across from Giovanni, holding her grandmother's limp hand. "Not you too, no."

Giovanni did a quick physical examination of the old woman, finally looking up to meet her eyes.

"She's going to be fine, it's not as serious as it looks."

Beatrice was still sniffing and holding Isadora's hand, rocking herself back and forth on the kitchen floor smeared with her grandmother's blood.

"Beatrice," his commanding voice broke through her growing panic, "you need to calm down now so you can help me."

Though her eyes welled with tears, she nodded and tried to get herself under control.

"What do I need to do? Should I call 911?"

He shook his head. "They drank from her, and made no effort to heal the bite marks. I could heal her outer wounds, but we'd still have to explain the blood loss to the paramedics. Do you have your phone?"

She nodded and pulled the mobile phone from her pocket.

"Good, dial this number." He slowly dictated the number and waited as it dialed. "Put it on speaker for me."

After a few rings, a male voice picked up.

"Hello?"

"Lucas, it's Giovanni Vecchio. I need you to come to my house now."

"There's nothing wrong with Caspar, is there?"

"No, I have a human suffering from blood loss." He looked at Beatrice. "Do you know her blood type?"

Beatrice shook her head. "No, she's always been really healthy."

"I'll bring universal," the voice on the phone replied brusquely. "Do you need transport?"

"No, I'll take her to my home. If you get there before me, do *not* tell Caspar anything, do you understand? He'll be angry, but just ignore him and tell him I sent you."

Beatrice could only imagine how Caspar was going to take the news that his boss's enemies made a meal out of his girlfriend.

"I'll see you in fifteen minutes. Goodbye." The phone went silent, and she looked down at her grandmother's pale face again.

"I'm going to lift her. I don't think anything is broken, so we'll put her in the back of my car. I'll hold her in the back so I can monitor her breathing and heart rate. Can you drive a manual transmission?"

She nodded. "Yeah, no problem. Just take care of her, okay?"

He grabbed her hand and squeezed it. "She's going to be

fine, Beatrice. And as soon as she's able, we'll get her out of town."

"And I won't argue. I'll stay with you until you kill Lorenzo."

"Beatrice—"

"Because you are going to kill him, right?"

Giovanni bent to lift Isadora, cradling her tiny body as if she was a child. Nodding toward the door, he finally said, "Let's focus on taking care of your grandmother before we start plotting murder, shall we?"

❧

WHEN BEATRICE PULLED UP TO THE HOUSE, SHE COULD SEE an unfamiliar blue sedan parked by the garage and Caspar pacing in the courtyard. As she stopped the car, he pulled the back door open.

"Oh no, please no—"

"She's going to be fine," Giovanni interrupted. "Calm down and help me."

Beatrice parked the car and got out, watching the two men fuss over her grandmother, who was still unconscious. She would have been insane with worry if Giovanni hadn't have been monitoring Isadora's heart rate aloud in the car the whole way over. She had seen him bite his finger and rub a bit of the oozing blood over her grandmother's neck and wrists in the backseat. The wounds, though red and angry, were already closed.

"Here," Caspar held out his arms, "let me take her. I thought—Lucas showed up and asked for a downstairs bedroom for a patient. I thought something had happened to Beatrice." Caspar glanced at her before he took Isadora's small body in his arms and walked toward the house.

Giovanni raced over and opened the door for him before rushing back to her.

"You're doing very well," he whispered when he pulled her into his arms. "You drove her here safely and now Lucas will take care of her. He's Caspar's personal physician, and he's the best in the city. I trust him."

She nodded and relaxed, letting his arms hold her up. "I was afraid I was going to crash on the way over here."

"Nerves of steel, *tesoro*." He brushed a kiss across her temple as he walked her into the house with an arm around her shoulders. "You've handled yourself extremely well."

"Does this happen a lot?"

"No."

"You really need to kill Lorenzo."

She heard him give a small laugh. "You're quite bloodthirsty for a little girl."

"I'm serious," she said, pausing in the door between the kitchen and living room to look up at him. "I want him dead. If I could do it myself, I would."

He stared at her for a moment before nudging her toward the hallway. "Let's take care of Isadora first, then we'll talk."

When they entered the bedroom, the doctor had an IV set up and, within an hour, Isadora's coloring had improved. A half an hour later, her eyes fluttered open and she looked around in confusion.

"What am I... Where am I?"

Beatrice rushed to her side. "You're going to be fine, Grandma. They just—I mean, you had an accident. But we're at Gio's house, and Caspar's here, and there's a doctor..."

Isadora's eyes searched the room, finally settling on Giovanni. She nodded, closed her eyes, and sighed.

"This has something to do with Stephen, doesn't it?"

BEATRICE HAD NEVER BEEN MORE FURIOUS IN HER LIFE.

"I cannot believe you didn't tell me!"

"He told me not to."

"You didn't think I had a right to know? Do you have any idea how messed up I was after all that shit he did to my brain?"

She paced the room, tugging at her hair as Isadora tried to calm her down.

"I didn't know about all that. Stephen told me he had tried to talk to you, and you couldn't handle it. He said you wouldn't remember. He told me not to tell you when you were older because we wouldn't see him again."

"But the depression—"

"Your grandfather and I never made the connection, Beatrice. Why would we? I was the only one who knew what was going on with your father, and you didn't tell me any of this about seeing him, or the dreams. You confided in your grandfather. This is the first I've heard of you having any memories of him after his change. I thought I was the only one who knew."

"Grandpa said it would just upset you if I told you I'd seen him."

Isadora shook her head and looked around the empty room. "You damn De Novos—so arrogant! You, your father, your grandfather... You all thought I was so fragile. Your father's the only one who figured it out, and he's dead."

"But he's *not* dead!"

"Yes, Beatrice, he is. He told me we would never see him again. He told me," her voice cracked, "he told me it was too dangerous. That he had to run away." Isadora paused. "I was so furious. I told him we could handle it as a family, but he just ran. He was determined to disappear."

She wiped angry tears from her eyes, and Beatrice stopped pacing and went to sit in a chair by the small fireplace.

"How did you not realize that Gio was a vampire when you met him?"

Her grandmother frowned. "He's much better at it than your father was. Other than the pale skin, Giovanni looks just like a normal human. You have no idea, B. Your father..." She paused and shook her head. "He was barely recognizable, even to me. He was gaunt and pale. His skin was cold to the touch. He looked *nothing* like a normal human. It's no wonder you found his appearance so frightening as a child."

Beatrice came to sit next to her grandmother. "How are you feeling now? Are you still feeling dizzy?"

Isadora smiled. "Fine. I'm going to be fine. I feel very lucky. When those men came to the door, I thought I was going to die. I saw their fangs and knew it had something to do with Stephen. What's going on?"

"The vampire that turned Dad, Lorenzo..." She paused, not wanting to tell her that Lorenzo was Giovanni's son. "He's after Gio, too. He's after—"

"He's after *you*, isn't he? Your father said he was looking for him ten years ago. If this Lorenzo still hasn't found Stephen, he'll want you. I'm only surprised he hasn't come after you before. If he knows your father at all, he knows the man would do anything for you. That's what this is about, isn't it?"

She nodded slowly, reminded again not to underestimate her delicate looking *abuela*.

"Well, what are we going to do about it? Can we run? Would it even make a difference? How about killing him? How hard would that be?"

"You De Novo women," Giovanni muttered as he entered the room with Caspar. "Terribly vicious, aren't you? Never underestimate the fury of an angry mother, Caspar. They're the most vicious creatures in the world."

Caspar went to take Isadora's hand. "How are you feeling, darling? You had me terribly frightened."

"I'll be fine. I *am* fine. I'm mostly concerned about Beatrice."

"We'll stay here for a few days to make sure you're recovered, then I'm taking you out of the city," he said.

"But B—"

"I'll be taking care of Beatrice," Giovanni said from the corner of the room.

Isadora's angry green eyes flared. "I'm supposed to trust you with my granddaughter, Giovanni Vecchio? How do I know you can keep her safe?"

"You don't, but I'm the best option you have."

"Isadora," Caspar murmured, "Giovanni is a good man."

"If it was your child, would you trust him?"

"My father did."

Isadora frowned and looked from Caspar to Giovanni, then finally at Beatrice.

"Mariposa, do you want to stay with this vampire? You're a grown woman, it's up to you."

Beatrice looked at Giovanni, then back to her grandmother as she sighed. "I think Gio's right, Grandma. I don't really like being bait, but I think he's probably my best bet at this point."

Isadora finally nodded, her eyes swinging back to Giovanni as he stood silently by the door. "Fine. Caspar, I'll go with you, but I want to be kept informed. I'm tired of people keeping me in the dark and thinking I can't handle things, do you understand?"

Giovanni nodded and withdrew from the room, leaving Isadora to the care of Beatrice and Caspar. Beatrice had no idea when Lucas had left, but she'd heard him say he would be back the next night to check on her grandmother's recovery.

"B?"

She looked up to see Caspar watching her.

"Hmm?"

"Why don't I show you to your room? I'll find some spare clothes for you to sleep in until we can go to your house tomorrow and get some things for you both. I've already adjusted your security, but it's better that we don't go during the dark."

"Okay." A sudden thought occurred to her. "Hey Caspar?"

"Yes?"

"What happened? I mean, where were the guys who've been watching the house when they attacked Grandma?"

His expression was grim. "They were the appetizers."

❧

THREE DAYS LATER, GIOVANNI AND BEATRICE STOOD IN THE courtyard, waving to Caspar and Isadora as they drove away an hour before dawn. They were headed to a very private home in the hill country somewhere around Kerrville, Texas. A home, Giovanni had explained, that had never carried his name and would be almost impossible to find for anyone other than Caspar or himself.

She waved with a small smile, ignoring the twisted feeling in her stomach, and the little voice that warned this could be the last time she ever saw her grandmother. She walked back to the empty house, feeling Giovanni's eyes burn her back as she left.

As much as she was grateful that Caspar and Isadora would be safer out of Houston, Beatrice also dreaded the thought of living alone in a house with Giovanni, and no friendly buffer of Carwyn or Caspar to distract her. They had been avoiding each other since the night of her grandmother's attack, but she felt like he watched her almost constantly;

she was more than aware of the building tension, and all that remained unspoken between them.

"Beatrice," she heard him call as she walked through the kitchen. "Your escort will be here at eight. You will have plenty of time to get to your first class."

She kept walking toward the living room. "Fine. I'm going to sleep for a few more hours."

"I'll see you tonight."

She walked up the stairs, never turning to look behind her as she went to her borrowed room on the second floor. "Yep, see you tonight."

"Beatrice."

She finally paused and turned around. In a flash, he was standing on the step below her, so they were almost eye to eye. His hand lifted to stroke her cheek and the familiar tremor ran through her as she stared into his green eyes. "Caspar will make sure she's safe. Nothing is going to happen to your grandmother. He's more dangerous than he looks."

She wanted to lean against him. She wanted to curl into his strong chest and feel his arms holding her as he chased away the chill of fear that had become her constant companion. She wanted to believe that nothing bad or scary was going to happen again. That her grandmother and Caspar were just going away for a vacation. That the world as she knew it had not ended the minute a beautiful blond vampire walked into the library. That it hadn't ended years ago when her father escaped a madman.

Most of all, she wanted to believe that Giovanni would keep her safe.

"Nothing bad is going to happen to her?" she whispered. "Promise?"

She saw the flicker of uncertainty in his eyes.

"Yeah, I didn't think so."

CHAPTER 17

May 2004

"Only one more final left, right?" Charlotte grinned when Beatrice entered the reading room. "And then that's it for the graduate!"

Beatrice shrugged and set down her bag by the reference desk. "Until next semester. Then I can freak out about finals at the graduate level. Yay."

Charlotte chuckled and shook her head. "What is with you lately? Are you getting nervous about moving? I think I'm more excited than you are." The librarian continued sorting through the photographs on the counter.

"I guess I'm just missing my grandma." That much was true. Beatrice was starting to feel like graduate school in California, even if there was no fear of strange vampires, wasn't the best idea, after all. She had never imagined she could miss Isadora so much, though she was happy her grandmother seemed content and safe.

"How is she feeling? Have you talked to her lately?"

"Yeah, I just talked to her last night. She's feeling great."

"You know, I had no idea she had breathing problems like that."

Beatrice nodded. "It's fairly recent. Her doctor suggested a few months in the desert. It's just lucky she has that cousin in New Mexico."

In reality, it was her grandfather who had cousins in New Mexico, but since Beatrice had to figure out some reason to explain her grandmother's disappearance, dry air seemed like a good one.

That excuse, along with a phone call from her grandmother, had been enough to assuage Isadora's friends from storming over to her currently empty house to investigate when she didn't show up for Tuesday dinner.

"It's such a shame she won't be here to see you graduate, you know? But, you always hear how bad the air quality is in Houston, especially in the summer, so I guess her doctor made the right call."

"It's not a big deal. The college graduations are a madhouse. She's not missing anything. I'll make sure she flies out for my master's, you know? The air in California has got to be better than here."

Charlotte giggled and winked at Beatrice. "And the scenery. You better date a surfer, at least once. I want pictures."

Soon the two women were laughing at all of Beatrice's imaginary romantic prospects in sunny Southern California. It felt good to joke around with Charlotte and listen to her tease about boys and suntans and rollerblading. It felt good to feel just a little bit normal after the overwhelming tension of the previous month.

Beatrice had done little beside school work, classes, and finals since moving to Giovanni's. The house was enormous and they both took care of their own cleaning and cooking, so other than the occasional meeting in the kitchen or the laundry room, she didn't even see him. She spent more time with Carl, her friendly neighborhood security guard, who always had a friendly smile and plenty of firepower.

Other than the research time they continued in the library, Beatrice didn't see her new roommate all that much, but she was definitely learning more about his habits by proximity.

Giovanni swam almost every night. She had woken once at three in the morning to hear a splash in the pool outside her window. She peeked outside and watched him swim laps for over an hour without taking a breath. She didn't stare the whole time, but his focus was impressive... as was his naked body. He really was the most perfect man she had ever seen. He looked like a Greek sculpture molded from a single block of pale marble.

He played several different instruments, but the piano and the cello seemed to be his favorites, and he often played through the night. It was always something quiet that soothed her and seemed to help her sleep through the nightmares that had begun to plague her sleep.

Other than whiskey, he did eat a little, rich foods like olives and avocados and cheese; ironically, she had never seen him eat any kind of meat. He liked sweet smells and spent a lot of time in the garden. He was fond of the gazebo where honeysuckle grew up and over, almost enclosing the small structure in vines. She had found him there a number of times, reading a book in the dark.

He also loved water, even the sound of it seemed to relax him, and if he was irritated or stressed, Giovanni would immediately go and jump in the pool. She remembered the way that the humid air Lorenzo manipulated had doused the flames that ran along his skin when he was angry, and she wondered if he was drawn to water for the same reason.

She was interrupted from her tangled thoughts by Dr. Christiansen's voice as he entered the reading room.

"Hello, ladies, I have another Pico letter."

"What? Really?" Beatrice was shocked. She had imagined, for some reason, that since Lorenzo was in town—even though he seemed to be laying low after their first meeting and her grandmother's attack—they wouldn't see any more of the fascinating letters. She had jotted down several other names in her notebook after filtering through what she remembered Lorenzo saying at the library.

Nic. *Niccolo.* He had called Giovanni "Niccolo's perfect boy" when he was taunting him. She needed to look at one of the early letters again. She was almost sure that one of them mentioned a Niccolo, but she couldn't remember which or what the context was.

"Yes, one more from the University of Ferrara. Apparently this one took a bit longer than the others for some reason. It's been delayed."

"Oh, so we were supposed to get it last month or something?"

Dr. Christiansen smiled. "No need to worry, B. We have it now, and there's plenty of time for you to look at it before you leave us next month. Would you like to make a few copies of the notes so we could put them out for the descending hordes?"

"Sure, I'd be happy to."

She walked over and grabbed the notes while the Dr. Christiansen and Charlotte chatted about the seventh letter. Beatrice walked down the hall to the copy and imaging room and quickly found a chair so she could sit down and read. Flipping through the notes to the translation, she immediately got out her notebook and started jotting down details.

Skimming over the mentions of Savonarola's return to

Florence and other news of his friends, her eyes stopped with she heard mention of the mysterious woman named G.

> *I received a letter from G. She seems greatly dismayed that you have cut off correspondence and mentioned your request to send the copies of your sonnets. I beg of you, Giovanni, whatever your intentions are toward the lady, do not take steps to destroy your work.*

He was going to destroy his poems? For some reason, even the thought of it made her want to cry. Just then, she caught a name that sparked her memory.

> *I spoke with Signore Andros when he returned from his visit with you in Fiesole.*

Signore Andros. She searched her memory and flipped through her notes until she spotted it. *Signore Niccolo Andros*, who had the fascinating library in Perugia where Giovanni had recovered with the young boy after his time in jail.

Could that be the connection to Giovanni's books? Were they really the property of this Niccolo Andros? Did Giovanni steal them? And what did all this have to do with her father? She flipped through her notes again to see what kind of books Signore Andros had and frowned. Why would her father be researching books about Eastern mysticism?

Beatrice took notes on the seventh letter, convinced that there was some piece of the puzzle that was just out of her grasp. She needed to study them together, but she could not waste any more time at work. She quickly made the copies, and walked back out to the reading room to see Dr. Scalia already poring over the newest letter with Dr. Christiansen.

"—and the progression of Savonarola's extreme ideas coinciding with Pico's apparent depression seems to be one of the most fascinating aspects. Along with the mention of his poetry. I believe the sonnets mentioned would be those Pico wrote to the wife of one of the Medici cousins. It was quite a scandal at the time, and caused his first imprisonment, but these letters certainly indicated they continued their relationship, at least through correspondence."

"What's so special about the sonnets?" she heard Charlotte ask.

"We knew Pico had written poetry, but we thought it was destroyed by Savonarola in the bonfires, or that Pico had destroyed it of his own volition as an act of penance. This seems to indicate that Poliziano—who was a poet himself—was trying to get them for safekeeping. It's all quite fascinating."

"What about the rest of Pico's library?"

All eyes swung to Beatrice as she entered the room and spoke.

Dr. Scalia frowned. "What library?"

"Well, the letters mention books and stuff, right? Didn't he have all sorts of mystical texts, too? Along with his own papers? All these nobles and philosophers had personal libraries, right? What happened to Pico's? Maybe the sonnets are there."

Dr. Scalia nodded. "Yes, from all reports, Giovanni Pico did have a very extensive library, though we don't know what happened to it. He had no heirs, you see. And when he died—"

"When did he die? How?"

The professor looked slightly shocked at her interruption, but only smiled a little and shook his head.

"We don't know exactly. We know Giovanni Pico died in Ferrara in 1494, but there is no record of him leaving an extensive library at his home, and he died under rather mysterious circumstances. As he had no heirs, it's probable that his library was taken by his family, the Mirandolas. It would have been theirs unless Pico had made other endowments."

Beatrice nodded, even more confused. "Thanks. Sorry, Dr. Scalia. I don't mean to be rude, it's just..."

"Quite all right, my dear. I do love students who show curiosity such as yours. It makes teaching so rewarding."

She saw Charlotte watching her with narrowed eyes and was glad her shift would be over soon. As she walked back to check the dehumidifier, her mind whirled, more confused than ever by the pieces of a puzzle that seemed stubbornly jumbled in her mind.

❧

She was heating a can of soup on the stove when Giovanni entered the kitchen that night. He was wearing a black shirt and jacket with a pair of pressed black slacks. As always, he looked amazing and Beatrice looked away, trying to ignore the instant reaction she always had in his presence.

"Good evening, Beatrice."

She smiled as she examined him. "Going for the real inconspicuous 'no, I'm not a deadly creature of the night' look, are we?"

"Pardon?"

She raised an eyebrow and glanced back, looking him up and down. "It's Friday, right? Dinner time? Do chicks dig the whole man-in-black thing?"

He looked at her and cocked his head. "Do you really want to talk about this?"

She thought for a moment, and then shook her head. "No, probably not."

"I have to go out." A small smile teased the corner of his lips. "Unless you're offering, of course, then I could just skip the clubs. Much more convenient." He winked at her as he put his keys in his pocket.

She rolled her eyes and looked down at the stove, surprised and amused by his unusually flirtatious mood. "See this? It's soup. Soup is food." She looked back at him. "See me? I'm me, and I'm not food. Any questions?"

He smirked and looked her up and down. For a minute, she wanted to blush at his frank perusal. The appreciative look in his eye almost made her reconsider, but then she remembered the vicious bite marks on her grandmother's neck, and decided to stick with her first answer.

"Oh, Beatrice, I have many questions, but I'm not going to find an answer tonight, am I?"

It was far more suggestive than she had come to expect from him, and she figured it must have something to do with his hunger. She really didn't want to think about it all that much.

"You're in some kind of mood, aren't you?" she muttered, trying to ignore the flutters in her stomach as she stirred the pot on the stove.

She heard him take a deep breath, and she had a feeling he wasn't smelling the soup. Cursing, she glanced over her shoulder and caught him watching her. He definitely looked hungry, she just wasn't sure for what.

She cleared her throat and took a deep breath.

"Go, do your vampire thing. Don't kill anyone, okay?"

"I never do." He was still watching her, and she could see his fangs peeking out from behind his lips. She could feel her temperature rise when his eyes were on her.

"Gio!"

"Hmm?" He looked a bit startled, but stopped studying her ass like it contained the mysteries of the universe and met her eyes.

"Go, you need to... eat. I'll be here when you get back."

"Right." He cleared his throat and she caught him glancing at her neck. "Right. I'll just... be back later."

"Later."

"Right."

"Bye."

And he finally slipped out the door.

Taking a deep breath, she turned back to the stove.

"You do not want the insanely attractive vampire to kiss you, B. Nope, you don't. Just ignore that reaction and..." She trailed off as she remembered the sight of his long, muscular legs, defined waist, and broad shoulders as he cut through the pool the night before.

She let out a sigh and shook her head.

"Nope. You most definitely do not want him to bite you. And he's just hungry, anyway. He's not flirting with *you*, it's just your blood. It's a normal, natural—"

She gasped when she heard the door slam. Giovanni spun her around, pulling her into his arms before his mouth crashed down and his arm encircled her waist. He pushed her up against the cabinets and his other hand grasped the back of her neck. His hard body pushed against her own, and his arms lifted her against the counter. She gave in to her own desire and moaned into his mouth, tangling one hand in the dark curls at the nape of his neck as the soup spoon dangled uselessly from her other hand.

Giovanni kissed her for a few heated moments, stealing her breath and causing her head to swim. His fang nicked her lip and she felt his tongue swipe at the trickle of blood near the corner of her mouth before he gave a deep groan and pulled away.

He stared into her eyes, panting before he bent down to whisper in her ear.

"It's *not* just your blood."

She whimpered in the back of her throat, and his hands

drifted down to her waist, squeezing once before he was out the door again.

This time, she stared at the kitchen door until she heard his Mustang roar down the drive. After a few moments, Carl and his partner began patrolling the grounds, and she saw the guard's familiar face pass by the window in the kitchen.

She was still breathing heavily when she heard the soup hiss on the stove.

"Damn it!"

❧

HE RETURNED TO THE HOUSE THREE HOURS LATER, LOOKING flushed. His eyes had lost the hungry look from earlier in the night, but she still felt them as he walked into the living room. Beatrice had raided Caspar's cache of old horror movies; she was pondering whether their earlier kiss was something they needed to talk about.

Or possibly repeat.

She saw him sit down in his chair, which she often stole during the day because it was, by far, the most comfortable in the room. He took a deep breath and glanced at her.

"It's very odd."

"What is?"

He frowned a little and stared at the television. "Your scent is all over my house. Everywhere I go, I can smell you."

She cleared her throat, feeling suddenly self-conscious and wondering whether she needed to check her deodorant more often. "Sorry."

"No need to apologize." He shrugged. "You smell lovely. It's just different. Having you here. It's... nice."

They watched the rest of the movie in silence. Beatrice had turned the volume down so she could hear the comforting sounds of Carl and his partner as they patrolled the grounds.

"How was dinner?" she asked nonchalantly.

"Do you really want to know?"

She didn't. She didn't even know why she asked, and she shoved aside the irrational spurt of jealousy. "No, not really."

"Stale. Boring." He gave her a heated look. "Merely adequate."

"I said I didn't want to know, Gio."

"Well maybe I want to tell you, Beatrice."

"Why?" She scowled. "Why do I need to know about that shit?"

"It's not always done in anger," he murmured, and she glanced back to the almost silent television screen. "Sometimes, it's done purely for sustenance, because a vampire needs blood to survive. Sometimes it is done in anger, but sometimes, it can be highly pleas—"

"I'm going up to my room." She shut off the movie and stood.

"You need to change your clothes. We're going out."

She spun around on her way to the stairs. "What? Why? Where are we going?"

He stood and walked toward her, his hands hanging casually in his pockets.

"We need to go to The Night Hawk."

She immediately flushed when she thought of the pub, and she started walking upstairs. "I don't want to go there again."

"You're going. We need to be seen there. I have information that Lorenzo is meeting with Gavin tonight, and we need to be there, too."

"Why?" Her discomfort with his flirtatious behavior fled, as her heart raced in fear at the thought of seeing the vampire again.

"We need to go there, and I'm going to act as if I'm feeding from you. I'm going to act like your lover, and you're going to play along if you know what's good for you."

Her pulse raced again, only it wasn't from fear. "Why? Why do I have to—"

"We don't have rules in my world. We don't even have conventions, really, but there is a kind of courtesy among those who are mostly civilized." He paused and watched her carefully. "Lorenzo is your father's sire, and in my world, that means he has... a certain claim over you. If he wanted to take you, no one would bat an eyelash as long as he didn't make it newsworthy. That's why no one cares that his people bit your grandmother in a very messy attack. She belonged to his child, so she belonged to him."

"So I'm just—"

"What you are, Beatrice, is *mine*, as far as anyone knows. My human, my 'food,' as you put it so eloquently earlier this evening. And I am Lorenzo's sire and far more feared, so my ownership trumps his. But we need to make sure he is forced to acknowledge that in order for you to have some measure of safety in this city. So he needs to see us together, and he needs to see us where there are witnesses, do you understand what I'm saying?"

"Yes," she whispered with a nod.

"I'm not doing this to torment either of us." His eyes dropped to her flushed lips. "I'm doing this because I think it's our best move at the moment."

"Are you going to bite me?"

She saw him swallow visibly and eye her neck. She could see his fangs run down behind his lips, but he turned and walked back toward the living room. "No. Get dressed."

"Fine."

"Wear the burgundy skirt."

"What? Why? Is there some dress code or something?"

He shrugged. "No, I just like how it looks on you."

She rolled her eyes and stomped up the stairs.

❧

TWENTY MINUTES LATER THEY WERE DRIVING GIOVANNI'S Mustang through the dark streets of Houston near Rice Village. He had been filling her in on the guidelines for acting like his regular meal. Beatrice thought they mostly consisted of her acting like a totally hypnotized doormat.

"And don't ever contradict me in front of another vampire. Carwyn or Tenzin are fine. Anyone else would put you at risk."

"So I basically have to act like I'm brainwashed and like it."

"If you were an average human, you would be, and I can guarantee that you would like it."

"I *am* an average human."

"Not to me," he murmured and she pretended to ignore him.

"Gio?"

"Hmm?"

"Is this going to end soon?"

He glanced at her from the corner of his eye. There was an odd, almost sad look on his face when he finally answered. "I will do everything in my power to make sure you can safely move to Los Angeles by the middle of August, Beatrice."

"That's not—"

"It's all I can promise. I don't want to start a war with Lorenzo if I can avoid it."

Her jaw dropped. "So you're not going to kill him?"

Giovanni just stared at the road. "Not if I can help it."

She sat, gaping at him, knowing she looked like a guppy the way her mouth moved in silent protest.

"S—so you're just going to let him get away with doing that to my grandmother? You're just going to let him treat us like *food*? Like property? I thought—"

She broke off when he jerked the car over onto a side street and slammed on the brakes. He grabbed her chin and forced her to look at him as his eyes blazed.

"Listen to me. Lorenzo has many powerful, *powerful* friends. As do I. And his friends owe him favors, as do mine. If I go to war with this vampire, people will be hurt, mortal and immortal. Do you understand that, little girl? People will *die*, Beatrice. So you tell me how many people need to die because of an insult to your grandmother. Because of an attack she survived. How many? Would you like my estimate? I don't think it would sit well with you."

She sat with her teeth clenched and tried to hold back the angry tears that wanted to fall from her eyes. "Fine."

"Do you understand what I'm saying?"

"Yes," she hissed, blinking. "I understand."

He released her and carefully pulled the car back into traffic. Minutes later, they were parking in the small lot behind The Night Hawk, and she was still fuming.

Giovanni leaned over and released her seatbelt before he grabbed her chin again. This time, his fingers were soft, and his lips ghosted over hers in a delicate kiss. The anger drained out of her at his unexpectedly tender gesture.

"Why—"

"Everything in there is for show." His accent was heavy and he wouldn't meet her eyes. "That was for me."

He stepped out of the car and went to open her door. As she stepped out, she said, "Giova—" but he stopped her mouth with a kiss.

He kissed her, pushing her body into the side of the car as she pressed her lips to his and clutched his shoulders. His tongue delved into her mouth and his hands gripped her waist. She was light headed by the time he let her up for air.

"Oh... damn," she breathed out.

His head bent and he whispered in her ear, "They're watching."

Giovanni placed his arm around her waist and walked her toward the back door of the pub. She had no problem leaning into him and acting like he needed to hold her up; her knees were still a weak from the kiss.

Before they even reached the door, a dark-haired guard opened it from the inside and nodded toward them as he held it open.

He leaned down and whispered after they had passed by.

"I told you they were watching. Assume that there are cameras everywhere."

She nodded and tried to look casual. She slid her arm around his waist as they walked, and Beatrice thought she heard a low rumble of pleasure in his chest. He guided her toward the sofa near the fire, and Beatrice glanced up as he scanned the room.

"See anyone?" His hair, she noticed from that angle, had grown a little since they had met. His neck smelled like wood smoke and whiskey.

"Yes, he's here, in the corner with Gavin. And they've seen us, as have a number of other vampires in the pub."

Her breathing picked up at the thought of Lorenzo so close to them, but she forced herself to relax as his arm draped across her shoulders. She looked around the room, trying to seem brainless.

"Cool. They've seen us. Can we go now?"

He gave a grim laugh and sat back in the couch. "We'll have at least one drink, otherwise, Lorenzo might get suspicious, and... Well, Gavin will just be insulted."

"Who is Gavin anyw—"

"Kiss me."

"What?"

"Kiss me, Beatrice, they're watching you right now," he murmured. "Kiss me like you belong to me."

She bit her lip before she turned her face toward his neck and began placing soft kisses there, slowly working her way up toward Giovanni's jaw. His skin was soft, with only a hint of roughness where stubble would normally grow on a man. He remained almost impassive, holding still as she slowly worked her lips along the line of his jaw and closer to his mouth, though she could feel his heart beat a few times under her hand.

At the last moment, his chin tilted down and his lips sought hers. She lost herself for a moment in the pure pleasure of it. Ever since their first kiss in January, she had dreamt of the feel of his kiss, wondering what his lips could do to other parts of her body, but memory could not do Giovanni's mouth justice.

It was soft and drugging. He captured her bottom lip between his teeth and tugged gently as she felt the soft curls of his hair against her cheekbone. The vibrating energy she usually felt from his hands was far more potent on the sensitive skin of her lips and every touch only seemed to heighten the sensation. Just the feel of their skin brushing together was as arousing as any intimate touch, and she could tell he was as affected by the contact as she was because his skin was burning like he had a fever, and she felt the soft rumble in his chest.

She lost herself for a few more minutes before Giovanni jerked his head away. "That's enough, *tesoro*," he said clearly. "A glass of the eighteen year old Macallan for me, and a Laphroaig for the girl."

"Yes, Dr. Vecchio," she heard a waiter murmur behind her.

"You'll like the Laphroaig," he muttered quietly. "It has a

smoky flavor I think you'll enjoy. Also, where the hell did you learn how to kiss?"

"What?" she asked. "Not playing the part well enough?"

She felt his lips ghost over her temple. "Playing it to the hilt, *tesoro.*" His head bent down to murmur in her ear. "But back off a bit if you don't want me to really bite you." His mouth opened, and she shivered when she felt his fangs scrape along the edge of her jaw. "You're testing my instincts, Beatrice."

"Oh, okay." She took a deep breath. "Backing off, just a bit. Got it."

"Now relax."

"Kind of hard to do right now."

"Try, because they're coming over here."

His hand slipped down to curl around her waist, and he pulled her closer. She looked past the fireplace and saw Lorenzo and Gavin strolling across the pub.

"Giovanni," Gavin called. "How lovely to see you. You *really* should come in more often." She saw Gavin glance at Lorenzo behind the blond vampire's back. She had a feeling that Gavin Wallace wasn't terribly happy to see Giovanni's son either, and it made her like him, just a little. "What brings you out this evening?"

"Just out for a drink after dinner. How is Houston, Lorenzo?"

"Oh," Lorenzo replied, "it hasn't given up all its treasures just yet. I'll be around for a while. Don't worry."

"I don't. Worry, that is."

"Good to know."

She glanced between the two vampires as they stared at each other. She was trying to observe them while still looking vapid. She wasn't quite sure how well she did, but by the carefully controlled smile on Gavin's face, and the twinkle in his eyes when he caught her notice, she wasn't very convincing as Giovanni's brainless meal.

"Your drinks, Dr. Vecchio." The server placed the two glasses of amber whisky on the coffee table in front of them.

"Well," Gavin said, "we'll let you enjoy your drinks. Excellent choices for both of you. You must have very discerning palates." He winked at Beatrice behind Lorenzo's back and mouthed 'call me' to Giovanni with a slight frown.

"Goodbye for now," Lorenzo said. "I'll be seeing you around."

"Looking forward to catching up."

They walked away, and Giovanni and Beatrice both lifted their drinks.

"Cheers," she muttered and clinked the edge of her glass with his before she took a sip. "Here's to fooling no one."

CHAPTER 18

June 2004

"What's that?"

He turned, embarrassed when she walked into the kitchen. Carl waved to him from the door then walked outside to make his rounds around the house.

"This is... a cake."

"You like cake?"

He frowned. "I was told you do."

Beatrice's mouth dropped open in shock. "You got me a cake?"

"You've just graduated, and your grandmother isn't here." He cleared his throat. "I called Caspar. He suggested a cake. I'm sorry if it's—"

"I love it."

The corner of his mouth lifted. He was pleased she was happy with the gesture, even if she hadn't tried the cake yet. "Your grandmother informed Caspar that your favorite flavor was lemon cake. I'll confess, I ordered it. I can't imagine you want me baking anything."

Beatrice grinned and set her school bag down before she walked over to join him at the counter.

"It'd be kind of cool to see you try to cook something with your hands, though."

He snorted and turned to take the small lemon cake out of the pink box.

"Have you ever done that? Cooked something with your fire?"

He shook his head. "Not anything you'd want to eat, Beatrice."

"What? Why—oh *ew*! You've killed things that way, haven't you?"

He shrugged. "What did you think when Carwyn said I liked my enemies 'extra crispy?'"

"I'll admit I chose not to think about that too closely."

"Stick around for five hundred years or so, and you're bound to make a few enemies."

"I'll keep that in mind." She peeked over his shoulder and smiled.

Giovanni winked as he cut a piece of cake. He placed it on a small plate, and handed it to her. "Now, wait just a moment..."

He walked to the refrigerator and retrieved a bottle of champagne, which he twisted open before he grabbed two flutes from the butler's pantry.

"Come now. Dining room. You can't have your graduation cake standing in the kitchen."

She followed him to the dining room table, and Giovanni quickly flicked small flames toward the white tapers Caspar kept out. He poured the wine for them both and sat down next to her.

Lifting a glass, he toasted. "To you, Beatrice De Novo. Congratulations on your college graduation."

"Thanks!" She blushed with pleasure as she sipped the champagne and took a bite of cake. "It's delicious."

He nodded in satisfaction as he sipped the champagne. "Excellent."

"Do you want a bite?"

"Probably not. Most things with refined sugar are far too sweet for my taste."

"Really?" She cocked her head to the side in an adorable gesture.

"Yes, they didn't have anything that sweet when I was human. Not that I remember. Well... honey maybe. That's very sweet. Or fruit. I still eat that occasionally. I like some fruits."

She smiled and leaned forward, propping her chin in her hand. "Really? Like what?"

Giovanni frowned as he tried to think of the last person who had asked him personal questions. For some reason, he liked the feeling of sharing his likes and dislikes with her. "I like figs, fresh ones. And apricots."

She smiled. "I like apricots, too."

"What are your favorite foods?"

She took another sip of champagne, and he watched the glass rise to her lips. He wondered if they were sweet from eating the cake.

"I like spicy things. Anything with chiles, especially my grandmother's food. And chocolate, but just dark chocolate."

He smiled. "I never tasted chocolate as a human. The new world had just been discovered, though I wasn't aware of it at the time."

Her mouth dropped open. "Wow, I guess not. So no tomatoes for you, either."

He shook his head. "No tomatoes or corn. Or potatoes, for that matter."

"It's so funny because we think of tomatoes as an Italian food now."

"Oh," he smiled a little. "The food I ate as a child is very different from what is common in Italy now."

"Really?"

"Yes. Things were cooked more heavily. Lots of stews. I like modern food more. There are more ingredients and spices, and things to choose from."

"Yeah," she smiled sweetly. "I guess we're pretty lucky."

"Very lucky, Beatrice."

She sipped her champagne. "This is really good, by the way. What kind of champagne is it?"

He twisted the bottle so she could see the label. "This is Dom Pérignon."

She coughed a little, catching the wine that wanted to escape her mouth before she carefully swallowed. "Isn't that, like, super expensive?"

"This one was quite reasonable. I got it from the cellar. One of Caspar's, a 1985 vintage. I think he acquired it for around four hundred or so."

"A bottle?" she squeaked.

He shrugged. "Drink up. I have plenty of money. I might as well spend it on people and things I enjoy."

She was still eyeing the bubbling glass with trepidation. He rolled his eyes.

"Beatrice, just drink the champagne. I'll never be able to finish all of it myself, and it's your graduation."

Smiling a little, she took a tentative sip.

"Still good?"

She nodded and took another bite of her cake.

"Did you always have a lot?" she asked.

"Of money? Except for a brief period of my life, yes. I've

had a very long time to acquire it, as you can imagine. I have extensive investments and property, as well as what money I make working for clients, which isn't insignificant."

"Investments? Cool. I know all about the stock market. My grandfather and I always used to play with it."

He laughed. "Really? That's a rather unusual past time. No fishing? Dollhouses?"

"No," she laughed along with him. "I think he did it instead of gambling, to be honest. If it wasn't the stock market, it would have been the race track. I got to be better at it than him, though."

"Were you?"

"Oh yeah, I'm pretty good. Ask my grandma. I invest all her money for her."

"And do you have money of your own invested?"

She nodded. "That's why I don't have any student loans. My grandpa and I invested all the money from my father's estate. There wasn't much, but it was years ago, and once online trading became more common, it was easy to play around with it. Online markets are great, and I pay a lot less in broker fees now."

He smiled in delight. "I should probably let you take a look at my financial portfolio."

"You should," she muttered as she took another bite of cake. "I could probably shift some of your stuff around and have you making double what you are now. Unless you've got a really good broker. Are you diversified into foreign markets or currencies?"

"I don't know." He honestly had very little idea where most of his money was, other than the cache of gold he kept with him.

"You really need to be taking advantage of all the online trading there is now. I could show Caspar how to do it."

"I'll let him know."

"Cool." She smiled a little and took another drink of champagne. "It's pretty fun."

"And you do all of it on the computer now?"

"Yep."

He watched her, intrigued by the facets of her mind. "How did you learn so much about computers?"

Her smile fell, and she shrugged. "Antisocial teenager. I got one for my room, and my grandparents... Well, they knew I liked being by myself, so they just left me to it." She cleared her throat and looked down at the table. "It was the place I felt most comfortable. On my computer. Or in my books."

"I'm sure your grandparents were happy you had it," he said, suddenly wishing he could ease the memory of the lonely child he saw behind her eyes.

"Good thing for you I did, right? You needed a computer whiz on staff."

"I most certainly did," he said with a smile and a nod.

They were quiet for a few minutes as Beatrice finished her cake. Giovanni poured another glass of champagne for them both.

"Gio?"

"Yes?"

"Why does Lorenzo want my father?"

He frowned, wishing she hadn't brought the topic up. "I'm sure he wants him back purely because he got away, to begin with. And I suspect he took something. Possibly something from the collection."

"Why would he do that?"

It was an excellent question; one Giovanni has asked himself many times.

"I don't know."

"And why would Lorenzo have killed him?"

The memory ambushed him; he could almost hear his father's voice.

"What do you hold in your hands?"

"A book."

"No, you hold knowledge. And knowledge is power. Do you understand?"

"Yes, Father."

He shook his head.

"I... It could have been as simple as your father asking the wrong question to the wrong person, Beatrice. If Lorenzo considered him a threat, your father had no chance. It's more curious why he turned him, to be honest. For that, I think he must have had some use, though I don't know what it might be. Otherwise, he would have just killed him."

He saw a tear shining in her eye, but she brushed it away.

"It probably would have been better if he had, right? If Lorenzo had just killed him?"

"Don't say that," he murmured with a frown. "I'm not going to say that your father has had an easy start, but if this current problem can be solved, he can go on to live a wonderful, long life."

"If we can even find him."

He took a breath and put on a smile. "I'll find him. I'm waiting to hear from someone very knowledgeable right now. Someone in Rome."

"Would your friend Tenzin know anything about him?

"Tenzin?" he chuckled. "Why would Tenzin know? She lives in the middle of the Himalayas most of the time."

Beatrice blushed a little. "I don't know. You and Carwyn always talk about her like she's some all-knowing seer or something."

"And you thought—"

"I just thought she might have seen my dad." She looked embarrassed, so Giovanni was quick to reassure her.

"We do talk about Tenzin like that. She says she only sees

people or vampires in our circle of friends. People she knows."

"But Carwyn said she'd probably had a dream or two about me?"

Damn sentimental Welshman. He paused, unsure of what to say and strangely uncomfortable with Beatrice's uncanny memory. "It's possible, I suppose."

Her eyes darted around the room. "Oh, Carwyn was probably just teasing me. She's Chinese?"

"Who? Tenzin?"

"Yes."

"Tenzin is... old."

"What, so she's from way back when in China, huh?"

"Not exactly," he frowned. He wasn't sure where exactly Tenzin was from on today's maps. He wasn't sure his ancient friend knew herself.

Beatrice waved a hand in front of her face. "You know what, forget it. It's her story, right? I mean, I doubt I'll ever meet her, but if I do, it's her story to tell. I got it."

He smiled. "If you do ever meet Tenzin, that's the most important thing to remember. She's very, *very* old."

"Older than you? Than Carwyn?" She frowned.

Giovanni smiled. "Carwyn and I are children compared to Tenzin."

Beatrice paused, speechless as she stared at him, open mouthed. "How old do you have to be to make a thousand year old vampire look young?"

"Very old, Beatrice. Tenzin doesn't operate very comfortably in the modern world. That's part of the reason she's in Tibet."

"Wow."

"'Wow' is usually a good word to describe her, yes."

"I can't even imagine having that kind of life."

He shrugged. "It's not something you *can* imagine. When

you are immortal, you see your life in years instead of days, and centuries instead of years."

She looked at him, searching his face for something he couldn't comprehend.

"Are you happy? Being a vampire?"

He blinked. "Am I happy?" He tried to remember if anyone had ever asked him that before.

She nodded.

Giovanni's mind raced as he thought of the challenge of keeping a constant, iron control over his instincts. He thought about how much he still missed the sun, and of all the human friends he had seen grow old and die over the years.

He also thought about the people he had met, and the places he had been. He thought about rescuing Caspar. And of an unmarked grave in the Tuscan countryside where his life would have ended had he never met his sire. He watched the curious girl who sat next to him, sharing a piece of cake and a glass of champagne. He nodded.

"Yes, I'm happy with my life."

"And I'm glad I met you."

They both smiled as they sipped the sweet wine. He reached across and touched the edge of his glass to hers.

"Congratulations, Beatrice. Happy graduation."

❧

WHEN GIOVANNI WENT TO THE LIBRARY THE FOLLOWING Wednesday, he had a smile on his face. It was Beatrice's final week of work, so she would no longer be dividing her time between the university library and his own.

Caspar and Isadora were doing well, and had so far garnered no attention in the mountains. And when he spoke to Caspar that evening, his butler had finally heard back from one of Livia's people in Rome.

According to her secretary, Giovanni could expect a letter from Livia sometime in the next three months. While it may have seemed slow for some, for the two thousand-year-old Roman noblewoman, three months was as good as overnight mail.

He was so cheerful, he almost skipped up to the fifth floor, only to halt in the stairwell as he caught the whisper of unfamiliar voices coming from above. He didn't sense any danger, but there were far more voices than normal. He tensed until he heard Beatrice; she sounded worried, but not panicked in any way.

Giovanni stepped into the hallway and listened, but the voices were too jumbled to sort through from a distance. He pushed open the door to see the director of Special Collections standing in the reading room with Beatrice and the librarian, Charlotte Martin. The president of the university was also present, along with the head of security, and two Houston Police detectives.

Charlotte spotted him immediately. "Oh, Dr. Vecchio, what a mess! Thank goodness your manuscript wasn't damaged."

"What is the problem?" He shot a look toward Beatrice, but she was giving a statement to one of the police detectives and only gave him a small shake of her head.

"The Pico letters, Dr. Vecchio. They're gone!"

CHAPTER 19

"And what time did you get here?"

Beatrice sighed. "I already told the other officer, I was running late, so I probably got here around five fifteen, or so. I didn't look at the clock because Dr. Christiansen and Charlotte were running around and there was security everywhere."

Detective Rose narrowed his gaze, and his tight smile failed to reach his eyes. "How long have you worked at the library?"

"A couple of years. I don't remember exactly what month I started working. It was my sophomore year."

"You're a senior now?"

"I just graduated. This is supposed to me my last week working."

"Isn't that nice? Congratulations."

Beatrice frowned. "Am I under suspicion or something? I would never steal anything from the library." She could see Giovanni lingering by the door, talking to Charlotte, but she could tell he was listening to her conversation with the detective.

"How many people have the combination to the document room, Miss De Novo? Or should I call you B?"

Her chin jutted out. "You can call me Miss De Novo." She saw Giovanni smile over the detective's shoulder. "I do, as well as Charlotte Martin, and Dr. Christiansen, obviously. Mrs. Ryan, on the first floor, would have it, as well as Karen Williams, who also works here sometimes. She's in Circulation, but she fills in when we're busy."

"That's a small staff."

"Well," she shrugged, "our hours are limited. It's not a very busy department."

"That makes a small suspect list."

"I suppose, unless you're counting anyone who knows anything about picking locks. This library doesn't exactly have cutting-edge technology."

"Do you know anything about picking locks?"

Her jaw dropped. "Are you joking?" He didn't look like he was joking. "I know *nothing* about picking locks. I know nothing about missing letters. I wouldn't even know what to do with them if I *did* steal them."

Immediately after saying this, Beatrice realized it wasn't exactly true. She was a fast learner, and had a feeling from talking with some of Giovanni's contacts over the past few months that more than one of them skirted the edges of legality. If she wanted to sell some stolen letters, she could probably figure out how.

"Where were you last night?"

"I was—um, I was..."

Having cake with a five hundred-year-old vampire that I think I might be falling in love with. Oh, and drinking really expensive champagne. And talking about my dead father... who isn't actually dead.

"She was having dinner with me," she heard from behind the police detective's back.

The officer turned and looked at the tall man approaching him, no doubt taking in Giovanni's professional appearance and friendly smile. He was wearing a white oxford shirt that night, a pair of studious looking glasses, and some of his seemingly endless supply of black slacks.

"And who are you?"

Giovanni smiled and held out his hand. "Dr. Giovanni Vecchio. I deal in rare books and I'm doing research here at the library. Beatrice and I are seeing each other."

Really? she thought. *Thanks for letting me know, Gio. Is that what we're doing?* Strictly speaking, she supposed it was true. They saw each other every day.

The police officer looked at Giovanni's extended hand for a moment before reaching his own out and shaking it. Beatrice watched to see if there was any physical evidence of the influence she knew he was using that very second—some sort of shimmer or spark—but there wasn't.

"I think you realize that Miss De Novo had nothing to do with this theft, don't you, Detective Rose?"

"Of course she didn't. What a ridiculous thought," the officer said in a warm voice, far more relaxed than he had been only a second before.

"And you were completely satisfied with her explanation."

"I was. She's a lovely girl."

Giovanni nodded and angled his head, looking into the officer's dazed eyes. "She is. No further investigation of her will be necessary."

The detective shook his head and turned to Beatrice. "Nope. I think we're done here." He folded up his notebook and saluted her with a small wave before he went to join his partner, who was talking to Dr. Christiansen.

She looked at Giovanni, whose face was grim as he watched the retreating officer.

"Not going to lie, that was more than a little creepy, Batman."

"Whatever keeps you out of this mess."

"Was it Lorenzo?"

He pursed his lips. "I imagine so. I have no idea how he got in, but you're right; this place has very little security. Anyone with a bit of skill could break in."

She hesitated, not wanting to voice the thought she'd had when she first learned of the theft, but feeling compelled, all the same time. "It wasn't you, was it?"

Giovanni frowned when he looked at her, but she forced herself to continue, "It's just... I know they *are* your letters. And I gave you my combination that time Lorenzo came here, and I would totally—"

"It wasn't me."

She felt horrible, as if she had betrayed him by even thinking it was a possibility. "Okay. I mean, I believe you. I don't know why... I just know how much you want them back. And I'd understand if you took them."

He looked at her with a suddenly blank expression.

"I need to go feed."

She glanced around, worried that someone had overheard, but Dr. Christiansen was still talking to the police officers, and Charlotte was talking with Dr. Scalia, who had come into the reading room while she and Giovanni had been speaking with the detective.

"Okay. Are you all right?" she whispered. "I mean, it's not Friday, and I know you—"

"It's best if I feed more." He glanced at the door. "If there is any sort of trouble, I'll be at my most effective if I've fed recently."

Beatrice swallowed, trying to ignore the tightness in her chest. She didn't know exactly what Giovanni did with the "donors" he fed from, but she had smelled perfume on him more than once when returned on Friday nights.

His eyes raked over her face. "Unless you're offering, of course," he said in a low voice. Giovanni stepped closer to her in the bright, florescent lights of the reading room, and she could feel herself react to him.

The small hairs on her body reached toward him as she fought their growing attraction. She felt the flush start in her face and her heart picked up, he had probably already sensed the hint of arousal his suggestion had produced.

She cleared her throat and shook her head. "That's all right. I need to... I'll see you later."

He paused, opening his mouth as if he wanted to say more, but then straightened and stepped back a little. "I'll make sure Carl is waiting with the car when your shift is over."

She nodded and looked at her hands, twisting them together as he turned to go.

"See you," she called, but he was already halfway out the door.

Charlotte wandered over to her and gave her a small hug. "Can you believe this? What a mess! And poor Dr. Scalia, he's so upset."

Beatrice looked over Charlotte's shoulder and glanced at the small professor. He did look troubled, and Beatrice had the fleeting thought that sometimes academics put too high a price on old parchment. Then she shook her head and reminded herself she was supposed to be a librarian. Charlotte perched on the edge of the table next to her.

"I don't think there's any reason for you to stay."

"Why not?"

Charlotte shrugged. "We're just going to be talking to these guys most of the night. And Dr. Vecchio left. Dr. Scalia is hanging around, but he'll go in a few." She nodded toward the door. "Go on. Head home. I'll see you tomorrow."

Beatrice thought for a moment, but then decided she didn't really want to hang around the police detective who was questioning her earlier, even if Giovanni had worked his mind voodoo on him. "Okay. I might hang around downstairs for a while, but I'll clock out."

"Good, and don't hang out too long. Go do something fun. See if you can track down Dr. Handsome," she said with a wink.

"Right," she laughed. "Right."

Beatrice gathered her bag and book from behind the reference desk and checked her phone. As she waited by the elevator, she heard someone behind her. She glanced over, but realized it was only Dr. Scalia, who gave her a sad smile. She nodded at him before she dialed Carl's number. She was waiting for it to ring when the elevator doors opened. She frowned, knowing she would lose reception if she stepped inside, but not wanting to wait for the next unpredictable car. Beatrice hit the 'end' button on her phone and decided she could call Carl from the lobby and wait for him there.

They had just passed the fourth floor when Dr. Scalia reached forward and pushed the button for the third. She turned to him, startled by the interruption, and saw him standing in the corner, pointing a small handgun at her. His smile and his eyes were still sad.

"You are so perceptive, my dear. So very much like your father."

Her mouth gaped. "Dr. Scalia?"

The elevator door opened on the next floor and he scooted over to peer out.

"Come now, my dear. No need to linger in the elevator."

"W—what's going on?" She peered into the darkened hallway on the third floor. Beatrice knew that few students, if any, would be on the floor this time of night. It contained an old section of the law library, and hardly anyone ever used it.

"You and I are going to meet some friends, Miss De Novo. Off the elevator now. I don't want to force you."

Her mind was reeling, and she kept looking between Dr. Scalia's sad smile and the gun, unable to comprehend why he was pointing it at her. "But Dr. Scalia—"

"No arguing," he said in a sharp voice, motioning toward the empty hallway with the dull, black weapon.

She stumbled out, her eyes glued to his hand. He propelled her forward, bypassing the main stairwell and heading into the stacks. Dr. Scalia walked close to her, making sure the barrel of his gun brushed against her if she slowed her pace.

"Did you know your father and I knew each other? We knew each other in school; we even worked together, for a time. It made everything so much harder. He never should have found those books in Ferrara."

She looked around, her heart beginning to beat in panic. The old law library was so seldom used, the staff didn't even keep the lights on through most of the floor, so the tall bookcases seemed to twist into a dark maze as they walked through them.

"Books? In Ferrara? Dr. Scalia, I don't know what you're talking about. What are you saying about my dad?"

"You look so much like him, too. Something about your eyes, I think." Halting for a moment, he looked at her with pity. "I hated to do it. But he had seen them, and he was asking so many questions. He knew they didn't belong there. I had to tell Lorenzo he had found the books. It was my responsibility to report him. You understand about responsibility, don't you?"

She nodded, trying to calm her racing heart as she clutched her phone. "Sure. Sure, I understand." She didn't understand. Beatrice didn't understand a word he was saying. She didn't know what was in Ferrara, except the—

"Wait, are you talking about the university where the letters were translated?" She spun around to look at him, halting in the middle of the stacks, totally forgetting about the gun. "So, you work for Lorenzo? Are you saying my father found Lorenzo's—I mean Gio's—books in Ferrara? He was in Florence, Dr. Scalia, he was killed—"

She broke off with a gasp when the small professor stepped forward and raised the gun to her chest. Her stomach dropped. "I don't understand what's going on," she choked out, suddenly looking around and realizing no one could help her. There wasn't a soul stirring on the third floor that night.

Dr. Scalia spoke in a soothing voice. "I know it's confusing, my dear. Hand me your phone, will you? I don't want to have to shoot you." He held out his hand, and Beatrice tried to think of a way to stall him so she could call Carl, but the gun seemed to grow larger in his hand the longer she stared at it. Eventually, she handed the small professor her mobile phone, and he stuck it in his pocket.

"It was such an honor to be asked to care for those books. You're a librarian, so you must understand. And no one seemed to mind me in the old building. I knew it like the back of my hand. The books never should have been found, I had taken such pains to hide them."

He continued to look at her with sympathy, but she noticed his hand never trembled on the gun. He pointed her toward the back staircase as they continued to weave their way through the bookshelves. The back stairs were rarely used, even by the maintenance staff.

"You stole the letters from the manuscript room, didn't you? You stole them for Lorenzo?"

"They were his to begin with, and it wasn't difficult. The

combination lock is simple, and I'm such a trustworthy soul, aren't I? No one notices me darting around this place. Just like Ferrara," he said with a chuckle. "And he'll be so pleased to finally have *you*. He's been waiting for just the right time."

A picture of what her father had stumbled into was beginning to form in Beatrice's mind, but most of her brain was furiously searching for some way to escape the harmless looking old man with the scary black gun.

"Dr. Scalia," she stopped and turned, desperate to deflect his attention. "I don't know anything. I promise. You can tell Lorenzo." She tried to wear her most innocent expression. "This is all so confusing. Even the letters—the letters don't make sense to me. I don't know anything about the books. I don't know—"

"Of course you don't," he tried to soothe her, "but Stephen does, and he shouldn't have run. I know it's upsetting, but it's all so much bigger than our own small role. After all, I was the one that persuaded him to keep your father."

Dr. Scalia smiled then, and Beatrice could see the edge of madness in his eyes. "I told him how knowledgeable Stephen was, what a good scholar, and how many languages he spoke. I said he would be an asset." He looked at her and smiled. "I saved your father!"

She began to lose hope she would be able to elude him when she saw the stairwell approaching. She began to beg. "Dr. Scalia, if you could just put the gun away—"

He only walked more quickly. "Don't worry, he won't hurt you. He just needs you to persuade your father to come back. That's all. He promised he wouldn't hurt you."

"But—"

"Open the door, and no more talking," Scalia said in a cold voice. "We wouldn't want to echo in the stairwell."

Beatrice opened the door, praying fervently for some employee to find them as she slowly walked down three flights. They passed the door to the first floor, and she realized with dread that he was steering her toward the basement. She began to panic and tears came to her eyes.

"Please, Dr. Scalia, if you just let me go—"

"Quiet, we're almost there."

He shoved the gun between her shoulder blades as he forced her to the basement. The walls began to close in as he guided her down a long hallway with flickering lights. She'd never been in the basement of the library before; as they turned a corner, she almost ran into a grey metal door. No window revealed what was on the other side, but she could hear the sound of dripping water echo from somewhere beyond.

She felt tears begin to leak down her face.

"Please..." Beatrice turned and pleaded again. "Dr. Scalia, I don't want to go with—"

He put his fingers to his lips in a hushing gesture. "We all do things we don't want to sometimes."

She heard the door creak behind her, and a cold hand touched her shoulder. She felt the amnis creep along her collar, but unlike Giovanni's warm touch, it felt like a cold trickle of water crawling up her spine, until her eyes rolled back and darkness took her.

❧

When she woke, Beatrice was disoriented and slumped in the back of a moving car. There was a pale vampire sitting next to her and a dark-haired one was driving. Neither one paid her more than a glance.

"Where are you taking me?"

She looked around, but both acted as if she'd said nothing. She sat up, just in time to see the car turn into the gates of Giovanni's home.

"Why—who are you?" she asked her captors. "Why are we here?" The sick thought of Giovanni being captured or hurt ate at her. She still felt dizzy, and her stomach was tied in knots. Nausea, either from the touch of amnis or from sheer panic, threatened to choke her. The only reason she wasn't sitting in a quivering heap was because she had hoped Giovanni was already planning her rescue.

The two vampires were silent as they parked behind the garage. They bared their fangs when she slapped at them, ignoring her protests as they pulled her out of the car and across the small courtyard to the kitchen door.

"Don't touch me! Don't—" She broke off with a gasp.

In the shadow of the bubbling fountain, tossed like yesterday's garbage, were the crumpled bodies of Carl and her other guard, still leaking blood where their necks had been torn open. Their guns lay scattered around their corpses like discarded toys.

"No—" Beatrice choked out a moment before she emptied her stomach near one of Caspar's potted plants. Tears she had smothered in the car leapt to her eyes at the sight of her steady, silent protectors laying broken on the ground. She spit out the gore that coated her mouth, and her captors pulled her inside.

She sniffed and wiped away the tears as they passed through the deserted kitchen and into the living room, where she saw Lorenzo sitting in Giovanni's chair. The water vampire had a roaring fire lit, and a glass of Giovanni's scotch in his hand.

Sitting across from him was Gavin Wallace, the owner of The Night Hawk, who glanced at her with bored eyes.

"How much longer are we going to be here?" Gavin asked, as they shoved Beatrice to the couch where she and Giovanni had watched horror movies the night before as they finished the bottle of champagne.

"I don't know." Lorenzo turned to her. "Beatrice dear, did your darling Giovanni tell you when he'd be back from feeding and fucking strange women? So lovely that you're not bothered by that, by the way, very progressive of you," he said with a wink. "Not like these silly girls in romance novels. I like that he's trained you so well."

Beatrice didn't know where Giovanni was, or how he was going to get them out of their current predicament, but she certainly wasn't going to give Lorenzo any clues, so she said nothing, curling her lip as tears fell down her face.

"Oh," Lorenzo said with a condescending smile. "Look how clever she is. No useless whining or begging for her. I like her; she reminds me so much of Stephen. He never cried or begged, no matter what I did to him."

He cocked his blond head, examining her before he smiled again. "So admirable. He was one still acquainted with honor. And that, my dear, is why you're such a wonderful prize!"

Gavin rolled his eyes. "Really, Lorenzo, it's not as if—"

"Oh! I hear Giovanni," Lorenzo broke in with an almost childish giggle. "He's almost to the gate. Listen, B—that's what your friends call you, correct? You and I get to solve a mystery tonight."

He scooted over next to Beatrice and put an arm around her, drawing her close to his side and stroking her long hair.

She noticed he made no effort to heat his skin as Giovanni and Carwyn did, and his clammy fingers made her skin crawl. She heard the soft growl of the car engine as it came up the drive, and she tried to dry the tears on her cheeks. She sniffed as Lorenzo watched her.

"Look at her. She's trying to be brave. Do you think she loves him, Gavin?" Lorenzo said. "It's so precious."

Gavin let his head fall back into the chair. "Shut up, you little prick. Why do I have to be here?"

"Witnesses, my dear man." Suddenly Lorenzo's tone took on a more serious bent. "I'm making a deal with my father, and I need an impartial observer. Everyone knows your reputation, Wallace. That's why you're here."

"Fine," the Scotsman huffed. "But I'm pouring myself another drink."

The room was quiet, except for the clink of Gavin's glass, and Beatrice could hear Giovanni's steps cross the courtyard. He paused before the door opened, and she wondered what he was planning as he looked at the bodies of the men he had hired to keep her safe.

Lorenzo gave her another giddy smile, and she was reminded of a Botticelli angel again. She looked away from him and glanced toward the dining room where she and Giovanni had eaten her cake the night before.

Instead of the usual candles that decorated the table, she saw stacks and stacks of books, bound in an assortment of dark leathers, spilling onto the chairs, even some that lay on the ground. They were assorted sizes and appeared to be different ages. There were scrolls and stacks of loose vellum, along with a series of large, identical books with a small stack of parchment on top of them.

"*The books,*" she whispered.

Lorenzo followed her eyes. "Oh, you've spotted my surprise! I thought you'd appreciate them. I brought all of Papà's precious books. Now we will see why he was so excited at the library, won't we?"

Beatrice looked at the vampire, confusion evident in her face, but he only smiled at her, his eyes burning with delight.

She turned when she heard the door from the kitchen open. Giovanni walked in, and she could see the flush on his cheeks indicating he had fed. His eyes swept the two strange vampires in his living room, and he examined the stack of books on the dining room table with only a curious eyebrow before he turned to Gavin and Lorenzo lounging in front of the fire.

He curled his lip at his son then looked at Gavin, before finally, he let his eyes wander to her. He wore the same blank expression he'd often worn when they first started working together. She bit her lip, hoping to quell the tears that threatened to surface.

Giovanni walked to the sideboard and poured himself a glass of scotch before he sat down in his armchair. Gavin sat across from him, looking bored, but nodding politely toward his host. Lorenzo sat on the couch, almost bouncing in excitement, and Beatrice sat frozen next to him, willing Giovanni to give her some sign they would be okay.

"Why were you sitting in my chair, Lorenzo?" he finally spoke. "You know I hate that."

Lorenzo let out a shrill laugh. "I know, but I had to try it. Your scent and the girl's were all over it." He winked at Beatrice. "Naughty human."

"What do you want? I'm tired."

Lorenzo looked at the clock over the mantel. "It's barely nine-thirty!"

"Let me clarify. I'm tired of your company."

"Fine," Lorenzo said. "But you take all the fun out of everything."

"What do you—"

"I do wonder," Lorenzo interrupted, and took a moment to brush the hair away from Beatrice's neck, keeping his eyes on Giovanni as he leaned closer. "Where do you bite her? I've been looking and I can't see a mark on her."

"None of your business."

He paused to inhale at her throat and his soft blond curls brushed her chin, making her shudder and tense.

"Because you do bite her, don't you? I mean, why else would her scent be all over your house?" Lorenzo ducked his head back to her neck and took another predatory breath. "And I do mean all over," he said in a hoarse growl.

Gavin interrupted. "Lorenzo, I have things to do. Get on with it."

Beatrice was still blinking back tears, staring at the motionless Giovanni, who gave her no sign or acknowledgement. She bit her lip to hold in the cry that wanted to escape when she felt Lorenzo's hands. The cold that had started in her stomach when she saw the murdered guards had spread to her chest, and a chill crept across her skin everywhere he touched.

"I'm just wondering where you bite her. But maybe that's not your favorite place?" He smirked and stared into Giovanni's impassive gaze. "How about her wrists?"

Lorenzo made a show of checking both wrists. "Nope, nothing there. And nothing on her neck that I can see." A cold finger ran up her neck, starting at her collarbone and reaching her jaw. She jumped and a small whimper left her throat.

"And what a lovely neck she has," he whispered. Beatrice could no longer hold back, and tears began to trace down her cheeks.

"You curly haired git," Gavin groaned. "Hands off the blood until you make the deal. She's not yours, so stop acting like an ass and get on with it. Or I'm leaving and I'll let him burn you to a crisp if he wants."

But Lorenzo didn't stop, and nausea roiled in her stomach as his cold hand approached her thighs.

"No..." She gritted her teeth and tried to squirm away, but he held an arm around her shoulders. "Don't touch me!"

She kept looking between Lorenzo and Giovanni, expecting him to stop his son—to at least object—but he continued to stare at the vampire next to her with a completely impassive expression.

The tears fell faster when she realized Giovanni wasn't going to stop him.

"Maybe you like biting her down *here*," Lorenzo giggled, trailing a finger along her knee. "Shall we take off her skirt and find—"

"He doesn't!" Beatrice finally shrieked, pushing him away, unable to take the thought of the vampire's cold hands touching the skin of her thighs.

"He's never bitten me! There are no marks," she cried as she squirmed out of his grasp and scrambled to the other side of the couch. "Leave me alone! Don't touch me. Please, don't touch me again."

No one answered her. She began to cry angry tears; she felt like an object in the room. "Why aren't you making him stop?" She sniffed again and pulled her legs into her body, trying to make herself as small and casting her eyes around the room, looking for escape.

"For fuck's sake," she heard Gavin mutter.

Lorenzo scooted away from her, seemingly uninterested in her further discomfort. "So, not your property after all, is she, Giovanni?"

Giovanni sat, coldly sipping his scotch in the armchair. He glanced at Gavin.

"Why are *you* here, Wallace?"

"Shite, I'm here to witness a *supposed* business transaction that your little boy here doesn't seem to want to complete. Stop the gabbing, Lorenzo, and just do it."

"Fine!" Lorenzo sat back and crossed his legs. "You two are so boring. I'm going to allow that she's yours," she saw Gavin open his mouth to speak, but Lorenzo continued, "even though we all know I could press the point if I wanted to. Still, possession is nine-tenths of the law, or something like that." He shrugged. "Anyway, Papà, I do have a proposition for you."

He waved his hand toward the dining room table. "Over on the table, I have your books, the entire Pico collection. Manuscripts, letters, scrolls, blah, blah, blah. What I'm proposing—since possession is nine-tenths of the law—is that *you* give me the girl, who I have use for, in exchange for your books, which I don't."

Her stomach dropped. He wouldn't...

"The entire Pico collection is there?" Giovanni asked. Dread twisted in her stomach when she saw the interest light up his eyes. He glanced over toward the table and then let his eyes flicker to her.

"No," she whispered, but no one seemed to listen.

"Yes, yes." Lorenzo rolled his eyes. "All of it."

"And Andros's books?"

He snorted. "How valuable do you think she is?"

A sense of panic began to crawl over her skin the longer Giovanni looked at the books on the table.

"No," she said a bit louder. Still, no one even glanced at her.

"I've grown tired of lugging them around, so I thought I'd just throw them in this lovely fire if you don't want them. After all," Lorenzo leaned forward, "they are *mine*. Like the girl is yours. I can do with them what I want."

"What?" Beatrice looked around the room. "I don't *belong*—"

"Giovanni?" Gavin cut her off with a glare. "What do you think? He's offered a fair trade, property for property, do you want the books or the girl? It's up to you," Gavin said, as he played with a thread on his cuff.

"Gio," Beatrice started in horror. "No! You can't—"

"No trade," Giovanni murmured, finally looking at her.

Beatrice relaxed into the couch, leaning her forehead on her knees as she took a deep breath; her heart rate, which had been pounding erratically, started to calm.

"Unless you have Giuliana's sonnets."

Her head shot up.

She stared at him in horror. "What?"

He was looking at Lorenzo. She shook her head in disbelief.

"No," she said again, even louder.

Lorenzo reached over, drawing a thin book, bound in red leather, from the side table. It was small, no bigger than the size of a composition book, and the binding was intricately tooled; she could see the finely preserved gold script on the cover.

"As a matter of fact," Lorenzo said gleefully. "*I do.*"

Giovanni cocked an eyebrow and held his pale hand out. "Let me see them."

She kept expecting him to offer her a look or a wink or... *anything* to tell her he was in control. That he was bluffing. That he wouldn't trade her for his old books. Anything to stop the cold feeling of dread and betrayal that began to climb her throat, choking her where she sat. She looked around the room in panic as Giovanni paged through the small book.

No, no, no, no, no, her mind chanted when she saw the interest in his eyes.

"They're all there. Angelo Poliziano had the originals bound after Giuliana sent them, heartbroken after her lover deserted her. Andros took them after he murdered Poliziano. These are her copies—written by her lover's hand. Now, would you like to trade? Or are these little poems destined for the fire?"

Giovanni looked at the small volume in his hands and a look of tenderness softened his features. Then, he wiped his expression clean and looked at Lorenzo.

"Fine. The girl is yours."

"No," she screamed. "No!" Beatrice looked around the

room, but no one would meet her eyes. "I won't go with him!" She looked at the vampire she had trusted. "Gio? Don't let him take me! Giovanni?"

He wouldn't even look at her.

She crawled over the back of the couch, trying to flee toward the patio doors, but the dark-haired vampire grabbed her before her feet hit the ground.

"No," she screamed again, trying to twist away, but it was useless. She was bound in the iron grasp of cold, immortal arms. "You can't do this to me! No!"

But the sick feeling that crawled through her said that they could.

She observed the rest of the Lorenzo and Giovanni's "business transaction" as she twisted and bit the guard's arms, desperately trying to get away from him. "Let me go, you bastards! Let me go!"

They stood, and Giovanni shook Lorenzo's hand, then Gavin's.

She broke down sobbing when he refused to look at her. "Please, Gio!" she cried. "Please, don't let him take me. Please!"

"So," she heard Lorenzo say, "all that posturing at the library was about your books? I think I'm disappointed."

"I don't give a damn about your disappointment," Giovanni bit out. "And you're going to give me the rest eventually. Andros's books are mine and I will find them. Now get the hell out of my house and out of Houston. I don't want to see you for another hundred years, do you understand?"

Giovanni turned his back to her, and the tears fell swift down her face. Her screams had turned to painful whispers, and her head hurt from crying. She shook her head, trying to block out the betrayal that played out before her, and wishing for physical pain to block the deep cut of abandonment.

"I'm off!" Lorenzo chirped. "Lovely doing business with you."

There was no need for the guard to hold her tightly anymore. She sagged in his arms, and if she'd anything left in her stomach, it would have been emptied on Giovanni's luxurious Persian rug.

The whole time, she'd been a pawn. Only a pawn for the man in front of her to get what he wanted. His words months ago drifted to her memory.

"Don't be naive. For the right price, everything is for sale."

He'd told her.

She just didn't want to believe him.

Beatrice was propelled toward the kitchen door, but she refused to walk. Finally, her captor picked her up and carried her like a piece of luggage. As she left the room, she heard Giovanni speak.

"Gavin, care to stay for a drink? I've got a wonderful whiskey a friend sent for Christmas. I've been waiting to open it."

By the time they reached the car, she wished that someone would strike her or use their amnis so she could pass out and escape what must have been a nightmare.

Lorenzo got in the car next to her and shut the door. He smiled.

"Don't worry, my dear. I'm sure you and your father will be seeing each other very soon."

She glared at him, a bitter rage churning inside her.

"Go to hell."

A flicker of madness crept into his eyes.

"Already there."

Then cold hands touched her neck, and everything went black.

CHAPTER 20

Giovanni stood frozen, his fists clenched as he listened to Lorenzo's car wind down the driveway. When he finally heard it turn the corner toward Buffalo Bayou, he let out a roar and threw the glass of eighteen year old scotch into the fireplace.

"Dammit, man! The next time I give you a not-very-subtle message to get in touch with me, do it!" Gavin shouted.

"Not now," Giovanni snarled as he stalked past the table of books and crashed through the patio doors.

In the privacy of his garden's high walls, he let the rage envelope him. He'd kept himself reined since he scented the spilled blood coming up the driveway. He'd tamped down his anger when he caught the sharp tang of adrenaline in the courtyard, but he'd almost lost control when his son had placed his hands on her.

Blue flames erupted over his skin, burning off his clothes and turning them to charred rags as they drifted to the ground. He silently paced the length of the garden.

"Gio? Don't let them take me!"

The full weight of his anger unfurled, and the flames grew.

"You can't do this to me!"

He channeled the blaze toward a copse of cedars near the pool house, letting the intense fire burn them to ash in seconds as he heard Beatrice begging him to save her.

Please, Gio! Please, don't let him take me..."

He paced the yard, burning hands tugging his dark hair as the memory of her tears flooded his mind. His shoes turned to ash along with his clothes, and he seared the lush grass wherever his bare feet touched.

"How valuable do you think she is?"

Giovanni halted at the memory of his child's scoffing voice. He pushed the energy away from his body into the humid night air, loosing the fire within.

Priceless.

A thousand memories battered his mind. Her smile. The soft curve of her neck. The light in her dark eyes. The feel of her hands tangled in his hair. The soft, sweet smell of her skin.

In the shadow of her loss, he could finally admit the truth.

"How valuable do you think she is?"

She was priceless.

Remembering the sound of her defeated sobs when she realized his betrayal, he fell to his knees. His rage forgotten as the wave of loss washed over him. Giovanni stumbled to the edge of the pool, falling in and letting himself sink to the deepest part of the pool. He felt the water bubble along his skin as it cooled.

His rage ebbed as he floated in the cool water. The soft currents brushed through his hair, reminding him of her small fingers when she teased him the night before.

"Your hair is so soft. I wish mine was soft like that."

"I like your hair."

"You do? It's so straight. I always wished I had curls like yours."

"No. Your hair is beautiful as it is."

He lifted his hand and felt the singed curls float in front of his face. Pieces she had touched drifted away in the dark water.

After a few moments of self-indulgent grief, he gathered his wits and shot to the surface. He climbed out of the pool, wrapping a towel around his waist before he walked inside. Gavin was on the rotary phone in the corner, speaking in a low voice.

"He's just walked in... No, I don't yet, but I'll find out. Here, talk to him. Get him calmed down, and don't ask him that because the bastard had two of his lackeys with him, and at least two more on the grounds that I could smell. There was no way they were leaving without the De Novo girl."

Gavin handed the phone to Giovanni, who immediately took it and put it to his ear. He heard Carwyn's steady voice on the line.

"Hello, Sparky, you calmed down?"

He could only grunt, but the priest seemed to take it as an affirmative.

"It's a few hours before dawn here, but as soon as I'm able, I'll be on the next boat—"

"Don't."

"What?" Carwyn paused. "We're going after her, Gio."

"Of course we are, but we don't know where he's taking her yet. I'm sure Gavin can find out, but it will probably be in Europe, and you'll be closer if you stay where you are now."

"But—"

"I can't attack him here, Carwyn. There are too many unknowns and he's been planning this too far in advance. They're probably out of the city already, or close to it. And he'll have more people with him than just the four that were at my house." He saw Gavin nodding vehemently as he paced by the fireplace. "I'm better off diffusing this right now and picking my own ground. I'll need to go to Rome and talk to Livia—probably Athens as well—and we'll need Tenzin."

"But Gio, Beatrice will be—"

"Terrified, I know." He clenched his jaw. "But he won't hurt her. Not yet. And I am no longer interested in resolving this peaceably. He ambushed me in my own home, and he took her from me. I was foolish to underestimate him."

There was a long pause on the line before Carwyn continued in a soft voice.

"Did you trade those damn books for her like Gav said?"

He cursed in a dozen languages before he answered. "He was experimenting like the sick little bastard that he is. He was going to take her, but I'd tipped my hand before. He was trying to determine if it was Beatrice or the books I was reacting to. It's better..." He cleared his throat before he continued. "It's better for her if he thinks I'm not attached to her."

He gripped the doorjamb, cracking the oak paneling and sending plaster dust crumbling to the floor.

"You're right," Carwyn said in a soothing voice, "he won't hurt her. He needs her to retrieve her father. We just need to get her back before Stephen De Novo hears about this and returns to Lorenzo. If that happens, all bets are off."

He couldn't find the words to speak to his old friend, so he took a deep, measured breath. The scent of her fear still permeated the living room, and he clenched his eyes in frustration.

"Giovanni," Carwyn was saying, "you realize, she might not understand. You know—"

"I know," he muttered. "I knew the minute I let him take her she might never forgive me for it. But it's better than her being injured or tortured to get back at me."

He turned and, leaning against the wall, slowly sank to his

haunches. He paused, closing his eyes and breathing deeply, savoring her scent, even if it was tinged by the adrenaline he hated. He felt his heart give a sporadic thump as he stared at the sofa where Lorenzo had threatened her, and Giovanni had to fight back another wave of anger. He gripped the phone to his ear, anchoring himself to the sound of his friend's voice.

"Do you love her, Gio?"

He closed his eyes, but could only see her broken, empty stare as Lorenzo's guard carried her away.

"What do you think?" he asked in a hollow voice.

There was another long pause before Carwyn responded.

"We'll get her back."

"Yes, I will."

"And your son?"

Giovanni grit his teeth, letting his fangs pierce his lip as they descended, reveling in the taste of blood that filled his mouth and the sharp bite of pain.

"My son will burn."

"I'll wait for your call."

He hung up the phone and walked upstairs without a glance. In a little over a ten minutes, he had dressed, shaved off his singed hair, and walked back downstairs. He stopped on the second floor to sit in Beatrice's bedroom, soaking in her scent and the familiar traces of her that littered his home.

There was a stack of books on her bedside table. She left them everywhere, scattered around the house in little caches, always ready to be picked up and continued when a few moments could be stolen. Her boots stood by the closet. She hadn't worn them to work that afternoon, and he found himself wishing she had, as if the sturdy shoes could have protected her from the monsters who took her away.

A small picture of Beatrice and Isadora sat in a frame on her bedside table. He grabbed it, extracting the picture and putting it in his pocket before he walked down to the first floor.

Gavin waited in the living room, eying him as he walked down the stairs.

"I made some calls."

"And?"

"You know I'm only doing this because Carwyn is the closest thing I have to a friend, don't you? And because Lorenzo is such an ass. I'm not picking sides in any damn war. I refuse."

"I'm not asking you to."

Gavin rolled his eyes. "She'll be fine. It makes no sense for him to hurt her. Not now, and you know how little interest he has in human women."

"That is so very reassuring," Giovanni snarled. "What do you know?"

Gavin measured him as he stood on the staircase. Finally, he gave a small shrug. "She did seem amusing. And clever. Carwyn said you were less of an asshole when she was with you."

"Wallace, I would kill you without a moment's hesitation if it would make you give me this information faster. What did you find out?"

"You didn't hear it from me and all the usual speech, but that crazy plane he has took off from a private airfield north of Katy a half an hour ago, headed to La Guardia airport in New York. They must have driven straight there. That's all my contact knew. They didn't file anything else."

"Could he be staying in New York?"

The Scotsman said, "Not likely. You know how the O'Brians feel about the little prick."

Giovanni frowned, remembering the surly clan of earth vampires that had taken over the New York area around the turn of the last century. They were notoriously hostile and suspicious, and Lorenzo had made them his enemies by throwing his money behind the old guard they had wiped out when they rose to power a hundred years before.

"No, it's most likely a stop-over on the way to Europe. Most of his allies are there," Giovanni continued to mutter, trying to wrap his mind around the fact that the peaceful life he'd cultivated for the last three hundred years was crumbling around him, returning him to the tumultuous early centuries of his life.

Just as he was about to kick Gavin out so he could go up to the library, he heard a crack at the French doors. He frowned, but stayed where he was, flicking off the lights in the living room and peering into the night. He thought he saw a magnolia branch sway, but no breeze stirred the other trees.

He heard another crack, but this time, he saw a pebble fall. He snuck out the kitchen door and around the side yard, reaching out with his senses to determine who or what was on the grounds. He scented the air, relaxing immediately when he recognized the familiar aroma of cardamom that always lingered around her. He walked to the back garden and scanned the trees.

He heard a chirp from the low hanging magnolia tree and glanced up to see the small vampire perched on a branch, her legs dangling and her feet bare. She appeared to be no more than sixteen or seventeen years old, and her glossy black hair fell in two sheets that framed her face. Her eyes were a clouded grey and beautifully tilted by an ancient hand, but when the girl smiled, vicious fangs curled behind her lips like the talons of some primeval bird of prey.

A strange calm settled over him.

"Hello, Tenzin."

"Hello, my boy," she said in Mandarin. "I thought you might need me."

"I've lost her."

The girl shook her head. "She was taken from you. But you'll get her back."

His eyes furrowed in grief, and she floated down from the tree to perch on his back, laying her head on his shoulder so she could watch his face.

"I've seen it. She is your balance in this life. In every life."

He whispered in English, "You know I don't believe in that."

"You put too much faith in your science, my boy. Science changes. Truth doesn't."

He paused before asking, "Do you know where she is?"

"Water. Lots of water. He'll go where he's strong."

He raised an eyebrow as he walked toward the house with her still clinging to his shoulders. "Is that a vision, or five thousand years of experience killing your enemies?"

She shrugged. "Whatever you decide to believe today."

Despite everything, he felt a small smile cross his face. "I'm glad you're here, bird girl."

She laughed, a tinkling sound that had always reminded him of a wind-chime. "I'm fate's messenger this time. That is all. I saw her long, long ago."

He halted near the doors, dropping her and spinning around.

"What do you mean?"

An impish grin crossed her face. "You are right to be patient. Where is the food? I'm hungry. It's very warm here."

Giovanni sighed, knowing he would get no further information from her. "We have to take care of Beatrice's guards first. Lorenzo killed them. Then we'll go hunting."

She switched to English. "You're sad about the humans?"

"Yes."

"Did they die protecting your woman?"

"Yes."

Tenzin shrugged. "They were warriors. That's a good death."

"It would have been better if they hadn't died at all."

They walked through the French doors and into the living room. Gavin was on the phone again, and his eyes widened at the sight of the small woman who skipped in front of him. He and Tenzin walked through the dark kitchen and into the courtyard with the burbling fountain.

Tenzin stopped, examining Giovanni's face as he observed the bodies of the two humans he had hired to guard Beatrice.

"This was their fate," she said gently.

"Tenz—"

He stopped when she held up a hand, her grey eyes pinched in sadness.

"Let's not argue while the crows can get them, my boy."

He sighed and bent to examine the two bodies, noting with dismay the deep gashes and bites that could never be explained to human authorities.

"We'll take them to the country where Carwyn hunts. I'll call his friend so he's expecting us."

Tenzin nodded. "This is good. Then we can hunt, too. We'll need it."

"He's probably going to Europe."

She paused for a moment and her stormy eyes seemed to swirl as he watched her. "Your son is in Greece, I think."

He frowned. "Why? Why Greece?"

Tenzin thought for a moment, but simply shrugged as she hoisted one large body to move it to the garage. "It sounds right."

He sighed, frustrated with her typically vague pronouncement. "But—"

"Think for yourself instead of doubting me," the small vampire said as she carried the guard into the garage. "Think about the water. You may wield fire, but you came from water, and so did your son. Does that water mean something to him?"

He thought of his sire and the ruins of the school where he'd held them. He remembered the stories they'd both listened to, the tales of gods and monsters. Tenzin walked back into the courtyard, and cocked her head.

He nodded. "Yes, it sounds right."

Just then, Gavin walked through the kitchen door. He nodded toward Giovanni and looked at Tenzin, who was hoisting the second body and carrying it to lie with the first.

"Is that—"

"Yes," Giovanni said. "It is."

"Amazing. I've heard stories."

Tenzin flitted back into the courtyard and over to Gavin, sniffing him a little. "Are you a wind walker, like me?"

"Well," Gavin said, "not like you."

"You get your flying yet?"

The Scotsman looked a little embarrassed. "Uh... No, not yet."

She shrugged and washed her hands in the fountain. "You will soon. And then, I think your life will change."

Gavin chuckled. "Well, I hope it doesn't change too..." He trailed off when he saw the serious look in Tenzin's eyes. He cleared his throat. "Right then, I'll be looking for that."

She nodded and started back into the house.

"Tenzin?" Gavin called. "Can I—"

She turned back to him with a quick grin. "You want to see my teeth?"

He smiled a little, before he gave a quick nod.

She floated up to stare him in the face and bared her curved fangs, which resembled nothing less than small scimitars. She grinned then darted inside the house. Giovanni shook his head at her theatrics and the normally unflappable Scotsman's shocked face.

"Now *that* is something."

"Yes, she is."

"And they're always out?"

"Her fangs?" he snorted. "Tenzin told me once that they used to retract, but she spent so much time killing her enemies her fangs forgot how to hide."

"Really?"

He shrugged. "Who knows? It's Tenzin. She likes telling stories."

Gavin stared off into the distance, while Giovanni stared at him.

"Well?"

"What?"

"Lorenzo?" he growled.

"Ah yes, back to the nasty business. Shipping. Water vamp. Gun running and seclusion. He's in Greece. Apparently, he has his own island. Sadly, it's probably going to take a while to narrow it down. There's quite a few of them."

He remembered her terror when they dragged her out of his house, and he felt the flames lick along his collar again. He closed his eyes and took a deep breath to calm himself. Tenzin had said he was right to be patient with Beatrice.

He could be patient.

Because when Giovanni found him, Lorenzo would burn.

CHAPTER 21

South Aegean Sea
June 2004

"Do you require another drink, Miss De Novo?"

She glanced at the small servant who stood next to her chair before staring back at the ocean that surrounded her.

"No, thanks."

"You must ring the kitchen if there is anything you need. Or let your guard know." Beatrice glanced at the sturdy Greek who stood near the entrance to her room. As far as she could tell, he didn't speak a word of English. She wasn't sure he spoke at all.

But he watched.

He watched every move she made during the day, unless she ducked into the small bathroom in the chamber where she had been kept for the past week.

"Sure. Thanks. I'll let him know." She looked back at the ocean, letting her thoughts drift in and out with the crashing surf.

The servant crept away, following the small trail that connected all the exterior rooms of Lorenzo's strange house. She watched him duck into what she thought was the kitchen area of the vampire's house, which had become her prison.

It was sprawling, built into the half-moon bay of what she had been told was Lorenzo's own island. Cliffs speared up from the surface of the water and the house was nestled in the crook above the rocky beach.

She knew there were other rooms, built back into the cliffs where the sun could not reach. All the exterior rooms faced the water and opened to the ocean with large doors not unlike a garage. She wasn't locked in, per se. But unless she wanted to jump fifty feet into the vast expanse of the Aegean, there wasn't anywhere she could go.

When she had woken after being dragged from Giovanni's house, she immediately heard the sound of large engines droning. She thought she was in the belly of a cargo plane of some sort, though it was outfitted luxuriously with plush seats, tables and beds.

She saw Lorenzo, lounging in a pair of white slacks and shirt that only emphasized his inhuman paleness.

"Where are we?"

He looked up with an indulgent smile.

"You're awake! On my plane, of course. Headed to what will be your home for some time. Do you want any refreshment?" She glanced at his own crystal glass, filled with a thick red liquid she assumed was human blood. Lorenzo noticed her looking.

"I'm not a heathen like Giovanni. I drink human, of course, but I don't like drinking from the tap." He shuddered. "So disgustingly intimate, in my opinion. I only like getting that close to someone when I'm fucking them or killing them."

He winked at her when she blanched. "No need to worry

about that, my dear. I want you fresh and unharmed when your father comes begging for you."

"Where are we going?"

Lorenzo sighed with a smile. "Somewhere far more temperate than Houston. I don't know how you stand the weather in that horrid city." He shivered. "Absolutely horrendous. We're going to a little private island in the Aegean, my dear girl. A special place. Only a very few people know about it, so you should feel privileged."

"Be still my heart," she said dryly.

Lorenzo laughed, his sharp fangs falling down in his delight. "Oh, there you are, Miss De Novo, I knew I would like you once I got you away from my father. He's so stifling, isn't he? Terribly boring vampire. And I was sure you had that quick wit that so delighted me with Stephen.

"Even when I was torturing him," a wistful expression crossed Lorenzo's angelic face, "he would come up with the most inventive barbs. What a treat he was."

A sick feeling churned in Beatrice's stomach, and she thought she might throw up again, but she forced herself to take a deep breath and change the subject.

"How are you flying? I mean, doesn't your wonky energy mess up the plane and stuff?"

He chuckled. "What an excellent question. Yes, it would if the cargo compartment had not been especially designed for me. All sorts of wonderful, insulating materials they've come up with in the last few decades."

"Yeah? Well, God bless chemistry, I guess."

He chuckled, but continued paging through the magazine he'd been perusing. It appeared to be something about boats, but she couldn't read the language on the front cover; she thought it might be Greek.

"Just consider this trip a vacation, my dear. After all," an evil grin spread across his face, "you'll have an ocean view room."

❧

Ocean view room, my ass. She stared at the endless sea that imprisoned her. The small interior door to her room was always locked. Any traffic in or out came by way of the large ocean-facing doors she was currently sitting in front of. They could be pulled up completely, so her room was always open. In the morning, her silent, watchful guard came and unlocked her, throwing open the room to the ocean breeze.

If she hadn't been a prisoner, it would have been beautiful.

She had no privacy except the small washroom that contained a toilet, a sink with no mirror, and a shower with no curtain. She could not lock the door, and lived in fear of someone walking into the bathroom if she lingered too long. The room had come stocked with clothing; when she arrived, two silent women undressed her and threw her clothes into a garbage bag, leaving her naked and crying on the floor of her room. She crawled to the bed, intending to cover herself with a sheet until one of them came back and wordlessly opened the small chest of drawers was filled with pure white clothes.

There were white pants and white shirts. Looking in the top drawer even netted her a wealth of white bras and panties, all in her size. There were bathing suits and sundresses, all in white, all without any other identifying feature on them. She hastily dressed herself and crawled into the corner of her room for the next two days, waiting for the other shoe to drop.

Beatrice had been captive a week and fallen into a monotonous rhythm. She woke. She took a quick shower and dressed herself in the white clothes, dumping the towel and dirty linens in a basket by the ocean door where another silent servant would carry them away at some point in the morning. No one ever talked to her. Her guard would open the door and she would sit in one of the chaises that faced the ocean, waiting for something to happen.

Nothing ever did.

When darkness fell, she could hear scurrying movements farther along the cliff to her left, but she never made any attempt to investigate the sick laughter or sounds of revelry that drifted to her room. Darkness meant vampires, and Beatrice may not have liked her human guard, but at least she didn't think tall, dark and silent was going to rip her throat out if he got hungry.

Her door wasn't shut until well after dark, so she often sat staring at the moon as it reflected off the dark water below her.

One night, about a week and a half after she'd been taken, she heard footsteps approaching. She tensed, but refused to run back to the corner, knowing that anything that came after her would just consider that an easier and more private meal.

To her surprise, it was Lorenzo who peeked his head around the corner.

"Hello, my dear. How are you enjoying your stay?"

Eying him warily, she took a moment to answer. Her own voice sounded strange to her ears.

"Well, I have no privacy, no human contact, and nothing to read or listen to other than the ocean. But at least your prison decorating skills are top notch, Lorenzo."

He walked over to her and stretched out on another chaise, dressed from head to toe in loose white linen that made his inhuman skin glow in the moonlight. "You like it? I'm so glad my home meets your approval."

"Oh, yeah, I mean, it's just so... white. And *white*. And with all those white accents."

Lorenzo smiled, his fangs dropping down. "Is this why Giovanni kept you around? To make him laugh? You smell as lovely as your father, so I'm sure he must have had to control himself if he didn't bite you. It does make me wonder."

She clenched her jaw for a moment. "I don't want to talk about him."

"Because he traded you?" Lorenzo shrugged. "Giovanni never cared for much besides his books and himself, to be honest. Don't take it personally."

Her mind flashed to a hundred different moments of kindness between them, but she didn't want to dwell on those memories when the reality had turned out to be so much different. "I just have better things to think about."

"I was expecting him to show up. I was so sure it was you he was smoking about in the library that day, but he hasn't by now, so he probably won't. If he cared for you at all, he'd be far more territorial."

She stared at the ocean, remembering Giovanni's fiercely protective behavior around Carwyn and Gavin. It had annoyed her at the time; but the moment she'd really wanted him to protect her, it had fallen away to nothing, so she didn't know what to think.

"Something tells me he still has something up his sleeve." Lorenzo flicked at a bug on his pants. "After all, one doesn't hire expensive security for dinner. So yes, I'm expecting something."

"Yeah?" she muttered. "I'm not."

She suddenly remembered him laughing over a bite of lemon cake she'd forced him to try. He'd made the most hilarious face, and she had leaned over and kissed his cheek in delight, laughing at his disgust and tugging the ends of his hair.

"You need a haircut."

"I do not. Do you know how long it takes my hair to grow?"

"It falls in your eyes all the time and annoys you. Just a trim. I'll do it for you; I used to cut my grandfather's hair for him sometimes."

"You'd cut my hair for me?"

"Sure."

She felt tears come to her eyes, and she bit her lip until it bled, forgetting for a moment about the vampire sitting next to her in the dark. She glanced at him, worried he would try to bite, but he only handed her a white linen handkerchief and chuckled at her expression.

"I've had requests for you to join us in the evenings, but I doubt you'll do that. But there's a full library for you to enjoy, as well as plenty of music. I even have a music player you may borrow, if you like."

"What's the catch?"

His delighted laughter pealed out. "No catch, my dear. Xenos can come with you. He's your personal guard, you know, chosen by me. No one will touch you or harm you in any way. After all," he winked, "I need to have you in good condition when your father arrives."

Her heart dropped. "My father's coming? When?"

"I have no idea." He shrugged. "Crafty little boy to have eluded me for so long. I'd really find it quite endearing if I didn't want to kill him so much."

Beatrice shuddered at his matter-of-fact tone. "Why? Why do you want to kill him? You made him a vampire, now you want to kill him?" Her frustration boiled over. "I don't understand any of this! I feel like I got caught in some giant game all of you are playing, and I don't even know why."

Lorenzo's head cocked; he almost looked amused. "I suppose it would be confusing to a human—even a bright girl like you."

"So why don't you enlighten me, Lorenzo? Since I'm here and no one seems to be coming to my rescue."

He stared at her with the inhuman stillness she had come to associate with them. Finally, his lips cracked into a smile.

"You met my little mouse at the library, didn't you? Scalia has been my mouse for many years, long before you were born, and long before he met your father in Houston when they were in school. It was pure chance that they met again in Ferrara."

"My father wasn't in Ferrara, he was in—"

"Yes, he *was* in Ferrara, researching some correspondence about Dante, of all people, and his exile in Ravenna, blah, blah, blah. Very boring. He was in the old library and had the unfortunate luck to stumble upon some books of mine. Books I had hidden there." Lorenzo's expression darkened. "Books that my little mouse was supposed to be guarding for me."

"So you killed him? For finding some books?" She felt the tears slide down her cheeks. "He probably didn't even know what he was looking at. Why did he have to die? Why—"

"It didn't matter that he didn't know, Beatrice. Scalia found him and your father began asking questions of his old school chum—questions I didn't want *any* human asking. When Scalia told me about it, like the good little mouse he was, I decided to get rid of him. It seemed like the simplest thing." Lorenzo rolled his eyes. "It's my own fault I let myself be swayed to turn him. I thought he could be a replacement for Scalia, who had disappointed me, but sadly, your father was too bright."

"And he ran away."

"Yes, he did." Lorenzo grimaced. "Though not before taking some books he knew I valued."

"What books? Some of Giovanni's?"

His eyes narrowed. "Some of *mine*. Our father—yes, we

had the same father, I only call Giovanni 'Papà' because it annoys him—and it is technically accurate. Our father left them to him, when he should have left them to me. It didn't matter what Giovanni thought. *I* was the one who had earned them."

Lorenzo broke off, making a disgusted noise and flipping his long hair over his shoulder. "The fool was so trusting."

"Who? Giovanni?" Beatrice was still confused. Was Lorenzo Giovanni's *brother*? His *son*? She wanted to ask, but wanted to know about the books more.

"I told him the mad friar had burned them all." A laugh bubbled up from Lorenzo's throat. "And he believed me! He thought they were all gone. All his books and letters, Guiliana's precious sonnets... all of it. Up in smoke in the 'bonfire of the vanities.'"

"In Florence," she whispered. "The bonfires of Savonarola."

"Of course, my dear." Lorenzo winked. "There were many things that didn't quite burn as Savonarola intended. It was a good time to be an opportunist. It all happened before Giovanni was turned. Even then, he couldn't run about like me. Andros didn't trust him. With good reason, as it turned out."

"Andros?" she muttered, but Lorenzo wasn't listening. She recognized the name from the letters. Niccolo Andros was the name of the strange associate of Lorenzo de Medici's who had shown such an interest in Giovanni Pico. Andros was Giovanni's sire? She wondered why Lorenzo called him his father, too.

"Father thought Giovanni was the clever one." Lorenzo chuckled, still reveling in his own deceit. "I was smarter than both of them. I fooled them both." His eyes narrowed as he looked over the water. "And soon, I will fool them all. All the silly, trusting fools with their delusions of grandeur. As soon as I find your father and torture him into telling me what he did with the books..."

Lorenzo smiled and turned to her. "But perhaps torture won't even be necessary. In fact," he chucked her under the chin as she cringed, "I'm absolutely counting on it."

Tucking all the vampire's cryptic revelations into the back of her mind, she swallowed and tried to remain calm. "How do you know he'll even come for me? How do you know he's even keeping track?"

"He might not be." Lorenzo shrugged. "But word will reach him eventually. Maybe tomorrow? Maybe in a few years? I'm sure it depends on where he is." Lorenzo smiled and scanned her with cold eyes. "I have no doubt he'll join you eventually."

A few years? She cringed at the thought.

"And then? What happens to me then?"

He looked at her, cold eyes raking over her throat and legs, lingering around her breasts until her skin flushed in embarrassment.

"Human women are too fragile for me. But maybe I'll have one of my children change you for me so we can play," he shrugged, carelessly nonchalant about the idea of her mortality.

"What if I don't want to be a vampire? Would you just kill me?"

His delighted laughter rung over the crashing waves. "Oh, my dear Beatrice, you're so amusing. Why do you think it matters what *you* want?"

He laughed again and stood, still snickering as he walked down the path.

When he was far enough away, she let the tears fall, soaking the linen handkerchief stained with her blood.

Despite Lorenzo's assurances, she didn't want to risk venturing out at night, so the next day she put a pair of pants and a shirt over a bathing suit and walked down the small cliff path to the area where she had seen the servants disappearing. She passed other rooms, all of them identical to hers, but none of them appeared to be occupied. There was a railing along parts of the path when it became too narrow, and even one place where a small bridge spanned a sharp drop into craggy rocks below.

She finally reached a series of rooms open to the ocean. They were living areas, and she saw a number of servants scuttling around, but nothing that resembled a library. She turned in confusion to her guard—who Lorenzo had referred to as Xenos—but he only shrugged.

Just then, an English accent rang from across the room.

"Oh, there you are!"

She turned and looked at a young man, also dressed head to toe in white, as he crossed the room. He was around her age, and wore a pair of wire-framed glasses on his tan face. His brown hair had gold highlights from the sun, and his smile was brilliantly white. He was handsome, in a catalogue model kind of way, and a friendly light shone from his eyes.

The stranger held out his hand. "I'm Tom. I'm one of Lorenzo's day people. I knew he had the daughter of a friend staying with him, but we hadn't seen you. Enjoying your stay?"

She choked out a stiff laugh. "The daughter of a friend? Is that what he told you?"

"Of course! Lorenzo's a good man, he wouldn't harm anyone."

She frowned at the startlingly false statement. "Um, no actually, he's a vicious vampire, who killed and turned my father and tortured him to get information. And then he flew to Houston, attacked my grandmother, killed some people who were protecting me, and then kidnapped me to get my father back."

Through her entire statement, Tom's smile never wavered. When she was finished, he only chuckled again. "Oh, don't worry. Lorenzo's a good man, he wouldn't harm anyone."

She looked at him, her eyebrows furrowed in confusion. "Did you not hear the part about him murdering and kidnapping and holding me hostage?"

Tom just shook his head again, still smiling. "Don't worry. Lorenzo's a good man, he wouldn't harm anyone."

She nodded, finally understanding that the man's cerebral cortex must have been altered by Lorenzo or one of his minions. "That's nice. What did you say your name was?"

"Tom. Tom Sanders. And what's your name?"

"It's B. Nice to meet you, Renfield."

The young man frowned, "Uh... No, my name is—"

"I heard you, Tom." Beatrice sighed. "Is there a library here?"

"Sure, just come with me; I'll be happy to show you the library."

"I'm sure you will."

"So, what do you like to read? There are computers here, too, if you want them."

"Computers?" her ears perked at the thought of contact with the outside world.

"Well, they're not online unless you have a special code. I do, but I can't give it to guests." The stiff set of his shoulders warned Beatrice they were treading on uncomfortable ground.

"No problem." She shrugged. "I'd rather read, anyway. What do you do for Lorenzo, Tom?"

He smiled, relaxing at her easy question. "I do some financial stuff. No biggie. Just things he can't do because of his disability."

Oh really?

"You mean the fact that he fries a computer just by touching it?"

"Yeah," he said. "Something like that."

Beatrice nodded, and decided to watch the young man more carefully. She was curious. As inept as Giovanni and Carwyn seemed to think Lorenzo was about technology, why did he have a financial guy who had online access in his super-secret bad guy lair?

They walked through a doorway to a dark paneled library.

Finally surrounded by something other than white, Beatrice took a deep breath, relaxing in the smell of leather bindings and old paper.

"If you'll excuse me," Tom said, "I have some work to do."

"Sure, do you mind if I read in here?"

"No problem," he said. "Don't let me bother you. And feel free to take books to your room, if you like."

She glanced around at the furniture which looked more like a typical English manor house then the cold, modern lines that characterized the rest of the mansion. The warm tones reminded her of Giovanni's library, but she frowned and turned toward the bookcases.

"No, I like it in here. It's warm." She smiled at him and went to explore the library, keeping an eye on the young man and the computer screen he studied.

She spent the next two weeks there. Or at least, that's what she guessed, since she had little sense of time in the strange, surreal world of Lorenzo's household. She would wake in the morning, dress in her white clothes, then go to the wood-paneled library to sit with Tom. She spent every moment she could in the library, and a grim satisfaction settled on her when she finally figured out what Tom was doing.

He was transferring money for Lorenzo. Cleaning it in

clumsy ways and then moving it to offshore accounts that were far too obvious to be effective. She almost laughed at the young man's inept manipulations, but then, she hadn't had her cerebral cortex mangled on a nightly basis like Tom had.

When she had finally began creeping closer to the raucous parties Lorenzo hosted in the mansion on the sea's edge, Tom was the only human she recognized.

It happened every night, with Lorenzo lording over his men like some sort of modern day warlord. The music was loud, the lights were low, and the blood flowed freely. She had seen young Tom passed around from vampire to vampire on more than one night, though he always seemed to end up crumpled in a pile next to Lorenzo by the end of the evening.

The first time she snuck down to observe the parties, she looked at Xenos, who was following her, wondering if he would object to her furtive observation. He simply shrugged and continued to watch her. Apparently, as long as she wasn't trying to escape, she really did have free rein.

Lorenzo had a seemingly endless supply of humans who were brought out for his vampires to feed on. She guessed there were around twenty immortals on any given night, though she often saw different faces, so she suspected there were closer to thirty or forty around. Most nights, they would drain the humans to the point of unconsciousness and then toss them on a pile in the corner. Sometimes the oblivious people woke up and joined the party again, writhing on the vampires' laps and moaning as they were bitten. Other times, the pale men and women simply slunk out the door.

They were all young, beautiful things, tan and bleached from the sun, and she wondered where Lorenzo seemed to find such an endless feast for his men. On more than one occasion, tears slipped down her face when one of the humans was drained to death.

One night, a blond girl was killed, and the vampire who drained her laughed and pretended to dance with the limp body before tossing it over the side of the cliffs to be bashed against the rocks below.

Other than Tom, she never saw any of the house staff at the parties, so she imagined there was some kind of prohibition about feeding from the human servants. She hoped she fell into that category if any of the vicious looking vampires she saw at the parties ever found her.

Her life fell into a strange rhythm. Servants all seemed to look the same. Xenos hovered over her every move. Lorenzo would come visit her in the evenings, always with thinly veiled threats about her father hidden under his playful, angelic expression. She dreaded his visits most of all, but there was no way to avoid them.

The days and weeks dragged on.

❧

SHE WAS SITTING IN HER ROOM ONE AFTERNOON AFTER HER trip to the library, when an unexpected tap on the interior door startled her.

"Hello?" she called through the locked door.

"Miss De Novo?" a lightly accented female voice called out. It was daytime, so Beatrice knew it wasn't a vampire. She looked to Xenos, but he only shrugged and continued to watch the empty path by her room.

The door rattled open and she saw two small women, one of them smiling and the other looking somber and silent. The smiling one spoke some English.

"We are here for Miss De Novo."

"I'm Miss De Novo."

"The master wishes that we tend to you, miss."

Her eyebrows lifted. "What?"

The smiling woman, who was quite young, lifted a hand to her hair.

"Your beauty. Your hair and face."

"Oh," she said, feeling somewhat embarrassed. There were no mirrors in the mansion, and she'd forgotten that her hair must have had two inch roots showing at the base. She'd finally been given a wax kit for her legs—razors were not allowed—but her hair was probably a horrible mess. She put a hand up, feeling the limp lengths that hung around her face.

For some reason, this—more than the constant observation, more than the nightly horror of tossed bodies, more than the chill-inducing innuendo from Lorenzo—this small realization about her hair finally caused Beatrice to break down in loud sobs.

"Miss! We just make your hair pretty!" the woman said in a panic. Xenos frowned at her, but made no move toward the three women standing at the door.

"No," she sniffed, "it's fine. Come in. My hair's probably horrible."

"The master picked a color, so you sit down and we fix it."

"What?" Her head shot up. He may have dictated her every move in the mansion, but she was going to throw a fit if Lorenzo tried to make her blond.

Luckily, the woman held up a box of color that looked very close to her natural brown. Deciding it was better than walking around with roots—even if she couldn't see them—she sat down and let the two women get to work.

As they chattered in Greek, Beatrice couldn't help but think about the last time she'd had her hair cut and colored. Her grandmother had been with her and they'd gone to the salon where Marta's son worked. She had sipped a glass of wine and laughed at the jokes swirling around her and the comforting accents of home.

Tears began to pour down her face as she thought about

the frightening new world she had been pulled into. She sniffed, biting back sobs, while the women silently colored and cut her hair. For the first time since she had arrived, Beatrice felt broken.

Eventually, the ever-present echo of the waves lulled her to sleep. When she woke, her hair felt soft and shiny at the tips, and the moon shone on a passive sea.

Unfortunately, she also had an unwelcome blond visitor.

He smirked. "You look lovely. That color suits you much better than the black."

She stared out at the ocean. "Why do you care if I'm ugly? I'm your prisoner here."

"I prefer to think of you as my guest."

"You can think that all you want, blondie, but I'm still your prisoner."

"'Blondie?'" he laughed. "I so enjoy you, Beatrice. Our chats are always amusing. But why are you so hostile, my dear? Did you not want your hair done? Would you rather walk around looking unattractive?"

She refused to look at him, staring as the glowing reflection of the silver moon was broken by the waves that rippled beneath her.

"I was supposed to start grad school in September," she murmured. "I was going to be a librarian."

She heard him laugh. "Why?"

She shrugged and wiped at the silent tears that slipped down her cheeks. "I liked it. I love books and helping people. It wasn't a big dream, but it was mine."

"That's your problem. Small dreams. Didn't anyone ever tell you to dream big? I figured that one out myself. I have dreams, too. But they're not small in the least. They're positively... world changing." She finally looked at him. He was looking at the water with a cold light sparking in his eyes. "And they will happen once I have your father back."

She found it difficult to gather any real anger toward him anymore; she had been exhausted by horror. “Maybe I would have gotten married. Gotten a cat. Maybe I would have written a book someday.”

“Or you could have been hit by a bus on the way home from work. Humans are very fragile.”

Beatrice didn’t feel like there was any use fighting. No one was coming for her. If it wasn’t for the faint hope her father might have some way of getting her out, she would have taken her chances climbing down the cliffs to be bashed on the rocks. In the end, she knew the chances of either of them escaping from Lorenzo were small; in all likelihood, she would remain under his thumb. Possibly for eternity.

“I heard a rumor that Giovanni was in Rome,” Lorenzo said suddenly. “Talking with all his little allies.” A demented giggle left Lorenzo’s throat, and she tried to smother the faint hope that fluttered in her chest. “Do you think he’ll try to come save you, Beatrice? Do you think he could? Do you even want him to anymore?”

Yes. Even if Giovanni only came for the books Lorenzo had stolen from him, maybe she could persuade him to take her, too. Surely not all of his humanity was a sham. Surely Caspar wouldn’t—

“He tries to make himself so disgustingly good,” Lorenzo mused. “So few people know the real vampire.”

“Oh really?”

“Did he ever tell you why he made me? So unlike him to make a child. I’m his only son, you know. He doesn’t care to ‘form attachments.’ That’s what he told me when he sent me away,” Lorenzo said. Though he tried to sound nonchalant, she still detected the faint edge of bitterness in his voice.

“Really?” Beatrice was having a hard time feeling sympathy for the bloodthirsty immortal next to her. “Poor you.”

"Aren't you curious why?" he said with a glint in his eye.

"Not really."

"That's okay, I'll tell you anyway."

"Knock yourself out," she said, closing her eyes and trying to get lost in the sound of the surf.

"It was payment of a sort. Payment for killing someone."

"Yeah, right."

He grinned. "He comes across as so noble, doesn't he?"

Beatrice sat in silence, the rhythmic sounds of the waves enveloping her.

"But our Giovanni isn't nearly as virtuous as he'd like everyone to think. He wasn't always a mild-mannered book dealer. He's really quite vicious. And self-centered. Did he tell you he used to be a mercenary?"

She rolled her eyes in disbelief as Lorenzo continued. "Yes, he made a lot of money doing that. He was one of the best in the world. He killed many humans."

"Right."

"Ask him yourself, the next time you see him."

She finally sneered. "Because that's so likely, isn't it?"

He grinned, pleased to have finally sparked a reaction in her.

"We'll just have to see, won't we?"

She sank back in her chair, determined not to react to him again. He left shortly afterward, his interest in her dying along with her temper. He seemed disappointed by her defeated demeanor, but Beatrice had lost the will to spar with him.

The next day, she didn't leave her room.

She didn't leave it the day after or the day after that. And as the days stretched into weeks, she slowly shrank further and further into her protective shell.

CHAPTER 22

July 2004

The three vampires rode the wind, the smallest propelling them forward as they swung lower toward the unnamed island in the South Aegean Sea. Tenzin hovered for a moment, her sharp eyes darting over the layout of the fortified mansion cut into the grey cliffs, scanning the patrolling guards and visible access points.

She looked to the red-haired man clutching her left hand. He nodded; then, concentrating his energy on a small, rocky outcropping that peeked from the water, slowly pulled the rocks up from the floor of the ocean, creating a small platform where they came to rest.

All three were barefoot, and when Carwyn's feet touched the rock, it seemed to pulse and swell under him, growing taller and elevating them just under edge of the cliff. Giovanni cocked his head, listening to the sounds of revelry above. As he listened, a thin human body was tossed over the edge of the cliff, landing directly at their feet.

Giovanni stared into the empty gaze of the discarded girl,

narrowing his eyes and clenching his jaw, but letting the anger swirl around him until his bare torso and arms glowed with blue fire. His thick hair was cropped and his eyes were cold; he stood at attention, nothing less than the ideal warrior his sire had molded when he turned him five hundred years before.

The wind whipped around them, but Tenzin had wrapped them in a protective cocoon, blocking any trace of their scent from the guards above.

"Carwyn, do you remember?"

He nodded, his blue eyes gleaming in the moonlight. "I'll find her. And judging from the feel of these rocks, I should be able to tunnel under them until we reach the beach on the north side of the island."

"Get her away from here and out of the fire," Giovanni said in a low voice as his skin swirled with contained blue flames. "She's my first concern."

"I'll protect the girl. You two take care of the rest."

Giovanni nodded, and Tenzin grasped Carwyn's hand and took to the air, leaving the fire vampire glowing like a blue torch on the rocky outcropping.

He took deep breaths, crouching down and focusing his energy outward and away from his body. He meditated on the flames, feeling the powerful hum as they coursed over him. Every flare off his skin made him stronger, and he closed his eyes as he balanced on the heady edge of control.

"Father, will there always be war?"

"What did Plato say?"

"He said, 'It is only the dead who have seen the end of war.'"

"And if there is to be war, what is our role?"

"Victory."

"And nothing less."

He looked up when Tenzin landed next to him, her soft clothes fluttering in the wind. She held out her hand and he pulled back the flames to clasp her palm in his.

"Carwyn said he could smell her close to where we landed. Give him a few minutes and he'll send a signal."

Giovanni nodded and took a deep breath as he knelt to wait.

❧

Carwyn scuttled along the edge of the cliffs, the ancient rocks of the Aegean coast reaching out to meet his bare hands and feet as he climbed along the face of the cliff. He could see the guards patrolling the trail that connected the rooms of Lorenzo's compound, but he was searching for the chamber where the girl's scent was strongest. He'd caught a hint of her as he landed, and he followed her trail farther to the end of the cliff where it was strongest around one room.

Reaching out with his senses, he could hear the faint sound of a human heartbeat and a murmur as if someone was talking in their sleep. He crawled nearer to one closed door.

"Dad... no. Don't want... no, Gio..."

She was inside the room, and she was having a nightmare. Waiting for the turn of the guard, Carwyn leapt onto the trail and rushed the door. He punched through the metal with ease, his two fists spreading and peeling back the steel door that held her.

Beatrice woke with a gasp, bolting up in bed. "No!"

Carwyn held out a calming hand. "There now, darling girl. Just me. Just old Carwyn."

Her pale face crumbled. "Am I dreaming?"

He shook his head, but held a finger to his lips when he heard the rush of guards coming back down the trail, drawn to the sound of wrenched metal from the door. With a wicked grin, Carwyn decided he would be more than happy to take care of a few of Lorenzo's minions before he got Beatrice to safety.

"Get your things." He winked. "I'll be right back. Don't leave the room."

She nodded and he saw her start to climb out of bed. She was reaching for the dresser when he left the room and ran directly into two guards.

"Hello, dead men." He smiled before he grabbed the first, ripping into his neck with thick fangs and whipping his head around to silence him. At the same time, he grabbed the other with lightening quick reflexes, crushing his throat so he couldn't make a sound. He spat out chunks of the first vampire's windpipe before he threw the second the ground and stepped on his throat. With a quick turn of his powerful hands, he tore off the head of the first guard and tossed the remains over the cliff, into the ocean below.

Picking up the second guard, he wasted no time, twisting his head off like a screw-cap and tossing him into the ocean to join his partner. He paused for a moment to listen for any others approaching, but heard nothing but the howl of the wind. He was dripping blood from his mouth and chin, so he tore off his shirt and wiped his face, so he didn't alarm Beatrice.

"'The wicked shall see me and grieve,'" he murmured as he wiped the gore from his body. He glanced at the churning ocean. *"'They shall gnash with their teeth and melt away.'"*

When he returned to the room, Beatrice was dressed in strange white clothes, and her hair was pulled back from her face. She was thin, almost inhumanly pale, and her hair was different. She ran to throw her arms around him, and he felt her tears hot on his chest.

"I hoped," he heard her whisper. "I didn't know, but I hoped you'd find me."

He pulled back and looked into her face, framing her cheeks with his hands and kissing her forehead. "He moved heaven and earth to find you, darling girl."

He saw her eyes shutter at the mention of his friend, and he frowned.

"We have to go now. They're waiting for my signal."

"How—"

He turned and crouched in front of her. "Stories will have to wait. Climb on my back and hold on tight. I'll need my hands to get out of here, so I can't carry you. You have to make sure you hold on."

"Okay."

"No matter what happens." He looked over his shoulder. "Keep your head down and hold on to me until I let you down or Gio takes you off, do you understand?"

"Yes!" She glanced at the door. "Please, can we go now?"

He grinned when he felt her climb on his back and grip his neck. Her legs swung around his waist like a child.

Patting her leg, he said, "Ready to go?"

"I've been ready for weeks."

He strode from the room with Beatrice clutching his back. Walking over to a column of stones the size of an old Greek pillar, he gave a mighty shove and pushed the pillar into the ocean. There was a brief pause before he saw Giovanni's blue flames flare higher as he and Tenzin took to the sky.

"Remember." Carwyn grinned. "Hold on tight."

He felt her gasp when the ground beneath his feet opened up and swallowed them.

GIOVANNI WATCHED AS THE GREY ROCK TUMBLED INTO THE surf. He could hear the shouts of the vampires above as they rushed to investigate the disturbance. He met Tenzin's steady eyes.

"My boy, is there anyone we need alive?"

Giovanni glanced at the dead girl who lay at their feet.

"No."

He grasped her hand and she leapt, pulling him with her as she took flight.

They landed on the edge of the cliff and Tenzin raised her arms, sending a great rush of wind into the open salons where Lorenzo held court. The vampires inside were stunned into momentary submission and Giovanni and Tenzin separated to begin their assault.

Lorenzo's guards spotted them, and no less than fifteen ran toward them, but as each approached, Tenzin reached out a small hand, capturing them in a swirling vortex of air as she lifted them into the sky. With a flick of her small hands, she grabbed half of them, flinging them toward Giovanni, who paused to toss roiling flames into each small whirlwind.

The captured vampires screamed and twisted as they burned in midair, lighting up the dark sky until their charred bodies turned to ash, and they drifted into the sea.

Giovanni took out the rest with a wall of fire he forced into a corner of the room. The guards tried to run, but were cornered by the flames. Their inhuman screams tore through the night air, as some of Lorenzo's guard ran toward them, and others fled into the rocks.

Tenzin and Giovanni worked together in brutal concert, capturing and annihilating each vampire that came at them until most ran in the other direction or fled to the churning water.

But as they leapt, Giovanni noticed the sea began to grow, pulled by an unseen force as the waves crashing at the base of the cliffs rose until they spilled over and flooded the luxurious rooms. The humans in attendance, who had been cowering away from the assault of fire and wind, started screaming and rushing toward the interior doors.

From the corner, Giovanni caught a flash of blond hair and Lorenzo's grin as the water vampire manipulated the ocean toward them.

"I see him," he yelled to Tenzin.

"Go!"

A stinging rain began to beat upon his back, dousing the fire before he could fling it at his son, and he saw a large wave surge over the edge of the cliff where it grabbed Tenzin before she could take to the air. She disappeared from view, and he stalked toward the corner where he had seen his child.

"Lorenzo!" he roared, striding toward him. Giovanni heard a demented giggle before his son pushed a panel in the back wall, and a door slid open. He ducked into a dark passage which must have led further into the cliffs. A surge of new guards attacked then, and Giovanni no longer had the ready flames at his fingertips.

He was twisting the head from one attacker when he felt a slashing pain across his chest. He looked down to see a bullet wound that had glanced off. He tossed the dead vampire to the side and grabbed the human holding the gun by the throat. With one quick toss, he flung him into the churning ocean before he turned back to the rest of the guards.

He hadn't seen Tenzin in a few minutes, and he cursed, knowing that if the five thousand year old wind vampire had any weakness, it was fighting in water.

He battled on, grabbing the rest of his attackers with long arms, pulling the guards to his fangs so he could rip and shred their throats. One by one, he twisted their heads from their bodies and tossed them on the ground, batting away the last of the humans who tried to defend their masters.

Most who came at him appeared to be water-born, but

none of them had the strength of Lorenzo. The most they could do was keep him from building up any more flame as he crossed the room his son had soaked with a wave.

Giovanni paused when he got to the passageway, searching for Tenzin as he turned, and grunting in relief when he saw his old partner. She was perched on the edge of the cliff, darting over and around her attackers as she ripped at them with her talon-like fangs and tiny hands. She moved so quickly he could barely track her, but she paused in midair to meet his eyes.

"Go! Find him," she yelled before grasping two vampires by the necks and swinging them around until their bodies detached and sailed into the sea. Though her attackers were all larger, no vampire he had ever seen could overpower Tenzin in combat, and Giovanni had no fear she would fail to best the few determined guards that tried to defend their fortress.

"Go!" she yelled. "He's getting away!"

He nodded and ducked into the passageway, sniffing the damp air when he came to a turn. His path led him down twisting corridors until he smelled the ocean again. Listening at a heavy door where Lorenzo's scent had ended, he could hear the sound of a boat engine start up. He tried to push through, surprised when it would not budge.

The mystery was solved when he saw sea water leaking from under the edge. He realized Lorenzo must have walled off the door with ocean water, which meant there was a lagoon somewhere in the caves that led to the open sea.

He would never break through the wall before Lorenzo could escape, so he rushed back up to the cliffs, yelling at Tenzin as he ran.

"Boat! He has a boat, Tenzin."

She nodded and sank her teeth into one more neck before

she tore her mouth away, dripping with blood and sinew from her opponent's throat.

She saw Giovanni running toward the edge of the cliff and started toward him.

"Catch me!" he yelled, as he flung himself over the edge.

She swooped down and caught him by the waist, grabbing his legs with her own as she flew them down to the base of the cliffs to search for a crevice where a boat could escape.

"It could be anywhere," she yelled. Giovanni could feel her struggle as she concentrated on keeping the air currents flowing around them so they stayed aloft.

"The cliffs only dominate the southern portion. It has to be here."

His eyes roamed over the dark cliff face, searching for the telltale flash of white from an emerging boat.

He heard it before he saw it; the black craft ripped out of the small cave, but its dark surface camouflaged it in the black sea. His ears followed the sound until his eyes caught the churning, white wake as it left the bay and sped toward the open ocean.

"Speed up!"

"I'm trying!" she yelled. "I would have fed on one of the humans if I knew I would be flying this low."

The lower she flew, the more energy Tenzin expended keeping them in the air.

"Just get me closer," he yelled. "I'll try to stop the boat."

He tried to build enough fire in his hands and arms, but the ocean air was thick and misty, dampening his energy when he tried to create a spark.

"Here!"

He snarled when Tenzin stopped abruptly, but calmed down when he saw her draw a cigarette lighter out of her pocket. Catching the flame, he coaxed it into a substantial fireball, and they sped off, cutting through the air toward the quickly disappearing boat.

"We're not going to catch him, Gio."

"Yes, we will!"

The trail of wake was getting farther away.

"Speed up, Tenzin."

"Gio—"

"Faster!"

"We can't catch him, my boy," she shouted over the wind.

He shouted every ancient curse he knew.

"Throw your fire. Try to catch the boat."

"I'm too far."

"Aim better!"

He narrowed his eyes, focusing on the small boat in the distance and aiming toward Lorenzo's white shirt he could barely see flapping in the wind. With a great roar, Giovanni flung the ball of fire toward his son and he felt Tenzin halt, throwing out her hands to speed the flames toward the distant vampire.

It grew and sped, finally finding its target, and Giovanni heard Lorenzo scream briefly before the flames engulfed him. He could see his son's clothes catch fire, and the flames burned his hair as Giovanni watched Lorenzo's skin slowly char to black.

The boat continued speeding through the water, but the water vampire stumbled to the side, flinging himself into the ocean where he sank out of sight.

He could feel Tenzin sag as she held him, and he bit into his own wrist, holding it up so she could drink and regain her strength. He flinched when he felt her curled fangs dig deep into his arm.

Soon after the first draw, he felt her strength returning, and they rose toward the shoreline. They landed in a heap on a grey outcropping to watch Lorenzo's black boat speed empty into the distance, its pale passenger still alive, and somewhere on the bottom of the ocean floor.

"We'll never find him in the water," Tenzin said.

"No." He cursed internally. "And he knows it."

"He's not dumb, your son."

"No, he's not." He curled his lip, narrowing his eyes as he searched the waves, though he knew Lorenzo could stay under the water for days, possibly longer, regaining his strength, safely cocooned in his element.

"Will he come after her again?"

"He'll be recovering for a while—years from the damage I saw. With his vanity and those burns, we may not see him for quite some time."

"But we will see him again," Tenzin said.

He shook his head and closed his eyes in frustration.

"I have no doubt."

"Another day, my boy. You'll get him another day."

He had to smile at her cheerful tone. For anyone as old as Tenzin, a few years was no time to wait.

"Is that a prophesy?" he smiled bitterly. "Or just experience, bird girl?"

She winked at him. "Maybe a bit of both. Now, let's go find your woman."

He tensed, simultaneously nervous and desperate to see Beatrice again.

"She's not my woman."

The small vampire laughed. "She will be."

❦

ACROSS THE ISLAND, CARWYN AND BEATRICE PUSHED through the softer soil of the northern coast and emerged from the earth. Tunneling through the sheer rock of the southern cliffs, then the softer rock of the northern hills had been one of the strangest experiences of Beatrice's life. They had moved as if they were in a small bubble, the rock and soil parting in front of them, only to form again behind them as they maneuvered north. Every now and then, Carwyn would change direction, telling her they needed to avoid tree roots, or an underground stream. She clung to him throughout the journey, often burying her face in the back of his neck to avoid falling debris.

She looked like a cross between a monkey and a miner when she emerged, still clinging to Carwyn's back. Beatrice slipped to the ground and both of them brushed soil from their faces and cleared their throats.

"And that's how you travel earth-vamp style, Beatrice. Ready for that seaside cave in Hawaii yet?" Carwyn said as he coughed out dust. They walked toward the water, sitting down on the slope of a hill that led to the ocean.

Suddenly, she burst into laughter, which quickly turned to tears, the weeks of tension and fear overflowing as he put a comforting arm around her. Carwyn didn't tell her to stop or calm down, letting her release the horror of her captivity as he held her in his comforting embrace.

Eventually, he rubbed small circles on her back as she leaned into him, her tears creating small rivulets on his dust-covered skin.

"I thought I would die there. I thought you had forgotten about me."

"No." He cleared his throat. "Never, darling girl. We didn't forget about you."

She sat sniffing next to him, trying to compose herself. She wiped the tears from her eyes, smudging her face with streaks of salty mud.

"So, what's happening? Where do we go from here?"

"We're supposed to meet the destructive duo here, and we'll swim out to that boat and sail away." He pointed out into the water and she could barely make out the frame of a sailboat off in the distance. "How well do you swim?"

She snorted. "Not that well, but I guess I'll manage." She looked down at herself. "I might go wash some of this dust off. I'm filthy."

"Good idea." They walked down the hill, Beatrice enjoying the stretch of her legs and the beautiful sloping beach in front of her.

"So, B, what's with the all-white makeover?"

"News flash: Lorenzo is a sick, creepy asshole."

Carwyn halted and placed a hand on her shoulder. "He didn't—"

"No," she shook her head. "He didn't touch me. Just lots of mind games."

"Gio said he wouldn't," Carwyn muttered.

She clammed up at the mention of the vampire who had yet to arrive.

"I think," she paused and looked around, "I needed to stretch my eyes more than anything. I thought that room would be the last thing I'd see."

"Welcome back," he said with a smile.

They splashed into the water, Carwyn leaping like a dog before he stood and shook, droplets flying everywhere as he gave a joyful roar. Beatrice closed her eyes and sank down into the warm Mediterranean, caressing the tiny pebbles beneath her, letting her head slip underwater as she floated in the surf. She stretched and twisted, enjoying the natural buoyancy the ocean provided her sore muscles. Finally, she walked back up the beach and sat next to Carwyn to wait for her other two rescuers.

"Did it take you a long time to find me?"

She saw him nod out of the corner of her eye. "It took a while to narrow down the island. And then... It's kind of complicated. You should probably ask Gio."

She ignored his last statement. "How long has it been? I don't even know."

"Six weeks."

She took a deep breath and frowned, trying to remember what day that would make it.

"It's the last day of July."

"Right." She nodded. "Right. Is my grandma okay? Does she know what happened?"

"Isadora and Caspar are fine. Worried about you, but fine. Gio told them you had been taken, and—"

"But, I wasn't taken."

"What?"

She turned to him with hollow eyes. "I wasn't taken, Carwyn, I was traded."

His face fell. "Beatrice, you need to talk to Gio—"

"No, I don't." She shook her head. "I appreciate you coming to get me, but let's not pretend it didn't happen. Whatever his reasons, he traded me for what he thought was more important." Her voice was hoarse as she stared into the water, but the set of her shoulders was fixed.

"Hey," he said, leaning forward to try to catch her eyes. "I know you're resentful, and I understand why, but you need to listen to me."

She dragged her gaze to his, and she was reminded how ancient Carwyn ap Bryn was behind his boyish charm. His blue eyes bored into hers, and his voice was low and even.

"Whatever you may be feeling right now, you need to remember this: No one goes to war for a pawn."

Tears spilled down her cheeks and she looked away. She saw him shake his head from the corner of her eye.

"You don't know. He's been *wrecked* with worry for you. The worst I've seen in three hundred years. Please believe that."

She choked out, "I'm not saying you would lie to me—"

"I'd never—" he cleared his throat, "never lie to you." He paused. "But he would. Gio would." He ducked his head down and forced her to meet his eyes. "If he thought it was necessary. If he thought it would keep you safe, I think he'd lie to Saint Peter himself."

It was too much. She shook her head, exhaustion beginning to creep up on her.

"I don't understand, Carwyn. And I don't want to talk about this. Or about him."

His eyes were pinched with worry. "Don't you love him, B?"

The echo of the crashing waves tore at her. "Not anymore."

Carwyn said nothing, sitting next to her as she stared at the small boat in the distance. Soon, she heard the whisper of voices in the wind, and she braced herself.

Tenzin and Giovanni dropped to the beach and he stepped toward her, his eyes guarded when she lifted her gaze. She squinted, barely recognizing him. The forbidding soldier in front of her, wearing charred black cargo pants and slick healing burns across his chest, bore little resemblance to the polite academic who had charmed her in the university library. His hair was shaved close to his skull and his eyes were wary. Beatrice thought he looked like one of the busts of the Roman generals she had seen in museums. He looked as if he had just come back from a war.

"No one goes to war for a pawn."

He stood in front of her, waiting for a few moments before his composure cracked and he pulled her up and embraced her, clasping her to his chest as he buried his face in her neck and inhaled. His arms wrapped around her in an almost vice-like grip, and one hand cradled the back of her head.

Tears filled her eyes, but part of her wanted to grab onto

him, and the other part wanted to strike him, so she stood confused and motionless in the circle of his arms.

He lingered for a few moments, but could not have missed the fact that she did not return his embrace. He took a step back, smoothing her limp hair from her face, brushing at the tears on her cheeks, and inspecting her from head to toe as Beatrice stared at the slowly healing burns on his chest.

"No problems getting here, Gio. Everything according to plan," she heard Carwyn murmur.

Giovanni nodded, his eyes never leaving her, and motioned to the small woman behind him. "Beatrice, this is Tenzin. She will fly you out to the boat; Carwyn and I will swim to meet you. Will that be acceptable?" he asked gently.

Beatrice glanced at the small woman, who really looked more like a girl. Tenzin had a friendly smile and curling fangs showing behind her lips. She glanced over her shoulder at Carwyn, who nodded reassuringly, so she held out her hand.

"Hi, I'm B."

"It's good to meet you. I've heard a lot about you." Tenzin grasped her hand, and Beatrice noted the delicate, cool flesh, just slightly warmer than Lorenzo's hands.

"You too. Thanks for helping get me out."

"My pleasure." Tenzin grinned, and Beatrice couldn't ignore the blood stains that caked the front of the small woman's shirt. Tenzin caught her looking, but only gave a shrug.

Beatrice blinked and looked across the ocean. "You can carry me to the boat?"

"Just hold my hand, the wind will carry us."

A small smile flickered across Beatrice's face. "Really?"

"Really." Tenzin nodded. "Let's get out of here. It's damp."

Beatrice nodded and looked for Carwyn, but her eyes were caught by Giovanni's penetrating gaze.

He was standing at attention, staring at her, his arms

behind his back and his shoulders square. She had the sudden disarming impression that he was hers to command, and an unreadable expression filled his green eyes.

"Whenever you are ready, Beatrice."

Turning back to Tenzin, she held out her hand.

"Let's go."

CHAPTER 23

Over the Atlantic
July 2004

Giovanni watched as she slept, taking advantage of the last moments of calm before he knew she would wake, furious and argumentative.

He glanced around the plush compartment of the plane he had taken from Lorenzo. The weeks he had spent in Rome manipulating the ancient vampires of Livia's court, and the necessary maneuvers in Athens might have been maddening, but ultimately they had netted him exactly what he wanted, with a few unexpected extras thrown in.

He shifted closer to her, worried she would wake and relive her captivity with the madman he had sired. She had refused to speak to him for the most part, communicating mainly through Carwyn and Tenzin. To say it had not bothered him would have been inaccurate, though he knew it was to be expected after his perceived betrayal.

He lifted a hand, stroking her brown hair in a gesture he knew she wouldn't allow if she was awake. He hadn't had a chance to hunt before they left Greece, but he leaned closer anyway, drawing in her welcome scent despite the growing burn in his throat.

He dreaded her fury when she woke and discovered she was not back in Houston. She had screamed at him, refusing to board the plane when she discovered it wasn't going back to the United States.

"I want to go home. I don't want to talk to my grandmother on the phone, I want to see her. I want to go home."

"Beatrice, we need to get you somewhere safe until we can make sure—"

"You're still holding me captive, you bastard! You can go to hell, for all I care, but I want to go home. Take me home!"

Her words burned, and he'd almost given in and taken her back to Texas, but Tenzin had walked over, calmly placed a hand on Beatrice's arm and knocked her out, catching her as she slumped into unconsciousness.

Carwyn loaded her on the custom built airplane bound for one of his children's most remote territories in the south of Chile, where it would be winter and the days would be short. Giovanni had kept a safe house there for over one hundred and fifty years, and no one but the priest and his daughter's family knew exactly where it was.

He felt her begin to stir and stopped stroking her hair, backing away from her but staying within arm's reach in case she panicked. Tenzin had no clothes that would fit her, so Beatrice was dressed in a pair of sweatpants and one of Giovanni's black shirts.

She woke with a start, reviving from Tenzin's amnis and sitting up with a choking gasp. She searched the compartment with panicked eyes until they settled on him. He froze, not wanting to startle her, allowing her to take in her surroundings along with his presence. After a few seconds, her eyes narrowed and she flung herself at him, slapping his face and pushing his shoulders.

"I hate you! *I hate you!*"

He let her release her anger for a few minutes, finally grabbing her hands to halt her punches so she didn't hurt herself. Though Giovanni had not wept in five hundred years, he felt as if he might when he saw her useless rage and the tears that coursed down her cheeks.

"I know," he whispered.

"I want to go home," she cried. "Why won't you just take me home?"

She tried to hit him again but couldn't move as he held her, so she twisted away and threw herself on the opposite couch, glaring at him. He took a deep breath.

"It's not safe."

"You don't know that, asshole. And I can't believe you used your mind voodoo on me on top of everything else."

"That was Tenzin."

"Then I'm pissed off at her, too."

She fell silent, staring at a chair in the back of the compartment where he had noticed Lorenzo's smell was particularly strong.

"What did he do to you?"

"What do you care?"

He rushed over to kneel in front of her at vampire speed, ducking down and forcing her to meet his eyes.

"What do I care? I have spent the last six weeks doing nothing but trying to get you back, Beatrice. I spent weeks narrowing down where Lorenzo was keeping you. Then I spent weeks in Rome and Athens negotiating to make sure you weren't going to be caught in a war when I got you away from him. I called on centuries of alliances and personal debts so his allies would not try to take you back or retaliate against Carwyn, Tenzin, and all their families and allies for helping me."

He sat back on his heels, his eyes locked with hers as he began to see cracks in her angry shell.

"Be angry with me, Beatrice. Rail at me and slap me," he said more softly. "Feel betrayed if you want to, but don't ask me if I care. And *don't* ask me to take you someplace where I cannot assure your safety while you recover."

She looked away, unwilling to meet his eyes. They sat in silence for the rest of the flight over the Atlantic, and Giovanni began to feel drowsy as the pull of day dragged him toward sleep.

Tenzin had influenced the pilot, assuring them he would set the plane down in the private airfield outside of Santiago and safeguard it until the sun had set. From there, Carwyn's daughter, Isabel, had arranged a small customized plane to Puerto Montt, and after that, ground transport into the interior of Chilean Patagonia.

By dawn the next day, they would be in Giovanni's safe house in the Cochamó Valley.

Beatrice had slipped into fitful sleep by the time he stretched out on the ground next to her, finally succumbing to exhaustion.

❧

WHEN HE WOKE, THE PLANE WAS ON THE GROUND AND SHE was staring at him.

"I've never seen you sleep before."

He frowned. "I don't think anyone has seen me sleep... maybe since Caspar was very young." He blinked to clear his eyes. "He would crawl all over me as a child, trying to wake me up to play. It's very hard to wake me, though it is possible."

"You don't breathe at all."

He shook his head slightly. "I only breathe out of habit when I'm awake. And to smell the air."

She continued to stare at him, and he lay motionless, letting her examine him from head to toe. He was still wearing the black cargo pants that had been burned in the assault on Lorenzo's compound, but he had changed into a clean black t-shirt that was not soaked in blood.

"Why did you cut your hair?"

"I burned it the night he took you."

"Because you got angry?"

He nodded, but remained silent when she frowned.

"But you traded me for your books."

He sat up and crouched in front of her as she perched on the bench. This time, she did not avoid his gaze.

"Do you really think he was going to leave without you that night? There were two of his own men in the house and two more you didn't see guarding the grounds. Don't think about what he *said*, think about what you know of him now. Would Lorenzo have left without you?"

She met his questioning gaze for a few minutes before she looked away. Giovanni waited to see if she would respond, but after a few minutes of silence, he rose to grab the large black duffel near the door. He stood at attention near the exit to the sealed compartment, until Beatrice stood and walked over to him.

"Where are we going?"

He held a hand out to her. "Someplace safe."

"For how long?"

He hesitated for a moment, but decided to take a chance. "As long as you want."

She looked down at the duffel bag and then at his outstretched hand. Finally, she grasped it, and he helped her off the plane.

Northern Patagonia, Chile
August 2004

SIX HOURS BEFORE DAWN THEY WERE BUMPING THROUGH the rough terrain of the Lakes region on the way to the trail-head leading to the Cochamó Valley. It was pitch black on the forest road, but the skies were clear and Giovanni was grateful they would not have to battle any rain as they made their way to his most southern home.

She had fallen asleep again, nodding onto his shoulder where he had secured her with one arm so she would be more comfortable in the back of the Range Rover. She'd slept far more than seemed normal, and he suspected it had more to do with stress than physical exhaustion.

He tried to remember back to his first months of captivity after his sire had taken him, but the human memories were so clouded, Giovanni had trouble remembering exactly how he had felt.

As they approached the drop-off for the trail head, he began to feel the familiar excitement he always did when he approached the house he considered home more than any other.

Nestled in the Andes Mountains of Southern Chile, the Cochamó Valley was a U-shaped valley cut by glaciers and surrounded by towering granite peaks. Its remote location and lush forests had attracted one of Carwyn's more adventurous daughters over two hundred years before. Now Isabel and her husband, Gustavo, made it their home, and their clan of vampires silently watched over the small local population. The incursion of tourism had proven to be a challenge, but not an insurmountable one, as the valley remained reachable only by foot, boat, or horseback.

The Range Rover neared the small turnoff, and Giovanni leaned forward, still holding on to Beatrice so she wouldn't fall over. He told the driver to halt and paid him, shaking his hand to make sure the human would have no memory of their trip.

He slung the duffel bag over one shoulder and reached across to lift Beatrice, who remained sleeping. He walked at human speed, so as not to startle her. As he crossed the bridge, he felt her begin to stir.

"Gio?" she mumbled. "Where are we?"

"The last part of the trip, *tesoro*."

"Why did we get out of the car?"

"There's no road into the valley. I don't suppose you know how to ride a horse?"

She was still half-asleep and rubbed her face into his chest when she responded.

"I rode a pony at the fair when I was little."

He pressed a kiss to the top of her head.

"No matter. I can carry you."

"At least you don't have to worry about breaking a horse like you do a car, huh?"

He smiled, grateful for the sleepy conversation that reminded him of their time together before her abduction.

"I told you once that I missed horses, remember?"

"Mmmhmm, I remember."

She fell silent, and he suspected she had fallen asleep again, but he felt a small shiver shake her frame.

"Are you cold?" He reached up to feel her cheek. It was chilled and her teeth began to chatter.

"Kind of," she said. Giovanni had bought a sweatshirt for her in Santiago, but in the damp, winter air of the valley, he knew it was too thin. He began to heat his arms and chest, taking care not to warm up too quickly and alarm her. She didn't seem startled, but burrowed into his chest and sighed.

"You're like a seat heater in a car."

He smiled again. "There should be more clothes at my house. Isabel said she would bring some warm things to fit you."

"It was so cold in his house," she murmured. "It looked like it should be warm, but I was cold all the time. Cold and damp."

His jaw clenched and he leaned down to brush his lips across her forehead. "I'll make sure you're not cold, Beatrice."

"I know," she said, and he could feel her press her cheek to his chest as he trudged over the muddy ground. "You're always warm."

He could hear the snorting of horses as he approached the trail head. Walking past the last stand of trees, he saw Gustavo standing between three mounts, who huffed and whinnied in the moonlight.

The dark-haired vampire walked toward them, holding his hand out and taking the duffel off Giovanni's shoulder, before he tied it on the back of one of the chestnut mares.

"¿Está durmiendo?" Gustavo asked.

"No, she's just sleepy," Giovanni responded in English. "I'll carry her in front of me. Can you lead the other?"

"Of course," Gustavo said with a nod.

"Can you stand for a minute, *tesoro*?"

She nodded, swaying a bit and blinking at Gustavo as Giovanni climbed on his mount.

"*Mucho gusto*," she said to their burly host, who smiled in welcome.

"Welcome to the Cochamó Valley, Beatrice De Novo. You are welcome here."

"*Gracias*," she said as Giovanni held out a hand. Gustavo helped her up and soon she had curled into his chest and fallen asleep to the rocking of their horses as they made their way into the secluded valley. He held her on his lap, making sure she was not chilled as he spoke quietly with Gustavo about local news.

A few hours later, they had reached a large wood-shingled house that butted up to one of the granite cliffs. A covered porch stretched around the low structure and jutted out over a green meadow surrounded by towering trees. The interior was lit, and Giovanni could see dark smoke coming from the chimney.

Beatrice woke when they stopped in front of the house and waited for Giovanni to dismount. He held out his arms and she slid to the ground, stretching muscles that would be sore from the four hour trek.

"I'll put these in the stable for you," Gustavo said as he grabbed the halter of Giovanni's horse. "You can use them while you're here, I'll send one of the Reverte boys over to tend them in the morning."

"Thank you, Gustavo."

Beatrice looked around. The house was clearly visible in the moonlight, and its small windows glowed gold. He could hear Isabel puttering inside and knew his friend would have already stocked the house with everything Beatrice might need for her stay.

"This is my home. Isabel and Gustavo let me build here many years ago."

She looked around. "It's beautiful."

He nodded and motioned her up the path. "It should be warmer inside. Isabel has already started a fire."

"She's Carwyn's daughter?"

"Yes, and Gustavo is her husband. Their clan watches the valley."

"Clan?" She frowned in confusion as they walked toward the house.

"They're earth vampires."

"What does that mean?"

He continued walking and she followed beside him. "Earth vampires are very domestic. Like Carwyn, they tend to settle and have big families. They usually prefer remote places like this."

They climbed onto the porch and she followed him when he stomped the mud off his boots and placed them under a bench. He opened the door and showed her in, immediately taking a deep breath to enjoy the familiar scent of home.

"Giovanni?" he heard Isabel call from the kitchen, walking toward them with open arms.

He glanced over at Beatrice, curious how she would perceive the friendly vampire. Like her father, Isabel was one of the most loyal and friendly immortals he had ever met, and her gracious demeanor spilled out in her greeting. Unlike Carwyn, she was Spanish, appeared to be in her late forties, and was around the same age Giovanni was in vampire years.

She kissed both his cheeks as they exchanged quiet greetings.

"Beatrice." She turned to the girl. "It's wonderful to meet you. I'm sure you're exhausted after your journey, so we must visit another time. There are clothes in the front bedroom, and the bathroom is stocked. There are no electric lamps, but there is running water and plenty of candles throughout the house."

Giovanni scowled, forgetting that Beatrice might be disturbed by the lack of electricity in the valley. She didn't say anything except a quiet 'thank you' as Isabel kissed both her cheeks and departed. He showed her down the hall and indicated two doors.

"This is your room for as long as you want it. The bathroom is across from it. My room is at the back of the house," he said. "Part of it is cut into the rocks, but your room has windows, so it won't be dark during the daytime."

"It's fine," she murmured.

He stood motionless, suddenly nervous to be alone with her and wishing he could secure her in his own room.

"Beatrice—"

"I think I'll wash up and go to my room. Are there books I could borrow?"

"There are always books." He smirked and nodded toward the front room. "Help yourself to any from the bookcases in the living room. I keep most of my personal collection here."

She smiled for a moment before her eyes clouded. "Fine, I'll figure it out tomorrow."

"Did you want me to—"

"Good night," she said abruptly. "I'll see you tomorrow."

He nodded silently, confused by the sudden shift in her demeanor. He checked the doors, windows, and any other access points, securing them before he went to his room in the back of the house. He was reluctant to leave her, even with the knowledge of Isabel and Gustavo's ever-present guards, but he sensed she wanted to be alone.

Giovanni could feel the pull of dawn dragging him under when he heard the first soft cries from her room, and when he dreamed, her accusing eyes haunted him.

HE WOKE WHEN THE SUN SET AND THREW ON A PAIR OF pants before he went to Beatrice's room, noticing that her scent lingered in the hallway outside his door. He stood in the hallway, listening for her, but did not sense anyone in the house. Walking out to the kitchen, he noticed traces of her littering the main room, and a fire burned in the large stone hearth. No note indicated her whereabouts, and he immediately began to worry. He walked out to the porch, still barefoot, and searched the dim forest.

His ears picked up Isabel's voice calling through the trees.

"*Cálmate*, Gio. You pace like an irritated cat. She's at our house; some of the boys were teaching her to ride. She's fine."

He halted on the porch, waiting for Isabel to emerge from the trees before he responded.

"She needs to leave me a note if she's going to leave the house. I was about—"

"Ay, yes, you'd burn down your lovely piece of forest with worry. You're such an old man! Calm down."

He sank into one of the large chairs that decorated the porch and scowled. "I am the same age as you."

Isabel rolled her eyes. "You know what I mean. And put some clothes on. You're not impressing me with your muscles and I'm cold just looking at you." She pretended to shiver as he opened his mouth to respond, but she only held up a hand. "I don't care if you're a walking space heater. Go get dressed."

Scowling, he went back to his room to change into a pair of the jeans he kept at the house and a long-sleeved thermal shirt. He walked back to Isabel, who sat on the porch, staring up at the stars and smiling a little.

"Father said she was bright, but I didn't really believe him." She winked at Giovanni as he leaned against a dark wooden post and stared into the forest. "A human? And after all, who in her right mind would get involved with you?"

"You're so amusing," he said as he scanned the tree line, searching for a hint of her.

"But she is. Very smart. And bold. She found her way to the lodge house today and tried to find someone to teach her how to ride a horse."

Isabel let out a tinkling laugh. "She had this very elaborate story worked out for Esteban's family, because she didn't know what they knew about us. They let her know she didn't have anything to hide, and then one of the boys started giving her lessons."

"Which one?"

"Does it matter?" she asked with a curious brow. "Oh, I see that it does."

She smiled innocently and looked toward the trees again. "One of the big strapping ones that leads the rock-climbing trips, I think."

Giovanni growled and walked down the porch steps before she started laughing at him. "She's with Gustavo now, calm yourself. He'll bring her back shortly."

He curled a lip at her, but she just chuckled. He'd never had an older sister as a human, but had always imagined if he had, she would have been a lot like Isabel. He walked back onto the porch and sat next to her in a chair. He could feel the weight of unasked questions hanging over them as they waited for Beatrice to return.

"What happened to the girl, Giovanni? Her eyes are too sad for someone so young."

"I can't—" He cleared his throat. "You need to ask her that question. It's her story to tell when she wants."

"You infuriating man. I only put up with your secrets because I know you do it to everyone."

"It's not my place—"

"Blah, blah, blah. I've heard it a million times, you don't have to repeat yourself," she muttered. "At least I know if I tell you a secret, your lips are sealed."

He shrugged and watched the trail leading to the lodge. He could hear the faint sounds of Beatrice and Gustavo as they made their way through the forest, and his heart started a quick beat. Isabel must have heard it, and she looked at him.

"Are you in love with her?"

He stood up and walked to the railing, unwilling to share his feelings, even with someone he trusted as much as Isabel.

"I think you are." She paused before she continued quietly. "She's very young, my friend."

He nodded. "I know."

"And she's been hurt."

"Yes."

She stared at him until he met her dark, piercing gaze. He could hear Beatrice and Gustavo coming through the forest.

Isabel took a deep, calming breath. "I'll pray for you. For both of you."

His head turned when the two riders broke through the trees. He watched Beatrice ride the horse through the lush meadow. Her skin was pale and almost seemed to glow in the twilight. A healthy flush stained her cheeks, and a smile crossed her face as she listened to something Gustavo was joking about; but the light did not reach her eyes when they finally met his.

"Thank you, Isabel. For your help. For everything."

"You are welcome, my friend. You are both welcome."

❧

Giovanni and Beatrice fell into a careful rhythm together in Cochamó, as they had from the beginning of their relationship. She explored the valley during the day, accompanied by one of the human family that worked for Gustavo and Isabel running the small tourist lodge. She would come back to the house to eat a quiet meal and read before going to sleep. There was no electricity in the house, but stone fireplaces warmed every room, and running water came from an old tower that stood next to the stable.

They spoke little, and her silence, which usually soothed him, began to tug at him the longer it continued. She would not speak about her time with Lorenzo, and only occasionally would their conversation venture farther than incidental information about the valley or its residents.

Worse than her silence were the weeping dreams she had

every night when she finally fell asleep. He sat, silently crouched outside her bedroom door for hours, as she cried and murmured in her sleep and the memories tormented her. Her heart raced, and he could scent her panic throughout the house. As much as he tried to respect her privacy, eventually Giovanni tried to enter her room and wake her, only to find the door locked tight.

By the seventh night, he could no longer take the escalating nightmares.

"Dad... no," she sobbed. "Gio, don't... don't let them—" She broke off and he could hear her cries come through the thick wooden door.

He rose from his knees and pushed his way inside, breaking the lock in one swift shove before he walked to her bed and knelt beside her, anxiously stroking her hair.

"Beatrice," he said through gritted teeth, "please, wake up. *Please—*"

Her eyes flickered open and he cupped her face in his hands, brushing the tears away with his thumbs as she stared at him with swollen eyes.

"Tell me what to do," he whispered desperately. "I cannot... What would you have me do? I will do anything—"

"Don't let them take me," she said in a hollow voice.

Giovanni gave a hoarse groan and pulled her into his arms, clutching her to his chest as he rocked her in his arms. She tensed for a moment, but finally heaved a great sigh and let her head rest on his shoulder. He sat on the bed, stroking her hair and rocking her back and forth.

He cradled her as the waning moon streamed through her window. Finally, he reached over to the bedside table and lit a candle. He was wearing only a pair of loose pants, and he felt her tears hot on his chest.

"Do you want to forget?" he asked. "I can make you

forget. Maybe everything. Is it better that way?" He ignored the ache in his chest, and waited for her to respond.

"Will *you* remember?"

He tilted her face toward his, memorizing the silver tracks on her cheeks and her swollen eyes. He locked away the sound of her nightmares in his mind, and took a deep breath, inhaling the scent of her panic as it stained the air.

"Yes. I will remember everything."

She nodded, and he finally saw a familiar hint of steel return to her eyes.

"If you can remember, I can remember."

He bent his head and kissed her softly on the forehead, then on each cheek, and finally laid a soft kiss on her mouth, as if sealing a promise. She made no move to leave his embrace, so he tucked her head under his chin and leaned against the headboard.

"Giovanni?"

"Yes?"

"Tell me your story."

He closed his eyes and hugged her, letting out a sigh before he began in a low voice.

"My name is Jacopo, and I was seven when my Uncle Giovanni found me..."

CHAPTER 24

Cochamó Valley, Chile
August 2004

She listened for hours, wrapped in his warm arms as he told her the tale of a small boy, plucked out of poverty by the friends of a beloved uncle. He had been an indulged child after his early years, fed a steady diet of art, philosophy, religion, and learning in a time of flowering human achievement.

Count Giovanni Pico della Mirandola, after adopting his older brother's illegitimate son, treated Jacopo more like a cherished younger brother than a bastard. His three friends; Angelo Poliziano, the scholar, Girolamo Benivieni, the poet, and Girolamo Savonarola, the monk; followed suit.

The four surrounded the boy with knowledge and love, each contributing a part to the young man he became, and each unaware of the hovering danger that lurked in the beautiful form of Signore Niccolo Andros, a water vampire of unspeakably ancient power.

"When did you first meet him? Your sire?" she asked as he

carried her to his bedroom to escape the first stirrings of dawn. He settled her on top of his large bed, then walked back to her bedroom for blankets, since he slept with none.

"Andros?" he called. "My uncle first met him in Lorenzo's court in 1484. It was the same visit to Florence when he first met me."

Giovanni walked back in the bedroom, which was finished in plaster and wood on three walls. The far wall, at the head of the Giovanni's bed, was hewn granite and the candlelight in the room caused the black flecks in the stone to dance.

"I first met Andros when my uncle visited his villa in Perugia. He had collected an extraordinary library and gave my uncle many rare books and manuscripts to study, though I later learned he had always intended to take them back. Andros's books are the real treasure, *tesoro*. My uncle's books are valuable to me, but Andros's library was legendary."

He arranged the blankets over her before crawling in the bed, and settling a warm arm around her waist. "It had no equal I have ever seen. Greek, Roman, Egyptian, Hebrew, Persian. Even some Sumerian clay tablets. He'd amassed it over twenty-five hundred years, and inherited other manuscripts from his own sire, who I never met. It was an astonishing collection."

Since he'd woken her from the nightmare that had plagued her for weeks, Giovanni couldn't seem to stop touching her. As tumultuous as her feelings toward him were, she found his presence comforting, and his touch seemed to warm the persistent chill that had tormented her since the night she'd fallen into Lorenzo's hands.

"And Lorenzo still has it?"

He shrugged. "He must. It was all housed together after my uncle died. So if he has my uncle's books—"

"At least you got those back, right?"

She felt his arm tighten around her waist.

"I did."

There was a long silence as the memory of that night nudged at her. Finally, she heard him whisper, "I haven't even looked at them."

Her breath caught. "None?"

"Caspar had them shipped here for safekeeping, but..."

She nodded and put her hand over his arm, weaving her fingers with his.

"We should look at them."

"Not tonight."

"No, tell me more about when you met your uncle."

He paused before he continued. "It was all in 1484. It was a very eventful year."

"What else happened?"

She felt him sigh and she curled into his chest. "He met Lorenzo de Medici that trip, and then me, and then Andros, of course. Andros had been lingering in the Medici court."

"Why?"

"Why was my sire in Florence? He told me later he was ready to create a child—he never had before—and he wanted to pick from the brightest of the city." Giovanni propped his head up on his hand and looked at her. "He was looking for a 'Renaissance man,' I suppose. Initially, he set his sights on my uncle, but then my uncle disappointed him."

"How did he disappoint him? Not smart enough?"

"Oh no, my uncle was brilliant," he said wistfully. "No, Giovanni fell in love."

She swallowed the lump in her throat and remembered the slim book of sonnets he'd held in his hand the night she was taken. "With Giuliana?"

He nodded, and lay his head on the pillow next to hers, lifting a hand to play with a strand of her hair. "He met her in Arezzo, visiting an acquaintance. She was married. Not her choice, of course, but it never was then. Her husband was cruel and dull. Even Lorenzo hated him, though he was a Medici cousin. But Giuliana and Giovanni... They were so beautiful."

"She was beautiful?"

He paused, and she rolled onto her back so she could see his expression. His eyes were narrowed in concentration while he thought. "It's difficult to say. My human memories are not always clear. I *remember* her as beautiful, but that could be a child's perspective. I remember the way my uncle smiled at her. She was very kind to me; she liked to play games. I don't think she could have any children of her own. She never did in all the time they wrote to each other."

"What happened?"

"She was married, and my uncle was thrown in prison when their affair was discovered. Though Lorenzo de Medici found my uncle entertaining, so he intervened."

"But they stayed in contact?"

He nodded and let his hand stroke along her arm. Everywhere he touched gave her goose bumps, but not from the chill. His energy, which he normally kept on a tight leash, seemed to hum along his skin as he reminisced. She could see him taking longer and longer blinks, and could only assume the sun was rising in the sky.

"They wrote beautiful letters to each other," he said quietly. "He locked them away; I never discovered where he put them."

"But why did that matter to Andros? They couldn't marry anyway, why—"

"My uncle fell into a depression toward the end of his life. After his imprisonment in Paris, he lost his spirit. He stopped writing Giuliana. He no longer had the same joy he'd always carried before. He destroyed his poetry. He burned many of his more progressive philosophical works and corresponded more with Savonarola, who had become so radical by then it taxed even Poliziano and Benevieni's friendship."

"When were the bonfires?"

"The 'bonfire of the vanities?'" he murmured, and she was reminded of the book she had been reading so many months ago when they had first met. His amusement at hearing the title finally made sense and she smiled.

"Yeah, those bonfires."

"It was after I had been taken, but before I was turned. My uncle left me everything; though he wasn't exorbitantly wealthy, his library was substantial and Andros wanted it, so he took it. When Lorenzo told me years later that everything had burned in the fires, it wasn't a stretch to imagine. Many of his books would have been considered heretical, and so many things were lost."

"What did your uncle write about?"

Giovanni smiled wistfully and placed a small kiss on her forehead. "He thought that all human religion and philosophy could be reconciled. That the quest for knowledge was the highest good; and that somewhere, between all the wars and debate, there was some universal truth he could discover which would bring humanity together."

Beatrice paused and watched his green eyes swirl with memories. "He sounds like a wonderful man."

"He was... an idealist."

She reached up to place a small kiss on his cheek, which had grown a dusting of stubble since she had kissed him so many weeks ago at the Night Hawk.

"The world needs idealists."

His hand trailed up from her arm and cupped her cheek. His eyes searched her own before he leaned down to place a gentle kiss on her mouth. It was soft and searching, and she felt his arm pull her closer. She also felt his eyelashes fluttering on her cheek, and knew he was struggling to remain awake.

"Sleep, Gio."

"Will you be here when I wake?" he mumbled, almost incoherent from the pull of day. "There's more..."

"Yes," she whispered. "I'll be here."

Though his arm lay heavy across her waist, and his head slumped to the side, Beatrice felt safe for the first time in weeks, so she closed her eyes and joined him in a dreamless slumber.

When she woke, he was still sleeping, so she pulled away from the tangle of his arms and went to the front of the house. She boiled some water and made black tea to drink on the front porch. When she went outside, there was fresh milk sitting on the porch, and a block of ice for the icebox.

She was surprised by how peaceful she found the simplicity of life in the valley. The house had no electricity, but she didn't miss it as much as she imagined. The fire in the main hearth was constantly burning, and it heated a small water heater by some mechanism she still didn't understand, but appreciated anyway.

Other than the dreams that had plagued her every night, Beatrice had never felt more peaceful, and she understood why Giovanni had wanted her to come to this quiet place. Her soul, as well as her mind, had been refreshed.

She could hear the rustle of someone approaching through the trees, and sat up straighter in instinctive alarm. She relaxed when she saw the oldest son of the Reverte family, who kept the lodge at the base of the valley. Arturo had escorted her over some of the gentler riding trails as she explored the valley. He was riding his favorite horse and leading another one for her.

"Ciao, Beatriz!" he called with a smile.

"Buenos días, Arturo."

"¿Quieres cabalgar?"

"No, grácias," she said, declining his offer to ride.

"¿No? Estás segura?" he asked with a wink.

She thought about getting some fresh air but was unsure of what time Giovanni would wake, so she nodded that, yes, she was sure, and waved him off with a smile. She realized she wanted to be there to hear the rest of Giovanni's story and didn't want to lose time when he woke.

To say she had been stunned to learn he was the orphan the count had adopted, instead of Giovanni Pico himself, was an understatement; though when she thought about her research into the life of the fifteenth century philosopher, the ages had never seemed exactly right. She still had many questions, but she was beginning to understand how valuable the correspondence of his uncle and friends would be to the boy who had loved them.

She ate a small meal and perused the bookcases in the living room. When Giovanni had mentioned his books the first night they'd come to the house, Beatrice had frozen, thrown back to the night he had callously traded her for the books he had sought for so long.

At least that's what she had thought at the time.

Her mind understood what he had been saying since he had rescued her, but a small part of her heart found it difficult to let down her guard around the magnetic man she knew she still loved, though she had trouble admitting it—even to herself.

Beatrice found a harmless paperback and crawled back in bed with the sleeping vampire, who had not moved from the position she left him in.

"Sheesh," she grunted as she shoved his arms over to clear a spot. "You're heavier than you look, Gio."

He just lay there, silent and unbreathing.

"It's probably really evil that I want to draw something on your face right now, isn't it?"

She examined his unmoving form. "I could draw a big, curly mustache, right on your upper lip, and you wouldn't be able to stop me, would you?" She lay down and traced her finger over his upper lip.

"Yep, that would piss you off for sure," she muttered. "You're so damn proud, Giovanni."

Ironically, his face looked childlike in repose, and she found herself wishing the soft curls still covered his forehead so she could brush them away.

"Or should I call you Jacopo?" she murmured.

She liked the feeling of his childhood name in her mouth, so she continued in a soft voice.

"Does anyone else know your name, Jacopo? Does Lorenzo even know?" she said. "I wonder..."

She began to feel tears prick the corner of her eyes, and she lay her head on his chest to stare at him. She heard one soft thud as his heart gave a beat before falling silent again.

"I thought I was in love with him, Jacopo. I think I still am." She blinked away tears. "But I don't trust him anymore, even though I want to."

Suddenly, his expression creased into a slight frown, and he no longer looked like a boy, but the hard man who had killed to get her back.

"Oh," she whispered, "there you are, Giovanni."

She sighed and decided she didn't really want to read, so she curled into his side and fell into another dreamless sleep.

❧

BEATRICE WOKE TO THE FEEL OF A HARD BODY BESIDE HER, and soft lips traveling over her neck. She sighed and arched toward it, purring in sleepy pleasure when a large hand cupped her breast. Though her eyes were closed, she could feel them roll back as a mouth traveled along her collarbone, a hot tongue licked up her neck, and she felt the gentle scrape of teeth behind her ear.

His mouth dipped lower, searching, and she could feel her heart begin to pound. The lips grew more urgent and a low rumble issued from the body next to hers. Beatrice's eyes suddenly blinked open when she felt the scrape of pointed teeth against the pulse in her neck.

Giovanni must have still been sleeping, but his body was hard and pressed into hers. His hand caressed her breast, and his other arm pulled her closer as they moved against each other. She was overwhelmed by the pleasure of his touch. Her skin hummed with the transfer of energy, and she could feel the brush of amnis wherever his bare hands or lips touched her flesh.

"Gio," she whispered softly. "Gio, I—" She broke off with a quiet moan of pleasure at the feel of his lips teasing behind her ear.

Giovanni's hand left her breast and moved up to cup her cheek. His thumb brushed against her lips before he wandered back down her body, touching places she had dreamed of for months.

"*Tesoro*," he breathed out, along with a string of sleepy Italian she didn't understand. They rocked against each other, and her eyes rolled back when she felt his teeth nip at her neck.

Bite me, she thought, unable to say the words aloud. Her heart pounded as his hands and mouth drove her into a frenzy of need, and she reached up to grasp his shoulder as he moved over her.

"Do it," she whimpered, unable to contain her desire as his lips teased her skin. "Please." She felt his mouth close over her neck, and his tongue teased her rapid pulse.

Beatrice thought, in the back of her mind, that it would hurt, at least a little. But though she could feel the quick burst as her skin gave way to his fangs, a wave of pleasure overwhelmed her, and she shuddered in his arms as his mouth latched on to her throat and sucked.

She cried out in release, and she sensed Giovanni rouse to full consciousness. He hesitated for only a second before instinct took hold, and he drew from her vein as his hands clasped her to his body.

Every pull of his mouth was answered as she arched into him, and she could hear soft growls of pleasure as he drank. Her hands dug into the hard muscle of his back, as his soft lips worked her neck and his hands stroked her skin. She was lightheaded, but had the feeling it had less to do with blood loss than the aftershocks of pleasure that coursed through her body.

It was probably only minutes until she felt his fangs retract and his tongue sweep over her skin, licking the last drops of blood as his body shivered, then fell still. He hid his face in her neck and lay next to her, silent and unmoving as a statue as her heart rate evened out.

"Gio?"

"I am... sorry, Beatrice," she heard him whisper. "That was—"

"It's okay."

"No, it's not."

"I wanted you to," she said, pulling his ear until he looked at her.

His green eyes were worried. "You did?"

She nodded and lifted a finger to the drop of blood at the corner of his mouth. She wiped it away, and he caught her finger in his mouth, licking off the last trace of her as his eyes closed in pleasure.

"That wasn't a good idea," he murmured.

"When was the last time you fed before tonight?"

"In Greece."

Her eyes widened in surprise. "You haven't had any blood since we've been here? Not even after you fought?"

"Pigs." He curled his lip. "There are mostly wild pigs in the valley. And I don't drink from the humans out of respect for Isabel and Gustavo. They don't allow it in their clan."

"So even after the battle at Lorenzo's—"

"No," he whispered and lifted a hand to her cheek. "I'm sorry I took advantage of you. It won't happen again."

"I don't remember fighting you off. If I had wanted you to stop, I would have yelled at you."

"You didn't worry I would lose control?"

Beatrice took a moment to think. She hadn't worried about him losing control for a second. She had actually been more afraid he would wake up before he bit her, and stop the wave of pleasure that had begun with the feel of his mouth and hands on her body.

"No." She blushed. "I didn't worry about that."

He nodded, and leaned down to place a soft kiss on her mouth before he drew away and rose to leave the bedroom. He grabbed a change of clothes on his way out, and when he came back, he carried a glass of water and a plate of fruit.

"You should drink something, and have something to eat."

"Will you need to feed again?"

He looked at the floor when he answered. He had changed into a pair of loose pants and a t-shirt before he returned to the bedroom. "It depends on how long we stay."

"Oh."

"I don't need to drink as much here as I do in more modern places, and your blood is very rich, so it should satisfy me for a long time. I also drank quite deeply."

She paused and nodded a little. "I guess I taste okay, then. Good to know."

He coughed a little, and his eyes roamed over her body but did not meet her gaze.

"You taste... rather wonderful, actually."

She bit her lip and tried to contain a smirk. "I wonder if I should put that on my resume."

He tried to contain a smile for a second before bursting into laughter. He finally met her eyes and fell into bed next to her, covering his face with a pillow.

"Are you embarrassed?" she asked incredulously.

"Yes," came the muffled response from under the pillow. "I acted like a newly sired vampire, totally out of control."

"You didn't hear me complaining," she said with a blush. "And before I fell asleep this afternoon, I was thinking about finding a marker and drawing a big curly mustache on your face."

He lifted the pillow and frowned at her as she picked at the plate of dried apples and apricots.

"You wouldn't."

"I didn't, but I thought about it. Don't you feel a little less immature now?"

He cocked an eyebrow at her. "Quite."

Beatrice sat up in bed and began to nibble the fruit and sip the water as he watched her. "What were you really like? When you were new?"

He rolled over and lay on his stomach, crossing his arms under his chin. "Do you really want to know this? It's not pleasant."

"Have you ever told anyone?"

He shook his head, still watching her as she ate.

"Then tell me. Even the ugly parts."

He paused for a moment before he continued to tell his story. "My uncle was murdered in 1494, though I didn't realize it at the time. Andros had been watching us. He had decided that while my uncle would not suit his purposes, I would. He influenced one of the servants to put arsenic in my uncle's food, so he wasted away."

"How old were you?"

"Seventeen."

She tried to imagine him at seventeen, and her hand reached out to stroke the shorn hair that covered his scalp. She smiled when he moved into her touch. His eyes closed, and she could almost imagine him purring like a cat.

"He came to the door only hours after my uncle had died and took me. I was confused when I woke. He had taken me far away, and I was very disoriented."

"Where were you?"

"It was an old Greek settlement in the south of Italy. Crotone," he said the name with disgust. "He had made a kind of school there."

"He was Greek?"

Giovanni nodded, and she continued to stroke his hair. "He was around twenty-five hundred years old when he made me. A contemporary of Homer's, or so he claimed, I never knew whether he was lying or not. He was crazy. Obsessed."

"With what?"

"*Areté. Aristos. Virtus*, to call it by its Roman name."

"Explain to the non-genius in the room, please."

He chuckled, rolling over and grabbing her hand which he placed over his heart and covered with his own. "Essentially, the perfect man. He wanted a child that personified the utmost in human potential."

"That must have been quite the ego stroke."

He shook his head and looked up at the ceiling, absently tracing the outline of her palm on his chest. "No, I wasn't perfect in the least. I was the raw material."

"You mean—"

"He had to create me, before he sired me."

She frowned. "I don't understand."

His head tilted back as he looked at her with sad eyes.

"Andros held me captive for ten years while he molded me into what he thought was the perfect man. He schooled me, trained me, drilled me to be the most perfect example of humanity he could create. It was... not pleasant."

Suddenly, Giovanni rolled up and knelt in front of her, pulling off his shirt and watching in silence as she stared at him.

"Do you think I'm handsome, Beatrice?"

She blushed, but looked into his eyes when she answered, "Yes, of course."

"Am I strong?" He crawled toward her on all fours, getting inches from her face. She took a deep breath, inhaling the faint smell of smoke that always seemed to linger on his skin.

"Yes."

He leaned into her neck, taking a deep breath before he whispered in her ear, "You smell like honeysuckle, did you know that?"

Her heart was pounding and her body reacted to him instinctively. She leaned toward him and felt his lips brush her temple before he sat back.

"Do I look like a statue? That's what he wanted. He wanted a perfect specimen to turn, one who excelled physically, mentally, who had strong character."

"So, he made you into the ideal man, and then he killed you?" she choked out, still reeling from his scent and the energy that poured off him.

He gave her a sad smile. "No, then he turned me into a demigod."

"What?" she asked, suddenly wondering if she needed to call Carwyn for an immortal psych consult.

He snorted, "Well, that's what he thought, anyway. He thought vampires were the demigods of Greek mythology."

"Ah, so what you're saying is... he was completely nuts?"

"Absolutely raving, *tesoro*."

She shook her head and watched as he reached over to grab a bit of the dried apricot on her plate.

"And you lived with him for ten years?"

He nodded. "Ten years as a human, and then longer after I was turned. But Lorenzo..." He trailed off when he saw her shiver.

Placing the plate on the small table by the bed, he crawled over to her again, gathering her close and tucking her into his side when he stretched out under the blanket. "I don't know how long he had Lorenzo. And his name as a human was Paolo." Giovanni sighed. "He was a sad thing, always anxious for Andros's attention. Never quite good enough for my father."

"Why was he there?"

Giovanni shrugged. "As a servant mostly, though Father liked to insinuate he would turn Paolo, too, when it was time. Just to keep Paolo happy."

"But he didn't."

"My father..." Giovanni paused with a frown. "He was a complicated vampire. Cruel, horrible, and completely single-minded. But perceptive, as well. He was a genius in his own way, and he saw something in Paolo," he said. "Something I should have paid attention to before my pity overwhelmed my reason."

"What?"

"Cruelty. My father said that Paolo did not have the character necessary to be a good vampire, so he would not turn him."

"When did Lor—Paolo figure that out?" she asked as Giovanni's hand stroked along her hair. She curled into his side and he held her tightly.

He took a slow breath before he answered. "He found out

five years after I was turned, the night I persuaded Paolo to kill my father."

Beatrice gasped, but Giovanni was staring at the ceiling, lost in his memories, and wearing a hollow look.

"You mean—"

"I knew I would never get away. He would always be stronger than me, and after he knew I could wield fire, Andros would never have released me. What he had planned, I wanted no part in. I couldn't get away on my own, but I knew I could get away with help. Andros was vulnerable during the day. He was vulnerable to humans if they knew where he rested. If it was someone he thought he had control of. And Paolo was so greedy. For gold, for power."

"What are you saying?"

"So I promised to turn him if he did it."

"Gio, what did you—"

"And I traded my father's life for my son's immortality."

CHAPTER 25

August 2004

"I think it's time for us to go home."

Giovanni looked at her, nodding silently as their horses rode across the meadow near one of the rushing waterfalls that dotted the valley. They had been riding for two hours after waking in his bed that evening.

"I told you we would stay as long as you liked."

"It's been a month."

He smiled. "I'm impressed you put up with me for this long."

"Well," she said with a wink, "you're a bit of a bed hog, but at least your feet aren't cold."

He chuckled. "Good to know, considering I haven't slept next to anyone in well over a hundred years." In reality, it had been far longer since he'd trusted anyone to sleep next to him when he was defenseless—not counting Caspar as a child—but he didn't feel the need to elaborate.

"Really?"

He shrugged, and continued riding back toward the house.

Though it had tested his control, Giovanni refused to feed from her again, slipping out of the valley to find the nearest larger town to hunt the previous week. Her blood had sustained him for as long as he dared, but he did not want to risk losing control again.

While Beatrice showed no hesitance in furthering their physical relationship, he knew that once he had truly taken her to his bed, his territorial nature, combined with his deepening attachment to her, would make it practically impossible for him to allow her to leave.

"It's not that I'm unhappy here, it's just—"

"You have a life to get back to, Beatrice."

He could hear the hesitation in her voice when she finally answered.

"What will you do? Will you go back to Houston?"

He nodded. "I will. For now."

"Does that mean you'll have to move?"

"I don't know."

He stopped his horse near the small bridge over the stream near his house and waited for her to catch up with him.

"Do you know—"

"I know as much as you do. Carwyn and Tenzin are in Houston, waiting for us to return. I need to talk to them before I make any decisions."

They stared at each other and Giovanni could see the beginning of goodbye fill her eyes. He had not told her he loved her, though he knew he did. He still had doubts that her feelings were more than the product of a youthful infatuation and the stress of their tumultuous time together.

He grabbed her reins and reached across to pull her onto

his lap. Giovanni settled his arms around her hips, which had filled out since they had been in Cochamó and rested his chin on her shoulder, drinking in the contact for as long as he could.

He led her mare beside them as they crossed the stream, and warmed her with his arms when a light mist began to fall.

"I love it here," she whispered.

"So do I," he said, thinking more of the girl in front of him than the valley they crossed.

They had spent their nights in peace, sleeping next to each other for most of the day and exploring the valley at night. He had shown her his favorite parts of Cochamó, and they spent hours in the company of Gustavo, Isabel, and their large family, who welcomed Beatrice like an old friend.

"Can I come back sometime?"

He brushed a kiss across her neck. "You can come back any time."

They fell into silence for the rest of the ride. When they returned to the house, he picked up a note someone had slipped under the door.

Father called the lodge.
-Isabel

He closed his eyes, resigned to the intrusion of the outside world.

❧

SHE LAY NEXT TO HIM LATER THAT NIGHT, CURLED peacefully into his side as he read a book before dawn. She'd not had another disturbing dream since the night he had woken her and taken her to his bed; she had slept there every night since.

He thought about a quote from Aristotle he'd never paid much attention to until more recent months. "'Love,'" he whispered in Italian, "'is a single soul inhabiting two bodies.'"

He stared at her, wondering if it was so simple, watching in fascination as her eyelids flickered with dreams, and a small smile played at the corner of her mouth.

She still said her father's name often, and he wished he had more answers for her. Stephen De Novo remained impressively elusive, despite Giovanni's most persistent inquiries. He had to admire the young vampire's skills in remaining hidden. He had evaded Lorenzo for years, and even now, remained stubbornly out of Giovanni's reach. He knew he would not stop looking for him, if only to let the vampire know that his daughter knew about him and wanted to find him.

"Gio?" she murmured and reached for him as she slept. Setting his book to the side, he slid down and took her into his arms, wondering again how he would ever let her go.

TWO DAYS LATER, THEY SAT NEXT TO EACH OTHER AS THE plane flew north to land at the small private airfield where Beatrice had left Houston over two months before.

"And my grandma and Caspar are at your house?" she asked, clasping his hand in her own.

"Yes, and Carwyn and Tenzin, as well."

"And none of his people are going to come after me?"

"We killed most of them. My negotiations in Rome and Athens should have secured your safety from the rest of his allies."

She nodded quickly, but tightened her grip.

"He's not dead though, is he?"

He felt his fangs fall. “No, I suspect he will be recovering for some time, but he still has resources.”

“And he’ll come after me again. To get to my father.”

He tilted her chin up so she would meet his gaze. “I’ll kill him before he gets to you.”

She may have nodded, but Giovanni could see the infuriating doubt lingering in her eyes. She leaned her head on his shoulder, and held onto him for the rest of the flight.

His stomach dropped when the plane landed, but it wasn’t from any turbulence. She stood as the plane came to a halt, but he grabbed her hand before she could exit.

Pushing her up against the door, he leaned down and kissed her. He felt the current of desperation run through him, but he held fast, clutching her back and gripping the nape of her neck. He forced himself to back away, suppressing his instinct to bite and claim her when he saw her red swollen lips and the desire that lit her eyes.

“Gio—”

“We should go,” he breathed out. “Now, *tesoro*, before I tell the plane to take us back.”

“I want—”

“Your grandmother, Beatrice,” he growled. “She’s waiting for us outside.”

She bit her lip and her eyes narrowed in anger when she picked up the small leather case he had bought for her in Puerto Montt. She pushed past him and opened the thick door that shielded the plane’s sealed compartment.

He closed his eyes, burying his frustration and breathing slowly until he regained his self-control. By the time he left the plane, Beatrice was wrapped in Isadora’s fierce embrace as Caspar watched them with tears in the corners of his eyes.

“Gio,” Caspar said as he strode toward him and embraced his old friend. “It’s such a relief to see you both.”

"Is everyone at the house?" he asked as he patted Caspar's back.

"Tenzin and Carwyn are both out hunting. They'll be back before dawn, but you need to rest. Have you fed—"

"I'm fine. We'll go back to the house. Tomorrow is soon enough to meet with them."

"Isadora has been staying at the house with me."

He nodded. "Of course, my friend. Of course."

They drove to the house and Beatrice sat next to him in the back of the car, keeping her hands carefully folded in her lap. When they arrived, Caspar and Isadora retired to his apartment, and Beatrice and Giovanni went upstairs. Beatrice went to her old room as he slowly climbed the stairs to his. He peeled off his rumpled shirt, petting Doyle as the cat curled around his legs in welcome.

"Hello, Doyle," he murmured as he bent down to pet the cat. He sat on the edge of the bed in his outer room and inhaled the familiar scents of Houston.

Caspar had left a window open to air out his room and he could smell the faint scent of honeysuckle drift in on the breeze.

Giovanni closed his eyes when he heard her footsteps on the stairs. He sat hunched over, his elbows leaning on his knees as she entered his room and came to stand in front of him. He sighed when he felt her small hands stroke his hair, run down his neck, and trace his shoulders as he lay his cheek against her and put his arms around her waist.

"Beatrice—"

"One night, Gio. One more night?" she asked softly as she placed her hand on his cheek, holding him against her. He closed his eyes for a moment and nodded. Finally looking up to meet her dark gaze, he pulled her into his lap and framed her face with his hands, searching her eyes before he kissed her. Their lips sparked when they met, and he could feel the heat rising on his skin, but he couldn't pull his mouth away, or stop his hands from pressing her closer as she moved against him.

Standing up, he carried her into the small room where he spent his days, and laid her on the narrow bed.

"One more night," he whispered before he shut the door.

❧

THE FOLLOWING EVENING, GIOVANNI, BEATRICE, CARWYN and Tenzin gathered in the library. The priest and the small woman greeted her warmly, though Beatrice was annoyed Tenzin didn't even pretend to be sorry about using her amnis to knock her out in Athens.

"You needed to go. You're better now."

"And you knew this? Or you were just being domineering?"

The tiny woman shrugged. "I knew *and* I was being domineering. I'm much older than you, and far smarter."

Beatrice narrowed her eyes. "Are you always this arrogant?"

"No," Carwyn muttered. "Usually she's much worse."

"At least I don't have the arrogance to believe there is only one god, priest."

"But you do have the arrogance to believe that fate dictates—"

"Hush," Giovanni broke in. "I doubt Beatrice wants to listen to your old argument."

He had been sitting in one of the armchairs, sipping a glass of whiskey as he watched the three of them gather around the large library table in the center of the room.

She noticed that both Carwyn and Tenzin looked disappointed to be distracted from their debate. Beatrice pushed back her own smile and hopped on the edge of the table to sit cross-legged as Giovanni watched her from his chair.

"Catch us up," she said. "What did we miss?"

"Well, other than a sale at the Tommy Bahama store—don't worry, Gio, I helped myself to your safe when I ran out of cash—most of the big excitement is old news."

"Did you find Scalia?" Beatrice asked. She had briefed Carwyn on the professor's role in her abduction while they were on the boat to the Greek mainland, and he had promised he would look into the professor's background.

"The dear doctor met a rather unfortunate end." He raised his hands. "Don't look at me, he was found attacked and killed outside the library the day after you were taken. I didn't get a chance to question him. It looks like Lorenzo lost patience with the man, or he had just outlived his usefulness."

"He said he knew my father," Beatrice said.

"He did," Tenzin added. "We looked into it while you two were in South America. Robert Scalia had gone to school with your father years ago and must have met him again when he was working in Ferrara.

"As far as we can tell, Scalia had gone to the university as a guest lecturer and stayed, but no one seems able to remember what he did. He was doing some kind of research in the library, but all the humans we found appeared to have had their memories tampered with."

"So no one could give you any good information?" Giovanni asked.

Carwyn shrugged. "I wouldn't say that. From what he told B, and from what we could piece together, it seems obvious that Lorenzo was using the university library to hide your collection in plain sight, so to speak. Though nothing appears to be there now."

"No," Giovanni muttered. "I'm sure he moved it."

Beatrice asked, “Was it on the island? There was a *huge* library.”

“No,” Tenzin shook her head. “I flew back the night after you two left. There was nothing of any real value there. All the humans were gone or dead. The place was destroyed; he won’t be going back there.”

“Good,” she said, shivering at the memory of the compound where she had been held. She glanced up to see Giovanni watching her, but she looked away. Instead, she looked over to Carwyn, who kept glancing between the two of them with a curious expression.

“So, what about Lorenzo? What should we do now? We know he’s still alive, right? Are my grandma and I going to be safe?”

They all seemed to start talking at once.

Carwyn shook his head. “I really don’t like the idea of you going to Los Angeles when he’s still out there. We don’t know—”

“It wouldn’t be that hard to systematically assassinate his allies,” Tenzin mused. “I’m sure between Gio and me, we could kill them all within a few years and then—”

“And *I* don’t really feel like getting embroiled in more vendettas, Tenzin, no matter how easy it would be to kill them all,” Giovanni said from across the room.

Carwyn snorted. “Besides the moral implications of killing immortals who may have no greater crime than being sired by someone who has allied themselves with Lorenzo a hundred years ago, Tenzin. I know you have your own notions about fate and—”

“It’s not fate I’m talking about, I’m talking about protecting our own interests and—”

Beatrice rolled her eyes as she listened to the three old friends argue. Each had their own ideas about what she should do. Carwyn proposed going to some safe ground until the danger was eliminated, even offering his own isolated home in Wales. Giovanni believed that the political steps he had already taken would protect her until he could hunt down and kill Lorenzo himself; and Tenzin seemed to be suggesting eliminating anyone who'd ever had any sort of alliance with Giovanni's son—just to be on the safe side.

She watched the three arguing for a few moments and tried to remember what Giovanni had told her months ago about the loose organization of the immortal world.

"The strongest, smartest, and wealthiest have the most power. And power is the only law."

Vampires didn't have laws or governments. From what she could tell, their world ran on physical strength, wealth, and a tangled web of long term alliances. Beatrice began to think about how all this applied to Lorenzo.

Giovanni seemed to think he had neutralized Lorenzo's alliances. Tenzin and Giovanni had taken his strength by turning him into a crispy critter who would take years to recover. She couldn't attack his brains; that was impossible.

But, she *could* attack his money.

Beatrice walked silently over to her desk and turned to the one place she knew she had the upper hand on any vampire in the world. She may have been helpless to defend herself in the face of supernatural strength, and she sure didn't have much money...

At least not yet.

She closed her eyes, delving into her memories of captivity, and running through the list of accounts she memorized in the hours she sat in Lorenzo's library. The pitiful assistant had been sloppy, never noticing her careful study of the numerous account codes, passwords, and security questions she'd observed as she sat in the corner, pretending to read.

"Gio?" she called quietly as she turned on the equipment.

He glanced at her as he argued with Carwyn about the merits of meeting with the leader of a clan of water vampires that controlled London.

"Yes?"

"All these computers have security, don't they? Lots of firewalls?"

"Of course, *tesoro*," he said before he was distracted by Tenzin and something she was saying about a council of eight immortals that sounded like they controlled most of China.

"Good," she muttered as she dove online to access Lorenzo's accounts scattered over the globe.

The debate swirled around her for hours as she hunted, systematically eliminating Lorenzo's ability to access the money she had observed his lackey moving around. Beatrice searched, isolating each account that poor, addled Tom had set up for his master. She shifted and diverted, putting some of it in her own name and transferring other parts into overseas accounts she would have access to. For some banks, it was as simple as changing a password and electronically transferring funds into other, newly created accounts at the same institution. It was all completely illegal.

And she didn't care one bit.

As her fingers raced over the keys, she thought more about the clues Lorenzo had lain at her feet, no doubt thinking that she would never be out from under his thumb.

Her father had taken something from him.

"...not before taking some books he knew I valued."

And Lorenzo needed them for something.

"Soon, I will fool them all. All the silly, trusting fools with their delusions of grandeur."

Lorenzo had plans. Big plans.

"I have dreams, too. But they're not small in the least. They're positively... world changing."

Beatrice had the feeling that those kind of plans wouldn't be derailed forever, but without the financial resources she was stealing from him, it would take Lorenzo a lot longer to get them back on track. She knew it wouldn't stop him, but she was buying herself time; and she hoped, giving her father the chance to find her. As for Giovanni...

"Beatrice?" Carwyn called over to her. "What are you doing over there? You're looking like the cat that just ate the canary."

She smiled and hit 'return,' typing the final, electronic nail in Lorenzo's coffin, and netting herself a hefty payday, though she had a feeling much of it would remain out of reach until she'd found a way to explain it to the IRS.

"Carwyn, the creepy blond canary is dead. Mangled by all of you, and finished by me."

Giovanni rose and walked toward her. "What did you do? If you've put yourself in more danger—"

"He's done, Gio, at least for a while." She sat back and kicked her feet up, resting her combat boots on the edge of the desk.

"What did you do?"

She stared into his worried eyes. "He's wiped out. Any easy money he had is mine now. He won't be able to access any electronic funds unless he had a whole lot his pitiful little accountant didn't know about, and I'm doubting that. They're mine. Safely tucked away where he can't get them."

Carwyn's face split into a giant grin. "Nicely done, darling girl. Very nicely done."

Tenzin walked over and peeked around Carwyn. "I like her."

Beatrice glanced at Tenzin and smiled, but quickly looked back to Giovanni, who had not taken his eyes off her. His face had shut down, and his expression was impossible for her to read.

From the corner of her eye, she noticed Carwyn tug on Tenzin's arm, and they both left the library. Giovanni walked to the table, leaning against it as he stared into the fire that crackled in the grate.

"I have to agree with Carwyn," he said, "that was very well done. Very smart. You'll have to talk to Caspar. He can help you clean the money. If you need any help, that is." The corner of his mouth lifted in a rueful smile.

Beatrice walked over to him, standing before him and lifting a hand to stroke his cheek. His smile fell, and he closed his eyes, leaning into her palm. She felt the ever-present crackling heat that ran along his skin as she held her hand to his face. Finally, he looked at her, and the stoic soldier met her gaze.

She took a deep breath. "I'm going to L.A."

"Yes," he murmured, "I know." He closed his eyes, and rubbed his face into the palm of her hand.

"Gio—"

"You have a wonderful life in front of you, Beatrice De Novo."

She felt the tears come to her eyes. *Ask me to stay,* she thought. *Ask to come with me! Tell me you love me as much as I love you.* She swallowed the lump in her throat. "Are you staying in Houston?"

He shrugged and took her hand from his face, threading their fingers together and holding them to his chest. "For now. Caspar seems to be very attached to this house," he said, "and this city."

"And you?"

He dropped her hand, and pulled her toward him. His fingers traced her cheek, his arms encircled her, and his warm lips met her own. They kissed slowly in the flickering light that filled the room. She could feel his energy hum along her skin, and she pressed closer, drawn to the hidden fire that burned between them.

After a few lingering minutes, his lips slowed and he trailed kisses across her cheek. She closed her eyes, and held him close as he whispered in her ear.

"Ubi amo, ibi patria."

EPILOGUE

Los Angeles, California
February 2005

The man walked under the shadow of the arch and into the flickering lights of the courtyard. He examined the bungalow-style apartments that surrounded him, and smiled at the calico cat perched near a bubbling fountain. It was an old complex, and brilliant red bougainvillea climbed the stucco walls. He could smell the scent of the ocean as the evening fog rolled up the Southern California hills.

The cheerful lamps near each door lit up the numbers of the apartments, and he scanned them until he found the one he was looking for. As he approached, he examined the windows, smiling when he noted the heavy bolts which secured her home.

"Excuse me? Can I help you?"

He smiled and turned to face the old woman who held the cat in her arms. Listening carefully to the surrounding apartments, he noted the lack of activity, and the faint sounds of sleep that issued from most. He held out his hand with a smile and the woman took it, opening her mind to him.

"Where is Beatrice tonight?"

"She went out with some friends from school," she said with a soft smile. "I heard them leaving earlier. Such a nice group of girls."

He smiled and led the woman over to the bench near the fountain, still holding her hand. "Do you know her well?"

"She comes over for coffee in the morning sometimes; I think she misses her grandmother. And she takes care of Miss Tabby for me when I go see my daughter. I'm glad she moved next door."

He smiled at the old woman. "Does she have many friends?"

"Not many. But the friends that do come by seem very nice. There are two other young ladies, and a young man I see."

He paused. "Are they dating? Beatrice and the young man?"

The woman tugged on her cardigan, but leaned toward him, as if telling a secret. "I asked her if she had a boyfriend, but she just looked sad. I think she left someone behind in Texas."

"I think she did, too," he murmured, before he cleared his throat. "Do you have a key to her apartment, Mrs. ..."

"I'm Mrs. Hanson, dear. You seem like a nice young man. Are you a friend of Beatrice's?"

He smiled softly. "Something like that, yes."

"That's lovely. You're very handsome."

He smiled, his green eyes lit in amusement. "Thank you."

"You should take Beatrice on a date. She's very pretty, you know."

"Yes, she is." He smiled. "She's beautiful."

"Are you going to wait for her? Would you like some hot chocolate?"

He reached over to pet the cat the old woman held. It purred under his hands and made Mrs. Hanson smile.

"I can't stay, but I was hoping to leave something for Beatrice. Do you have a key to her apartment?"

She smiled and nodded. "Oh, yes. Do you want to wait here?"

Planting the suggestion for her to bring him the key and then go to bed, forgetting his presence entirely, he let her go. She took the cat inside her small apartment, and returned a few minutes later bearing a small brass key.

"I'll leave this under your door before I go."

"That's fine."

Standing, he took her hand again. "Thank you, Mrs. Hanson. Time for you to go to sleep."

She waved absently and walked to her door. He watched her walk inside, before he turned to Beatrice's apartment, noticing the familiar fragrance that lingered near the entrance. He opened the door and slipped inside, making sure to leave the lights off.

He almost staggered when he entered the small room. Her scent infused the air, and he took a deep breath as his gaze traveled around the living area. There was a small armchair, a plush sofa, and stack of books piled on the coffee table. Following the honeysuckle trail, he lowered himself onto the opposite end of the sofa where she must have sat.

He sank into the couch, imagining her across from him and lifting her small feet into his lap as she had so many months ago. He lingered only a few minutes before he peeked into the bedroom, smiling when he saw the tall, black boots that stood by the closet doors.

There was an old dressing table in the corner, and he

walked to it, taking special note of the pictures tucked into the frame of the mirror.

A postcard from Dublin.

A picture of her grandmother from the previous Christmas.

A blurry shot of Beatrice with a group of girls at what looked like a night club.

A small picture of her sitting on a horse in a damp meadow, the sun glinting off her dark brown hair as she smiled.

In a corner of the mirror, he saw a small phrase written on a worn index card.

Ubi amo, ibi patria—Where I love, there is my homeland.

The man touched the card tucked into the mirror, noting its worn edges and smudged letters. He traced the edges for a moment before he stepped away.

He took the picture of her on the horse and tucked it into his pocket before he walked to her bed and sat on the side where he knew she rested. Hesitating for only a moment, he reached into his coat and withdrew two items. The man looked at the small, leather-bound volume of sonnets in his hand, and gently traced the gold lettering on the front.

I sonetti di Giuliana

Tucking the plane ticket to Santiago under the small book, he placed both on her pillow where she would find them. He looked longingly around the room for a moment, before he stood and walked out the front door, carefully locking it behind him.

He tucked the brass key under Mrs. Hanson's doormat and walked over to the fountain. Sitting on the bench, he looked around the old courtyard, trying to imagine her laughter echoing off the walls.

The man lingered for a few moments, letting her faint scent swirl around him along with his memories. Then he stood, walked back under the arch, and disappeared into the night.

THE END

Continue reading for a preview of the second book in the Elemental Mysteries
THIS SAME EARTH
Now available at all major retailers.

PREVIEW: THIS SAME EARTH

When the world as you knew it has changed forever, is there any way you can turn back?

Beatrice De Novo thought she had left the supernatural world behind... for the most part. But when the past becomes the present, will she leave her quiet life in Los Angeles to follow a mystery she thought had abandoned her? Where has Giovanni Vecchio been, and why has he returned? Giovanni has his own questions, and he's looking to her for answers.

This Same Earth is the sequel to *A Hidden Fire*. It is the second book in the Elemental Mysteries, a paranormal romance and mystery series.

From THIS SAME EARTH...

"You need to stop going there."

"I am," Beatrice said. "I told you, I'm done."

"I know you have friends there, and I know how much you love it, but it just... You've got to move on from this guy."

Beatrice rolled her eyes. "Did you not hear me? I told you, I wrote him in the journal, and told him—"

"Yeah, you told him you were done," Dez said. "Got it. You told me that, too. Remember?"

Beatrice pursed her lips and looked away, biting her lip as Dez continued in a quiet voice.

"You told me you were done with him three years ago. And then you went back. And then two years ago, you said the same thing. And you still went back."

She bit her lip to keep the tears at bay as her friend recounted the last five years of an obsession she knew she needed to abandon.

"And then last year, even though Mano practically begged you not to go, you went again."

"I know—"

"I'm not sure you do, B. Because he and I are the ones who have to put up with your moody-ass, depressed behavior for a month afterward every time you go down there and get your heart broken again."

"My heart is not broken. You're being melodramatic," Beatrice muttered and took another sip of her water.

"Fine," she rolled her eyes. "Whatever you want to tell yourself. But stop, okay? For real. When you get the ticket in the mail next time, toss it. Donate it. Change it to a flight to the Bahamas and take your boyfriend, but do not go chasing that ghost again."

Beatrice swallowed the lump in her throat and clenched her jaw as she contained her tears. "I know," she whispered.

"Do you? Really?"

"Yes, I'm done. I'm... moving past it."

"You know I love you," Dez whispered. Beatrice could see the concerned tears in her eyes.

"I know."

"And I'm only saying this—"

"It's fine." She nodded. "I get it. Really, I do."

"You have an amazing man in your life, one that wants a future with you. That wants to move forward. Not everyone gets that, you know?"

Beatrice sniffed and brushed at her eyes. "And some people never know because they won't ask the person that perfect for them out on a single date."

Dez straightened up and a flush rose in her cheeks. "I have no idea what you're talking about, Beatrice De Novo."

"Oh," she said with a smile, happy that the conversation had turned. "I can't imagine. Did I mention I saw my lovely neighbor, Matt, yesterday? Yeah, he was sitting on his front porch working on his mountain bike. It must have been hot, because Ken—I mean Matt—wasn't wearing a stitch more than a pair of little biking shorts. It was quite the view, I'll say that."

"He is not a Ken-doll," Dez muttered and threw an olive at Beatrice. She caught it and popped it into her mouth.

"You do some investigation about whether he's anatomically accurate, and I'll consider changing my opinion of him. Until then? Ken-doll."

Dez huffed, "Why do you even—"

"And you're a total Barbie. Librarian Barbie. Do you know how many naughty fantasies poor Ken—I mean Matt—has probably had about you already? You'd be putting him out of his misery. Besides, Ken and Barbie belong together," she said with a wicked grin.

"I hate you," Dez said in a prim voice, "and I hope someone scratches your ugly black motorcycle in the parking lot."

Beatrice threw an olive at Dez, but this time, her friend caught it and threw it back, hitting Beatrice right between the eyes. She snorted, and then belly laughed at Beatrice's shocked expression.

"Forget Librarian Barbie," Beatrice muttered. "I'm going to go with Big League Barbie instead."

The two friend finished lunch and made plans to meet the following weekend for brunch at one of their favorite hangouts near the beach. Beatrice hopped on her bike and returned to the Huntington to finish the translation on the mission letter she'd been working on before lunch.

As the hours passed, she fell into a steady rhythm, speeding through not one, but two, complete letters before Dr. Stevens called her to the reading room where she was needed.

She packed up the document she'd been working on and moved it to one of the library tables in the quietest corner of the room. Dr. Stevens had asked her to be available if the group needed help, but she didn't really expect to be interrupted.

She was looking up a Latin noun she thought might have been misspelled when she heard the quiet footsteps. The smell of smoke reached her nose before she could look up into the green eyes which had haunted her for five years. An enigmatic smile flickered across his face before he spoke.

"I'm looking for Miss De Novo."

ACKNOWLEDGMENTS

To the many friends and family who have helped me to write this book, I would like to express my sincerest thanks.

This book has been a labor of love for so many. Please forgive me if I forget someone. Thanks to my beta readers: Kristy, Kelli, Sarah, Lindsay, Molly, and Sandra. To my editing team: Caroline and Amy, and to the authors and friends that read and gave generous feedback. Thank you all so much.

To all my readers online, who offered so much encouragement and enthusiasm. Thank you for the gift of your time and attention.

To my family, for their encouragement and faith. To my husband and son, in particular, thank you for enduring all the long nights and sleepy mornings. Thanks for the hugs and encouragement when I needed it most.

Any success I have is the result of God's gracious gifts to me, including the gifts of your love and support.

Thank you all most sincerely.

ABOUT THE AUTHOR

ELIZABETH HUNTER is a contemporary fantasy, paranormal romance, and paranormal mystery writer. She is a graduate of the University of Houston Honors College and a former English teacher. She once substitute taught a kindergarten class but decided that middle school was far less frightening. Thankfully, people now pay her to write books and eighth graders everywhere rejoice.

She currently lives in Central California with her son, two dogs, many plants, and a sadly empty fish tank. She is the author of the Elemental Mysteries and Elemental World series, the Cambio Springs series, the Irin Chronicles, and other works of fiction.

For more information:

ElizabethHunterWrites.com
Elizabeth@ElizabethHunterWrites.com

ALSO BY ELIZABETH HUNTER

The Elemental Mysteries Series

A Hidden Fire

This Same Earth

The Force of Wind

A Fall of Water

All the Stars Look Down (short story)

The Elemental World Series

Building From Ashes

Waterlocked

Blood and Sand

The Bronze Blade

The Scarlet Deep

Beneath a Waning Moon

A Stone-Kissed Sea

The Elemental Legacy Series

Shadows and Gold

Imitation and Alchemy

Omens and Artifacts

Midnight Labyrinth

The Irin Chronicles

The Scribe

The Singer

The Secret

On a Clear Winter Night (short story)

The Staff and the Blade

The Silent

The Storm (December 2017)

The Cambio Springs Series

Shifting Dreams

Long Ride Home (short story)

Desert Bound

Five Mornings (short story)

Waking Hearts

Contemporary Romance

The Genius and the Muse

Made in the USA
Middletown, DE
23 January 2022